「十二五」国家重点图书出版规划项目
国家社科基金重大项目成果

新中国60年外国文学研究
（第三卷）
外国文学史研究

申丹 王邦维 总主编
韩加明 张哲俊 主编

图书在版编目(CIP)数据

新中国 60 年外国文学研究 . 第 3 卷 . 外国文学史研究 / 申丹, 王邦维总主编; 韩加明, 张哲俊主编 . —北京: 北京大学出版社, 2015.9

ISBN 978-7-301-26184-2

Ⅰ. ①新… Ⅱ. ①申… ②王… ③韩… ④张… Ⅲ. ①外国文学—文学研究 ②外国文学—文学史研究 Ⅳ. ① I106

中国版本图书馆 CIP 数据核字 (2015) 第 190195 号

书　　名	新中国60年外国文学研究（第三卷）外国文学史研究
著作责任者	申　丹　王邦维　总主编　韩加明　张哲俊　主编
组稿编辑	张　冰
责任编辑	黄瑞明
标准书号	ISBN 978-7-301-26184-2
出版发行	北京大学出版社
地　　址	北京市海淀区成府路 205 号　100871
网　　址	http://www.pup.cn　新浪微博：@北京大学出版社
电子信箱	zpup@pup.cn
电　　话	邮购部 62752015　发行部 62750672　编辑部 62754382
印 刷 者	北京中科印刷有限公司
经 销 者	新华书店
	720 毫米 × 1020 毫米　16 开本　21 印张　420 千字
	2015 年 9 月第 1 版　2015 年 9 月第 1 次印刷
定　　价	68.00 元

未经许可，不得以任何方式复制或抄袭本书之部分或全部内容。

版权所有，侵权必究

举报电话: 010-62752024　电子信箱: fd@pup.pku.edu.cn

图书如有印装质量问题, 请与出版部联系, 电话: 010-62756370

新中国60年外国文学研究(第三卷)
外国文学史研究
编撰人员

总主编／申丹　王邦维
本卷主编／韩加明　张哲俊

撰写人
总论：申丹、王邦维
绪论：韩加明、张哲俊
第一、二、八、十章：韩加明
第三章：魏丽明
第四章：张世红、韩加明
第五章：韩加明、王文融
第六章：韩加明、王　健
第七章：陈松岩
第九章：赵振江
第十一、十二章：张哲俊
第十三章：石海军
第十四章：陈岗龙
结语：韩加明、张哲俊

目 录

总论 ·· 1
绪论 ·· 1

第一章　外国文学史研究 ·· 10
　第一节　按苏联模式改革外国文学史教学 ··· 10
　第二节　改革开放早期的外国文学史研究 ··· 14
　第三节　20世纪90年代以来的外国文学史研究 ······································ 18

第二章　西方文学史研究 ·· 28
　第一节　西方文学史编写的早期尝试 ··· 28
　第二节　新时期的西方文学史研究 ·· 34
　第三节　新世纪的西方文学史著作 ·· 42
　第四节　西方文类史和断代史研究 ·· 44

第三章　东方文学史研究 ·· 56
　第一节　步伐犹疑的形成期(1983—1989) ··· 57
　第二节　尚未终结的发展期(1990—   ) ··· 61
　第三节　困境与尝试 ·· 65

第四章　英国文学史研究 ·· 69
　第一节　改革开放初期的英国文学史著作 ··· 70
　第二节　以王佐良先生为代表的英国文学史写作 ····································· 73
　第三节　文类史和断代史研究 ··· 82

第五章　法国文学史研究 ·················· 95
第一节　柳鸣九主编《法国文学史》 ·············· 96
第二节　郑克鲁编著《法国文学史》 ·············· 103
第三节　其他几种重要法国文学史著作 ············ 107

第六章　德国文学史研究 ·················· 117
第一节　阶级斗争为纲语境中的《德国文学简史》 ······ 117
第二节　改革开放早期余匡复的德国文学史研究 ······ 121
第三节　范大灿主编《德国文学史》 ·············· 124

第七章　俄罗斯文学史研究 ················· 135
第一节　新中国成立到改革开放前的俄苏文学史研究 ···· 136
第二节　改革开放初期的俄苏文学史研究 ·········· 141
第三节　苏联解体后的俄罗斯文学史研究 ·········· 148
第四节　体裁史与断代史研究及其他 ·············· 156

第八章　美国文学史研究 ·················· 162
第一节　美国文学史研究综述 ·················· 162
第二节　几部影响较大的美国文学史 ·············· 164
第三节　文类史研究 ························ 177

第九章　西班牙与拉丁美洲文学史研究 ··········· 188
第一节　西班牙文学史研究 ···················· 188
第二节　拉丁美洲文学在我国的早期介绍 ·········· 193
第三节　赵德明等著《拉丁美洲文学史》 ············ 196
第四节　拉丁美洲文学史研究的其他成果 ·········· 199

第十章　西方其他国家文学史研究 ·············· 204
第一节　意大利文学史研究 ···················· 204
第二节　东欧、北欧及中欧国家文学史研究 ·········· 208
第三节　值得关注的其他几种国别文学史 ·········· 216

第十一章　日本文学史研究 ················· 224
第一节　改革开放早期的日本文学史研究 ·········· 225
第二节　1990年以后的日本文学史研究 ············ 231

  第三节 彭恩华与《日本俳句史》 ………………………… 238
  第四节 叶渭渠、唐月梅的《日本文学史》 …………………… 245

第十二章 朝鲜—韩国文学史研究 ………………………… 251
  第一节 朝鲜—韩国文学史研究概述 …………………… 251
  第二节 韦旭升的《朝鲜文学史》 ………………………… 255
  第三节 东亚文学史研究的问题与展望 …………………… 258

第十三章 印度文学史研究 ………………………………… 264
  第一节 印度文学史研究概述 ……………………………… 265
  第二节 金克木先生的《梵语文学史》 …………………… 269
  第三节 问题与展望 ………………………………………… 273

第十四章 东方其他国家文学史研究 ……………………… 277
  第一节 东方国别文学史研究的三个阶段 ……………… 277
  第二节 西亚北非文学史研究 ……………………………… 282
  第三节 中南亚文学史研究 ………………………………… 287
  第四节 东南亚文学史研究概况 …………………………… 289
  第五节 非洲文学史研究 …………………………………… 294

结语 ……………………………………………………………… 297
后记 ……………………………………………………………… 307
主要参考书目 …………………………………………………… 309
主要人名索引 …………………………………………………… 318

总 论

文学是语言的艺术,是文化的沉淀,是人类精神生活的宝库。研究外来的文学,既是语言的阐释,也是文化的交流和思想的对话。在中华民族走向现代化、中外文明相互交融这一世界发展总格局的进程中,外国文学研究发挥了越来越重要的作用。外国文学研究是我国学术和文化建设的一个重要组成部分,有助于中国在深层次上了解世界,吸纳世界文明的精华。新中国成立后,受到政治、社会、文化、经济等各种因素的影响,我国的外国文学研究走过了一条曲折坎坷的道路,但同时也取得了辉煌的成就。新中国60年外国文学研究既丰富多彩又错综复杂,伴随着对研究目的、地位、作用、性质、方法等诸多方面的探索与论争,在中国社会发展的各个阶段积累了很多经验,也留下不少教训。系统梳理与考察新中国60年来外国文学研究的发展历程,并在此基础上,对其进行中肯而深入的分析,一方面可对我国外国文学研究界60年所做的工作做一个整体观照,进行经验总结;另一方面可通过反思,发现存在的问题,提出解决的办法,为外国文学研究的发展指出方向,进而为我国的文化建设和社会主义核心价值体系的构建提供重要参考。基于以上思考,国家社科基金重大项目"新中国60年外国文学研究"坚持历史唯物主义观点,采用辩证方法,自2010年1月立项至2013年底的四年中实事求是地展开全面工作。① 本项目设以下八个子课题:(1)外国文学作品研究之考察与分析(下分"诗歌与戏剧研究"和"小说研究");(2)外国文学流派研究之考察与分析;(3)外国文学史研究之考察与分析;(4)外国文论研究之考察与分析;(5)外国文学翻译之考察与分析;(6)外国文学研究分类考察口述史;(7)外国文学研究数据库;(8)外国文学研究战略发展报告。本书共六卷七册,加上数据库与战略发展报告,构成了本项目的

---

① 同时立项的还有陈建华担任首席专家的同名项目,该项目分国别考察外国文学研究,本项目则对外国文学研究按种类进行专题考察;两个项目之间有所不同,一定程度上可以互补。

最终研究成果。

本项目首次将外国文学研究分成不同种类,每一种类又分专题或范畴,以新的方式探讨新中国成立后60年外国文学研究的思路、特征、方法、趋势和进程,对重要问题做出深度分析,从新的角度揭示外国文学研究的得失和演化规律,对未来的外国文学研究进行前瞻性思考,以求推进我国外国文学研究的学术史建构。

国内现有的相关研究成果大致分成以下三类。其一为发展报告类,如《中国高校哲学社会科学发展报告1978—2008文学卷》《新中国社会科学五十年》等。这些成果提供了不少重要信息和资料,但关于外国文学研究的部分篇幅有限,留下了进一步研究的空间。四川外国语大学组织编写出版了2006—2009年度的《外国语言文学及相关学科发展报告》(王鲁南主编),其主要目的是收集信息、提供资料。其二为年鉴类和学术影响力报告类,如《北京社会科学年鉴》(2000—)、《中国学术年鉴》(人文社科版,2005—)、《中国人文社会科学学术影响力报告2000—2004》等。其重点在于介绍影响力较大的代表性成果或获奖成果,其中有关外国文学的部分篇幅不多,仅涵盖少量突出成果,且一般是从新世纪开始编写出版的。其三为学术史类,如龚翰熊的20世纪中国人文学科学术研究史丛书文学专辑《西方文学研究》(2005)、王向远的《东方各国文学在中国——译介与研究史述论》(2001)、陈众议主编的《当代中国外国文学研究(1949—2009)》(2011)等,这些史论性著作资料丰富,有很好的历史维度,但均按传统的国别和语种对外国文学研究进行考察,没有对其进行区分种类的专题探讨。近年来还出版了一些颇有价值的外国作家或作品的批评史研究专著,不过考察的主要是国外的研究成果。

新中国60年的外国文学研究以1978年十一届三中全会为界可大致分成前30年和后30年两个大的时间段。前30年又可分为前17年[①]和"文化大革命"两个时期;后30年也可进一步细分为改革开放初期,80年代中后期到90年代末,以及新世纪以来等三个时期[②]。这些不同时期外国文学研究的指导思想、范围、模式、角度、焦点等都有不同程度的变化,与社会变迁也产生了不同形式和特点的互动。

本套书前五卷的撰写者以分类研究为经,历史分期研究为纬,在经纬交织中对五个不同种类的外国文学研究展开系统深入的专题考察,探讨特定社会语境下相关论题的内容、方法、特征、热点和争议。纵向研究提供了每一类别(以

---

① 就前17年而言,1957年"反右"运动前后以及1962年中共中央批转《关于当前文学艺术工作若干问题的意见》前后也有所不同。

② 我们没有要求一定要这样来细分后30年,撰写专家根据考察对象的实际情况进行了不同的细分。

及各类别中每一专题的研究)在不同历史时期的不同表现和发展脉络;横向研究则展示了同一时期各个类别(以及其中不同专题的研究)之间的相互关联和相互影响。第六卷为外国文学研究口述史,受访学者是上述五个分类范围某一领域或多个领域的代表性资深专家。这一卷实录的生动的历史信息可与前面五卷的各类专项探讨互为补充、交叉印证。如果读者在前面五卷专著中读到了对某位学者某方面研究的探讨,想进一步了解该学者和其研究,就可以阅读第六卷中对该学者的访谈。

这样的分类探讨不仅有助于揭示每一个类别外国文学研究的范围、热点、特点、方法和得失,而且可以从新的角度达到对60年发展脉络和演化规律的整体把握和深刻认识,推进我国外国文学研究的学术史建构。本套书在撰写过程中,有七十余篇阶段性成果公开发表,其中五十余篇发表在《外国文学评论》《国外文学》《外国文学》《外国文学研究》《当代外国文学》《中国比较文学》《中国翻译》等CSSCI检索的核心期刊以及国际权威期刊 *Milton Quarterly* 上,也有论文被《新华文摘》和《人大复印资料》转载;《北京大学学报》(哲社版)和《浙江大学学报》(哲社版,先后推出三期)等开辟专栏,集中刊登本项目的阶段性研究成果。这从一个侧面体现出本套书分类考察的研究价值、研究意义和研究深度。

新中国60年外国文学研究涉及面很广,尽管采取了分类探讨的方法来限定各卷考察的范围,但考察对象依然非常繁杂,如何加以合理选择是保证研究成功的一个重要前提。第一卷作品研究子课题组在广泛收集已有研究成果的基础上,重点考虑国内的关注度、影响力、代表性、研究嬗变等多种因素,在征求专家意见的前提下最终选择了27位外国诗人和戏剧家的作品和42位外国小说家的作品分别作为第一卷上册和下册的专题考察对象。① 第二卷是我国第一部专门探讨外国文学流派研究的专著。为了突出重点,该卷以世纪为中轴组篇,每部分均以"总况"开始,概述相关范畴流派研究的全貌,然后对重要流派进行较为细致深入的专题考察,着重剖析涉及热门话题的代表性论文和著作。鉴于文学流派与特定时代的哲学、政治、文化、社会思想等有着密切关联,因而该卷的探讨在某种程度上也具有思想史研究的意义,可以帮助研究者更好地了解新中国外国文学流派乃至整个外国文学研究的思想语境。第三卷是我国第一部专门探讨外国文学史研究的专著,有利于更好地看到文学史研究的特点和发展规律。该卷在对外国文学史著作全面梳理研讨的基础上,对外国文学史的重要学者和优秀成果进行专题探讨,深入分析各个时期的写作特点和一些重要问

---

① 不少作家既创作小说,也创作诗歌和/或戏剧,但往往一个体裁的创作较为突出,也更多地受到新中国学术界的关注,因此被选作第一卷上册或者下册的考察对象。但也有作家不止一个体裁的创作成就突出,也同时受到我国学者的较多关注,因此被同时选为第一卷上册和下册的考察对象。

题。第四卷"外国文论研究"在总结历史经验、提供翔实材料的基础上,侧重新中国各历史时期文论研究重点关注的问题,对一些重要的理论、理论家和理论流派的研究加以专题考察和深度剖析,并以此来把握外国文论研究在我国的整体状况。这种以问题统帅全局的篇章结构,试图为新中国60年的研究成果整理出一个整体思想框架,以便读者更好地理解各种理论流派和理论家之间的内在联系和发展传承。第五卷"外国文学译介研究"借鉴译介学的视角,着力考察新中国政治、文化、学术语境中外国文学的翻译选择、翻译策略、翻译特点和读者接受,揭示外国文学翻译的发展脉络和发展规律。该卷将宏观把握与微观剖析相结合,在考察十余个语种翻译状况的基础上,在我国率先对外国文学史、外国文论、外国通俗文学的译介和文学翻译期刊的独特作用等进行专题探讨,并对经典作品的复译、通俗文学的翻译等热点问题进行深入分析。本套书开拓性地将文献考察与实地调研相结合。第六卷是我国第一部外国文学研究口述史,观念上和方法上具有创新性。该卷旨在通过直接访谈的形式来抢救和保留记忆,透过个体经验和视角探寻新中国学者走过的道路,进而多层面反映外国文学学科的发展历程及其与社会变迁互动的状况。这一卷实录的个体治学经验、对过往研究的反思和未来发展的建议是对前面五卷学术研究专著生动而有益的补充。为了更全面地反映新中国外国文学研究的面貌,还采访了主要从事教学、出版和比较文学研究的学者。

应邀参与各卷撰写的都是各相关领域学有所长的专家,不仅有学识渊博的资深学者,也有学术造诣精湛的中青年才俊,均具有相当好的国际视野。全体撰稿者严谨踏实的学风、精益求精的精神和通力协作的态度是本套书顺利完稿的保证。

总体而言,本套书具有以下特点:

一、重问题意识和分析深度 对外国文学研究进行分类专题考察,主要目的之一是力求摆脱以往的学术史研究偏重资料收集、缺乏分析深度的局限,做到不仅资料丰富,而且有较为深入的分析判断,以帮助提高学术史研究的水平。本套书注重问题意识,力求在对相关专题进行全面考察的基础上,以点带面,提炼重大问题,分析外国文学研究的局部和整体得失,做出中肯的判断和深入的反思,为今后的研究提供鉴照和参考。

二、重社会历史语境 密切关注国内及国外社会历史语境和外国文学研究的互动,挖掘影响不同种类外国文学研究的政治、社会、文化、学术、经济、国际关系等原因,揭示出影响新中国外国文学研究的深层因素,同时也关注外国文学研究对中国文学、文化和社会等方面所产生的影响。在作品研究卷的上、下两册中,每一个专题都按历史阶段分节,以便在共时轴上很好地展示不同作品的研究在同样社会环境制约下形成的共性,以及在历时轴上显示不同作品的研究随大环境变化而变化的类似特点,从而凸现文学研究与社会变迁的互动。与此同时,由于研究对象、研究者、研究方法、所涉及的社会环境因素等存在着差异,新中国对不同作品的研究也具有不同之处,这也是评析的一个重点。

三、重与国外研究的平行比较 引入国外相关研究作为参照,在更广阔的学术视野下探讨国内学者对相关问题的研究所处的层次,通过比较对照突显国内研究的特点、长处和不足之处。这样做不仅有利于提高分析的深度,在与国外研究的比较中,还能凸现新中国的学术研究与社会文化语境的密切关联。在外国受重视的作者,在我国的社会文化语境中有可能被忽视,反之亦然。文学研究方法也是如此。与国外研究相比较,还有利于揭示新中国的研究与对象国的研究在各自社会文化语境中的不同发展进程。

四、重跨学科研究 具有较强的跨学科性质,注重考察外国文学研究与哲学、语言学、比较文学、历史学、心理学、社会学、宗教学等学科的关联。

五、重前瞻与未来发展 在对新中国成立前的研究进行回顾并全面系统探讨新中国 60 年研究经验和教训的基础上,找出和反思目前存在的问题,对如何解决这些问题提出对策,对未来的研究方法和研究方向提出建议。这对我国外国文学研究的发展和文化建设、精神文明建设均有重要参考价值。

通过对新中国 60 年的外国文学研究进行分类考察和深度评析,总结经验与教训,并在此基础上进行前瞻性思考,本套书力求从新的角度解答以下问题:(1)各个种类的外国文学研究在不同时期具有哪些不同特征、哪些得失,呈现出什么样的发展规律?不同种类的研究之间有什么样的互动关系?(2)哪些外部和内部因素决定了新中国成立以来外国文学学科走过的道路?(3)新中国 60 年的社会文化发展历程如何在外国文学学科发展中得到反映?(4)新中国成立以来外国文学研究与其他人文、社会学科之间存在哪些互动关系?(5)我国外国文学研究目前存在什么问题,如何解决这些问题?(6)怎样避免我国外国文学研究对对象国研究话语和方法的盲从?怎样提高自主意识和创新意识?怎样更好更快地赶超国际前沿水平?(7)外国文学研究的经验与教训如何为未来的社会主义文化建设提供依据和参考?外国文学学科如何更好地服务于我国的文化建设和精神文明建设?

下面就本套书的编写做几点说明:

1. 从国内学科的布局和现状来讲,外国文学研究可以分为东方文学研究和西方文学研究两大块。新中国成立后的 60 年间(其实新中国成立前也是如此),西方强,东方弱,西方文学研究的总量大大超出东方文学研究的总量,因此本套丛书中对西方文学研究的考察所占比例要大得多。

2. 本项目的任务是考察新中国的外国文学研究,因此港澳台同行的研究成果没有纳入考察范围。

3. 本项目2010年1月正式立项,有的研究完稿于2010年,考察时间截止到2009年。但有的研究2013年才完稿,因此兼顾到外国文学研究近两年的新发展,对此我们予以保留。

4. 新中国60年以及此前的相关研究著作和论文数量甚多,而丛书篇幅有限(作品研究卷的篇幅尤其紧张),对考察范围的研究资料需加以取舍。专著的撰稿者聚焦于新中国60年来出版发表的相关研究专著和期刊论文(新中国成立前和新中国成立初期的考察对象包括报纸文章)。① 需要说明的是,除了本套六卷七册书提供的翔实资料和信息外,本项目的第八个子课题"外国文学研究数据库"也系统全面地提供了丰富的资料。② 数据库采取板块形式,搜集新中国60年外国文学研究的各方面资料,包括研究成果类信息(含专著和论文)、翻译成果类信息、研究机构类信息、研究人物类信息、研究刊物类信息、研究项目类信息(国家社科基金等基金的立项情况)和奖项类信息。对新中国60年外国文学研究资料信息感兴趣者,还可以登录本项目数据库网址进行查询(http://sfl.net.pku.edu.cn:8081/)。

5. 因篇幅所限,书中的文献信息只能尽量从简。在中国期刊网、国家图书馆网站和本项目数据库中,只要给出作者名、篇目名和发表年度,就可以很方便地查到所引专著和论文的所有信息。本套书中有的引用仅给出作者名、篇名和发表年度。

本研究能够顺利完成,得益于各子课题负责人的认真负责和通力协作,也得益于全体参与者的大力支持和无私奉献,对此我们感怀于心。本课题在立项和研究过程中曾得到众多专家学者的指导和帮助,在此深表感谢;特别要感谢陈众议、吴元迈、盛宁、陆建德、戴炜栋、刘象愚、张中载、张建华、刘建军、罗国祥、吴岳添、严绍璗等先生的帮助。需要特别说明的是,本项目的研究,不仅得到国家社科基金的资助,也得到北京大学主管文科的校领导、北京大学社会科学部和北京大学外国语学院的极力支持和多方帮助,对此我们十分感激。感谢北京大学出版社对本套丛书的出版立项,尤其感谢张冰主任为本套丛书付出诸多辛劳。

由于这套丛书时间跨度大,涉及面广,难免考虑欠周,比例失当,挂一漏万。书中的诸多不足和错谬之处,恳请各位专家和读者批评指正。

---

① 博士论文往往以专著形式出版,重要部分也往往以期刊论文形式发表。
② 本项目的战略发展报告中也有不少资料信息。

绪　论

我国的外国文学史研究兴起于20世纪初期。那是新文化运动的时代,学习借鉴西方成为潮流,外国文学受到格外重视。最早的外国文学史著作是周作人的《欧洲文学史》,1918年10月作为"北京大学丛书之三",由上海商务印书馆出版。北京大学图书馆现存版本是1921年出的第四版,足见该书当时颇受欢迎。此外还有金石声编《欧洲文学史纲》(上海神州国光社,1931年)、徐伟著《欧洲近代文学史讲话》(上海世界书局,1943年)和张毕来著《欧洲文学史简编》(上海文化供应社,1948年)等。国别文学史方面出版较早的有李璜编《法国文学史：18世纪至现代》(中华书局,1923年再版修订本),郑振铎编《俄国文学史略》(上海商务印书馆,1924年),张传普著《德国文学史大纲》(中华书局,1926年),欧阳兰编《英国文学史》(北京大学出版部,1927年)和谢六逸著《日本文学史》(上海北新书局,1929年)等。这些著作如书名所示,主要是对不同国家文学史的概略性介绍,适应了当时读者的需要,但学术性一般不太高。出版较晚但影响较大的国别文学史有金东雷著《英国文学史纲》(上海商务印书馆1937)和吴达元编著《法国文学史》(上海商务印书馆1946)。

近年来国内已经出现一些总结外国文学史写作的研究专著,如龚翰熊的《西方文学研究》和段汉武的《百年流变——中国视野下的英国文学史书写》等。《西方文学研究》分上下两编,上编为"1949年以前的西方文学研究",有八章,从篇幅看约占全书三分之二。前三章综合介绍西方文学研究,第四到第七章分别介绍英、美、法、俄、德等国文学研究,第八章介绍"其他西方国家文学研究"。各章根据国别文学研究的具体情况,分别从文学史、文学思潮和作家研究等不同方面着手。值得注意的是美国文学研究是与英国文学研究放在一章介绍的,这反映了20世纪前半期美国文学研究尚未充分发展的特点,而现在美国文学研究则不论在地位和总量上都大大超过英国文学研究。龚翰熊在"绪言"中指出："在某种意义上,西方文学以及范围更广的西方文化的进入既是中国新文学运动的一个'因',也是它的'果'——新文学运动进一步发展的需要又推进了对西方文学的研究。"① 段汉武对金东雷的《英国文学史纲》归纳了几个特点:重视社会背景,注意分析作家、作品与时代的关系,开始探究文学史的发展规律,关注各个现象之间的相互联系。他指出,"这些皆已说明金东雷不仅运用进化史观,而且自觉或不自觉地也运用了唯物史观的诸多观点和方法。"② 吴达元在《法国文学史》"序言"中首先强调欧洲各国文学的源头是古希腊、罗马文学,然后指出现代欧洲文学以英、法、德、意为四大家,但意大利文学成熟最早(但丁)而后消沉,德国则在18世纪后期才出现歌德这样的大家,唯有英、法两国文学源远流长,各个时期都有大作家出现,分别代表南北两个传统。处在南欧的法国人热情浪漫,认为人生是享受的,不仅美的要享受,丑的也要把它变成美的。法国人崇尚理性生活,理性、感情与爱美观念是其三大特征。这部《法国文学史》注重叙述作家生平事迹,解释作品内容,研究时代精神。全书上下两卷,约80万字,这是解放前规模最大、水平最高的国别文学史。

新中国成立以后,由于中苏结盟,从政治制度到思想文化等各方面苏联的影响无处不在,外国文学史研究也重新转向,批评观点多依据苏联教科书。为了应付教学急需,曾经翻译苏联学者编写的《外国文学史》分卷出版;1956年高等教育部审订的《英国文学史教学大纲》(草案)是以苏联教科书为蓝本编写的;1957年出版的《俄罗斯和苏维埃文学史教学大纲》是在苏联专家指导下完成的。那时中文系外国文学史教学被分成"欧美文学史"和"俄苏文学史"两门课程。不仅俄苏一国就占了外国文学史的半壁江山,而且其他欧美国家的文学史讲授也以苏联出版的著作为准则。20世纪50年代正式出版的由中国学者撰写的外国文学史只有冯至等编著《德国文学简史》。③ 50年代末到60年代初中苏关系恶化,1961年中宣部和高教部确定教材编写方案,组织高等学校专家学者撰写新的包括外国文学史在内的文科教材。但在文学史观和研究方法上基本沿用苏联模式,这可从杨周翰、吴达元、赵萝蕤主编、1962年7月先行印出征求意见的《外国文学史欧洲部分提纲》看得很清楚。《欧洲文学史》上卷1964年正式出版,下卷1965年编写完成,但由于1966年开始的"文化大革命"干扰,直到1979年才问世。60年代早期出版的两部外国文学史著作是四川大学石璞

---

① 龚翰熊:《西方文学研究》,福建人民出版社,2005年,第3页。
② 段汉武:《百年流变——中国视野下的英国文学史书写》,海洋出版社,2009年,第22页。
③ 根据1983年出版的范存忠教著《英国文学史提纲》"后记",可知本书是1954和1955年度南京大学外语系的英国文学史课讲义;笔者在北京大学图书馆看到1957年天津师范学院油印出版雷石榆教授的《西洋文学》讲义和1958年四川大学石璞教授的《外国文学讲义》上下册,其他学校可能也有类似讲义,可以算作那个时代最早的外国文学史研究,但都没有正式出版。

的《外国文学史讲义(欧美文学部分)》和北京大学金克木的《梵语文学史》。另外,根据彭端智在自选集《东方文学散论》提供的信息可知,华中师范学院中文系外国文学教研室"早在1960年,就编写了一套《外国文学》教材,并铅印成册,作为学生教材使用。这套150万字的教材,分为四册;第一册为欧美文学,第二册为俄罗斯文学,第三册为苏联文学,第四册有两个部分,一部分是十万字的欧美现代文学,另一部分是25万字的亚非文学"。① "文化大革命"期间,外国文学史研究基本上是一片空白,偶有涉及也是纯粹为了政治斗争的需要,以外国文学为批判资本主义、修正主义的素材。② 20世纪70年代初,随着高等学校恢复招生,为了应付教学需要开始编写外国文学史教材,最早出版的是1974年问世的《外国文学简编》(试用本)。该书篇幅不长,阶级斗争火药味十足,带有明显的时代局限。

改革开放以来,外国文学研究逐渐走向正轨,出现了前所未有的繁荣局面。与20世纪50年代美国文学被忽视相反,"文化大革命"后最先问世的国别文学史是由中国社会科学院外国文学研究所董衡巽等编著的《美国文学简史》上册,1978年由人民文学出版社出版。紧随其后是次年出版的柳鸣九、郑克鲁、张英伦合著的《法国文学史》上册。外国文学史教材最早出现的是二十四院校编,吉林人民出版社1980年出版的《外国文学史》第一册。同年中国人民大学出版社出版的朱维之、赵澧主编《外国文学简编(欧美部分)》实际上也是部外国文学史,与三年后出版的朱维之、雷石榆、梁立基主编《外国文学简编(亚非部分)》构成一套完整的外国文学史教材。石璞在60年代出版的讲义修改充实之后以《欧美文学史》为新书名1980年由四川人民出版社正式出版。廖可兑的《西欧戏剧史》从50年代开始编写,1963年就通过了审定工作,但因"文化大革命"干扰而迟至1981年才出版。为了应付恢复高考以后外语专业学生的需要,用外语撰写的国别文学史开始出现,如刘炳善编著的《英国文学简史》(上海外语教育出版社,1981年)和王长新编著的《日本文学史》(外语教学与研究出版社,1982年)等。

80年代中期以后,外国文学史撰写和出版进入高潮。朱维之、赵澧主编的《外国文学史(欧美部分)》南开大学出版社1985年出版,朱维之主编的《外国文学史(亚非部分)》1988年出版,很快成为最流行的教材。1985年北京出版社出版了陶德臻主编的《东方文学简史》,是我国第一部东方文学史著作;1987年北京大学出版社出版了季羡林等编的《简明东方文学史》。到20世纪80年代末,国内出版的外国文学史教材已经基本形成系列,有简史、史纲、一卷本、多卷本或东西方分卷等多种形式,满足了从大专、师范院校到综合大学本科的不同需

---

① 彭端智:《东方文学散论——彭端智自选集》,华中师范大学出版社,2010年,第62页。
② 参看龚翰熊:《西方文学研究》,第十章。

要。关于外国文学史编写原则方法的探讨成为一些学术刊物和学术会议的热门话题。国别文学史研究也逐步繁荣,第一次出版了《朝鲜文学史》《意大利文学史》等通史,而且出现了如杨周翰的《17世纪英国文学》和侯维瑞的《现代英国小说史》等断代和专题文学史。进入90年代,外国文学史研究方面的一个重要变化就是得到国家社科基金支持的大项目开始出现,包括新编《欧洲文学史》、五卷本《英国文学史》和"20世纪外国国别文学史丛书"等。这些重点项目集中了各个领域的专家学者合作攻关,研究的深度比以前大有提高。另外,外国文学史研究的范围也进一步扩大,一些新兴国家的文学史开始得到关注,如《澳大利亚文学史》《新西兰文学史》《加拿大文学史》等。在外国文学史教材方面,90年代中期,郑克鲁与王忠祥受教育部委托,分别主持修订高等院校和高等师范院校外国文学教学大纲,然后在新大纲基础上编写了新的《外国文学史》。

进入新世纪以来,外国文学史著作出版高潮迭起。五卷本《20世纪外国文学史》卷帙浩繁,与"20世纪外国国别文学史丛书"合并组成我国对20世纪外国文学史研究的标志性成果。五卷本《英国文学史》到2006年出齐,问世最早且影响深远的《美国文学简史》(上、下)和三卷本《法国文学史》出版了修订本,还出现了多卷本《新编美国文学史》《德国文学史》和《日本文学史》等国别文学通史。断代史和文类史也大量涌现,如欧洲戏剧史、英国小说史等都有多种著作问世。许多出版社竞相推出特色各异的外国文学史系列丛书,各种著作层出不穷,包括教材、研究性著作和普及性文学史等。据不完全统计,我国出版的国别文学史著作已经从解放前主要涉及英、法、德、俄、日等寥寥数国发展到涵盖40多个国家,从区域来看则覆盖了全世界各大洲。① 此外,对于文学史研究理论方法的探索也有新的进展,出现了不少论著,如温潘亚著《追寻文学流变的轨迹——文学史理论研究》(人民出版社,2009年)等。

从发展过程来看,外国文学史研究大多是从翻译开始,然后才出现自己撰写的著述;先有教材,然后有研究性著作,再后来出现普及性文学史。从形式来看有史纲、简史、通史、断代史、文类史等。从语言来看,作为外语专业教材的文学史很多用外文撰写;中文系教材、面向大众读者的文学史和研究性著作用中文撰写。从学术性来看,前辈学者积多年甚至毕生精力撰写的专著成就最突出。由于外文出版的文学史主要是为外语专业教学服务,本书对这类文学史只作简单介绍,而把重点放在用中文撰写的外国文学史著作。国内出版的外国文学史著作大致分为如下几类:一、综合介绍类外国文学史,如《世界文学史》《外

---

① 但是我国对于非洲地区文学史的研究仍处于比较落后的状态,目前见到的只有李永彩的《南非文学史》(上海外语教育出版社,2009年)。

国文学史》《欧洲文学史》《东方文学史》等；这些文学史著作主要用作文科教材，影响面很大，有些著作的学术水平也比较高。二、多卷本研究性国别文学通史，如五卷本《英国文学史》、三卷本《法国文学史》、五卷本《德国文学史》、三卷本《俄苏文学史》、三卷本《苏联文学史》、四卷本《新编美国文学史》、四卷本《日本文学史》等，这些多是专业学者潜心研究的成果，是本书探讨的重点。三、断代或文类文学史，如《17世纪英国文学》《英国诗史》《法国小说发展史》《日本俳句史》《20世纪外国文学史》《古罗马文学史》等。这部分著作研究性较强，值得特别重视。另外，各种期刊发表的有关文学史研究的论文不仅对评价文学史著作有帮助，而且探讨外国文学史研究写作的理论方法问题，是重要的参考资料。

本书分为西方文学史研究与东方文学史研究两大块，在此略作说明。谈外国文学，自然应该是"东方"对"西方"，"亚非"对"欧美"，这在特别讲究词语对称的中文语境内似乎不言自明。但是，在研究过程中我们却注意到"东方"对"欧美"的问题，也就是说很少有西方文学史专著在书名用"西方"，用"欧美"的比较多，而"东方"在文学史专著中作书名则很普遍，用"亚非"的却不多。遍览国内出版的外国文学史，读者很容易得出与"东方"相对的不是"西方"，而是"欧美"。在图书馆书目搜索几乎找不到在书名中明确用"亚非"的文学史著作，而用"欧美"的则大量存在。1986年湖北教育出版社出版了彭端智等著《东方文学史话》，与之相对应的是同年出版的王忠祥等著《欧美文学史话》；即使2002年出版的李明滨主编的《世界文学简史》也是分成"欧美文学"和"东方文学"两部分。原因何在？

"东方文学"或"东方学"的提法与我国的学科建设发展有密切关系。魏丽明在《从东方国别文学、地域文学到总体文学》一文中指出："直至1958年，北大东语系第一次把东方文学作为一个整体加以讲授并加以研究，并率先在北大东语系和中文系开设'东方文学'课程……1959年，季羡林先生和刘振瀛先生合作在《北京大学学报》发表了长文《五四运动后四十年来中国关于亚非各国文学的介绍和研究》，该论文详细概述了亚非两大洲26个国家文学在中国的介绍和研究情况，在中国第一次提出亚非文学的概念，认为亚非这一概念是指亚洲和非洲的全部文学而言的……作者认为，在整合亚非各国文学的基础上，应该把亚非文学作为一个整体、一门新兴的学问、独立的学科加以研究并开展教学。"[①]从此文来看，"东方文学"与"亚非文学"大致是同义的。彭端智的《东方文艺复兴的曙光——关于亚非现代民族革命文学的几个问题》，最早发表在1979

---

① 魏丽明：《从东方国别文学、地域文学到比较文学》，王邦维主编《季羡林先生与北京大学东方学》，阳光出版社，2011年，第624—625页。

年第2期《外国文学研究》。文章标题既有"东方",又有"亚非",也表明了两个词的同义性质,说明当时还难以在两者之间做出取舍。该文的注释前两条是引的1955年世界知识出版社出版的《亚非会议文件选辑》,第3—5条是《马克思恩格斯选集》,可见当时的政治气候。文章最后一段写道:"'欧洲中心论'必须批判,洋奴思想必须扫除,从来以欧洲为中心的世界文学史必须重写。第二届亚非作家会议就明确指出:要坚决反对帝国主义文化,'修订亚非文化史,宣传亚非文明'。"①从这里可以看出"亚非文化"和"亚非文明"的政治意义。季羡林先生1982年8月在首届全国东方文学教师讲习班上所作题为"正确评价和深入研究东方文学"的讲演(发表在《外国文学研究》1982年第4期上),成为"东方文学"定名的纲领性文件。

在后来出版的外国文学史著作中,除了朱维之领衔主编的《外国文学简编》和《外国文学史》用"亚非部分"或"亚非卷"外,其他著作一般都用"东方文学史"作书名。如果说用"东方文学"顺理成章,用"西方文学"则多少有些问题,因为在相当长的时间里,"西方"在我们政治语汇中有贬义,如说"西方资产阶级能做到的,我们东方无产阶级为什么不能"等。"不是东风压倒西风,就是西风压倒东风"和"日薄西山"等本来是成语,但是由于我们是身处东方的社会主义国家,西方帝国主义是我们的对立面,所以"西方"或多或少成了受排斥的语汇。② 在20世纪80年代中期出现了前述两种东方文学简史以后,20世纪90年代中期出版了多种东方文学通史,如郁龙余主编的《东方文学史》(上下,陕西人民出版社,1994年)和季羡林先生为主编,刘安武为副主编的《东方文学史》(上下,吉林教育出版社,1995年)等。与此形成鲜明对照的是,在2001年之前,用"西方"作书名的文学史著作似乎只有武汉出版社1989年出版的《西方浪漫主义文学史》,在外国文学史大量问世的整个20世纪90年代没有一部用"西方"为书名的文学史。

"西方"从被屏蔽到步入前台,2001年是个分水岭。吴元迈主编的《外国文学史话》东方文学有两卷,分别为古代中古和近现代卷,西方文学有八卷,分古代、中古到文艺复兴、17—18世纪、19世纪前、19世纪中、19世纪后、20世纪前、20世纪后等。由于早期各卷并不涉及美洲,用"欧美"显然不合适,只好用西方。这个先例一出,禁忌就打破了。2003年,四川人民出版社出版了陈惇主编的三卷本《西方文学史》,这是我国出版史上的第一部。几位主要撰稿人都曾经参与《外国文学史(欧美卷)》的编写,用《西方文学史》作书名也更能体现新的

---

① 《东方文学散论——彭端智自选集》,第10页。
② 参见陈众议主编:《当代中国外国文学研究(1949—2009)》,中国社会科学出版社,2011年,第453—457页。

特色。主编陈惇在"绪论"中写道:"本书是一本欧美文学史,之所以……用'西方文学史'的书名……为的是突出其文化体系的意义"(第2页)。同年,海南出版社出版了谢南斗等编著的《20世纪西方文学史》。2010年,北京师范大学出版社出版了匡兴主编的单卷本《外国文学史(西方卷)》,也是一种西方文学史。除了上面提到的著作之外,近年来还出现了如《西方戏剧史》《西方文学之旅》和《西方文学十五讲》等。这些著作的相继出版表明在文学研究方面"西方"在书名中不必再避讳了。2013年高等教育出版社出版了王立新主编的《外国文学史(西方卷)》,是教育部中文学科教学指导委员会组编的通用教材,"导论"明确指出,"西方文学是对欧美这两大有着密切历史文化联系区域的文学的统称"(第1页)。[①]

近年开始频频出现以"西方"为题的文学史著作,一方面可以解释为对过去东西方对立政治意识的修正,毕竟当今的世界已经发生了巨大变化,以前的一些习惯性思维观点应该改变了。另一方面,是否也可以把这种变化解释为从东方或中国学者的角度构建"西方学"的努力呢?如果说18和19世纪的欧洲人构建了"东方学"(当然如赛义德所指出的这种东方学观点是带有西方偏见的)[②],我们21世纪的中国人为什么不可以构建我们眼中的西方呢?而且我们在构建或评价西方的过程中还可以吸取西方人过去构建东方学时的教训,从而构建出更为公正,更有借鉴意义的西方。从一定意义上来说,对西方文学作整体评价更有利于发出中国学者自己的声音。正是因为有了这种变化,我们在本书可以毫无顾虑地谈论西方文学和东方文学。

外国文学史如何区分研究性著作和教材也是个值得注意的问题,两者有区别,但也不能把两者截然分开。在中国从事外国文学史研究的最主要力量是高等院校讲授外国文学史的教师,专门从事外国文学研究的学者很有限,但他们在各自领域的贡献却十分重要,尤其是那些从事小语种文学研究的学者。总体上来看,从翻译介绍到讲义再到教材,然后是研究性著作和普及性著作,因为大多数教师是在阅读借鉴外国人著述的基础上讲授外国文学史课程的。20世纪50年代是先翻译苏联人的教材著作为指导,然后开始编写讲义,并在不断修改讲义的基础上出版教材。《德国文学简史》和后来出版的石璞的《欧美文学史》都是这样产生的。《欧洲文学史》的产生则不同,因为它是1961年北京大学西语系按照国务院文科教材会议布置的任务编写的,参编者包括了多所院校欧洲

---

① 由于陈惇、匡兴、黄晋凯、刘象愚和王立新都曾经是《外国文学史(欧美卷)》的重要参编者,新世纪这三种西方文学史的出版或许表明"西方文学"将正式取代"欧美文学"。

② 关于对东方学的批评,参看爱德华·W.萨义德著,李自修译《世界·文本·批评家》,三联书店,2009年,第393—398页。

文学史教学研究方面的专家。因此,它是教材,同时又是研究性著作,也是普及性的读物。"文化大革命"以后,各种外国文学史教材层出不穷,百花齐放。等到新编《欧洲文学史》在2000年前后问世的时候,其定位就不再是教材而是研究性著作。

教材与研究性著作两者的区别可以从如下几方面来看。一、教材的目录一般有比较明确的提示,这样有利于学生把握重点。如原版《欧洲文学史》大多标明各个阶段的代表性作家,让学生一目了然。后来出版的各种外国文学史更是明确地以重点作家作品为主线组织文学史的叙述。但是新编《欧洲文学史》则在目录中取消了主要作家,转而以国别文学为主组织叙述。二、教材在叙述中多综合前人的批评观点,不刻意标明引文,因为学生只要把握基本观点就行,不必拘泥于批评界的争议。研究性著作则把重点放在表达有一定深度的批评见解,并与前人观点形成批评对话,这样就需要征引前人观点或归纳介绍不同的批评观点。新编《欧洲文学史》在介绍拜伦时就侧重于让读者了解他在批评界的地位变化和学界的不同观点,在评述乔伊斯和T. S.艾略特等现代派作家时注意广泛引证相关批评,这在教科书中则比较少见。三、外国文学史教科书大多在每章末附有思考练习题以便帮助学生把握重点,陈惇主编的三卷本《西方文学史》也是这么做的,研究性著作则没有。

从篇幅来看,教科书要求适中,普及性著作篇幅较短,而研究性著作则可长可短,没有一定之规。普及性的外国文学史如上海外语教育出版社的"外国文学简史丛书"和外语教学与研究出版社的"外国文学史丛书",篇幅都比较短小,以使读者能在有限的时间内对某国的文学史有个大致了解。虽然篇幅不大,这类国别文学史的编写者大多是长期从事相关研究的专家学者,因此也有较强的学术性,有的还是涉及某些国家或地区的仅有的文学史。北京大学出版社出版的"插图本国别文学史丛书"图文并茂,湖北教育出版社的"外国文学大花园"丛书更是文学评论、插图与文选三位一体,让读者从多方面了解欣赏相关国家的文学。当《欧洲文学史》最初问世的时候,时代要求它担负教材、研究性著作和普及性读物三重责任,因为它是该领域仅有的著作;现在由于各种外国文学史出版物百花齐放,新编《欧洲文学史》就可以放手在研究性上多下功夫,而不必拘泥于教科书的要求了。或者说现在的多卷本研究性外国文学史主要是作为研究生和学者进行深入研究的参考书,面向本科教学的则多为单卷本,如李明滨教授在与张玉书教授合作主编了四卷本《20世纪欧美文学史》之后,又主编了在前者基础上缩编而成的《20世纪欧美文学简史》。教科书、研究性著作和普及性读物三者的关系是并行不悖,相得益彰。

鉴于新中国60年外国文学史研究的发展状况,本书的结构为先综合考察外国文学史研究,再分别探讨西方文学史研究和东方文学史研究,然后是西方国别文学史研究和东方国别文学史研究。这样做是考虑到西方文学史研究开展较早,研究较多的实际,并非囿于西方中心论的影响。第一章为外国文学史研究,主要探讨总体性外国文学史,包括外国文学史、世界文学史等著作。第二章为西方文学史研究,主要是欧洲文学史研究,兼顾美洲文学史研究。第三章为东方文学史研究,这是中国学者做出独特贡献的领域。第四章开始分别论述英、法、德、俄、美、西班牙与拉美和西方其他国家文学史。第十一章开始分别论述日、朝韩、印度和东方其他国家文学史研究。各章一般首先总结外国文学史方面的研究成果,综合介绍已经出版的重要著述;然后重点探讨有代表性或影响较大的外国文学史著作,对有突出贡献的学者研究给予特别关注;最后对相关外国文学史研究方面的成绩和不足加以总结,并争取结合国外文学史研究的发展动态做出比较评价。由于撰稿者不同的学术背景和特点,全书各章并不刻意追求统一的布局和风格,而是力求在大致相近的规范要求下发挥各撰稿人的特长,争取尽量准确全面地反映外国文学史研究的整体风貌和突出特色。西方文学各章主要关注在相关文学史研究中做了些什么,取得了那些成绩,还存在哪些问题,并力图对文学史上的某些代表性作家及主要成就给予概括性描述,只有俄罗斯文学史研究因为情况特殊而较多涉及重写文学史的问题;东方文学各章则在总结文学史研究成果的基础上作了一定的理论性探索,如文学史研究中的"史识"和"学识"的问题、中国的文学史观与日本的文学史实的矛盾、民间文学在东方文学史研究中的重要性等问题。结语将对60年来外国文学史研究取得的成果做出总结,指出尚存的缺陷和弱点,未来可以努力的方向,以期对今后的研究工作有所帮助。

第一章
外国文学史研究

1949年10月1日中华人民共和国成立，中国的历史进入了一个新纪元，外国文学史研究也进入了崭新的历史时期。如果说解放前的外国文学史研究基本上是学者的个人行为，新中国外国文学史研究的最大特点就是政府的领导规范。鉴于当时的国际国内形势，新中国成立伊始在政治上就采取了一边倒的方针，即与以苏联为首的社会主义阵营结盟，在政治、经济、思想、文化等各方面都受到苏联的影响，外国文学史的教学与研究自然也不例外。在20世纪50年代，外国文学史教学和研究从主题内容到基本方法都是按照苏联模式进行的。20世纪60年代初，中苏关系恶化，外国文学史研究开始做出新的探索。但是1966年开始的"文化大革命"使外国文学研究陷于停顿。改革开放以后，外国文学史研究走上了稳定发展的道路，取得了突出成绩。本章首先简述外国文学史研究的发展历程，然后具体分析几部有代表性的外国文学史著作，最后总结外国文学史研究方面的现状并展望未来发展。

第一节　按苏联模式改革外国文学史教学

建国后的最初三年是恢复期，整个国家百废待兴，外国文学史研究还没有提到议事日程。由于东北解放较早，各方面基础较好，新中国外国文学史教学方面最早的出版物，是设在沈阳的东北教育社1951年翻译出版的苏联高等院校《19世纪外国文学史教学大纲》，次年又出版了《18世纪外国文学史教学大纲》，从而为中国的外国文学史教学提供了规范标准。为了适应国家经济建设对各方面专业人才的迫切需要，1952年按照苏联高教模式进行了高等学校院系调整。此后外国文学史教学与研究也按照苏联模式逐渐展开。在"大跃进"的1958年，苏联学者编写的《18世纪外国文学史》由方闻译出，上海新文艺出版社出版,《19世纪外国文学史》由杨周翰译出,人民文学出版社出版,成为我国外国文学史教学的权威教科书。下面几段引文出自《俄罗斯和苏维埃文学史教学大纲》(时代出版社,1957年)的"课程要求",可以帮助读者了解苏联模式外国文学史教学和研究的基本特征:

  1. 分析文学现象时,必须以列宁的反映论为依据,对艺术形象应视为透过一定的阶级性的世界观的偏见所理解的观点的反映。

  2. 文学现象必须有关具体的社会政治环境,在它们的社会历史的制约性中得到阐明。

  3. 说明文学的过程时必须根据马克思列宁关于阶级斗争、关于阶级对抗的社会中每个国家的文化中两种文化的学说,同时必须阐明反映在文学中的进步与反动力量的斗争。

  4. 每一文学现象的解释(作家的创作、个别作品,以及对人民性、爱国主义等等的理解)必须具有具体的历史性(和阶级性)。

  这四条"课程要求"中,给人印象最深的是"反映论""阶级性""阶级斗争"和"历史性"等术语,文学本身的特性则几乎没有提及。这是20世纪50年代讲授、研究外国文学的基本原则。而且这四条要求都是"必须"做到的,不是建议性或选择性的,它们可以说是当时外国文学史教学和研究者头上的"紧箍咒"。

  20世纪50年代的外国文学史教学分为"欧美文学"和"俄苏文学"两门课,除了使用苏联教材之外,一些大学的任课老师编写了讲义。四川大学石璞教授1933年毕业于清华大学,早年曾经翻译过伍尔夫的小说,从1936年开始一直在四川大学任教。她在50年代讲授外国文学史欧美部分,自己编写了讲义。讲义初稿1958年由四川大学中国语文系油印出版,上下两册。讲义共分十章,第一至第六章为上册:一、希腊文学;二、罗马文学;三、中世纪;四、文艺复兴;五、17世纪(主要涉及高乃依、莫里哀、弥尔顿);六、18世纪(重点是德国文学,英国文学对菲尔丁评论较多)。其余四章为下册:七、浪漫主义 1789—1830;八、19世纪中期 1831—1870(美国文学开始出现,增加丹麦和斯拉夫文学);九、1871—1917;十、十月革命后(德、英美、法、斯拉夫、拉美)。讲义从古代到现代的欧洲文学分期与后来出版的《欧洲文学史》基本一致,而最后一章对十月革命后欧美文学的介绍一直到二战以后则十分少见。这表明石璞教授对十月革命以后的欧美文学比较熟悉,力图在教学中把这方面的知识传授给学生。这在那个时代是十分难得的。

  《建构文学史新范式与外国文学名著重读——王忠祥自选集》的"作者主要著述目录"第一条是《世界文学基本讲稿》(上下册),华中师范学院内部发行,1957年。由此可见王忠祥当时也有内部印行的讲义。从1951年山东大学创办《文史哲》开始,国内不少高校先后创办了文科学报,这些学报上发表的外国文学研究方面的论文反映了那个时代的学术状况。在1954到1958年间,山东大学的黄嘉德教授在《文史哲》先后发表关于契诃夫、菲尔丁、孟德斯鸠、席勒、惠特曼、塞万提斯、普列汉诺夫、海涅、萧伯纳、司汤达等的纪念文章或研究论文,是相当引人注目的。这些文章在一定意义上构成一部欧美文学史。武汉大学张月超教授的《西欧经典作家与作品》(长江文艺出版社1957)也可以说是西欧文学史。

50年代末中苏两党分歧日益严重,终于导致60年代两党决裂;中苏两国从情同手足的盟友变为势不两立的死敌。一方面由于中苏交恶,另一方面也由于已经建国十年,有了独立进行研究的较好基础,于是1961年6月,中宣部和高教部联合组织领导编写全国高等学校文科教材。《欧洲文学史》《西方美学史》等影响了几代人的自编教材均出现在这一时期。尽管苏联模式的影响仍然存在,但毕竟是中国学者按照自己的需要编写相关教材。根据教育部的统一部署,以北京大学杨周翰、吴达元和赵萝蕤教授为主编,负责外国文学史欧洲部分的编写,参加者除北大老师外还有北师大、北外、华中师院和当时中国科学院文学研究所的学者。1962年《外国文学史欧洲部分提纲》先行印出,征求各方面的意见。提纲共344页,篇幅约为欧洲文学史总字数的三分之一。1964年《欧洲文学史》上卷正式出版。

石璞的《外国文学史讲义》1963年7月以《外国文学史讲义(欧美文学部分)》为书名,由四川大学铅印出版,仍分上下两册,但改为七章:古希腊、罗马和中世纪文学合为一章,十月革命后一章删除。这样上册仍到18世纪末,分四章,下册三章。前三章合为一章,实际内容没有多大变化;原来的十月革命后欧美文学一章删除则可能有深意。1958年印行的讲义可以按教师自己的选择讲授20世纪前期欧美文学,但作为对外发行的出版物则必须考虑总体环境。在权威部门把20世纪欧美文学基本上视为资本主义没落阶段腐朽文学而总体否定的情况下,把教师的个人观点作为教科书出版显然有困难。从这种变化中,我们作为后来者也可以隐约窥出当时外国文学教学与研究者的无奈。虽然《外国文学史欧洲部分提纲》和石璞的《外国文学史讲义(欧美文学部分)》都并非总体外国文学史,但在那个时代是我国外国文学史教学研究的重要成果,因为亚非文学的研究还处在开始阶段。华中师范学院王忠祥等教授编写的《外国文学》讲义四册既包括欧美文学和俄苏文学,也包括亚非文学,可以算是当时最全的外国文学史教材。从彭端智教授的介绍看,华中师院最先编出这种教材的重要原因是那里从事外国文学教学的力量最强[①]。

---

① 彭端智:《东方文学散论》,华中师范大学出版社,2010年,第62—63页。

1966年"文化大革命"开始,外国文学研究完全陷入停滞。1980年出版的朱维之、赵澧主编《外国文学简编(欧美部分)》"后记"写道:"本书是在华北地区部分高等院校协作教材的基础上重新编写而成的。该教材于1973年开始编写、讨论,1974年第一次作为内部教材印行;1976—1977年修订,第二次印行。这一次,进一步扩大协作范围,共有15所高等院校的外国文学教师参加欧美部分的编写工作。各协作院校的同志本着思想解放、实事求是的精神,对原教材的体系、体例、观点等方面都作了认真的讨论和较大的修改"(第607页)。这部教材是"文化大革命"后期在1973年开始编写的,因为70年代初期大学恢复招生,需要教材。

笔者查阅了北京大学图书馆藏1974年出版的《外国文学简编》(试用本),发现其内容与1980年正式出版的教材区别很大,"文化大革命"的时代特征十分明显。试用本正文前面有三页革命导师语录,马克思、恩格斯和列宁语录各一则,第三页是毛泽东语录三条,从"古为今用、洋为中用"到无产阶级对文艺的态度和舆论的重要性。前言有7页,几乎就是一篇大批判文章,批判从刘少奇、林彪到周扬为代表的所谓资产阶级文艺黑线等。正文十三章,第一章是文艺复兴和莎士比亚,而古希腊、罗马文学和中世纪文学则根本没有提及。第二章启蒙文学和歌德,第三章浪漫主义诗歌和拜伦,第四章前期批判现实主义和巴尔扎克,第五章后期批判现实主义和托尔斯泰,第六章美国批判现实主义和马克·吐温。如果说前六章的内容大致与我们现在通常强调的重点作家区别不大,后七章则在今天看来几乎是不可思议的:第七章是巴黎公社和鲍狄埃,第八章苏联无产阶级文学和高尔基,第九章是奥斯特洛夫斯基和《钢铁是怎样炼成的》,第十章是阿尔巴尼亚无产阶级文学和皮塔尔卡的《渔人之家》,第十一章是朝鲜无产阶级文学和赵基天,第十二章是战斗的越南文学和素友,第十三章是对苏修文学及其鼻祖肖洛霍夫的批判。因为"文化大革命"时期阿尔巴尼亚、朝鲜和越南是我们仅有的社会主义兄弟国家,所以这三国的文学得到特别重视,而苏联文学的标志肖洛霍夫则成了修正主义的代表,是批判的对象。翻看全书,每章后面的注释几乎全是革命导师著作的内容,专业性的文学史研究著作没有涉及。对于文学作品的评论充满了空话套话,对作品缺陷的指责也很牵强。如对歌德的《浮士德》的评论指出:"艺术上最大的缺陷有二:一是作品中的某些部分,运用了脱离现实的象征手法,致使这些部分晦涩难懂;二是浮士德的形象到第二部分失于抽象化、概念化,因而大大损伤了这个形象的真实感人的力量"(第71页)。这种现象虽然很荒唐,但毕竟是经过了多年停顿之后外国文学史教学研究重新开始的标志。

第二节 改革开放早期的外国文学史研究

1980年正式出版的《外国文学简编(欧美部分)》"前言"写道:"考虑到历史发展的不平衡和文学状况的差异,我们将《外国文学简编》分为'欧美部分'、'现代欧美部分'和'亚非部分',各自独立成册"(第5页)。这可能是最初的设想,但后来只在1983年出版了由朱维之、雷石榆、梁立基主编的《外国文学简编(亚非部分)》,前言说明本书与《外国文学简编(欧美部分)》是"姐妹篇",这表明此时已经决定不出版"现代欧美部分"。在2010年出版的《外国文学简编(亚非部分)》第四版"前言"中编者写道:"改革开放伊始,高等院校开始恢复外国文学的课程,中国人民大学出版社准备出版《外国文学简编》,起初只有[欧美部分],而无[亚非部分],这不能给学生以完整的外国文学知识。于是由15所高等院校的外国文学教师用将近四年的时间共同编写了[亚非部分],使《外国文学简编》成为我国第一部最完整的外国文学教科书"(第1—2页)。24院校编的《外国文学史》1980年由吉林人民出版社出版第一册,"后记"说第四册为"现代文学",但在1984年出版第三册以后并没有出第四册。由于当时"文化大革命"结束不久,人们的思想还没有充分解放,对现代外国文学的批评研究处在起步阶段,还有很多顾虑,因此虽然编者计划有"现代文学"卷,编辑出版的时机或条件却不成熟。从表面上看,朱维之等主编并由南开大学出版社出版的两卷本《外国文学史》是《外国文学简编》的自然发展,但是《外国文学史》在20世纪80年代中后期出版之后,《外国文学简编》并没有被取代。《外国文学简编(欧美部分)》1986年出修订版,目的在于把现代文学包括在内,目前已出到第六版,而《外国文学简编(亚非部分)》也多次修订再版,目前已出到第四版。鉴于由朱维之领衔主编的《外国文学简编》和《外国文学史》都分为"欧美文学"和"亚非文学"两卷,我们将在下面两章介绍西方文学史和东方文学史时再作具体探讨。

1980年贵州人民出版社出版了《外国文学55讲》,是中南、西南、西北部分高等院校外国文学教师合作完成的,1977年开始编写,1979年底定稿(编著者中有王忠祥、龚翰熊等学者)。"前言"指出:"本书从中文系学生学习外国文学的实际出发,并考虑到社会上广大青年爱好外国文学的需要,故采取了以作家作品为主,重点分析作品,以文学史为辅的方式。对外国文学史上影响深远的七位著名作家(莎士比亚、歌德、拜伦、巴尔扎克、托尔斯泰、鲍狄埃和高尔基)和他们的代表作品,作了较为全面的介绍,其他四十位作家则着重分析他们的代表作品。在八讲概述中,对东西方各个时期外国文学发展的状况只作了综合的论述,俾使读者对此有一个轮廓的了解。"显然本书也可以算作外国文学史教材;首版印数达6万册,可见影响颇大。本书明显厚今薄古,上册介绍从古代到19世纪初的外国文学,只有21讲;下册叙述从19世纪中期批判现实主义开始的外国文学,最后一部分是无产阶级文学,介绍了九个作家:鲍狄埃、高尔基、马雅可夫斯基、福尔曼诺夫、奥斯特洛夫斯基、法捷耶夫、伏契克、小林多喜二、赵基天。从这个名单可以看出当时的编撰原则仍然受"文化大革命"极左路线影响。在20世纪80年代,除了上述外国文学史教材外,还有多种《外国文学教程》。广西人民出版社的《简明外国文学教程》(1982)是华北地区13所师范专科学校的教师为师专、教育学院和教师进修学院编写的教材,其特点是主要叙述欧美文学史发展,附录介绍《一千零一夜》和小林多喜二的《为党工作》为东方文学史代表。江西人民出版社的《外国文学简明教程》(1982)署名湘赣豫鄂四省34院校编,也是师范院校教材,与前者不同的是把东方文学和西方文学合并编写,但东方文学内容极少,只有《旧约》《一千零一夜》,最后一章包括泰戈尔和小林多喜二等。两书值得注意的是都在附录中介绍西方现代主义文学。显然这几种外国文学史教材都是为了应付教学需要而编写的,与24院校编《外国文学史》一样,它们在完成了其历史使命之后没有再版。

从20世纪80年代中期开始,即使由多所院校数十人编写的相关教材类著作也都明确列出主编者的名字。王忠祥、宋寅展、彭端智主编的《外国文学教程》为高等师范院校教材,分上中下三册,湖南教育出版社1985年出版,前两册为欧美文学,下册为亚非文学。三册合计1100多页,已属于篇幅比较大的外国文学史教材,虽然书名不叫"外国文学史"。本书是在1963年华中师院非正式出版的《外国文学》教材基础上编写的,中册630页,论述19世纪中期到20世纪欧美文学,三章中俄苏文学占最大比重,这是因为"文化大革命"前的外国文学史教学中俄苏文学与欧美文学属于并列的课程。本书最后附有《世界文学大事年表》,分年代、重要历史事件和主要作家作品三栏,资料到1980年萨特逝世为止,这在当时出版的外国文学史教材中是不多见的。与《外国文学简编》相比,该教程更简,上册17世纪只专讲法国文学,18世纪只专讲德国文学,到19世纪初分别讲英、法、俄等国文学。不管是从对俄苏文学的侧重,还是从对作家的评论都可以看出重阶级分析、政治态度的特点。如在介绍法国20世纪文学时重点是共产党员作家巴比塞和阿拉贡,在介绍美国文学时强调约翰·里德、迈克尔·高尔德等无产阶级作家,然后简单介绍资产阶级文学,单独介绍的只有德莱塞和海明威等。陶德臻主编的《外国文学史纲》1990年由北京出版社出版。该书的特点是把东西方文学合为一卷,而且先叙述东方文学,然后再叙述西方文学。从篇幅来看,全书560多页,第一编标题为"东方文学"共5章210多页,下限为1986年获得诺贝尔文学奖的尼日利亚作家索因卡;第二编标题为"欧美文学",共7章350多页,东西方文学比例大约是2比3,是比较合适的,也反映了那个时代重视东方文学的特点。该书的一个突出弱点是第二编"欧美文学"没有包括拉美文学,只涉及欧美主要国家文学,而且下限为20世纪中期的萨特、卡夫卡和海明威等。

参与24院校编《外国文学史》的学者主要来自东北地区的院校。这部文学史在1980年出版第1册,包括"古代文学"和"中古文学"两编,印数41500册;1982年出版第2册,是第三编"近代文学"(上),叙述从文艺复兴到1830年的外国文学;1984年出版第3册"近代文学"(下),叙述"19世纪中后期文学",印数则降为15900册。原计划第4册为"现代文学",但没有出版,故全书三册。这部《外国文学史》专章介绍的重要作家只有六人:莎士比亚、歌德、拜伦、巴尔扎克、托尔斯泰、泰戈尔。《外国文学史》"前言"这样论述学习外国文学的意义:"优秀的外国文学,对于我们来说,它具有巨大的社会认识价值,一定的思想教育意义,和不可缺少的艺术借鉴作用"(第1页)。"前言"同时强调学习外国文学时,必须遵循"古为今用"、"洋为中用"和批判地继承的原则:"我们既要承认封建的资产阶级的文艺的一切成就,乃至他们的几次文化运动中出现的文艺创作的高峰,但我们也不能望山却前,看不到它们的时代局限和阶级局限。另外,我们在充分肯定外国优秀文学遗产的同时,还应更加珍视和学习各国的无产阶级文学。世界无产阶级文学,虽然从诞生到今天,还不到二百年,但它所获得的成就却是辉煌的。它不但反映了无产阶级的革命斗争,还描绘了社会主义宏伟豪迈的建设事业,展示了壮丽的共产主义远景。无产阶级文学所具有的高度的思想性,是以往时代的作家作品所无法达到的;无产阶级文学中的英雄的高尚思想和革命激情,对于我们是更具有感染和鼓舞力量的"(第5页)。这种表述明显带有按阶级划线的时代痕迹,现在看来自然是有偏颇的。这部文学史目录第一编"古代文学"第四章标题是"巴勒斯坦文学",但讲的是希伯来《旧约》。标题为"巴勒斯坦文学"反映了当时国际政治的影响:在巴以冲突中我国反对犹太复国主义,支持巴勒斯坦人民争取民族权利的斗争,所以在文学史中也特别强调那个地区的古代文学是"巴勒斯坦文学"。等到1990年出版的《外国文学史纲》,相关标题则改为"希伯来文学"。①

在20世纪80年代初,24院校编的这部《外国文学史》与朱维之等主编的《外国文学简编》是高等学校外国文学史教学的主要教材。两者最大的区别是《外国文学简编》把欧美文学和亚非文学分为两册,而24院校本《外国文学史》是把东西方文学合并一起,按时间顺序讲述,是本书在内容和体例上的一个尝试。"前言"指出:"我们认为按着人类发展的历史进程,通观东西方文学及其发

---

① 《外国文学史纲》的多位编著者曾经参加24院校编《外国文学史》,包括主编陶德臻,还有何乃(廼)英、张朝柯、易漱泉、曹让庭等;两书在东西合并、先东方后西方的编辑原则方面是一脉相承的。

展,更便于进行比较、研究,更便于探讨文学的共同规律。过去在西方资产阶级文学史家的著作中,西方文学对整个人类文化发展的作用,无疑是被夸大了,而亚非文学的作用,却未能充分地显示出来。运用辩证唯物主义和历史唯物主义观点,如实地反映各国文学的作用,恢复亚非文学的固有地位,是我国外国文学研究者义不容辞的任务"(第5—6页)。根据这个原则,第一册包括"古代文学"和"中古文学"两编,各编第一章为"概述",另有五章分别叙述重要国家文学。在第一册十章中只有两章分别论述希腊、罗马文学和欧洲中世纪文学。虽然从中可以看出编著者纠正西方文学史家忽视东方文学的偏颇,但在具体论述中显然有些矫枉过正,对西方文学的重要地位没有充分重视。郑克鲁对本书有如下评价:"二十四所高等院校编写的《外国文学史》规模较大,共有三册,内容上有所扩充,有的章节也体现了编写者的研究成果,但不少章节写得不够简明扼要,缺乏新资料,总的水平似乎还不及《外国文学史简编》。"[①]或许正是因为这个原因,24院校编《外国文学史》只在80年代出版了一次,很快就被1985年出版的朱维之、赵澧主编《外国文学史(欧美部分)》和1988年出版的朱维之主编的《外国文学史(亚非部分)》所取代。

　　林亚光主编的《简明外国文学史》1983年由重庆出版社出版。该书的特点是东西方文学按古代、中世纪、近代和现当代四个阶段合编,而且现当代文学介绍到愤怒的青年、黑色幽默等。最后一章综合论述现代派文学,在80年代早期出版的外国文学史中可以说是独树一帜。雷石榆、陶德臻主编的《外国文学教程》1986年由浙江大学出版社出版,分上下卷,上卷为古代到19世纪初的欧美文学,下卷1—322页为19世纪中期以后的欧美文学,323—485页为亚非文学,两者的比例为一比五。匡兴主编的三卷本《外国文学史讲义》(北京师范大学出版社,1986年),第一、二卷为欧美文学,第三卷为亚非文学。还有相当多的单卷本《外国文学教程》都是用主要篇幅叙述欧美文学,最后几章叙述亚非文学。显然,20世纪80年代出版的外国文学史著作主要是为了满足当时教学的需要,重点是介绍外国文学主要作家作品。在作家作品的评判方面既有挣脱"文化大革命"极左束缚的努力,也仍存在以政治评价代替文学或艺术评价的倾向。从现在的角度来看这些著作,其缺陷是明显的,但其历史作用是应该得到承认的。

[①] 郑克鲁:《〈外国文学史〉的编写现状及设想》,《文艺理论研究》1995年第1期,第76页。《外国文学史简编》的准确书名是《外国文学简编》。

第三节 20世纪90年代以来的外国文学史研究

考察20世纪90年代的外国文学史著作,值得注意的是郑克鲁与王忠祥分别主持修订高等院校和高等师范院校外国文学教学大纲,并在新大纲基础上编写新的《外国文学史》,其成果是1999年高等教育出版社出版的郑克鲁主编的两卷本《外国文学史》和1999—2000年由华中理工大学出版社出版的王忠祥、聂珍钊主编的四卷本《外国文学史》。与朱维之领衔主编的《外国文学史》分"欧美文学"和"亚非文学"两册并保持大致平衡的篇幅不同,两部新编《外国文学史》的特点是大幅压缩东方或亚非文学的比重。郑克鲁主编本亚非文学只占五分之一,而王、聂本则以欧美文学为经,以亚非文学为纬,也就是主要叙述欧美文学,只在综述里简单介绍亚非文学的发展。这可以说是对以前平衡对待东西方文学的修正,但也有矫枉过正之嫌。在具体编写上两书都是对古代文学以时代分章,而对现当代文学以流派分章:浪漫主义文学、现实主义文学和现代主义文学。

郑克鲁主编的《外国文学史》"前言"首先指出西方文学的持续发展,然后指出东方(不包括中国)虽然"文学的发生比欧洲早,可追溯到公元前5000年",并"以《圣经》和古印度文学的两大史诗构成第一阶段的繁荣",后来也有发展,"但没像欧洲那样形成共同繁荣的局面。东方的近现代文学明显受到西方影响,在20世纪发展迅速"(第1页)。"前言"还指出,"综观一部外国文学史,可以看到发展的不平衡性、阶段性、差异性和交融性";"外国文学史是一份宝贵的文学遗产,这部教材主要选择其中的精华部分进行讲授"(第1页)。全书分为欧美文学和亚非文学两部分,其中欧美文学分为上(18世纪之前)、中(19世纪)、下(20世纪)三编。欧美文学的三编和亚非文学各有一篇导论,综合介绍相关时期的文学发展,以使对文学现象和文学流派的分析更加深入。这部教材各章第一节为概述,然后分节论述重要作家作品,可以说是作家介绍和作品分析并重。与此前出版的外国文学史著作相比,这部《外国文学史》加强了对作品的艺术分析。本书的参编者除了二十多所高等院校外国文学教师外,还有十多位中国社会科学院外国文学研究所的国别文学史研究人员,他们精通研究对象国的语言,能够广泛利用第一手外文资料,这对提高编写质量起了重要作用。

王忠祥和聂珍钊主编的《外国文学史》的"绪论"指出:"这部《外国文学史》就是面向新的世纪,为适应新的专业'世界文学与比较文学'的需要而编写的。……我们试图在历史唯物主义的指导下,结合有关的文学理论(主要是当代文学理论),通过比较方法(包括平行与影响两方面),构建新的外国文学史体系。从主观愿望来说,我们努力消除庸俗社会学的影响与机械反映论的约束,在认可文学史与社会文化政治经济史的联系的同时,特别重视文学的本质特征和文学史发展的独特的规律,把文学的自律与他律的辩证关系梳理清楚"(第22—23页)。关于本书的特点,编者在"绪论"最后提到如下几点:"第一,在内容上引进了新材料、新思想、新理论;在形式上采用了新的框架格局和多样化的评析方法,认真总结了包括东方文学在内的外国文学发展的历史经验。第二,各章均有世界文学背景,在背景中突出中国文学概况……第三,文学创作发展史迹、文学思潮嬗变过程、文学批评理论衍化更新,脉络清晰……第四,从形式到内容,求新建立在务实的基础上,突出了'解放思想,实事求是'精神,坚持了科学性、系统性、实用性、可读性"(第24—25页)。仔细阅读此书,感觉它的确有不少新的特色。以前的外国文学史基本上不涉及中国文学史,这部教材在这方面是个突破。如编者所言,本书是为"世界文学与比较文学"这个新专业编写的教材,关注中国文学,关注不同国家或区域文学之间的比较是自然的。与大多数外国文学史相比,本书另一个特色是重视综合介绍,除了每一时期的概述外还有对重要国别文学的介绍,对重要作家也是重综合介绍而不是单一代表作品的评论。因此,在目录上我们看到的大多是以区域或流派为标题,虽然像但丁、莎士比亚等代表性作家仍有专节介绍。这在一定程度上改变了从《外国文学简编》以来外国文学史教材以某个作家某个作品为主要介绍对象的惯例,有些向《欧洲文学史》模式的回归,兼具教材和研究性著作的特点。本书在"绪论"开头列出"荷马、迦梨陀娑、但丁、莎士比亚、莫里哀、歌德、拜伦、巴尔扎克、托尔斯泰、泰戈尔、小林多喜二、高尔基、德莱塞、马哈福兹"这样一个"影响深远的伟大作家"名单,其中除了最后几位可能有争议外都是公认的世界文学大家。

复旦大学出版社 2000 年出版的蒋承勇主编的《世界文学史纲》对 19 世纪以前的文学史叙述极为简略,亚非文学占的篇幅只有约六分之一。《世界文学史纲》的大致内容与郑克鲁主编的《外国文学史》相近,都是重点介绍现当代西方文学,但有一个很有意思的区别。《外国文学史》把 20 世纪文学分为"现实主义文学"上下和"现代主义文学"上下共四章,而《世界文学史纲》第一版则分为"现实主义文学"上下、"现代主义文学"和"后现代主义文学"四章。马尔克斯在郑克鲁主编的《外国文学史》中属于"现实主义文学",而在《世界文学史纲》则放在了"后现代主义文学"一章。这从一个方面表明所谓流派划分实际上是带有很大主观性的,难以有公认的统一标准。到 2006 年郑克鲁主编的《外国文学史》出修订版时,他也采用了蒋承勇的方法,把现代主义两章改为"现代主义"和"后现代主义"。《世界文学史纲》对非洲文学完全没有涉及是个明显的缺陷,因为没有非洲的世界是不完整的,而 20 世纪后期非洲文学的发展是有目共睹的。既然可以围绕印度、日本的三个诺贝尔文学奖获得者专章讨论东方近现代文学,为何不可以围绕马哈福兹和索因卡来讨论现当代非洲文学呢?这个问题在《世界文学史纲》2008年出版的第三版中得到了解决。编者对入选的作家进行了调整,在19世纪现实主义文学一章增加了哈代,20世纪西方文学改为三章,即现实主义文学合为一章,删除了艾特拉托娃、德莱塞、劳伦斯和品钦,增加了1972年获得诺贝尔奖的德国小说家伯尔、1982年获奖的英国小说家戈尔丁,在现代主义文学和后现代主义文学分别增加了美国戏剧家奥尼尔和阿根廷作家博尔赫斯等。在近现代东方文学一章删除了日本作家大江健三郎,增加了当代非洲作家索因卡和库切。《世界文学史纲》配有150多幅插图,"图文并茂"是本书的特色,也是与其他类似著作的重要区别。

李明滨主编的《世界文学简史》2002年由北京大学出版社出版。"前言"写道:"从20世纪初叶开始,我国高等学校陆续开出'世界文学'课程,其内容并不包括中国文学。这种做法一直延续下来。尽管后来有的学校用了'外国文学'课程名称,但也有坚持不改的。北京大学先后成立的'世界文学研究中心'和'世界文学研究所',就是名称依旧,内容不改,均未包含中国文学。本书沿用传统的名称,所叙仍仅限于外国文学"(第1页)。这也在一定程度上解释了"世界文学"却不包括中国文学这个悖论。2007年的"修订版说明"指出:"此次修订注重从文学精神传承的角度考察世界文学的发展规律,阐述东西方不同的文学精神分别在东西方文学中的流变","同时要注重文化含量,避免囿于就文学谈文学"(第1页)。修订版重点充实和调整了20世纪文学各章,增加了当代东方文学的内容,也因此适量压缩了19世纪文学的篇幅。

与《世界文学史纲》类似,《世界文学简史》以第一部分欧美文学为主,第二部分东方文学约占全书六分之一。比较两书目录,可以看到从古代文学到18世纪文学,两书具有高度的一致性,区别仅在于《世界文学简史》第一章第三节介绍古罗马文学,而《世界文学史纲》第一章第二、三节分别介绍荷马史诗和古希腊戏剧,古罗马文学只在第一节概述中略做介绍。从第二章中世纪文学到第五章18世纪文学,《世界文学简史》介绍的主要作家也是但丁、塞万提斯、莎士比亚、莫里哀和歌德,甚至在篇幅上前五章也恰好在100页为止,可以说清楚表明了外国文学界对于西方文学传统的高度共识。在19世纪文学介绍方面两书也表现出很大的一致性,只是《世界文学简史》对俄罗斯文学的介绍增加了果戈理和屠格涅夫。在对20世纪欧美文学的介绍中,《世界文学简史》增加了专门介绍俄罗斯苏联文学的第十章"20世纪文学(一)",其他三章分别介绍现实主义、现代主义和后现代主义。这种对俄罗斯苏联文学的特别重视可能与主编李明滨教授是俄苏文学研究专家有一定关系。两书对于东方文学的介绍也大体一致,都是用了三章,分上古、中古和近现代,主要介绍的作品、作家都是《旧约》、迦梨陀娑、《源氏物语》《一千零一夜》、泰戈尔、川端康成和大江健三郎。两书都没有介绍法国意识流小说家普鲁斯特或许可能让法国文学研究者感觉不公平。

徐葆耕和王中忱主编的《外国文学基础》是北京大学出版社"普通高校中文学科基础教材"的一种，由16位学者合作完成，2008年出版。"导论"对东西方文学的发展做了比较全面的概括性论述后指出："过去的19世纪、20世纪的世界，是一个'倾斜的球场'，球总是从西方滚到东方。这种情况影响到教科书的编写也是重视西方而轻视东方。历史进入21世纪，世界各国的学者都感到应该更多地关注东方的文化，更加深入地研究东方文学对于世界的贡献。因此，调整'球场'的倾斜度是必要的。本书适当地增加了东方文学的篇幅，希望在这方面有所突破"（第11页）。本书分西方（欧美）文学和东方（亚非）文学两大部分，比例约为三比二，是比较合适的。西方文学分为远古与中世纪、近代、20世纪和俄罗斯文学四编十章，东方文学分为古代、中古和近现代文学三编八章。在西方文学部分把俄罗斯文学单独列为第四编是本书的一个特色；而东方文学三编的划分更突出古代和中古时期亚非文学的成就。"导论"最后一段写道："文学教材不应该是包罗万象的'标准答案'，事实上，这样的'标准答案'是不存在的……在遵循统一的编写指导思想、要求和框架的前提下，我们充分尊重每一位编写者在谋篇、布局上的独特考虑以及思想、观点、阐述风格上的特色"（第11页）。浏览本书对于重要作家作品的介绍安排，基本上与其他同类教材差别不大，但是在第四章"欧洲17、18世纪文学"的第五节专门介绍"哥特小说和刘易斯的《修道士》"是此前的外国文学史没有过的。虽然把哥特小说作为18世纪英国文学成就的代表有失公允，但是的确反映了20世纪末以来哥特小说研究受到重视的学术动态。

2001年吉林教育出版社出版的吴元迈、赵沛林、仲石主编的十卷本《外国文学史话》是一部大型著作，虽然不能算严格意义上的外国文学史，但没有20世纪80年代以来外国文学史研究的深入发展则产生不了这样的著作。十卷的分配是西方文学八卷，东方文学两卷，与郑克鲁主张类似。第一卷开头有吴元迈撰写的"总序：从另一个视角走近外国文学"："顾名思义，这不是一部一般意义上常见的外国文学通史或断代史，也不是一部专论外国文学进程、思潮流派、作家作品、文体风格或文学技巧的著述，而是一部另辟蹊径，叙述数千年来外国文学史实，展现外国文学进程中所涉及的社会、历史、文化背景，以及作家生涯、作家创作历程和艺术世界的著作。书中特别汇集了那些少为人知而富于文学意味、生动感人、给人以启迪和思考的重要史料、故事、逸闻和佳话等，当中的每篇史话均在三五千字之间，短小精悍，通俗易懂，力求轻松活泼其外，深邃智秀于内"（第4—5页）。中古到文艺复兴卷著者为杨冬、张云君，共103篇，代序言标题为"从长夜走向黎明"，第75—95篇为莎士比亚，第96—98篇为琼森，从这种篇幅分配可以看出两位作家在当今批评界的地位差别。由于书中的故事妙趣横生,《外国文学史话》可读性很强,对于读者了解文学史的重要作家和作品很有帮助。这套书也可以说是1986年湖北教育出版社出版的《欧美文学史话》与《东方文学史话》的当代版。

20世纪90年代吴元迈领衔主编的一系列著作对于推动外国文学史研究起了重要作用。最早问世的是由海南出版社1993年推出的"世界文学评介丛书",包括国别、地区文学史,分体文学史,还有文学运动、流派、思潮、文学比较、交流等。根据国家图书馆藏书目录,丛书共有78种。这套丛书的特点是短小精悍,每册在120到160页,篇幅不大。丛书包括的外国文学简史有十二种,除了英、美、法、德、俄、日、印等受到普遍重视的七个文学大国,还有古希腊、东欧、拉美、阿拉伯和亚非其他国家文学简史等五种。此后,吴元迈主编的"20世纪外国国别文学史"丛书十种,1998年到1999年由青岛出版社出版,是国家哲学社会科学基金"八五"规划项目成果。最引人注目的是吴元迈主编的五卷本《20世纪外国文学史》。从"后记"可知,《20世纪外国文学史》从酝酿到完成是历时近十年的浩大工程。最初是译林出版社社长李景瑞在1995年初向吴元迈提议,同年7月在黄山成立编委会。1996年在北京举行工作研讨会,确定编写的指导思想。1997年6月的编委会扩大会议确定走精品之路,同年9月全国哲学社会科学规划办公室正式下达通知,获得"九五"规划委托研究重点项目立项,吴元迈和北京大学陶洁、南京大学王守仁为课题负责人。2004年12月,长达280万字的五卷本《20世纪外国文学史》由译林出版社隆重推出,受到读者广泛欢迎,并获得首届出版政府奖。

吴元迈撰写的"绪论:外国文学百年沧桑之探"明确提出,20世纪外国文学史形成传统欧美文学、苏联为代表的社会主义国家文学和新兴的第三世界文学三大板块,并进而提出传统现实主义文学、无产阶级文学和现代主义文学三足鼎立。然后"绪论"分别论述传统现实主义文学、现代主义文学、后现代或实验主义文学,无产阶级或社会主义文学的兴衰发展及其主要特征。对传统现实主义文学主要强调其在20世纪的新发展,指出全球的现实主义文学可以分为客观现实派、比喻虚拟派、心理描写派、寓言神话派等多种类型并存的现状。对现代主义文学则强调其复杂性,从何时起源到有何特征都众说纷纭,莫衷一是:"但是他们都认为自己所处的时代是一个不可阻挡的历史转折时期,一个过去时代的信仰和精神价值解体的时期,因此主张重新审视19世纪文学的哲学基础和创作原则。于是,叔本华和尼采的非理性意志论,柏格森的直觉说和胡萨尔的现象学,弗洛伊德的精神分析学和荣格的无意识论,弗雷泽的意识进化说和海德格尔的存在主义等,便成了现代主义的共同哲学和思想基础"(第9页)。后现代主义问题更复杂,以至于许多批评家更倾向于用"实验主义"。吴元迈这样描述道:"大约五六十年代起,各国文学中的确出现了一种新现象,它打破了文学的内部界限,打破了文学与非文学的界限,打破了能指和所指的界限,也打破了美与丑的界限"(第13页)。无产阶级或社会主义文学兴起于19世纪末,繁荣于20世纪二三十年代,二战后在以苏联为首的社会主义阵营国家呈现崭新局面,世纪末又随着苏联解体和东欧剧变而进入低潮,一部20世纪外国文学史对此是不能忽略的。

五卷本《20世纪外国文学史》是一部断代体外国文学史,其编写体例把20世纪分成五个阶段:第一卷世纪之交,第二卷1914—1929,第三卷1930—1945,第四卷1946—1969,第五卷1970—2000年等。把第一卷定名为"世纪之交的外国文学"是合适的,因为文学发展本来就有自身的规律,不可能随着世纪更替而焕然一新。实际上20世纪初期兴起的现代主义文学运动在19世纪末就初见端倪,《20世纪外国文学史》没有拘泥于世纪分期,用相当大的篇幅介绍19世纪末文学是很有见地的。从前三卷探讨20世纪前45年的文学发展,后两卷论述后55年的发展可以看出重点是放在20世纪前半叶,毕竟20世纪后半叶的外国文学虽然光怪陆离,五彩缤纷,但还需要历史来大浪淘沙,去伪存真。主编吴元迈在"绪论"中明确指出本书坚持的原则是国别文学撰写者必须掌握该国语言并从事该国文学研究。这虽然导致某些国家的文学由于缺乏专门研究人员而不能被包括在内,却保证了本书所介绍的各国文学是研究者根据第一手资料分析研究之后的成果。主编还指出:"更多地联系中国文学的实践,注意中国接受的特色和中国作家学者的评论,是它追求的目标之一"(第18页)。这是中国学者编写的20世纪外国文学史,自然要尽量体现中国学者的特殊视点和关注兴趣,发出中国学者自己的声音。本书是由不同国别文学的70多位专家学者通力合作的成果,撰写者可以在自己熟悉的国别文学中凭借扎实的研究提出新解,避免了因不熟悉原文而仅凭第二手材料人云亦云。

《20世纪外国文学史》每卷开头有概论,综述这个阶段外国文学总体发展,然后分十一章介绍国别(或语种、区域)文学。前十章介绍欧美国别文学,第十一章介绍东方文学。这虽然看起来对东方很不公平,但还是基本上反映了欧美文学的强势地位。以第一卷为例,前十章先后介绍法、德、俄、英、美、澳和加、意和希、西葡、中欧和中南欧、北欧文学,其中第二章为"德语文学",除介绍德国文学外,还介绍奥地利和瑞士德语文学,而第八章"西班牙和葡萄牙语文学"除了介绍西、葡两国文学外还介绍拉美文学,特别是巴西文学。各章国别文学排列顺序则大致依据该国文学在世界文学中的地位,法、德、俄、英、美作为五个文学大国,在各卷基本上都占据前五章,但因其地位变化而排列顺序有所调整(唯一例外是第四卷把苏联文学放在第八章介绍)。第一卷前五章排序是法、德、俄、英、美,第五卷前五章排序则是美、英、德、苏、法,这在一定意义上反映了20世纪初法国在现代主义兴起时代的作用和世纪后期美国的强势地位。每章开头有概述,然后分节介绍主要文学流派和主要作家,各章大致三至五节,特殊情况如第九章"中欧和东南欧文学"因为涉及国别文学很多,则分为七节。"中欧和东南欧文学"传统上称为"东欧文学",政治色彩比较浓厚。由于20世纪末苏联解体,东欧剧变,本书用"中欧和东南欧文学"来指代波、匈、捷、罗、保、南、阿等国文学,并且用"南部斯拉夫"来取代"南斯拉夫"。

东方文学在各卷是用最后的第十一章来介绍的(只有第四卷把东方文学列为第十章,而把澳新加文学列为第十一章),但是所占篇幅变化很大。第一卷第十一章主要涉及日本、印度文学,最后几节简略介绍菲律宾文学、伊朗文学和阿拉伯文学,而非洲是在阿拉伯文学一节对埃及文学有简略介绍。在后来各卷中东方文学所占篇幅有所扩大,章节也有变化,但是日本和印度作为东方两个文学大国在五卷中一直占有独立的专节叙述。从第一卷到第五卷的结构安排变化,也可以看出不同国别和不同地区文学在20世纪走过的不同的兴衰轨迹。虽然从总体上看传统的欧洲文学大国地位仍然比较稳固,但是美国文学称霸全球和第三世界国家文学的迅速发展是两大趋势。为了反映20世纪末东方新兴国家文学发展的全貌,第五卷第十一章"东方文学"有十四节,130多页,占第五卷总篇幅的六分之一。这一章先介绍日本、朝鲜、韩国、越南、印尼、泰国、印度、伊朗、土耳其、以色列等十国文学,最后四节分别介绍阿拉伯各国文学、马格里布法语文学、非洲法语文学和非洲英语文学,比较全面地反映了20世纪末东方文学的繁荣局面。

作为我国学者研究20世纪外国文学史的标志性成果,五卷本《20世纪外国文学史》有如下几个突出特点。首先,卷帙浩繁,内容丰富。这套《20世纪外国文学史》为读者提供了大量信息,可以使读者对20世纪外国文学发展有个宏观的总体了解。诚如王忠祥在书评中所言:"其规模如此之广大,视野如此之宏阔,涉及文学流派和作家作品如此之众多,不仅在国内前所未有,即使在国外也是罕见的。"[①]第二,点面结合,条理清楚。主编吴元迈撰写的长篇绪论对20世纪外国文学发展作了高屋建瓴的总结概括,而各卷的概论和各章概述则对不同阶段和不同国别的文学发展作了简明扼要的综合介绍,为读者提供了清晰的脉络。第三,既注重现实主义、现代主义、后现代主义等不同流派的介绍,重视对作家作品特点的关注,还常常向读者展现外国文学史发展的生动而具体的画面。如第一卷对美国小说家凯特·肖邦的名作《觉醒》就有这样的评论:"埃德娜对理想的追求注定要失败,这是那个时代追求个性解放的女性悲剧。但作为社会的叛逆者,她又值得赞颂。为了与命运抗争,她甘愿献出自己的生命。在

---

① 王忠祥:《丰盈充实,探赜钩深——评吴元迈主编〈20世纪外国文学史〉》,《外国文学研究》2005年第4期,第161页。

小说的结尾,女主人公毅然投身于象征着自由的大海并且一去不返"(第 302 页)。又比如第五卷在对著名马克思主义批评家伊格尔顿的评介中这样归纳其思想发展轨迹:"从探讨文学兴起的社会背景,到研究文学批评作为资产阶级拓展生存空间的社会实践;从关注审美过程中社会权力的运作,到不同文化之间无意识关系的阐述"(第 206 页)。第四,本书是《20 世纪外国文学史》,但是编著者在介绍各国文学发展时并没有拘泥于世纪的开端,而是根据文学本身的发展规律对于世纪之交文学变化的源流有具体追溯,有时甚至追溯到 19 世纪中期或早期。特别是在对新兴国家文学发展的介绍时都有相当篇幅的历史回顾,从而可以使读者更好地了解各国文学发展的来龙去脉,历史地辩证地看待现代文学发展。虽然如叶隽所批评的撰写者尚缺乏"自觉的'史家意识'",在学术严谨性方面也有诸种不足[①],《20 世纪外国文学史》仍然代表了目前学界的研究水平,是这一领域的重要成果。

重庆出版社 2008 年出版的傅德岷著《外国散文流变史》是目前仅见的涉及总体外国文学的文类史。我国是散文大国,从春秋战国时期的诸子百家到唐宋八大家,再到现代杂文和小品文繁荣,形成了绵延两千多年的散文写作传统。五四新文化运动以来,外国散文多有翻译介绍,对中国现当代散文发展起了重要推动作用,但还没有一部全面介绍外国散文的专著,因此本书的出版有填补空白的意义。中国散文学会会长林非在"序:筚路蓝缕,以启山林"中写道:"这部论著涉及了从古代希腊、罗马直至 20 世纪以来,世界五大洲中间 42 个国家散文历史的发展轮廓,以及它种种流变的过程;涉及了这些国家里面 258 位散文作家的生平概况和创作历程,还对他们的散文作品进行了详尽的分析和评论"(第 2 页)。全书十七章,90 多万字。第一章为绪论,对外国散文的涵义、品类、审美特征和发展轮廓做综合介绍,然后对古希腊、古罗马、意大利、法国、英国、德国、俄苏、美国、澳大利亚、日本、印度等文学大国或在散文发展历史上起重要作用的国家文学有专章介绍,此外还分章介绍了东欧国家、欧洲其他国家、美洲其他国家、非洲国家、亚洲其他国家的散文发展。各章都是先综合介绍某国或地区散文"滋生、发展与流变",然后按照时间顺序分节介绍重要散文作家及作品,特别是长于归纳作家作品的主要特点。如对 18 世纪英国作家斯威夫特的散文作了如下三方面的归纳:一、对人性恶的揭示与讽刺;二、社会人生的哲理思考;三、对爱尔兰人民深重苦难的同情与关怀(第 171-172 页),并用引文来佐证自己的观点。这样就使读者既能对各国散文发展有个总的了解,又能具体欣赏感悟优秀的散文作品。从"后记"得知,傅德岷从 20 世纪 80 年代初期

---

① 参看叶隽:《从"编写"到"撰作"——兼论文学史的"史家意识"问题》,《博览群书》2008 年第 8 期,第 35—39 页。

开始,先后编辑出版了多部中外散文鉴赏选集和研究评论著作,并曾在西南师范大学(今西南大学)为研究生开设"中外散文理论""外国散文史"等课程。因此这部《外国散文流变史》是作者近三十年讲授研究外国散文的结晶,是我国学者在外国散文研究领域的标志性成果。

从前面的介绍可以看出总体的外国文学史基本上都是作为教材编写出版的。外国文学史课程要求在有限的时间内尽量全面介绍历史上出现的重要作家作品,这就决定了这类文学史著作的特点是信息传播,以开拓学生的视野,丰富学生的知识。从这一方面来说,总体外国文学史的编写出版基本满足了教学的需要,而就热点问题进行研究探讨显然不是这类文学史著作关注的重心。比较改革开放早期出版的外国文学史著作和后期或新世纪以来出版的著作,可以看出东方文学的地位出现尴尬变化,有从被刻意突出到重新被边缘化的危险。20世纪80年代《外国文学简编》出版时,欧美文学和亚非文学分为两卷,篇幅基本相当(欧美部分43.9万字,亚非部分42.1万字)。《外国文学史(欧美部分)》为57.9万字,比简编长约三分之一,而亚非部分为39.5万字,比简编反而短了。这种变化带有纠正《外国文学简编》为了片面追求东西方平衡而对内容较多的欧美文学没有充分叙述的偏向,应该说是有道理的。

在后来出版的其他外国文学史著作中,东方文学所占比例则有了明显变化。郑克鲁在谈编写《外国文学史》的指导思想时批评说:"以往有的文学史更给予亚非文学以非常突出的地位,其篇幅甚至与欧美文学相当。我们认为这并不符合历史唯物主义。欧美文学取得的成就无疑要大于亚非文学,这是客观事实。亚非各国由于历史和社会方面的原因,在很长一段时间内,文学得不到充分发展,这一点是不可否认的。新教材给予亚非文学以五分之一左右的篇幅是合理的,决不会将优秀的亚非作家和作品排斥在外。"[1]在郑克鲁主编的两卷本《外国文学史》中,欧美文学分上中下三编,上卷45万字,为欧美文学上编和中编,下卷37万字,为欧美文学下编(1—175页)和亚非文学(179—306页)。王忠祥和聂珍钊主编的四卷本《外国文学史》则以欧美文学为经,以亚非文学为纬。王忠祥执笔的"绪论"指出:"即使以欧美文学为经线主体,以亚非文学为纬线参照系,进行经纬交织、历时共时结合的东西方文学的呼应比较,也不会陷入'欧洲中心论'的泥潭"(第24页)。但是,阅读这部《外国文学史》给人的印象却是亚非文学仿佛成了点缀,欧美文学才是世界文学的正统。这种做法是否有矫枉过正之嫌的确是值得讨论的。20世纪80年代出版的24院校编《外国文学史》采用按照时间顺序把东西方文学一起讲述的方式有其特点,因为东方文学,特别是中东地区埃及和希伯来文学发展比古希腊文学要早,对欧洲文学有重要

---

[1] 郑克鲁:《〈外国文学史〉的编写现状及设想》,《文艺理论研究》1995年第1期,第78—79页。

影响,结合一起做历时叙述比较容易讲明两者关系。但遗憾的是现在这种讲述方式已经被外国文学史编者放弃了。笔者认为,即使作为不同叙述方式、写作方法的探索也应该鼓励先东方后西方,或东西方文学按时间顺序合并叙述的外国文学史存在。

近年来又出现了只讲西方文学的《外国文学史》,这是种值得注意的倾向。单独编写出版《西方文学史》或《外国文学史(西方卷)》当然没有什么问题,但以《外国文学史》为书名,而实际上只介绍西方文学却值得商榷。这类教程包括母润生主编的《外国文学》(重庆大学出版社,2006年),何峰主编的《外国文学教程新编》(安徽教育出版社,2007年),张世君主编《外国文学史》(华中科技大学出版社,2007年)和梁坤主编《新编外国文学史》(中国人民大学出版社,2009年)等。北京大学出版社2006年出版的程陵著《外国文学基础》也只有西方文学。从改革开放初期在外国文学史教材编写中刻意追求东西方文学的平衡介绍,到90年代以后出版的教材调整内容,增加欧美文学缩减亚非文学的比重,再到新世纪出现的只介绍西方文学的《外国文学史》,这是否有重回欧洲中心论的老路之嫌呢?

第二章
西方文学史研究

我们在第一章对早期外国文学史编写的介绍实际上主要是欧洲或欧美文学史研究,那里提到的《外国文学史欧洲部分编写提纲》和《外国文学史讲义(欧美文学部分)》后来正式出版时书名分别是《欧洲文学史》和《欧美文学史》。值得注意的是在我国用《西方文学史》为书名的著作比较少见,只是到了2003年前后才出现了陈惇主编的《西方文学史》和匡兴主编的《外国文学史(西方卷)》。但是为了规范,我们在本书统一用"西方文学史"和"东方文学史"。

第一节 西方文学史编写的早期尝试

1961年,根据中宣部和高教部的统一部署,以北京大学杨周翰、吴达元和赵萝蕤教授为主编,负责外国文学史欧洲卷的编写。1962年《外国文学史欧洲部分提纲》先行印出,征求各方面的意见。《提纲》"说明"指出:"根据欧洲文学本身的发展情况,也考虑到欧洲社会发展阶段的特点,把欧洲文学的历史分为八段:古希腊、罗马文学;中世纪文学;文艺复兴时期文学;17世纪文学;18世纪文学;19世纪文学(一)(1789—1830);19世纪文学(二)(1831—1870);19世纪末、20世纪初的文学(1871—1917)"(第1页)。从这个分期可以明显看出厚今薄古的特点。另外,以十月革命为下限,也显然是苏联影响的体现。《提纲》根据"反映了一个时代的精神面貌和当时的重大社会问题;是重要文学运动或文学流派的最突出代表;在世界或欧洲文学发展中有突出贡献或起了划时代的作用"三条标准,确定了七个重点作家:荷马、但丁、莎士比亚、歌德、巴尔扎克、托尔斯泰和高尔基。并根据"广泛地反映了自己国家的社会情况;重要流派的代表人物和对本国文学发展有重要贡献"等标准,选出了"二十几个次重点作家"(第2页)。

虽然《提纲》没有具体列举次重点作家，但从目录可以看出这个名单大致包括下列作家：拉伯雷、塞万提斯、弥尔顿、莫里哀、莱辛、席勒、拜伦、雪莱、雨果、普希金、密茨凯维奇、狄更斯、海涅、果戈理、屠格涅夫、车尔尼雪夫斯基、裴多菲、易卜生、罗曼·罗兰等人。两个名单加起来共有26人，其中六位俄苏作家；如果按今天比较普遍接受的标准来看，七个重点作家中似乎应该用塞万提斯取代高尔基；次重要作家选择的争议恐怕就更大了。"说明"对于具体编写步骤做了如下表述："我们力图从三方面叙述欧洲文学发展的线索：历史（包括经济发展、政治情况）、思潮（包括哲学思潮、社会学说等）和文学发展（流派的演变、前后关系和相互影响等）。每章的总概论企图从这三个方面将当时全欧的总情况概括叙述，也说明各国的同异；每章下，各国的概论叙述这个国家在这一时期这三个方面发展的特点"（第2页）。杨周翰教授还在1963年发表论文，谈欧洲文学史编写工作，这是关于文学史研究的较早论文。他在文章中写道："把俄罗斯、苏联文学和西欧文学分讲，或者由于师资条件，或者由于其他原因，也未始不可，而且相沿成习，有它方便的地方。但是作为一门学科，欧洲文学史大体上在十月革命以前似乎应作为一个整体考虑。"①

《欧洲文学史》上卷于1964年由人民文学出版社出版，"说明"开头写道："本书系供高等学校欧洲文学史课程使用的教科书。"然后还有这么一段话："本书试图比较全面地阐述欧洲文学发展的历史，各校欧洲文学史课程的学时多少不等，采用本书的教师可以根据具体情况有所伸缩"（第1页）。这就清楚表明《欧洲文学史》是作为高等学校文科教材编写出版的，但它又不仅仅是一部教材。《欧洲文学史》上卷对历史背景和文学史的发展演变有精到的叙述，对主要作家作品有中肯的分析，达到了相当高的学术水平，是当时我国外国文学史研究的优秀成果。正如孙凤城教授所言：《欧洲文学史》"上册写于困难时期刚过，处于相对稳定时期，定稿时主要由作为主编的几位老先生每天聚在一起，不论是对内容还是语言问题都是逐字逐句进行捉摸、再三推敲后才下笔。因而上册显示出来的特点是：资料扎实、确切，而观点比较平稳，文章十分简练。从史的发展看，显得清晰，观点也明确，作为教材，可以充分利用其资料，而其观点可以作为参考。这是一部在平稳环境下产生的文学史"②。由于当时并没有广泛流行的其他类似著作，《欧洲文学史》上卷兼具教材、普及性读物和研究性著作的特点。虽然成书于20世纪60年代的《欧洲文学史》难免有那个时代的局限，但是老先生们扎实深厚的学术功底，一丝不苟、精益求精的严谨态度，保证了该书

---

① 杨周翰：《欧洲文学史研究工作中的一些问题》，《文学评论》1963年第1期，第99页。
② 孙凤城：《浅谈〈新编欧洲文学史〉》，李明滨、陈东主编《文学史重构与名著重读》，北京大学出版社，1996年，第11页。

的高质量。

《欧洲文学史》上卷出版之后受到热烈欢迎,孙遵斯在《文学评论》撰写书评予以推荐:"这主要是为高等学校欧洲文学史课程的教学需要而编写的教科书,但是,它作为一本文学史的一般读物,也是读者殷切期待的。这不仅因为它是解放后我们自己编写的第一本欧洲文学史的正式教科书,而且还因为它是近年来第一本努力运用马克思列宁主义观点、努力贯彻批判继承的精神所编写出来的欧洲文学史专著。"①教科书和专著结合在一起是《欧洲文学史》上卷的突出特点,并为后来的外国文学史编写树立了质量标杆。孙遵斯的书评谈到《欧洲文学史》上卷的优点,主要强调其坚持唯物主义反映论,用阶级分析观点评论欧洲文学:"任何时代的文学都是一种社会现象,是现实生活的一种反映。《欧洲文学史》的编者努力紧扣着这一基本的关系,在叙述中总是把欧洲各时期、各民族、各流派放在和它们相应的社会现实生活的背景上,具体的阶级斗争情势和阶级关系中加以考察。"②而对于《欧洲文学史》上卷的缺点,孙遵斯认为主要在于有时用抽象的人性论解释人物,"没有在某些重要的问题上举出一些有影响有代表性的资产阶级谬论的对立面,进行分析与批判。不仅如此,《欧洲文学史》在对有些问题的提法和解释上,似乎还没有完全摆脱旧的观点"③。这种评判标准反映了20世纪60年代的现实,我们没有必要求全责备。实际上,《欧洲文学史》上卷对于人性论问题还是很警惕的,比如在对18世纪英国小说家菲尔丁的总体评价中就有这样的话:"他的批判是从人性论、抽象道德观出发的,他的正面人物体现了这种观点。小说的大团圆结局也说明了这种思想的局限"(第240页)。1980年11月在成都召开的中国外国文学学会第一届年会期间,杨周翰先生接受《外国文学研究》记者采访时这样谈到《欧洲文学史》的缺陷:"我指的是没有注意到文学本身的独立性。我们没有从文学传统的发展演变着眼。文学变成了政治斗争的说明书,文学史成了历史的印证或资料汇编。这是最大的缺点。例如文学史的继承与革新问题,这是一个规律性的问题,很值得研究。我们的文学史的主要倾向是把一个时期的文学看成是对前一个时期的简单的否定,非常忽视继承的一面……其次……我们忽略了作家的头脑……另外我们更是忽略了艺术形式,只简单地说几句语言生动等等不痛不痒的话。"④把孙遵斯1964年在《文学评论》发表的书评与杨先生在"文化大革命"后的反思相比较,不难看出时代的巨大差别。龚翰熊称这部《欧洲文学史》是"文化大革命"前"中国西方文学研究的最重要成果",并指出其具有三个突出特点:有"全

---

① 孙遵斯:《〈欧洲文学史〉(上册)》,《文学评论》1964年第2期,第82页。
② 同上,第82页。
③ 同上,第86页。
④ 《杨周翰教授答本刊记者问》,《外国文学研究》1981年第1期,第64页。

局性的文学史观","对各种思潮、作家与作品作了很有深度的分析","侧重深入发掘各种文学现象之间的内在联系,注意清理由'此'通向'彼'的线索"。①

石璞的《外国文学史讲义(欧美文学部分)》1963年由四川大学铅印出版,涉及的重点作家有荷马、但丁、拉伯雷、莎士比亚、塞万提斯、莫里哀、歌德、席勒、拜伦、雪莱、雨果、司汤达、巴尔扎克、狄更斯、海涅、惠特曼、左拉、罗兰、易卜生等。与《欧洲文学史》相比,它不包括俄苏文学,但包括美国文学。"文化大革命"后的1980年四川人民出版社以《欧美文学史》为书名正式出版。上下卷都在正文后面有"附录:本书重要作家作品原文对照表",这表现了作者的严谨态度。石璞在"后记"中写道:"这一讲义在六二至六五年期间,除四川大学外,曾先后为黑龙江大学、武汉师院、西南师院、南充师院等高等院校所采用。认为它基本上体现了马列主义、毛泽东思想的指导;详略深浅,适合大专院校程度;史的发展,来龙去脉比较清楚;重点作品有较详细的艺术分析"(第423页)。她还写道,许多同行"均认为我的六十年代的讲义曾在外国文学教学上起过'启蒙'作用,别具风格,现在仍然为好些同行所参考。在同志们的鼓励之下,特抽空将十余年来研究的成果加以充实和修改,交四川人民出版社出版"(第424页)。

石璞的《欧美文学史》与杨周翰等主编的《欧洲文学史》的最大区别是更适于教学。由于本书源自作者上课的讲义,结构安排按照教学要求分成若干单元,每一单元以某个作家的某个作品为中心组织教学,不求面面俱到,但求有所收获。比如,在目录中明确列出要详细讨论的20多种文学作品。这样做的结果是读者或学生能对一些代表性作品有比较充分的了解,留下比较深刻的印象。而多个单位的学者合作的《欧洲文学史》则以全面介绍欧洲文学史发展为目的,力求既关注重点又照顾到全面。虽然也提出了七个重点作家和二十几个次重点作家,对整个文学史发展过程的论述显然是重心,而对于文学作品,即使是重点作品也仅能介绍梗概,具体分析有待于授课老师的发挥。石璞的学生余虹在纪念文章中写道:"1980年当我第一次读到石璞先生的《欧美文学史》时,非常激动,因为此前的外国文学史著述十分稀缺,除了杨周翰等人主编的《欧洲文学史》外,别无系统完整的相关著述。《欧洲文学史》虽体大虑周,但只是一个详细的论纲,作为集体之著述它也太过粗疏。相比之下,我更喜欢《欧美文学史》,它的个人著述性与详实细微使我获益良多,尽管我不喜欢那些混杂其中的主义话语。在我的学术记忆中,《欧美文学史》始终是一个要不断返回的路口,因为它启示我在一个沉默的时代真诚说话是多么不易和重要。"②改革开放以来出版的各种外国文学史教材基本上都是遵循石璞的《欧美文学史》的路子,概

---

① 龚翰熊:《西方文学研究》,福建人民出版社,2005年,第383—387页。
② 余虹:《石璞:一个人的百年》,2007年12月7日发表于清华校友网。

述作家创作之后重点讨论一部代表性作品。

作为出自苏联影响绝对权威控制下的50年代的作品,石璞的《欧美文学史》有些空洞的政治话语和偏激的批评判断是完全可以理解的。这种局限可能在"结束语"中看得最清楚:"在概述文学史状况的同时,我们并重点分析了重点作家的重点作品。由此,我们初步得出了一下几点结论"。首先,"文学是精神生产","总是为它所从产生的经济基础服务的";其次,"每个民族都有两种文化,都有两种不同的文学",即为统治阶级服务的与为人民服务的文学;第三,"创作方法基本上有两种,即现实主义和浪漫主义(浪漫主义又必然区别为进步的浪漫主义和保守或反动的浪漫主义两种不同倾向)"(第395—396页)。"浪漫主义在19世纪初期,现实主义在19世纪中叶才被作为流派而提出。由这两种基本的方法也派生了其他的艺术方法,如19世纪后期的自然主义,即是现实主义在特定历史阶段上退化降低而派生出来的,即所谓爬行的现实主义。'世纪末'的象征主义,乃是和反动浪漫主义一脉相承,趋于极端唯心的艺术方法"(第397页)。这种贴标签的做法在今天看来显然是简单武断,但在那个时代的文学史著中却是难免的。

难能可贵的是石璞能在那种压力下用曲折的办法表达对优秀作品的欣赏。我们不妨以她对罗曼·罗兰的名著《约翰·克里斯朵夫》的介绍为例。罗曼·罗兰前半生的创作表明他是个奉行人道主义信念的作家,而在他的后半生逐渐转变立场,支持社会主义苏联,崇拜高尔基,并曾访问苏联。《约翰·克里斯朵夫》作为罗兰前半期的作品,虽然为他赢得了世界声誉,但用苏联的社会主义现实主义标准衡量仍有许多问题。而且由于本书经过傅雷的翻译在国内影响极大,在50年代后期的反右斗争中被视为腐蚀青年的有害作品,罗兰后期的作品《母与子》则被捧为其代表作。石璞在书中写道:"《约翰·克里斯朵夫》是作者前期的小说,并不能表现作者思想发展的高峰。可是因为它在中国曾经产生过好的和不好的影响,所以值得提出来谈一谈"(第332页)。《约翰·克里斯朵夫》好的影响主要是宣传了"反对战争的思想",表现了"反对反动社会的大无畏的反抗精神,得到各国青年的称颂。在我国民主革命时期,这部书在青年中曾经起过一定的进步作用"(第332页)。关于它起的不好作用,书中是这样表述的:"1958年《读书月报》发动讨论时反映出,有人在两年中读过三遍;有人欣赏书中主人公的'精神自由'、'个性解放';有人说他是'光辉的典型'、'高尚的个人主义者'、'不沾天不着地的强者'。更严重的是有人宣称要学习克里斯朵夫的反抗精神来向党进攻。由于读者没有分清小说中的蜜糖和毒药,因此犯了很大的错误。所以这部书虽不是作者的高峰作品,也值得我们分析和批判"(第332页)。接着石璞便用八页的篇幅介绍小说中主人公的形象和作者的艺术手法。虽然其中不乏指责的语言,但仍然向读者比较全面地介绍了这部小说。然后,石璞用两页介绍罗兰后来的思想转变,用一页半介绍《迷人的灵魂》(又译《欣悦的灵魂》或《母与子》)这部代表"罗兰的思想发展的高峰作品"(第343页)。这不可以说是绝妙的"曲线救国",打着批判的名义向学生读者介绍了名著吗?当年由于罗曼·罗兰支持苏联曾被给予高度评价;现在由于要同那种偏激的政治批评划清界限,罗兰的批评地位似乎受到了威胁。但是我们不能因为拨乱反正而对他一笔抹杀,毕竟《约翰·克里斯朵夫》是不朽的。

廖可兑先生的《西欧戏剧史》虽然1981年才由中央戏剧出版社出版,却是在1963年就定稿的。著者在"前言"写道:"从50年代开始,我院即多次为本书举行讨论会,听取并尽可能地接受了各方面提出的修改意见。在高等院校文科教材会议以后,我院又先后在北京、上海两地举行过三次较大规模的讨论会,最后于1963年为本书进行了出版的审定工作,但是它不曾出版"(第1页)。因此这本书应该看作是"文化大革命"前完成的。关于本书的性质,廖先生是这样写的:"这是一部教材;但是为了照顾一般读者的需要,我在编写时也增加了一些教材以外的内容。作为教材,本书可供戏剧学院各系的教学之用。教师在授课时可以根据各系学生的不同要求选用适当的补充教材,或者删减本书的某些内容"(第1页)。本书对各个历史时期的戏剧有概述,然后一般分起源和发展、作家与作品和剧场艺术三个方面论述主要国家的戏剧成就。《西欧戏剧史》不仅介绍戏剧作品,对重要戏剧批评理论也有论述,如亚里士多德的《诗学》、贺拉斯的《诗艺》和布瓦洛的《诗的艺术》等。从本书的结构可以清楚看到各个时期戏剧在西欧各主要国家的不同发展。古希腊戏剧在公元前5世纪达到高潮,是奴隶主民主政治的影响;埃斯库罗斯是民主政治发展期,索福克勒斯是高潮期,欧里庇德斯是民主政治危机期。喜剧发展稍晚,但也与民主政治有关。阿里斯托芬的旧喜剧多政治讽刺;中期喜剧以"戏弄宗教或哲学为其主题";"后期喜剧产生于公元前4世纪末叶,即所谓希腊化时期,一般以爱情和家庭关系为主题"(第11页),对后来的喜剧影响很大。《西欧戏剧史》每章都有"剧场艺术",对剧场和表演艺术发展论述较多,后期特别强调著名演员和导演的作用。古希腊罗马时代,戏剧表演开始与宗教仪式关系密切,后来社会功能特别是教育功能很重要,剧场由庙宇讲坛到半圆形再到圆形剧场。希腊剧作都是男子戴面具演出;古罗马民间拟剧和笑剧男女演员都有,但悲剧和喜剧主角为男演员。在中世纪,由于基督教影响,主要是宗教剧、奇迹剧、神秘剧、道德剧,以及笑剧、讽刺剧等,并以民间流动表演为主。到15世纪以后才转为剧场表演,剧场也从简陋到逐渐复杂化。文艺复兴时期以西班牙和英国戏剧为主。17世纪主要谈法国戏剧,没有介绍英国复辟时期喜剧。作者可能因为复辟时期的风俗喜剧主要反映了贵族阶级腐朽生活,格调不高而不予重视。18世纪则分别介绍英、法、意、德等国的戏剧发展。以英国戏剧发展为例,《西欧戏剧史》主要论述了菲尔丁、哥尔斯密斯和谢立丹。相比较而言,18世纪西欧戏剧文学最高成就在德国,出现了歌德、席勒等大师;但法国成绩也不小,特别是博马舍的《费加罗的婚姻》影响很大;意大利也有发展,出现了名剧《图兰朵》。19世纪法国浪漫主义戏剧,特别是雨果成就最大;19世纪后期现实主义戏剧最大成就是易卜生(还有比昂逊和斯特林堡等北欧戏剧家),德国的霍普特曼和英国的萧伯纳。

作为20世纪60年代定稿的戏剧史专著,《西欧戏剧史》带有那个时代的特点,如大量引用革命导师语录为评价依据,以现实主义戏剧为主,重戏剧内容的阶级分析,而对戏剧形式关注不多。著者特别重视萧伯纳,认为对"萧伯纳的研究,应该说是研究19世纪末和20世纪初英国戏剧最重要的课题。他是艺术家,也是社会活动家和思想家。他之所以重要,不仅在于他的大量的创作成就,同时在于他对帝国主义特别是英国帝国主义所坚持的斗争"(第376—377页)。在评论了萧伯纳的重要剧作之后,廖先生指出:"总之,他的戏剧创作成就是巨大的,是得到许多评论家的高度评价的。他的作品在许多国家有着大量的译本,并经常在舞台上出现;但是在他自己的祖国以及在美国的情况就不一样了。《华伦夫人的职业》曾经被英国政府禁演了几十年。它有一次在纽约上演时,美国当局甚至把参加演出的全部演员和主持演出的人一起逮捕起来"(第382页)。这样的介绍虽然肯定了萧伯纳的戏剧创作成就,但显然更重视他作为一个反帝斗士的政治立场和重要作用。

第二节　新时期的西方文学史研究

"文化大革命"后的1979年,为了满足恢复高考之后本科生的教学需要,《欧洲文学史》上下卷先后出版。由于《欧洲文学史》上卷1964年就定稿出版,1979年版虽然标明是"修订版",实际上对上卷的修改并不多。笔者对1964年版和1979年版作了简单比较,发现篇幅从20.8万字变为22.7万字,扩充了约十分之一。就绪言来看,从8页扩为9页;原版绪言只有引自《毛泽东选集》的5条注释,修订本引自革命导师的语录达13条,除毛泽东语录增加到8条外,还有引自《马克思恩格斯全集》和《列宁全集》的5条语录,表明受到"文化大革命"影响,更加依赖革命导师语录来增加论断的权威性。《欧洲文学史》下卷的修订受"文化大革命""左"的影响更大,改动很多,但是由于1965年虽然编完却没有出版,现在无法对两个不同版本进行比较。孙凤城教授这样回忆修订《欧洲文学史》下卷时的经历:"因为下册的主要内容是19世纪的欧洲文学,因而涉及的所谓资本主义思想意识形态,修正主义观点更是俯拾即是。因而,在那时期,要出版这样一本书,在观点上必须要大力修改,否则不能适应潮流,因而下册就要打破上册的客观、平稳性。像唯美主义、印象主义、象征主义等这类流派,只能尽量一笔带过,由于既不能否认它们的存在,而一提到它们就应该批判,因而只能含糊其事,最多加几个批判词,而因为言不由衷常常显得有气无力。"①

　　修订《欧洲文学史》时吴达元先生已经去世,赵萝蕤先生没有参加,修订版是杨周翰先生主持下完成的。《欧洲文学史》下卷介绍19世纪欧洲文学,分为三章,即第六章19世纪初期文学,第七章19世纪中期文学和第八章19世纪后期至20世纪初期文学。同上卷一样,各章第一节为概论,其余各节依次叙述各个阶段主要欧洲国家文学,包括英、法、德、意、俄等,但从各节次序排列可以看出不同国家文学的地位变化。如第六章先介绍德国文学和歌德、席勒,再介绍英国浪漫主义文学和拜伦、雪莱,然后介绍法国浪漫主义文学和雨果等;第七章第二节介绍法国批判现实主义文学和巴尔扎克,第三节介绍英国宪章运动文学、批判现实主义文学和狄更斯;第八章第二节介绍巴黎公社文学、法国批判现实主义文学和罗曼·罗兰,第三节介绍北欧文学和易卜生、尼克索,最后一节介绍19世纪末至20世纪初俄国文学和高尔基。从这些标题可以清楚看出那个时代的特色:最为关注的是阶级斗争,宪章运动文学和巴黎公社文学受到特别重视,批判现实主义文学是研究的重点。而最后以世纪之交的俄国文学和高尔基为结束则带有明显的象征意义,因为高尔基是无产阶级文学的代表。在具体的作家作品介绍中,这种以阶级斗争划线的评论原则更显出其偏颇。如论述英国浪漫主义文学时,作为浪漫主义诗歌开拓者的华兹华斯和柯尔律治不仅被基本忽略,甚至被打上反动的标记:"华兹华斯和柯尔律治都曾系统地阐述自己的文学主张,他们强调作家的主观想象力,否定文学反映现实,否定文学的社会作用……相反,积极浪漫主义诗人强调文学和现实的联系,肯定文学的社会作用和教育意义"(第42—43页)。因此,这一节只是重点介绍了拜伦和雪莱的诗歌创作,并在最后简略介绍济慈和司各特,这显然是很有偏颇的。尽管如此,当《欧洲文学史》修订版在1979年问世的时候,还是引起了极大反响,上下卷一次各印9万册,是那个时期高等学校欧洲文学史教学的必读教材。可以毫不夸张地说,恢复高考之后的最初几届中文和外国语言文学专业的学生大都是通过这部《欧洲文学史》来了解西方文学世界的。

　　《欧洲文学史》下卷和石璞的《欧美文学史》虽然都是在"文化大革命"后正式出版并产生最为广泛的影响,但它们从本质上来说属于"文化大革命"前的外国文学史研究成果。新时期的西方文学史研究首先应该提到1980年出版的

---

① 孙凤城:《浅谈〈新编欧洲文学史〉》,第12页。

《外国文学简编(欧美部分)》①和1985年出版的《外国文学史(欧美部分)》。两书主编相同,参编者也没有太大区别。中国人民大学出版社1980年出版的朱维之、赵澧主编《外国文学简编(欧美部分)》分上、中、下三篇,上篇六章,从古希腊、罗马到19世纪初浪漫主义文学;中篇六章是19世纪到20世纪早期批判现实主义文学,第一章概论,然后分五章论述法、英、俄、东欧北欧和美国;下篇四章,分别论述早期欧洲无产阶级文学、巴黎公社文学、俄国无产阶级文学和苏联文学,收入的作家有被恩格斯称为"德国无产阶级第一个和最重要的诗人"的维尔特、《国际歌》的作者鲍狄埃、苏联作家高尔基、绥拉菲摩维奇、马雅可夫斯基、奥斯特洛夫斯基和法捷耶夫等。由此可见苏联影响之大。《外国文学简编(欧美部分)》1985年出版第二版,基本框架未变,只在下篇第十六章增加了一节介绍肖洛霍夫。1994年出版第三版,将下篇改为"20世纪现实主义文学""苏联社会主义现实主义文学"和"现代主义文学","无产阶级文学"的标题取消了。此后在1999年出版的第四版和2004年出版的第五版继续对20世纪文学内容进行大幅调整。

朱维之、赵澧主编的《外国文学史(欧美部分)》1985年由南开大学出版社出版,篇幅是57.9万字,比《简编》扩充了约三分之一。本书在结构上与《外国文学简编(欧美部分)》的明显区别是不分篇,导论之后,从古希腊到当代的欧美文学分成十章叙述。各章第一节为概述,然后介绍主要作家。第一至第五章叙述古代到18世纪末的欧美文学,与《外国文学简编(欧美部分)》前五章基本一致;第六至第十章叙述19世纪和20世纪欧美文学,分章比《外国文学简编(欧美部分)》更简单明了。1993年出版的第二版书名改为《外国文学史(欧美卷)》,内容作了"一番较大的修订:一方面,进一步精简全书的文字,删去可删的字句和章节,改正一些陈旧的观点;另一方面,增加必要的新内容。在古代欧洲文学部分,增加早期基督教文学及其优秀作家路加。在20世纪欧美文学部分,增加劳伦斯、艾略特、萨特、贝克特、海勒、马尔克斯等节,把文学史的时限延伸到本世纪末"(再版后记)。第二版增加基督教文学内容值得注意,但是这种修改显然是有争议的,因此在2003年出版的第三版中路加与《国际歌》的作者鲍狄埃被一起删除了,以便给波德莱尔、帕斯捷尔纳克、福克纳和纳博科夫等现代派作家让出空间。第三版的另一个变化是每一章在开头增加了"学习提示",在最后增加了"思考练习题",从而使教科书特点更为明显。2009年出版的第四版保留了"学习提示"和"思考练习题",又对20世纪欧美文学内容作了进一步

---

① 虽然书名为《外国文学简编》,但学界往往把它称为《外国文学史简编》。参看郑克鲁《〈外国文学史〉的编写现状及设想》,《文艺理论研究》1995年第1期,第76页;王忠祥《建构文学史新范式与外国文学名著重读——王忠祥自选集》,华中师范大学出版社,2010年,第34页。何辉斌等著:《20世纪浙江外国文学研究史》(浙江大学出版社大学,2009年)"朱维之"章第二节论"文学史研究"以《外国文学简编》为主,只在最后一段提到《外国文学史》。

调整。《外国文学史(欧美卷)》第四版共有分节介绍的作家56位,其中18世纪末以前的作家14位("荷马史诗和希腊戏剧"各算一位),19世纪作家22位,20世纪作家20位。比较所收作家的情况,2004年第五版《外国文学简编(欧美部分)》与2009年第四版《外国文学史(欧美卷)》的最大区别是后者收18世纪前作家为14位,前者则只有8位,少了维吉尔、拉伯雷、弥尔顿、菲尔丁、伏尔泰和席勒6位作家,这或许就是"简编"的意味。由于编写者都是具有多年外国文学教学经验的高校老师,这两种欧美文学史教材都写得言简意明,流畅可读。不管用那本书,读者都可以大致掌握西方文学从古到今的发展历史,了解主要作家的代表作,这是两书长盛不衰的秘诀。

郑朝宗、郑松锟编著的《西洋文学史》1992年由厦门大学出版社出版,是以郑朝宗先生在厦门大学的讲义为基础整理而成的。"后记"写道:"郑朝宗先生是我国老一辈的西洋文学研究者,早年毕业于清华外文系,40年代负笈剑桥,回国后长期执教于厦门大学中文系。郑先生饱读中西典籍,但不喜欢写深奥佶屈长篇大论的高头讲章,偶尔兴之所至写一些书卷气极浓的散文。郑先生从50年代初起教了将近40年的西洋文学史,朋辈和学生们多次要求整理出版一部系统的欧洲文学教本,但他总是谦虚而坚决地婉拒。"本书是1992年郑先生80华诞之际,一些"郑门弟子在各自单位的支持下多方搜罗了郑先生自1953年至1982年的4种《欧洲文学史》讲义"及其他材料,"由担任过郑先生助手的郑松锟同志负责整理"而成。全书共九章,分别论述古希腊、古罗马、中世纪、文艺复兴、17世纪、18世纪、19世纪初期浪漫主义、19世纪中期、1871—1917年的欧洲文学。显然这里的西洋是欧洲的代名词,其时代划分与原版《欧洲文学史》的做法大致相当,只是体现了厚古薄今的特点,不仅把古希腊和古罗马文学分开论述,而且在篇幅划分上古代到18世纪占三分之二,而原版《欧洲文学史》的上卷篇幅比下卷少三分之一。除古希腊罗马文学和19世纪文学外,《西洋文学史》其他每个时期重点讨论一个作家,分别是但丁、莎士比亚、莫里哀、歌德,这更是教科书或讲义的特点,因为只有这样做才能使学生在纷繁复杂的西洋文学史丛林中找到几个有力的抓手。

虽然《西洋文学史》篇幅不长,但对许多问题的论述让人觉得耳目一新。比如谈到希腊神话中宙斯和狄俄尼索斯二神幼时蒙难的故事,郑先生解释说:"这两个故事是原始社会中青春期入会仪式的反映。那时儿童到了成年期便举行此仪式,这使他有资格参加一切部落活动,并且可以成婚,人们相信儿童变为成人有死而复生之意,因此仪式中就表演了这个节目"(第6页)。这就把神话故事和实际生活有机地结合起来,让读者感到亲切可信。对于希腊神话的基本特点,郑先生做了这样的总结:"总之,古希腊神话没有后来宗教神话的神秘性和怪诞性,它有一种明快、健康、富于'入世'的特点。希腊神话是借助神来讲人的事,以人为中心,因此后来人发现了其中的'人本主义'精神,这就是文艺复兴时期的欧洲作家独钟于古希腊神话传说的原因"(第9页)。这样的表述虽然没有什么新奇,却一针见血地点明了希腊神话的"人本主义"特点,而这一点正是读者容易忽略的。郑先生指出荷马史诗反映了人们在氏族制度开始破坏阶段的社会生活,并以军队的部落编制和战利品分配为证加以阐释。关于史诗的艺术特点有这样的评述:"荷马史诗文体雄浑崇伟,思直而显,没有矫揉造作的文人习气,它的情调爽朗健康,没有感伤主义和悲观色彩,对天神和天后的描写中,时常露出幽默的笔调,善善恶恶,一本于正,无偏爱,无隐讳,歌颂英雄主义,痛斥骗子懦夫,尚不知有狭隘的爱国主义"(第17页)。这样的叙述可以说是抓住了古典史诗的本质。《西洋文学史》对18世纪文学主要介绍歌德的《浮士德》:"它始终贯注着一致的精神,就是通过浮士德这个人物的发展体现出人类是怎样摆脱中世纪的蒙昧状态,探寻新的道路,跟一切困难和障碍搏斗,克服了内在和外在的矛盾,最后走向胜利,并且展望到将来的远景"(第142页)。在对浮士德的形象进行了细致分析之后,著者写道:"总之,《浮士德》是西欧从文艺复兴到19世纪300多年历史的总结,是资产阶级中进步思想的顶峰,它反映了明朗的、进步的、科学的势力和阴暗的、反动的、神秘的力量的斗争,我们在这部书中可以接触到300年内各种各样的思想、情感,还有对将来的预感"(第149页)。这种视野宏阔、高屋建瓴的评论没有对原作的深刻理解是写不出来的。

由李赋宁先生任总主编的新编《欧洲文学史》是全国哲学社会科学"八五"规划重点项目,从20世纪90年代初开始启动,到2001年第三卷出齐,历时十多年。"编者说明"指出:"我们孜孜以求的目标,是写出一部能比较全面、客观、科学地反映欧洲文明诞生以来文学嬗变的全过程,又有强烈时代感的新的《欧洲文学史》。为此,我们在坚持以历史唯物论为指导,以坚实丰富的材料为基础的同时,努力把握国内外关于欧洲文学研究的最新进展和成果,吸收新的材料和观点,在实事求是、尊重历史的原则下,融会贯通地运用当代的一些文学理论和文学研究方法"(第1—2页)。原版《欧洲文学史》叙述到20世纪初为止,新编《欧洲文学史》增加第三卷介绍20世纪欧洲文学。虽然前两卷与原版《欧洲文学史》的时间划分基本相同,但是篇幅大大增加。原版上卷约22万字,下卷约30万字;新编《欧洲文学史》第一卷53万字,第二卷60多万字。新增的20世纪卷分上下两册,篇幅几乎相当于前两卷。

从目录就可以看出新编《欧洲文学史》内容有较大补充,对欧洲文学发展的介绍更加全面。原版第一章古代文学,包括古希腊和罗马文学,新版分为古希腊文学和古罗马文学两章,各有七节和十节,按照文体介绍当时的各类文学。原版第二章中世纪文学只有四节,介绍英雄史诗和骑士文学、城市文学、从中古到文艺复兴的过渡和意大利诗人但丁。新编《欧洲文学史》第三章中世纪文学有九节,分别介绍宗教文学、英雄史诗、骑士文学、城市文学、但丁和意大利诗歌、俄罗斯文学、东欧文学、北欧文学。从这些标题可以看出宗教文学是新增的,因为以前的外国文学研究对宗教文学往往采取简单的否定态度,而现在的态度则比较客观,恰当地评价中世纪宗教文学的贡献。后面新增的三节则对欧洲其他地区中世纪文学有了一定的介绍。从文艺复兴时期开始,各章分节介绍欧洲主要国家的文学,与原版《欧洲文学史》最大的区别是各节标题只提某国文学,不再提作家的名字。这样做的好处是避免人为地把主要作家与其他作家区分开来,而是把重点放到对国别文学的总体介绍和评价上,体现了较强的理论把握。如对18世纪法国文学,原版只有两页概述法国当时的社会背景与总体文学状况,紧接着就转入具体作家的介绍。新编《欧洲文学史》则以较大的篇幅介绍法国的启蒙运动和"古今之争",并论述了曾经被完全否定的洛可可艺术的产生和影响(第379—386页)。书中写道:"毫无疑问,洛可可艺术直接参与了现代美学的创立,它以表现人生、满足人的感官、精神需求为特色,为新生的美学提供理论和实践两方面的依据。当人们谴责它使色情在法国文化中泛滥时,也不应该忘记它的历史功绩"(第388页)。在对具体作家的评述中纠正了原版只重视内容,忽视艺术的偏差,对于作家的艺术特点给予了更多的关注。如对狄德罗的名著《拉摩的侄儿》,新编《欧洲文学史》对其叙事艺术就有这样细致生动的评述:"作品从整体上可分为对话段落与叙事段落两条主要脉络,它们各司其职,交错进行:对话段落推动情节发展,叙事段落则起到承上启下的'铰接'作用,从而把对话引向不同的主题。此外,当话题无法深入之时,'我'就会出面进行干预,以评论的形式对文本情境作一小结"(第396页)。

比较原版《欧洲文学史》下卷和新编《欧洲文学史》第二卷即19世纪卷,最大的不同在于淡化政治或阶级划分,放弃消极与积极浪漫主义的区别,重点从文学创作方面客观描述作家的贡献。从目录中可以看出,原版刻意强调的宪章运动和巴黎公社等政治事件,以及浪漫主义和批判现实主义等流派划分都取消了,各节标题只提不同的国别文学。这样的修正是完全必要的。宪章运动和巴黎公社是重要的政治事件,但对于欧洲文学史的影响则是有限的;浪漫主义和批判现实主义在各国文学的表现各有不同,贴上同样的标签无益。对具体作家的评论也有很多修正。如在第一章第三节介绍19世纪早期英国文学时,与原版主要突出拜伦和雪莱不同,新编《欧洲文学史》对五个主要浪漫主义诗人都有比较全面的评价,并对现在被西方学界归为浪漫主义文学的彭斯和布莱克的创作进行了实事求是的介绍。在原版《欧洲文学史》被忽视的华兹华斯在新版得到重视,但是编者对于其诗歌的矛盾有清醒的认识:"华兹华斯诗歌中自然与自我两概念并非总能协调一致,他的诗似未能清楚解答一个人如何在忠实于自然的同时也忠实于自我"(第62页)。原版《欧洲文学史》对德国浪漫主义运动基本持否定态度,如"早期浪漫主义运动并没有持续多久,但是他们的言论和作品反映了德国资产阶级向封建势力的投降,在德国文艺界起了很大的消极反动作用"(第36页);又如"浪漫主义文学除了极少数的例外,几乎都是消极的,为反动的封建制度服务的"(第40页)。新编《欧洲文学史》在对19世纪早期德国文学史的介绍中摈弃了过去片面强调歌德和席勒为代表的古典主义,贬低德国浪漫主义文学的做法,中肯地评价了德国浪漫主义文学的发展和贡献。书中写道:"与只有歌德和席勒为代表的古典文学相比,德国的浪漫主义则拥有大量的作家……耶拿派从事的主要是浪漫派理论的探讨和确立,涉及的主要是抽象的哲理思考,尤其是施莱格尔兄弟,而诺瓦利斯及蒂克则是实践者。海德堡派的作家则大力从事创作,突出地体现了德国浪漫派在童话、民间故事、神话传说、民歌等领域里的挖掘、整理及传播所做的贡献"(第13页)。像第一卷一样,新编《欧洲文学史》第二卷也对以往重视不够的东欧文学和北欧文学给予了较多的关注。

与原版《欧洲文学史》统一规划,统一定稿不同,新编《欧洲文学史》尊重撰稿人的意见,不强求文体的统一。"编者说明"写道:"许多撰稿人是国内有影响的专家,他们的稿子包含多年研究的心得,按预定的字数硬性删节,不免削足适履。为使专家们的特点不致湮没,尤其为使那些启人心智的宏论能够完整地保留下来以飨读者,对字数的限制便在不知不觉之中放宽了"(第2页)。这样做虽然出现了不同作家之间在篇幅上不均衡的问题或缺陷,却给了撰稿人自由发挥的空间,使一些重点作家的评介几乎就像学术论文。如果说以原版《欧洲文学史》为参照修订的新编《欧洲文学史》第一、二两卷在有些作家的叙述上表现出某些失衡,新撰写的《欧洲文学史》第三卷则更突出了不同撰稿人的特点。如第三卷上册对现代派诗人T. S.艾略特的介绍就长达17页,对其重要诗歌作品和文学批评甚至社会批评著作都有精到的分析,对其复杂性给予了充分关注。书中写道:"艾略特试图用基督教来改造已经世俗化的西方社会,徒劳无功,但他对英美工业文明的批判至今读来仍未过时";"他希望确保全世界文化的多样性,因而不以'进步'和'落后'等观念来为不同的文化定性。艾略特的文化观与后殖民批评家的'杂交'和'越界'理论格格不入。他担心彻底的混杂将抹煞各种文化之间的差异性从而导致文化的死亡"。"现代派往往被理解为精英文化的倡导者,其实艾略特要维护的并不仅仅是欧洲古典文学的高情逸兴。他非但不拒绝通俗文化,甚至还写过下流小调"(第72—74页)。这样的介绍和评论使读者对艾略特能有比较鲜活的印象。又比如对法国意识流小说家普鲁斯特的介绍,既指出"《追忆似水年华》这部长达240余万字的鸿篇巨制,以主人公马塞尔怀念和追忆逝去的青春年华为主线,向我们展现了一幅19世纪末20世纪初法国上层社会的图景",又点明它也是"对心灵'深层矿脉'的开掘,是主人公潜在意识的记录"。既关注"时间是贯穿小说始终的一个主题",也不忘"爱情是这部小说的另一个重要的主题"(第 187－189 页)。关于小说的结构,则强调"普鲁斯特把这部长篇小说当作一座大教堂来设计,一开始就精心安排了对称的结构,即代表资产阶级的斯万家那边,和代表贵族的盖尔芒特家那边。看似相互独立的部分逐步展开,那么多细部在两翼遥相呼应,那么多石块在开工伊始就砌置整齐,渐渐形成一个有机的整体,到全书最后呈现出一座宏伟教堂的全貌"(第 190 页)。这对于读者把握普鲁斯特的小说很有帮助。

从总体来看,在具体写作规范上新编《欧洲文学史》继承原版,把学术观点揉入叙述中,很少直接引文注释。特别是由于原版的直接引文注释主要为马列经典作家的话,新版对此大多删除,因此新版的直接引文注释很少。但在对现代派作家乔伊斯和艾略特的介绍中,撰稿人发挥自己特长,写出了很有分量的学术论著,其引证之频繁与学术论文无异。这种写法的长短还是值得探讨的。原版侧重欧洲文学史整体叙述,对各国重要作家也特别关注其在欧洲文学整体发展的意义,而新编《欧洲文学史》(特别是新增的 20 世纪卷)则更像是各国别文学史的汇编,因为到了 20 世纪,欧洲版图大变,总体意义上的欧洲文学已经难见了。新编《欧洲文学史》三卷四册,约 200 万字,篇幅几乎四倍于原版《欧洲文学史》。这样的好处是容量大为增加,可以对丰富的欧洲文学史内容做比较充分的阐述介绍。但是也自然带来相应的缺陷,那就是篇幅太大,不适宜用作教材。正因为如此,郑克鲁在谈到此书时说:"有必要再组织一批教师和专家重新编写一部《欧洲(美)文学史》,供外语系使用。"①但我们也可以从另一方面来看待这个问题。不论是在原版《欧洲文学史》上卷出版的 1964 年,还是在上卷修订再版下卷首版的 1979 年,《欧洲文学史》都具有教科书、研究性著作和普及性读物的三重功能,因为那时它是唯一的。对于大学生它是指定教科书,对于研究者它是前辈学者的研究著作,而对于广大社会读者它又是了解欧洲文学的入门书。但是,在新编《欧洲文学史》问世的 2000 年前后,虽然它仍然是唯一以《欧洲文学史》为书名的著作,类似的著作却已经大量涌现,那就是各种各样的外国文学史教材。因此,新编《欧洲文学史》的教材功能大大降低,更像是一套研究专著。它的读者对象主要不是大学生,而是对欧洲文学史有兴趣并希望进行相关学术探索的学者。《欧洲文学史》1979 年版印数 9 万册,新编《欧洲文学史》第一卷印数 3 千册似乎证明了这一点。

---

① 郑克鲁:《谈谈对外国文学史的编写》,中国外国文学学会编(何辉斌执行主编)《外国文学研究 60 年》,浙江大学出版社,2010 年,第 254 页。

第三节　新世纪的西方文学史著作

陈惇主编的《西方文学史》(四川人民出版社,2003年)是我国第一部以《西方文学史》为书名的著作,此前出版的同类著作多用"欧美文学史"为书名。全书共十章,与《外国文学史(欧美卷)》分章相同,但是90万字的篇幅则是扩大了约二分之一。第一卷(古代—18世纪文学)共五章;第二卷19世纪文学共三章;第三卷20世纪文学则分为两章。《西方文学史》的一个重要特点是目录中不仅各章内容清晰,而且在每节内还列出不同的要点,显得一目了然。如第十章第五节"德语文学":战后的德国——民主德国文学——联邦德国文学——具体诗——左翼作家西格斯——"我们的世纪"的作家格拉斯——悲喜剧作家迪伦马特——"谩骂关注"的汉特克。这四个作家中西格斯为民主德国作协主席;格拉斯为联邦德国作家;迪伦马特为瑞士作家,而汉特克是奥地利作家,这可以说很好地照顾到了不同地区或国家的德语文学。第十章第六节"英国文学":福利国家与货币主义——"人性恶"的揭露者戈尔丁——实验小说家福尔斯——"反戏剧"作家贝克特——"恐吓"喜剧作家品特。这些标签让读者对重要作家的特点有清晰的认识。

看各卷目录可知,"德国文学"只用于第五章第四节,介绍德国古典文学黄金时代和第六章第二节介绍"古典的"与"浪漫的"并存的时代;19世纪中期和后期文学都没有专节介绍德国文学,而20世纪两章都是用"德语文学"的标题。与德国文学史发展不平衡形成对照的是从文艺复兴开始,每章都有专节介绍英、法文学;从19世纪初开始每章都有专节介绍俄罗斯文学。美国文学则比较特殊,第一次介绍包括从独立战争到南北战争,因此在19世纪中期文学一章没有美国文学,但在此后各章都有专节介绍。同时,从这个目录还可以看出,所谓西方文学基本上就是几个大国的文学,特别是英、法、俄、美;德国或德语文学在20世纪前发展不平衡,而在19世纪中后期东欧和北欧文学发展成就突出。曾经在历史上取得辉煌成就的希腊、意大利和西班牙在近现代文学成就却不太突出。20世纪关于"苏维埃时期的俄罗斯文学"的两节形成鲜明对比:20世纪上半叶一节内容介绍提到十个重要作家,而20世纪下半叶一节则没有提一个人名:卫国战争与军事题材文学——"解冻"与"解冻文学"——"奥维奇金派"与农村题材小说——反官僚主义的小说——封闭、开放与回归——80年代以后的俄罗斯文学。美国文学则在20世纪上下半期都有代表作家领衔:第九章第六节:美国文学的两度繁荣——现实主义小说家德莱塞——意象派诗歌与庞德——"南方文学"的代表福克纳——"迷惘的一代"与海明威——美国戏剧史上的丰碑:奥尼尔。第十章第四节:美国文学:"冷战时期"与世界政治经济中心——垮掉派与金斯堡——黑色幽默——元小说——"枯竭的文学派"作家巴思——"在路上"的凯鲁亚克——"黑色幽默作家"海勒——阿尔比。这样细致的标题就像内容梗概,对于学生读者很有帮助。

第一卷开头的"绪论"虽然不长,但有一定理论性。第一节先解释了"西方"概念,其中提到"'西方国家'就成了资本主义列强的同义词"(第1页)。接着指出在研究世界文学时用"东方"和"西方"的概念主要"是从文化体系的意义上来划分的"。西方文学有统一的文化传统,东方文学或文化则没有这种统一性,而是分成"相对独立的中国文化、印度文化、波斯阿拉伯伊斯兰文化和黑非洲文化"(第2页)。第二节谈文学史编纂方法,指出各种类型都有其局限,"所以,正确的科学的文学史研究应该全面认识文学发展的动力,把审美的分析和历史的社会的分析这两个方面结合起来,才能避免片面性,使文学史走上科学的道路"(第4页)。第三节强调东西方文学的互相影响,特别是远古亚非文学对古希腊文学的影响,阿拉伯文学对西方文艺复兴的影响等,因此本书在每章的文学史概述中增加了一些有关东西方文学交流的内容。第四节强调本书的教材性质,篇幅不能太大,既要保证学生必须掌握基本知识,又要做到材料充足,观点明确,重点突出。"绪论"提出了大学生学习西方文学史的三个要点:掌握基本知识,了解重点作家作品,提高分析鉴赏能力。"这就是说,我们在设计教材的体系时,必须兼顾西方文学的全面知识、文学史的发展线索和代表性作家作品三个方面,全面地、适当地处理好面、线、点三者的关系。这也许是教材与学术专著在写法上的不同之处"(第7页)。

《西方文学史》内封有这样的介绍:这是一本有新意的外国文学史著作,它把西方文学放在世界文学的总体格局和东西方文化交流的背景中,从一个新的角度审视其成就,注意吸收最新的研究成果,内容涉及从古代到20世纪的西方文学的近三千年的历史,重点介绍了大约200个作家。全书史料翔实,论述具体,分析深刻,而且图文并茂,配有100幅作家图像。全书最后一节(第十章第七节)为拉丁美洲文学:一片神奇的土地——"先锋派文学"——"文学爆炸"——魔幻现实主义——加西亚·马尔克斯——"作家的作家"博尔赫斯——"拉美的乔伊斯"科塔萨尔——诗坛新星帕斯。著者认为拉丁美洲文学的发展大体经历了五个阶段:史前时期,殖民地时期,独立革命时期,民族文学繁荣时期和当代文学时期:"20世纪五六十年代,拉丁美洲文学在世界文坛异军突起,在西方,乃至整个世界形成了一股'拉丁美洲文学热',或称'文学爆炸'。一时间,作家辈出,群星灿烂,流派纷呈,争奇斗艳⋯⋯而就现实主义而言,在拉丁美洲文坛就活跃着十几种流派,诸如心理现实主义、动物心理现实主义、社会现实主义、结构现实主义、魔幻现实主义等不同风格和流派的文学"(第354页)。关于当代拉丁美洲文学大繁荣的原因,著者列举了地理因素、文化因素、社会因素和外部因素等四个方面,外部因素主要是超现实主义以及西方现代主义文学的影响和启迪。总起来看,陈惇等长期从事西方文学史教学研究的学者合作编著的这套三卷本《西方文学史》既给读者勾画出了西方文学发展的大体脉络,又提供了对一些重点作家作品的分析解读,是西方文学史研究方面的突出成果。

匡兴主编的《外国文学史(西方卷)》2010年由北京师范大学出版社出版,53万字。全书11章,章节安排与南开大学版《外国文学史(欧美卷)》大同小异,而且篇幅也差不多,只是把20世纪俄罗斯文学单独列为第十一章。从撰稿人的情况来看,陈惇撰写前五章,基本上与他主编的《西方文学史》第一卷内容差不多;匡兴撰写第六到第十章的大部,还有刘象愚、黄晋凯等十几位学者参与撰稿。从所收的作家来看,18世纪末之前的作家只比《外国文学史(欧美卷)》少拉伯雷、伏尔泰和席勒,19世纪作家增加了华兹华斯和勃朗特姐妹,但是删除了雪莱、海涅、密茨凯维奇和惠特曼,20世纪作家则有大调整,删除了普鲁斯特、马雅可夫斯基、帕斯捷尔纳克和贝克特,增加了艾略特、奥尼尔、尤内斯库、贝娄、莱辛、格拉斯、莫里森等,还有苏联作家普拉东诺夫、布尔加科夫和特里丰诺夫等。从这个名单变化来看,18世纪以前的作家基本稳定,19世纪略有增删,而20世纪作家则见仁见智,很难有比较统一的名单。本书20世纪作家名单的特点是增加了三位女作家,纠正了以往外国文学史教材对女性作家重视不够的偏差。《外国文学史(西方卷)》新增的三位苏联作家中有两位是在斯大林时期创作但没有发表机会的作家:普拉东诺夫"那过于玄奥、冥远的思想探索和奇异的艺术思维与那狂热而残酷的年代显得格格不入而被冷落、排斥"(第475—476页),而布尔加科夫"从1928年直到病故,毅然熬忍着事业的坎坷、生活的窘迫、精神的苦闷,呕心沥血,惨淡经营,批阅十二三载,修改八次之多,一直修改到逝世前不久,为后人留下的一部奇书《大师和玛格丽特》"1973年在苏联全文发表后,"引起持续性、全球性轰动,被誉为俄罗斯文学的高峰"(第485页)。本书介绍的最后一位苏联作家特里丰诺夫1950年刚25岁就以长篇小说《大学生》一举成名,后来却因"致力于暴露和批判社会的阴暗和腐败"引起非议,"但在他逝世以后,评论界对他的社会心理小说的评价却越来越高"(第491页)。这种对苏联时期受到否定的非主流作家的重视有重写文学史的味道。

第四节　西方文类史和断代史研究

除了多种通史之外,西方文学史研究中还出现了相当数量的文类史和断代史。出版最早的是杨江柱、胡正学主编的《西方浪漫主义文学史》(武汉出版社,

1989年)。文类史中出版最多的是戏剧史,小说史方面有龚翰熊主编的《欧洲小说史》,而欧洲或西方诗歌史方面的著述尚未出现。断代史方面最为引人注目的是杨慧林、黄晋凯著《欧洲中世纪文学史》,崔莉的《欧洲文艺复兴史·文学卷》也可以说是一部断代文学史。下面我们对几部重要的文类史和断代史作简要介绍。

杨江柱和胡正学在《西方浪漫主义文学史》"后记"中坦言,编写此书"是一次新的尝试,以前还没有出版过类似的专史"(第659页),因此本书可以说是一部填补空白的著作。"绪论"首先提出浪漫主义和现实主义两大风格,然后指出浪漫主义广义与狭义之分。"本书从历史发展的实际出发,论述西方文学中历代具有浪漫主义倾向的主要作家及代表作品,并着重论述18世纪末到19世纪30年代在欧洲广泛展开的浪漫主义文学运动"(第2页)。编著者把西方浪漫主义文学分为四个阶段:萌芽时期,从古希腊、罗马时代到中世纪;发展时期,从文艺复兴到18世纪;繁荣时期,从18世纪末到19世纪上半期;演变时期,从19世纪下半期到20世纪中期。本书力求阐明各国浪漫主义文学的共同性,同时又关注它们各自的特殊性。对于各个时期的各国浪漫主义作家,则只为最突出的代表人物安排专节来加以评介。"绪论"指出:"繁荣时期的西方浪漫主义文学作品,不同程度地具备四个方面的共同特征:(1)主观性强,偏重于表现主观理想,抒发强烈的个人感情;(2)歌颂大自然,诅咒城市文明;(3)特别重视中世纪民间文学的传统;(4)喜欢运用夸张的手法,驰骋大胆的幻想,采用异常的情节"(第2页)。"绪论"阐述了浪漫主义两个来源,一是中世纪传奇,二是歌德、席勒界定的与古典主义相对的浪漫主义,特别强调雨果的贡献,最后指出积极浪漫主义与消极浪漫主义的区分是高尔基提出来的。本书是第一次在书名用"西方"的文学史著作,从论证分析和注释规范性来看有一定学术性。

按照对西方浪漫主义文学四个阶段的分期,本书分为四编,各编第一章为概论,然后分章介绍不同时代不同类型或国别的文学。如第一编浪漫主义文学的萌芽,概论之后在第二章分神话、史诗、戏剧三节介绍古希腊罗马文学,追溯到《奥德赛》和希腊神话,并归纳当时浪漫主义的特点包括天真、乐观的幻想,非凡的人物形象、悲壮的艺术风格,富有神秘色彩,多用象征、寓意手法等。第三章分英雄史诗(如《贝奥武甫》和《罗兰之歌》等)、骑士文学和但丁三节介绍中世纪文学。第二编的概论总结文艺复兴时期浪漫主义文学的基本特征,如思想上反对封建,追求自由平等;艺术上偏重主观;对自然美的欣赏与咏唱;重视中世纪民间文学;情节奇特,非现实性;使用象征、夸张、讽刺等表现手法。第二章论文艺复兴和17世纪文学,分三节介绍拉伯雷、莎士比亚、弥尔顿和班扬;第三章18世纪的文学包括卢梭、歌德、彭斯三节,其中对彭斯诗歌的高度赞美如"充满为理想而献身的革命乐观主义精神","揭露封建地主和反动教会的罪恶,号召劳苦大众奋起斗争"(第180—182页)等现在看来有些言过其实。第三编浪漫主义文学的繁荣共有七章。从第二章开始分别论述德国文学、英国文学、法国文学、俄国文学、美国文学和东南欧文学,足见浪漫主义此时是席卷西方的主导性文学思潮。正如著者在"绪论"中所言,18世纪末到19世纪三四十年代,"是西方浪漫主义文学的繁荣期,也是浪漫主义文学运动在欧洲盛极一时的岁月。一般认为,雨果著名的浪漫剧《艾那尼》1830年2月25日演出成功,标志着浪漫主义运动发展到了顶点;雨果的另一部浪漫剧《城堡里的伯爵》1843年演出失败,则标志着浪漫主义运动的结束"(第11页)。介绍英国浪漫主义文学的一章分概述、湖畔派诗人、拜伦、雪莱、司各特五节,这在1989年是可以理解的,因为那时我们对华兹华斯和柯尔律治等所谓消极浪漫主义诗人评价不高,而按照现在学界的观点,华兹华斯、柯尔律治和后来的济慈都应该得到专节介绍。第四编浪漫主义文学的演变有五章,除概论外分章介绍英、法、俄苏和美国文学,从一定意义上可以说是叙述浪漫主义向现代主义转变,如在英国文学一章介绍了莫里斯、王尔德、斯蒂文森和乔伊斯,在法国文学一章介绍了波德莱尔、兰波、贝克特和尤内斯库等。书中写道:"象征主义的开创者波德莱尔历来被认为是现代主义的先驱,20世纪20年代兴起的后期象征主义又是一个有国际影响的现代主义文艺运动,这两个事实为人们寻找浪漫主义在20世纪的演变踪迹提供了重要线索……我们简直可以这样说,现代主义的崛起是20世纪世界范围内的一次强大的浪漫主义运动。其来势之猛,波及面之广,对现代西方人精神生活影响之深,丝毫不亚于18世纪末到19世纪三四十年代在欧洲如火如荼的第一次浪漫主义运动"(第15—16页)。虽然本书的一些观点值得商榷,能在20世纪80年代末编写这样全面介绍西方浪漫主义文学的专著还是很难得的。

在廖可兑先生的《西欧戏剧史》之后,新的西方戏剧史著作出现最早的是陈世雄著《现代欧美戏剧史》(四川教育出版社,1994年)。著者在"序论"开篇写道:"这是一部论述十九世纪七十年代以来百余年间欧美戏剧发展进程的著作。重点是1871—1945年间的欧美戏剧,即现代部分,而1945年以来的当代部分仅用八分之一的篇幅在全书最后一章加以比较简略的评介"(第1页)。序论分对象论、方法论和趋势论三节。在"对象论"著者首先阐述了以1871到1945年间欧美戏剧为重点的理由,然后说明本书在类型上属于传统的剧作史或戏剧文学史,而非剧场演出史。在"方法论"著者申明本书是侧重个性风格的非归类性分析,但在上下卷开头的概述章有比较具体的历史背景和戏剧流派的介绍,而在作家作品的讨论中仍然注重社会学的批评方法,并力图把历史批评与美学批评有机结合起来。在最后一节"趋势论",著者归纳出现代欧美戏剧剧作主题的哲理化、思维方式的科学化、描写重点的内向化和戏剧观念的多元化等主要趋势。这样就比较具体地阐述了著者对现代西方戏剧史研究的对象界定、研究方法和总体把握。正文分上下两卷,上卷叙述 1871—1917 年的欧洲戏剧,共十一章,第一章概述,然后分章论述易卜生、左拉、托尔斯泰、斯特林堡、梅特林克、霍普特曼、王尔德、萧伯纳、契诃夫和罗曼·罗兰十位剧作家。下卷共十三章,在概述之后介绍高尔基、马雅可夫斯基、毛姆、奥凯西、皮兰德娄、恰佩克、奥尼尔、布莱希特、包戈廷、加西亚·洛尔卡、阿努伊等十一位剧作家,并在最后一章简述二战后的当代欧美戏剧。关于为何以 1917 年为界划分上下两卷,陈世雄写道:"在这一年俄国爆发了十月革命,第一次世界大战走向尾声。同在这一年,表现主义在德国流行,奥尼尔在美国崭露头角,他的海洋题材短剧的上演(1916)标志着美国现代戏剧的确立。因此,这一年在政治史和戏剧史上都具有划时代的意义"(第 4 页)。从"后记"得知,作者 1985 年 9 月到 1986 年 9 月曾经在苏联留学,研究苏联当代戏剧,这对于本书采用 1917 年为上下卷分期也有影响。"后记"还提到本书原拟三卷,"但由于出版的困难,只好把未完稿的第三卷压缩成现在的第二十四章"(第 1070 页)。

《现代欧美戏剧史》介绍的 21 位重要剧作家中,俄苏剧作家有 5 位,英国 4 位,法国 3 位,德国 2 位,挪威、瑞典、比利时、意大利、西班牙、捷克、美国各一位。由于 21 位剧作家在西方戏剧史上地位和影响不同,在具体叙述上各章篇幅差别很大,易卜生和布莱希特两章最长,各有 60 多页,毛姆一章最短还不到 20 页。全书第二章论述易卜生的创作,并在开头写道:"一部现代欧美戏剧史从亨利·易卜生写起,这是很自然的。易卜生是'现代戏剧之父','戏剧史上的罗马':'条条大路出自易卜生,条条大道又通向易卜生'"(第 51 页)。对于易卜生的剧作特点,著者作了这样的概括:"易卜生在剧作中采用了所谓分析性的结构原则。剧本的主要内容是分析主人公面临灾祸或不幸的原因,'发现'真相,同时剖析主人公的内心世界,即由于这种'发现'而产生的思想感情的变化"(第 78 页)。对于布莱希特,著者评价更高,称他为"20 世纪戏剧的最高峰,莎士比亚以来最伟大的戏剧家"(第 745 页)。为了论述布莱希特何以能够有如此成就,著者追溯了多方面的原因,包括马克思主义的影响、黑格尔哲学的启示、启蒙主义传统的熏陶、莎士比亚的影响、中国戏曲与绘画的榜样、现代舞台技术与电影技术的进步和现代科学思维的影响等等。陈世雄认为:"布莱希特之所以被公认为 20 世纪最伟大的戏剧革新家,一个很重要的原因,就在于他突破了传统的、狭隘的真实观,提出了富有革命性的戏剧艺术的真实观"(第 759 页)。这种革命性真实观的突出特点就是"间离的反映",不仅保持观众与剧情的间离,而且要保持演员与角色的间离。本书内容丰富,出版之后广受欢迎。2010 年《现代欧美戏剧史》由文化艺术出版社出版增订本,分为上、中、下三卷。与 1994 年版相比,增订本取消了原版的简短序论,代之以长达十多万字的"总论",对现代欧美戏剧的发展进行宏观的论述,并在上、中、下各卷都增加了"剧场艺术"部分。在结构上,前两卷基本未变,第三卷是原版最后一章的扩展,也就是恢复了最初设计的三卷本结构,篇幅比原版扩大了一倍。

郑传寅、黄蓓编著的《欧洲戏剧文学史》2002年由长江文艺出版社出版。中央戏剧学院谭霈生教授为本书作序,认为这部新编教材至少有两个特点。一是限定为"戏剧文学史"。廖可兑先生的《西欧戏剧史》在论述不同时代的重要国家的戏剧时,多有剧场演出的概况与对剧作家及其剧作的评说相对应,但两相比较,演出部分则显得更为粗略,这是可以理解的。考虑到这种先天性的艰难,由于教材编写者条件的限制,单以剧作家和剧作为对象,先攻"戏剧文学史",亦是合情合理的。其二,本书在评介具体剧目时,对作品进行分析之前,先有对剧情的叙述。书后的"跋"说明"本书是在讲稿的基础上修订而成的,论述了上古、中古和近代——也就是从古希腊到现代以前的欧洲戏剧文学发生发展的历史进程。19世纪末至20世纪末的欧美现当代戏剧文学史将另成一册,这是因为欧美现当代戏剧史上新潮迭起,与18世纪以前基本上是一种思潮统领一个时代的状况大不相同;而且20世纪欧美戏剧的发展空间进一步拓展,戏剧除在西部欧洲继续发展之外,美国戏剧异军突起,名家名作如林。北欧和东欧戏剧也蔚为大观。欧美现当代戏剧与古代戏剧之差别难以道里计,按照本书的体例作为一章来论述,不是很合适。为体例一致性和篇幅合理性计,姑且将欧美戏剧文学史分为《欧洲戏剧文学史》和《欧美现当代戏剧文学史》两册加以描述"(第347页)。

《欧洲戏剧文学史》包括绪论和正文六章。绪论首先是欧洲戏剧史的粗线条勾勒,然后介绍欧洲戏剧的几个主要特点:(一)审美取向:从重"情趣"到求"理趣";(二)审美形态:从悲喜分离到悲喜混杂;(三)表现向度:从人物的行动到人物的心灵;(四)艺术构成:由繁复到单纯再走向新的综合;(五)发展方式:从"反叛"到"反动"。"绪论"指出:"欧洲当代戏剧不仅以对以前的一切戏剧形式提出挑战,而且以'全面反动'的方式——创造'反戏剧'的全新样式来实现对荒诞世界的审美掌握。荒诞派戏剧是对戏剧史的全面反动……"(第14页)。正文第一、二两章分别介绍古希腊和古罗马喜剧;第三章文艺复兴时期西班牙和英国戏剧;第四章主要介绍17世纪法国古典戏剧,对西班牙、英国和德国戏剧略作介绍;第五章关于18世纪戏剧介绍的国家最多,包括丹麦、英国、法国、意大利、德国和俄国戏剧,其中德国戏剧所占篇幅最大。最后一章介绍19世纪上中叶戏剧,包括法国、英国、德国和俄罗斯四个国家,其中俄罗斯戏剧为重点,共介绍了六个作家。这种章节安排可以使读者对各个国家在不同历史阶段的发展概况及在欧洲戏剧发展中的地位有比较清楚的了解。因为是教材,本书基本上采取综合介绍作家然后重点介绍一部作品的方法,个别大作家介绍的作品稍多,如莎士比亚介绍四大悲剧和《威尼斯商人》共五部,莫里哀介绍《伪君子》

《吝啬鬼》和《太太学堂》等三部；歌德介绍《浮士德》《克拉维戈》《丝苔拉》等三部；其他剧作家大多介绍一部，少数介绍两部，如雪莱介绍了《普罗米修斯的解放》和《倩契》。本书的一个特点是善于对不同剧作进行比较探讨。如在介绍莫里哀的名剧《吝啬鬼》时不仅说明它是对古罗马剧作家普劳图斯的喜剧《一坛金子》的改编，而且还指出剧中吝啬鬼阿尔巴贡"与我国元代剧作家郑廷玉的杂剧《看钱奴》中主人公贾仁颇多相似之处"（第166页）。作者此后并未出版《欧美现当代戏剧文学史》，而是在2008年由北京大学出版社作为"普通高等教育'十一五'国家级规划教材"出版了新版《欧洲戏剧史》。之所以在书名删除了"文学"两个字，是因为新版补充了戏剧表演的内容，故不再仅限于"戏剧文学"。新版《欧洲戏剧史》篇幅为48万字，几乎是原书的两倍。原书六章，新版为七章，增加了"中世纪的戏剧"一章，并在最后一章增加了一节介绍东欧戏剧，这样对欧洲戏剧发展的介绍就更全面了。此外在各章都增加了介绍历史文化背景和戏剧艺术发展的概述，从而使全书的论述更加厚重，史的特色更加鲜明。

　　周慧华、宋宝珍著《西方戏剧史通论》2008年由浙江大学出版社。本书篇幅不长，只有20.8万字，却叙述了从古希腊到20世纪后期的后现代主义戏剧的整个西方戏剧发展史，是关于西方戏剧史的简要介绍。周宁主编《西方戏剧理论史》是"厦门大学戏剧影视丛书"的一种，2008年由厦门大学出版社出版，上下两册。主编周宁撰写的导言长达155页，分十个部分论述从古希腊罗马到现当代的西方戏剧理论发展。后记中谈到本书是主编多年开设西方戏剧理论史课程的成果，撰稿者主要是他的十多位博士生，也有同事参与。正是由于十几位学者共同努力，才可能在五年时间内完成这部著作，而多人集体撰写也难免风格不一、质量差别的缺憾。潘薇著《西方戏剧史》2009年由北京大众文艺出版社出版。本书上下两册，但篇幅并不大，两册一共348页。本书最明显的特点是简单明了，往往在章节标题点出各时期戏剧特点，如"理性与情感的对决"和"存在的荒诞与愤怒的回顾"等。另一个特点厚今薄古，介绍直到19世纪中期以前西方戏剧的前三章仅90多页，不到全书三分之一，超过三分之二的篇幅讨论19世纪中期以后的现实主义、现代主义和后现代主义戏剧流派等。

　　龚翰熊主编的《欧洲小说史》1997年由四川大学出版社出版，分上、中、下三编：小说的兴起、传统小说的黄金时代和现代小说。上编三章，介绍小说的产生、文艺复兴至17世纪的欧洲小说和18世纪欧洲小说。第三章共八节，除第一节"启蒙时代与小说的勃兴"，第六节介绍法国哲理小说，第八节探讨18世纪后期小说对理性主义的反拨外，第二、三、四、五、七节分别论述笛福与近代长篇写实小说，斯威夫特与寓言性讽刺小说，理查生[①]与书信体情感心理小说，菲尔

[①] Richardson通常的译名是理查逊。

丁与"散文体喜剧史诗"和斯特恩的《项狄传》。显然18世纪欧洲小说最突出的成就是英国小说。中编介绍传统小说的黄金时代19世纪小说,分为四章,先介绍以雨果和司各特为代表的浪漫主义时代的小说,然后是全书最长的一章,介绍现实主义小说,包括司汤达、巴尔扎克、狄更斯、英国女作家群、屠格涅夫和托尔斯泰。第三章自然主义小说主要介绍左拉,而第四章标题是"从传统走向现代",介绍现代小说的先驱福楼拜、哈代和陀思妥耶夫斯基。下编也是四章,先介绍现代文学思潮与现代小说,然后分现代小说群峰(一)介绍亨利·詹姆斯、普鲁斯特、卡夫卡、萨特与加缪的存在主义小说、向往"自然人"的现代人劳伦斯和现代小说群峰(二)介绍意识流小说的代表乔伊斯和维吉尼亚·伍尔夫,以及米兰·昆德拉和法国新小说。第四章介绍20世纪俄苏小说,包括高尔基、肖洛霍夫和帕斯捷尔纳克。

本书的特点可以归纳为以下三点。首先是欧洲总体观:不把欧洲小说史看作各国别小说史的简单相加,而是从整体上把握欧洲小说的发展,对于具体作家作品的研究也把重点放在其创新性贡献和对欧洲小说总体发展的影响上。全书结构侧重于欧洲小说发展的线性叙述,特别关注重要小说家或有特殊意义的作品。比如在上编第二章第三节介绍《堂吉诃德》之后,紧接着在第四节介绍《克莱芙王妃》,虽然后者显然不能与前者相提并论。这一节开头是这样写的:"就《克莱芙王妃》的社会历史内容与思想价值而论,它显然并非杰作;但它开创了欧洲心理探索的传统,是欧洲第一部具有充分特点和完整形态的心理小说,被公认为欧洲心理小说的奠基之作,因而具有极其重要的文学史意义"(第75页)。这是很公允的评价。

其次,在研究方法上关注小说本体的研究。主编龚翰熊在"序言"明确指出,"长期以来,我们的文学史研究一直侧重于从作家的世界观,小说所反映的社会生活的变化、所揭示的社会阶级矛盾和精神道德问题这个角度去切入小说及其历史发展"(第6页)。本书致力于改变这种情况,"主张从小说形式这个角度去切入欧洲小说史的研究;只有这样,写出来的小说史才有可能名实相符"(第7页)。与此相应,本书以叙事学研究为参照建立一个基本的理论框架,来阐释小说艺术现象、确定作家作品的历史位置和意义。正是由于这样的考虑,全书最长的一节是上编第三章第八节介绍《项狄传》,长达30页。著者特别强调:"要想确切了解斯特恩在《项狄传》中所取得的成就,可能只有在许多年之后,在有了由《追忆似水年华》《尤利西斯》《海浪》和《魔山》等小说赋予我们某种意识之后,我们才会对《项狄传》有一种全新的了解"(第207页)。

本书的第三个特点是重点突出,有时不惜在一定意义上忽略某些小说家。比如论述18世纪欧洲小说的上编第三章,用五节介绍英国小说,而对于同样在小说创作方面有突出成就的法国小说则只在第六节"法国小说家:哲理小说"中综合介绍,并在最后指出其缺陷:"这一时期的哲理小说一般来说不太重视社会环境的具体规定性,也缺乏对人物性格的多侧面的精细刻画,以至人物缺乏个性而更多地表现为一种观点、一种理念的概括"(第179页)。在中编论述"传统小说的黄金时代"的第二章介绍"现实主义小说"时,英国作家专节介绍的只有狄更斯,奥斯丁和乔治·艾略特则被放在"英国女作家群"综合介绍,这是因为虽然就小说创作成就来说她们可能不逊于狄更斯,但对欧洲小说的总体影响却小多了。在下编介绍"现代小说"时没有专节介绍一个德国小说家(如果把用德语创作的卡夫卡除外),前两编也没有在专节标题上提到德国小说家。这虽然可能对德国小说家不太公平,但是从对于欧洲小说整体发展的贡献来看这样做也是可以理解的。这或者从一个方面表现了德国小说与主流小说相异,不大容易阅读接受的特点。本书介绍19和20世纪欧洲小说的中下两编,基本上是英、法、俄三分天下,这应该说反映了欧洲小说发展的大趋势。

杨慧林、黄晋凯著《欧洲中世纪文学史》,2001年由译林出版社出版。"前言 中世纪欧洲文学的研究方法及其针对性问题"是一篇颇有分量的理论文章,从中世纪欧洲文学研究的跨文化、跨学科性质,中世纪欧洲文学从"非国族化"到"本土化"的特征,中世纪欧洲文学与中世纪的美学和文学观念,中世纪欧洲文学研究的资料依据与未来延伸四个方面作了系统论述。第一编"中世纪欧洲文化概说"有四章,分别介绍中世纪的欧洲文化品格、基督教宇宙观的文化意味、基督教释经学的深层影响和基督教早期至中世纪的神学发展。第二编"语言形成时期"也有四章,介绍中世纪欧洲民族俗语的形成、早期英雄史诗(如《贝奥武甫》)、早期基督教文学和基督教文学批评的兴起。第三编"族群独立时期"共七章,介绍欧洲文学的本土化、北欧的埃达与萨迦、英雄史诗与骑士叙事诗(如《罗兰之歌》《熙德之歌》《尼伯龙根之歌》和《伊戈尔出征记》等)、平民诗谣(如列那狐故事,《玫瑰传奇》《罗宾汉传奇》等)、吟咏诗人与抒情诗和游记。第七章综合介绍基督教文学理念的成熟,包括从加洛林王朝到经院主义时期和托马斯·阿奎那对经院时代的总结。第四编"文学成熟与文化转型时期"有八章,前三章分别介绍欧洲文学的文人化、教会戏剧的发展和城市化的世俗文学,此后的四章介绍中世纪到文艺复兴过渡时期的五位重要作家:但丁、彼特拉克与薄迦丘、乔叟、维庸。第八章是全书最后一章,综述基督教神秘主义的流变及其对文学观念的影响,涉及四个方面:一、伪狄奥尼修斯与基督教神秘主义的缘起;二、西都教团;三、圣维克多学派;四、变革中的基督教晚期神秘主义。附录"中世纪欧洲文学研究文献述要"包括较有影响的英语研究文献118项,并注明以上文献述要的主要依据为克罗斯比等编著的《中世纪研究文献编目》和比利时鲁汶大学神学院图书馆藏书。附记介绍本书的缘起:"数年前,在一个关于人文社科发展规划的座谈会上,黄晋凯建议外国文学界应组织力量撰写一批有分量的断代文学史,以在现有的基础上进一步深化外国文学的研究"(第379页)。此后译林出版社编辑约稿,除两位作者外徐京安和杨恒达撰写了部分重要章节,作者当年的研究生做了大量资料准备工作。

《欧洲中世纪文学史》的第一个突出特点是理论性强。传统观点认为中世纪是所谓"黑暗时代",是古希腊罗马与文艺复兴两大高峰之间的低谷,文学上除了但丁之外乏善可陈。前言对中世纪文学研究的跨文化、跨学科、跨国别等特点有精湛的阐述,让人读来耳目一新。其次,基于对中世纪文学特点的清醒认识,本书不是专注于文学作品研究,而是从中世纪欧洲文化发展、民族俗语的形成、族群演变过程和文学成熟与文化转型等四个方面来论述中世纪欧洲文学,从而勾画出中世纪欧洲文学与文化相辅相成,交融发展的过程。第三,在整个论述过程中充分重视基督教的作用。以往我们对基督教的认识比较片面,主要强调其对世俗生活、人文情感的压抑,忽视了基督教之所以产生发展的内在原因,更没有清醒认识其对欧洲后来文化发展的深刻影响。本书紧紧抓住基督教产生发展这个中心问题,客观公正地评价了基督教对中世纪文学和文化发展的复杂影响。

本书借鉴西方中世纪研究的大量最新成果,对于一些常识性问题给出了新颖的解释。比如,希伯来和希腊两大文化传统的融合一向被认为是欧洲文学和文化的基本特点,但是对于两者为什么能够融合,是怎样融合的这些根本问题却少有探讨。本书第一章第二节"古希腊传统与基督教"对此问题有精到阐释。著者首先指出以注重人的地位和尊严为特点的"希腊精神""似乎始终存在着两个难以解决的致命问题",一是希腊晚期的怀疑主义、斯多葛主义等包含着对于人类的悲观认识,为希伯来的"原罪"观念的侵入留下了缺口;二是希腊神话中"神"的"人化"暗含着危险,因为"人类找不到绝对的坐标"(第12页),而希伯来传统的上帝则提供了答案。著者还指出希腊诗人赫西俄德所述人类历史从黄金到白银再到青铜和黑铁时代的不断堕落"这种一代不如一代的趋势,刚好同希伯来人从原罪到救赎,从'失乐园'到'复乐园'的U字形描述构成了反差;其中可以会通之处,必然是U字形的谷底"(第13页)。此外,"古希腊文化还体现着一种对于道德和'至善'的普遍关心,这是苏格拉底哲学所奠定的传统,也是'二希'文化之所以能通过基督教相融的基础"(第13—14页)。这就清楚地解释了为什么二希文化可以成为欧洲文化传统的共同源头这一关键问题。除了对二希文化融合的强调,本书还特别指出日耳曼、凯尔特等北欧蛮族的南侵对中世纪文化发展的影响,从而勾勒出南方的二希传统与北方的蛮族南侵相互影响,最终形成中世纪文化复杂特点的三方合一图景。著者强调:"在中世纪的'蛮族'文化中,影响最大的是日耳曼人。日耳曼人的入侵曾经打断希伯来文化与希腊文化的融合,并使中世纪的欧洲动荡不堪。直至他们逐渐接受了基督教文化之后,中世纪的欧洲才开始复苏,而他们自身的文化也已经蕴入其中"(第15页)。关于日耳曼人的特征,著者参考塔西陀的《日耳曼尼亚志》,指出"在塔西陀的笔下,日耳曼人特点是好动的,懒散是这个民族极端厌恶的品质"(第15页)。在21世纪,特别是在不少南欧国家深陷债务危机,被戏称为懒散的"笨猪"国家时,我们似乎还能看到塔西陀描述的准确性。《欧洲中世纪文学史》指出:"罗马帝国的崩溃所留下的政治真空,也许只有在北方'蛮族'融入基督教的精神之后,才真正得以填补。从这一意义上讲,公元496年克洛维皈依罗马教会,标志着一个新欧洲的出现"(第18页)。

杨周翰先生多年以前曾经提醒说不了解中世纪就不能充分理解现代欧洲。[①] 今天,我们可以告慰前辈说杨慧林和黄晋凯合著的《中世纪欧洲文学史》为更加客观全面地了解中世纪文学文化打开了方便之门。本书撰写十分严谨,书后附录"中世纪欧洲文学研究文献述要"给人深刻印象:"我们关于西方的一切讨论,当然都无法离开中国自身的背景和经验,但是这必须以了解对方为前提。否则,除去强调基督教对于西方文学之重要、除去批判以往的偏见或忽视,就很难再有所推进。相对而言,外国文学研究在基督教神学和中世纪文学方面的准备似还比较薄弱。谨整理出西方较有影响的英语研究文献,凡118项,并注明其所及内容,供有关学人参考"(第364页)。这个书目对研究者很有帮助,只是书目内容的排列方式若做解释则更好。第一章第四节"罗马—拜占庭传统与基督教"提到拜占庭时有这样的解释"(即今天土耳其的君士坦丁堡)"(第20页)。这可能会让读者产生误解,以为这是拜占庭今天的名字,而实际上君士坦丁堡早就改名为"伊斯坦布尔"了。还有如"凯尔特"在个别地方又称为"克尔特","典雅爱情"又译为"优雅爱情"和"文雅爱情"。希望再版时能够改正这些疏漏。

人民出版社2010年出版的崔莉著《欧洲文艺复兴史·文学卷》可以说是一部欧洲文学断代史。本书是刘明翰主编的"欧洲文艺复兴史"系列丛书的一卷,丛书包括总论、政治、经济、法学、文学、历史、哲学、宗教、艺术、教育、科学技术、城市与社会生活等共12卷。正文前的丛书主编"总序"指出:"现在呈献给读者们的多卷本《欧洲文艺复兴史》,是国家社会科学规划的一个研究项目。它是我国首次系统地梳理和全方位地阐析欧洲文艺复兴思想精华的一次尝试,也是多层面地探究文艺复兴成果和历史经验的纵深耕耘"(第1页)。著者撰写的"导论"首先综合介绍文艺复兴时期文学的辉煌成就,然后提出"文艺复兴时期文学的新探索",在这个方面主要关注两点:一是"本书提出欧洲各国王权对于文艺复兴运动的支持和扶佑,是文艺复兴盛世出现的客观因素之一"(第5页),二是

---

① 杨周翰:《攻玉集》,北京大学出版社1983年,第8页。

强调"文艺复兴时期女性作家和作品的社会进步意义。作为一种尝试,本书将文艺复兴时期的女性作家和作品独立成章"(第 7 页)。正文共八章,第一章介绍文艺复兴文学兴起的历史背景,涉及中世纪基督教文学、世俗文学、古希腊罗马文学的影响和各国开明君主的支持和庇护等。从第二章开始依次介绍主要欧洲国家文学,首先是意大利文学,因为但丁的出现预示着文艺复兴的开始,彼得拉克和薄伽丘是早期文艺复兴巨匠;第三章介绍法国文学,主要是维庸、拉伯雷和蒙田。第四和第五两章介绍英国文学,其中第四章从英国诗歌之父乔叟写起,然后介绍莫尔的《乌托邦》、斯宾塞的《仙后》和培根的散文随笔。第五章专门介绍莎士比亚戏剧。第六章介绍西班牙与葡萄牙文学,第七章介绍德国、俄罗斯和欧洲其他国家文学,因为这些国家当时还没有形成强大的民族国家,文学成就较小。第八章介绍文艺复兴时期的女性作家,涉及意大利、法国、英国、瑞典等国女性。单独介绍女性作家的确是本书的一个特色,这可能与作者是女性和近三十年女性批评迅速发展有关。最后一章综合介绍欧洲文艺复兴文学风格、美学意义及其他,带有某种总结评断的特点。

北京大学出版社推出的四卷本《20 世纪欧美文学史》由张玉书和李明滨分别担任主编。这项工程从 1987 年开始做起,是北京大学世界文学研究中心的 11 名教授统一计划,按七个地区的文学分片组织,邀请校内外专家、学者 40 多人通力合作完成的。《国外文学》1988 年第 2 期曾经发表《20 世纪欧美文学史》选载,包括普鲁斯特、乔伊斯、布莱希特、肖洛霍夫和智利女诗人米斯特拉尔等五位作家的介绍文章。张玉书主编的第一、二卷 1995 年出版,开篇响亮地提出"用本书送别 20 世纪";李明滨主编的第三、四卷 1999 年问世。[①] 四卷分别介绍 1900—1918 年第一次世界大战结束、1919—1939 年、1939—1960 年和 1960 年以后的欧美文学,专门介绍的重要作家有 197 人。在一定意义上,可以说四卷本《20 世纪欧美文学史》是吴元迈主编的五卷本《20 世纪外国文学史》的先导,区别在于本书是以教材为宗旨,而五卷本则注重研究。李明滨在《20 世纪欧美文学简史》的"绪言"中写道:《20 世纪欧美文学史》"成书的规模已经大大超出原来的计划,只适用于研究生使用,而不能兼顾本科生的教学用书了。这促使我们想起把它压缩篇幅,改出一种适合大学本科生用的普通课程教材,编为一卷本,并另定书名为《20 世纪欧美文学简史》"(第 2 页),重点介绍的作家压缩为 32 人。《20 世纪欧美文学简史》2000 年出版第一版,2007 年已经第 7 次印刷,可见非常受欢迎。本书分上下两编,以第二次世界大战为界,上编为

---

① 张子清在《20 世纪美国诗歌史》"前言"提到他的研究是陈嘉先生 1983 年开始主持的国家"六五"规划哲学社会科学重点项目"20 世纪欧美文学史"的一部分,可能因为陈先生 1986 年去世,这个项目最终成果没有出版。

1900—1939年的欧美文学,相当于四卷本的前两卷,下编为1939年到90年代的欧美文学。两编各分八章,只有英国文学单独成章,其他各章则以法、德、西、俄苏、美等国别加临近地区成章,如法国文学和南欧文学、俄苏文学和东欧文学等,拉丁美洲文学单独成章。各章皆有一两节概述相关国别或地区文学,然后有两三节介绍主要作家,这样概述与具体作家分析相结合最适合教学需要。全书的结束语总结20世纪欧美文学的特点,指出现实主义与现代主义是两大流派,并特别强调现代主义文学"既扩大了文学的视野和表现的范围,又提供了丰富多彩、前所未有的艺术手法,创作了多姿多彩的文学艺术作品,为20世纪的欧美文坛做出了不可磨灭的贡献"(第474页)。这与改革开放以前对现代主义的全盘否定形成鲜明的对比。汪介之主编的《20世纪欧美文学史》(南京师范大学出版社,2003年)分西方现实主义文学、西方现代主义文学和俄罗斯文学三编,篇幅略长于《20世纪欧美文学简史》。聂珍钊、姜岳斌和李东辉主编的《20世纪西方文学》(华中师范大学出版社,2001年)也可以说是文学史,特点是分诗歌、戏剧、现实主义小说和现代主义小说四章。聂珍钊主编的《20世纪西方文学》(北京师范大学出版社,2012年)则按照国别分章,前四章介绍美、英、法和俄苏文学,第五章介绍德语国家文学,第六章介绍其他西方国家和地区文学。

综上所述,西方文学史研究从20世纪60年代初开始,走过了50多年的历程。《欧洲文学史》上卷在1964年问世的时候是一枝独秀,后来又经过了"文化大革命"多年的沉寂期,改革开放以来西方文学史研究取得了不少突出成果,新世纪更是出现各种著作争奇斗艳的繁荣局面。如果说《欧洲文学史》出版时我们关注的还主要是20世纪以前的西方文学,那么今天得到最广泛重视的却是20世纪西方文学。50年前我们提供给读者的还只是关于欧洲文学的一般性介绍,今天则在戏剧史研究、小说史研究、中世纪研究、文艺复兴时期文学研究等不同领域出现了有相当深度的可喜成果。这些著作不仅保证了教学的需要,而且适应了研究者和大众读者的不同要求。与过去相比成绩可喜,但是从更高的要求,从在西方文学史研究中提出有影响力的中国学者的观点来看,我们还有很多工作要做,可以说是任重而道远。

第三章
东方文学史研究

作为近代文学、科学和思想的产物,"文学史"的主要基础是19世纪以来的民族、国家观念,撰写文学史的文学史家们则把自己的工作视为:"我们不仅是在为真理和人类而工作,我们也在为祖国而工作。"①随着国内理论界"重写文学史"的讨论和实践,东方文学学界对东方文学的观念和东方文学史相关著述的关注也成为一个话题。在国内相关学者们的推动下,东方文学观也逐渐成为"比较文学与世界文学"研究领域的一个热点。东方文学学界已普遍认同了东方文学是由若干民族、国家和地区的文学集合的概念,将东方文学作为一个整体来进行研究,以此超越国别文学的研究,上升到区域文学和世界文学的层面。在东方文学史及相关著述中追忆和讲述的东方文学从一开始便置身在世界文学的语境中。②

东方文学作为区域总体文学之一种,与西方文学共同构成世界文学,是世界文学的重要组成部分。自1958年,为了打破西方文学一统天下的架势,国内高校开始设立东方文学学科③以来,我们的东方文学研究已走过50多年的光阴。而这门学科的文学史实践,以1983年2月朱维之、雷石榆、梁立基主编的《外国文学简编(亚非部分)》出版算起,也有三十年的历程。这期间出版的各类"东方文学史",即便不包括各类外国文学史或世界文学史里的"东方部分",也已有十多部,构成了国内"东方文学史"的序列。这十多部相对独立的"东方文学史"中,资料丰富鸿篇巨制的文学史有之,线索简单条目分明的文学史有之;力求全面清晰的教学指向型文学史有之,进行纵深研究的学术指向型文学史有

---

① 朗松:《文学史的方法》,徐继曾译,载昂利·拜尔编:《方法、批判及文学史》,中国社会科学出版社,1992年,第32页。
② 魏丽明:《新世纪中国东方文学学科研究综述》,载《国外文学》2005年第3期,第117—124页。
③ 何乃英:《东方文学研究会与东方文学学科建设》,载王邦维主编:《东方文学学科:建设与发展》,北京文艺出版社,2007年。

之;在政治、经济、文化背景下受意识形态所局限者有之,在学科内各种新观点、新材料的争鸣中举棋不定者有之……无疑,每一部"东方文学史"著述的出现都摆脱不了必然性与偶然性的双重作用——一方面是大的时代背景统摄,另一方面则是学科内自身的探索与突破。

文学史可以算作历史之一种。一方面,历史的书写需要建立在充分的史料之上。于是书写文学史的实践或可成为对某一门文学学科研究之深度的检验。另一方面,对历史的书写则是一种行使话语权力的行为。在很大程度上,我们可以将文学史实践看作赋予某一门文学学科以合法性存在的依据。对这由十多部"东方文学史"组成的序列进行梳理,或可帮助我们进一步认识东方文学这一学科在国内的发展历程,进而对学科的未来做出思考。

国内"东方文学史"的编写历史大致可以以1990年梁潮、麦永雄、卢铁澎编写的《新东方文学史》出版为界,分为两个阶段。在第一阶段中,国内"东方文学史"的基本结构被确定下来,或可视为"东方文学史"的形成期;第二阶段则更像对第一阶段的背叛——对这一固定结构的突破不断被尝试,而且这种尝试向着不同方向进行——新的编著方式不断被实践。于是,这一阶段或可视为"东方文学史"的发展期。当然,需要指出的是,这一阶段在时间上是开放的——带有突破性质的尝试行为并没有终止;而且,由于尝试过程中并未形成新的固定模式供后来者当作靶子进行突破,因而也就很难说在何时终止了。

第一节 步伐犹疑的形成期(1983—1989)

这一阶段出版的东方文学史共有5部:朱维之、雷石榆、梁立基主编《外国文学简编(亚非部分)》(中国人民大学出版社,1983年)、陶德臻主编《东方文学简史》(北京出版社,1985年)、张效之主编《东方文学简编》(山东教育出版社,1985年)、季羡林主编《简明东方文学史》(北京大学出版社,1987年)和朱维之主编《外国文学史(亚非部分)》(南开大学出版社,1988年)。无论是在对对象的认识上,还是在对对象的处理方式上,乃至在对自身的构建上,这5部文学史都有着惊人的相似之处,可以概括为纯文学观下的、拼盘式结构的、带有阶级意识形态色彩的、教材指向型的东方文学简史。当然,在具体章节上,尝试突围的例子也是有的,但依旧摆脱不了80年代国内文学研究背景的限制。

文学史功能是指导文学史编著的重要原则,它在实现的过程中对文学史的内部形式起到指导作用。然而,对文学史功能起决定作用的因素,却往往并不来自文学史内部。

文学史作为知识体系的一种,或可将其功能统摄为认识与教育。然而,被哪些人认识,教育哪些人,则使文学史形成研究指向型、教学指向型,乃至普及指向型等不同的功能类型;而教育这些人的目的,则可使文学史的功能指向进一步细化。

具体到这一阶段的东方文学史著述,我们会发现:《外国文学简编(亚非部分)》在前言便开宗明义自称为"本教材",而《外国文学史(亚非部分)》则更进一步说明:"本书是受国家教育委员会的委托而编写的教材。"《东方文学简史》脱胎于1982年暑期教育部在承德举办的全国高等学校东方文学教师讲习班。《简明东方文学史》和《东方文学简编》也大体遵照教材编写的模式,且都是由数位在高校从事东方文学教学与研究的学者共同编著而成。从文学史的篇幅、内容、结构、表述上来看,这5部"东方文学史"皆可视作对大学文科生进行东方文学教育的教材。

对这一现象的解释需要联系到国内整个东方文学学科发展的历史。其实,就如东方现代文学是在西方入侵东方的情况下被迫诞生一般,建国以来,东方文学这一门学科的诞生便是在破除西方中心论、亚非人民团结起来等一系列带有政治色彩的思想指导下实现的,研究与教学条件尚不成熟。何乃英指出:"当时,我们的东方文学教学和研究工作是在十分困难的条件下进行的。我们所遇到的困难主要有两个,一个是关于东方文学的知识几乎等于零,另一个是关于东方文学的资料严重匮乏。"①于是只好没有条件创造条件,参与的老师们都是从事俄国文学等方向转行的。② 但国内的东方文学学科又不似东方现代文学有西方文学作为对象进行借鉴乃至照搬——这一学科可供参考的对象也不存在,自行摸索的困境可见一斑。如此勉为其难的状况一直延续到十年浩劫后的80年代。正如《东方文学简史》后记中提到的那样:"1982年3月,在昆明举行的一次大型的外国文学教学会议中,许多同志提出了培养东方文学教师和提供教材的要求。"③于是,我们也不难理解在这一阶段"东方文学史"编著者的背后存在的官方身影:国家教育委员会、教育部、文化部……其实都在为这门学科创造条件。"要建立东方文学学科,必须建立东方文学学科体系,而东方文学学科体系的建立则首先体现在一系列东方文学史著作和教材中。"④文学史教材的编著成为建立该学科话语的尝试之一,是该学科由条件匮乏下的非正常发展转

---

① 何乃英:《东方文学研究与东方文学学科建设》,第4页。
② "世界文学观念在上个世纪50年代中国的具体实践中,以苏联文学为中心和走向东方文学这两个维度在学科层面被落实的起始点","离开俄罗斯文学,苏进研班成员的研究向四个方面拓展和延伸……东方文学,陶德臻无疑是这方面的权威"。参见刘洪涛:《世界文学学科史中的北京师范大学苏联文学进修班、研究班》,载《比较文学与世界文学》第1期,乐黛云、杨慧林总主编,北京大学出版社,2012年,第38、44页。
③ 陶德臻主编:《东方文学简史》,北京出版社,1985年,第341页。
④ 何乃英:《东方文学研究与东方文学学科建设》,第7—8页。

变为条件成熟下的正常发展的一种争取。同时,文学史教材的编著,也使这一学科培养高校师资和扩充研究队伍的尝试成为可能。

在学科发展尚不充分的情况下进行文学史教材的编著,一方面受制于相关资料的有限,另一方面又受制于对实际教学的适应。于是,我们或许可以理解:较之于深层的逻辑线索,这一阶段的东方文学史编著更侧重于表层上的对具体文本的介绍与分析,也就是说,更类似于作品汇编。实现这种特征的是这一阶段的"东方文学史"共同的结构:即采用章节体编写方式,按时代大体分为上古编、中古编、近代编和现当代编。上古和中古的分野是以东方各国从奴隶制社会进入到封建社会为界;近代的开始是以19世纪西方入侵东方为标志;现当代的开始则是以20世纪俄国十月革命后东方各国无产阶级文学诞生为标志。在以时代命名的各编下设以国别或地区命名的章,多以中国、印度、阿拉伯—伊斯兰三大文化圈为统摄,即大致分为东亚章、南亚章、东南亚章、西亚北非章,乃至黑非洲章。每章的第一节为概述,此后各节以作家作品命名。基本是"五段式"的写作:时代背景、作家生平、思想性、艺术性及作家作品影响。这一结构虽然很难说仅仅是由上述原因衍生而出,但又确实步步都体现着上述原因的影响。在其后的"东方文学史"编著中,这一结构被不断采用——如季羡林主编的《东方文学史》,郁龙余、孟昭毅主编的《东方文学史》,孟昭毅、黎跃进编著的《简明东方文学史》,何乃英编著的《新编简明东方文学》等等。在国内存在的各种东方文学史结构中,这一结构的出现频率最高。其稳固性由此可见。当然,稳固同时也意味着四平八稳,其弊端也是显而易见的——如以拼盘式的处理方式来论述东方各国文学,导致缺乏对东方总体文学的建构,也无法使东方各国文学之间的共通性得到体现等等。对这一稳固结构的不断挑战与超越,也是下一阶段文学史相关编著持续的主旋律。

就如季羡林在论及东方文学概念时常提及政治对文学的影响一般,包括政治因素在内的大的时代背景在一定程度上左右着文学创作;同时,更具体的历史与政治的话语则左右着文学研究。文学史作为文学研究的一种,它对文学作品的价值判断也相应地受到牵制;另一方面,文学史作为史论的一种,对其进行编著的行为实际上也是对权力话语的一种行使。但这种行为在多大程度上能够自主地行使话语权,行使来自何方的话语,都是值得深思的问题——作为文学史主体的编著者或可将文学史的编著变成对官方话语的一种传达,那么文学史就发挥了意识形态的作用;编著者也可将文学史的编著变成学科话语的探索,那么文学史的编著则是通过对具体时代限制的超越来获得对学科独立发展的推动。但后一种情况在这一阶段的东方文学史编著中并未得到积极体现。

通过前文对这一阶段"东方文学史"编著过程中所处的学科背景的提及,我们不难想见此时的"东方文学史"有着怎样挥之不去的意识形态色彩。对作品的分析,多从社会学的阶级论角度出发,对作品价值的判断以其体现的思想为标准,对其思想的判断又以其体现的阶级思想为标准,实际上失却了文学自身的学科话语。意识形态的影响是这一阶段东方文学史著述共有的显在表现。例如:《东方文学简史》中对《沙恭达罗》的解读持阶级立场,过于强调一夫一妻制(第72—75页);在《简明东方文学史》中对芥川龙之介的创作意义的评价中,流露出加入日本无产阶级文学队伍中才能对日本文学的发展做出贡献的思想倾向(第382页),等等。

意识形态的影响不仅限于对具体文本的评价,还体现在包括"东方文学史"结构鸟瞰在内的宏观脉络。这一点可能会使我们首先想到前文对这一阶段"东方文学史"结构的描述中显现的问题:东方文学时代的划分其实是以社会形态的变革为参照,而非以文学自身的发展为参照。当然,这种结构在后一阶段的"东方文学史"中仍被反复采用,至今仍是"东方文学史"分期中最稳固的结构,所以我们或可推测——导致这一状况的原因远非意识形态影响就能解释,也一定存在着学科内部建设不够充分等原因。但这一结构下设的章节往往也沉陷在社会分析乃至阶级分析的桎梏中。如东方各地域的现当代文学常常是多元的。文学史对此进行的区分,则多按阶级观点区分为无产阶级文学、资产阶级文学及其他,而不是从文学自身的特点区分为浪漫主义、现实主义文学、现代主义文学及其他。

与结构上的问题相关的是宏观整体线索的缺失——这5部"东方文学史"在现当代部分论及日本文学时都对无产阶级文学大书特书,而忽视了唯美派的发展;及至二战之后,也仍将关注点集中在无产阶级文学和现实主义文学上,对日本文坛的其他线索多有忽视,或简单予以否定。如《外国文学简编(亚非部分)》在"现代日本文学"章的"概述"中对战后文学的论述包括战后派、现实主义作家、大众文学,其他则归入资产阶级文学,予以否定评价:"随着资产阶级没落、腐朽的意识形态的发展,文坛上色情文学、恐怖文学、颓废文学渐渐泛滥起来了,对日本人民起了有害的影响;为了适应反共反人民的政治需要,鼓吹军国主义复活的文学也有所出现"(2010年版第452页)。《外国文学史(亚非部分)》在"现代东亚文学"章的"概述"节,将二战后的日本文学描述为:"各种杂志相继复刊或创刊,各种文学倾向蜂起,其中较有影响的是民主主义文学、'战后派'文学、战时被迫辍笔的老作家的创作、颓废文学等"(第362页)。这一描述中包含的线索相对丰富,但后文论及的依旧是与无产阶级文学有顺承关系的民主主义文学、"战后派"文学,对战后涌现的新老作家亦有提及,而三岛由纪夫、太宰治等人则一并予以否定。《东方文学简编》在"现代文学"章"日本文学(一)——综述"节,主要介绍战后日本无产阶级文学及进步文学(占主要篇幅)、"战后派"文学、民主主义立场的现实主义作家、大众文学、现代派文学。此外,同样是在现当代部分,5部文学史中只对这一时期的朝鲜文学进行介绍,韩国文学完全不提。这种线索的缺失必然导致对某一区域某一时期文学的宏观认识上的片面。

这里还需要提一下,例外的情况也是存在的:《东方文学简史》中"当代日本文学"章的"概述"节,对二战以来的日本文学介绍较为丰富。这一节包括三部分:"战后恢复期的文学""战后过渡期的文学"和"新文学展开期的文学",其实是按时间进行划分,与这一阶段其他"东方文学史"相比,史论性质更强。第一期的时间定位在战后至50年代初,在论述民主主义文学和"战后派"文学之后,还对"战后派"中的另类作家三岛由纪夫进行了概述,并简述"无赖派"文学、私小说和风格小说。第二期的时间定位在50年代,简述文坛上的第三新人、昭和30年代派、民主主义文学,以及一些始终致力于现实主义创作的作家。第三期的时间定位在50年代中后期至70年代前期,即日本经济高速成长的阶段,首先对高度现代化给人们日常生活带来的影响进行概述,之后简述在这种背景下第三新人的创作,大众文学(主要论述的是推理小说)的兴起,内向世代作家的登场,最后又落回到时代对文学的影响。以上是这一节的结构及大体内容。虽然该节在对具体作家和具体文学流派的分析时仍不时带有时代局限,如对三岛由纪夫的创作基本持否定态度,对川端康成的评价基本处于失语状态等等,但其在史料的包容性与综合性上是前所未有的——这其实涉及了作为文学史主体的编著者对视野之外的所谓另类存在的态度:是努力去认识,还是视而不见?我们知道,客观历史无法重现,我们所认识的历史只存在于主体对客观历史的不断构造的操作行为中。文学史在一定意义上也是文学,是历史的文学,是叙文学之事的文学。文学史著述者的著述行为是受制于主体的视野的,主体的视野又在包括意识形态在内的各种观念的关照之下。于是,对视野外的存在采取积极的态度,也就为超越意识形态的桎梏提供了可能。

第二节　尚未终结的发展期(1990—　　)

随着前一阶段的积累,20世纪90年代以来,"东方文学史"开始向着多元化发展。之前各种东方文学史之间的惊人相似已经不见。虽然固定结构几乎未被触动,但对这种结构进行挑战的东方文学史不时出现,而且挑战来自不同的方向。即便是遵照这种结构继续写成的东方文学史著作,也在结构之下呈现出更多的差异性。意识形态的影响逐渐消退,代之而起的是东方文学作为独立学科为自身发展所进行的种种探索。东方文学教学和研究的队伍进一步壮大,对这一学科的探索更为深入,资料更为丰富,文学史种类也更为多样。

这一阶段的"东方文学史"著作有 11 部:梁潮、麦永雄、卢铁澎著《新东方文学史(上古·中古部分)》(广西师范大学出版社,1990 年),张朝柯著《亚非文学简史》(辽宁大学出版社,1991 年),钟志清、魏大海、何乃英著《东方文学简史(印度部分)》、《东方文学简史(日本部分)》、《东方文学简史(亚非其他国家部分)》(海南出版社,1993 年),高慧勤、栾文华主编《东方现代文学史》(海峡文艺出版社,1994 年),王向远著《东方文学史通论》(上海文艺出版社,1994 年),郁龙余、孟昭毅主编《东方文学史》(陕西人民出版社,1994 年),季羡林主编《东方文学史》(吉林教育出版社,1995 年),邢化祥著《东方文学史》(中国档案出版社,2001 年),孟昭毅、黎跃进主编《简明东方文学史》(北京大学出版社,2005 年),何乃英著《新编简明东方文学》(中国人民大学出版社,2007 年),张竹筠主编《东方古代文学》和刘妍主编《东方近代和现代文学》(吉林文史出版社,2009 年,收入该社"外国名家名著故事集(外国卷)"丛书)。以《新东方文学史》作为前后两个阶段的分界,是因为这部著作对上一阶段固定的文学史功能(教材指向型)、篇章结构等方面均有所超越。全书按时间分为两编,"古代东方文学"编和"中古东方文学"编。时代的划分依旧以社会形态为准:原始社会与奴隶制社会为古代,封建社会为中古。两编下设九章,每编第一章为该时代"东方文学扫描",之后各章皆以作家作品命名,分别是《吉尔伽美什》《圣经·旧约》、印度两大史诗、迦梨陀娑及其名剧《沙恭达罗》、紫式部的《源氏物语》、《一千零一夜》和萨迪的《蔷薇园》。从目录来看,这部著作更类似拼盘式的作家作品研究,史论部分集中在"东方文学扫描"章上。与上一阶段的"东方文学史"相比,这本著作是对某一时代的东方总体文学进行论述,条理相对清晰,论及的作品更全面,对史料的引征也更丰富,着重于研究角度。在作家作品专章里,其史料性和研究性进一步突出——附于每一章后面的注解和"本章编写所参考吸收的研究成果目录"多达数页甚至十数页,其实——就如之前对东方文学概念的重新辨析一般——是对国内此前的研究之总结、概括与提升。

随后的《东方现代文学史》与《东方文学史》(季羡林主编,以下简称"季版")无疑都是资料丰富的鸿篇巨制。东方文学地理范围广,跨越时间长,发展线索多,对其进行较为全面的论述,显然需要篇幅上的保证。而国内的"东方文学史"著述大都是 30 万至 40 万字篇幅,冠之以"简明"之名的则往往是 20 万字,一定程度上限制了文学史论述的细致到位。而这两部"东方文学史"则凭借编排与篇幅的优势,尝试弥补这种不足。宏大的编著队伍与语言优势使这两部文学史囊括了相当数量的之前的东方文学史未提及的史料,一方面可以对某些国内东方文学研究领域的空白进行填补;另一方面,与之前的东方文学史多侧重于作家作品论述相比,这两部著作的史论性更强,对各时期文学状况的描绘更趋向立体与多元。如《东方文学史》(季版)与此前同为北大(原)东语系学者编写的《简明东方文学史》相比,对具体作品的分析有所减少,但涉及的作品大量增加,涵盖的时代与地区更为全面;介绍作品时,《东方文学史》(季版)也不只停留在文本,而是结合当时整个地区的文学状况,更加注重文化背景的意义。这种转变在对民间文学作品的介绍中表现得最为充分。如对印度两大史诗的论述,《东方文学史》(季版)去掉了"史诗作者"这种表述,强调作品口承性与文本的流动性,并对史诗的几种抄本做了简要说明;对缅甸和柬埔寨的碑铭文学的论述,也带有考据色彩。其实,将碑铭文学引入文学史论述的范畴本身就是对指涉作家文学的纯文学观与包含了民间文学的大文学观之间相对模糊的界限的探讨。而这种表述,则是对民间文学在东方文学发展轨迹中的重要地位的重新认识。

王向远的《东方文学史通论》对新的东方文学史理论建构做了有益的尝试。在结构上,作者将东方文学史划分为:信仰的文学时代、贵族化的文学时代、世俗化的文学时代、近代化的文学时代和世界性的文学时代,全书以这五个时代分为五编。这种划分没有拘泥于具体的时限(何况某些时代划分还存在部分重合,如贵族化的文学时代和世俗化的文学时代),而是从文学自身的发展规律出发,"从每个时代抽绎出占主导地位的、反映该时代文学本质的文学样式或文学思潮,进行分别论述之"(第7页),即以文学线索的交替为依据。各时代编下基本仍按地域进行分节,对该时代东方文学进行整体论述。与之前拼盘式"东方文学史"相比,《东方文学史通论》似乎有所突破。但需要指出的是,本书过于追求东方文学的总体性,是否会破坏东方文学的历史性与逻辑性的统一?还有本书篇幅456页,涉及日本文学的篇幅高达170多页,是否有过于强调日本文学之嫌?

相对而言,《简明东方文学史》(孟昭毅、黎跃进编著,以下简称"孟黎版")与《新编简明东方文学》是比较适宜教学的东方文学史教材。两部文学史都冠以"简明"之名,"是因为东方文学史的编写经历一个由简到繁的过程。虽然前人云:'书越读越薄,越写越厚',但事实上,这种教材的编写厚度是要有限度的"(《简明东方文学史》第1页)。于是,"规模力求适当","既给教师提供足够的内容,又给教师留有充分的余地,使教师可以灵活掌握,发挥自己的能动性"。正如编著者对"简明"的理解——"'简明'不是'简易',而是重点突出;'简明'不是'浅白',而是条理明晰"(《新编简明东方文学》第1页)——两部东方文学史都条理清楚,线索分明。利用既有的东方文学史拼盘结构,以上古、中古、近代、现代的时代分章,而各章下除了时代背景与文学概述的总论节以外,各节则多以作家作品为主。《新编简明东方文学》更是在具体作家作品的介绍中采用了板块式结构——在该节下专门拉出作品故事情节梗概、作家小传等项,而项外的正文部分则着重论及作品形式、人物思想、艺术特征、研究状况等情况。每章结尾处列出的思考题,则更适合课堂教学。还需要指出的是,这两部"东方文学史"都对东方各区域文学之间的交流、特别是对与中国文学的交流进行了专门的关注。《简明东方文学史》(孟黎版)在每章下都设该时段的"东方文学交流"节,而《新编简明东方文学》在论述作家作品时都会提及该作家作品在中国的流传情况。此前的"东方文学史"虽然也会论及交流情况,但并未在书中设专节或专项将这种论述固定化。此种情况的产生,或可体现出编著者在学科建设中的自身文化身份意识与比较文学意识。2012年《简明东方文学史》(孟黎版)新增奈保尔(英国籍)、库切(澳大利亚籍)和艾哈玛托夫(苏联作家)专节,他们是否属于东方作家的范畴呢?

此外,上一阶段提及的《外国文学简编(亚非部分)》和《外国文学史(亚非部分)》也在这一阶段经历多次修订再版。① 两部文学史第一版和第二版的主编朱维之先生与陶德臻先生先后过世,《外国文学史(亚非部分)》的修订随之在第二版停止,而《外国文学简编(亚非部分)》仍进行了两次修订并再版,每次修订都有全国多所高校共二十余名执笔者参与。两部文学史的大框架在修订中变化不大——按时间顺序分为四编:古代、中古、近代、现代(《外国文学简编(亚非部分)》其后几版为古代、中古近古、近代、现代当代),然后按照埃及、阿拉伯、印度、朝鲜、越南、印尼等国别进行分章(两部文学史的修订版都改为按照东北亚、东南亚、南亚、西亚北非等地区分章),最后按作家作品分节。这种框架实际上稳固了"东方文学史"的拼盘式结构。但在四平八稳的大框架之下,再版时都有篇章上的调整、细节上的修补,概念逐渐明确,观念有所转变,资料日益丰富。一次次修订,使"东方文学史"的教材性质在时移势迁的变动中更加合法化。

不过,必须提到的是国内东方文学概念的发展演变。早在1959年,季羡林先生和刘振瀛先生合作在《北京大学学报》发表了长文《五四运动后四十年来中国关于亚非各国文学的介绍和研究》。论文概述了亚非两大洲26个国家文学在中国的介绍和研究情况,在中国第一次提出亚非文学的概念,认为亚非这一概念是指亚洲和非洲的全部文学而言的,并提出"作为亚洲文学的组成部分之一,苏联各民族文学中的东方部分是必须包括进来的"。可见亚非这一概念是特指地理概念。作者认为,在整合亚非各国文学的基础上,应该把亚非文学作

---

① 《外国文学简编(亚非部分)》,第一版主编为朱维之、雷石榆、梁立基,1983年版;第二版主编梁立基、陶德臻,1998年版;第三版主编梁立基、何乃英,2004年版;第四版主编梁立基、何乃英,2010年版。出版单位皆为中国人民大学出版社。《外国文学史(亚非部分)》,第二版更名为《外国文学史(亚非卷)》,主编朱维之,副主编陶德臻、俞久洪、孟昭毅,1998年版,出版单位为南开大学出版社。

为一个整体、一门新兴的学问、独立的学科加以研究并开展教学。① 但作为国内最早的东方文学史,第一版的《外国文学简编(亚非部分)》甚至都未出现"东方文学"一词。前言部分对亚非社会历史的梳理以及对其姐妹篇《外国文学简编(欧美部分)》的提及,似乎使我们觉得亚非这一概念可以与欧美概念相对。而第四版的导论中,编著者明确:"亚非文学(又称东方文学)是指亚洲和非洲的文学。在世界文学中,亚非文学是与欧美文学(又称西方文学)相对而言的,二者均为世界文学的组成部分"(第1页)。但对这一概念的界定显然不是这部文学史要处理的问题,整本书只是侧重将亚洲文学和非洲文学并在一起的可行性,而不是构建东方文学概念。名为"亚非文学",但亚非文学之间比例失衡,尤其是黑非洲现当代之前文学的缺失,全书仅有"大多数民族都有丰富的民间口头文学流传下来,但书面文学流传下来的却很少"(第390页)一句带过。于是,东方文学是否就是亚非文学的暧昧性又一次显现。在东方文学学科中,"'东方文学'这个名称主要是一个地理概念,是亚洲和非洲文学的总称"②,而如何构建这一对象的合法性和合理性,仍需相关学界进一步探讨。

第三节　困境与尝试

很明显,我国已经出版的东方文学史著作多数属于教科书,真正研究性的文学史还比较少。所谓的"东方文学史",不但不可能包容东方文学的全部,即使是作为教材所提供的阅读文本的方法,也同样不可能成为阅读丰富多样的东方文学的普遍原则。本章对相关著述所作的考察和分析比较粗略,也为时尚早,它还牵扯到意识形态、教育制度和学术体制等诸多方面。但毫无疑义的是国内出版的相关东方文学史著述都面临如下基本相似的问题。

本章提及的东方文学史多是在纯文学观关照下的文学史,是作家文学史。作家文学是其主线,集体性创作的民间文学被视为副线。这对某一区域的现当代文学史所产生的影响恐怕并不显著,但对有着在时间上数倍长于书面文学阶段的口承文学阶段的东方文学而言,作为其有机组成部分的东方民间文学在这

---

① 季羡林、刘振瀛:《五四运动后四十年来中国关于亚非各国文学的介绍和研究》,载《北京大学学报》1959年第2期。
② "我们使用的'东方文学'这个名称主要是一个地理概念,是亚洲和非洲文学的总称",参见季羡林:《〈必须加强东方文学的研究——代序〉》,载陶德臻主编:《东方文学简史》,北京出版社,1985年,第2页;"这部《东方文学史》包括的地域是亚洲和非洲",参见季羡林主编、刘安武副主编:《东方文学史》,吉林教育出版社,1995年,第1686页;"东方文学(又称亚非文学)是指亚洲和非洲的文学",参见何乃英:《新编简明东方文学》,中国人民大学出版社,2007年,第1页。

一观念统摄下的文学史中则并未得到充分表述。往往是主线并未产生,或者主线和副线有交叉的情况下,才会将被视为副线的民间文学纳入其中。主线是相对完整的,而副线则会出现缺失,副线上的作品成为孤立的作品。为了保证整部史论在叙述上的完整,编写者多会在对某部民间文学的作品进行背景介绍时梳理副线,以实现将民间文学的副线纳入东方文学史中的行为,实际上是压缩塞入。这一行为的背后,充满着将民间文学作品纳入到作家文学的危险。在这种情况下,对民间文学的论述,从作品上而言,主要集中于古埃及神话、故事、歌谣,《亡灵书》,苏美尔和阿卡德人的神话,《吉尔伽美什》,《旧约》中的希伯来神话与诗歌,印度的《吠陀本集》,两大史诗,《五卷书》,阿拉伯的《卡里来和笛木乃》,《一千零一夜》,日本的《万叶集》等,往往只是冰山一角,缺乏系统性。从论述方式而言,依旧是作品形成背景、作品内容梗概、作品艺术特征、作品后世影响几方面。民间文学有其特有的语境。该种文学的文本不单是整理成文字的作品,还包括具体的表演事件,由时间、空间、传承人、受众、表演情境、社会结构、文化传统等不同因素构成。这些内容在国内的东方文学史写作中很难被囊括。此外,每部民间文学作品的发展流变都是一个复杂的过程,文学史中也无法通过对某个具体文本的论述来涵盖。总之,在东方文学史中实现对民间文学的全面到位的论述,还需要在文学史编写的方法论上有所改变。

文学史对所提及、论述的作家作品的取舍详略实际上是一种对经典构建的尝试。但国内各种东方文学史中所论述的作家作品、乃至由此所构建出的文学经典谱系具有极高的雷同度,而雷同之下所依照的标准似乎并不清晰。仔细考察发现,这种模糊标准的根基依旧来自于五六十年代在国内极为盛行的文学阶级论观念,在经过去阶级论意识形态化的岁月洗礼后,又结合了国内读者在对东方文学前理解下的一种既定想象。

亚非文学之间比例的严重失衡。梳理国内东方文学史相关著述可以看出黑非洲[①]文学的严重缺失。在愈加复杂的全球化语境中生存与发展的黑非洲文学,蕴涵着丰富的研究对象和主体视角。纵观人类文明的发展史,我们无法否认,黑非洲有着深厚而独特的文化与文学背景。黑非洲具有丰富的口承文学传统,不仅有神话、史诗、故事、歌谣、寓言、谚语等多样化的文学样式,而且口承

---

① "非洲是'阿非利加洲'的简称。希腊文'阿非利加'是阳光灼热的意思。非洲被赤道横贯中部,3/4的土地受到太阳的垂直照射,年平均气温在摄氏20度以上的热带占全洲的95%,其中有一半以上地区终年炎热。了解非洲,先要弄清一个基本事实,即非洲人并不都是黑人。非洲现有8亿人口,按肤色划分大体有三种:黑色人种的非洲黑人,分布在撒哈拉以南的广大地区,包括东非、西非、赤道非洲和南部非洲大陆及诸岛,约占非洲总人口70%以上,人们也称之为'黑非洲';白色人种的阿拉伯人,主要居住在北非的阿拉伯国家;黄色人种的马达拉斯加人,主要居住在马达加斯加岛,是东南亚移民的后代。因此,黑非洲才算是真正意义上的非洲,是非洲土著的非洲。"参见魏建国:《此生难舍是非洲——我对非洲的情缘和认识》,中国商务出版社,2011年,第37页。

文学还伴生公共与私人空间表演的功能,与宗教信仰、社会生活、意识形态等各方面息息相关,是黑非洲人民在叙述中构建自我意识的重要方式。这些口承文学和口承文学的书面形式本身具有重要的研究价值,同时也给黑非洲作家的创作带来深刻的影响。黑非洲文学在当代所引起的关注程度胜过任何一个历史时期,它理应进入中国学者的研究视野并引起学界重视。尤其是国内有关黑非洲文学学科长期以来的缺失导致专门人才匮乏,新的人才培养因此难以正常进行;掌握黑非洲本土语言的学者不多,也使得国内该学科的学术研究能力受限。加强高校和科研机构中的非洲文学学科建设并将其纳入东方文学史相关著述的视野下的工作,显得十分迫切。黑非洲是世界地图和非洲的重要组成部分,我们在写文学史的时候,竟然把占非洲土地绝大部分,占非洲人口70%以上的黑非洲文学忽略过去,这样的文学史难道是完整的吗?

"东方文学史"于形成和发展过程中产生了模式化结构、取舍作品的模糊、亚洲和非洲文学比例的失调等问题。未来的东方文学史重写中如何避免套用西化的观念,忽略东方(亚非)文学多民族、多区域、多形态的历史实际呢?

新的东方文学史或可尝试以西方入侵东方为时间界限,分为上下两编。将上古、中古、近古合为一个时间段,将近代、现代、当代合为一个时间段。这种时间划分符合东方各国、各地区文学发展状况,弱化社会学意义上的历史分期,以求更进一步把握文学自身的发展规律。文学伴随着人类一路走来,正如有学者所言,世界文学的"规律并非羚羊挂角,无迹可求。童年的神话、少年的史诗、青年的戏剧,中年的小说、老年的传记是一种概括。"①未来的"东方文学史"著述或可以此为鉴。上编基本按照神话、史诗、故事等民间文体的变迁顺序分章。各章之下弱化亚非的地理界线,以该体裁的产生、发展、流传为阶段分节。下编不妨采用"没有中心的板块结构"②,尝试依据地域的分类和分布,将东方(亚非)文学划分为亚洲和非洲两大板块,或再细化为东亚、南亚、东南亚、中亚、西亚北非、黑非洲等同类的板块,并探索各区域现当代文学在现代化进程中所呈现的普遍规律,探寻这一时期各种文体变迁背后的文学思想之演变。如在西方的思想启蒙下兴起的争取自身独立的反殖民文学、独立后对自身历史文化的重新构建的新文学等几个阶段加以分章,在世界文学的整体性视野的关照下,把东方(亚非)文学纳入世界文学发展史的脉络中加以介绍,超越僵化的东西方二元对立思维模式的局限。如此一来,目前国内东方文学史相关著述中亚非文学

---

① 陈众议:《塞万提斯学术史研究》,译林出版社,2011年,第4页。
② 斯皮瓦克在2003年出版的专著《一个学科的死亡》中提出,"新比较文学"必须从英、法、德、西、葡等原宗主国的文学与文化风格中走出来,并将"边缘地域"纳入其中。她认为:"比较文学与地域研究合作不仅能够培育南半球各民族的文学,而且能够培植无数土著语言的写作,按照原先的规划这些土著语言是将要消失的。"参见刘象愚:《比较文学的变与不变》,《中国比较文学》2006年第2期。

之间比例严重失衡的问题就可以得到缓解。非洲,尤其是黑非洲文学丰富的口承文学传统,如神话、史诗、戏剧、小说和传记等也可以纳入"东方文学史"著述的视野。

世界文学应该是由亚非文学和欧美文学(或东方文学和西方文学)构成的。在目前"东方文学有从刻意突出到重新被边缘化的危险"[①]的时期,未来编写的东方(亚非)文学史如果能将亚非文学纳入世界文学的体系和视域之下,借用历史地理学、人类学等多维度的立体结构思路,必将有助于真实地呈现世界文学发展的宏观脉络。这样做或许能够扭转目前国内外国文学史相关著述中多以欧美文学取代世界文学或以欧美文学为主体而以亚非文学为陪衬去建构世界文学体系的不尽如人意的事实。

---

① 韩加明:《外国文学史编纂史与时代变迁》,《外国文学评论》2011年第5期,第229页。

第四章
英国文学史研究

在1949年以前的国别文学史研究中,最早的英国文学史著作出现在1927年。上海泰东书局出版了王靖的《英国文学史》上编,90多页;同年北京大学出版部出版了欧阳兰编的《英国文学史》,有200多页。1928年ABC丛书社出版了曾虚白编著的《英国文学ABC》上下两册,也属于文学史性质。新中国成立以前最有影响的英国文学史著作是1937年由商务印书馆出版的金东雷著《英国文学史纲》,虽然名为史纲,却有500多页。段汉武对《英国文学史纲》评价颇高:"金著不仅是国内较早编写英国文学史的著作,而且它所运用的叙述方式与体例格式都为后来同类的著作树立了某种范式。"①《英国文学史纲》1991年由上海书店重印,2010年又由吉林出版集团作为"民国学术丛刊""文学史与文学理论编"的一种进行了重印,陆建德在序言中认为"要想知道我国的英国文学研究是如何发展演变而来的,金东雷的《英国文学史纲》有着不可替代的意义"。②

新中国成立以后,英国文学史研究同外国文学史研究总体一样受到苏联模式的影响。1956年教育部审订的英国文学史教学大纲是参考苏联高等院校同类教学大纲制定的,而正式出版的教科书则是苏联学者阿尼克斯特的《英国文学史纲》。该书由戴镏龄等翻译,1959年出版,1980年由人民文学出版社重印,可见其影响之大。人民文学出版社还在1983—1986年间出版了缪灵珠等译苏联科学院高尔基世界文学研究所编《英国文学史》,上卷为1789—1870年,下卷为1870—1955年,各分为两册,总计1700多页,是规模很大的文学史著作。能在"文化大革命"以后中苏严重交恶的时候翻译出版这样的大部头著作,更表明苏联模式的影响。另外,人民文学出版社在1984年出版了蔡文显翻译的英国学者艾弗·埃文斯著《英国文学简史》。该书是企鹅出版公司的普及本文学史

---

① 段汉武:《百年流变——中国视野下的英国文学史书写》,海洋出版社,2009年,第19页。
② 陆建德:《一室乾坤大,千秋月旦尊》,《英国文学史纲》,吉林出版集团有限公司,2010年,第11页。

著作,文笔生动,可读性很强。因此,虽然《美国文学简史》上册和《法国文学史》上册分别在1978和1979年问世,中国学者自己用中文编写的英国文学史却直到20世纪80年代中期以后才出现。本章首先介绍20世纪80年代初问世且产生重要影响的几部英文版的英国文学史,然后叙述中文版英国文学史从文类史断代史开始到通史出现的过程及几部重要的英国文学通史,最后探讨文类史和断代史方面的重要著作。

第一节　改革开放初期的英国文学史著作

英国文学史方面"文化大革命"后最先出版的是河南师范大学(现改名河南大学)刘炳善教授用英文编著的《英国文学简史》。1981年的"出版说明"指出,该书"原为河南师范大学外语系英语专业自编教材。初稿完成后,曾经该系吴雪莉、张明旭二教授校阅。1979年冬,教育部邀请全国21所高等院校教师在开封开会审稿,提出修改意见,决定在有关院校试用。1980年上半年,根据讨论意见初步修订,铅印内部发行。现经上海外国语学院英语系陆佩弦教授全面审订,并承洛阳外语学院索天章教授提出宝贵意见,编著者对全书进行增补、修改,正式出版"。该教材封面很有特色,印有莎士比亚、弥尔顿、菲尔丁、彭斯、雪莱、狄更斯、哈代和萧伯纳等八位著名英国作家的肖像。本书专章介绍的作家约40人,大多数包括生平创作、主要作品分析、艺术特点等几个方面。书中还有不少插图,语言简洁流畅,可读性很强。从1981年7月出版,到1983年9月第三次印刷,印数已达6万册,是那个时期英语专业学生使用最为广泛的英国文学史教材。1993年经过编者修订,由河南人民出版社出版新修订版。进入21世纪以后,为适应新形势的教学需要,刘炳善对《英国文学简史》的内容进一步修订,增加第二次世界大战后的重要诗人和小说家,2007年由河南人民出版社出版新增订版。本书不断再版,不仅是我国许多高等院校英国文学史课程的重要教材,而且是本科生考研和英语自学者的重要参考书。

从本书的几个不同版本,我们可以看到编者对英国文学史编著的思路变化。本书初版分八个部分,分别为早期和中世纪、文艺复兴时期、资产阶级革命时期、18世纪、浪漫主义时期、19世纪中期和后期、世纪之交、英国工人阶级文学,各部分又分为若干章。初版对英国文学史的划分阶级因素过于明显,因此1993年的修订版将初版中的第8部分"英国工人阶级文学"改为"19世纪中期和后期的散文作家和诗人"。另外,将初版的第6部分"19世纪中期和后期"改为"批判现实主义"。2007年的新增订版与1993年修订版的时期划分基本一致,但增加了第9部分,标题为"二战前和二战后的英国诗人和小说家",从而使这部《英国文学简史》的下限到了20世纪末,介绍的最后一个作家是女小说家莱辛,而她恰恰在2007年获得诺贝尔文学奖。三个版本的出版说明也体现了编写本书的指导思想的发展变化。初版和修订版的出版说明都强调本书的特色是"观点马克思主义,内容简明扼要,语言浅显易懂,形式图文并茂",但新增订版的出版说明淡化了意识形态,改为"保持中国特色,内容简明扼要,语言浅显易懂,插图丰富生动"。不过《英国文学简史》从初版到新增订版封面都是八个作家的肖像,似乎已经成了本书特有的标志,虽然有些人可能会对这八个人是否英国文学史上最重要的八大作家持有异议。

南京大学陈嘉教授编《英国文学史》共4册,由商务印书馆出版,是当时规模最大的英国文学史教材。由于编写量大,4册全部出版前后用了5年时间完成,分别为1981年10月出版第2册,1982年7月出版第1册,1986年1月和2月出版第3册和第4册。从1986年4册全部出版至今,这部文学史作为我国高校英语专业英国文学史课程的教材重印多次,享有很高的声誉,产生了广泛的影响。本书的编写以历史唯物主义为指导思想。陈嘉在"前言"中明确指出:"根据作家及其作品在社会和文学史的进程中所发挥的作用是否健康来确定其地位。"这部文学史的结构和体例采用编年史的方法。第1册4章,分别介绍盎格鲁-撒克逊时期、中世纪、文艺复兴时期和资产阶级革命与王朝复辟时期英国文学;第2册不分章,标题为18世纪英国文学;第3册3章,分别介绍19世纪初期、19世纪中期和19世纪后期英国文学;第4册也不分章,标题为20世纪初英国文学。

相对于刘炳善编著的《英国文学简史》,本书内容更丰富,对重要文学作品的介绍分析更加充分,学术性也更强,是陈嘉先生多年研究讲授英国文学史的结晶,对于英国文学研究生有很重要的参考价值。由于本书是在"文化大革命"结束后不久编写的,不可避免地受"苏联模式"的影响较大,即"首先综述时代背景,然后介绍作家生平,再次分析主题思想,最后略及艺术特征",[①]也就是说作品的艺术特点被视为最为次要的。但值得强调的是,著者在叙述和分析重要作家时,不是简单陈述其社会背景和创作经历、罗列作品,而是对作品的主题思想、艺术特色以及对后世所产生的影响进行全面的分析和介绍。该书以其完备的知识体系和严谨的分析方法具备了教材和学术著作的双重特点,是国内用英语写作出版的篇幅最长,质量最高的英国文学史,是不少高校英国文学的指定教材。全书1986年2月出齐,而陈嘉先生几个月以后去世,让人扼腕叹息。1996年商务印书馆出版了的陈嘉、宋文林著《大学英国文学史》(上下册),是陈先生的学生宋文林教授缩编为两卷本的。

---

① 段汉武:《百年流变——中国视野下的英国文学史书写》,第62页。

1983 年范存忠教授编著的《英国文学史提纲》由四川人民出版社出版。范先生在"后记"中写道:"这份材料是 1954 年度和 1955 年度南京大学英国语言文学专业四年级'英国文学史'课程的讲授提纲。同志们认为仍有参考作用,有些高等院校还翻印流传。这次承四川人民出版社正式出版,希望它在较大的范围内能起到更多的参考作用"(第 448 页)。①《英国文学史提纲》全书共十二章,其中最后一章标题为"一些现代作家",介绍哈代、高尔斯华绥、威尔斯、萧伯纳等属于现实主义传统的作家,没有提现代派作家,真实地反映了那个时代对于现代派的彻底否定态度。本书 1983 出版后许多高校的英语专业将其当作教材,受到普遍欢迎。虽然该书名为提纲,但内容丰富,包括各个时期的社会背景概述,重要作家的生平及其主要作品介绍,编著者的评论等。《英国文学史提纲》是英文稿,但"为了读者便利起见",由张月超等翻译成中文作为"附录"(第 246—447 页);这份中文附录在一定意义上可以说是解放后在大陆出版的中国学者的第一部中文版英国文学史。

关于《英国文学史提纲》的编写目的,范存忠先生在"后记"中写道:"一方面对于并行的'文学选读'提供必要的历史知识,另一方面扩大文学视野,为以后进一步的研究打下基础"(第 448 页)。范先生是学贯中西、博古通今的学者,在英国文学、英国历史、比较文学、语言学、翻译学等方面有深厚的造诣。本书的三大特点体现了作者的渊博学识。其一是将英国文学置于欧洲文学的大框架来叙述。例如,第三章谈到英国人文主义者时,介绍了意大利文艺复兴代表作家但丁、彼特拉克、薄伽丘等人对英国作家的影响;在介绍伊丽莎白时代时指出,翻译在这一时期出现了繁荣昌盛的局面,影响较大的翻译作品是廷德尔和科弗代尔的《圣经》以及托马斯·诺斯的《希腊罗马名人传》,众多的翻译作品极大地促进了英国文学的发展。其二是将英国文学的发展史与英语的发展史相联系,使读者既掌握英国文学的概貌,又了解英语在不同时期的演变。例如,在谈到古英语与现代英语的区别时著者指出,古英语重音多,辅音多,词尾屈折变化大,语言的变化自然会体现到文学作品中来,从头韵诗到双韵体诗的变化就是很好的例证。其三是叙述与评论相结合。在叙述作家和分析作品时,提出独到的、精辟的评论。例如,前人关于莎士比亚及其作品的评论见仁见智,对《威尼斯商人》这部剧作就有不同看法,有人认为它是一部反犹主义的作品。范存忠并不认同,相反,他指出莎士比亚对受到迫害的犹太民族表示同情,夏洛克对基督教商人的愤懑是有其原因的。又如,对笛福的《鲁滨孙飘流记》范存忠没有

---

① 刘炳善编著《英国文学简史》第一版参考书中列有范存忠:英国文学史讲义(英文),南京大学油印本,上册("文化大革命"前);陈嘉:英国文学史讲义(英文),南京大学油印本,下册("文化大革命"前)。可见《英国文学简史》虽然出版在前,实际上受到范存忠和陈嘉两位先生英文讲义的影响。

从阶级或意识形态方面去评论,而是实事求是地指出,作品表达了普通人处于逆境时克服困难的拼搏精神。范存忠和陈嘉两位先生是我国英国文学研究老前辈,他们留下的两部英国文学史代表了当时研究的最高水平,是弥足珍贵的。

陈嘉先生在1981年开始出版《英国文学史》的同时出版了三卷本《英国文学选读》作为配套教材,这是20世纪80年代英国文学史教学的普遍做法。1988年外语教学与研究出版社出版了吴伟仁的两卷本《英国文学史及选读》,是一部文学史与作品选读相结合、主要为我国高校英语专业高年级学生编写的教材。本书的编写体例按照文学史概述、重要作家生平与创作介绍、作品内容提要、作品选摘的模式进行,每一篇选文后还有注释。编者在"前言"中谈到其宗旨时说:"史、选结合,进行教学,可事半功倍,收到良好的教学效果,这是本书编写的目的。"《英国文学史及选读》也是采用编年史的方法,两卷共分为9章。本书的特点是文学史概述与作家作品结合得较好,内容详略得当,板块式的框架使读者一目了然,既能较好地把握英国文学史的脉络,又对重要作家及其作品有一定的了解。从所占比重来看,文学史概述、作家生平与创作介绍所占篇幅较少,作品选摘占了大量篇幅。例如,在文艺复兴时期这一章里,文学史概述用了5页,莎士比亚生平与创作用了5页,而莎士比亚的作品节选却用了36页,包括《哈姆莱特》第3幕第1场、第4幕第2场和《威尼斯商人》第4幕第1场。将文学史与作品选读结合是中国学者对英国文学史著述进行新的尝试,在吴伟仁之后,各高校出版社先后推出多种英文本的英国文学史。由于本书重点研究中文写作的外国文学史,其他英文版英国文学史不再赘述。

第二节 以王佐良先生为代表的英国文学史写作

中国学者用中文撰写的英国文学通史在20世纪90年代才开始问世,最先出版的是王佐良和周珏良主编的《英国20世纪文学史》(五卷本英国文学史第五卷)。[①] 王佐良先生是我国英国文学研究的前辈,是著作等身的学者。他从20世纪60年代与李赋宁、杨周翰等老友共同编写英国文学活页文选开始,就可以说是在为英国文学史写作做准备。1982年出版的《英国文学名篇选注》影响很大,为名篇所作的详尽注释凝聚着编者学术探索的心血。从1984年底开始,王佐良与周珏良先生共同主持国家社会科学基金资助的重点人文社科研究项目"五卷本英国文学史"。在这个过程中,王佐良首先在1988年主编了《英国

[①] 梁实秋在台北出版的三卷本《英国文学史》1985年问世,为当时中国学者撰写的篇幅最大的中文版英国文学史,作者1987年11月去世。2011年新星出版社出版了三卷本《英国文学史》的简体中文版。

诗选》。他准备在此基础上编写多卷本英国诗歌史,并在1991年由人民文学出版社出版了长达350多页的《英国浪漫主义诗歌史》。他在"序"中写道:

> 这部断代英国诗史是由中国人写给中国读者看的,因此不同于英美同类著作。它要努力做到的是下列几点:一、叙述性——首先要把重要事实交代清楚……二、阐释性——对于重要诗人的主要作品,几乎逐篇阐释,阐释不限于主题,也谈到诗艺和诗歌语言,而且力求把题材和技巧结合起来谈。三、全局观——要在无数细节中寻出一条总的脉络。诗史不是若干诗人专题研究的简单串联,它对所讨论的诗歌整体应该有一个概观,找出它发展的轨迹。四、历史唯物主义观点——【主要包括两点】一是把诗歌放在社会环境中来看……二是根据当时当地情况,实事求是地阐释与评价作品。五、文学性——谈的是文学作品,就要着重文学品质。(第2—3页)

这是作者文学史编撰思想的集中概括。王先生承认:"这五点任何一点都是不可能轻易做到的,本书只是一种向它们靠拢的努力。但是我又认为,只有做到了它们,才能使我们中国人写的外国文学史有比较鲜明的中国特点"(第3页)。接着他具体阐述这五点要求,"序"全文可以看作是作者文学史观的宣言。他在"序"最后写道"本书断断续续写了十年",而"序"末的日期是"1987年7月12日"。也就是说从"文化大革命"结束不久改革开放初期,王先生就开始构思写作《英国浪漫主义诗歌史》了。

《英国浪漫主义诗歌史》的"引言 转折点"开篇就先声夺人:

> 在十八、十九世纪之交,英国诗史上出现了一个大的转折点。诗风的变化如此剧烈,如此泾渭分明,如此决定性地结束一个时期,开展另一个时期,在英国文学史上是罕见的。(第1页)

正文共12章,从彭斯开始介绍主要诗人及其作品;最后是"尾声高潮之后的诗歌局面",简述从维多利亚时期到现代派诗歌的发展。本书一个突出特点是对济慈的高度评价。济慈一章长达80多页,占全书的四分之一,几乎可以看作是部比较短的济慈研究专著。这一章在最后总结了济慈的六大特点,其中第五点指出:

> 他在英国浪漫主义诗歌史上是一个承先启后的关键人物。华兹华斯和柯尔律治是浪漫主义的创始者,拜伦使浪漫主义的影响遍及全世界,雪莱透过浪漫主义前瞻大同世界,但是他们在吸收前人精华和影响后人诗艺上,作用都不及济慈。(第292页)

作者认为济慈继承斯宾塞、莎士比亚、弥尔顿为代表的英国诗歌传统,影响了从丁尼生、前拉斐尔派、斯文伯恩到美国的斯蒂文斯和中国的徐志摩、闻一多等大批诗人。他的诗既属于他生活的19世纪,又属于现代世界,他"是我们的同时代人"(第292页)。而对于曾经一度与华兹华斯和柯尔律治并称为"湖畔诗人"并被封为"桂冠诗人"的骚塞,本书则只在评论拜伦的《审判的幻影》时提到,并引《简明剑桥英国文学史》编者的话说他的诗"今天无人读,永远不会有人读,也不值得读"(第294页)。

1993年出版《英国诗史》时,王佐良先生在"序"中写道,后来觉得多卷本诗歌史规模太大,"于是改为撰写一本单卷的通史"。在"序"中,他强调文学史"要有鲜明个性。就本书而言,我让自己努力做到的是:第一,在选材和立论方面,书是一家之言,别人意见是参考的,但不是把它们综合一下就算了事;第二,要使读者多少体会到一点英国诗的特点,为此我选用了大量译诗,在阐释时也尽力把自己放在一个普通诗歌爱好者的地位,说出切身感受"(第1页)。全书共19章,还有简短的引言和结束语,叙述从古英语诗歌到20世纪后期英国诗歌的发展,并在第19章"凯尔特想象力的作用"综合评价英国诗歌发展的成就。由于王佐良先生对诗歌情有独钟,特别是对浪漫主义诗歌感悟极深,他的《英国诗史》达到了很高的水平,译林出版社1997年出第二版,2008年重印。迄今这部"中国学者撰写的第一部英国诗通史"[①]仍然是唯一的《英国诗史》。

1994年,王佐良先生出版了《英国散文的流变》。他在"序"中写道:本书"专谈英国散文,但不限于文学性散文,文学性散文也不限于小品随笔之类,还包括同类书通常不涉及的小说中的散文"(第1页)。这样本书涉及的散文种类就特别广,文史哲、科学、道德、宗教、政论等都包括在内,而且对于不同小说家的散文风格也有探讨。著者对于散文发展的叙述方法"是想把语言分析同文学阐释结合起来,而且尽量引用原作,让读者可以自己判断。叙述依据时代先后,古略今详,必要的史实有所交代,而由于引文较多较长,又近似历代名篇展览,可说是散文史与名篇选读的结合"(第1页)。《英国散文的流变》共有九章,第一章引论:"莫尔的历史著作和风格",然后依次叙述文艺复兴时期、复辟时期与18世纪上半、18世纪后半、浪漫主义时期、19世纪、20世纪(上)、20世纪(下)的英国散文,第九章结束语"几点归纳"是对英国散文发展的总结。本书引文十分丰富,而且是引原文附译文,这样让读者既能欣赏原文的意蕴,又能领略译文的风采。在"结束语"中王佐良先生写道:"英国散文中有一条平易散文传统,其历代代表者是莫尔——德莱顿——班扬——笛福——斯威夫特——科贝特——萧伯纳——奥威尔"(第354页)。但是著者接着指出:"平易推到极限就成了平淡,这也是人们不喜欢的"(第355页)。"怎样才能做到平易而又不平淡呢?根据英文散文的发展来看,有一个比艺术更重要的因素,即散文所传达的

[①] 参见卞之琳:《中国学者撰写的第一部英国诗通史——简介王佐良著〈英国诗史〉》,《外国文学》1994年第2期,第84—85页。

内容。当内容是十分重要或者说话写文的人有炽热的情感、道德感或新现实、新思想要表达的时候,则文章即使写得极为简朴也会吸引人的"(第355页)。这是对艺术与内容密切关系的真知灼见。

在连续出版了《英国浪漫主义诗歌史》《英国诗史》和《英国散文的流变》之后,王佐良先生独立撰写了单卷本《英国文学史》,长达686页。遗憾的是他在1995年去世,未能亲眼看到《英国文学史》在1996年的出版。按段汉武的观点,该书的出版标志着叙述与研究英国文学史的中国学派开始形成,具有划时代的意义,其学术价值是每一个研究文学的人都不应低估的。[①] 要在有限的篇幅内既交代清楚英国文学史的发展演变,又对各个时期主要的作家及其作品做出有独到见解的评介,实属不易,写书的过程也是一个探索的过程。王佐良在"序言"里谈道:"没有纲则文学史不过是若干作家论的串联,有了纲才足以言史。经过一个时期的摸索,我感到比较切实可行的办法是以几个主要文学品种(诗歌、戏剧、小说、散文等)的演化为经,以大的文学潮流(文艺复兴、浪漫主义、现代主义等)为纬,重要作家则用'特写镜头'突出起来,这样文学本身的发展可以说得比较具体,也有大的线索可寻。"正如著者所说的,这部文学史的结构和体例没有采用编年史的方法,而是按照文学品种来编排,全书共20章,除了第1章"引论"、第2章"中古文学"、第15章"二十世纪文学:总图景;新戏剧"、第20章"英国文学与世界文学",其余16章的标题均为文学品种。如第3章叙述文艺复兴时期的诗与诗剧,以马洛、莎士比亚等作家为特写镜头;第4章叙述文艺复兴时期的散文,以培根为特写;第5章叙述17世纪诗歌,特写镜头推向弥尔顿。由于现代主义曾一度占据20世纪英国小说的主流,著者在第18章用相当大的篇幅评介了詹姆斯、康拉德、乔伊斯、伍尔夫等现代主义小说家,并以《尤利西斯》为例,对乔伊斯的贡献作了充分的肯定。他指出:"一方面,直接模仿《尤利西斯》的小说家极少,也许因为它是无法模仿的;另一方面,学乔伊斯的样子自由地、大胆地运用英语的则大有人在……把小说从传统的模式里解放出来,乔伊斯的最终功绩也许是在这里"(第557—561页)。

《英国文学史》八章论诗歌、五章论散文、三章论小说,而对于戏剧除第3章论文艺复兴时期"诗与诗剧"外,只有第15章介绍20世纪爱尔兰"新戏剧"。这一方面反映了英国戏剧在文艺复兴黄金时代以后再没有如此辉煌,另一方面则是基于作者对诗歌和散文的偏爱,否则复辟时期和18世纪的风俗喜剧是应该得到关注的。在本书中复辟喜剧只得到这样一句话:"颇有一些成功之作,其中如康格里夫的《世风》和韦丘里(威克利)的《乡下老婆》,是至今还常上演,叫座不衰的"(第90—91页)。对18世纪喜剧则只在第6章最后有"戏剧一瞥",简

[①] 段汉武:《百年流变——中国视野下的英国文学史书写》,第37页。

单提及盖伊、哥尔斯密斯和谢立丹的创作。王先生引了萧伯纳论菲尔丁离开戏剧舞台导致戏剧衰弱的话,然后说"这话有一定道理,只是抹杀了18世纪80年代哥尔斯密斯和谢立丹的贡献"(第115页)①。反过来,我们也可以说王先生对18世纪戏剧的简单处理也是抹杀,因为他的文学史竟然没有给这些剧作家展示的机会。但是,作为个人独著的《英国文学史》,本书不求面面俱到,只求能有特色,能为中国读者提供一个了解欣赏英国文学的特殊视角。从这个方面来说,我们是不应该对王先生求全责备的。

"五卷本英国文学史"从《英国20世纪文学史》做起,《外国文学》杂志从1987年第1期开始设立"文学史选登"专栏,最先刊出的是王家湘论赫胥黎(第81—83页)。从1987到1990年"文学史选登"专栏基本固定,1992年以后较少,但是1998年第5期刊登了李赋宁先生论中世纪古英语文学(第57—61页),第6期发表李先生论贝奥武甫(第65—69页)。王佐良与周珏良主编的《英国20世纪文学史》1994年出版。1996年出版了王佐良与何其莘合作撰写的《英国文艺复兴时期文学史》。按照原来设想,第一卷《英国中古时期文学史》由李赋宁先生撰写。但是由于李先生年事已高,他只撰写了古英语部分,接近全书一半,其他部分则由何其莘教授负责组织几位学者撰写。18世纪卷吴景荣先生只参与拟定了大纲,还未开始撰写就去世了,因此主要是刘意青教授负责完成的。这个大项目从1984年做起,到2006年五卷出齐,历时20多年,共有33位学者参与了编写工作。这套英国文学史从总体上看是通史,但每卷作为断代史又自成体系,可为研究某一时期的英国文学史提供较完备的材料。王佐良在这套书的"总序"中谈到编写模式的问题。他认为,英国文学史编写有两种模式,一是英美模式,一是苏联模式。英美模式注重学术考证和作品欣赏,有可读性,但缺乏系统性;苏联模式虽然系统性强,但史的根据不足,叙述空泛、刻板,政治色彩过于浓重(第7—9页)。显然,这两种模式都有严重缺陷,不能令人满意,因此他提出要用中国模式来编写英国文学史,并确定了总的指导思想。刘意青教授在《英国十八世纪文学史》的"序"中将王佐良先生的指导思想归纳为五条:1.体现中国学者为中国读者撰写的特点,面向大学高年级程度的青年人和文学爱好者;2.以叙述文学事实为主,交代清楚文学现象、作家、作品和主要的评论意见;3.以历史唯物主义为编纂的指导思想,也同时介绍一些西方其它观点和说法,作为参照;4.着重作品文本讨论,从中摘选加以翻译与阐释,使读者能体味作品的风貌;5.写法要有点文学格调,注意文字清楚、简洁和趣味性(第2页)。

五卷本《英国文学史》是按照王佐良制定的以文学品种为经,文学潮流为

---

① 此处是王先生笔误,因为哥尔斯密斯和谢立丹的名作均发表于70年代。

纬,重要作家为特写镜头的总体框架来编写的。这就是中国模式,因为英美学者和苏联学者在编写英国文学史的过程中也会论述文学品种和评介作家,但不会以此方法统领文学史。王佐良在最先出版的《英国 20 世纪文学史》"序"中指出,中国有探讨文学演变、文学体裁的兴衰、品评古今作家作品的深远传统,文学史的中国模式就在此传统中(第 9—12 页)。五卷本《英国文学史》是中国模式在英国文学史编写中的具体实践,也是中国学者的创新。例如,第 1 卷《英国中古时期文学史》就是以"文学品种的演化为经"来展开的,论述了诗歌、散文、头韵诗、韵文传奇的演化,乔叟、高尔、朗格兰等主要作家为特写镜头;第 2 卷《英国文艺复兴时期文学史》正如王佐良在本卷的序中所说的,"突出文学品种的演进,诗剧的兴衰一连用八章叙述,使其有首有尾,发展的轨迹明显"(第 2 页)。除了诗剧,这一时期的玄学派诗歌、培根的散文、随意文体等其它文学品种也得到论述和评介,特写镜头给了莎士比亚、莫尔、锡德尼、斯宾塞、马洛、琼森、多恩、弥尔顿等重要作家。值得一提的是,这一卷的特写镜头还给予了在英国文学史上评价并不高的两位剧作家鲍蒙特和弗莱彻,甚至用了整整一章来评介这两位剧作家。西方评论家对鲍蒙特和弗莱彻的评论大多是负面的,例如,柯尔律治认为"鲍蒙特和弗莱彻的剧作仅仅是松散的聚合",艾略特甚至把鲍蒙特和弗莱彻剧中的比喻手法称作是"插在沙地上的死花"(第 266 页)。但王佐良并未囿于西方学者的观点,而是根据大量的史料并在深入研究作品的基础上,对鲍蒙特和弗莱彻作出了客观和公正的评价。他指出,"如果仅用 20 世纪的道德标准来衡量鲍蒙特和弗莱彻的戏剧,那么就很难看到他们的剧作对现代读者有什么积极意义……道德标准并不是评论戏剧的唯一准则,尤其值得警惕的是要避免生搬硬套现代的标准——包括艺术、美学、道德等标准——来评论某一特定历史时期的戏剧作品。因为不同于小说和诗歌,戏剧更多地依赖于当时观众的反响,因此也留下了更深的历史烙印"(第 267 页)。在当时,鲍蒙特和弗莱彻深受观众的欢迎,甚至可以和莎士比亚、琼森比肩。给这两位剧作家书写浓重的一笔是理所当然的。

第 3 卷《英国 18 世纪文学史》共 16 章,涉及的文学品种有宗教寓言、戏剧、英雄双韵体诗歌、报刊小品、书信日记、小说,介绍的重要文学作家多达 18 位。其中第 15 章"英国小说的兴起和早期繁荣"标题本身就显示了体裁演化的轨迹,其篇幅占了本卷的四分之一,不仅介绍了笛福、理查逊、菲尔丁、斯特恩和斯摩莱特等五大小说家,还对一些次重要小说家的创作进行了评介。第 4 卷《英国 19 世纪文学史》分为两部分,第一部分为浪漫主义文学,第二部分为维多利亚文学。虽然诗歌、小说、散文、戏剧等主要文学品种在全卷都有涉及,但浪漫主义文学侧重的是诗歌,维多利亚文学侧重的是小说。第一部分将几乎三分之二的篇幅用于论述诗歌,特写镜头给了 7 个重要诗人:彭斯、布莱克、华兹华斯、柯尔律治、拜伦、雪莱和济慈;司各特既是诗人又是小说家,但著者将小说家司各特作为特写镜头,用了长达10页的篇幅介绍其生平和作品,对其诗歌创作仅用了3页作简短介绍,并强调司各特由于拜伦的崛起而放弃诗作,转向写历史小说。这一改变使他成为近代历史小说的鼻祖,创立了一个新的文学品种。第二部分将三分之一的篇幅用于论述小说,特写镜头给了9个重要作家:狄更斯、萨克雷、盖斯凯尔夫人、勃朗特三姐妹、特罗洛普、乔治·艾略特、哈代。显而易见,从浪漫主义诗歌到维多利亚小说构成了19世纪文学品种的演化轨迹。第5卷《英国20世纪文学史》共有22章,内容丰富,视野广阔,不仅涵盖了小说、诗歌、戏剧、散文等主要文学品种,还与时俱进地涉及广播和电视文学;既关注爱尔兰、苏格兰、威尔士等地区文学,又将英国文学放在世界文学的大背景下来审视,充分显示了编著者渊博的知识和深厚的学养。尽管20世纪展现了纷繁复杂的文学场面,但依然可以看到文学品种的演化这条主线。例如,著者在论述哈代时指出,在哈代的小说中可以看到由19世纪传统的现实主义向现代派小说发展的倾向。当今西方许多大学的文学课之所以把《德伯家的苔丝》列为现代小说,与苔丝这个现代女性的塑造不无关系(第14—15页)。

　　五卷本英国文学史从《英国20世纪文学史》1994年出版到2006年全书出齐长达12年,而上海外国语大学侯维瑞教授主编的单卷本《英国文学通史》在1999年由上海外语教育出版社出版了,全书分为11章,共1102页。著者在"前言"中谈到编写模式时说:"这部英国文学史是以历史进程为顺序、以文学体裁演变为框架、以流派运动转换为线索而编制的英国主要作家作品的评介总汇"(第1页)。从各章的篇名可以看出全书的结构是按时间顺序和文学发展的阶段来安排的,但每章的内容则是按照文学品种的演化和文学流派的兴衰为线索,介绍和叙述这个时期的文学发展。以第3章"文艺复兴时期文学"为例,本章共有6节:第1节介绍托马斯·莫尔及其作品《乌托邦》,第2节论述伊丽莎白时代的诗歌,第3节评述多恩与玄学派诗歌,第4节讨论16、17世纪之交的散文,第5、6、7节分别讨论莎士比亚以前的戏剧、莎士比亚、莎士比亚同期及后期的戏剧。

　　《英国文学通史》的一个特点是将所有的作家按5个级别划分,每个级别按照一定的字数篇幅论述。著者在"前言"作了如下说明:"为了全书编写的统一性和标准化,本书将全部所要讨论的作家按创作成就大小、在英国文学史上的重要性和在世界文学中的影响分为五等,如莎士比亚、狄更斯等为五星级作家,乔叟、弥尔顿、华兹华斯、拜伦、雪莱、塞缪尔·贝克特、格雷厄姆·格林等人为四星级,直至一星级的一般作家,分别按规定的体例格式和限定的篇幅长度(五星级为1.5万字,四星级1至1.2万字,直至一星级3至5百字,等等)编写"(第4页)。在实际编写过程中,每个作家的篇幅大体上是按照这一原则安排的,如介绍文艺复兴时期的一星级作家托马斯·基德的篇幅是 300 多字,介绍 19 世纪的一星级作家弗朗西斯·汤普森的篇幅是 400 多字。本书的另一个特点是通俗性与学术性的结合。通俗性方面除了注意叙述的可读性外,全书还配了 56 幅插图,有手抄本插图,作品年版插图,作品演出剧照插图,作品封套插图,作家肖像插图,评论家谈文学创作插图,等等。学术性方面,在讨论作家作品时,不人云亦云,而是通过分析文本,提出自己鲜明的观点。例如,对于莎士比亚悲剧《奥赛罗》,历来评论家把妒嫉和妒嫉产生的仇恨作为该剧的主题,但著者指出,奥赛罗杀妻并不仅仅出于狭隘的妒嫉,而是有更深刻的原因。在奥赛罗的心目中,苔丝狄蒙娜是真、善、美的化身,然而,由于奥赛罗落入了罪恶的阴谋和欺骗的陷阱,洁白无瑕的妻子忽然变成了"人尽可夫的娼妓","这对于刚正高尚的奥赛罗来说,无异是生活的原则受到了践踏,美好的理想毁于一旦……他怒而杀妻是为人世间铲除罪恶",因为他认为她不死还会背叛更多的男人,"他是为了维护正义和荣誉而诛杀背叛和淫乱的"(第 142 页)。著者在提出自己观点的同时,还大量引用中外学者的评论,对作家作品提供多角度的学术性观点。例如,著者在指出莎士比亚四大悲剧各有其特点,无论在思想内容和艺术风格上都展示出它们的丰富性和多样性之后,引用了英国 19 世纪著名作家哈兹利特的概括性评论(第 147－148 页);在评论哈代的小说《德伯家的苔丝》时著者指出,女主人公苔丝的可贵之处是她敢于向强大的社会势力挑战,然而她的挑战不可避免地带来悲剧。她的悲剧不是个人的,而是象征着 19 世纪英国农民的整个命运,并引用 20 世纪著名评论家阿诺德·凯特的话,说这部小说"具有社会文献的特点"(第 542 页)。对所有的引文都在每一章后面加上注释,标明出处,为有意对英国文学做进一步研究的读者提供了方便。

南开大学出版社于 2010 年出版了常耀信教授任主编、索金梅教授任副主编的 3 卷本《英国文学通史》第一卷,2011 年出版第二卷,2013 年出版第三卷。全书的结构和体例采用编年史和重大历史事件相结合的方法。以第一卷为例,全卷共有 6 章,除了第 1 章主要介绍英国文学的渊源与英语的发展历史外,其它 5 章的标题分别为:凯尔特和盎格鲁-撒克逊时期,中世纪时期,伊丽莎白时期,内战和王政复辟时期的文学,18 世纪英国文学。这套书是由南开大学《英国文学通史》撰写组 17 位学者集体编写的。"前言"指出该书的宗旨是要在五个方面产生积极作用:(1)应能成为英国文学研究方面一本举足轻重的学术资源性书籍;(2)应能帮助文学研究者、文学评论者及文学爱好者提高文学欣赏和分析水平;(3)应能给我国作家提供一些有益的参考意见和建议,在某种程度上促进我国文学创作事业的发展;(4)应能帮助广大读者既获得比较完整的印象,又能辅之以多个个例感觉,从而能进入知识的三维空间,达到好的学习和研究效果;(5)应能给读者带来美的享受(第 1－4 页)。纵观全书,五个方面均体现了前言提出的宗旨,尤其是第一个方面给读者留下深刻印象。作为一部学术著作,该书旁征博引,系统、全面、深入地分析英国文学史料,不仅从纵向评述作家和作品在文学史上地位的变化轨迹,而且将同一时期的重要作家进行横向比较。例如,纵向上,著者在第4章中评述玄学派诗人约翰·堂恩时指出,17世纪批评家屈莱顿认为堂恩无论在讽刺诗还是爱情诗中都喜欢玩弄玄学,所以他的爱情诗没有专注于爱情,反而展示出玄学的精妙。① 18世纪后期的文坛领袖人物约翰逊认为,玄学派诗歌缺乏生气和明确的道德观念,很难有传世之作。约翰逊的观点后来得到19世纪批评家哈兹利特的赞同。因此,玄学一词成为贬义词,玄学诗在18世纪和19世纪一直受到冷落。从20世纪初它又开始受到人们的关注。最初由著名学者赫伯特·格里尔森编纂成集,后来著名诗人T. S.艾略特对它产生兴趣,认真介绍和评论,使它重见天日。如今这一学派已得到了应有的重视,玄学这一术语的贬义也已消失,仅用来指堂恩和其他玄学诗人的诗歌(第425—426页)。由此读者可以看到堂恩在长达4个世纪的历史中的地位变化。横向上,著者在第6章里将18世纪的小说家进行比较。18世纪是小说发展的重要阶段,小说创作空前繁荣,出现了笛福、斯威夫特、理查逊、菲尔丁、斯摩莱特、斯特恩等著名作家,但他们的风格各有不同,对小说的发展和繁荣从不同方面做出贡献,如"菲尔丁的理论对小说的发展产生了全新而深远的影响。理查逊的小说深入心理层面,是19世纪末西方心理小说"的源头(第694页)。在谈到小说叙事方式时,著者将菲尔丁与笛福、斯威夫特进行比较,指出"在叙事方面,采用第三人称的叙事方式,把作者提高到上帝的高度,这种做法,说起来也要算菲尔丁对现代小说的一大杰出贡献。笛福和斯威夫特总是自己充当主人公,是事件的直接参与者;菲尔丁则是用一种圈外人的口气描述事态的进程,这局外人自然有高出一切被描述的事物之上的情态。这样菲尔丁便把小说创作向前推进了一大步"(第747页)。本书的前言强调,在撰写过程中,著者认真参考国内外学者和专家的研究成果。读者因此会发现本书在某些地方有别于同类的著作。比如古代和中世纪的英国文学,其他文学史书总的说来介绍不多,本书所用笔墨就多些。有些作家在其他文学史书里介绍较简略,该书相应地增加了篇幅,如古代英语散文家比德,14世纪的朗兰德②和高尔,16世纪的李雷和"六大才子"等等。这是本书的一个重要特点。

---

① 此处译名不同:堂恩(Donne)一般译为多恩,屈莱顿(Dryden)一般译为德莱顿。
② 此处译名不同:朗兰德 Langland 在前引五卷本《英国文学史》译名为朗格兰,在《中国大百科全书·外国文学卷》译名为兰格伦。

第三节　文类史和断代史研究

　　除了在上面介绍的英国文学通史外，改革开放以来还出版了为数可观的英国文学文类史和断代史，其早期代表作是杨周翰先生著《17世纪英国文学》和侯维瑞的《现代英国小说史》。可以说是这些文类史和断代史为中文版英国文学通史的出现准备了条件。《17世纪英国文学》1985年由北京大学出版社出版，正文前有"小引"，最后一段写道："本书不打算全面系统地介绍17世纪英国文学，这不太可能，也无必要。全面的论述可检阅本书所附参考书目。国内通行的英国文学通史对这一时期则又比较简略，只介绍一下主要作家，本书的目的只是想起一点拾遗补阙的作用，可能对专业研究者有所助益，对一般读者也可以增广见闻吧"（第3页）。虽然杨先生自谦说本书"只是想起一点拾遗补阙的作用"，但它实际上是一部很有特色的断代文学史。当时还没有中国学者用中文撰写的英国文学通史，流行的主要还是苏联学者撰写的《英国文学史纲》，刘炳善的《英国文学简史》主要介绍弥尔顿和班扬，范存忠先生的《英国文学史提纲》也主要介绍这两人。杨先生的《17世纪英国文学》对于读者比较熟悉的弥尔顿史诗和班扬的《天路历程》没有介绍，而着力介绍一些读者比较陌生的作家作品。本书不分章，可以看作是14篇文章的合集，从培根开始，到皮普斯（佩皮斯）的日记结束，涉及的作家包括邓约翰（多恩）、伯顿、布朗、马伏尔、弥尔顿、泰勒、塞尔登、霍布斯、沃尔顿等约十来人。读完这本书读者可以对17世纪英国增加一些活生生的印象，要比只知道《失乐园》和《天路历程》丰富得多。本书的一个重要特点是经常把英国文学与中国文学进行比较，如关于弥尔顿的悼亡诗与中国悼亡诗歌传统的异同。

　　《17世纪英国文学》出版以后受到广泛欢迎，读者反响热烈。杨先生于是在《读书》杂志1987年第7期发表《〈17世纪英国文学〉书后》谈了本书的来历，并就文学史写作问题提出一些新的见解。这篇文章作为"书后"收入1996年出版的"北大名家名著文丛"版《17世纪英国文学》。杨先生写道："1982年秋，我在复旦大学外文系为研究生开了一门17世纪英国文学的课，第二年春天又为北京大学英语系研究生重复了一遍。两次讲完之后，我想何妨把它写出来，可以作为学生学习这段文学史的参考"（第319页）。关于本书的性质，杨先生是这样说的："我不敢把我这本小书叫做'史'，因为它没有系统，讲作家也不是每个作家都全面讲，有的只讲他一部作品，有时还做些中外比较，我本来想把它叫做《拾遗集》，给英国文学的讲授填补些空阙"（第321页）。这虽然是实情，但未尝不能看作是文学史的另一种写法。杨先生还写道："要写断代史，材料还得比这多得多,方面还有广得多。不过我是企图用'时代精神'把一批作家串联起来,用他们的作品来说明这一时代的精神面貌"(第322页)。虽然杨先生自谦地说他的书不是"史",但他对"时代精神"的把握和阐释却是后来许多文学史著作难以达到的。实际上这应该算是一种17世纪英国文学断代史,而且是老先生多年研究思考的结晶,特别是结合了中国文学或文化背景从比较角度研究英国文学的重要成果。由于杨先生在1989年去世,他没有能在文学史研究方面做更多的工作,他主编的《欧洲文学史》也是在他去世后由他的老友李赋宁先生领衔修订的。

在英国文学断代史研究方面,20世纪文学史受到较多重视。五卷本《英国文学史》最先出版的是20世纪卷。阮炜、徐文博、曹亚军合著《20世纪英国文学史》是吴元迈主编的"20世纪外国国别文学史"的一种,1998年由青岛出版社出版。阮炜在"前言"指出,"本书的主要动机当然还是传达基本信息,尤其是传达20世纪下半叶英国文学的基本信息,因而它更可能像一部工具书"(第1页)。三人的分工是阮炜负责小说,徐文博负责诗歌,曹亚军负责戏剧。全书共九章,30万字,各章第一节介绍历史背景或社会状况。虽然篇幅不到五卷本《英国文学史》20世纪卷的一半,但是最后一章"1980年以来的新潮实验小说"的内容最新。第四章专门介绍叶芝的诗歌,为全书仅有;其他作家最多得到专节的待遇,如哈代的诗歌、萧伯纳戏剧等。全书最长的第五章介绍"现代主义高潮:小说和诗歌",小说部分主要介绍乔伊斯、劳伦斯和伍尔夫"三巨匠",诗歌部分主要介绍T. S. 艾略特,但是在各节标题上却看不到他们的名字。王守仁与何宁合著的《20世纪英国文学史》是北京大学出版社"20世纪外国文学系列教材"的一种,每章正文后有"讨论与思考题"和"推荐阅读书目"。全书共16章,分上下两编,每章一个专题,介绍2—3位作家。王守仁还与方杰合著《英国文学简史》,是上海外语教育出版社"外国文学简史丛书"的一种,2006年出版。正文前五幅作家画像:乔叟、莎士比亚、狄更斯、乔伊斯、T. S. 艾略特。全书分为古英语到文艺复兴时期的文学、17和18世纪的文学、浪漫主义时期的文学、维多利亚时代的文学、20世纪上半叶的文学和1945年以来的文学六编。从篇幅来看,20世纪文学占一半,有明显厚今薄古的特点。

在断代文类文学史方面,1985年上海外语教育出版社出版的侯维瑞著《现代英国小说史》是我国学者撰写的第一部融"文学史述、作家评传、故事梗概和作品分析四位一体的断代文学史","以时间为经、流派为纬,探讨19世纪末和本世纪上半叶英国小说的发展演变过程"(后封)。本书除"导论 现代主义与英国小说"外分为九章,第一章英国现代主义小说的先声(詹姆斯)、第二章现实主义的延续、第三章现代主义的崛起、第四章社会批判和心理探索的结合(劳伦斯)、第五章意识流:对传统小说的彻底决裂、第六章社会讽刺作品、第七章左翼进步文学、第八章半个世纪的短篇小说、第九章其他作家。本书目录很详细，为读者查阅提供了方便。全书最后有三个附录，分别是现代英国小说大事年表、现代英国小说主要作品一览表和作家作品英文索引。全书500多页，对英国现代小说作了详尽中肯的介绍。本书首版印行1万册，影响广泛，是20世纪80年代中期出版的学术著作中的佼佼者。

由于《现代英国小说史》涉及的作家作品很多，不少作家的创作又很复杂，给他们分类十分困难。侯维瑞在"前言"中坦言："笔者在本书编写过程中自始至终所碰到的一个问题是如何对20世纪众多的作家和纷繁的作品进行分类。本书以现代主义和现实主义交替占统治地位这一现象为线索所作的流派分类和章节安排，不同于国外同类著作，目的是为了从现代英国眼花缭乱的变化中理出一个大致清楚的头绪和脉络来，同时又保持每个作家介绍的完整性"（第Ⅲ页）。虽然这些分类可能存有争议，但从中可以看出著者的良苦用心。我国传统批评一直否定现代主义文学，改革开放以后才对其逐渐有了比较公正的评价。本书作于20世纪80年代早期，能对现代主义小说做出实事求是的评价十分难得。全书的导论"现代主义与英国小说"首先高屋建瓴地分析了现代主义小说的产生原因，然后对其内容和形式进行了精辟概括："现代主义小说在题材内容上从着重反映外部物质世界转向着重表现个人的内心精神世界，在谋篇布局上从以时间为顺序的线状结构变为突破时间、空间框框的放射形结构。这两方面的变化概括了现代主义小说两个最根本的特点"（第14页）。

王佐良先生著《英国诗史》是译林出版社"英国文体文学史丛书"的第一种，按照计划还有戏剧史、小说史和散文史。但是这套丛书出版用了很长时间，国内学者撰写的第一部《英国戏剧史》是由桂扬清、郝振益、傅俊著，江苏教育出版社1994年出版的，约42万字。全书共有十章，叙述了从中世纪到20世纪后期的英国戏剧发展，其中第三章"莎士比亚的戏剧"和第八章"萧伯纳的戏剧"专章介绍这两位大剧作家，凸显他们的重要地位。其他各章皆以时代划分，先介绍时代背景和剧院情况，然后分节介绍比较重要的剧作家，而对次要作家则集中介绍，但都在目录中列出，显得一目了然。全书共介绍了76位剧作家，其中包括弥尔顿，提到他早年写过假面剧《科马斯》，重点介绍诗体悲剧《力士参孙》（第190－192页）。"前言"提到本书的定位是"学术性专著"，"在撰写过程中，我们既重视知识性、系统性和科学性，也注意到可读性。此外，我们还以对作家、作品的微观介评为基础，从历史发展的纵横两个剖面进行综合、观照，力图把微观介评与整体、系统的宏观研究结合起来"（第1页）。书后附有中英文对照索引，可以方便地查阅对具体作家作品的介绍。参考书目列出英文戏剧研究专著39种，中文著作则只有三种，其中两种是中译苏联人编的英国文学史，此外只有廖可兑的《西欧戏剧史》，从这里也可以看出本书在中国学术语境中的创新性。本书一个特点是把悲剧和喜剧分开介绍,如在第四章"詹姆斯一世和查尔斯一世时期的戏剧",第一节概述,第二节本·琼森的喜剧,第三节介绍其他与莎士比亚同时代剧作家的喜剧,第四节介绍莎士比亚以后一些剧作家的喜剧,第五节介绍琼森的悲剧,然后是其他作家的悲剧,最后是一些作家的悲喜剧。在对重点剧作的评论中有具体生动的情节介绍,对读者帮助很大,相关的评论也比较中肯。如指出"奥瑟罗是一个不容易产生嫉妒心的人。对于伊阿古的谗言,他始而不信,继而将信将疑,最后则确信不疑",这固然有他本身的弱点,最主要的原因是"伊阿古在作恶方面着实很有本领,是奥瑟罗中了他的诡计"(第65页)。①

何其莘教授撰写的《英国戏剧史》1999年问世,共19章,约32万字。相对于桂扬清等著的《英国戏剧史》,何著更注重对主要作家的评论,专章介绍的作家除莎士比亚和萧伯纳之外,还有琼森、德莱顿、王尔德等。全书19章中有七章用来介绍以莎士比亚为代表的英国戏剧的黄金时代,到第九章"一个戏剧黄金时代的结束",全书的篇幅已经过半,而桂扬清等著《英国戏剧史》前四章只占全书的四分之一。正因为如此,许多在桂扬清等著《英国戏剧史》中得到相当篇幅介绍的剧作家在何著中则见不到名字。比如萧伯纳曾经有段骇人听闻的名言,说菲尔丁是莎士比亚之后英国最伟大的剧作家,但何著根本没有提菲尔丁的名字,桂著则对菲尔丁有比较全面的介绍,不仅简述了他的生平创作,而且对比较有影响的几部剧作有具体评论。这表明了两部《英国戏剧史》的不同特点:桂扬清等著《英国戏剧史》重在向中国读者介绍400年来英国戏剧发展的全貌,何其莘的《英国戏剧史》则重在评论主要剧作家,并勾画各个时期的基本特点,而对于次要作家有的点到为止,有的则忽略不提。但两书也有一个共同点,就是凸显19世纪在王尔德和萧伯纳登台之前英国戏剧创作的萧条景象:桂扬清等著《英国戏剧史》对19世纪戏剧只介绍了七位剧作家,而且包括拜伦和雪莱,何著给予王尔德和萧伯纳之外的19世纪英国戏剧的篇幅仅有11页(第291—301页)。这相隔五年在南京出版的两部《英国戏剧史》可以说有很强的互补性,都值得重视。

在这两部《英国戏剧史》之后,北京大学出版社在2007年出版了王岚和陈红薇合著的《当代英国戏剧史》,论述从20世纪50年代以来的英国戏剧发展。何其莘教授为本书撰写的"前言"写道:"在攻读博士学位期间,她们的主攻方向都是英国戏剧,关注的焦点又都是当代英国剧作家,因此,这部《当代英国戏剧史》也是她们近年来努力探索的结果。书中涵盖了当代英国的主要剧作家和他们的主要作品。和其他传统的戏剧史不同,这本书还有一章专门来探讨电影屏

---

① 奥瑟罗(Othello)通常译名为奥赛罗。

幕上的英国戏剧,也可以看作是两位作者在撰写戏剧文学史的过程中与时俱进的努力吧"(第3页)。《当代英国戏剧史》共十章,分别是当代英国戏剧发展概况、约翰·奥斯本、20世纪50年代左翼戏剧、20世纪60年代左翼戏剧、哈罗德·品特:当代最优秀的剧作家、汤姆·斯托帕德:从边缘到中心、卡里尔·丘吉尔、女性剧作家、20世纪90年代后英国戏剧的新动向和荧屏上的英国戏剧。这个目录有两点引人注目,一是奥斯本、品特、斯托帕德和丘吉尔四大有影响的剧作家成就突出,二是50到60年代左翼戏剧占据主导地位。另外,在第七章介绍完卡里尔·丘吉尔之后,紧接着在第八章综合介绍女性剧作家更突显20世纪后期女性剧作家的崛起。两部《英国戏剧史》和《当代英国戏剧史》的问世表明我国对英国戏剧史的研究已经取得令人注目的成绩。

译林版的《英国散文史》至今尚未问世,但是南京师范大学出版社在2008年出版了陈新著《英国散文史》,是"随园文库"丛书的一种。著者陈新在"前言"写道:"17年来,我一直为英语语言文学专业硕士研究生开设英美散文课,并曾于1989年6月至1990年6月获'王宽诚科研奖学金',赴英国伦敦大学国王学院与该校英语系主任贝特利教授(Prof. Bateley)合作从事英语散文研究一年"(第4页)。因此本书不仅是陈新多年教学研究的成果,也是中英学者交流合作的果实。关于本书的撰写原则,陈新写道:"为求重点突出,详略得当,我拟对17世纪前的英国散文论述从简,重点放在17世纪直至当代。按时间顺序深入详尽地论述英国散文发展的不同历史阶段、各阶段的特点及决定其特点的各种因素,将各时期的历史社会背景与散文发展的特征紧密联系起来"(第3页)。重点放在17世纪以后既是本书作者的选择,也反映了英国散文发展的实际。

陈新在"前言"中指出王佐良先生的《英国散文的流变》"以名篇为重点,以散文的发展为线,将其串联起来,出发点并非为撰写一部英国散文史,而更重要的目的为介绍各个历史时期英国散文的名篇",而他本人"拟通过对英国散文文学体裁的系统研究写出一部英国散文史来弥补英国文学史研究中的这一缺陷"(第2页)。比较陈新的《英国散文史》目录和王佐良的《英国散文的流变》目录,可知两者的分章结构基本相同,只是《英国散文史》侧重对重要作家作品的分节论述,而《英国散文的流变》则更关注不同类型作家的作品特点。另外,《英国散文的流变》从莫尔开始,《英国散文史》第一章则对古代和中世纪散文作了一定介绍;王佐良把18世纪散文分为两章,而陈新用一章介绍。散文的艺术魅力在于文体特点,因此陈新继承了王佐良先生的做法,就是利用大量引文,而且都引原文附译文。《英国散文史》41万多字,篇幅比《英国散文的流变》长约二分之一。阅读此书读者可以对英国散文的发展有一个全面的了解,特别是对作者重点介绍的培根、艾迪生、兰姆和奥威尔等代表作家更能有深刻认识。但是本书的有些提法值得商榷。比如在第二章"17世纪散文"的第九节"日记的公开发行"这个标题就很成问题。实际上,佩皮斯和伊夫林的日记都是私密性的,佩皮斯甚至用独创的密码语言写日记。只是到了19世纪早期,他们的日记才先后被学者发现并出版问世。另外,复辟时期的英国国王查理二世译名早已约定俗成,译为"查尔斯二世"似乎没有必要。

在文类史方面出版数量最多的是小说史著作。译林版的《英国小说史》本来是由侯维瑞组织编写的,但是由于他在2001年初英年早逝,最后由李维屏主持完成,2005年出版。虽然《英国小说史》署名侯维瑞和李维屏著,但是李维屏在"后记"说明本书"是集体合作的成果",侯维瑞生前完成了全书设计,撰写了第九章的大部分,并初审部分书稿;李维屏撰写了导论、第一、第二、第十、第十一章和第十三章部分内容及结语等,还有六位中青年老师分别撰写其他各章(第897—898页)。全书分为五篇十四章,除第一篇"英国早期的小说:渊源与雏形"有两章外,第二篇"18世纪小说:崛起与发展",第三篇"19世纪英国小说:成熟与繁荣",第四篇"现代英国小说:传统与革新"和第五篇"当代英国小说:多元与兼容"各有三章。前三篇共八章为上卷;后两篇共六章为下卷。全书约67万字,在目录提到名字的小说家有100多人,专节介绍的小说家有15人。李维屏在"序"中指出写作《英国小说史》的宗旨是"追溯英国小说的历史概貌与发展轨迹,论述其艺术形式和创作风格的演化与变革,并揭示其社会意义与历史价值。在全面阐述影响英国小说发展的历史背景、社会环境、经济关系和文化思潮的同时,本书采用叙述为主、评论为辅的方式,系统地揭示了英国的著名小说家的创造思想和艺术成就,并有选择地对那些已被视为经典的优秀小说作了较为透辟的分析"(第1页)。关于本书的写作特点,李维屏强调要做到"内容充实、框架合理、结构完整、脉络清楚"(第1页),还"应采用历史唯物主义的观点来阐述英国小说的发展轨迹,并力求在文学批评史上历来普遍认同的标准和当今最新的批评理论之间取得某种平衡,从而使本书获得较为稳定与长远的参考价值"(第2页)。

《英国小说史》比较好地完成了这个任务。各篇开头都有对社会历史背景的综合介绍和对当时小说发展的归纳梳理,然后分章论述不同类型的重要作家,并对次重要作家也予以适当关注。如关于18世纪英国小说的主要作家就分为"英国现实主义小说的开端"和"感伤主义小说"两章分别论述,并在"其他作家"一章介绍"较有名望的小说家""女性小说家"和"哥特式小说的流行"等。本书对于司各特十分重视,给他的篇幅超过了奥斯丁和萨克雷,仅次于狄更斯。著者特别强调:"司各特时代的苏格兰可谓是产生历史小说最理想、最有条件的地方,因为那里具有代表三个不同历史发展阶段中各式各样的生活方式,即苏格兰高地的部落方式、以大地主为代表的农村封建社会方式以及以大城市中资本主义萌芽时期的资本主义方式。这些迥然各异的生活方式并存,使得司各特在历史小说创作中有所参照,便于准确地把握历史,不至于夸张或缩小,造成失实"(第220页)。虽然这不免有环境决定论之嫌,但是指出这些并存的不同社会生活方式对于理解司各特小说是有益的。在论述19世纪小说的第三篇,则先叙述"历史传奇和浪漫故事",然后介绍"批判现实主义小说"和19世纪后期小说。这种分章分类方法使读者对各个时期小说的基本特点和主要作家能够一目了然,便于从宏观上把握英国小说史的发展。在论述当代英国小说的第五篇专节介绍的作家只有"荒诞主义小说家贝克特",而他也是爱尔兰文学史和法国文学史都争夺的作家;对于其他作家则多分类介绍,如战后重要现实主义小说家、"愤怒的青年"、妇女作家、校园小说、通俗小说等。《英国小说史》最后一章是"20世纪后期的英国小说",介绍八九十年代的英国小说,强调科幻小说的兴起,哥特小说的流行,现实主义与实验主义的融合,以及移民小说和后殖民小说等新的流派,并在第二节专门介绍朱利安·巴恩斯、伊恩·麦克尤恩和马丁·艾米斯等三位年轻作家。著者坦言:"由于20世纪后期的英国小说在创作风格、社会文化、民族渊源等方面呈现出来兼收并蓄的宽泛性和千枝竞秀的多元性,要对它作一番条分缕析或盖棺论定是不可能的"(第860页)。在全书的"结语"著者对英国小说的成就做出这样的综合评价:"与其他国家的小说相比,英国小说无论在数量和质量上,或是在发展的速度和改革的结果上非但毫不逊色,也许还更胜一筹。狄更斯也许能与19世纪任何国家的文学大师媲美,而像乔伊斯这样的艺术天才在20世纪的世界文坛上则是十分罕见的"(第861页)。

  本书的一个问题是对于作家的叙述顺序比较随意,有些安排似乎欠妥。比如在第三章"英国现实主义小说的开端",介绍笛福、斯威夫特、菲尔丁和斯摩莱特四位作家,但把斯威夫特放在斯摩莱特之后;在第五章"其他作家"的第二节"妇女小说家"中把出现最晚的范尼·伯尼放在萨拉·菲尔丁之前有些让人不解。特别是在这一章的第四节作为18世纪最后一个小说家介绍奥斯丁不太合适,因为虽然她描写的生活与18世纪比较接近,奥斯丁毕竟是在1811年才发表第一部小说,与司各特是同时代的作家,应该在第三篇19世纪英国小说中介绍。本书正文后有"参考书目",列英文书目104种,中文书目9种,还附有中英文人名、作品索引,是比较规范的。但是,如果从严要求还可进一步完善。如参考书目基本上是关于小说研究或文学史方面的专门著述,为何包括《罗克珊娜》《傲慢与偏见》《荒凉山庄》和《德伯家的苔丝》等四部小说?如果说这些小说得到了撰写者的重视,那么是否其他小说就没有参考?还有李赋宁先生的书名是《英国文学论述文集》,少了"述";瓦特名著的译者之一是"董红均",不是"董江均"(第871页)。但是,瑕不掩瑜,这部《英国小说史》无论是从规模上还是从编写质量和学术规范性方面来看,都是我国出版的英国小说通史方面的最重要著作。

在译林版《英国小说史》2005年问世之前,高继海撰写的《英国小说史》已经于2003年由中国社会科学出版社出版,内封的介绍说"这是国内第一部英国小说通史"。全书400多页,36万多字。本书的重要特点是不以作家分章节,从目录上看不到一个小说家的名字,而是按时间顺序分成若干各具特色的阶段。这样做更突出了小说的发展演变,是个有创意的安排。全书15章,第一和第二两章论述英国小说的源流(1500年前)和孕育(1500—1700),第三至五章分兴起、第一次繁荣和"世纪末的感伤、恐惧与观念"三个方面论述18世纪小说,第六至九章论述19世纪小说,最后六章论述20世纪小说。书后附有主要参考书目,但论述中没有直接引文注释,体现了面向大众读者的取向。值得商榷的问题是人名书名的翻译比较随意,没有遵循约定俗成的原则,如斯摩莱特的第一部小说有杨周翰先生中文译本《兰登传》,但在《英国小说史》中提到此书译名为《罗德里克·兰登》,作者名译为"斯沫莱特"(第77页)。某些章节的开头结尾缺少必要的引导过渡,也显得有些随意。对有些作家的介绍不够平衡,如对《穿破裤子的慈善家》的介绍几乎像论文(第285—287页),而对同样重要的工人阶级小说家林赛就一笔带过(第294页);对伊夫林·沃的介绍有十多页(第311—321页),而对与沃齐名的重要作家格雷厄姆·格林则明显重视不够(第322—325页),似乎有失偏颇。著者在《英国小说史》前言中写道:"本书的另一个特点是资料全面、翔实,不仅讨论了所有主要小说,而且讨论了很多次要小说,连一些鲜为人知的作品也都有简要论述,可以作为查阅资料的参考书使用"(第2页)。这的确是很难得的。但是,由于本书没有索引,读者想要查阅某个作家或某部作品相当困难,若有索引就方便多了。

刘文荣著《19世纪英国小说史》2002年由中国社会科学出版社出版。本书用编年体和纪传体结合的研究方法,立体地呈现了这一时期英国小说创作的全貌和走向,同时以21世纪的眼光重新认识了19世纪英国经典小说家的创作。作者"前言"在简述了19世纪英国小说的辉煌之后写道:"然而,在我国,却至今还没有一部《19世纪英国小说史》——这似乎是不应该的。本书的目的,首先就是想填补这一空白"(第1页)。作者特别强调:"作为一部分体断代史,本书的另一个努力目标,是要真正把19世纪英国小说的历史作为研究对象……本书直接的、主要的研究对象,只能是19世纪英国小说及其演变,而且是将它作为一门艺术来加以研究的"(第1页)。刘文荣接着指出以前研究的缺陷是侧重于揭示小说家的世界观以及小说的社会和道德功能,而非小说的美学和艺术价值。他认为只有重视形式,从形式入手,才能真正把握小说的内容,写出名实相符的小说史。而要从小说形式入手,"最有效、最简便的办法,就是从总体上把握一些重要小说家的创作风格"(第2页)。本书分为上中下三编,专节介绍的小说家一般分为生平创作和思想与风格两节;有的增加一节谈影响。刘文荣对狄更斯最为重视,称其为"英国小说之巅",用40多页介绍,分生平与创作、思想与风格、技巧与手法和成就与影响四节,其中影响又分对第19世纪英美作家、对19世纪俄国作家和对20世纪现代作家三点;其他重要小说家介绍最多的哈代和詹姆斯各约20来页,而萨克雷和乔治·艾略特只有15页左右。由于介绍的作家多,一些中国读者较陌生的小说家也得到关注,比如他提出的"菜园派"(指与斯蒂文森关系密切的一批苏格兰作家)就很新鲜:"他们的作品都带有浓厚的苏格兰乡土风味。于是,就有人称他们为'菜园派'(The Kailyard School)。这一名称最初来自他们中的一位小说家——即伊安·麦克莱伦——在一部小说扉页上的题词:'我们的菜园里长着一批苗壮而带刺的灌木丛。'这里,'菜园'象征卑微的苏格兰环境,'苗壮而带刺的灌木丛'则象征奔放不羁的幻想"(第362页)。

在出版了《19世纪英国小说史》之后,刘文荣又出版了多种小说研究专著,包括《欧美色情小说史》和《当代英国小说史》,后者2010年由文汇出版社出版。封底介绍说"本书以纪传体形式探讨1945到2005年的英国小说发展,是国内目前最为完备的当代英国小说史专著"。《当代英国小说史》分上、中、下三编;上编12章,介绍"20世纪50年代至60年代的小说创作";中编14章,介绍"20世纪70年代至80年代的小说创作",下编11章,介绍"20世纪90年代以后的小说创作";各编第一章为概述,然后各章分别论述一个重要作家或一类作家,专章介绍的作家有25人,次重要作家则往往综合在一章介绍,如上编第五章"其他较重要的实验小说家"介绍了安格斯·威尔逊、克里斯婷·布鲁克-罗斯、安·奎因、加布里埃尔·乔西波维希等,在第十章"其他'愤怒的青年'小说家"介绍了威廉·库珀、约翰·布莱恩、约翰·韦恩、艾伦·西利托斯坦、巴斯托科林·威尔逊等作家。不难看出,《当代英国小说史》的编写体例与《19世纪英国小说史》是相似的。上编第六章论述奥威尔似乎不合适,因为上编标题是"20世纪50年代至60年代的小说创作,不是"二战以后",而奥威尔在1950年去世。

刘文荣的《当代英国小说史》并非我国首部,因为在2008年瞿世镜和任一鸣著《当代英国小说史》就已经由上海译文出版社出版,而且是在1998年由外语教学与研究出版社出版的《当代英国小说》基础上修订充实而成的。瞿世镜在《当代英国小说》"前言"写道:"我国目前尚无研究当代英国小说的专著。王佐良先生主编的英国文学史第5卷涉及20世纪英国小说,但是实际上只到70年代为止,80年代的作品就一笔带过。本书提供了一些八九十年代的较新信息,甚至有些1995年出版的英国小说也偶尔论及"(第3页)。《当代英国小说》署名瞿世镜主编,瞿世镜、任一鸣、李德荣编著。从具体分工来看,全书12章,瞿世镜负责六章,任一鸣负责四章及附录,李德荣负责第 5 章,而其中部分内容又由瞿、任撰写。在《当代英国小说史》"前言"开头,瞿世镜简述了本书的缘起:"2003 年,英国文化委员会邀请我到剑桥大学参加当代英国文学研讨会,要我写一本介绍近年来英国小说发展概况的书。我接受了这个课题,向上海译文出版社征求意见。出版社编辑建议:以我 1996 年完成的《当代英国小说》为基础,增补 1990—2005 年当代英国小说的最新发展,构成一本比较完整的当代英国小说史。结果就产生了目前读者手中的这部著作"(第 1 页)。新著与《当代英国小说》在结构上基本相同,关于改动"前言"指出:"我将论述文坛元老的第三章'战后岁月'全部删除。原来第九章'青年作家'改为'中年作家',他们现在已是英国文坛的中流砥柱……另外再添一章'青年作家',介绍扎迪·史密斯、阿里·史密斯等文坛新秀"(第 2 页)。从篇幅来看,《当代英国小说》59 万字,《当代英国小说史》60 万 7 千字,区别不大。但是由于删除了对元老作家的评论,增加了对年轻作家的介绍,其"当代性"大大增强。本书有三种附录。附录一"1969—2007 布克奖名单"使读者对于近 40 年的获奖小说一目了然;附录二"参考书目",列有 42 种英文原版参考书,其中 9 种是 2000 年以后出版的,但是只列出两种中文参考书似乎不妥。附录三是"汉英对照作家作品索引"(第 534—608 页),对每位重要作家都标出在第几章论述,有哪些重要小说著作,从而大大方便了读者。

  这部《当代英国小说史》附有《艰难历程》(后记),写得相当感人。从中我们可以了解瞿世镜先生 1979 年进入上海社科院文学研究所,开始以伍尔夫为起点研究现代小说;1981 年发表论文《当代英国小说概观》,并翻译了伍尔夫的代表作《到灯塔去》。1983 年患癌症后仍坚持研究,成为我国伍尔夫研究权威;然后又开辟当代英国小说研究新领域。他在文章最后写道:"30 年来,我含辛茹苦,把时间和精力贡献给文化交流事业。我的成就微不足道,然而我仍然引以为荣,因为这是很有意义的工作",并表示"准备在 2012 年左右,对本书作全面的修订"(第 614 页)。这种持之以恒,锲而不舍的精神实在令人敬佩。比较两部《当代英国小说史》,可以看出瞿、任著重类别区分,力图把当代英国小说家尽可能多地介绍给中国读者;刘著重作家评价,致力于在已有研究基础上对重要作家进行比较深入具体的探讨。[①] 从瞿世镜、任一鸣的《当代英国小说史》目录,读者看到的是当代英国小说种类繁多,琳琅满目,而看刘文荣的《当代英国小说史》目录则对三个阶段的代表性作家一览无余,心中有数。虽然都叫《当代

---

  ① 看参考书目,刘文荣列了侯维瑞、黄梅、瞿世镜、陆建德、阮炜、申慧辉、盛宁、王佐良、殷企平、张和龙、张中载等中国学者关于当代英国小说的研究,而瞿世镜只列出王佐良、周珏良主编的《英国 20 世纪文学史》和李维屏著《英国小说艺术史》。但在引用最新英文资料方面出版早的瞿著要胜过刘著。

英国小说史》,介绍的作家却有很大不同。瞿世镜删除的"战后岁月"包括普利切特、奥威尔、衣修伍德、G. 格林、H. 格林、H. E. 贝茨(第69—71页)等作家。虽然删除奥威尔没有问题,但是 G. 格林到20世纪80年代还有作品,完全忽略似乎欠妥。这两部《当代英国小说史》为我国读者了解当代英国小说提供了极大便利。

李维屏著《英国小说艺术史》2003年由上海外语教育出版社出版,是作者在完成《英美意识流小说》《英美现代主义文学概观》和《乔伊斯的美学思想和小说艺术》等专著后花三年时间精心写作而成的。全书有"导论 英国小说艺术发展与演变",正文分为九章。第一章"英国小说的历史与文化背景"从神话、史诗、圣经、传奇等勾画对小说发展的原始影响,其余各章顺序论述从文艺复兴时期传奇和小说开始到20世纪末的英国小说发展。李维屏在"导论"中借鉴英国批评家的观点总结了英国小说叙事艺术的三个特点。"一、英国小说的叙述形式大致经历了'我、你、他'的发展过程,即从第一人称的'回忆式小说'到面向第二人称的'书信体小说'继而转向第三人称的全知叙述"(第16页)。"二、英国小说文本经历了从短到长继而又从长到短的演变过程"(第17页)。"三、英国小说经历了一个'以价值描绘生活'到'以时间描绘生活'的转变过程"(第17页)。在具体论述中,李维屏挑选出主要作家的代表性作品进行分析以归纳艺术特点的变化。如在第四章第一节,综合分析《傲慢与偏见》《简·爱》和《弗洛斯河上的磨坊》为三个女小说家的代表。他还努力勾画各个重要作家的基本特点和特殊贡献与区别,如归纳出伊丽莎白时代散文小说的传奇与现实主义特点;细致分析早期作品中诗歌化特点(第30—38页)。对于代表英国现实主义小说高峰的19世纪,作者有这样的评价:"从某种意义上来说,19世纪小说艺术既不像18世纪的小说艺术那样生机勃勃、丰富多彩,也不像20世纪的小说那样五光十色、争妍斗奇,而是体现了一种稳健、折中及调和的态势。就总体而言,19世纪的小说艺术成熟有余,创新不足。作家大都关注故事情节的生动有趣,结构形式的精裁密缝和语言风格的完美雕琢"(第121页)。这种宏观评价给人深刻印象。

本书的写作体现了作者严谨的学术态度和宽广的知识结构,达到了相当高的水平,但是也有一些问题值得商榷。比如,在"导论"把奥斯丁放在18世纪作家中介绍不合适(第6—7页);"导论"本是全书不可分割的一部分,却在页码安排上与正文分开,不知何故。另外,完全忽略18世纪女性作家似乎不妥。著者写道:"19世纪小说在发展过程中存在的第二种倾向是由女性作家描写女性生活的作品日益增多。小说不再是男人的专利,原先男性小说家独霸文坛的局面已不复存在。奥斯丁、勃朗特姐妹和艾略特等一批才华出众的女作家在文坛异峰突起"(第120页)。这里对几位重要19世纪女小说家的高度评价是对的,但是说此前小说"是男人的专利"则值得商榷,因为18世纪有大量女作家从事小说创作,现代学者把她们称作"小说之母"作家群。实际上,没有18世纪女小说家们的创作,就不可能在19世纪初出现奥斯丁这位大小说家。书中有些提法也欠妥当,如称菲尔丁的小说定义"散文式喜剧史诗"就不如"散文体喜剧史诗"好。但是,从总体而言,本书实为一部非常有特色的小说史著。

2008年出版的《英国小说人物史》由李维屏主编,并撰写导论和第一、二、五章,其余六章则由五位年轻学者撰稿,他们多为上海外国语大学毕业的博士。李维屏在"前言"指出,"本书旨在全面追溯英国小说人物的发展轨迹,系统阐述四百年来英国小说人物的基本类型和主要特征,并深刻揭示人物所蕴涵的文化特性、道德观念和价值取向"(第I页)。专门为小说人物写史国内外还不多见,因此本书具有创新性。关于研究小说人物的意义,"前言"写道:"窥斑知豹,读史明智。研究小说人物的发展历史既是对文学主体的关注,又是对历史上人的各种境遇的反思"(第II页)。本书的一个特点是对主要作家的人物都给予概括性描述,或者说是贴上了一个标签,如奥斯丁的小说人物为"理想婚姻的追求者",萨克雷的小说人物是"上层市民的真实写照",劳伦斯的小说人物是"工业社会两性关系的化身",而乔伊斯的人物是"西方现代意识的缩影"等。这样做虽然不无简单化之嫌,但也确实在一定程度上反映了不同作家小说人物的特点。以上介绍的几部小说史方面的著作大多出自上海学者之手,且都是新作不断,构成了英国小说史研究的一幅生动画卷。

2006年出版的蒋承勇等著《英国小说发展史》是浙江大学出版社"外国小说发展史"系列丛书之一。全书共分七章,文艺复兴到17世纪、18世纪、19世纪初、中、后,20世纪前、后,分节论述50多位小说家。由于作者多以世界文学为专业,因此在叙述过程中常有比较。蒋承勇在"前言"中写道:"本书的撰写遵循以下的基本思路:第一,在欧洲历史文化与文学的大背景下,描述英国小说的发展历程,阐释不同历史阶段、不同风格和流派小说流行的历史文化成因……第二,描述各个时期英国小说艺术承传流变的脉络与线索……第三,以历史发展的眼光,描述主要作家在文学史上的地位……"(第1页)。"也正是出于这一目的,本书不一味地以XXX流派为标尺来框定具体的作家,而是根据不同作家的创作世界,客观地介绍和分析其创作风格与技巧,从而不至于使那些具有多重风格的复杂作家硬性地被安置在某一流派中"(第1—2页)。"导论"对小说发展的发生雏形期、发展成型期、成熟繁荣期和创新变革期的划分,以及四个时期的特点归纳都有新意。但是,由于编著者并非英国小说的专门研究人员,对相关材料把握的全面性和论述深度似有欠缺。

从上面的叙述不难看出60年来,特别是从20世纪80年代以后,我国的英国文学史研究取得了出色的成绩。虽然中文版英国文学通史出现较晚,英文版的英国文学简史或通史满足了20世纪80年代初的教学需要,并体现了一定的研究水平。1985年出版的《17世纪英国文学》和《现代英国小说史》分别代表了老一代和新一代英国文学史研究学者的成就,而从20世纪80年代中期开始编写到1993年以后陆续问世的五卷本《英国文学史》则是迄今最为权威的英国文学通史。从学者的贡献来看,前辈学者王佐良先生不仅领衔主编五卷本《英国文学史》,而且自己还独立撰写了《英国浪漫主义诗歌史》《英国散文的流变》《英国诗史》和单卷本《英国文学史》,并对文学史的编写原则方法提出了许多富有创新的见解。他无疑是对英国文学史研究贡献最大的中国学者。[①] 上海外国语大学侯维瑞主编的《英国文学通史》篇幅适中,叙述流畅;南开大学常耀信领衔主编的三卷本《英国文学通史》也有自己的特色。除了这些英国文学通史之外,在英国文学史文类史和断代史方面也有可喜的成绩,在王佐良、杨周翰等前辈学者的示范作用引导下,英国戏剧史、散文史,特别是小说史方面出现了多种有创新、有影响的著作,并且形成了英国小说史和文学专史研究的上海学者团队。总之,英国文学史研究的成绩是有目共睹的,较好地满足了不同读者群的需要。

在《英国诗史》"序"中,王佐良先生把"怎样写外国文学史"的要求简明扼要地归纳为以下几点:"要有中国观点;要以历史唯物主义为指导;要以叙述为主;要有一个总的骨架;要有可读性"(第1页)。国外的英国文学史研究可以分成百科全书式、叙述式和主题式三种类型,20世纪初的15卷本《剑桥英国文学史》是百科全书式文学史的典型代表,1948年出版的A.C.鲍主编的单卷本《英国文学史》可算是叙述式的代表,而20世纪末开始问世的新版《剑桥英国文学史》更像是围绕不同主题的批评文章汇编,也可以称作主题式文学史。可以说20世纪英国文学史的写作展示出从百科全书式到主题式文学史的演变过程。[②] 从王佐良先生归纳的几条要求来看,他追求的是叙述式文学史,这也是我国出版的英国文学史的一个基本特点。因为我们是为中国读者撰写英国文学史,不必面面俱到,百科全书式不适合中国读者。中国学者需要的是能够了解英国文学史来龙去脉,便于掌握主要作家作品的叙述式文学史。今后应该在断代史或主题史方面做出更大努力,以便把我国的英国文学史研究进一步推向深入,出现更多的优秀成果。[③]

---

① 参看何辉斌、殷企平:《论王佐良的外国文学史观》,《外语与外语教学》2008年第3期,第47—49页。
② 参看韩加明:《英国文学史研究百年回顾》,《外国文学动态》2012年第6期,第51—53页。
③ 最近李维屏主编了"英国文学专史系列研究",包括《英国文学思想史》《英国文学批评史》《英国女性小说史》《英国短篇小说史》和《英国传记发展史》,可以说是英国文学史研究的新进展。

第五章
法国文学史研究

　　法国文学源远流长,我国对浩如烟海的法国名篇佳作做了大量的译介。法国文学史研究在我国开展较早,1923年中华书局出版李璜编《法国文学史:18世纪至现代》,后来还有多种,均为篇幅不大的简史,甚或只是简介①。1946年吴达元先生在商务印书馆出版的两卷本《法国文学史》分量较重,篇幅达80万字,但基本上是以法国文学史家夏尔-马克·德格朗日的《法国文学简史》(1924)为蓝本编译的。新中国成立后法国文学史研究起步比较晚,五六十年代没有出版法国文学史研究专著,当时最有影响的法国文学史著作是翻译的苏联百科全书词条而成的《法国文学简史》(作家出版社1958)。"文化大革命"以后法国文学史研究出现繁荣局面,1979年人民文学出版社出版的《法国文学史》上册是紧接着《美国文学简史》上册问世的第二部国别文学史,编著者也同样都是中国社科院外国文学研究所的专家,达到了相当高的水平。《法国文学史》中册1981年问世,但下册的出版则在十年以后。

　　在专家学者们撰写的《法国文学史》纷纷问世的80—90年代,对国外文学史著作的翻译工作也在紧锣密鼓地进行。1986年,郭家申等人翻译了苏联学者玛雅茨科娃等编著的《法国文学简史》(1958年版),由辽宁教育出版社出版,这是一部四十余万字的教科书式的文学史。1991年,郑克鲁等人翻译了法国巴黎大学教授皮埃尔·布吕奈尔等人编写的《20世纪法国文学史》(1980年版),由四川文艺出版社出版。1997年,上海人民出版社又组织出版了皮埃尔·布吕奈尔的《19世纪法国文学史》(1972年版),译者为郑克鲁、黄慧珍、何敬业、谢军瑞。这些译著给我们提供了重要的借鉴,促进了国内法国文学史研究的发展。1989年外语教学与研究出版社推出的陈振尧主编《法国文学史》是

---

　　① 如袁昌英著《法兰西文学》(商务印书馆1929)、徐霞村编《法国文学史》(北新书局1930)、穆木天译编《法国文学史》(世界书局1935)、夏炎德著《法兰西文学史》(商务印书馆1936)等。

对法国文学史的整体描述。此后,辽宁教育出版社的"当代外国文学史纲"系列在 1993 年出版了张容著《当代法国文学史纲》,上海外语教育出版社在 1996 和 1998 年分别出版郑克鲁著《法国诗歌史》和《20 世纪法国小说史》;青岛出版社 1998 年出版了张泽乾、周家树、车槿山著《20 世纪法国文学史》。显然,20 世纪 90 年代是法国文学史研究出版空前繁荣的时期。新世纪以来又有多种法国文学史著作问世,通史方面最引人注目的是柳鸣九主编的三卷本《法国文学史》2007 年出版修订本和郑克鲁编著的两卷本《法国文学史》。文类史方面有刘明厚著《20 世纪法国戏剧》和宫宝荣著《法国戏剧百年 1880—1980》;吴岳添著《法国小说发展史》是一部厚重的法国小说通史研究。此外还有陈振尧著《法国文学》、张彤编著《法国文学简史》、吴岳添著《法国文学简史》、董强著《插图本法国文学史》等。虽然从数量上来看法国文学史著作无法同英、美文学史相比,在质量和影响力方面却取得了骄人的成绩。本章主要论述柳鸣九和郑克鲁两位的贡献,并对其他几部断代和文类史作简单介绍。

第一节 柳鸣九主编《法国文学史》

1979 年 1 月,柳鸣九、郑克鲁和张英伦著《法国文学史》上册由人民文学出版社出版。按照"前言"最后一段的说明,"本书于 1973 年开始写作",到 1979 年问世历经近 6 年。从柳鸣九在 2007 年"修订本总序"对写作过程的回顾中得知,原来《法国文学史》仅计划写作一册,但写的过程中编写规模"大大地膨胀了,仅中世纪到 18 世纪,就已经达到了一卷的规模,因为,一进入编写后,我们才发现'文化大革命'以前的那些年没有虚度,的确读了不少书,积累了相当丰富的知识,也形成了不少见解,一写起来,就大大超出了原定的篇幅,于是决定按'略古详今'的原则,将后来的 19 世纪至 20 世纪再写成两卷"(第 3 页)。《法国文学史》上册 1979 年问世之后,中册很快在 1981 年出版,参编者增加到九人,柳鸣九和郑克鲁执笔分量最重,署名为柳鸣九主编。但是《法国文学史》下册的出版却迟至 1991 年,参编者共七人,其中三人是新加入的。由于郑克鲁在 20 世纪 80 年代中期调往武汉大学任法语系主任兼法国问题研究所所长,他没有参加《法国文学史》下册的编写工作。参编《法国文学史》的共有 12 人,除合著上册的两位同事外,后两册的编写者中有多人为柳鸣九的研究生。从 1979 年出版上册,到 1991 年出版下册,三册出齐历时 12 年,而那是改革开放变化巨大的 12 年,因此 1979 年出版的上册与 1991 年出版的下册在指导思想、编写方法等方面都有很大差别。本节以 1979 年出版的《法国文学史》上册为主探讨其基本特点和局限,然后结合 2007 年修订本的改动,分析经过 20 多年改革开放之后对法国文学史的认识及文学史写作关注点的变化。

《法国文学史》的编写体例分编、章、节、点四个层次,结构清晰,一目了然。全书把从中世纪到20世纪初的法国文学史分为中世纪文学、16世纪文学、17世纪文学、18世纪文学、19世纪上半期、19世纪下半期到一次大战六编,上册为四编,中册和下册各一编。各编第一章介绍当时的历史背景和文学发展,其他各章分别介绍重要文学流派或作家,对拉伯雷、高乃依、莫里哀、拉辛、拉封丹、孟德斯鸠、伏尔泰、狄德罗、卢梭、博马舍、雨果、乔治·桑、司汤达、梅里美、巴尔扎克、福楼拜、左拉、莫泊桑、法郎士、罗曼·罗兰等重要作家有专章论述。《法国文学史》上册出版之后因其叙述史实言简意赅、文笔流畅,评论作家作品详略得当、客观平实,受到广泛好评。前辈学者李健吾先生称赞这是中国学者用马列主义观点编写的"第一部法国文学史"。① 郁式砚在1980年第6期《读书》发表书评说,"这部著作予人印象最深的,是运用马克思主义观点评价法国文学方面做出了可贵的努力";第二个特点是把"文艺思潮和文学作品""放在特定的社会生产状况和阶级斗争形势中加以考察";第三个特点是历史分期明确,在"对法国文学作横的按代论述的同时,也能照顾到纵的渊源相承关系"。② 1981年《法国文学史》中册出版后,陈惇发表书评指出:该书"以马克思主义观点为指导,对19世纪上半期的法国文学作了系统的介绍和评价,旗帜鲜明,态度严肃,在掌握较多的第一手资料的前提下,力求对作家、作品做出全面、中肯的分析,而且针对我国学术界的有关讨论,提出自己的看法"。③

但是,作为"文化大革命"后期开始编写的著作,《法国文学史》上册带有那个时代的明显特征。比如"前言"指出:"阶级社会的历史是阶级斗争的历史。法国文学作为社会的意识形态,本身就是社会阶级斗争的一部分,它的整个过程都表现了阶级的矛盾与冲突,充满了进步倾向与反动倾向的斗争。法兰西阶级斗争在世界历史中具有某些典型性,曾是马克思主义经典作家用来阐述历史唯物主义原理的典型例证,而法国文学作为反映历史、印证马克思主义历史唯物主义的思想材料,对于各国人民无疑也是非常宝贵的"(第1页)。第一句反映了阶级斗争为纲的特点,第二句又利用马克思主义经典作家对法国历史材料的使用为研究法国文学找到了重要理由。关于本书的宗旨,"前言"写道:"遵照毛主席指出的'古为今用'、'洋为中用'、批判继承的方针,对法国文学的历史进行系统的介绍和总结,是文化工作领域内一项重要的任务。现在,我们只是在这方面进行一点初步的工作,在这部书里对法国文学的历史发展过程和其中比

---

① 转引自柳鸣九"修订本总序"第4页。
② 郁式砚:《〈法国文学史〉上册》,《读书》1980年第6期,第33、35、36页。
③ 陈惇:《适时而有益的好书》,《外国文学研究》1982年第3期,第120页。

较重要的作家、作品作了扼要的评价和分析,以供从事文化、教育、外事工作的同志参考。我们的主观愿望是要努力以马列主义、毛泽东思想为指导,用历史唯物主义的观点,把思潮、流派、作家、作品放在阶级斗争的背景上加以考察和说明,根据'它们对人民的态度如何,在历史上有无进步意义'而分别给予不同的评价"(第 2 页)。强调阶级斗争为历史发展主线,引用毛主席的话为立论根据是那个时代的特征。

在对具体作家的介绍中也有过火的指责。拉伯雷是 16 世纪法国最重要的作家,也是整个法国文学史上最重要的作家之一,《法国文学史》对他有详细介绍(第二编第二章)。但是,由于受那个时代的影响,作品分析主要强调阶级斗争,而且最后是大段批评指责其阶级局限。对《巨人传》的思想内容主要强调其反封建意义:"拉伯雷把反映新兴资产阶级和封建贵族在政治、经济、宗教等方面的斗争作为《巨人传》的首要任务,使这部小说带上强烈的政治色彩"(第 104 页);对《巨人传》的艺术特色主要指出"吸取和发展了民间创作的优秀传统"(第 109 页),最后则指责"他在批判封建主义和教会的同时,也正面宣扬了资产阶级的世界观和剥削、掠夺、欺骗的阶级本性"等(第 111 页)。对于 18 世纪重要作家萨德则予以全盘否定:"色情文学最有名的代表人物是萨德。他是一个贵族,其道德败坏,生活堕落达到了令人不可置信的程度。他在世纪末进行写作,其臭名昭著的代表作是《于丝汀或美德的不幸》和《于丽埃特或恶行的走运》。萨德的作品披着暴露社会黑暗的外衣,大量描写色情故事以及两性关系中的虐待、残暴、变态的心理和行为,笔调猥亵,趣味病态。萨德本人和他的色情作品,是 18 世纪贵族社会的典型产物,标志着贵族阶级堕落疯狂到了何等地步"(第 287 页)。这段评论可以说是充满了大批判的火药味。

2007 年《法国文学史》修订本出版。主编柳鸣九为此写了长达 24 页的"修订本总序",包括五个部分:一、原《法国文学史》的写作过程;二、对三卷本的时评与自我再评估;三、时代烙印之一:对于阶级斗争史观与阶级分析方法的思考;四、时代烙印之二:对批判继承的思考;五、关于文学史写法的考虑。"总序"最后说明:"由于原来全书的大部分章节均由我执笔,全书的统一、修改、定稿工作都由我担负;也由于原来的合作者早已分散、各自忙于自己的功业,这次修订与一大部分章节的改写,均由我一人承担"(第 24 页)。比较《法国文学史》修订本和初版可以看出如下几个明显区别。首先,在目录中用"社会历史状况"取代"阶级斗争"。如第二编"16 世纪文学"第一章标题从"16 世纪的阶级斗争与人文主义文学"改为"16 世纪法国的社会历史状况与人文主义文学",原版本章共两节,第一节"16 世纪的阶级斗争",第二节"16 世纪的人文主义文学",修订版第一节"16 世纪法国的社会历史状况",第二节"人文主义新文化潮流",第三节"16 世纪的文学概况与人文主义文学的发展"。再比如本编第二章"拉伯雷以及短篇小说中的两种倾向"标题没有变化,但本章原版三节,在第二节"拉伯雷的《巨人传》"下分别论述《巨人传》的"反封建意义""人文主义理想""创作特色"和"阶级局限"。修订版本章共五节,原版的第二节改为三节,分别论述《巨人传》的"传奇内容""寓意哲理"和"艺术特色"。在叙述中由片面强调阶级斗争转而注重《巨人传》的人本主义主题。对于其艺术特色,则强调它"以恢弘的气势与划时代的艺术力量提供了第一个辉煌的范例,它熔法国本土的民间传说、希腊罗马文学的影响、人文学者广博的学问、生动丰富的民俗知识、中世纪文学中讽刺幽默传统、语言学者庞大的词语量以及无拘无束的奇妙想象等种种成分于一炉,形成了一种独特的百川交汇、奔放不羁、雄浑有力的艺术景观"(第89页)。这与初版只提到民间传统相比就更为客观全面,而且主编柳鸣九先生的叙述语言本身也富有感染力。第四编"18世纪文学"原版最后一章为第八章,标题是"资产阶级革命时期文学中的阶级斗争",在修订本是第十章,标题改为"资产阶级革命时期的文学",本章第四节原版标题"文学中反革命势力的悲鸣"修改为"文学中反对革命的悲鸣"。这些类似的改动使修订本摆脱了原版受"文化大革命"影响带有的过于强调反封建意义和阶级局限的问题。

  第二个重要区别是在行文中删除或淡化原版引用的与论述关系不大的毛泽东语录,弱化阶级斗争语言。如原版第一编第二章第一节第二段论述英雄史诗起源时,引用了毛泽东《在延安文艺座谈会上的讲话》:"作为观念形态的文艺作品,都是一定的社会生活在人类头脑中能动反映的产物"(第19页)。修订版删除了这句话,但上下文的论述已经体现了这种思想。原版第一编第一章第二节第四段论述中世纪法国文学发展时引了毛泽东《新民主主义论》中的话:"一定的文化是一定社会的政治和经济在观念形态上的反映"(第9页)。因为这个观点是历史唯物主义常识,修订版删除了引号,把这句话改为"一定的文化是一定社会的现实生活在观念形态上的反映"(第8页)。用"现实生活"取代"政治和经济"更能充分表现文学与现实的关系,因为"政治和经济"太具体,有局限。原版同一节第五段的开头有这样一句话:"封建社会文明的真正创造者是劳动人民,他们对文学艺术的发展做出了不可磨灭的贡献"(第10页)。这话没有错,是历史唯物主义常识,下文的论述也说明了这一点,因此修订版删除了这句套话。原版在论述英雄史诗的意义后指出,"不少英雄史诗产生于十字军东侵的期间,其中弥漫着基督教精神和'圣战'的气氛,在某种程度上正适应了侵略战争的需要。这是英雄史诗作为阶级的意识形态的必然作用"(第14页)。修订版改为:"不少英雄史诗产生于十字军东征期间,其中弥漫着基督教精神和'圣战'的气氛,在某种程度上正适应了侵略战争的需要"(第14页)。把"东侵的期间"改为"东征期间"不仅改正了原版的语病,而且把"侵"改为"征"也表现了主编对于这个重要历史事件的态度;把原版最后一句删除则是避免过于强调阶级斗争。类似的删改也体现在对于骑士文学的表述中。原版有这样的结论："对于骑士阶层的基本属性，马克思和恩格斯曾经指出：'在中世纪深受反动派称许的好勇斗狠，是以懒散怠惰作为它的相应的补充的'，他们的'典雅爱情'正是腐朽的寄生生活的产物"（第15页）。这个结论是对"典雅爱情"的完全否定，而马克思和恩格斯的原话显然更为公允，所以修订版删除了结尾的这个分句。从这些修改中可以看出主编的修订宗旨在于尽量避免简单化的大话套话，以更客观公允的态度评价法国文学的发展。

柳鸣九在"修订本总序"特别强调所谓"批判继承"原则对原版《法国文学史》写作的影响："在这种情况下，即使能够'以无产阶级的名义'来整理与研究历史上留下来的优秀文化传统，首先一个重要的任务，就是发现其中的'历史局限性'、'阶级局限性'与'糟粕'。这就是这支队伍的'纪律'，是这种职业的'规矩'，是这个行当的'行规'。在编写《法国文学史》的整个过程中，这种'纪律'、这种'行规'就一直制约着我们，其后果往往是打起灯笼到文化遗产中去找'糟粕'，拿起放大镜去查'阶级局限性'、'历史局限性'，这种为制作青史而强说瑕疵的悖谬，也就不可避免地在《法国文学史》中留下了若干痕迹。这不仅使我在这次修订工作中有必要抹去这些不应该有的痕迹，更重要的是，对总结精神行程的经验教训以有利于文化学术的发展来说，有必要进行若干面对现实的反思"（第19页）。原版对孟德斯鸠的叙述结尾段可以说是这种"为制作青史而强说瑕疵的悖谬"之范例。作为启蒙运动的第一个大师级人物，孟德斯鸠的重要性是人所共知的，他的《论法的精神》享有崇高的历史地位。但是，为了突出其阶级局限性，原版在孟德斯鸠一章最后有这样一段话："总之，《论法的精神》是一个新兴的剥削阶级向过时的老朽的剥削阶级伸手要权的斗争武器，它归根结底是剥削阶级的一部法典。它的作者没有给被剥削的人民群众任何地位，他公开主张私有财产是'人类的自然权利'，他还说：'如果我的书能使那些发号施令的人增加他们应发布什么命令的知识，并使那些服从命令的人从服从中找到乐趣的话，那我便是所有人们当中最快乐的人了'。可见，本书的目的在于维护剥削制度，为资产阶级与贵族建立联合统治秩序而出谋划策。这是《论法的精神》的阶级本质"（第333页）。修订本中这段大批判似的结论被完全删除了。

所谓"批判继承"中要批判的重要内容是外国文学中的宗教问题。由于法国是基督教影响很大的国家，文学作品中的宗教因素占重要地位。我们过去把宗教简单地斥为麻痹人民大众的精神鸦片，对宗教因素往往采取全面否定的态度，这在初版《法国文学史》中也有表现。第一编第三章"宗教文学与骑士文学"第一节开头一段是这样写的："教会是中世纪封建社会中最大的土地占有者和剥削者，也是对人民进行思想统治的专政机构，宗教文学就是它用来欺骗和麻醉人民、进行这种精神奴役的重要工具"（第31页）。修订本的表述就要温和客观多了:"中世纪的教会是封建社会中最大的土地占有者,也是进行精神统治的专横酷烈的权力机构;宗教则不仅是精神和道德的是非标准,而且几乎就是社会与政治生活的惟一准则。这两者都带有超精神的威胁性、强制性与酷烈性,远不像近代的宗教与教会在一定程度上作为社会生活的协调者,作为世人精神选择的寄托所而具有人道性、温情性与润滑性。中世纪宗教文学既为此二者的宣教手段,其性质与社会功能可想而知,不能用现代眼光加以美化,而只能按其历史的本来面目如实加以看待"(第23页)。虽然对中世纪宗教文学的叙述没有根本改变,具体行文则有不少调整。比如"宗教文学还捡起基督教会最蛊惑人心的'法术',大肆鼓吹虚妄的宗教'奇迹'"(第34页)这一句就修改为"宗教文学大肆利用基督教神话,宣扬虚妄的宗教'奇迹'"(第25页)。本节最后一段开头句原版为"但是,不管反动派怎样竭力阻挠,人民总要觉悟,历史总会前进的"(第35页),修订本简化为"但是,历史总会前进的"(第26页)。原版在论述《波斯人信札》的局限性时有这样的话:"在宗教问题上,它并不否定宗教,只是对宗教的前提满足于作某些修正"(第327页)。修订本在相同的段落则把这一句删除了。

  第三个明显区别是对原版忽略的重要作家予以增加或补充。以第四编"18世纪文学"为例,原版共分章介绍了孟德斯鸠、伏尔泰、狄德罗、卢梭、博马舍五个作家,修订本增加了两章。18世纪法国文学诗歌成就不大,但像原版那样完全忽略诗歌创作则不妥。修订本增加了第八章"18世纪诗坛和安德烈·谢尼埃"论述诗歌创作。第一节介绍了几个读者比较生疏的诗人,包括与卢梭同名的让·巴蒂斯特·卢梭、17世纪悲剧诗人拉辛的第七子路易·拉辛和伏尔泰的侄孙弗洛里杨等。然后在第二节介绍谢尼埃的生平和创作:"安德烈·谢尼埃在法国文学史上有两个方面特别令人瞩目:其一,他在诗歌创作与诗歌理论上都有出色的业绩,达到了很高的成就,因而不仅在18世纪而且在整个法国诗歌史上,都要算是一个大诗人,一个杰出的诗人。其二,恰逢大革命恐怖时期这一'乱世',他不明智地越出自己诗艺的天地,投身于充满暴风骤雨的政治斗争领域,不识时务地逆潮流而动,在一定程度上咎由自取招来了杀身之祸,死得很惨,他在这两个方面形成强烈的对照,构成了他作为历史文化人物的复杂性"(第325—326页)。修订本先介绍了谢尼埃的生平,然后论述他的诗歌创作,指出从诗歌类型来看可分为哀歌、牧歌、田园诗和讽刺诗,而从诗歌的具体内容而言,则可分为说理诗、模拟诗与抒情诗。他的说理诗有两类,一类以诗论自然史、世界史,述说世界、地球的发展变化与实际状况,另一类是以诗论诗。谢尼埃的抒情诗大多写于狱中,包括爱情诗,"其中有的足以与19世纪闻名遐迩的浪漫主义大诗人拉马丁缠绵悱恻的爱情诗名篇媲美,同为情诗中的明珠"(第330页)。最后,修订本这样写道:"安德烈·谢尼埃以他古朴的异国情调、凸显的形象描绘、真挚的抒情咏唱,超出了17世纪古典主义以来的法国诗坛,带给了法国诗歌清新的浪漫的气息,他实际上开了法国浪漫主义诗歌的先河,在19世纪受到了不少大诗人的一致赞誉"(第330页)。这样的介绍不仅弥补了原版《法国文学史》忽略18世纪诗歌的不足,而且为19世纪浪漫主义诗歌的兴起做了很好的铺垫。

在"文化大革命"后期编写原版《法国文学史》时,如果说谢尼埃反对法国大革命的政治立场使学者们把他抛在一边,萨德则因他臭名昭著的性犯罪和小说中的变态性描写被中国学者所排斥。修订本《法国文学史》则把萨德作为18世纪重要作家专章介绍,给予他的篇幅超过孟德斯鸠和博马舍。论萨德一章有四节,分别论述其生平、作品的思想内容、道德倾向和善恶观等问题,近似于一篇专题论文。修订本这样写道:"萨德称得上是人类文化史上一位思想家,他的作品充分显示了哲理的丰富性、思辨性与深刻性"(第334页)。柳鸣九认为萨德的代表作是《朱斯蒂娜或淑女蒙尘记》与《朱斯蒂娜或淑女劫》,[①]作品带有明显的愤世嫉俗的性质,是对社会现实、对恶浊社会环境中丑恶人性的批判与申诉。他写道:"应该注意,由于萨德是表现一个美德化身在人间饱受凌辱的故事,在她不断被强奸、施暴、猥亵、虐待的经历中,小说的相当一部分就是对性关系、性行为情节的叙述,这是萨德的小说长期被视为'不道德'的一个重要原因"(第335页)。柳鸣九认为萨德不是主恶论者,而是主善论者,但是他在自己的作品里致力于表现恶。在萨德身上,"无疑具有多种精神层面与复杂人格:他既是具有深厚的历史与人文学养并不乏社会正义感的思想者,又是一个生活放荡染有恶淫习癖的浪子,也是一个长期没有人身自由的囚徒。他的作品就是带着思想者的修养积淀、浪子的经验见闻,作为服刑者在监狱中写成的。其中,深刻的思想哲理、人世的腐败现象、丑陋恶癖与囚徒戴罪之身的道德说教杂然纷呈。尽管他的作品中存在着糟粕杂质,但瑕不掩瑜,时至现当代,其中的精华闪光之处已愈来愈被世人所认同与赏识"(第343页)。对萨德的这种评价在上世纪70年代是完全不可想象的。

三卷本《法国文学史》止于20世纪早期法国文学,而柳鸣九在2005年由上海文汇出版社出版的"法国20世纪文学史观"两卷《超越荒诞》(20世纪初——抵抗文学)和《从选择到反抗》(50年代——新寓言派)在一定意义上可以看作是"20世纪法国文学史"。柳鸣九在"序言"中写道:"时至今日,20世纪落幕已近三年,为这个世纪的文学写史的课题似乎越来越显得必要,但我个人仍然认

[①] 两书的译名在原版《法国文学史》是《于丝汀或美德的不幸》和《于丽埃特或恶行的走运》,吴岳添在《法国小说发展史》用的译名为《朱斯蒂娜或美德的不幸》和续集《新朱斯蒂娜或美德的不幸,附〈她的姐姐朱丽埃特的故事〉》。

为要写出一部定规、定格、定评、定论的成熟的文学史,恐怕还尚待时日……与其编制出'人名录+书名录+简单论断'式的文学史,还不如对20世纪文学发展过程中的重要作家作品逐一进行个案研究,做出切实、深入而有见地的说明与论析。因此,我仍然无意于去制作一部20世纪的法国文学史……"(第2页)不过他又接着指出:"由点而面,这是事物整体成形的规律,涉及的点众多而广泛,自然就形成了面。在这两集'论丛'中,由于涉及的作家有六七十位,作品有一百部左右,上至世纪之初,下至世纪之末,事实上已经显示出了法国20世纪文学发展的大致历史过程与各个方面的景貌,对众多的思潮流派与显赫的文学现象,也有若干聚焦的写照,实际上在一定程度上已经具备了一部文学史应有的主体内容,因此,且把它们作为原三卷本《法国文学史》续篇"(第2-3页)。柳鸣九认为,从二三十年代到四五十年代,马尔罗、萨特、加缪的相继出现与成功,是法国20世纪文学中的头等大事,构成了当代法兰西精神文化的辉煌,他们每一个人都具有非凡的个性魅力与厚重的文学业绩。对三个文学巨人的充分肯定可以说是柳鸣九对20世纪法国文学史的高度概括性评价。

第二节 郑克鲁编著《法国文学史》

郑克鲁是柳鸣九主编的三卷本《法国文学史》前两卷的重要参与者,翻译了大量法国文学作品和文学史著作,也出版了多种研究著作。上世纪90年代他在外国文学研究方面的主要工作是受教育部委托修订了外国文学史教学大纲,并以新大纲为准则主编了新的《外国文学史》教材。作为法国文学研究专家,他先后出版了《法国诗歌史》和《现代法国小说史》。他在《法国诗歌史》"序"中指出:"众所周知,法国诗歌直到19世纪中叶波德莱尔的《恶之花》问世之后,才扭转了模仿和顺应欧洲诗歌发展的潮流,进入诗歌创作的局面,并反过来对欧美诗坛产生巨大的影响"(第1页)。接着简述中世纪的法国英雄史诗和骑士抒情诗虽然处在欧洲前列,但对欧洲诗歌的影响是有限的;15世纪中叶出现的维庸具有近代意识,但是他的作品在当时并没有产生多大影响。16世纪的七星诗社成就并不突出,17世纪的法国文坛是古典主义戏剧的天下,而18世纪的法国诗坛被称为诗歌的沙漠。这样郑克鲁就勾画出一幅清晰的法国诗歌发展图。19世纪开始法国诗歌大繁荣,并产生广泛而深远的国际影响。郑克鲁认为,"波德莱尔的主要贡献在于提出了通感理论,与此相应的是运用了象征手法"。"继之,魏尔伦对音乐性即诗歌内在节奏的重视,兰波的'语言炼金术'对字词组合的奇异现象的发掘,深化了波德莱尔开创的事业,扩大了波德莱尔的影响"(第3页)。到了20世纪法国诗歌仍表现出充沛的活力,第一次世界大战后出现的超现实主义是对诗艺的进一步探索。《法国诗歌史》正文共 23 章,其中前五章叙述到 18 世纪为止,从第六章开始分章叙述浪漫主义、象征主义和超现实主义等不同流派重要诗人的贡献,既综合介绍评价诗人的贡献,又不时对具体诗歌进行细致分析以展示诗人的特点。正文后的"参考书目"全部为法语文献,从一定意义上表明国内对法国诗歌研究不多,作者是一位不懈的开拓者。

《现代法国小说史》67 万字,正文前有"绪论 现代法国小说的演变"。上编七章,标题分别是跨世纪小说家、意识流小说家马塞尔·普鲁斯特、长河小说、心理小说、社会小说、乡土小说、超现实主义小说;下编六章,标题分别是存在主义小说、"新小说"、社会小说、女小说家、侦探小说科幻小说和通俗小说、新一代小说家。从这个目录可以清晰看出郑克鲁力图分类论述小说家的创作。本书把作家分成三个层次,最重要的作家是普鲁斯特,他是唯一专章论述的小说家,其他重要作家多分节论述,这类重点论述的作家有 40 多位,一般论及的作家近 80 位,他们往往在每一章的最后一节综合介绍。"绪论"开头强调法国小说的成就:"众所周知,法国小说在世界小说史上占有数一数二的地位,19 世纪小说如此,20 世纪小说仍然如此。19 世纪的法国小说与俄国小说共执世界小说的牛耳,20 世纪的法国小说与美国小说共执世界小说的牛耳……这个论点决非武断,而是以事实为依据的"(第 1 页)。他举例说在诺贝尔文学奖得主中法国小说家有 8 人(不包括贝克特),为各国最多,而且还有普鲁斯特、马尔罗等没有获得诺贝尔奖的大小说家。然后他从三个方面论述了法国小说的演变。一是法国小说发展的历史回顾,追溯到中世纪传奇,因为传奇包括了小说的基本要素即故事和人物。二是小说演变的第一阶段,指从 19 世纪末开始自然主义到现代主义小说的演变。三是小说演变的第二阶段,指从 30 年代末 40 年代初存在主义兴起开始的法国小说演变。他特别强调欧美其他国家小说发展对法国小说的影响。先是一战后乔伊斯、伍尔夫等英国现代派小说和梅里迪斯、乔治·艾略特、康拉德、哈代等小说家的作品译成法文对法国小说产生的影响。接着是 30 年代随着"美国小说世纪"的到来,海明威、福克纳、多斯·帕索斯、斯坦贝克等美国小说家被介绍到法国,还有卡夫卡的小说。对于第二阶段的现实主义小说家,郑克鲁认为虽然"人数众多,可是总给人一种每况愈下的感觉"(第 21 页)。本书不特别关注个别作品的分析,而是力求归纳出各个作家作品的思想内容和艺术特点。值得注意的是,谈英国小说一般把二战前称为现代英国小说,把二战后称为当代英国小说,而谈法国小说则没有这种划分。可能是因为存在主义兴起于二战过程中,发展影响产生在二战以后,故难以用二战前后来划分现代与当代法国小说,只好统称现代法国小说。

在先后出版了《法国诗歌史》和《法国现代小说史》的基础上,郑克鲁在 2003 年由上海外语教育出版社出版了他独自编著的《法国文学史》,上下两卷,共1700多页。他在"序言"开头引了法国著名的文学史家朗松的话:"一部《法国文学史》应该是整个一生的完满结局和结果"(第1页)。后来他又写道:"笔者从大学和研究生毕业以后,就没有放弃过研究法国文学,这部《法国文学史》可以说是笔者大半生的成果总结"(第3页)。这部《法国文学史》编写的原则是将学术著作与教科书的写法结合起来。比如,关于英雄史诗的起源,1979版《法国文学史》是这样表述的:"19世纪的资产阶级评论家大都以为产生于墨洛温王朝(481—751),20世纪才逐渐发现其形成于11世纪"(第19页)。郑克鲁则对几派学者的观点进行了比较具体的介绍。他先谈到"19世纪下半叶(1870年左右),加斯通·帕里斯在德国学者赫尔德、沃尔夫、格林兄弟研究的基础上,提出了'传统派'的理论。他重视民间创作,认为英雄史诗是在叙事抒情诗的基础上发展起来的"(第10页)。然后,他又提到,"20世纪初(1910年左右),约瑟夫·贝蒂埃提出了'个人派'理论";"贝蒂埃认为,史诗具有完整性和艺术性,是个人写作的结果,而不是简单的编纂,它是法兰西的文学,而不是外来的东西"(第10—11页)。这两派的观点既有合理成分,又有偏颇之处。于是又有学者认为应该结合起来,提出"天才的改编者"之说。郑克鲁对这些学者的观点提出批评,因为这些观点只是解释了英雄史诗的形成过程,而英雄史诗的产生自有它的土壤。他认为,当时"频繁的征战鼓励了尚武精神的发扬。这种政治局面和人们的精神意识,是促进英雄史诗产生和最后形成的根本原因"(第11页)。这就不是像一般教科书那样满足于叙述史实,而是具有了学术著作对有争议的观点进行辨析探讨的性质。另一个体现本书学术性的特点是书后有"主要参考书目",而在20世纪70年代末出版的《美国文学简史》和《法国文学史》都没有参考书目,引用的也大都是马克思主义经典作家的论述。

这部《法国文学史》叙述上的一个特点是对重要作家的作品进行综合评述而不是像大多数文学史著作那样对一两部重点作品进行介绍。郑克鲁在"序言"中写道:"除了某些作家只有一部重要作品,不得不专门加以分析以外,本书对作品的分析基本上采取了综合的方法……可从一个崭新的角度去认识这位作家,把握这位作家的作品所达到的成就,较充分地表达作者的观点,取得较好的效果。读者会注意到,本书对作家的整个思想进行了有一定深度的剖析,这是我国现有的外国文学史很少做的工作"(第4页)。比如在1979版《法国文学史》中,由郑克鲁执笔的17世纪古典主义作家高乃依、莫里哀和拉辛的介绍都是采用分析重点作品的方法,主要介绍了高乃依的《熙德》,莫里哀的《可笑的女才子》《达尔杜弗》和《吝啬鬼》,拉辛的《安德洛马克》和《费德尔》,而在新著中,对这三个作家都是分三小节论述"生平与创作"、悲剧或喜剧的"思想内容"和"艺术特点"。这样一方面避免了与原版《法国文学史》的雷同,又在作品分析上有新特色。第四章"启蒙时期文学"相当于1979版《法国文学史》第四编"18

世纪文学",但新著增加了三节,分别是"《百科全书》和布封""18世纪末叶小说"和"谢尼埃"。在1979版《法国文学史》中,《百科全书》和布封是在论述狄德罗的一章介绍的,18世纪末叶小说是在卢梭一章的第四节作为"卢梭影响下的作家"介绍的。郑克鲁对萨德和谢尼埃的重视反映了20世纪末以来学界对18世纪法国文学史的新认识,柳鸣九也在2007年出版的修订本《法国文学史》中对这两个作家作了重点介绍。

作为一部在新世纪独立撰写的著作,郑克鲁的《法国文学史》行文上以叙述为主,极少明确褒贬的价值评判。如对孟德斯鸠的名著《波斯人信札》,他分"抨击社会""理想社会""宗教宽容""后房故事"和"文化意义"五个方面进行了分析介绍,有些观点很中肯。郑克鲁指出:"孟德斯鸠并不满足于揭露腐败现象,他的小说包含了不少新观点,预示了后来在《论法的精神》中得到发挥和明确的理论"(第348页)。他还提到《波斯人信札》中的后房故事占有相当多的篇幅,它们不仅具有吸引读者的作用,而且反映了孟德斯鸠反对封建夫权和反暴虐的思想。在这些方面,对照1979版《法国文学史》,我们可以看到郑克鲁的观点显得更加客观公允。

由于柳鸣九主编的《法国文学史》主要是社科院外文所的研究人员撰写的,面向的是研究者和普通读者,而郑克鲁编著的《法国文学史》旨在融合教科书和研究著作的特点,前者更像学术著作,而后者教材特点更明显一些。如对于《巨人传》的思想内容,郑克鲁的《法国文学史》就明确提出"人的解放""政治理想""抨击教会"和"反映社会生活"等四点(第94—100页),对其艺术特色也点明"想象与夸张""讽刺艺术""语言丰富"等几点(第100—103页),这显然是为了便于学生读者把握要点。另外,由于两人写作风格的区别,柳鸣九主编《法国文学史》的语言更挥洒自如,颇有文采,而郑克鲁编著的《法国文学史》更重平易叙述,甚至有时略显刻板,这可能是教科书难以避免的弱点。但是,从1979年出版合著《法国文学史》上册,到新世纪分别出版新的《法国文学史》,柳鸣九和郑克鲁两位先生在法国文学史研究方面的突出贡献是有目共睹的。对中国读者而言,法国人编写的文学史有的显得过于庞杂,有的稍嫌简略,偏于浮泛。柳鸣九和郑克鲁均学养深厚,倾大半生精力研究法国文学,掌握丰富的第一手资料,对中外各种版本的法国文学史专著了如指掌,同时又能针对本土读书界、文化界的需要,写出给中国人看的文学史。他们在著述中不仅把历史发展的来龙去脉、作者的生平与创作、作品的内容和思想、艺术风格的特点等等讲述得清清楚楚,而且融入了自己的观点和心得,其中不乏真知灼见。柳鸣九一贯坚持以作家作品研究为基础的态度,重在传达基本的、确切的实际内容、历史内容及对这些内容的独特见解,反对"堆砌新术语、新词汇、新话语与理论玄思"(《法国文学史》修订本总序,第23页)。而郑克鲁则有意识地吸取运用了某些新方法,如文本细读、叙事学分析、结构主义分析、神话原型分析等。这都显示了两人不同的风格特点。

第三节　其他几种重要法国文学史著作

除了上述两种多卷本法国文学通史,1989年出版的陈振尧主编《法国文学史》也值得重视。本书的编者参考了多种法国原版著作,花费了大量的心血。这部文学史内容简明扼要,条理清晰,同时也反映了法国学者多年研究的成果。由于三卷本《法国文学史》论述到19世纪末为止,这部涵盖从中世纪到20世纪的法国文学史在当时是最全的。全书共11章,38万多字,资料收集截止于20世纪80年代。主编陈振尧教授在"前言"中写道:"我们写这本《法国文学史》的目的在于向我国外语院校法语系师生、法语工作者和一般读者介绍法国历代文学的梗概。本书内容力求简明,条理力求清晰,以便读者能以较短的时间一窥全豹"(第1页)。本书的一个特色是除了介绍小说、诗歌和戏剧这些传统文类之外,还介绍史学、哲学、宗教和批评方面的重要著作,也注意论述王室和外国文学对作家的影响,这对学生读者是很有利的。对于作家众多的20世纪文学,主编坦言,"用论述19世纪以前文学流派的格局来介绍当代法国文学有一定困难,深感脉络不清,难下结论,有不少问题还有赖有关方面专家、学者作专题研究,深入探讨"(第2页)。因此,也就不难理解为何20世纪两章介绍作家达120人,有些像词典。另外,根据论述法国文学史的惯例,本书还提到一些比利时和瑞士籍作家用法文创作的文学作品。作为最早出版的完整法国文学通史,它发挥了重要作用,对一些问题的探讨也颇有启发。对20世纪60年代兴起的新小说,本书就有这样的评论:"新小说的特点是不讲情节,不讲主题。有的作品用精神分析法发掘人物内心世界;有的作品句子冗长,不加标点,意义混乱;有的作品素材混杂,重重叠叠,不堪卒读"(第462页)。当然,作为改革开放早期出版的《法国文学史》,本书在有些方面的论述显得不够严谨。比如,第一章第五节论述中世纪小说,编者写道:"在英法百年战争期间,作为叙事文学的小说已销声匿迹。后来,它又以散文形式再次出现"(第24页)。由于此处是第一次提到"小说"这个文类,读者颇感困惑;参看后来出版的《法国小说发展史》把中世纪传奇文学看作小说的雏形,才能明白编者是把此前两节论述的传奇文学和说教文学及寓言看作小说的。

2000年陈振尧教授为"北京外国语大学外国文学史系列"撰写了《法国文学》一书,书前有简短的"内容提要":"本书的目的是向我国读者介绍法国文学史上发生的重要事件、重要流派、重要作家和他们的作品。为了提高读者阅读的兴趣,也介绍一些背景材料和轶闻趣事。同时在编排上采取灵活做法,并不拘泥编年史的时间序列。"《法国文学》篇幅不长,只有16万字,分33节,从中世纪武功歌到20世纪新小说,像是讲述法国文学史上的一个个有趣故事。比如,关于博马舍著《费加罗的婚姻》冲破国王路易十六阻拦而上演的故事就讲得栩栩如生。关于新小说,陈振尧写道:"'新小说派'的创作高潮在50年代、60年代。70年代、80年代时,已逐渐下滑。但是克洛德·西蒙1985年获得诺贝尔文学奖,新小说又东山再起"(第175页)。"小说之成为小说是因为它有情节,有故事。新小说派不要情节,不要故事。这样的作品硬要打着小说的招牌,总觉得有点勉强"(第180页)。最后一节介绍法国国立图书馆手稿部的建立源于雨果遗嘱把所有手稿捐赠国立图书馆,此后作家竞相捐赠,所以19世纪作家手稿最全。与陈振尧主编的《法国文学史》相比,本书可读性更强,也更有趣,是面向大众的读物,而前者适于法语专业学生和法语工作者。

20世纪90年代初,辽宁教育出版社出版"当代世界文学史纲丛书",柳鸣九撰写"总序",其中写道:"辽宁教育出版社不怕困难,组织专家编写系列读物,介绍几个主要文学大国战后文学的发展,这无疑是一件开拓性的工作……关于如何编写外国文学发展史以及外国文学发展史应该编写成什么样子,人们所听到的宏论与告诫已经很多了。一个社会的文化积累是一项艰巨浩大的工程,必须从点滴做起,需要实干。有,总比没有好,能写出来,总比没有写出来好。只有迈出了第一步,才能谈得上进步与提高"(第4页)。张容著《当代法国文学史纲》是该丛书的一种,提供了对20世纪后半期法国文学的简明介绍。张彤著《法国文学简史》(上海外语教育出版社,2000年)篇幅不长,但有"联想专页",简介文学与音乐、美术等的联系。

张泽乾、周家树、车槿山著《20世纪法国文学史》(青岛出版社,1998年)分美好的年代(1900—1918)、狂热的年代(1918—1939)、困惑的年代(1939—1951)、创新的年代(1951—1968)和多元的年代五章,形象地概括了这个世纪法国文学的特点。各章第一节为概论,对当时的社会历史背景和科学、哲学、思想、艺术等有简明清晰的叙述;其余各章分别叙述诗歌、小说、戏剧和文学批评等,最后一节为作家专论,重点介绍各时期最有影响的作家三五人。如第一章最后一节的作家专论介绍阿波利奈尔、罗曼·罗兰、普鲁斯特三人,第二章最后一节介绍布勒东、阿拉贡、莫利亚克、马尔罗、吉罗杜五人。前两章叙述的20世纪前40年被"誉为整个法国文学史上又一个黄金时代,现代主义与传统展开了一场大决战,各种思潮花开花谢,不同流派潮起潮落,法兰西文坛呈现出一种磅礴气势和万千景象"(第182页)。第三章对萨特有高度评价,称赞他"是20世纪法国和西方文坛上的一颗耀眼夺目的巨星,也是存在主义当之无愧的思想领袖和精神导师。他所倡导的学说及其宏论,不仅为欧洲现当代文坛奉献了百唱不厌的主题,而且为整整一代作家提供了文学选材的标准和艺术革新的力量"(第236页)。第四章第五节"文学批评"尤其引人注目,介绍的思想家批评家包括普莱、里夏尔、莫隆、拉康、戈德曼、雅各布森、托多洛夫、格雷马斯、热奈特、克里斯特瓦、福柯、德里达等,还在第六节"作家专论"重点介绍巴尔特。这一长串名字对于当代西方文学研究者都是不陌生的,凸显出法国思想家的影响。关于80年代以后法国小说发展的特点,作者指出,"新小说常用的叙述方式和写作技巧已经开始被许多作家所吸收,正在变成传统,而所谓的传统派也已经发生了很大的变化,并不仅仅是指现实主义小说。另外,这个时期的小说经常大量采用'戏拟'手法,即一种对历史上的作家、作品、文类、文体的游戏性、反讽性、破坏性的模仿或重写"(第309页)。这也可以说是现代很多西方小说的特点,而在作家专论中重点介绍的图尼埃就是戏拟小说的典型代表。

　　在文类史方面郑克鲁曾在20世纪90年代先后出版《法国诗歌史》和《现代法国小说史》,两书的内容已经融入他后来出版的《法国文学史》,我们在前面一节作了探讨。文类史中最重要的著作当属列入国家"十五"重点图书的吴岳添著《法国小说发展史》(浙江大学出版社,2004年)。吴岳添在"序言"中写道:"我努力遵循尊重历史、实事求是的原则,在前人研究的基础上独立思考,把法国小说史作为一个整体来进行动态的阐释,对于卢梭、雨果、巴尔扎克和萨特等重要作家予以专章论述,使这部《法国小说发展史》在全面的基础上突出重点,力求做到言之有据、资料翔实,文笔流畅、语言简洁,真正使读者开卷有益"(第2页)。虽然本书致力于从中世纪写起,但第一编"小说的产生和发展——18世纪以前的小说",内容不多,只占全书的六分之一,第二编19世纪占三分之一,第三编20世纪小说则占全书二分之一。吴岳添引郑克鲁的观点,把中世纪传奇看做法国小说的源头。他还特意提到小说与中世纪的画书有着密切的关系。注意体裁划分是《法国小说发展史》整体框架的重要特色:"在18世纪之前,先后出现了中世纪的骑士小说、市民小说和纪实小说,17世纪的历史小说、田园小说和心理小说,18世纪的流浪汉小说、写实小说、哲理小说和书信体小说。这些小说的题材、形式和风格各不相同,但都是小说发展过程中不可或缺的组成部分"(第6页)。

　　吴岳添认为迷恋骑士小说,是14到15世纪欧洲特有的现象。这类小说故事情节曲折复杂,读者往往看得如醉如痴,并举《堂吉诃德》为例加以说明。他把费纳隆的《忒勒马科斯历险记》看作古典主义者写小说的惟一例子:"费纳隆撰写这部小说,是为了使勃艮第公爵熟悉古希腊的神话故事。但是他在小说里谴责暴君,认为国王应该服从法律,这些对现实的影射带有反对路易十四的色彩,他因此失宠,被撤销了王孙教师的职务,流放到边远地区康布雷。这也从反面说明了古典主义为什么蔑视小说,因为史诗最适于歌颂王公贵族,而小说却往往起着揭露和批判的作用"(第39页)。这种分析很有见地。关于小说与其他文类的区别,吴岳添指出,"小说是通俗的语言写作的,不像拉丁文作品那样只面向僧侣和学者,也不像戏剧那样需要许多人集体观看,而是一种个人的阅读行为,即由读者自己来体验人物的喜怒哀乐。特别是无论采用什么形式,小说表现的都是当代人、尤其是当代普通人的生活和经历,而且在心理描写方面比戏剧更为细腻和深刻。正因为如此,它虽然被笼罩在古典主义戏剧的光芒之下,实际上却拥有大量的读者,具有广泛的影响,作家和作品也不断涌现。所以从1600年到1750年,小说在文学中的地位越来越重要,逐渐形成了一种独立的体裁"(第40页)。这是其他学者关注不多的,带有一定理论色彩,从读者群和心理描写等方面说明了小说的特色,而且明确提出1600到1750年为法国小说体裁发展的重要阶段。这些观点与瓦特和麦基恩对英国小说兴起的论述有相似之处,也从一个方面表明了英法文学的密切关系[1]。吴岳添认为,18世纪早期法国与奥地利和英国等进行的西班牙王位继承战争使法国上流社会对西班牙的宫廷和社会生活产生了浓厚的兴趣,也使描写西班牙成为一种时尚,如勒萨日的小说就是以西班牙为背景的。他还提到1717年出版的法文版《一千零一夜》的影响;又提到笛福的《鲁滨孙飘流记》和斯威夫特的《格列佛游记》都是在出版第二年就译成法文,并有仿作。这种审视法国小说发展的宽广视角给读者留下深刻印象。

《法国小说发展史》的学术著作特征一是旁征博引,既包括文学史和评论,也有现代文论,几乎囊括了国内法国文学界的研究成果;二是对重要作家作品的评论经常结合其后来对法国和世界的影响。吴岳添写道:"拉法耶特夫人以女性特有的细腻观察,对克莱芙王妃的心理进行无微不至的揣摩和分析,真实而深刻地表现了她在感情上的微小而复杂的变化,因而《克莱芙王妃》被认为是法国第一部杰出的心理小说,对于后世的《红与黑》等小说中的心理描写有着重要的启示作用"(第48页)。这样的分析不仅很中肯,而且清楚展示了《克莱芙王妃》的影响,使我们能够正确认识这部小说的历史意义。在介绍斯卡龙时,他引了杨绛先生对索莱尔和斯卡龙的评价说他们写的不是"真实的人生",但是指出"他的小说与索莱尔的作品还是有所区别的。《滑稽小说》大多取材于真人真事,总的来说并未流于粗俗,而是笔调诙谐、人物生动,形成了法国早期喜剧小说的风格。小说还塑造了德斯丹这样出身卑微但品质高尚的人物,讽刺和鞭笞了粗暴野蛮的贵族,反映了当时的社会现实,成为18世纪写实小说的先声"(第51页)。这种不人云亦云,敢于同前辈学者商榷的精神值得学习。吴岳添对法

---

[1] 参看伊恩·瓦特:《小说的兴起》,高原、董红均译,商务印书馆,1993年;迈克尔·麦基恩:《英国小说之源,1600—1740》,英文版,巴尔的摩:约翰·霍普金斯大学出版社,1987年。

国18世纪小说发展的局限有清楚的认识:"然而,小说始终受到文艺理论家们的冷落,因此18世纪上半叶的小说,主要还是对17世纪的贵族沙龙和市民写实小说的模仿,尚未形成后来的哲理小说那样宣传启蒙思想的特色。其中模仿贵族沙龙小说的有马里沃的《玛丽亚娜的生活》和《暴发户农民》,普雷沃神甫的《曼侬·莱斯戈》,模仿市民写实小说的有勒萨日的《吉尔·布拉斯》等。不过它们共同的特点都是反映了法国18世纪初期的社会现实,因此被称为写实小说"(第56页)。虽然18世纪法国小说在写实方面与英国小说是一致的,但从取得的总体成就来看,显然落后于英国小说。这就是为什么我们可以说英国小说兴起于18世纪,而对法国小说只能说是在17世纪小说影响下继续发展,后来又吸收了英国小说的新影响,从而迎来了19世纪小说的大发展。

吴岳添对卢梭推崇备至,给予他的篇幅最多。关于卢梭的影响,吴岳添首先谈到歌德的《少年维特之烦恼》和英国湖畔派诗人笔下的田园风光描写,并引王佐良论文为证。他提到托尔斯泰和密茨凯维奇都承认是卢梭的弟子,陀思妥耶夫斯基和普希金也深受其影响,还征引了拜伦受卢梭影响的诗歌。最后提到卢梭对郁达夫和巴金等中国作家的影响。吴岳添把萨德放在哲理小说一章来评论,认为"他的作品继承了法国黑色小说的传统,而且把这种体裁发展到了极端的程度。但是萨德不仅是一个惊世骇俗的黑色小说作家,他的作品在反映以恶为乐的观念的同时,还宣扬了以恶来反抗上帝的哲理,因而得以超越黑色小说和诲淫小说进入了哲理小说的范畴"(第86页)。吴岳添还提到萨德的《小说随想录》,说这篇论文对小说的起源和创作方法进行了全面的论述:"《小说随想录》纵横捭阖,谈古论今,虽然与萨德本人的小说实践相去甚远,但其中确有一些不同凡响的真知灼见,使萨德可以当之无愧地进入文学评论家的行列"(第88页)。这就使读者对萨德有了更加全面的认识。

吴岳添对普鲁斯特的《追忆似水年华》评价极高,认为它是法国20世纪最重要的长篇小说。他写道:"尤为重要的是,普鲁斯特以他近于病态的敏感,在视觉、听觉、触觉、嗅觉和味觉等各个方面,都善于捕捉和把握生活中最微小的细节和最细腻的感受,并且通过这些感受来引起一层一层的丰富联想,以意识流的笔法来烘托出气氛和背景,在艺术性方面开了20世纪现代派小说的先河。小说中细致入微的心理描写,崭新的时空概念,宏伟的结构和行云流水般的长句,对后来的一切小说创作、尤其是现代派小说产生了巨大的影响,为20世纪小说的创新做出了卓越的贡献"(第307页)。这些评论很准确地把握了普鲁斯特的小说特点,读来让人印象深刻。《法国小说发展史》资料丰富,论述翔实,观点新颖,语言生动,但也有个别提法不尽妥当。如在第11章论述自然主义的形成时提爱因斯坦的相对论影响似乎不合适,因为自然主义19世纪后期兴盛,而相对论则是20世纪初的事。在论述《追忆似水年华》时写道:"这种记录不像传统小说那样受到理性的限制,因而十分真实,但同时又不像乔伊斯的《尤利西斯》那样杂乱无章,而是经过选择的,记录的都是作者感受最深、最值得回忆的东西,所以非常感人"(第306页)。这里对《追忆似水年华》的评价是公正的,但说《尤利西斯》"杂乱无章"可能会让推崇乔伊斯的读者感到难以接受。

法国戏剧史研究方面一个突出的特点是现当代戏剧史研究活跃。刘明厚的《20世纪法国戏剧》(上海文艺出版社,2000年)虽然书名没有用"史",实际上是以主要流派作家为研究对象并兼顾戏剧演出的断代史。中央戏剧学院丁扬忠教授为本书撰写了长达13页的序言,介绍了法国300多年戏剧发展史,并对刘明厚的研究特点给予高度评价。他指出:刘明厚"在论述方法上注意这些思潮和艺术流派的纵横承传和相互影响的关系,重视对艺术流派的共性与剧作家艺术个性的分析,发挥她锐敏的艺术鉴赏感受能力和用她善于夹叙夹议的笔法,激情灌注地为我们表现出她的艺术见解和研究心得"(第12页)。本书正文前有导言"20世纪法国戏剧概述",正文分为五章,分别介绍第二次世界大战前的法国戏剧、超现实主义戏剧和残酷戏剧、存在主义戏剧、荒诞派戏剧和60年代后的法国戏剧。从篇幅分配来看,存在主义戏剧和荒诞派戏剧是研究重点。本书仅列参考书目七种,其中提到张容著《法国荒诞派戏剧研究》,也说明荒诞派戏剧在我国学界受到的重视。

宫宝荣著《法国戏剧百年(1880—1980)》(三联书店,2001年)是"三联哈佛燕京学术丛书"的一种。正文前的"绪论"简述法国戏剧的发展及在中国的接受和研究,然后指出存在的突出问题有两点:"其一,迄今我们仍是以剧作文本的文学研究为主,名副其实的戏剧研究可谓凤毛麟角";"其二,我们的研究基本上止于20世纪60年代,对法国现当代戏剧的研究极其薄弱,'荒诞派'戏剧之后的介绍尤其稀少,很容易令人产生错觉,似乎六七十年代之后法国戏剧突然沉寂,甚至戛然消失了"(第5页)。《法国戏剧百年》共有九章,前五章介绍到二战结束为止的现代戏剧,后四章介绍当代戏剧。各章的标题言简意赅,颇有韵味:前五章分别是:革新的先声、导演的崛起、传统的叛逆、文学的余辉、哲学的介入;后四章标题分别是"大众"的梦想、"荒诞"的革命、"残酷"的蔓延、"日常"的奋争。各章分别介绍二到五位作家或导演,一共介绍30人,可以说是由剧作家和导演研究串起的法国现代戏剧史。

2008年宫宝荣又出版了《梨园香飘塞纳河——20世纪法国戏剧流派研究》(上海世纪出版集团)。作者在"绪论"中写道,"在国家教育部优秀青年教师基金项目资助下,本人在此书(指《法国戏剧百年》)的基础上对安托万以来的法国近现代戏剧进行了一番重新梳理,以流派为经、戏剧家为纬,勾勒了一幅比较完整的法国20世纪戏剧全景图"(第2页)。本书实际上是一部有特色、重流派研究的现当代法国戏剧史专著。著者在"结语"也提到这一点:"虽然它在很大程度上是部戏剧史,但仔细追究起来,又非完全意义上的历史著作,盖因依据严格要求,本书并没有做到完全客观公正地描述各种戏剧现象、戏剧家及其作品"(第355页)。正文前有张仲年撰写的序言"法国戏剧的全景图像",其中赞道:"本书文风平实,毫无法国文学中艳丽之词;语言概括、表达贴切、晓畅明白,尤其是能把各个流派和同一流派中不同人物的特点非常细腻地表述出来,显示了作者钻研之深。众所周知,做学问最怕做史,做流派更是严峻的挑战,这见真功夫"(第1页)。与《法国戏剧百年》各节突出剧作家不同,《梨园香飘塞纳河——20世纪法国戏剧流派研究》按时期分章,按流派分节,突出各个时期的代表流派创作和影响。本书十分关注戏剧演出,特别是商业化戏剧的特点,还辟出专节论述林荫道戏剧,但并非简单肯定,而是实事求是地评价轻喜剧的流行和讽刺喜剧与严肃戏剧的发展。宫宝荣不太赞成"荒诞派戏剧"的提法,力图用法国学者习惯的"新戏剧"代替。但是由于中国学者约定俗成,他折中用"荒诞戏剧"但在叙述中多用"新戏剧",而且注意强调代表作家的不同特点。在全书五章十二节中,"荒诞戏剧"这一节最长。显然,不管学界有多少争议,荒诞戏剧仍然是20世纪最有影响的戏剧种类。

以上几种法国戏剧史都是讲述20世纪或当代法国戏剧,却没有看到贯穿古今的法国戏剧通史。从在世界文学中的地位来看,法国文学史上最著名的戏剧家无疑是17世纪古典主义时代的悲剧家高乃依、拉辛和喜剧家莫里哀。或许正因为17世纪法国古典戏剧成就太辉煌,在各种文学通史中都有具体而生动的叙述,而18和19世纪法国戏剧发展相对处于低潮,所以学界对于法国戏剧通史不太感兴趣,更加关注现当代法国戏剧。20世纪萨特和加缪为代表的存在主义戏剧影响很大;来自爱尔兰的贝克特、来自罗马尼亚的尤内斯库和来自亚美尼亚的阿达莫夫共同在法国开创了荒诞戏剧的辉煌时代,他们都向往法国正是因为法国戏剧富于创新的魅力。

以1979年《法国文学史》上册问世为标志,此前的30年没有一本中国学者自己撰写的法国文学史著作,此后的30年出版了约20种法国文学史著作,这种变化是巨大的。总结最近30年的法国文学史研究,柳鸣九和郑克鲁两位学者的贡献最为突出。他们属于新中国自己培养的第一代法国文学研究学者,在"文化大革命"前就已经开始从事法国文学史研究。由于"文化大革命"的影响,他们的研究中断了数年;但在"文化大革命"动乱稍微缓和的1973年,他们就在十分困难的条件下重新开始了法国文学史研究工作。柳鸣九在《法国文学史》"修订本总序"中写道:粉碎"四人帮"之后拨乱反正,"我们本来怀着自觉逆反意识写出来的《法国文学史》上册,倒是恰逢其时,与出版社一拍即合,竟未做任何修改,未加任何修饰,在交稿后仅仅一年多的时间里顺利出版了"(第3页)。实际上,此后30年的法国文学史研究工作就是乘着改革开放的东风,进一步全面深入清理纠正极左文艺思想,用正确的唯物史观实事求是地研究法国文学的过程,而在这一过程中不断出现的法国文学史著作就是一个个阶段性研究成果。

回顾这30年法国文学史研究过程,可以清楚看出20世纪70年代末到80年代末是拨乱反正,用新的科学方法研究法国文学史兴起的时期;90年代是多种文学史研究成果收获的时期,而新世纪的第一个十年是前辈学者总结收获一生研究成果,后起之秀不断推出力作的时期。法国文学史研究三十年来取得了骄人的成绩,优秀的文学史著作大都具有这样一些共同特点:对史实介绍得比较清楚准确,勾勒出清晰的文学史发展脉络;对作家有比较客观公正的评价,对作品有比较精辟深入的分析;叙述语言平实流畅,有较强的可读性。这些特点是学习借鉴法国学者关于文学史研究撰写优良传统基础上形成的。

柳鸣九、郑克鲁等先期开拓者和吴岳添等后起之秀都是多年潜心研究法国文学史的学者,他们的法国文学史著作中对法国学者的理论方法和成就都有精辟的介绍。传统法国文学史研究可以概括为从斯塔尔夫人和圣伯夫经泰纳到朗松的发展过程。柳鸣九主编的《法国文学史》修订本中册第三章在介绍斯塔尔夫人时对她的文学评论给予特别重视,说"她接受了18世纪启蒙作家,特别是孟德斯鸠的影响,在文学批评上运用了社会分析的方法"(第101页),在《文学论》和《德意志论》等著作中"系统地说明了西欧各国不同时代的社会条件对该时代的各国文学的影响"(第102页)。中册最后一章标题是"文艺批评家与历史散文家",第一节专门介绍圣伯夫,说他是法国第一位"专业的文艺批评家","以毕生精力从事法国文学的评论"(第413页)。在简述了圣伯夫的生平和创作之后,重点介绍他的文艺批评,指出"圣伯夫为了替浪漫主义运动寻找文学史上的根据",写出了《16世纪法国诗歌和法国戏剧概貌》;而他的众多关于文学家肖像的评论著作实际上体现了他的文学史观:"他从作家的个人条件去解释作品,把文学现象当做作家的性格、气质、心理等因素的反映,从而与从社会条件去考察文学的斯塔尔夫人有根本的不同,成为另一类型文学批评的代表"(第418页)。在一定意义上,可以说圣伯夫的作家论与约翰逊博士写的《英国诗人传》有相似之处,而真正开创文学史写作规范的是泰纳(又译丹纳)。《法国文学史》下册最后一章标题也是"文艺批评家与历史散文家",第一节介绍泰纳,指出他的《英国文学史》奠定其学术地位,《英国文学史》序言"由于阐述了艺术史的研究与社会研究的关系、作为精神现象的文学艺术与民族、社会时代、环境的关系,集中地概述了泰纳的基本理论主张,因而一直被视为文艺批评史上著名的文论"(第398页)。第二节分别介绍法盖、布吕纳介和朗松等批评家。法盖对于理论不感兴趣,"但他对法国文学中四个重要的时代献出的四大卷研究,内容充实,具有实实在在的学术价值"(第407页);编著五卷本《法国古典文学史》的"布吕纳介在批评与学术领域颇有活力,善于吸收当代批评中的一切成果并加以创造性的运用",但是"他评判的标准在相当程度上实际上就是道德标准"(第408页)。

朗松是19世纪末到20世纪前期法国文学史研究的权威,其代表作《法国文学史》至今仍是研究者的必备参考书。柳鸣九指出,朗松继承了泰纳等人的文学史研究传统,但"他不满足于编排文学的编年史,也不限于介绍作家的生平与作品的内容,他还考察文学的源流以及文学与客观环境的关系,由此,他的论述还带有科学的综合与概括,不仅勾画出作家的面貌,而且通过对作家的论述说明了社会时代思想发展的过程与趋势"(第412页)。显然,朗松是法国传统文学史研究的集大成者,既写出了划时代的文学史研究名著,又对文学史研究的理论方法有许多精辟论述。在《朗松和朗松主义》一文中,郭宏安认为朗松"最大贡献在于创立了一种文学研究与批评的历史主义方法:以真实为基础,以考证为先行,联系作品的外在因素(时代、环境、影响、作家生平等),同时保留对作品本身的兴趣、敏感和直觉。这是一种不乏灵性和感性的实证主义的批评理论"①。朗松不仅影响了法国文学史研究,而且通过他的弟子学生影响了英美的文学史研究。范存忠先生曾回忆说在芝加哥大学听克兰讲课时介绍朗松的文学史研究方法②。但是郭宏安批评说这些学生"过分的热情却使得朗松的方法诸如影响、渊源、历史、环境等因素和编制参考文献目录、制作卡片、考证版本等具体操作成为不可更移的教条,最终使朗松所坚持的灵性、感性和直觉丧失殆尽"③。正是这种僵化的朗松主义引起后来研究者的强烈反弹,导致了20世纪60年代初开始的以罗兰·巴尔特为代表的结构主义新批评派对朗松主义的猛烈攻击。在经历了20世纪60年代的论争之后,从20世纪70年代开始法国文学史研究又出现繁荣局面,涌现出皮埃尔·阿伯拉汉和罗朗·德斯纳主编的六卷本《法国文学史》和亨利·勒麦特尔的五卷本《法国文学史》等。郭宏安这样归纳20世纪后期出现的种种反传统的文学史观,有以经济为轴心的、以阶级斗争为纲的、阐释学的、接受美学的、形式主义的、结构主义的等多种,"其中以经济为轴心或以阶级斗争为纲的文学史几乎无例外地走上了庸俗化的道路,其余的至今还不见有完整的文学史著作问世……朗松的文学史观实际上仍在指导着许多文学史家的工作"④。我国改革开放以来法国文学史研究中的优秀成果继承了朗松文学史观的优点,纠正了庸俗社会学的偏颇,从而取得了出色的

---

① 郭宏安:《朗松和朗松主义》,载刘意青、罗芃主编《当代欧洲文学纵横谈》,民族出版社,2003年,第31页。
② 范存忠,《学然后知不足——个人学习外语的一点回忆》,载王守仁、侯焕缪编《雪林樵夫论中西——英语语言文学教育家范存忠》,南京大学出版社,2002年,第21—22页。
③ 郭宏安:《朗松和朗松主义》,第33页。
④ 同上书,第34页。

成绩。

综观 60 年来出版的法国文学史,大多不脱概论加作家专论的编撰模式。纵向的历史的发展脉络勾勒的十分清晰,这是我国学者撰写的法国文学史的一个突出特点。但是对文学发展的横向考察相对薄弱,而读者对文学的接受这个层面的探究几乎没有涉及。朝这个方向努力,或许不失为拓展文学史编写方式的一条思路。如果说改革开放初期的法国文学史研究写作主要是满足学生和读者了解法国文学的基本需求,那么在众多法国文学史著作竞相问世的今天,怎样使文学史研究进一步走向深入,实现传统文学史研究的创新发展就是必须面对的课题。在这方面既需要学习借鉴国外学者最新的理论和批评研究成果,又不能忘记为中国的读者大众服务这个基本要求。而从中国学者的特殊角度观察法国文学史,提出具有创新特色的批评观点或文学阐释则是新时期的期待。

第六章
德国文学史研究

我国的德国文学史研究开始于20世纪早期；出版最早的是张传普著《德国文学史大纲》(中华书局,1926年),而1928年北新书局出版的刘大杰编《德国文学概论》是新中国成立前最有影响的德国文学史研究专著。[①] 外国文学研究界的前辈冯至先生是研究德国文学的,1958年他主持编著的《德国文学简史》是新中国成立后出版的第一部外国文学史研究专著。或许由于此书的权威性,此后30年国内再没有出版新的德国文学史著作,直到1991年冯至先生的学生余匡复所著《德国文学史》问世。此后出版的有高中甫、孙坤荣著《德语文学简史》(海南出版社,1993年),余匡复著《当代德国文学史纲》(辽宁教育出版社,1994年),高中甫、宁瑛著《20世纪德国文学史》(青岛出版社,1998年)和余匡复著《德国文学简史》(上海外语教育出版社,2006年)等。冯至先生的另一位弟子范大灿教授领衔主编的五卷本《德国文学史》(译林出版社,2006—2008年)是迄今为止我国的德国文学史研究最重要的成果。虽然从数量来看德国文学史著作不仅不能同英、美文学史研究相比,就是与法国和日本文学史研究相比也相差不少,但是在不同时期出现的几部德国文学通史基本都代表了当时外国文学史研究的最高水平。这一章将主要结合时代变化探讨三部德国文学通史的贡献,并在最后借鉴德国学者的文学史研究,对今后的德国文学史研究做一展望。

第一节 阶级斗争为纲语境中的《德国文学简史》

20世纪50年代正式出版的中国学者撰写的外国文学史专著只有冯至、田

[①] 刘大杰还在1934年出版《德国文学大纲》(中华书局);此外还有李金发著《德国文学ABC》(ABC丛书社,1928年),唐性天编《德国文学史略》(江汉印书馆,1932年),余祥森著《德意志文学史》(商务印书馆,1933年)等。

德望、张玉书、孙凤城、李淑、杜文堂编著的《德国文学简史》，1958年10月由人民文学出版社出版。"序"开头一段是这样写的："这部《德国文学简史》是在党中央提出了鼓足干劲、力争上游、多快好省地建设社会主义的总路线以后，北京大学西方语言文学系德语专业一部分师生组成的'德国文学史研究小组'在学校党委领导的科学研究大跃进运动中在短期间内集体编写的。"关于本书的编写过程，"序"写道："这部文学简史有的部分根据旧日的讲稿加以修改，有的是重新改写，尤其是近代和现代部分，过去是一片空白，完全是这次写出来的。""序"特意说明按原计划应该在"1959年底才能完成一部分，这次竟能在短期间内全部写出，体现了多快好省的精神，发挥了青年教师、研究生、学生的作用，这足以说明党所指出的科学研究的方向的正确性"。这些表述明显带有时代特点，旨在强调是大跃进促进了德国文学史研究。这部《德国文学简史》"对于重要的作家和作品，以及关键性问题，叙述较详；为了读者方便起见，个别重要作品的内容也作了一些必要的介绍。至于不关重要、或是在当时曾经风行一时而现在已经失却意义的作家和作品，则叙述从略，或根本不提"（第2页）。与以往德国文学史的写法不同，除了中古部分以外，本书没有论述奥地利作家，因为编著者认为奥地利的文学史应该是独立的。

《德国文学简史》全书共五编，以社会历史形态划分为"封建社会时期的文学"（到15世纪为止）、"从封建社会到资本主义社会过渡时期的文学"（16和17世纪）、"资本主义上升和发展时期的文学"（18世纪到19世纪晚期）、"帝国主义时期的文学"（1890年到二战结束）和"社会主义建设时期的文学"（民主德国文学）等。各编篇幅长短不一，第三编"资本主义上升和发展时期的文学"最长，共六章，约占全书一半。从具体内容来看，冯至先生编写的"从文学史的开始到1848年"部分占全书篇幅的一半以上，也就是说这部简史主要是他的著作。在章节标题上提到的作家包括莱辛、歌德、席勒、海涅、毕希内尔、凯勒、冯达诺、霍普特曼、亨利希和托马斯·曼兄弟等，应该说基本包括了德国文学史上公认的重要作家，其中最重要的歌德在第三编第二、三、四章有专节分别论述其早期、中期和晚期的创作，凸显其重要性。全书正文开篇的"绪言"阐明了编写原则：首先，文学史的撰写"要充分认识到德国人民各个时代里的阶级斗争在文学里的反映"。第二，每个国家的社会发展都有所不同，它常常给这个国家的文学以特殊的性质。第三，在注意到德国的特殊情况时，也应该认识到，"德国文学在欧洲并不是孤立的，它经受到国际上的文学潮流和其他国家的影响，同时也影响着其他的国家"。以上三点很鲜明地体现了当时外国文学史研究的特点，这就是以阶级斗争为文学发展的主线，强调社会历史条件对文学发展的影响，在注意到各国特殊性的同时不忽视国际影响。此外还有两点特别值得重视。一是要根据历史和时代背景来解释、分析文学，因为社会发展的历史对文学的演变起决定性作用,但又不能"喧宾夺主,使文学成为历史的注解。我们同样应该注意的是作者的创造性、作品的艺术性"。在那个政治挂帅、阶级斗争为纲的年代,能够对文学作品的艺术性有如此清醒的认识是十分难得的。二是明确这部文学简史是为中国的读者写的,"在写作过程中要贯彻厚今薄古、古为今用、外为中用的精神"。这一点是所有研究外国文学史的中国学者需要铭刻在心的。

《德国文学简史》第一编第一章标题是"封建社会初期的文学(750—1050)",这是以 8 世纪古代高地德意志语逐渐形成为开端,而对于更早期的文学创作,"由于没有文字,都是口头传述,后来有了文字,又受到基督教会的压抑,所以在德国的土地上这些远古的口头文学都已经失传了"(第 4 页),只能"从罗马历史家塔西图斯关于日耳曼人的记载《日耳曼尼亚》"得知古日耳曼人"歌颂的主题一般是生产和战争"(第 5 页)。马克思主义经典作家对于宗教的权威解释是麻痹人民的精神鸦片,因此《德国文学简史》对于宗教的作用基本上持批判否定态度:"基督教的输入和传播对于巩固初期的封建制度起了不少的作用,它同时却也极力压制日耳曼人神话和传说的继续发展"(第 5 页)。本书对"封建社会初期的文学"描述极为简略,但对"封建社会全盛时期的文学(1050—1250)"则分"民间史诗""骑士史诗"和"抒情诗"三节作了较为详细的介绍,指出民间史诗《尼伯龙根之歌》和《古德伦》"是德国中世纪文学中宝贵的遗产"(第 22 页),瓦尔特"是一个伟大的政治诗人",也是"德国第一个爱国主义诗人"(第 31 页)。

虽然《德国文学简史》是一部外国文学史著作,编著者有时借机表达的某些观点却颇能发人深思。《简史》指出德国 16 世纪可以说是民间文学的时代,介绍民间故事书《希尔德的市民们》中关于用口袋装阳光、把盐种到地里等故事讽刺主观空想。编著者然后写道:"这些故事好像不合情理,但是它们有丰富的现实性。这些人不是不开动脑筋,不是没有办法,他们之所以失败,做出许多愚蠢的事引人发笑,问题在于他们想的办法和客观现实不相符合,他们是主观主义者……就是在我们的生活里,如果犯了主观主义,这类的蠢事仍然是可以发生的"(第 48 页)。今天重读这些话,联想到大跃进年代发生在中国大地的种种主观主义怪现象,应该说编著者的评论击中了当时社会的弊端。该书在正文之后有"参考书目"和"人名索引",写作编辑遵循学术规范,在那个年代是很难得的。"参考书目"前 9 项为革命导师著作,所收的出版物最迟为 1958 年,德文专著都附有中文书名。从"人名索引"看,涉及篇幅最多的是歌德,其他依次为恩格斯、席勒、海涅、马克思、莱辛等。

这部《德国文学简史》的一个重要特色是对西方学者的一些流行观点提出批评。比如在论述 17 世纪文学时,编著者写道:"过去资产阶级文学史家对于这一时期的文学估计很低,认为没有什么成就,但事实上是产生了一些重要的诗人,他们丰富了、提高了诗的内容和形式。现代德国的文艺界给它以相当高的评价"(第61—62页)。这里提到的"现代德国的文艺界"显然是指民主德国文艺界。《德国文学简史》批驳了过去有些学者说狂飙突进是启蒙运动之"反动"的观点,认为"这是由于他们既歪曲了启蒙运动,也误解了狂飙突进运动……这些学者由于他们的反动本质,对于真正的启蒙运动根本就怀有敌意,而对于反理性主义则抱有同情,实际上狂飙突进和反理性的神秘主义是没有共同之点的"(第110页)。虽然今天看来此处的论述口气过于慷慨激昂,有些用词值得商榷,但是编著者提出的辩驳观点是正确的。本书还长于把德国文学同其他国家文学进行比较,以区分其不同特点。比如关于《弗尔孙堡孤岛》与《鲁滨孙飘流记》有这样的评论:"这两部小说的不同也反映了当时英国和德国现实情况的不同:在英国资产阶级是富有进取精神的;在德国资产阶级却是逃避现实,采取了消极的态度"(第79页)。这对于读者认识德国文学与英国文学的不同特点是很有帮助的。由于受当时环境的影响,本书对一些作家的评论有失偏颇,如说"诺瓦利斯是反动的德国浪漫派的主要代表。对于启蒙运动和法国革命,他是充满憎恨的敌视者。他主张中世纪封建社会复辟,让天主教恢复旧日的势力。他的诗反映他哲学上和政治上反动的观点,他美化夜和死,把梦看成现实,把生活看成梦"(第178页)等。

《德国文学简史》是20世纪50年代正式出版的由中国学者编著的唯一外国文学史,同期出版的其他外国文学史都是苏联学者著作的中译本,包括《英国文学史纲》《法国文学简史》等。之所以出现这种情况,冯至先生的贡献当然是不可忽视的。如前所述,虽然该书署名六位学者编著,冯先生自己撰写的内容约为全书的一半。但是,在50年代从事英、法等国别文学研究和教学的著名学者也不乏其人,为何没有专门著作出版呢?恐怕最主要的原因是革命导师马克思和恩格斯均为德国人,他们(特别是恩格斯)在著作中对德国文学的发展,对一些重要作品有过很多精辟论述,是中国学者讲述德国文学发展史可以依仗的权威。论述从中世纪到17世纪结束的两编共有15条注释,除第一条引斯大林的《马克思主义与语言学问题》,第二条是对德语发展的介绍,其余13条皆为引用马克思和恩格斯的权威论述。用马克思主义经典作家的话来解释或总结文学发展史的重要作家或作品是当时文学史研究的一大特色。在那个时代,俄苏文学是最受重视的外国文学;美国作为社会主义阵营的对立面,其帝国主义文学是不受重视的,偶尔提到也是做反面教材;英、法文学史讲述要以苏联学者的观点为准则;只有德国文学史因为有革命导师的论断在前,可以进行适当的讲述。海涅之所以被称为"德国19世纪伟大的革命民主主义诗人"(第235页)就是因为他在1843年结识马克思,成为忘年交,其后期创作深受革命导师的影响。而到了20世纪,著名戏剧大师布莱希特支持十月革命后的苏联,并在晚年成为民主德国文学中坚。这种特殊性是其他任何西方大国文学所不具备的。

第二节 改革开放早期余匡复的德国文学史研究

由于1958年出版了冯至先生等编著的《德国文学简史》,"文化大革命"后改革开放初期德国文学史方面的著作出现较晚。人民文学出版社在1979年重印了《德国文学简史》。余匡复著《德国文学史》是1991年由上海外语教育出版社出版的,冯至先生题写了书名。从"出版说明"可知这部《德国文学史》是作者在讲授德国文学史的讲稿基础上修改补充而成的:"1985年1月,高等学校外语专业教材编审委员会德语教材编审组在上海对本书初稿进行了讨论。作者根据与会者提出的意见和建议,对初稿作了适当的调整、修改和补充"(第2页)。这表明本书的编写起于20世纪80年代初,到1991年正式出版可谓"十年磨一剑"。这部文学史60多万字,篇幅约为《德国文学简史》的两倍。《德国文学简史》最后一章主要叙述二战后民主德国文学,而本书则以二战结束为终点,没有涉及二战后文学。关于本书的编写原则,余匡复提出的两点特别值得注意:一是"在介绍各文学运动时均以历史发展为前提,提供背景材料,并以文学运动、文学流派及其代表作家和代表作品作为各章叙述的纲和目"。二是"文学史是研究文学发展规律的科学,是研究历史上各种文学现象、文学流派和文学斗争的发生、发展及其衰弱的学问,而这一切又是通过作家的文学主张和文学作品体现出来的。作者力图客观地对文学运动、文学流派和作家作品进行分析评价,并努力把文学现象和历史发展以及哲学思潮等联系起来进行考察,在纵向叙述过程中尽可能进行横向联系"。这两条概括了用历史唯物主义观点研究文学史的基本态度,强调历史地客观地反映文学史的发展进程,与1958年出版的《德国文学简史》过于突出阶级斗争有了明显区别。与一般国别文学史多以世纪年代分期不同,这部《德国文学史》的各章标题更突出各时期的基本特征,如"德国启蒙运动时期文学""德国狂飙突进运动时期文学""德国古典时期文学""德国浪漫主义文学"和"19世纪德国批判现实主义文学"等,这五章主要涉及18到19世纪德国文学的发展,只有在第一章和最后一章的标题强调时代:"18世纪前德国文学发展概况"和"19世纪末到1945年的德语文学"。从这个目录可以看出,本书像《德国文学简史》一样对18世纪前的德国文学叙述比较简略。正文以后有三个附录,分别是中德文人名索引、作品索引和参考书目,在这方面继承了《德国文学简史》严谨的学术传统。

余匡复在《德国文学史》"前言"首先简述德国(或德语)文学的发展梗概,然后借德国文学在中国的流传影响不及英、法文学的情况,提出德国文学的几个特点。他认为德国文学有四个高峰时期:12世纪下到13世纪上,突出成就是民间史诗和骑士文学;18世纪下到19世纪上的古典文学,以莱辛、歌德、席勒和海涅四人为代表,是整个德国文学的最高峰;19世纪下到20世纪上,特点是各种文学流派此起彼伏;1933年到1945年前后,即法西斯当权时的地下或流亡文学,以批判现实主义文学发展和无产阶级文学兴起为代表。余匡复写道:"德国文学史上这四个高峰时期的代表作家便是本书介绍的主要对象。读者只要根据这一线索,大体上可以得到德语文学发展的一个轮廓并了解到德国文学史的几个重点"(第4页)。这部《德国文学史》遵循国外的惯例,把1945年前的奥地利和瑞士德语文学包括在内。本书对第三个高峰时期的叙述有相当大的篇幅是奥地利文学,包括印象主义代表作家施尼茨勒、著名象征主义诗人里尔克和剧作家霍夫曼斯塔尔等,而卡夫卡则被看作德语文学第三次高峰的杰出代表。

在"前言"的第二部分,余匡复介绍了《德国文学史》的写作目的和德语文学的主要特点。由于我国读者对德国文学不像对俄、法、英等国文学那样熟悉,因此本书的目的在于介绍、普及德语文学,引起人们对德语文学的兴趣,并进一步去发掘研究其宝贵思想财富。从内容上说,德语文学的特点之一是探索人生的意义和追求生活的理想。这在许多作品中都很明显,歌德的《浮士德》则是最典型的。第二个特点是:在形象思维中夹以逻辑思维,在具体描写中穿插抽象思考。余匡复指出:"德国民族具有爱抽象思维的性格";"从17世纪以来,许多德国文学家常常兼为文艺理论家甚至思想家";"较多的德国作家也倾向于用文学作品来表达哲学思想和对人生的认识"(第6页)。这个特点与德国的特殊历史有关。由于德国从中世纪以来长期处于封建分裂状态,许多作品的主人公在与外部环境的冲突中表现出妥协倾向,由此他们常常转而向内,在道德领域追求内心的自我完善,或转向遥远的未来,寻求理想社会的图像。最后,余匡复总结道:"德国文学内容上的特点决定了它在形式是那样的一些特点。议论、哲学思考、在形象思维中介入逻辑思维等等,使德国小说往往在结构上和情节上不够集中和紧凑。许多德国作家并不愿意去刻意制造有吸引力的情节"(第8页)。德国文学的这两个特点虽然增强了作品的思想性,但也在一定程度上使作品晦涩难懂,让一般读者望而却步,这或许影响了德国文学在中国的流行。

在具体作品介绍分析方面,这部《德国文学史》也很有特色。对于中世纪德国文学最重要作品《尼伯龙根之歌》[①],本书有详细介绍,特别是对结尾叙述很清楚:"克里姆希尔特本可把哈根杀死以报杀夫之仇,可是克里姆希尔特问哈根

---

① 《尼伯龙根之歌》是冯至等编著《德国文学简史》用译名,余匡复用《尼贝龙根之歌》,安书社改为《尼伯龙人之歌》。

的第一句话却是,她的尼贝龙根宝藏被他藏在何处?表示只要归还宝藏还可以让哈根生还布艮第。哈根答道:只要他的君主巩特尔在世一日,他就不能说出宝藏所在。克里姆希尔特竟杀死了哥哥巩特尔,并把首级向哈根出示。哈根看到巩特尔的首级后对克里姆希尔特说道:如今天下除了上帝和我之外,再也无人知道宝藏所在,你也休想再知道它的下落。克里姆希尔特见他不说,便愤而杀死哈根"(第16页)。这段归纳性叙述让读者对克里姆希尔特和哈根两人的性格特点有了清楚的认识。余匡复还把《尼贝龙根之歌》与同时代的其他民族史诗的不同特点作了精辟比较,指出与《尼贝龙根之歌》同一时期(12世纪前后)的著名作品,如英国的《贝奥武甫》、法国的《罗兰之歌》、西班牙的《熙德》、俄罗斯的《伊戈尔王子出征记》等民间史诗都有为祖国而献身的爱国内容,而这正是德国民间史诗《尼贝龙根之歌》所缺乏的。《德国文学史》还从地理条件上对德国文学发展有别于英国和法国文学提出了颇有见地的观点:"德国的大城市大多处于帝国的边缘,南北缺乏联系,结果使得德国无法产生像当时英国的伦敦、法国的巴黎这样具有全国性意义的城市,这对德国日后的统一也是一个不利因素。德意志帝国各部分在经济上各不相干,在经济上和政治上的分裂相互影响,更促成了此后德国经济的落后与政治的分裂"(第11页)。这样就用不多的篇幅把德国文学与其他欧洲主要国家文学的不同特点和德国为何直到19世纪才形成统一民族国家的原因给勾画了出来。

德国文学史上最重要的作家是歌德,余匡复分别在第三章"德国狂飙突进运动时期文学"和第四章"德国古典时期文学"两章的第二节论述青年时期的歌德和后期的歌德创作,对歌德的代表作《浮士德》有精辟描述和分析(第198—215页)。按照他的观点,浮士德在悲观主义侵袭时并没有放弃追求,而是最后战胜了它,深信人类必会有一个更好的更理想的社会。但是《浮士德》的副标题是《一个悲剧》,而且大多数学者公认这是部悲剧,给出的原因多种多样,余匡复列举了四种:第一种观点认为浮士德一生的追求没有带来满足,"最终带来的却是失望、痛苦和幻灭……追求者的悲剧";第二种观点认为浮士德的悲剧在于他有"永不满足的天性";第三种观点认为"浮士德追求'不可能'的事,他要把'不可能'变成现实,这才使他的一生最终成为悲剧"。第四种观点是"浮士德在其一生发展中,'恶'形影不离地伴随着他,这构成了他的悲剧"。余匡复针对每一种观点都有简明扼要的点评,指出其立论的缺陷。这不仅使读者了解到关于《浮士德》这部巨著的不同阐释观点,而且也给读者自己的分析解读以启示,已经超出了一般文学史注重史实介绍的常规,带有研究性文学史的特点。余匡复这样表述自己的观点:《浮士德》"既包含喜剧因素又包含悲剧因素——正如狄德罗所说,是严肃的正剧"。他还接着指出,"评论家和读者的分析、结论跟作者不一致,这在美学鉴赏过程中本是客观存在的,不足为怪。契诃夫的《樱桃园》

是喜剧还是悲剧的争论便是戏剧史上众所周知的事实"(第214页)。在这里,虽然作者是在叙述德国文学史,他却没有局限于德国文学,而旁及法国文学和俄罗斯文学作家,这不仅使其论证观点更具说服力,而且开阔了读者的视野。

在出版了以二战结束为下限的《德国文学史》后,余匡复又在1994年出版了《当代德国文学史纲》,有400多页,两书合起来可以看作是一部从古代到当代的德国文学通史,篇幅超过一千页。《当代德国文学史纲》分七章,前三章论述民主德国文学,分为概述、第一代主要作家和第二、三代主要作家;后四章论述联邦德国文学,分概述、小说、诗歌、戏剧等,最后三章涉及60多个作家简介,有些像是词典条目。先叙述民主德国文学,再叙述联邦德国文学带有一定政治倾向性,而后来出版的《20世纪德国文学史》和《德国文学史》第五卷都是先叙述联邦德国文学,再叙述民主德国文学。由于两书的规模很大,难以短时间内阅读,余匡复在2006年出版了面向一般读者的《德国文学简史》,其中介绍1945年后德国文学史的第五编有五章,前四章与《当代德国文学史纲》相同,第五章则论述联邦德国主要作家,涉及小说家七位,诗人三位,剧作家一位。这部《德国文学简史》的特点是让读者对德国文学主要作家一目了然。《德国文学史》《当代德国文学史纲》和《德国文学简史》的先后问世,确立了余匡复在德国文学史研究方面的权威地位。他还在1992年出版过一部《战后瑞士德语文学史》。

第三节 范大灿主编《德国文学史》

五卷本《德国文学史》的第一卷2006年问世,2008年6月最后两卷出版,是迄今为止我国学者在德国文学史研究方面的最重要成果。如果说余匡复著《德国文学史》源于讲稿,但在某些方面已经具备研究性著作的特点,五卷本《德国文学史》研究性著作特点则更加突出。这部《德国文学史》由范大灿教授主编,除第三卷由任卫东、刘慧儒和范大灿合著外,其他四卷著者分别为安书祉、范大灿、韩耀成和李昌珂。从篇幅来看,第一卷略短,约30万字,其他各卷均为40至50多万字,全书约200万字。根据惯例,五卷本《德国文学史》在对二战以前德国文学的叙述中包括奥地利和瑞士德语作家,如卡夫卡等,因此也可以说是德语文学史。由于篇幅大,著者都是对德国文学史有长期研究的专家,本书对重要作家作品有详尽的批评,对文学流派和社会变迁有精湛的叙述分析,出版之后受到广泛好评,被誉为"气势恢宏、新见迭出的文学史著作"。[①]

[①] 参看蒋承勇:《气势恢宏、新见迭出的文学史著作——评范大灿主编的〈德国文学史〉》,载中国外国文学学会编(何辉斌执行主编)《外国文学研究60年》,浙江大学出版社,2010年,第237—243页。

前面已经提到,在冯至等编著的《德国文学简史》和余匡复的《德国文学史》中,18 世纪以前的德国文学史只有短短一章作简要介绍,给人以早期德国文学除了诗人瓦尔特和民间史诗《尼伯龙根之歌》外乏善可陈的感觉。五卷本《德国文学史》则有安书祉撰写的第一卷专门研究早期德国文学。关于本卷的具体目标,安书祉在"前言"中提到两点:"一是大体理清德国文学从开始到 17 世纪末的发展脉络,给德国古代和近代的文学史描绘一个轮廓。""二是在大体理清这一卷文学史发展脉络的同时,力所能及地介绍一些相关资料,诸如重要的文学现象、文学流派、文学种类,以及比较有影响的作家和作品等,对我们至今关于德国古代和近代文学史介绍的不足部分略加填补。"这两点说起来简单,真正做好并不容易,而《德国文学史》第一卷很好地完成了这个任务。"前言"还对德国人名的演变进行了介绍,对骑士爱情诗的起源问题作了说明,这都为读者理解欣赏德国文学提供了方便。

由于诗人瓦尔特和民间史诗《尼伯龙根之歌》在中世纪德国文学中的特殊地位,"前言"作了专门说明。余匡复曾在其《德国文学史》中称瓦尔特为"德国文学史上第一个爱国诗人和抒情诗人",并作了这样的总结:"总之,像瓦尔特这样关心国家、关心祖国前途、坚定地反对教皇和诸侯的分裂活动的政治诗人,在当时可以说是绝无仅有的,因此他在德国文学史上历来享有崇高的地位"(第 33 页)。安书祉对此有不同观点,在《德国文学史》第一卷的"前言"中指出:瓦尔特"寄希望于皇帝的权威,并不意味着他是'爱国的',因为在当时的德国还不能把皇帝与'国家'或是'祖国'等同起来,因此,给他冠以'爱国诗人'恐怕不符合历史的真实。今天,我们在评价瓦尔特的时候,既不能因为他支持的是封建君主就抹杀他在历史上的进步意义,也不可用现代的视角拔高他的政治觉悟,所以,我在书中只称他是德国中世纪的伟大诗人"(第 10 页)。这样做虽然表面上贬低了瓦尔特的地位,却更符合历史事实。关于《尼伯龙根之歌》,余匡复认为它是"德国民间史诗最主要的代表"(第 14 页),安书祉则写道:"从这部史诗的实际内容和宗旨看,我认为,它不是一部民间故事,讲的也不是古代的英雄传奇。虽然故事最后骑士们面对死亡时服从'命运'安排,表现出古代英雄'视死如归'的豪迈气概,但史诗通篇讲的都是 13 世纪骑士的宫廷生活、权势斗争以及他们的价值取向,所以《尼伯龙人之歌》应属于骑士—宫廷文学的范畴"(第 11 页)。这几点说明清楚展示了《德国文学史》第一卷对中世纪德国文学史一些重要问题的新见解,这不是人云亦云,而是作者长期深入研究的结果。

五卷本《德国文学史》主编范大灿教授亲自撰写的第二卷约 55 万字,是篇幅最长的一卷。全卷分为"启蒙运动""古典文学"和"歌德晚年的创作"三章,主要论述 18 世纪德国文学;由于歌德在 1832 年去世,对他的论述包括 19 世纪早期,但同时兴起的浪漫主义文学则归于第三卷。第二卷"前言"对 18 世纪德国在国家分裂、经济落后、政治保守的不利形势下能够在文化和文学方面取得辉煌成就的分析很有见地。他认为,当时小邦林立的德意志仅在文化意义上是一个民族,所以致力于文化建设;市民阶级不像英、法那样关心政治经济,更关心精神与文化,在这方面有发展空间;各邦国不重视文学,也不过问本土文学如何发展,这反而给作家留下了自由写作的空间。由于政治与文化脱节,德国的文化人关心的不是当时面临的问题,而是有关世界历史和人类的普遍问题。不断学习模仿借鉴吸收欧洲其他国家甚至东方文化也是德国文学的重要特点。另外,范大灿强调不能把启蒙运动理解为理性主义运动,"经验主义和唯感主义也成为启蒙运动的重要思想财富"。他在"前言"最后写道:"歌德坚持认为,德国文学必须继承和发扬古希腊以及它的文学的传统,不能让它扎根于德国中世纪的历史。但是,这只是歌德的愿望,德国文学的实际发展是沿着浪漫主义文学开辟的道路,19世纪以来的文学都与浪漫主义文学有关,而歌德只是大家极目敬仰的'奥林匹斯山的神',而对实际的文学生活已无直接的影响。"

范大灿把启蒙运动分为过渡期(1687—1720/30)、发展期(1720/30到1748)、鼎盛期(1748—1770)和狂飙突进时期(1770—1789)。在发展期,德国启蒙运动的代表人物是高特舍德和鲍姆加藤。范大灿认为,"高特舍德的诗学回答了文学的两个根本问题:文学是什么?文学有无目的?对第一个问题的回答是:文学是自然的模仿;对第二个问题的回答是:文学是有目的的,它是有用的,而且必须有用。它的用处就是传达真理,传播美德;它既有认识功能,更有教育功能"(第56页)。现代美学的创始人鲍姆加藤在他的《美学》中开宗明义地说"美学是感性认识的科学",并增加了四个解释的定义:自由艺术的理论、低级的认识论、美的思维的艺术、与理性相类似的思维的艺术。德国作家在戏剧改革方面学法国,特别是莫里哀,在诗歌的教育诗方面学英国的蒲柏,寓言诗学法国的拉封丹,讽刺诗学英国的斯威夫特,而小说则学英国的笛福和理查逊。范大灿指出:"德国小说发生历史转折的动力不是来自德国内部,而是来自外部,是笛福的《鲁滨孙飘流记》,尤其是理查逊的'伤感小说',推动德国小说走上了现代小说的道路"(第109页)。这种宏观视野很清楚地展示了德国文学与英、法文学相互影响的密切关系。

范大灿认为,在德国启蒙运动鼎盛期,重要人物有"德国伟大的艺术史家"温克尔曼,他主张学古希腊;著名诗人克洛卜施托克,其《救世主》史诗学弥尔顿,巴尔德文学受苏格兰诗人麦克弗森的俄相(Ossian)影响,莱辛的悲剧《萨拉·萨姆逊小姐》受李洛市民悲剧影响,而维兰德的小说受菲尔丁的《汤姆·琼斯》影响,特别是《阿迦通的故事》。按照范大灿的观点,"维兰德自觉地写菲尔丁式的'小说'还意味着,以他为代表的德国小说创作已经不再把重情——理想主义的理查逊式的德行小说当作方向,而是把诙谐——现实主义的菲尔丁的叙述风格视为榜样。不过,维兰德的杰出之处,就是他并不是一味模仿菲尔丁,他把反讽、娱乐和怀疑三者密切结合在一起,形成自己特有的风格,使自己成为一个有特点、不可替代的作家,而他的《阿迦通的故事》就是一部真正的'原创小说'"(第185页)。狂飙突进时期主要人物是赫尔德、青年歌德和青年席勒。这一时期席勒的名剧《强盗》是受舒巴特的短篇小说《关于人的心灵的故事》影响而创作的,原小说和后来席勒的剧作在很多方面像《汤姆·琼斯》描写的两兄弟之争:卡尔心胸开阔而不检点像汤姆,威廉(席勒剧作中的弟弟叫弗兰茨)则是专谋私利的阴谋家,像卜利福;后者欺骗父亲驱逐卡尔正对应《汤姆·琼斯》中卜利福进谗言从而导致主人公汤姆被驱逐出乐园府。从哲学倾向来说,启蒙运动时期的德国学者和作家可以说是先学法国的理性主义,然后学习或吸收英国的经验主义和感伤主义,再到狂飙突进运动强调民族精神、自由、天才、自然等。就歌德和席勒两大代表人物来说,他们从18世纪80年代开始就脱离了狂飙突进运动,归于古典主义的理性、质朴、中和的理想。在席勒去世后,歌德度过一段低潮期(1806—1814),后来经过接触东方文学(阿拉伯诗歌和印度、中国文学等),形成了世界文学的概念。他和席勒在古典时期的创作表面上看与当时的社会现实联系不紧,因为他们刻意避开流行或庸俗的话题,专门探讨理想人生的意义。正因为如此他们在当时往往不被人理解,甚至受到诸多攻击,但在后来(19世纪中期以后),人们就认识了他们的价值,把他们奉为经典作家。

　　五卷本《德国文学史》更重研究性的特点可在第二卷对歌德的论述中看出。单论晚年歌德的第三章就有100多页,而在第一章第五节讨论"狂飙突进的主将——青年歌德",在第二章第一节有歌德对法国大革命的反应和"歌德与席勒的合作",第二节有"歌德的叙事体作品",第三节有"古典文学时期歌德的戏剧创作"。也就是说第二卷各章都有关于歌德的论述,把这些论述综合起来,篇幅接近200页,约为本卷的三分之一,几乎可以算作一部歌德研究专著。另外,第一章和第二章对席勒的论述也接近100页,凸显歌德与席勒在德国文学史上的崇高地位。在第三章对晚年歌德的论述中,《浮士德》又是重中之重,篇幅达60多页。这是任何其他国别文学史对单部作品的论述中都没有的。相比较而言,五卷本《英国文学史》对莎士比亚的论述不过40多页,三卷本《法国文学史》对左拉的论述也不过100页。通过阅读这卷《德国文学史》,读者可以清楚了解歌德一生中的四个创作高峰时期,他自始至终的浪漫主义情怀与对现实的认识和妥协,他与赫尔德和席勒的关系在其创作中的重要作用,他晚年的崇高地位及其受到的误解和责难等问题。这样,读者认识的就不是一个天马行空般的天才歌德,而是一个时代造就并经常受到时代误解的歌德,是一个在某些方面始终不渝又在另一些方面不断变化的歌德。

　　《德国文学史》第三卷叙述1880年以前的19世纪德国文学(但不包括1832

年去世的歌德),分为浪漫文学、介于古典文学与浪漫文学之间的作家、从1815到1848年的文学、现实主义四章,其中刘慧儒撰写第一章,范大灿撰写第二章,任卫东撰写第三、四两章。任卫东撰写的"前言"指出19世纪德国文学是大变动时代的文学:"虽然说历史总是处于动态变化中的,文学历史也在不断经历着社会、政治、精神等领域的动荡和变革,但是19世纪的德语文学,却经历了前所未有的、划时代的变化。这种变化不仅是社会政治层面上的……而且更是精神文化意义上的。"这个阶段文学的特点是前期浪漫文学繁荣,中后期文学发展成就不太突出,除了海涅几乎没有产生具有世界影响的作家,与同期的英、法、俄文学群星灿烂相比黯然失色,也更显出歌德在德国文学中无与伦比的崇高地位。第三卷正文第一章开头写道:"在德国文学史中,浪漫文学无疑是最为复杂也最有争议的一段……复杂性是浪漫文学的内在特质,争议性说明它的影响的广泛和深远"(第1页)。谈英国文学史或法国文学史,一般都提古典主义文学和浪漫主义文学,两者在时间上有明显的前后继承或否定关系,但德国文学却不同:"浪漫文学从18世纪末兴起,到1830年前后凋零,历时三十余年,与古典文学的兴衰大致交叠。其间正是日耳曼民族17世纪三十年战争之后所经历的大变局"(第1页)。之所以如此,一个重要原因是19世纪前三十年正是德国古典文学代表歌德的创作后期,与此同时新起的一代则崇尚浪漫文学,并与歌德发生观念冲突。由于歌德是公认的德国文学巨匠,因此与歌德相对立的德国浪漫文学就成了否定的对象,这在冯至等编著的《德国文学简史》表现很突出。《德国文学史》第三卷对德国浪漫文学的评价就比较客观公允。对于德国浪漫文学的意义,刘慧儒写道:"德国文学经过启蒙运动、狂飙突进的积累和古典文学的草创,终于不再满足于仿效或照搬外国。浪漫文学在博采众长的基础上,开创了属于自己的一片新天地。在德国文学史上,浪漫文学是第一个源于本土的文学运动,也是第一个对欧洲其他国家产生了深远影响的文学流派"(第2页)。这种对浪漫文学的积极评价是对以往否定德国浪漫文学的重要修正。

　　本卷的编写还有这样的特点,论述浪漫文学的第一章和论述现实主义文学的第四章篇幅很长,但没有专节论述的作家,而第二章篇幅不长,除概述外,分节介绍荷尔德林、克莱斯特、让·保尔三个作家。第三章则鉴于从1815到1848年的文学没有占主导地位的流派,便分节介绍矛盾分裂文学、比德迈耶文学和政治化的文学。第三章第五节专门介绍海涅,一开始就指出"19世纪的德国作家中,没有谁比海涅受到的赞誉更多,也没有谁比海涅遭到的辱骂更多"(第353页)。在评述了海涅自己最为看重的诗歌和游记创作之后,著者详细介绍了他的重要批评著作《论浪漫派》,最后写道:"我们应该承认,《论浪漫派》不是一部科学、严谨的文学批评论文,海涅在书中对浪漫文学的评判带有强烈的主观性和片面性。但是,无论如何,《论浪漫派》凭借其诙谐和反讽、联系广泛的风格、将严肃的文学批评与文学和现实批判结合在一起的写法,开创了一种新的文学评论风格,使文学评论既有文学性,也有科学性"(第 382 页)。这样的描述也在一定意义上解释了为何浪漫文学曾经长期受到不公正评价的原因:海涅是歌德之后最伟大的德国诗人,他对于浪漫派的评价显然是权威的!对于在冯至等编著的《德国文学简史》中予以重点介绍的无产阶级诗人维尔特,本卷则只用一页多的篇幅在政治化的文学一节作了简单介绍。

由韩耀成撰写的《德国文学史》第四卷叙述 1880 到 1945 年的德国文学,也包括同时期的奥地利和瑞士德语文学,分自然主义(1880—1890)、世纪更迭时期的文学(1890—1910)、表现主义文学(1910—1925)、魏玛共和国时期的文学(1919—1933)和第三帝国时期的文学(1933—1945)五章。著者"前言"指出:"前四章基本上以流派为经,以作家作品为纬,希望通过对不同时期文学流派发生发展脉络的梳理,来揭示其社会历史和思想政治的深刻背景,探讨不同时期德国文学的特点。"虽然五章划分都按历史顺序,但重点是世纪之交和魏玛共和国时期文学。20 世纪早期是各种流派此起彼伏的时代,本卷对各流派的兴起及特点都有精辟的介绍。如对"新实际主义",作者写道:"这个概念最早出现在 1925 年,德国艺术史家古斯塔夫·弗里德里希·哈特劳普最先用它来标示一美术展览上的部分展品,以区别于当时流行的表现主义和抽象艺术。这个概念确切地反映了相对稳定时期人们的生活内容、价值观念和美学取向,所以它的含义很快就延伸开了……就其实质来说,它是现实主义的一种形态,或者说是向现实主义过渡的一种形态"(第 222 页)。著者强调 20 世纪上半叶是德国文学巨匠辈出的时代,并列举了 20 多位作家的名字,其中包括豪普特曼、尼采、里尔克、曼兄弟、凯泽、卡夫卡、布莱希特、黑塞等。第三章最后一节介绍卡夫卡是本卷仅有的对重要作家的专节论述。之所以出现这种情况,重要原因是如布莱希特和曼兄弟等大作家创作时间跨度很长,难以在某章对他们作全面介绍。如对托马斯·曼的介绍就先后出现在第二章第六节、第四章第五节和第五章第四节。虽然本卷叙述的德国文学到二战结束为止,全卷却以托马斯·曼 1955 年去世为结束,这就更突出了他的重要地位。

李昌珂撰写的《德国文学史》第五卷分战后德国文学、联邦德国文学、民主德国文学和统一后的文学四章,其中第一、四章都很短,而第二章有 18 节,第三章有 12 节。与 1958 年出版的《德国文学简史》基本忽略联邦德国文学形成对照的是本书先叙述联邦德国文学,再叙述民主德国文学,而且明显偏重联邦德国文学。由于涉及的作家作品很多,尽管全书篇幅很大,给每个作家的篇幅却有限,因此第五卷没有专节论述的作家,都是综合论述重要作家作品。本卷大致采用自然时间段分期的方法,每十年划为一个发展阶段。著者"前言"对各个十年主要特点的介绍简明扼要,对于读者了解把握战后德国文学史发展很有帮助。在对联邦德国文学的介绍中,李昌珂认为"阿登纳时代"的政治保守性反映在政府的文化政策上,是"厚古薄今",传统主义回潮。他分析道:"应当说,要求学习和弘扬淳美的古典文化,本身并无不妥。不过,如果以知识分子的批评眼光看,问题在于这种强调古典主义文化理想的文化政策,是一个回避历史、回避现实的保守主义文化政治,是以对传统文化的强调,来分散转移对于当前历史特别情况的理性审视,是在将弘扬古典文化当成一副方便的面罩,用以遮掩急需关注的当前现实和社会问题"(第68页)。这里的分析可谓一针见血,振聋发聩。他认为格拉斯名著《铁皮鼓》的意义在于向读者铺陈和展示德国人那种普遍的偏执、狭隘、势利、顺从的小市民习性,这是导致法西斯主义在德国产生、发展、得势的温床。李昌珂这样解释小说主人公从侏儒到畸形怪物的象征意义:"如果说奥斯卡当年拒绝发育变成了一个小侏儒,是对理性精神萎靡的小市民社会的比喻,那么,他现在认为生活有了希望想发育长高却成了一个畸形,则可以说是对联邦德国社会发展的一个喻示,让人感到是对1945年所代表的那个历史性契机给德国带来了一个历史性的新生的质疑和讽刺"(第156页)。这些生动的分析介绍显示了著者的批评功力,给读者很深的印象。

有意思的是,在李昌珂的叙述中,可以明显感到对二战后民主德国清算法西斯罪行,建设新社会的赞成,对联邦德国在阿登纳领导下采取回避历史的保守主义态度的批评,但在对具体文学作品的介绍中,民主德国却难以找到像《铁皮鼓》这样的作品。他介绍了50年代的"建设文学",特别是反映农村生活的《深深的犁沟》和反映工业题材的《站在我们旁边的人》,指出它们在各自问世时都标志着那个年代的时代精神,闪烁着那个年代特有的宏伟、雄壮、明朗的社会美学理想的光彩,奏出了时代的颂歌,但由于作者不十分熟悉工农生活,作品的艺术性并不高。对60年代的"抵达文学"则重点介绍了引起争论的《刺头儿奥勒》和《分裂的天空》,指出它们在艺术创作上比50年代的"建设文学"更成熟,绘出时代生活的广阔画面,塑造出丰富生动的人物形象。相对于50年代联邦德国作家对反法西斯战争题材的回避,民主德国作家在描写战争、反法西斯和革命斗争的文学方面有出色成绩。弗兰茨·费曼根据自己的战争经历创作的《同伴》"将描写焦点对准了人物的内心,以令人心灵震颤的笔触,叙述了战争、法西斯、卑鄙、勇气、误会、内心恐惧、精神折磨等内容,触目惊心地揭示了法西斯主义对'同伴'、'战友'、'义务'、'荣誉'、'是非'、'真理'等社会文化价值观的颠倒和对人的思想灵魂的戕害,取得很好的艺术效果,获得了包括联邦德国评论家在内的高度赞扬"(第374页)。60年代中期以后,随着民主德国政治文化环境趋于宽松,小说创作出现了新的变化,不仅表现当前的社会生活,而且从新的角度触及历史话题,揭开了民主文学发展新的一页。在"受人关注的小说"一节,李昌珂重点介绍了老作家安娜·西格斯的最后一部作品《信赖》,指出她虽然继承民主德国"政治文学"传统,"但与以往创作不同的是,西格斯在这部小说中讲了一些以前未曾讲过的真话,抒发了一些以前未曾抒发过的真情,塑造的人物也有他们自己的个性,是一些为读者既熟悉又陌生的面孔"(第413页)。这卷《德国文学史》给人印象最深的是著者深刻的分析评价,特别是对二战后早期(到20世纪50年代末为止)的重点作品评述较细,而对60年代之后文学的评介则时有像词典那样罗列人名著作的情况,当然这也是不得已的。

除了前面两节介绍的余匡复撰写的德国文学史著作和范大灿主编的《德国文学史》,还应该提到高中甫和宁瑛合著的《20世纪德国文学史》。高中甫在"前言"中指出:"文学史是文学与历史的统一,是社会史的一个不可缺少的组成部分。20世纪的德国文学史理所当然地要以作家和作品的研究为主,但同时必须把它所选择的对象放到社会和政治诸关系中去进行考察,根据时代运动的坐标去确定它的位置,这样才能从整体上揭示和描绘这一世纪文学的变化和发展。"全书分为德意志帝国末期、魏玛共和国时期、第三帝国时期、流亡文学、德意志联邦共和国文学和德意志民主共和国文学六章,除了第六章和第五章的第五节由宁瑛撰写,其余章节均由高中甫撰写。著者力图"在有限的篇幅内,对从本世纪初表现主义的兴起直至德国再度统一后的20世纪德国文学进行较为系统的史的论述"。本书编写的一个特点是各章按主题或流派分节,单独以作家分节的只有第一章第五节论述1918年前的曼兄弟。还有一个特点是对第三帝国时期流亡文学的重视,第四章在篇幅上几乎与叙述联邦德国文学的第五章相当。

冯至等编著的《德国文学简史》作为新中国学者编写的第一部外国文学史代表了当时的学术水平,影响深远。虽然是作为文学史教材编写的,但也是那个时代仅有的研究性著作,还起着普及性读物的作用,是了解德国文学史的首选书。1990年以后出现的多部德国文学史的撰写者大多都是当年冯至先生的学生。这些新出版的德国文学史著作一方面继承了《德国文学简史》既重视社会历史背景介绍,又重视作家分析评价的优点,同时也纠正了《德国文学简史》由于时代局限而产生的一些片面观点或不符合实际的论断。尤其重要的是,新时期出现的德国文学通史著作在数十年来学术研究的基础上,对德国文学作了更全面更公允的介绍,对主要作家作品给予了更深入更透彻的评价。余匡复的《德国文学史》兼具教材和研究性著作特点;五卷本《德国文学史》则是典型的研究性著作,读者对象是德国文学研究生和专业研究人员;而新近出版的《德国文学简史》等则面向大众读者。三类文学史著作的区别已经比较明显,这些成绩是必须充分肯定的。但是我国的德国文学史研究除了通史、简史和20世纪德国文学史外,几乎没有文类史或潮流史、断代史。这可能有德国文学史发展不平衡的原因,在18到19世纪之交出现了席勒、歌德之后19世纪中后期比较沉寂,大作家较少,难以写出德国诗歌史、戏剧史之类的著作。但是20世纪德国小说发展很快,也没有见到20世纪德国小说史之类的著作,而类似著作在英、美、法文学史研究中却很多。近年来谷裕出版了《现代市民史诗:十九世纪德语小说研究》(上海书店,2007年)和《隐秘的神学:启蒙前后的德语文学》(华东师范大学出版社,2010年),表明文类或断代文学史著作已经开始出现。

总结国内的德国文学史研究就不能不关注德国学者的文学史研究。西方文学史研究的雏形可以上溯到古罗马的带有作者介绍的经典文本汇编或者作家作品目录,中世纪仍然沿袭这一传统。文艺复兴之后出现了带有历史和作品介绍的作家目录和带有生平介绍的文献目录,德国文学史著作正是出现于这一时期,代表作是1659年出版的兰姆贝克按照编年顺序撰写的《文学史》,文学史的拉丁文概念正是由他提出来的,但此时文学的概念还比较宽泛模糊。从启蒙运动时期开始,文学史观发生了重大变化,文学的概念逐渐缩小到虚构的或创作性文学作品,文学史真正成为文学的历史。赫尔德提出文学与时代的关系,主张文学具有历史性,文学史不是简单地排列作家生平和作品介绍,而是呈现为一个发展的过程,力图介绍历史发展过程中的内在关联性。这一历史哲学的观点在施莱格尔兄弟的文学史理论和实践中进一步明确,在黑格尔的哲学中通过绝对精神的发展过程得到最彻底的表现。19世纪的文学史开始有意识地展现这一历史观,从而让文学史从简单的材料汇编走向具有理论背景支持的学术著作。从盖尔维努斯的《德国文学史》(1835—1842)经过黑特纳的《18世纪文学史》(1856—1870),直到舍勒的《德国文学史》(1883)可以看作这一历史观的体现。不过历史哲学逐渐为历史主义所取代,目的论让位于实证主义。进入20世纪之后随着文学概念的扩大,出现了两个不同的倾向,一方面是以形式主义为代表的文学自律论,按照文学内部规律来描述文学的发展过程;另一方面是外部影响论,主要是上半叶的思想史学派和下半叶的社会史学派。文学史的兴盛一直持续到20世纪60年代,但是在70年代兴起的文学理论热潮中,文学史的学术内涵遭到质疑,新的文学史虽然依旧不断出现,不过它们大多或是延续原先的多卷本文学史,或是强调服务于教学目的,满足于参考书的定位,很少再去突出自己的学术性。

文学史的困境首先是历史学的困境,即任何关于历史现象的研究都面临一个根本性的问题,这就是历史研究的真实性问题。经过一系列对历史研究的质疑,客观再现的历史学理想已经破灭,挑选史料、勾勒线索和评判褒贬都无法隐去研究者的痕迹。历史研究的相对化必然影响到文学史著作的写作,文学史著作的真实性遭到质疑。文学史不再被视为对以往文学变迁的勾勒和描述,而被看作撰写者自己的建构和叙述;文学史的权威不是来源于文学变迁过程,而是来源于撰写者的立场、视角和方法;文学史关注的中心从文学史讲述的历史转向文学史的叙述方式。面临这一系列难题,80年代以后的文学史理论做出了多样化的探索。但是文学史写作实践与相关的理论探讨相比依旧比较传统和保守,理论探讨中的诸多建议并没有在写作实践中得到实现。纵观20世纪70年代以来比较有影响的德国文学史著作,不少文学史虽然都注意到文学史理论的热潮,有些文学史著作对文学史理论的各种观点还做出了反思,体现在具体的写作细节之中,但是除了引入社会史的方法之外,按照新的理论框架来写作文学史的尝试极少见到。从较有影响的文学史著作来看,完全从社会史角度来写作文学史的典范是格里明格主编的12卷本《德国文学社会史》(1980开始出版)和格拉泽尔主编的10卷本《德国文学社会史》(1980—1997),而从1949年就开始出版且至今未完成的多卷本《德国文学史》则证明了文学史写作的相对稳定性。从这些著作似乎可以看到德国文学史写作的明显变化,学术性渐渐让位于资料性,从研究性专著逐渐向参考性工具书过渡。① 这种形势似乎与英美文学史研究从重资料汇编的百科全书式向学术论文汇编或主题式文学史写作的转变有明显不同。

我国已经出版的德国文学史著作大都属于教科书或教学参考书,真正的研究性文学史还比较少。叶隽曾专门探讨文学史"编写"与"撰作"的区别,推崇个人撰写的学术性文学史专著。② 他的观点与德国学者施拉弗尔不谋而合。施拉弗尔在《德国文学简史》中批评现有文学史大多是多人合作撰写,每人描述十几年到上百年的文学变迁过程,最后形成的文学史毫无整体性可言,更像一部论文集。③ 但是,在学术研究深入发展,学术分工越来越细,作品数量越来越多的今天,一个人独立撰写一国文学史是个巨大挑战。施拉弗尔自己做的就是腰斩德国文学史,在他笔下德国文学史始于18世纪,止于20世纪,突出经典观这一整体性原则,能够明显看出开端—接续—高潮—终结的模式结构。文学史的内容是丰富多彩的,而一个人的精力和学识总是有限的,要想在学术性方面深入一步就必须在内容和广度方面有所限制。与施拉弗尔的《德国文学简史》形成鲜明对照的是芝加哥大学教授韦尔贝利牵头,集大西洋两岸德语文学研究者编写的《新编德国文学史》(2004)。这本文学史以编年为序,带有一定随机性地选择文学史乃至文化史上的重要作品,运用跨学科的方法进行描述和分析。撰写者除了德国文学研究者之外,还有从事英国文学、法国文学、比较文学、哲学、历史学、艺术史、音乐、戏剧、影视、传媒等各个学科的学者,力图多视角地展现

---

① 参看王建:《试论文学史写作的可能性——从德国文学史谈起》,《淡江外语论丛》第17期(2011年6月),第124—136页。

② 叶隽:《从"编写"到"撰作"——兼论文学史的"史家意识"问题》,《博览群书》2008年第8期,第35—39页。

③ 王建:《试论文学史写作的可能性——从德国文学史谈起》,第130页。

它们的特殊性。本书虽然很成功，但它能否称得上是文学史都成问题，因为无论是收集的资料类型还是脉络的梳理方法，都没有满足文学史的基本规范和要求。与其说是文学史，不如说是另类的资料库或者百科全书。这种写法显然不适合中国读者的需要，而我们必须从中国读者的实际需要出发。这是冯至先生50多年前主持编写《德国文学简史》时的忠告，今天仍然应该是我们的座右铭。经过50多年的发展，我国的德国文学史研究已经取得了长足的进步，但是今后的路仍然很长，需要我国的德国文学研究者做出更大的努力。

第七章
俄罗斯文学史研究

中国历史上很长时期没有和外国文学建立广泛的直接联系。清末开始的日益广泛的外国文学译介是在特定的社会历史条件下开始的,人们对外国文学的关注从一开始就不是基于艺术审美角度,而是从思想认识或道德伦理立场出发接受和理解外国文学,试图找到医救中国的良药。因此被认为与中国国情更为接近的俄国受到人们特殊的关注。特别是在十月革命之后,俄国对于中国的影响尤为突出。我国最早的俄罗斯文学史方面的著述恰好肇始于上世纪五四运动时期(田汉的《俄罗斯文学思潮之一瞥》,1919年)。接下来的"大革命"时期,这一影响更为深入和广泛,"以俄为师"曾是时代的突出强音,因此被认为文学和社会联系最为紧密的俄罗斯文学也自然得到格外重视,出现了如郑振铎的《俄国文学史略》、蒋光赤和瞿秋白的《俄罗斯文学》这样一些全面考察俄罗斯文学的著作。但是后来国内政局的改变,使得俄罗斯文学(尤其是苏维埃文学)的传播和研究变得曲折复杂,有时甚至很艰难。从整体上,文学作品的译介有很大发展,对文学批评和文学理论有很大关注(尤其是左翼文学运动和解放区文学),但三四十年代有关俄苏文学史的著作寥寥无几,乏善可陈。

1949年新中国成立后,全面学习苏联成为社会主潮。苏联的文学研究一度被整体地移入中国,其中也包括文学史研究。这一时期以翻译为主,包括苏联学者著述、文学教科书以及在华苏联专家的讲义。这些著作大多是在斯大林时期形成的苏联文学思想指导下写作的,时代和思想特色突出,并且对后来我国很长时期俄罗斯文学史写作和研究产生深远影响。随着60年代中苏关系的破裂和随后的"十年动乱",事实上一直到改革开放以前,中国基本上没有自己独立撰写的俄苏文学史著作出版。

"文化大革命"以后,随着我国实行改革开放,以及中苏关系逐渐正常化,俄苏文学史研究兴盛起来。中国学者自己撰写的各种著述、教科书大量出现,体例和内容不断丰富,认识范围扩大,认识程度加深,各类著述功能开始细化。除通史外还出版了一些断代史、体裁史,并且出现了不同观念和观点的交锋。但是对象国的影响仍然巨大。这突出表现在1991年苏联解体后,对象国原有的苏维埃意识形态体系统治地位被推翻,各种不同思潮直接引发了中国国内俄罗斯文学研究者的浓厚兴趣。以前多多少少达成的共识受到很大质疑,观念和观点的对立明显突出,"重写"的话题变得迫切而尖锐。

基于上述情形,本章拟把新中国60年的俄罗斯文学史研究划分为三个阶段来考察。第一阶段为1949—1979年,第二阶段为1980—1990年,第三阶段为1991年之后。但是这种划分是相对的,不是作为硬性的时间界限,我们会有条件地把一些成书出版时间有差别,但整体相近的著作放在同一时期来考察。考察重点放在各个时期以文学创作为主要研究对象的各类文学史著作上,必要时兼顾某些研究论文以及文学批评和文学理论研究著述。在分别对这几个时期通史研究情况加以概要评述之后,还将考察一些体裁史和断代史研究。最后,我们将在综合基础上提出一些值得关注的现象和对相关问题的思考。

第一节 新中国成立到改革开放前的俄苏文学史研究

在开始对这一时期的俄苏文学史研究的探讨之前,有必要对新中国成立前的相关研究做一个简要回顾。田汉的长篇论文《俄罗斯文学思潮之一瞥》(《民铎》杂志1919年第6、7期)有理由被视为"中国俄苏文学史和思潮史研究的起步"[①],因为在依次分析俄国文学史上各种文艺思潮更迭的同时,作者也对许多有影响的作家和作品有所涉及,尽管文字较为简略,并且影响力有限。

1924年,商务印书馆出版了郑振铎的《俄国文学史略》。该书已经基本具备了规范文学史的应有格局。在简要叙述了地理、人种和语言概貌之后,除绪言外,用了12章篇幅叙述从古代民间传说、编年史、《伊戈尔远征记》一直到19世纪末至20世纪初的俄国文学发展。不仅如此,书后还附有大事年表和重要书目。由于作者不通俄语,其主要内容根据英语著作或外文译著编写而成,因而错讹之处在所难免。全书重点是俄国19世纪文学,有11章内容集中于此。该书的成章布局不甚合理,有的作家单独一章(如果戈理),有的是几位作家专论合为一章,中间一部分则是按类别分述"戏剧文学""民众小说""政论作家和讽刺作家""文艺评论"等方面内容。

由蒋光赤编成、蒋光赤与瞿秋白合著的《俄罗斯文学》(创造社出版社,1927

---

① 陈建华:《百年俄苏文学史研究历程中的新时期三十年》,林精华、吴康茹、庄美芝主编《外国文学史教学和研究与改革开放30年》,北京大学出版社,2009年,第29页。

年)分为上下两卷。上卷为蒋光赤撰写的《十月革命与俄罗斯文学》,下卷由瞿秋白更早时期完成的《十月革命前的俄罗斯文学》文稿改编而来。这种倒置的编排,源自编者的特殊考虑,因为编者认为"十月革命后的俄罗斯文学比较重要而且对于读者有兴趣些"。两位作者都曾留学苏俄,对材料的掌握比郑氏更为直接,因此减少了许多错讹。由于是合著,编写者个人学识、思想、偏好和写作风格上的差异影响到了这部著作的整体风貌。在瞿秋白所撰部分,除最后有两章评述"俄国的诗"和一章扼要介绍"文学评论"外,其余则是按时间顺序描述了从民间文学直到 1905 年"十月革命"(并非 1917 年"十月革命")之间的俄国文学的发展。普希金、果戈理和莱蒙托夫、托尔斯泰和陀思妥耶夫斯基三章为作家专论,其他作家都置于各年代或重要文学现象中加以考察,总体叙述风格比较平实。蒋光赤所写部分时间跨度较短,更接近于现状研究,史的特点并不突出。由于"十月革命"后,诗歌一度成为创作主体,加上作者本人对诗歌的偏爱,他的叙述更为激情洋溢有余,冷静谨严不足。但是无论前者还是后者,在对俄罗斯文学史的把握上都受到了当时苏俄社会思潮的影响。瞿秋白称"'艺术即人生,人生即艺术'是赤俄新时代文学的灯塔",蒋光赤对新俄无产阶级诗人的称颂,都带有突出的时代特征。

上述著作,不管受到何种因素制约,存在这样或那样的不足,却是中国学者自主开展俄罗斯文学史研究的发端。值得注意的是,他们都不同程度地关注到所介绍的内容和所阐发的意义对当时中国现实的作用,因而他们对现象的考察会或多或少站在自己的立场上。在这方面,他们的思想倾向明显影响到对具体作家和作品的评价和分析。

新中国成立后,我国的俄罗斯文学史研究一度被照搬苏联教科书所取代。在这其中,具有代表性和全局性的,当属布罗茨基的《俄国文学史》(作家出版社,上卷 1954,中卷 1955,下卷 1962)和季莫菲耶夫的《苏联文学史》(作家出版社,上卷 1956,下卷 1957)。两书均为 50 年代前期俄文版教科书翻译而成,主旨思想和编写原则均带有苏联前期意识形态鲜明的时代特色。

布罗茨基主编的《俄国文学史》的"引言"中指出,"俄罗斯文学向来以能够真实反映生活见称"(第 2 页),"俄罗斯文学把它矢忠于先进的解放思想的精神,一直保持到伟大十月社会主义革命的日子,当苏维埃文学在世界文学发展中开创了一个新纪元的时候"(第 3 页)。编者强调文学的意义在于其社会教育作用、启迪作用和美学作用,其中教育作用被放在了第一位。尽管编写者并没有直接提出教科书的具体编写原则,但是在总结俄罗斯古典文学的世界意义时,把俄罗斯古典文学发展道路的主要特征描述为"深刻的思想性、进步性和高度发展的现实主义"(第 1206 页)。因此编写者在概括时代特征、选择代表性作家、分析代表性作品时,都贯穿了这一基本认识,任何有益的作家和作品都要能体现时代精神的进步倾向,具有接近现实、接近人民大众的特点,都能突出表现对反动统治阶级的揭露和批判。该书的重点放在19世纪文学,18世纪以前的文学只占上卷的2/5,而19世纪90年代文学仅不足7页。在每个时期,首先作者会给出时代的社会发展、政治斗争、文学斗争概况,然后是一些次要作家的创作,其中次重点作家会在概况中添加小标题予以突出,最重要的作家则是以作家专论形式设立专章。作家专论分生平、创作概述、主要作品介绍和代表性作品分析;在代表性作品分析中,思想主题和人物形象占据主要位置,创作特色则概括而简单。这种叙述方式在以后的中国俄罗斯文学史写作中常常出现。虽然并非直接来自此书的影响,但是这种相似性确实根源于同一体系,它形成于苏联前期文学史研究内部,在教科书中最为突出,又进而影响到了中国。出于以作家进步性为原则,像对陀思妥耶夫斯基、列斯科夫这样的作家的介绍连小节都没有,只包含在"七十—八十年代"概况的"七十年代文学"小节中。

　　季莫菲耶夫在《苏联文学史》的"引言"中,更为直接地引用了列宁的许多关于文学的论断。作者强调"党性是苏联文学发展的决定性条件"(第8页),"文学和艺术的党性原则是从唯一正确的科学概念中得出来的,这个概念把思想的上层建筑看作反映生活的一种形态,看作为了特定阶级的利益而斗争的有效手段"(第9页)。"苏联文学的艺术方法是社会主义现实主义","作家在他的创作中必须从社会主义的理想出发,极力帮助这些理想在生活中实现和发展"(第19页),而社会主义理想就"具体表现在新型的正面人物身上"。这种正面人物"是为共产主义而斗争的战士","同时也吸收和继承"以往文学正面人物"的优点——对祖国的爱、人道主义,以及斯大林所说的俄罗斯民族性格所固有的一切:明智、坚韧不拔的性格和耐性"(第21页)。作者根据"苏联国内共产主义建设的发展",把苏联文学史分为"国内战争和恢复国民经济时期的文学""在战前五年计划基础上国民经济高涨和发展时期的文学""伟大卫国战争时期的文学""战后建设时期的文学"四个时期。令人感兴趣的是,在开始介绍苏联文学前,作者把很大篇幅给了高尔基的生平和创作,并且在"高尔基和二十世纪初的文学斗争"总标题下,对19世纪末和20世纪初(十月革命前)文学做了概要叙述,着重指出高尔基与现实主义作家创作关系和对反动颓废派的斗争。该书原名为《俄罗斯苏维埃文学》,但最后一章为"苏联各民族的文学"(他人撰写),这和一般的"俄罗斯苏维埃文学"类文学史有所不同[①],中文译者据此将书名改为《苏联文学史》。和前一部教科书相似,在每部分中,作者也是先介绍各个时期时代背景、文学生活概况、文学创作的总体特征、次要作家的创作,然后将重点

[①] 这一名称通常是指苏联时期的俄罗斯文学,但在中国研究中对这一点关注不够,有关这一问题在后面会加以探讨。

作家以专章方式作详尽介绍和评析。对于具体作品,作者首先关注作品的思想内容,与社会生活的联系,主要人物形象塑造,而后才是相对简要的语言艺术和写作技巧评述。

还有一部译著也十分引人注目,那便是缪灵珠翻译的高尔基著《俄国文学史》[①]。该书本是高尔基1908—1909年间旅居意大利喀普里时期未完成的讲稿。原稿没有题目,但由于主要内容是关于俄国18世纪和19世纪的文学创作和文学斗争,所以经苏联科学院整理后于1939年出版时加上了《俄国文学史》这个书名。该书中译本1957年由上海文艺出版社出版,1959年再版时增加了高尔基同时期的长篇论文《个性的毁灭》和译者后记。尽管这本著作写作于"十月革命前",但是当时的高尔基已经明显受到列宁思想的影响。首先,他认为"文学是社会诸阶级和集团底意识形态——感情、意见、企图和希望——之形象化的表现。它是阶级关系底最敏感的最忠实的反映;它利用民族、阶级、集团底全部经验来达到它的目的……文学……是这些或那些思想底最普遍而最有效的宣传手段……"(第1页)。他肯定俄国文学"特别富有教育意义",总是能提出"怎么办呢?哪里更好些呢?谁是有罪呢?"这样的问题,之所以如此源于"两条路线——一是因社会的必要性而宣传民主主义的贵族文学,一是也因社会的必然性宣传社会主义的平民知识分子的民主文学"(第6—7页)。受列宁的"两种文化"思想影响,高尔基在其考察的各个阶段上,特别重视两种不同倾向的斗争,如18世纪拉吉谢夫等人与叶卡捷琳娜的冲突、两种浪漫主义的对立、普希金与宫廷诗人的分歧、西欧派与斯拉夫派的论争、革命民主主义者与贵族作家的斗争等等。特别是关于两种浪漫主义的划分,高尔基把浪漫主义分为"个人主义的浪漫主义"和"集体主义的浪漫主义",后来又进一步明确为"消极浪漫主义"和"积极浪漫主义",这对我国的俄国文学研究乃至欧洲和世界文学研究都曾产生过决定性的影响。高尔基这部著作本身和人们通常理解的文学史著作有很大不同,用译者在后记中的话来说,"它的特点在它的有机的结构以及丰富多彩的叙述方法,而主要的一点,它不是冷漠的、客观主义的叙述,而是充满战斗情绪和无产阶级党性的著作"(第597页)。同时该书的苏联编者和中文译者、出版者都提醒读者注意这部著作的写作年代,指出其中某些观点与后来特别是苏维埃时期的思想有距离。

这一时期的译著还包括季莫菲耶夫主编的《俄罗斯苏维埃文学简史》(上海文艺出版社,1959年)、卡普斯金的《十九世纪俄罗斯文学史》(上下册,高等教育出版社,1958年)和库拉科娃的《十八世纪俄罗斯文学史》(北京俄语学院,

---

[①] 高尔基:《俄国文学史》,缪灵珠译,上海文艺出版社,1957年初版,1959年二版。1979年上海译文出版社根据上海文艺出版社1961年新版第二次印本再版,引文出于该版本。

1958年)。前者原名为《文学》,是苏联中等专业学校的教科书。书的内容包括从基辅罗斯至20世纪50年代文学,重点是19世纪文学,苏联部分较上面提到的《苏联文学史》内容有改动,专论作家由阿·托尔斯泰调整为特瓦尔多夫斯基。因为是俄罗斯文学,所以没有苏联各民族文学内容。后两部均为根据来华专家授课讲稿翻译而成。

尽管50年代的中国俄苏文学史由苏联学者的译著占据了主导,但并不等于说中国学人完全无所作为。火星出版社1954年出版的李白凤所著《苏联文学研究》是作者根据自己在山西大学授课讲稿编写的。作者表示其主要内容和观点依据的是当时教育部苏联文学课程教学大纲,之所以称为"研究"而非"讲稿",是因为"讲稿"之称与戈宝权的《苏联文学讲话》名称"颇有雷同相似之处"。因为是课程讲稿,所以作者特别强调这是针对当时由于国家需要而大量涌进高等学校学习俄语的学生自身阅读范围和理解能力有限这一情况编写的,主要为了方便教学。作者在行文中大量引用了列宁、斯大林、日丹诺夫、马林科夫等苏联领导人有关文学的论述以及联共(布)党史和中央相关决议,在整体思想宗旨和评价标准上与季莫菲耶夫的《苏联文学史》很相近。全书共分四章:苏联文学总论、高尔基、马雅可夫斯基、苏联文学发展的各阶段。其中第四章篇幅最大,占了全书接近2/3。在总论的第二节和第三节,作者简要叙述了1905年至1917年的文学和20年代的文学斗争。之所以将高尔基和马雅可夫斯基置于苏联文学正章之前,显然是考虑到了二者一方面被公认为苏维埃著名作家,而同时二人的创作又兴起于上个时代。对于苏联文学的分期,则主要依据社会政治经济发展阶段而定,分为国内战争、经济恢复、建设社会主义经济(第一个五年计划)、完成社会主义经济建设(第二个五年计划)、社会主义过渡、卫国战争、战后复兴七个时期。每个时期一般从时代背景讲起,然后叙述文学整体情况,各个时期总体情况介绍后会列出若干代表性作家及其代表性作品专门加以评述。专论作家除高尔基和马雅可夫斯基外,还包括绥拉菲莫维奇(《铁流》)、革拉特科夫(《水泥》)、卡达耶夫(《时间啊,前进》、肖洛霍夫(《被开垦的处女地》)、奥斯特洛夫斯基(《钢铁是怎样炼成的》)、阿·托尔斯泰(《彼得大帝》)、法捷耶夫(《青年近卫军》)、巴甫连柯(《幸福》)。对于具体作家,除小传外,作者还会介绍一些相关背景知识和作家写作情况,对具体作品则着重于人物形象分析,并且对作品的主题、结构、写作特点予以分析评价。对于人物形象分析,则主要依据原作,从出身、形象和性格入手,说明其如何体现作品的主题思想。限于该书性质,作者对具体作家作品的分析比较浅显,评价也比较单一。

新中国学者自己编写俄国文学史的尝试,则开始于20世纪60年代。杨周翰、吴达元、赵萝蕤主编的《欧洲文学史》(上卷于1964年出版,下卷完成于1965年,但未付印,1979年经修订后出版)涵盖了从古希腊至十月革命前欧洲各主要文学的发展,其中有关俄罗斯文学部分包括"十八世纪俄国文学"(第五章第六节)、"十九世纪初期俄国文学和普希金"(第六章第六节)、"十九世纪中期俄国批判现实主义文学和果戈理、屠格涅夫、车尔尼雪夫斯基"(第七章第六节)、"十九世纪后期俄国文学和托尔斯泰"(第八章第七节)和"十九世纪末至二十世纪初俄国文学和高尔基"。另外,在第二章第二节"英雄史诗和骑士文学"中涉及了俄国古代"勇士歌谣"和《伊戈尔远征记》。该书俄罗斯文学史部分的作者后来成为曹靖华主编的三卷本《俄苏文学史》的重要组织者和参加者,他们的活动及其成果更充分地体现在三卷本中,这在后面有详细介绍。一个小细节与几乎全部中国编写的俄罗斯文学史(或俄国文学史)有不同,那就是在第七章第六节末尾出现了对乌克兰作家谢甫琴科的介绍(这一点将会在问题与思考中进一步涉及)。

由于从20世纪50年代末开始两国关系逐渐恶化,俄苏文学研究开始跌入低谷。特别是在1966—1976年"文化大革命"期间,反对苏联修正主义被放在与反对美帝国主义同等位置上,对于苏联的一切都持排斥立场,不仅是苏联文学甚至包括列宁所肯定的俄罗斯古典文学都成为研究禁区和批判对象。"文化大革命"严重冲击了中国正常的社会秩序,高校和科研机关活动遭到破坏,图书资料匮乏,与国外交流中断。除了揭露批判新老沙皇亡我野心以及苏联背叛马列主义行径的文章著作、文献编译以外,没有其他方面的研究。

第二节 改革开放初期的俄苏文学史研究

从20世纪80年代开始,中国的教学和科研逐步走上正轨,同时中苏两党两国关系慢慢由缓和到逐渐密切。虽然有些历史问题和时代社会思想问题还不能完全公开讨论,但是从大的环境上,俄苏文学的教学和科研已经逐渐能较为正常地开展,编纂自己的俄苏文学史教科书越发显得重要。在以后的俄苏文学史研究中形成了一个传统,即高校教师成为俄苏文学史研究的主要力量,许多重要著述都一定程度上倾向于教学实践,或者直接以教科书形式出现。

最早出版的这类著作是易漱泉、雷成德、王远泽主编的《俄国文学史》(湖南文艺出版社1986,以下简称"易本")。该书由陕西师大、吉林大学、西北大学等九所高校的十位教师合作完成,由戈宝权担任特约顾问并以《俄罗斯文学与中国》一文作为全书代序言。全书包括从基辅罗斯至19世纪末的俄国文学(以高尔基十月革命前创作为结束)。"编后记"指出,该书在编写过程中,"贯彻'双百'方针","集体研究,求同存异",目的是"运用马克思主义观点和方法写一部《俄国文学史》"(第676—677页)。在"总论"一章中,编者提出俄罗斯古典文学有以下几个特点:(1)与俄国人民的解放运动有密切联系;(2)具有高度的人民性;(3)具有民族独创性和高度艺术性的现实主义。这些认识显然与苏联文学界的观点高度接近。该书在选择文学现象、作家和作品进行分析和评价的基本点也立足于此。编著者在概括各个时期社会历史状况时主要依据马恩列斯的观点,而在对具体作家、作品分析评价时则主要参考了别林斯基、车尔尼雪夫斯基、赫尔岑、杜勃罗留波夫等革命民主主义者、高尔基以及一些苏联学者50—60年代的著述,特别是大量援引季莫菲耶夫的《俄罗斯古典作家论》和布罗茨基的《俄国文学史》。该书在19世纪文学分期上主要依据列宁关于俄国解放运动三阶段的观点,将19世纪划分为初期、中期和晚期及20世纪初三个时期。初期的时间界限较为模糊,大致到19世纪40年代末,重点作家包括普希金、莱蒙托夫、果戈理、别林斯基和赫尔岑;中期比较明确,即50年代至80年代,重点作家包括屠格涅夫、冈察洛夫、涅克拉索夫、奥斯特洛夫斯基、车尔尼雪夫斯基、杜勃罗留波夫、陀思妥耶夫斯基;后期为19世纪80年代至十月革命前,重点作家包括托尔斯泰、契诃夫、高尔基。受苏联学界影响,关于浪漫主义文学的论述侧重点放在"积极浪漫主义",以普希金、莱蒙托夫为代表,说明其与现实主义的联系;而在中后期的文学中,也主要集中于批判现实主义文学。整体上对于其他流派关注非常少,例如在浪漫主义文学部分,除了普希金、莱蒙托夫和十二月党人诗人外,只提到了"消极浪漫主义"的代表茹科夫斯基,在初期和中期几乎没有提到丘特切夫、费特、迈科夫、阿·托尔斯泰等人的创作。不过在19世纪末20世纪初文学中,倒是提到了许多象征派、阿克梅派和未来派作家的名字,对个别人的创作有所论及,尽管总体评价是负面的。

由雷成德任主编、陈孝英和陈奇祥为副主编的《苏联文学史》(辽宁人民出版社,1988年,以下简称"雷本")是由来自不同高校和科研机构的九位学者合作完成的。主编在"前言"中指出该书宗旨为"根据苏联文学本身的发展,以马克思列宁主义,毛泽东思想为指导,从借鉴的角度,撰写一部我国特色的苏联文学史"(第1页)。"我国特色"是该书强调的重点,这种特色被解释为"首先表现在要用借鉴的观点,从整体上研究苏联文学的发展特点,尤其要突出苏联共产党对文学的领导作用,总结其文艺政策的得失"(第1页);其次表现在"对作家和作品的选择和评价上",结合苏联文学史的实际与在中国的影响;再次,"一反苏联文学史著作中忽视艺术分析的倾向,大力加强对作家和作品的审美批评和审美评论,……力求发掘新视点、寻找新角度、做出新结论"(第2页)。这种表态是在中苏两国社会发生了很大变化的形势下发出的。写作者保留了对"苏联文学一向紧跟政治形势的客观事实和特点"的判定,但大大缩减了对政治历史事件的影响和意义的评述,并且关注苏联文学研究的新成果和西方的各种观点。与此同时,编写者强调"既破'左'的套子,又摒弃资产阶级的自由化倾向"

(第 2 页)。"前言"作者在历史分期的举例中,透露了这句话的潜台词,因为许多西方学者主张将斯大林去世后兴起的"解冻文学"作为一个重要年代划分,而我国学者大多反对这一提法,对所谓"解冻文学"持整体反对、局部保留态度。该书附录的苏联文学大事年表包括从1892年高尔基发表第一篇短篇小说开始直到1986年苏联第八次作家代表大会,这也是全书内容所涵盖时间的上下限。除高尔基外,全书把苏联文学分为国内战争时期(次重要作家别德内依)、20年代(重点作家马雅可夫斯基、绥拉菲莫维奇、富尔曼诺夫)、30年代(重点作家卡达耶夫、奥斯特洛夫斯基、阿·托尔斯泰、伊萨科夫斯基)、卫国战争时期(重点作家法捷耶夫、特瓦尔多夫斯基、西蒙诺夫)、40年代中期至60年代中期(重点作家包括巴甫连柯、波列沃依、柯切托夫、肖洛霍夫)和60年代中期以来(只有概述)。在总论中,编著者不再强调党性、人民性和真实性为苏联文学的总体特征,贯穿了反"左"的思想倾向,强调与传统的继承关系,特别是认为苏联70年代提出的"社会主义现实主义开放体系"是克服"极左"思潮对文学事业的影响和破坏的重要法宝。尽管编著者表示会把功夫更多地放在"审美批评和审美评论"上,但在具体行文中,思想倾向的"正确"与否还是影响对作家、作品评价的关键,例如对"无冲突论"的批判、对"解冻文学""战壕真实"的评价,而《日瓦戈医生》《伊凡·杰尼索维奇的一天》则被定性为"怀疑革命和新的社会制度,或否定社会主义革命和建设以及全盘否定斯大林的小说"(第 451 页)。

本书的另一个特色,便是注重苏联文学与中国文学的联系。除了一些重点作家专论中有其在中国被接受的情况介绍外,在全书末尾特设了《苏联文学与中国》一文,概要回顾了苏联文学在中国的传播历史以及对鲁迅等中国作家的影响,但总体上止于事实陈述,内容比较单薄,不够深入。另外,虽然编著者在总论中提到苏联文学的多民族性,但具体写作中没有特别突出的体现,只有少数作家的少数作品被关注。

应当指出,上述两部著作的撰写受到了传统学科设置的影响。由于将俄国文学和苏联文学分成两个不同科目,所以才会出现两部著作中都有高尔基的专论,且代表作都定为《母亲》,只是后者加上了十月革命后的创作评价。参编人员中只有雷成德和易漱泉两人同时参加了两部著作的撰写,其他人员则各不相同。

真正把俄国文学发展作为一个整体加以考察研究的大型通史著作当属曹靖华主编的《俄苏文学史》(三卷,河北教育出版社,1992—1993 年,以下简称"曹本")。虽然全书出版时间略晚于我们划定的这个时期,但由于该书主体部分完成于 80 年代,且该书的第一卷曾以《俄国文学史》为书名由人民文学出版社 1989 年出版,所以为完整起见,我们把这部文学史放在这一时期来考察。该书由多所院校教师集体编写,每卷的写作人员有所不同,主要来自北京大学、黑龙江大学、武汉大学、北京师范大学、北京外国语学院、上海外国语学院、南京大学、复旦大学、华东师范大学。虽然同样也是集体编写,但是人员队伍与前述两书有很大不同,即这些教师绝大多数来自俄语专业,这比前述写作人员很多来自中文专业有了先天的语言优势,因而在材料组织、文献引用和作品解读上都具有更大的广度和深度。

本书第一卷即《俄国文学史》,曾被国家教委批准为高等院校俄语专业及文科有关系科俄苏文学史课程通用教材,并于1992年获全国第二届优秀教材特等奖。第一卷概述了11世纪古俄罗斯至20世纪初俄国文学发展历史,全书除引言、结语外共二十章,书后附有大事年表和重要作家、作品中外文对照表,以便于对照检索。

与易本相似的是该卷研究重点同样是放在19世纪文学,但不同的是曹本把古代部分明确分为古代文学和18世纪文学两章。在19世纪文学分期上没有直接采用"三阶段论"(在引言中曾经提及),而是以自然年代划分为四个阶段:19世纪初二十五年(次重要作家茹科夫斯基、十二月党人诗人和雷列耶夫、克雷洛夫、格里鲍耶陀夫,重点作家普希金)、30至40年代(次重要作家柯里佐夫,重点作家莱蒙托夫、果戈理、别林斯基、赫尔岑)、50至60年代(次重要作家杜勃罗留波夫和皮萨列夫,重要作家冈察洛夫、屠格涅夫、奥斯特洛夫斯基、涅克拉索夫、车尔尼雪夫斯基)、70至90年代(次重要作家柯罗连柯,重点作家谢德林、陀思妥耶夫斯基、托尔斯泰、契诃夫)。

这种不同不仅在于外部章节(例如18世纪文学一章)、时代划分以及重点作家选择(例如杜勃罗留波夫和谢德林),内容上的区别更为明显。如19世纪以前文学,两书分量相当(皆占全书的8%略强),但曹本所分析和考察的作家和作品多于易本。在19世纪文学的介绍中更是如此。在19世纪初文学中,茹科夫斯基、克雷洛夫和格里鲍耶陀夫的分量明显加重,在浪漫主义文学中关注到了巴丘什科夫、马尔林斯基、奥陀耶夫斯基等人,甚至谈到了被认为是反动作家的扎戈斯金的创作。在50—60年代文学中以前所未有的篇幅介绍了丘特切夫以及费特、迈科夫等"纯艺术派"的诗人,而在70年代中列斯科夫、迦尔洵的出现也引人注目。这些作家中的一些人原本在20世纪早期我国对俄国文学研究的文献中出现过,但在新中国成立后,受当时引进的苏联教科书影响,这些人或者被忽视,或者被简单否定,俄国文学的发展被简化为从民间文学逐步向批判现实主义的进化。在这种进化过程中其他的潮流和倾向只不过是对这一趋势的反动或者意义微不足道,文学发展的多样性和复杂性在研究者视野中消失殆尽,而其所谓成就也就因为缺乏对立面显得缺少说服力。

《俄苏文学史》后两卷的研究对象是苏联文学,其中第二卷为前半期,即1917—1954年,第三卷为50—80年代。两卷的分期选用了苏联作家第二次代表大会以及同时期前后关于文学的讨论为分界线。这种做法比较稳妥,既考虑到了社会历史条件发生变化,也考虑到了文学自身的发展变化。同时,与雷本《苏联文学史》相比,当代部分的比重大大增加。

在第二卷中,苏联前期文学被分为三个阶段:国内战争时期和20年代(次重要作家别德内依、勃洛克、叶赛宁、绥拉菲莫维奇、富尔曼诺夫、革拉特科夫、特列尼约夫,重点作家高尔基、马雅可夫斯基)、30年代(次重要作家马卡连柯、卡达耶夫、普里什文、帕乌斯托夫斯基、包戈廷,重点作家肖洛霍夫、奥斯特洛夫斯基、阿·托尔斯泰)与卫国战争时期和战后初期(次重要作家伊萨柯夫斯基、吉洪诺夫、爱伦堡、波列沃依、柯切托夫、西蒙诺夫,重点作家法捷耶夫、费定、列昂诺夫、特瓦尔多夫斯基)。与以前研究的区别首先在于重点作家的选择上。与雷本比较,绥拉菲莫维奇、富尔曼诺夫、卡达耶夫、伊萨科夫斯基、西蒙诺夫从重点作家降为次重要作家,巴甫连柯从重点作家名单中消失,列昂诺夫、费定新出现在重点作家行列,而勃洛克、叶赛宁、普里什文、帕乌斯托夫斯基这几位以往无法用社会主义现实主义概念来评定的作家成为次重要作家。在次重要作家中还出现了两位戏剧家特列尼约夫和包戈廷。这种变动一方面表现出考察视野的扩大,已经开始认识到苏联文学发展的多样性和各种体裁的相对平衡;另一方面也反映了时代的变化,一些原来因为一两部作品而成名但整体文学创作成就不突出的作家,对其虽然保留,但分量和地位发生变化,而个别某一特定时期名声显赫,但时过境迁,其作品无论思想性还是艺术性都较他人逊色的作家则至多出现在概论中。更重要的变化反映在编写者的观念上。虽然编写者提到社会主义现实主义是苏联文学的基本创作方法,肯定其起到过"积极的重大作用",但是也指出"一些不容忽视的问题",即在实践中,"'基本方法'实际上变成了'唯一的'方法,阻碍和限制了艺术上百花齐放自由竞争局面的形成"(第二卷第2—3页)。编写者没有像雷本那样过于肯定诸如"开放体系"的论点和主张,而是笼统地说苏联文艺理论界和学术界新变化的是非得失"有待进一步的研究和总结"(第二卷第3页)。另外,编写者肯定了党对社会主义文学事业的领导,但是指出其在苏联文学发展中"也出现过偏差和失误",因此认为加强和改善党的领导是社会主义文学健康发展的重要保证,苏联文学的经验和教训是国际无产阶级文艺运动和社会主义文学事业的宝贵财富。

《俄苏文学史》第三卷是50至80年代文学,在当时被称作苏联当代文学。1980年北京大学俄语系成立俄苏文学研究室,研究室最初的主要工作是开展当代文学研究。从80年代初开始陆续以内部出版方式出版了翻译汇编的文献性研究资料,如《现阶段的苏联文学》《五十至六十年代的苏联文学》《关于〈解冻〉及其思潮》《必要的解释》《西方论苏联当代文学》等。其总结性研究成果体现在李明滨、李毓榛主编的《苏联当代文学概观》(北京大学出版社,1988年,以下简称《概观》),该书的许多内容构成了《俄苏文学史》第三卷的主干。第三卷的体例较前两卷有了很大变化。前两卷都是由概述和专论构成的,第三卷在50至60年代中期和60年代中期至70年代末两个时期概述后,没有设立作家专论,而是按小说、诗歌、戏剧三种体裁分别介绍。小说部分所占分量较大,按着题材分类叙述,而诗歌和戏剧则各有其特点。对于把作家专论分散到按照作品归类的体裁中叙述,编写者解释道:这样做"是考虑到当代文学尚处于变动之中,情况复杂,新的作家和作品大量涌现,尚未经过实践的筛选",立专章确有困难。但编写者认为这样做也有好处,即"不但从纵的看有史的脉络,而且从横的看有面的系统"(第三卷前言第1—2页)。但是更深入地看,这样的解释并不是明确表示"当代文学"与以往时代文学有不同的研究方法和文学史叙述方式,而是包含着很多的潜台词。对比《苏联当代文学概观》,我们不难发现《概观》中也是按照体裁分开叙述,但是每个体裁中都明确提出了一批作家名字以及代表作,而《俄苏文学史》第三卷却没有延续这样的写法。影响第三卷写作和最终完成的一个主导性因素便是在该卷编写成书和出版期间,国内外形势发生很大变化。苏联从80年代中期开始的"改革"改变了整个社会进程,并且最终导致1991年苏联解体;同时中国在80年代后期也发生了许多政治变化。这些变化不仅直接影响到对这一时期重要文学现象的认识,也影响到对于具体作家的评价分析。因此编写者采用这样的写作方式更主要的是策略性的,而非决定性的改变。

尽管《俄苏文学史》第三卷为了表现"动态性"保留了大量作家和作品的名字,以供历史检验,但是在对文学现象和作家作品的具体介绍和评价方面,还是和前两卷保持相当大的一致性,即编写者力求"科学、客观"地对待人和事,并不简单地轻易否定某些现象和作家作品。例如对"解冻文学",编写者没有像有些研究者那样干脆不承认这一现象的存在,或者简单予以否定,而是做了一些甄别工作,针对不同作品具体情况加以说明,并指出其特定的时代意义。第三卷末尾添加了"苏联各民族的文学"一章,概要介绍苏联各主要民族文学发展的历史和现状。这部分不仅包含苏联时期的民族文学,还简要回顾了各民族文学在苏联成立前发展的历史,许多内容都是中国的俄苏文学史研究中前所未有的。

有研究者在承认《俄苏文学史》"全书立论明确、材料详实、线索分明,是一部很有质量的统编教材"[①]的同时,也指出了其不足,其中最主要的一点是内容衔接上的,即"第一卷和第二卷之间竟空缺了十九世纪末二十世纪初这么重要的一段"[②]。这一段空缺是有历史原因的。在苏联时期,文学史研究一直轻视

---

① 陈建华:《20世纪中俄文学关系》,学林出版社,1998年,第284页。
② 同上。

或否定这一时期的许多文艺思潮和作家创作,除少量现实主义作家和无产阶级革命作家外,其他诸如象征主义、阿克梅派、未来主义等流派基本上被归入颓废派或反动文学,很少出版这些作家的作品和相关研究著作。直到80年代,苏联出版的文学教科书中,对19世纪末至20世纪初文学仍然言之甚少。例如1987年出版的《19世纪后半期俄罗斯文学史》①中,对非现实主义作家只字未提。只有80年代初苏联科学院编《俄罗斯文学史》②第四卷中,有对这一时期文学比较详细的论述,并且持总体否定立场,但是该书在当时应该很难被中国学者看到和了解。苏联也是在解体前后,伴随着"回归文学"热,才开始有大量的相关文献出版,这些文献很快为中国学者所了解到,并且在下一时期的文学史研究中予以体现。

除上述著作外,这一时期还有臧传真等主编《苏联文学史略》(宁夏人民出版社,1986年)、周乐群等著《俄苏文学史话》(湖北教育出版社,1987年)、马家骏等主编《当代苏联文学》(上下册,河南大学出版社,1989年)等著作。这些书各具特色,但从规模、系统性和影响力上逊于上述几部著作。总而言之,这个时期文学史的编写者,在总体思路上比较一致,观念上比较统一,对待俄罗斯文学发展的认识大致趋同,能明显看出苏联文学研究体系的直接影响。这些文学史著作比较注重社会历史与文学创作的联系,注重核心作家及其创作研究,在思想和艺术尺度上更偏重思想性,在艺术性研究中更关注作品的主题和主人公形象。特别是许多著作因为设定用途首先是教科书,所以比较侧重内容的通俗性、系统性和稳定性,学术前沿性和挑战性不是其关注中心。

这一时期重要的译著有俄裔美国学者马克·斯洛宁的《苏维埃俄罗斯文学(1917—1977)》(上海译文出版社,1983年,内部发行)、科瓦廖夫的《苏联文学史》(天津人民出版社,1982年)和叶尔绍夫的《苏联文学史》(北京师范大学出版社,1987年)。这些著作明显反映了不同意识形态下对苏联文学发展的认识。马克·斯洛宁用了大量篇幅高度评价在苏联受到批判和压制的作家和作品,对苏联文学史推崇的许多代表性作家的评价多是负面性的,而后两者则恰恰相反。不过叶尔绍夫的书是根据其1982年版翻译的,作者在80年代后期因形势变化对书的内容作了较大扩充和改动,比如去掉了对勃列日涅夫作品的评价,把大的文学分期改为1917—1940和1941—20世纪80年代,但是其总的思想立场没有大的改变,即基本上不接受80年代中期开始的对苏联意识形态的反思、质疑和批判。

---

① 斯卡托夫等:《19世纪下半期文学史》,俄文版,莫斯科,1987年。
② 苏联科学院:《俄罗斯文学史》(四卷),俄文版,列宁格勒,1980—1983年。

第三节　苏联解体后的俄罗斯文学史研究

80年代中期开始,随着戈尔巴乔夫执政,推行"改革与公开性",苏联学术界发生了很大变化。在文学研究领域,社会主义现实主义从理论到实践受到多方面质疑甚至全盘否定。一些在苏联时期被禁的作家和作品大量出版面世,如帕斯捷尔纳克、索尔仁尼琴、普拉东诺夫、布尔加科夫等人的作品,从而形成一股"回归文学"热。特别是在苏联解体前后,俄罗斯国内对"白银时代"文学以及侨民文学产生了空前的研究热情。这些变化也迅速影响到了我国的俄罗斯文学史研究。

这时期第一部大型通史类著作,是叶水夫主编的《苏联文学史》(三卷本,中国社会科学出版社,1994年)。这部著作是由中国社科院外文所研究人员为主编写的。编写者在"后记"中指出50年代所翻译的教科书不管起过什么作用,"毕竟代替不了学术性著作,更代替不了中国人自己写的著作"(第3卷第735页)。因此这些学者从80年代初就提出编写《苏联文学史》的设想,并且开始收集资料,陆续出版了许多阶段性著作,如《苏联文学史论文集》(外语教学与研究出版社,1982年)、《论苏联当代作家》(外语教学与研究出版社,1982年)、《五六十年代的苏联文学》(吴元迈、邓蜀平主编,外语教学与研究出版社,1984年)、《回归——苏联开禁作家五论》(薛君智著,社会科学文献出版社,1989年)以及有关"拉普"、无产阶级文化派的资料汇编等。《苏联文学史》前两卷为各时期概论,第三卷为作家专论,这种安排与此前的文学史著作明显不同。对此,编写者解释说,因为许多作家创作年代很长,插入到哪个时期都不合适,而且集中放在一起也便于读者查阅。

编写者强调,《苏联文学史》的写作宗旨是力图以马列主义、毛泽东思想为指导,采取历史主义的态度,对苏联文学的发展进行实事求是的阐述和评价。"绪论"指出,苏联文学是在继承了俄国文学的"思想内容上的爱国主义、人民性和人道主义,创作方法上的反映生活真实、批判性很强的现实主义以及充满幻想、追求自由的浪漫主义"(第一卷第2页)优良传统基础上发展而来的。苏联文学总体特点包括:(1)共产主义党性原则;(2)文艺与社会生活和人民群众的紧密联系;(3)坚定的社会主义理想;(4)社会主义人道主义。编写者突出强调社会主义现实主义对苏联文学发展的意义,指出"社会主义现实主义是在十月革命后至三十年代初同苏联国内的各种流派、特别是现代主义诸流派的竞赛与斗争中形成和壮大的。它强调党性、人道主义、人民性等思想原则,逐步把各种流派的优秀作家吸引到自己一边来。社会主义现实主义也一直在同国外的颓废派、现代派、先锋派作斗争"(第一卷第13页)。编写者不认为党性、人民性以及社会主义现实主义对作家创作自由产生限制,但是承认苏联党的文艺政策执行中产生了一些偏差和失误,特别是斯大林时期,对社会主义现实主义的教条理解,导致将"基本方法"当作"唯一方法",不过优秀的作家往往能够有所突破,体现自己的创作个性。社会主义现实主义是一个"真实表现生活的多种艺术形式的历史的开放的体系,它吸收世界艺术过程的先进趋向并能够找到把这种趋向表达出来的新的形式"(第一卷第14页)。由此可以看出,这部著作的总体指导思想以及编写原则与前一时期大体一致,而与后来的"重写"文学史潮流有原则性区别。该书编写者承认,受客观条件限制,全书主要论述的是俄罗斯文学,只在作家专论中列入了一些其他民族的作家,因而苏联文学的多民族性还未能充分展现。

《苏联文学史》把苏联文学发展分为四个时期,即1917—1932(以苏共关于改组文学团体决议为界),1933—1952(以反"无冲突论"运动为界),1953—1966(以随后《真理报》同时对《新世界》和《十月》展开批评为界),1967—1981。与国内一般的俄苏文学史大不相同的地方,在于该书取消了对各时期社会历史背景的介绍,而对各时期的文学思潮和文学理论特别关注,将其放在各时期概述的首要位置,以突出该书的学术性,然后分小说、诗歌和戏剧三种体裁介绍各时期的文学创作。从被考察的作家作品来看,该书比之前的同类著作有了很大的突破,不仅在作家专论中增加了阿赫玛托娃、帕斯捷尔纳克、布尔加科夫、左琴科等以往因各种原因作品被禁的作家,而且在概述中还出现了许多以往文学史中很少出现的名字,如茨维塔耶娃、皮利尼亚克、扎米亚金、巴别尔等。对这些作家的作品分析评价态度和结论,吸收了苏联后期解体前的新研究成果。如对扎米亚金的《我们》的评价,编写者不赞成以前学界把此书看作是对共产主义的"艺术讽刺",而认为结合时代背景和作者的写作动机考虑,该作品提出了"严肃的政治主题",只不过这样的"讽刺作品,虽有新意,却写得过于乖戾",因而在当时是"难以接受的"(第一卷第170页)。

纵观全书,整体风貌上第一、二两卷有很大差异,第一卷涉及的两个时期内容更为广博深入,第二卷的内容则显得简单浅显。出现这种失衡,一个原因是时间距离过近,对很多问题的认识和评价难有共识。而另一个不可忽视的原因便是苏联解体前后的剧烈变化,影响到研究者的立场和态度,使研究者对具体作家作品、各种文学现象如何取舍定位变得更为复杂和困难。

苏联解体前后,俄罗斯社会政治发生巨变。首先是思想界出现强大的否定原有苏联意识形态的潮流,而在文学界也同样出现反对和否定诸如苏共对文艺界的领导、文学创作的社会主义倾向以及社会主义现实主义的潮流。大量的"回归文学"作品占据了出版主体地位,成为研究者关注的焦点。所谓"回归文学"一是指苏联时期因各种原因被禁的作家作品,如普拉东诺夫、布尔加科夫、帕斯捷尔纳克、索尔仁尼琴等。当然这些作家不一定是苏联时期被全盘否定的,很多人只是某部或某些作品被禁,这些作品或者以手稿形式存在无法出版,或者出版后受到严厉批判,或者在国外出版以及以打印稿、地下出版物形式在社会流传。二是指那些被苏联时期意识形态所排斥的现代派(19世纪末至20世纪初以及苏联后期)文学、非社会主义现实主义文学,以及移居国外作家创作的"侨民文学"。应当指出,这类作品中有的并不否定苏联意识形态,只是因批判斯大林等倾向不符合特定时代的政治口径而遭禁。这些作品和研究的出现,也使文学研究界在看待俄罗斯文学,特别是20世纪文学发展进程上变得异常活跃,各种观点层出不穷。这种形势变化很快也影响到了我国,进而逐渐产生出"重写文学史"的潮流。

周启超是最早关注这一问题的研究者之一。1993年,他在《国外文学》发表的《"20世纪俄语文学":新的课题,新的视角》中提出,所谓"20世纪俄语文学""指的是运用俄罗斯文学语言,渗透着俄罗斯文化精神的所有文学创作,它不以苏维埃俄罗斯文学现象为局限(即狭义的苏俄文学),也不等同于苏联文学(即广义的俄苏文学),而是包含着苏维埃的与非苏维埃(俄侨文学)的俄罗斯文学,还包括在俄罗斯文化语境中运用俄语写作的非俄罗斯作家(例如,艾特玛托夫、加姆扎托夫等作家与诗人)的创作"①。按照文章作者的看法,这一新课题、新视角超越原有的国别文学、民族文学、地区文学等概念,将"侨民文学""苏俄文学"与"非显流文学"视为共同构成"20世纪俄语文学"的实体,而对这一实体的考察应当立足于文学本位,即"作为文化载体的俄语文学语言,作为价值尺度的诗学探索风格,以及作为语境氛围的文化精神风范"。作者认为,这些方面在以往研究中向来重视不够。作者这样表述事实上提出了以下几个问题:(1)什么是俄苏文学?按照一种观念,原有的俄苏文学史中的"俄"指的是俄国(十月革命前以及解体后),"苏"指的是苏联,而俄苏文学指的便是不同时期的俄罗斯文学(民族或者语言),其发生地域在俄罗斯国内;按照另一种观念,俄苏文学是国别和地区文学,包括俄罗斯文学(俄语文学)和其他民族文学。文章作者提出的概念,则是综合这两种观念,把境内外所有用俄语写作且在俄罗斯精神文化氛围下创作的文学纳入考察范围。(2)如何认识俄苏文学?在这里俄苏文学中的"苏"指的是"苏维埃",即特定的国家政体和意识形态;在文学上的反映便是"社会主义现实主义"。在新形势下这是否还是一种观察视角和衡量尺度?如果是又能在何种范围适用于何种对象?显然在这里作者并不主张将其作为参照体系。(3)如何编写文学史?作者反对已经形成传统的社会背景、创作概述、

---

① 周启超:《"20世纪俄语文学":新的课题,新的视角》,《国外文学》1993年第4期,第93页。

作家专论这种写作模式,他所主张回归的"文学本位"指的是语言、诗学、文化三个层面。这似乎表明作者在历史和文学的选择上,更倾向于文学而不是历史。

在此之后,《俄罗斯文艺》杂志有意识地陆续发表了一系列文章讨论有关"重写文学史"的问题。1994年发表的有陈建华的《也谈"20世纪俄语文学史"的新架构》(第四期),周启超的《直面史实,走出误区》(第五期),任光宣的《20世纪俄罗斯文学之我见》,张建华的《寻求新的突破》(第六期)。1995年发表的有谢天振的《从比较文学角度看重写俄苏文学史》,汪介之的《阶段性:20世纪俄罗斯文学史的一个参照点——从周启超〈新的课题,新的视角〉一文说开去》(第一期),吴泽林的《苏联文学发展的独特性和我们的研究方法》(第二期),余一中的《重新审视苏联文学》(第三期),刘亚丁的《面与线:建构俄罗斯文学史的框架——兼与汪介之同志商榷》(第四期),何云波的《世纪末的回眸——重新解读苏联文学》(第五期)等。事实上,"重写文学史"的潮流不仅限于俄苏文学史。1995年在北京大学举办的全国高校外国文学教学研究会年会的主题便是"外国文学名著的重读与文学史的重构"。年会的论文汇编《文学史重构与名著重读》(北京大学出版社,1996年)中有多篇关于俄罗斯文学史研究与教学的文章,包括李明滨的《评俄编〈苏联文学史〉十年三变》、任光宣的《高校俄苏文学史教学的若干问题》、陈建华的《关于"20世纪俄语文学史"的新架构》等。

总结起来,这些学者对于"重写"的重点集中于20世纪。他们普遍不认可原有的苏联文学史的架构,认为其中思想维度的单向性导致对这一时期文学发展的认识不全面,应该将世纪初文学、苏联时期的"潜流文学"以及"侨民文学"综合起来进行研究,以达到对这时期文学历程的全面认识。但是在具体问题上各家看法并不一致。一些人主张摒弃苏联文学的传统观念,从新的角度重新审视这一时期文学发展;而另一些人则不认为原有的观念存在原则错误,只是要将视野更加开放,根据新的史料和研究成果,对原来研究中缺失部分加以补充,对于误判部分加以纠正就足够了。

较早出现的"重写类"文学史,是汪介之著《现代俄罗斯文学史纲》(南京出版社,1995年)。按照作者的观念,这部史纲所囊括的年代应该是从19世纪90年代至20世纪50年代,历经白银时代(1890—1917)、变迁时代(1917—1929)和滑坡时代(20世纪30至50年代)。现代文学的下限为1953年布宁去世、1954年爱伦堡发表《解冻》,但事实上作者只完成了前两个时代,并许诺后期成果将以续编形式另行出版。由于该书实质上主要描述的是所谓"白银时代"文学,所以视其为断代史著作。

另一部特殊的著作是李明滨主编的《俄罗斯二十世纪非主潮文学》(北岳文艺出版社,1998年)。在此书编写之前,李明滨曾先后发表《争棋无名局——评俄编〈苏联文学史〉十年三变》(《国外文学》,1995年第3期)、《半部苏联文学史怎么写》(《北京大学学报(哲学社会科学版)》,1995年第6期)等文章,认为"我国已写出的文学史仅具一半史实",因此"介绍非主潮文学势在必行",这些思想集中反映在该书的绪论之中。主编把从1890年至20世纪90年代,在原有正统社会主义现实主义文学观念影响下受到忽视和否定的作家作品、文学现象和文学思潮纳入主要考察视野,分1890—1920(批判现实主义文学及现实主义的变形、象征主义、阿克梅派、未来主义),1920—20世纪50年代中期(社会批判倾向的文学、新浪漫主义文学、"白银时代"的尾声),50年代中期至90年代(批判现实主义和现代主义诸文学、90年代的俄国后现代主义文学)三个时期。诚然,如主编所说,这部著作的宗旨是补足过去不了解、或知之甚少的"真相",属于过渡性权宜之作。但是否可以说也提出了一个有关文学史编写和研究的重要问题?受19世纪以来的"科学思想"的影响,我们对涉及历史的研究,往往会首先寻找和判定主导倾向,并且依据其发展确定某些"规律",在这种"规律"之外的现象则因其被看作不重要而关注甚少。进而形成了比较稳定和清晰的正面形象,其侧面、背面以及阴影被隐去,线条足够清晰,但是立体感因而被削弱。人们很难感到事物发展的动态性和复杂性,从而得出所有现象都是按着特定的线路朝着既定的方向运动的结论。这样的历史观恐怕就不仅仅与如何看待苏联意识形态和苏维埃文学相关了。

属于"通史类"的"重写"的20世纪文学史著作,是两部名称相同的著作。一部是李辉凡、张捷著《20世纪俄罗斯文学史》(青岛出版社,1998年,以下简称青岛本),另一部是李毓榛主编《20世纪俄罗斯文学史》(北京大学出版社,2000年,以下简称北大本)。

青岛本的写作者只有两人,与以往通史类著作经常多人合作有很大差别。这样做的优点十分明显,那就是对各种问题看法较为统一,写作风格较为一致,特别是对不同作家作品的分析评价尺度较为均衡。该书作者在"前言"中明确指出了两种错误倾向:一是对各种非社会主义文学不够重视,二是竭力贬低和否定社会主义文学及其代表作家。作者要做的是"努力纠正过去出现的偏差,反对目前出现的错误倾向,力图……还历史以本来面目"(第4页)。作者认为,"对具体的文学作品,应像恩格斯所提倡的那样,'从美学观点和历史观点'这个'最高的标准'来加以衡量,坚持艺术与政治的统一和内容与形式的统一,一方面要反对用形式主义的观点评价作品,另一方面也要防止庸俗社会学的倾向。"作者明确表示不同意"用所谓的'纯艺术'和'文学本位论'的观点"分析文学,而是主张对其进行社会历史分析,"将各种文学现象置于当时的社会变革和文学发展的具体条件下进行考察和做出判断"(前言第2页)。

作者没有像以往那样把十月革命作为时代分期的标志,而是直接分成上半期文学(1890—1950)和下半期文学(1951—1997)。上半期文学分为批判现实主义文学(无重点作家)、现代主义文学(象征主义、阿克梅主义、未来主义,无重点作家)、社会主义现实主义文学(绥拉菲莫维奇、高尔基、阿·托尔斯泰、马雅可夫斯基、叶赛宁、法捷耶夫、奥斯特洛夫斯基、肖洛霍夫)、批判主义文学和侨民文学(皮利尼亚克、扎米亚金、布尔加科夫、左琴科、普拉东诺夫)四个部分。下半期文学分为文学的发展变化、社会主义现实主义文学(柯切托夫、西蒙诺夫、恰科夫斯基、邦达列夫)、批判主义文学(爱伦堡、特瓦尔多夫斯基、特里丰诺夫、索尔仁尼琴)、传统主义文学(别洛夫、拉斯普京)和后现代主义文学。

  作者的两个观点特别引人注目。一个是关于"白银时代",作者明确表示不同意用俄国现代主义诗歌的短期繁荣来涵盖19世纪末20世纪初整个时期的俄罗斯文学,把"白银时代"作为这个时期文学史分期的依据,至于把它比作历史上的"文艺复兴","更是风马牛不相及"(第7页)。这里涉及的具体情况很复杂。"白银时代"是十月革命后一些移民国外的作家提出的,指的是他们自认为是一个"辉煌的时代"的那个时代,"冷战"时期在西方特别盛行,被用以贬低后来的苏联社会主义文学。苏联解体前后,这一称呼开始在俄罗斯流行,起初是用加引号的方式使用,没有特定的内涵。但是后来有人把文学中的现代主义出现和文化方面的宗教哲学兴起,看作是时代的主要特征,并且把社会主义现实主义提出之前的文学和文化一以贯之。90年代这种提法在中国学界出现并且开始流行,但并不是所有人都把现代主义和宗教哲学当作白银时代来理解,而是试图用其代替原来的"世纪之交的俄罗斯文学"的称呼(2006年我国翻译出版的俄科学院所编《世纪之交的俄罗斯文学(1890年代—20世纪20年代)》被改名为《俄罗斯白银时代文学史》就是个例证)。"白银时代"是否应当使用,如果使用,其具体内涵又是什么,如何评价其意义和作用,这些问题都曾经在一定程度上引发争论。包括该书作者在内的一些学者,明确反对使用这一术语来概括这一时期的文学,而另外有学者或者完全肯定别尔嘉耶夫等人以及国外一些学者的观点,或者并不刻意强调其具体语义,用于泛称。

  另一个观点是关于"批判主义"。作者把一些既不同于社会主义现实主义也不同于批判现实主义和现代主义,但是又以"批判、暴露"为基本倾向的作家冠之以"批判主义作家"。这里既包括20—30年代的皮利尼亚克、扎米亚金、布尔加科夫、左琴科、普拉东诺夫等作家,也包括所谓"解冻文学"、集中营文学和苏联后期一些持不同政见者作家。这种提法十分新颖独特,但是也引发了争论。

  对这部著作的评价出现正反两种意见。一种意见赞扬该书"作者用敏锐的目光和辩证的思维,实事求是地评价了本世纪俄罗斯文学的复杂性和多变性,在曲折而又崎岖的发展道路中廓清了各种不同的文学思潮、流派的面目"[1]。

---

[1] 陈静:《多方位的视角科学的文史观》,《俄罗斯文艺》2000年第1期,第77页。

该文作者认为"白银时代"的廓清很有意义,并且引用其他一些意见相同学者的观点,同时还非常肯定"批判主义"的提法,认为他们游离于艺术而与政治联姻,"变成反社会主义的传声筒"①。而另外也有学者对该书提出质疑。余一中在《20 世纪俄罗斯文学史能够这样写吗?——评李辉凡、张捷著〈20 世纪俄罗斯文学史〉》(《博览全书》,2004 年第九期)中,认为该书作者受"斯大林文化思想模式及其所生发出来的苏联文学教条"的影响,文学观念陈旧,对列入非主流的作家有过多的指责,评价过于政治化。文章作者认为:"如果说批判现实主义、现代主义、后现代主义都和创作方法有关而被并列为同一类概念——社会主义现实主义也勉强可与之为伍——的话,那么与批判主义同类的概念就只有赞美主义,与传统主义同类的概念就只有反传统主义或创新主义了。《文学史》把这六个来源、性质、影响各不相同,因此类别和层次也不相同的概念当作同等的章的标题,结果就出现了"一、二、三、4、戊、六"式的可笑分类"(第74页)。文章作者对该书中许多作家的评价持批评态度,此外还指出了一些年代、译文、译名等技术性失误,并总结说,该书"观点陈旧,逻辑混乱,缺乏严谨的科学态度"(第82页)。对此,原书作者在该杂志次年第一期上著文《学术评论能够这样写吗?》,对余一中的观点进行反批评,认为双方的分歧在于余文"否认苏联建设的是社会主义,否定苏联人民所取得的伟大成就,把苏联社会描绘得一团漆黑,把反对苏联社会制度的种种言论奉为圭臬,把包括《钢铁是怎样炼成的》在内的反映社会生活光明面及革命斗争和建设成就的文学作品一概加以否定,而把暴露和批判现实的作品一律尊为经典"(第121页),并且认为"批判主义"的提法是合理的,对索尔仁尼琴等人的作品的思想深度和艺术性,该书已经做了全面的分析,指出其存在问题也是合情合理的。由此可见,不同的历史观、思想观,在实践上导致文学史编写上产生的分歧,有时并不局限于学界内部和文学自身。

　　相比较而言,北大本似乎未引起较大争议。尽管"前言"中说该书是"在曹靖华先生主编的《俄苏文学史》的基础上,经过修改、补充,并吸收国内外的最新材料和研究成果,重新编写的"(第1页),对苏联文学特点的归纳与以往没有实质性区别,但是该书编写者绝大多数不同于曹本,主编所提出的观念似乎也没有在具体写作者那里完全得到贯彻。另外,内容编排组织和重点作家选择以及具体作家作品分析都有很大差异。从编写体例上看,该书似乎没有太大变化。全书把 20 世纪俄罗斯文学分为五个阶段:19 世纪末—1920 年的文学(重点作家高尔基、布宁、勃洛克、叶赛宁)、20—30 年代的文学(重点作家马雅可夫斯基、肖洛霍夫、阿·托尔斯泰、布尔加科夫、普拉东诺夫)、卫国战争和战后时期的文学(1941—1954,重点作家法捷耶夫、阿赫玛托娃、列昂诺夫、帕斯捷尔纳

---

① 陈静:《多方位的视角科学的文史观》,第 79 页。

克)、1954—1985年文学(重点作家特瓦尔多夫斯基、拉斯普京、索尔仁尼琴、艾特玛托夫)和当代文学(1985—1998)。与曹本相比,分期上差别不大,曹本中的20年代和30年代被合并成了一个时期,曹本第三卷的几个分期也被合并。区别较大的是重点作家选择,保留了高尔基、马雅可夫斯基、肖洛霍夫、阿·托尔斯泰、法捷耶夫、列昂诺夫、特瓦尔多夫斯基,增加了布宁、布尔加科夫、普拉东诺夫、阿赫玛托娃、帕斯捷尔纳克、索尔仁尼琴、拉斯普京、艾特玛托夫,删除了奥斯特洛夫斯基和费定,勃洛克、叶赛宁由次重点作家上升为重点作家。由于是20世纪文学,所以内容增加较多的一是世纪初文学,二是"改革"前后文学。编写者没有像一些"重写派"学者主张的以主流文学、潜流文学和侨民文学三大板块来建构20世纪文学史,也没有放弃时代背景与文学创作的联系。在具体作家研究中基本上保持了创作概论和代表性作品分析的套路,但是明显弱化了对于作家政治思想倾向的评判,某些章节的写作者也体现了良好的素养、敏锐的洞察力。只是由于集体写作,各部分很难保持相对一致的视角和体例,水准也有差别,某些观点略显保守。总而言之,该书没有刻意强调观念性,面对各方意见分歧总体立场持中,这与该书的教材用途取向不无关系。

进入新世纪,文学史的编写出版不再具有20世纪八九十年代那种规模,大型通史类著作明显减少。不过,还是有几部著作值得关注。

任光宣主编的《俄罗斯文学简史》(北京大学出版社,2006年)是其中规模较大的一部,虽然名为简史,但其总字数有55万字,囊括了从古代至21世纪初的俄罗斯文学。该书的编排特点鲜明。特点一,不再对文学分期做更多的工作,而是采用了"世纪"作为分界进行大块组合,全书四章为古代俄罗斯文学(11—17世纪)、18世纪俄罗斯文学、19世纪俄罗斯文学和20世纪俄罗斯文学。特点二,弱化了社会历史背景,各个时代的社会历史背景被更为直接的文学、文化发展概述所取代。特点三,各个时期的文学概述以及作家作品分析按照诗歌、小说、戏剧展开,一个作家如果同时是小说家、戏剧家、诗人,则其创作情况会分开叙述。特点四,不再突出强调社会思潮、文学思潮和文学斗争,像别林斯基等批评家没有了原来的突出位置。特点五,80年代以后的当代文学内容有了很大增强。特点六,各个流派的作家的取舍不因创作倾向而定。

这些特点被该书的评论者敏感察觉。曾思艺发表书评《一部新颖、深刻的俄国文学简史——评任光宣主编〈俄罗斯文学简史〉》(《中华读书报》,2008年1月2日),较为详细地分析和评价了这部著作。他认为该书的编排突出了文学的体裁性,避免了以往的不足,即"过多的时代社会和文化介绍,冲淡了文学本身的解析,特别是这种重视每一时期的整体文学发展概况的写法,忽视了每一种文学体裁自身的独特性及其发展规律,往往使学生读后仅仅知道文学史发展的大概线索和某些代表作家及其代表作品,而对作品的艺术性尤其是文学体裁的发展,了解极少,从而把文学史这门主要是艺术发展史的学科变成了社会发展史和文化发展史"。另外,文章作者也肯定了《俄罗斯文学简史》在吸收新的研究成果和加强艺术分析上所取得的成就。不过他也谈到该书"对俄罗斯文艺理论和文学批评着墨太少,更没有把它当作一种体裁加以介绍",而这些曾对俄罗斯文学创作起到过重要指导作用。还有一点便是"对每一文体发展流变的概括和归纳还很不够,可进一步从理论上加强对其发展流变规律的总结,使之上升到文体学的高度"。这些意见的合理性显而易见,但是从根本上讲任何一部文学史都不可能终结所有问题,因此出于特定考虑(篇幅、用途、读者对象等)对文学史编写重点做出取舍也是理所当然的。

另外一部《俄罗斯文学简史》(上海外语教育出版社,2006年)是由郑体武独立完成的。该书"以一般读者为对象","试图在文学史的观念上有所推陈出新,在材料和观点上合理吸收学界的最新成果,包括作者本人的成果"(后记第289页)。该书如任光宣主编的同名著作一样,也没有明显提出把20世纪文学分三个板块构成,在具体作家作品分析评价上综合采用了多种批评方法,艺术分析上更具个人特色。但该书总体规模有限,只有23万多字,是名符其实的简史,这也限制了作者特点的发挥。20世纪俄罗斯作家专节介绍的只有12位,其中七人可以归于"白银时代文学",除了较早成名的高尔基之外,真正属于苏联时期的作家只有肖洛霍夫、布尔加科夫、拉斯普京和索尔仁尼琴四人。刘文飞的《插图本俄国文学史》(北京大学出版社,2010年)也是一部比较"通俗"的文学史,没有过多驻足于通史所要求的背景、作家生平及作品内容介绍。作家的选择也具有个人特色,因此该书应该不属于学术研究以及教科书、教学参考书系列。

第四节 体裁史与断代史研究及其他

在综合性通史写作的同时,从80年代开始,由中国学者编写的各种体裁史和断代史陆续出版问世,成为俄罗斯文学史研究的另一个重要领域。和通史类著作不同,这类著作的编写绝大多数情况下是由个人独立完成的。

小说史方面主要有彭克巽的《苏联小说史》(北京十月文艺出版社,1988年)、许贤绪的《当代苏联小说史》(上海外语教育出版社,1991年),任子峰的《俄国小说史》(北京大学出版社,2010年)。彭克巽的《苏联小说史》开宗明义指出此书是"从艺术流派的角度来探讨苏联小说史的一个尝试"(第1页)。作者特别重视同时代的国外研究动态,在该书附录的《国外苏联小说研究趋向》一文中,着重梳理了国外特别是欧美和日本在该领域的研究倾向和成果,这对打破当时研究维度较为单一的格局无疑具有重要意义。该书比较重视流派、思潮和小说创作的文体风格,不仅关注现实主义和社会主义现实主义创作的传统,而且对许多现代派以及浪漫派倾向的创作也予以关注。特别是在后几个时期贯穿的对"事件小说""命运小说""写实主义"和"浪漫小说"的考察,更让史的线索变得突出。任子峰的《俄国小说史》体例上比较传统,主要是延续了从大的历史分期、各时期的创作概况,到主要作家的生平与创作介绍、重点作品分析和总体艺术特征归纳的思路。作者的注意力主要集中于对作家作品及其艺术风格的分析和把握,整体上与通史写作比较接近。

诗歌史方面,主要有徐稚芳的《俄罗斯诗歌史》(北京大学出版社,1989年)、朱宪生的《俄罗斯抒情诗史》(陕西人民教育出版社,1993年)、刘文飞的《二十世纪俄语诗史》(社会科学文献出版社,1996年)、许贤绪的《20世纪俄罗斯诗歌史》(上海外语教育出版社,1997年)。徐稚芳的《俄罗斯诗歌史》是我国第一部系统介绍俄罗斯诗歌发展进程的著作。与同时期的通史类著作不同,作者认为"在俄国社会发展中,在解放运动中一些起过积极推动作用的优秀作品,理应给予高度评价,而另一些诗歌,虽无重大思想内容,但确属真、善、美的艺术佳作,也同样予以重视,不加排斥"(前言第1页)。因此像丘特切夫、费特等诗人在该著作中有了比以往突出的位置,特别是有关丘特切夫的一章,成了与普希金、涅克拉索夫并列的仅有的三个诗人专章之一。刘文飞和许贤绪的诗歌史,是在新的历史条件下完成的,他们的共同点是都将很大篇幅给予了对19世纪末至20世纪初的诗歌发展的论述,其中这一部分在刘文飞著作中占2/5,在许贤绪著作中占了30%。还有一点相似性体现于编写原则。刘文飞虽然使用"俄语诗史"的称谓,但是却不主张"坚持以往的俄苏文学研究中主要依据政治的、社会的等原则所作的俄国文学与苏联文学、主流文学与非主流文学、境内文学与侨民文学等等的区分",而是"将二十世纪世界范围内的俄语诗歌作为一个整体来看待"(前言第2页)。许贤绪则认为自己采取了"折中的、也可以说是比较公正全面的立场:既要让过去因种种原因受到忽视的诗人们'回归',也不把过去一直受到肯定、名高位尊的诗人们随便拉下"(前言第1页)。两人差别比较大的地方是在编写体例上,除了十月革命前二人都是以流派方式叙述外,在后面时期则差别非常明显。刘文飞主要是以自然年代划分,各时期均以主要现象和总体特征分节叙述,"在章节的划分和文字的分配中","没有考虑'平衡'的问题,对于一些重要时期、重要诗人作了较多叙述,并且在一些有意义的'问题'上停留较久;同时……对诗人的身世、诗坛的掌故作一些介绍,对一些诗作也作了一些感受式的分析"(前言第2页)。而许贤绪则是"概论和专论相结合,以专论为主"(前言第3页)。除少数几章为概论外,大部分章节以诗人专论形式出现。有意思的是苏联前期的诗人划分是以流派、风格、主题(题材)为原则,而后半期则主要是以"代次"为划分依据,出现了不一致的现象。在具体作品分析上,刘文飞以"点评"为主,只对为数不多的作品"停留较久",而许贤绪则对具体作品尤其是被认为是主要作品的内容分析较为细致。

戏剧史方面著作不多,主要有王爱民、任何的《俄国戏剧史概要》(中国戏剧出版社,1984年),冉国选的《俄国戏剧简史》(河南大学出版社,1992年)。值得注意的是,王爱民、任何的著作是上海戏剧学院和中央戏剧学院合编的教材。因此,在他们的著作中除了戏剧文学部分,还加入了剧院与演剧艺术内容,对剧院设置、演出活动、导演和演员艺术等方面有所介绍。

思潮史与文学批评史方面主要有刘宁、程正民著《俄苏文学批评史》(北京师范大学出版社,1992年,以下简称刘本)、张杰、汪介之的《20世纪俄罗斯文学批评史》(译林出版社,2000年,以下简称张本)。二者时代重合度不高,刘本虽然分为俄国文学批评和苏联文学批评两编,但实际上苏联部分只写到20世纪30年代,以高尔基为结束;张本则是从19世纪末一直到20世纪90年代。二者实质性的区别在于研究考察对象和考察内容。刘本认为,"批评史应通过对具有代表性的批评流派、批评家和作家的批评活动及其批评的具体分析、研究,揭示文学批评与一定时代和社会的哲学、政治思潮、文艺思潮和文学运动之间的内在联系,阐明其发展、演变的历史规律性,对不同批评流派及其代表人物在批评史上的地位和作用做出实事求是的科学评价"(前言11页)。张本则认为此书"内容包括对这一时期的俄罗斯(含苏联时期)文学理论与批评的发展进程、流派演变、主要成就与特点的论述,它既不是一部纯粹的文学理论史,也不限于对文学批评实绩的记载,而是这两者的结合"(第1页)。由此可以看出,刘本更注重批评实践,张本则有相当部分是对同时期各种文学理论研究的叙述。二者的区别也体现在观念的不同,例如二者都涉及对卢那察尔斯基的评价,刘本总结卢那察尔斯基在批评活动方面的主要贡献,与以往苏联文学史的总体评价比较接近,而张本则指出了卢那察尔斯基的批评与后来庸俗社会学批评的差别,认为他虽然察觉到"左派病"的危险,但已经不能再与之进行有效的斗争,因此"他的去世似乎有着某种象征意义"(第265页)。

除通史和体裁史外,还有一些断代史著作,如李明滨、李毓榛主编《苏联当代文学概观》、刘亚丁的《十九世纪俄国文学史纲》(四川大学出版社,1989年)、汪介之的《现代俄罗斯文学史纲》、张捷的《苏联文学的最后七年》(社会科学文献出版社,1994年)、张冰的《白银时代俄国文学思潮与流派》(人民文学出版社,2006年)、李辉凡的《俄国"白银时代"文学概观》(中国社会科学出版社,2008年)等。其中一部分属当代动态研究,不能完全列入断代史范围,有些则属于文学研究和历史研究二者兼具。刘亚丁的《十九世纪俄国文学史纲》提出的某些原则很引人瞩目。他在序言中提出了以文化走向为线索来编写文学史的设想,即以文化的走向和作家文化认同的变化为依据来考察文学的发展。他没有使用常见的"三阶段论"划分方式,而是把19世纪俄国文学分为西方文化强烈冲击俄国时期(前40年)、俄国精英分子开始反思文化认同问题时期(40—60年代)以及俄罗斯传统文化在整合了西方文化合理因素之后的繁荣期。作者的这些主张与巴赫金所强调的"不应该把文学同其余的文化割裂开来,也不应该像通常所做的那样,越过文化把文学直接与社会经济因素联系起来"①的观点是相通的。但是如果把某一特定时期封闭起来,或者只关注精神文化、民族文化心理层面却是不够的,这是该书的不足之处。

除上述中文著作外,我国还有一些用俄语完成的文学史著作,如周敏显的《俄罗斯文学史》(上海外语教育出版社,1990年)、任光宣、张建华、余一中的《俄罗斯文学史》(北京大学出版社,2003年)、郑体武主编的《俄罗斯文学史》(上下卷,上海外语教育出版社,2008年)、刘珊的《10—19世纪俄罗斯文学史》(辽宁大学出版社,2010年)等。用外语写作文学史的目的有两个,一个是帮助本国初学者直接接触原文语料,对文学发展的认识更为直接,同时对学习掌握外语有很大益处;另一个是越过语言障碍,与对象国更好地交流对话。但在目前阶段,这些俄语著作主要还是在第一个层面上,尚无法达到与国外学者对话的高度。

总结新中国成立以来60年的俄罗斯文学史研究,我们觉得有以下几个问题值得思考。

1. 研究范围:"国别的(地区的)"还是"民族的(语言的)"。作为地理学意义上的"俄罗斯"历史疆域与当前疆域有很大不同,因此作为国别文学研究,考察范围就要涵盖各个时期俄罗斯国家境内发生的所有文学,包括俄罗斯民族和其他民族作家的俄语、民族语言以及其他语言的创作。但是到目前为止只有个别著作被提及,如在沙皇俄国期间提到了谢甫琴科的创作,其他的作家被提及的情况很少。倒是有关苏联文学的著作中提及其他民族作家的还多一些,并且在这一意义下是否应该把侨民文学纳入考察范围就成了问题,因为侨民文学整体上与境内文学发展关系并不总是很紧密,很多文学创作至少在当时对境内受众影响不大。作为民族学意义的俄罗斯,其文学应该主要是指俄罗斯族作家所创作的文学,或者还可以把其他一些以俄语为母语或主要创作语言的作家纳入考察范围,尤其是20世纪的许多犹太作家,如爱伦堡、帕斯捷尔纳克、皮利尼亚克、巴别尔、曼德尔施塔姆等。90年代中期一些学者所主张的"俄语文学"便是试图将全球范围内的俄语文学纳入其中。但是这同样有许多问题尚待解决,比如是否应当将俄罗斯族作家的非俄语写作、一些俄罗斯族和非俄罗斯族双语作家的全部创作纳入考察范围。晚近一些的20世纪俄罗斯文学史中,已经很少

---

① 巴赫金:《巴赫金文集》,第四卷,河北教育出版社,1998年,第364页。

提及如贝科夫、艾特玛托夫、顿巴泽等人的创作,但是却把纳博科夫和布罗茨基列为重点作家,这样做的理由显然并不充分。

2. 研究对象:"文学的历史"还是"历史上的文学"。前者更注重文学发展的历史脉络,把文学创作纳入社会历史背景之下,关注文学与社会政治、社会思潮和文艺思潮的关系,意图归纳出各个时期的总体特征和整个历史发展的总体规律。通常情况下,这类研究将文学思潮、文学流派和文学斗争当作研究重点。这样做固然可以突出文学是特定社会意识形态的产物,但是有时候由于过分强调这一点而导致文学史研究得出的结论与一般历史认识差别不大。后者更侧重对不同时期具体作家创作的分析评价,注重作家的创作个性和艺术成就。但是由于文学的特殊性所导致的复杂性和丰富性,我们很难用相对统一的标准和尺度来对待具体作家和具体作品,这就是为什么会出现不同著作中所考察的作家作品存在很大差异的重要原因。有的学者看重具有时代意义的作家创作,有的学者则更看重"大时间"(巴赫金语)上具有"永恒价值"的作家创作。

3. 研究方法:"单一性"和"多元化"。"单一性"指的是对所有研究对象采用相对统一的研究方法和思路,形成较为统一的格局和套路。这样做的好处是史学脉络清楚,操作简便,读者容易理解和掌握。目前已有的大部分著作总的来说整体上采用了这一研究方法,主张用"科学的、客观的"方法进行研究,并且相对来讲采用社会学批评和审美评价相结合的方法占主导,其他诸如心理学、神话学、符号学、叙事学、接受美学以及"新批评"、女权主义等则只是局部地存在于对个别作家的评价分析。首先,要考察具体的社会历史背景,社会的政治斗争,各种主要的社会思潮和文学思潮,文学斗争等。然后,在各个流派和思潮框架下考察具有代表性的作家以及代表性作品。在具体作品分析中首先侧重作品的思想性,然后是艺术性。在艺术性分析方面先是考察形象塑造,最后是写作特点,如作品结构、语言、风格等。而"多元化"则指的是针对不同对象甚至同一对象采用不同的研究方法。用这样的方法来研究文学史的通史类著作目前在我国还几乎没有,个别体裁史和断代史有所体现。"多元化"的好处是令研究更加丰富多彩,更能迅速吸收最新的研究成果。但是这样做对研究者的要求会更高,要有更广阔的知识和更强的能力,同时对读者也会提出更高的要求。

4. 研究视角:如何获得"他者"的视角。文学史归根结底是针对过去的历史,因此研究者与研究对象不可能处于同一个时空中。在历史研究中,"不能把研究者从研究中消除(实际上也不可能),而要意识到他的存在并且最大限度考虑到这一点应该如何体现在描述中"①。对于本国、本民族文学史是如此,对于外国文学史更是如此。建国以来,曾经有很长时间,我国的俄罗斯文学编写高

---

① 洛特曼:《符号域》,俄文版,圣彼得堡,2001年,第368页。

度依赖苏联文学史和文学研究。这种局面从 90 年代中期以来有所改观,研究者的视野开始扩大,已经不再局限于当前俄罗斯的研究成果,开始更深入历史,并且关注俄罗斯以外特别是欧美文学界的研究成果。但是"中国学者"的视域还未真正形成,只有少数人(如李辉凡等人)对一些问题明确展现了个人独有的见解,大多数研究者留下的印痕都有迹可查,特色依然不够突出。虽然有了一些俄文版的文学史,这些著作还未能很好地承担起对外宣示"中国特色"的责任,与俄罗斯学者对话交流的意识尚不突出。

5. 写作策略:"重写"与"遮蔽"。在进行历史叙述时,往往编写者会强调客观公正性,即对历史事件不刻意主观化选择和评价。但事实上编写者不可能不带有主观色彩,一些被认为是重要的现象和细节会得到强调,其他一些则会被淡化或遮蔽。随着历史的增厚,根据形势变化,"重写"变得重要起来。编写者会根据时代要求重新编写历史,其中被淡化和遮蔽的现象和细节也会越来越多。这样经过多次"重写"形成的历史积淀,可能会令新的"重写者"不满意,但是要想还原事实重新认识不仅困难,而且有时甚至难以完成。更为致命的是新的"重写"完全可能重蹈覆辙。在实践中,古代以及 19 世纪以前的俄罗斯文学已经相当程度被简化,19 世纪的文学也在被简化中,而 20 世纪文学由于时间距离还不算远,"重写"的条件还比较充足。这就是为什么更多的人会更愿意在"重写"20 世纪文学史上下功夫,但是"淡化"和"遮蔽"的危险已经开始出现。如何在突出重点与保持历史细节丰富生动性上持平,是未来俄罗斯文学史编写者应当认真考虑的问题。

总的来说,新中国成立六十多年来,我国的俄罗斯文学史编写成绩斐然。几代学者共同努力,为两个民族和两个国家的文化交流做出了卓越贡献。回顾和总结历史,如何编写出具有可观学术性而又富有中国特色的俄罗斯文学史,道路还很漫长,任务依然非常艰巨。

第八章
美国文学史研究

美国文学作为后起的文学，在中国的研究起步较晚。虽然1919年田汉就发表了《平民诗人惠特曼百年祭》，到1930年前后才出现比较有影响的美国文学研究著作，以曾虚白1929年发表的《美国文学ABC》和1934年《现代》杂志推出的"现代美国文学专号"为突出代表①。二战以后，美国在中国的影响扩大，再加上美国政府的支持，美国文学研究有较大发展，40年代后期曾经出版一套美国文学丛书。新中国成立后由于我国在政治上采取向社会主义苏联一边倒的方针，美国文学遭到了冷遇，美国文学史只是作为英国文学史的一部分略加介绍。② 但是随着1972年尼克松访华打开中美关系大门，在中美苏三角关系中美国受到特殊重视，而改革开放主要就是向西方资本主义世界打开国门，中美关系迅速升温，美国文学在中国得到高度重视。"文化大革命"以后出版的第一部国别文学史就是1978年问世的《美国文学简史》上册。此后各种美国文学史层出不穷，使美国文学史研究在当代中国成为最为热门的国别文学史研究。

第一节 美国文学史研究综述

新中国的外国文学研究总是与政治有紧密联系，这在20世纪50年代对美国文学的刻意冷落中看得很清楚。中苏从50年代的同盟关系，经过60年代初的两党论战，再发展到60年代后期因边界问题引起的全面对抗。在这种形势下中美关系发生了悄悄的变化。1963年，经教育部批准在山东大学设立了美

---

① 参看龚翰熊对早期美国文学研究的评述，《西方文学研究》，福建人民出版社，2005年，第172—182页。
② 高等教育出版社1956年11月出版的《英国文学史教学大纲》共十章，第一至九章介绍从中世纪到20世纪的英国文学，第十章介绍现代美国文学。

国现代文学研究室,并从1964年开始编辑出版《现代美国文学研究》内部发行。虽然研究室成立刚三年就赶上了"文化大革命"十年动乱,但毕竟打下了美国文学研究的初步基础。因此在"文化大革命"以后外国文学研究全面恢复时,山东大学在美国文学研究方面的优势就发挥了出来。1978年1月,在山东大学举行了美国文学研讨会,并决定成立美国文学研究会筹备组;美国现代文学研究室也升格为美国现代文学研究所。1978年12月《美国文学简史》上册由人民文学出版社出版。1979年1月1日中美建交,同年6月山东师范学院聊城分院出版了由外国文学教研室李广熙编译的《美国文学大事年表(1493—1979)》,前言指出曾得到山东大学美国现代文学研究所王文彬等的支持和帮助。该书虽然篇幅不大,而且不全,选材有偏颇,但仍可看出美国文学发展的概貌,特别是20世纪的发展。另外,从本书的两个附录分别重点介绍马克·吐温和杰克·伦敦生平创作也可看出当时国内关注的重点作家。1979年8月22日至9月2日在烟台举行了美国文学研究会成立大会暨首届学术研讨会,由时任山东大学校长吴富恒教授任会长。把这些日期联系起来可以清楚看到改革开放伊始,美国文学研究就得到了前所未有的重视。①

从20世纪80年代开始我国的外国文学研究逐渐走上正轨,翻译介绍现当代外国文学作品是当务之急,而文学史研究则稍嫌滞后。虽然《美国文学简史》上册1978年就已问世,下册却迟至1986年才出版。由于间隔时间较长,而且经过改革开放的洗礼人们的思想观念已经有了巨大变化,因此《美国文学简史》下册问世时也对上册进行了修订。这套上下两册的《美国文学简史》虽然篇幅不长,但著者都是对美国文学深有研究的学者,编写质量很高,出版之后广受读者欢迎。可能正是由于《美国文学简史》影响太大,整个20世纪80年代竟然没有新的美国文学史著作问世。从1990年常耀信著英文版《美国文学简史》出版开始,各种美国文学史著作相继问世,发行量最大的是作为英语专业教材的多种英文版著作。②1993年辽宁教育出版社出版了张锦著《当代美国文学史纲》,同年河南人民出版社出版了郭继德著《美国戏剧史》。1996年吉林教育出版社出版了傅景川的《20世纪美国小说史》。1998年南开大学出版社出版常耀信著《美国文学史》上卷,同年青岛出版社出版了杨仁敬著《20世纪美国文学史》,是

---

① 参看王弋璇:《中国美国文学研究的回顾与展望——郭继德先生访谈录》,载《英美文学研究论丛》第11辑,上海外语教育出版社,2009年,第2—5页。

② 常耀信著英文版《美国文学简史》作为高年级英语专业教材1990年由南开大学出版社出版,1998和2005先后出新版,是影响很大的教材;还有吴伟仁主编的英文版《美国文学史及选读》(外语教学与研究出版社1990)和旅美学者童明专门为中国读者编写的英文版《美国文学史》(第一版译林出版社2002,增订版外语教学与研究出版社2008)等。钱青主编的英文版《美国文学名著精选》(上下册,商务印书馆1994)对重要作家和各个时期有比较详细的中文介绍,也可以说起到了文学史的作用。

20世纪国别文学史系列中篇幅最长的。1999年南京大学出版社出版了周维培的《当代美国戏剧史》。进入新世纪,南京大学刘海平、王守仁主编的《新编美国文学史》在2000至2002年间问世,四卷总篇幅约220万字,是目前我国出版的篇幅最长的美国文学史。2002年董衡巽主编的《美国文学简史》出版了修订后的两册合订本,至今仍是研究美国文学的必备参考书。2006年译林出版社出版了王家湘著《20世纪美国黑人小说史》,2008年上海外语教育出版社出版了杨仁敬、杨凌雁合著的《美国文学简史》。美国文学史从出版数量来看超过其他各国别文学史。从20世纪50年代无人问津,到新世纪独占鳌头,美国文学史在中国的地位可以说是发生了天翻地覆的变化。

美国文学史不仅出版的著作数量大,种类多,而且出版的译著更引人注目。1988年《哥伦比亚美国文学史》出版以后,国内很快组织翻译,中文版1994年由四川辞书出版社出版。1996年《剑桥美国文学史》出版后,国内更是组织多所院校的教师合作翻译,从1999年开始着手,到2010年八卷全部出齐,历时长达11年。中央编译出版社出版此书更带有明显的政治色彩。与此相反,其他国别文学史在新时期的翻译则很有限。曾经颇受重视的英国文学史只翻译了《简明牛津英国文学史》;法国文学史只在90年代翻译了布吕奈尔的《19世纪法国文学史》(1972年)和《20世纪法国文学史》(1980年),没有一部通史。德国文学史方面也如此,1984年翻译的苏联科学院编《德国近代文学史》篇幅较大,然后只有1991年翻译出版的《联邦德国文学史》和2006年出版的《纳粹德国文学史》,也没有通史。韩国文学史有两部,分别为《韩国文学史》(1998年)和《现代韩国文学史》(2000年),但都是韩国大山财团资助的。日本文学史只是在改革开放早期出版过几种,后来没有新的日本文学史译本。《苏联文学史》也是1982年和1987年有译本,以后再没有。比较特殊的是《俄罗斯白银时代文学史》(敦煌文艺出版社,2006年)和《俄罗斯侨民文学史》(人民文学出版社,2004年),不过这两种文学史的出版带有对国内研究补缺性质。这么一比较,就不难看出美国文学史受到何等重视。

第二节 几部影响较大的美国文学史

从前面的介绍可以看出美国文学史研究和出版的繁荣局面。本节将重点探讨董衡巽主编《美国文学简史》、常耀信著《美国文学史》上册和刘海平、王守仁主编的四卷本《新编美国文学史》。《美国文学简史》上册署名董衡巽、朱虹、施咸荣、郑土生编著,1978年12月由人民文学出版社出版,那也恰好是中美宣布正式建交的时间。本书篇幅不大,只有220页,约15万字,分殖民地时期、独立革命到南北战争时期、南北战争到第一次世界大战时期三章。第一章殖民地时期篇幅最短，分为三节，在简述印第安人生活和文化之后，重点介绍富兰克林、潘恩和杰弗逊的散文，以及"资产阶级革命诗人"弗瑞诺。第二章叙述从18世纪末美国独立到1860年代南北战争时期的文学，在概述之外，分为前期浪漫主义、后期浪漫主义、废奴文学、黑人文学和华尔特·惠特曼五章。第三章叙述19世纪中后期到20世纪初期美国文学，分为七节，第三节专门介绍马克·吐温，第六节专门介绍杰克·伦敦。第二和第三章重点介绍的作家还有欧文、库珀、爱默生、梭罗、霍桑、梅尔维尔、艾伦·坡、朗费罗、豪威尔斯、詹姆斯、华顿、诺里斯、克莱恩等。本书的特点是结构清晰，层次分明，叙述言简意赅，重点突出，在有限的篇幅内对重要作家作品、重要流派思潮有精到的评论介绍，特别是对于当时最受重视的惠特曼、马克·吐温和杰克·伦敦等的分析给人印象深刻。

　　对19世纪美国文学影响最大的无疑是爱默生为代表的超验主义，本书给予了充分注意，对超验主义的来龙去脉、基本内容、影响范围、与当时美国社会的关系都有精到叙述。在概述中对超验主义有这样的介绍："超验主义观点的核心是主张人能超越感觉和理性而直接认识真理，这是一种唯心主义观点，但在当时条件下是为反对机械论而提出来的，它强调人的主观能动性，有助于打破加尔文教的'人性恶'、'定命论'等教条的束缚，并为热情奔放、抒发个性的浪漫主义文学提供了思想基础。超验主义是伴随资本主义的发展而必定出现的思想解放运动，这一思潮及其影响下的文学创作又有'新英格兰文艺复兴'之称"（第30页）。在对爱默生创作的介绍中又指出他的基本出发点就是反对权威，主张人凭自己的智慧和理解力就可以直接得到知识，他的超验主义思想在反对宗教愚昧的同时，大力倡导发扬个性、推崇精神万能，实际上代表了浪漫主义对以金钱为中心的资本主义物质文明的否定。《简史》对爱默生的论述最后一段在指出超验主义积极作用的同时，强调其局限性："'打倒权威'也好，'相信自己'也好，超验主义思想完全属于资产阶级世界观范畴，其核心仍然是一个资产阶级个人主义"（第61页）。

　　《美国文学简史》是"文化大革命"后出版的第一部国别文学史，也是新中国第一部美国文学史，出版之后受到广泛关注。王佐良先生在《世界文学》发表书评《中国第一本美国文学史——评〈美国文学简史〉》，认为本书最重要的特点是基本史实叙述清楚，努力用马克思主义观点看待文学现象，重视美国文学的进步传统，又不忽视如詹姆斯和狄更生等重要作家[①]。杨周翰先生则在《光明日报》发表《〈美国文学简史〉读后》，称赞本书"紧扣美国文学的民族特点，体现出

[①] 王佐良：《中国第一本美国文学史——评〈美国文学简史〉》，《世界文学》1979年第5期，第307页。

了美国文学的特殊性",在介绍流派、作家和作品时"力求把他们产生的背景交代清楚"①。两位前辈学者充分肯定《美国文学简史》引用作品说明观点的做法,并实事求是地指出了书中还存在的一些缺陷,在这方面两人的观点形成某种互补:王佐良先生指出把杰克·伦敦看得与惠特曼和马克·吐温同等重要值得商榷,"好像无论从思想内容或艺术成就来说都未必达到同样的高度"②,杨周翰先生则认为杰克·伦敦一节"写得极好",而希望在对诸如"黑幕揭发"和"乡土文学"产生的背景等的介绍方面予以加强。《简史》对有些作家的评论虽然不多却很切中要害。如对美国第一个重要黑人作家弗莱德里克·道格拉斯的评论只有两页,但对他的自传不同版本的演变过程交代得很清楚,从而说明"道格拉斯的自传通过他本人的丰富的生活经历,记载了南北战争前后几乎整整一个世纪的政治、经济、社会和宗教状况"(第 111 页)。惠特曼作为"美国新兴资产阶级最重要也是最后的一位歌手"在《简史》中得到充分论述,相关评论长达 15 页。《新编美国文学史》特别称赞《简史》对惠特曼的介绍,说"在学术界,惠特曼首次得到全面而客观的评价"(第 434 页)。

作为"文化大革命"后期开始编写的著作,《美国文学简史》上册也带有那个时代的痕迹,如主要以革命导师的论断来评论美国革命和独立后的早期发展等历史背景。在对具体作家的评论方面,关于艾伦·坡的评价显然有失公允。如说他"自以为'怀才不遇'","他所谓的'纯诗歌'完全是由怪诞病态的形象所构成,散发着消极颓废的情绪",他的"短篇小说内容不是描写变态心理就是描写颓败、死亡的情景",他的"创作属于欧美文学中的逆流"(第 51—54 页)等等。还有在对《白鲸》的介绍中过于强调本书"通过佩阔德号出航捕鲸的惊心动魄的事迹表明,鲸油所代表的财富是用捕鲸工人的血汗与生命换来的"(第 82 页),但对小说所表现的象征意义却重视不够。《简史》对堪称 19 世纪美国文学代表作的《白鲸》的评论只有约 3 页,而对在文学史上地位较低的《汤姆叔叔的小屋》的评论则有 6 页之多,这显然是政治批评压倒文学批评的表现。除此之外,在具体批评方面也有疏漏。比如在对黑人奴隶悲歌的介绍中只给了三行重复的例子,然后指出后来的布鲁士"改为第一句描写事实,第二句重复,第三句描写反应,这种三行一节的格律成了布鲁士标准格律"(第 100 页)。此处,若能举例则更好。由于 1986 年下册出版时中国的改革开放已经走过了七八年,社会各方面都发生了深刻变化,对美国文学的认识也有了很大改变,因此编著者借上册再版的机会进行了修订,主要是弱化上册存在的"文化大革命"影响,如大量使用革命导师语录、评论方面过于强调阶级分析和阶级斗争、结尾总是"局限"

---

① 杨周翰:《〈美国文学简史〉读后》,《光明日报》1979 年 6 月 12 日第 4 版。
② 王佐良:《中国第一本美国文学史——评〈美国文学简史〉》,第 308 页。

之类。但编辑体例、章节划分均没有任何改变,上册的篇幅也只增加了约两千字,达到15.7万字。

董衡巽、朱虹、施咸荣和李文俊编著的《美国文学简史》下册介绍从第一次世界大战到20世纪80年代之前的20世纪美国文学。这一时期美国文学迅速发展,不仅确立了鲜明的本国特色,而且大作家层出不穷,在世界文学中赢得突出地位。从德莱塞、刘易斯等现实主义甚至自然主义作家,到海明威、菲茨杰拉德等迷惘的一代,再到以福克纳为代表的南方小说,以多斯·帕索斯和斯坦贝克为代表的30年代小说。另外,在诗歌领域出现了庞德和艾略特两位影响深远的大师,而戏剧领域则产生了奥尼尔这位大家,标志着美国戏剧的成熟;说20世纪前40年美国文学领世界文学风骚也不为过。二战以后的美国文学,小说创作流派纷呈,大家不断,戏剧方面也有名家。小说方面先有垮掉的一代,然后是黑色幽默和后现代小说,代表人物中最有影响的是犹太小说家辛格、贝娄、马拉默德等;还有黑人小说家,如写出《土生子》的赖特、写出《根》的哈利和写出《隐身人》的埃里森等。戏剧方面涌现出威廉斯、米勒和阿尔比等著名作家。诗歌方面虽有不少标新立异者,但大诗人似乎不多。虽然下册的篇幅比上册增加了一倍多,对重要作家的分析论述也不能同上册的详尽程度相比,而对于次重要作家,有时只能简单提及。

从1986年版"后记"可以看到文学批评上的一些微妙变化,如把"倾向消极或颓废的"改为"倾向复杂的",把"不论是进步的还是反动的"改为"不论是进步的还是守旧的",把"思想消极的"改为"思想复杂的",把"毛主席"改为"毛泽东同志"等。另外,1978年版"后记"最后一段是这样写的:"本书在写作和修改过程中,得到所内外许多同志的帮助和支持,这里表示感谢。我们限于马克思主义的水平,对美国文学又缺乏长期的、深入的研究,缺点和错误肯定不少,希望得到读者批评指出,帮助我们进一步修改。"这里的第二句前半句是20世纪70年代的套话,而"对美国文学又缺乏长期的、深入的研究"在当时符合实情。1986版"后记"最后一段则言简意赅:"欢迎读者对本书存在的错误和缺点批评指出,帮助进一步修改"。但后记主体部分,也就是为研究美国文学寻找理由的内容并没有大的改动。盛宁称赞"《简史》在坚持自己的价值判断标准的同时,却也并不采取唯意识形态内容是定的绝对化的态度"①。董乐山高度评价《美国文学简史》取得的成就,认为该书"把重点放在两次世界大战之间的现代和第二次世界大战后的当代,这可以说是本书的一个特色",而"能够以实事求是的态度,深入细致的方法,从哲学和美学的深度,分析上述一些重要作家的创作态

---

① 盛宁:《用马克思主义观点编写文学史——兼评〈美国文学简史〉》,《外国文学》1987年第3期,第90页。

度、方法和成就,使人有耳目一新、获益良多的感受,这是本书的第二个特色"①。

《美国文学简史》2002年修订版主编董衡巽撰写的"前言"开头的话尤其发人深思:"写这部书之前,曾经拜访过朱光潜老师,征求他对写文学史的意见。谁知他一听我们的来意,不假思索就立刻表示反对。他说作家还没有研究好,写什么文学史! 朱先生的意思是说,文学史的基础是作家研究,只有把作家、尤其是大作家研究透了,才能写出有学术质量的文学史。这在当时甚至在现在都是很难做到的。"朱先生提出了很高的要求,董衡巽承认那么高的要求即使现在也难以达到,因此美国文学史编者只能退而求其次:"我们只能停留在介绍的层面,对史的叙述也只是很粗浅的扫描。即使经过这次修订,也还谈不上有很高的学术水平"(第3页)。但是,在20世纪七八十年代,能够对美国文学做出比较全面公允的介绍也是很难得的,而这正是《美国文学简史》的价值所在。"前言"还对美国现在流行的"开放性文学史"的写法进行了介绍,并表达了保留意见:"值得研究的一点是这类文学史有时把文学作品当作社会文化的例证,不太注意文学艺术的特征以及艺术质量的上下高低"(第4页)。这话听起来几乎像改革开放初期我们对苏联影响下的外国文学史研究的反思!

修订版《美国文学简史》在基本内容方面与1986年版区别不大。由于86版已经是"文化大革命"过后约10年,极左的影响消除得差不多了,所以这方面的改动虽然也有,但是不多。主要改动有如下几个方面。一是根据时间变化,有些表述(如"近期""迄今"等)作了相应改动;二是进一步弱化政治色彩,如对"资本主义""资产阶级"等词语的使用有很多调整,对美国社会的论断性否定也少了;三是论述更规范,对革命性内容的表述有新的修正。另外,从总体上来看,虽然对于现代派和后现代小说没有全盘否定,但肯定得仍不充分,这方面与《新编美国文学史》有较大区别,可以看出后来编著者的思想更加解放,受到的束缚更少了。下册虽然在2002年修订,由于原编著者年事已高,无力或无兴趣续写越战后(1976年开始)部分,于是主编邀请李郊编写作为"附录",篇幅却有近百页。翻阅这个附录,读者可以了解20世纪最后25年美国文学的大致发展,给人的印象是六七十年代流行的纯粹后现代技巧探索已经比较少见,但后现代小说的许多技巧已经被大多数作家吸收,形成了现实主义与后现代技巧相结合的写作方法。附录第一节概述,然后分四节介绍现实主义小说、少数民族小说、女性小说和后现代派小说,最后用两小节简述诗歌和戏剧,足见当今美国文坛基本上是小说一统天下。写诗的人很多,但主要是个人表达方式,真正流行的诗歌或有影响的诗人很少;戏剧在电影、电视的冲击下也不景气。虽然附录篇幅不小,但基本上算是主要作家作品的综合介绍,难以形成有权威的判断

---

① 董乐山:《创唯陈言之务去的新风——读〈美国文学简史〉》,《读书》1986第10期,第67、68页。

评价。在这一方面《新编美国文学史》第四卷成绩更突出。2002 年修订版"后记"极短,把原版后记的主体部分完全删除了,因为在新世纪那种自我辩解已经完全不合时宜了。或许由于主编过于忙碌,修订版"后记"开头"本书由董衡巽、朱虹、施咸荣和郑土生等同志参加撰写"由于删除了原版后记的"上册"二字,可能会让读者误以为全书是这四人所撰。

常耀信长期在南开大学任教,曾经先后出版《美国文学选读》(1987)、《美国文学简史》(1990)等教材,1998 年出版了《美国文学史》上册。"序言"首先指出:"美国文学曾经历过一个'被发现'的过程。在相当长的时间内,它似不具独立形式,或作为英国文学的一部分存在着,或未受到应有的重视。包括美国人自身在内,至本世纪初,对这一丰富的文学宝藏的重要性,都缺乏深刻的认识"(第 1 页)。然后简述从 20 世纪初开始美国人自己发现美国文学的过程,并指出美国文学评论界发现美国文学的激情在五六十年代达到高潮。"序言"最后介绍从 1870 年代朗费罗的《人生礼赞》首次被译成中文开始的美国文学在我国的接受史,特别是 20 世纪 70 年代末以来对美国文学的介绍和研究。他写道:"拙作《美国文学史》(上、下册)便是在这种大格局的激励下规划的。这部书自 17 世纪北美拓殖时代说起,直至本世纪 80 年代初,时间跨度约 350 余年。它的主要特点是勾勒一条清晰的文学发展史线;重点介绍和评论主要作家的主要作品,分析作品时旨在和读者一起边读边欣赏其中的精妙之处并指出其不足。对于迄今我国美国文学界研究者较少介绍的作家,如诗人爱德华·泰勒等,本书着墨较浓,多说几句,因为在将来说到他们的机会、想到他们的学者不太多,而他们在文学史上的地位又不容忽视"(第 6 页)。这也就是说本书的目的主要是介绍作家作品,并对以前忽略的作家给予特殊关注,以起到拾遗补缺的作用。本书不仅面向学生,而且面向大众读者和研究人员。虽然序言明确指出《美国文学史》为上下两册,但是在 1998 年出版上册之后,下册却一直没有问世。原因可能是 20 世纪美国文学内容实在太丰富,著者一人难以全面把握;也可能是著者后来兴趣转移,放弃了写作《美国文学史》下册的计划[①]。

作为常耀信多年讲授美国文学的结晶,《美国文学史》上册在某些方面很有特色。全书共有六章,分别论述北美拓殖与美国清教主义、殖民地时期、独立革命时期、浪漫主义时期、现实主义时期和美国自然主义文学等。与以往的文学史著作不同的是,这部《美国文学史》注释较多,集中附于正文之后(第 649—683 页);还附有"按英文字母顺序排列"的"有关评述、作品人物"英汉对照索引(第 684—723 页),这既方便了读者,也增强了本书的学术性。但本书的学术性

[①] 从常耀信在新世纪先后出版英文版《英国文学简史》(2006),撰写《英国文学大花园》(2007),主编 2010 年出版第一册的《英国文学通史》可以看出他的兴趣转向英国文学史研究了。

最突出地体现在对作家作品的中肯分析评论方面。第二章"殖民地时期的文学"对泰勒的论述长达 8 页,称他为"北美殖民地时期最伟大的诗人"(第 32 页),较之其他美国文学史明显增强。董衡巽等编著的《美国文学简史》把泰勒和威尔斯沃思列为"当时受保守派清教徒吹捧的两个宗教诗人。他们在自己的诗歌中狂热鼓吹基督教的教义和所谓'原始罪恶';在他们看来,除了少数'上帝选民',所有的人都注定要受到永恒的惩罚。唯一拯救的办法是以今世的苦行去换取来世的幸福"(第 7 页)。显然评述是否定的,与之相对的则是殖民地诗歌中的进步传统。这里有两个原因,一是我国传统外国文学史研究多把宗教看作是麻痹人的精神鸦片,持否定态度;二是泰勒的许多优秀诗篇 1979 年才问世,而《美国文学简史》上册是 1978 年出版的。常耀信指出:"泰勒是一个思想敏锐而活跃的人","他的诗笔是为上帝服务的"(第 33 页),他的诗作"内容是单调、乏味的。智力活动稍弱一些的诗人会用论证性的抽象语言写出一些平淡的应景之作来。然而,泰勒的诗竟无一首属抽象论述,读来竟是一场智力拼搏,足见他的诗笔的魄力不同一般"(第 40 页)。再比如对菲利普·弗瑞诺的评价也值得注意。《美国文学简史》有专节论弗瑞诺,多赞扬溢美之词,说他是"资产阶级革命诗人"(第 20 页),"是美国文学史上第一个真正把诗歌作为争取民族解放、人民民主权利的斗争武器的专业诗人"(第 22 页)。常耀信的评价则比较公允,既承认他是美国诗坛的先行者,也指出他的心理状态常常是矛盾的。关于诗人的创新贡献,常耀信写道:"弗瑞诺的丰富想象使他在同时代人中率先摆脱模拟英国 18 世纪新古典诗作的羁绊,直接观察和描绘四周的一切。美洲大地的风貌,它的一花一草,它的平凡的生活经历,都能引起诗人的联翩浮想。弗瑞诺善于捕捉悠忽即逝的遐思,并借以为框架,巧妙地遣词用字,写出抒发自己胸臆的诗歌"(第 87 页)。这样的评论文字,包含着著者的深情,没有切身的体会是很难写出来的。

再比如对艾米莉·狄更生的评论,在《美国文学简史》中只有短短两三页,而且带有明显否定态度:"她的诗就是讴歌对爱情、死亡和灵魂不灭等方面的欲望和追求。"她"也是爱默生超验主义的信徒,只是更消极、更脱离社会,全以个人情感的浮沉起灭为中心……在艾米莉·狄更生的诗里,只听得到残存的旧时代的遗响,思想内容上并无多大价值"(第 218 页)。常耀信则把狄更生放到与惠特曼相当的高度来对待,并称"美国诗歌的两位泰斗"。[①] "他们的诗歌的内容和技巧,都表现出他们是地道的美国诗人。在内容上,两位诗人都歌颂正在兴起的美国、它的发展以及它的个性;他们的诗歌是'美国文艺复兴'的一个不可或缺的组成部分。在技巧上,他们都挣脱英诗五步抑扬格的传统,表现出一

---

① 常耀信用的译名是狄金森,《新编美国文学史》用的译名是迪金森。

种前所未有的形式自由。他们是美国诗歌的开拓者,是现当代美国诗歌中一切传统的先驱。另一方面,两位诗人又有迥然不同的特点。惠特曼注视外部世界,狄金森却着意探讨人的内心。惠特曼的'美国味'来自他对'全国'的认识,而狄金森则以新英格兰'地区'为出发点。两人的技巧也判然不同。惠特曼以其无休止的、无所不包的'事物、地方与人的清单'式诗句而著称,而狄金森所采取的却是准确、直接、简明的短小精悍的句型"(第347—348页)。这些评论生动形象,表现了作者对两位诗人特点的准确把握,是以长期研读、深入体会为基础的。

《美国文学简史》没有提小说家查尔斯·布朗,常耀信则专节叙述,把他称为"美国小说的奠基者"。而且在叙述中不仅介绍他的小说内容,还特别关注其小说叙事特点。他指出:"《韦兰德》的叙事方法颇有独到之处。叙事人克拉拉具有左右读者思想的非凡能力。由于她不完全相信自己感官传递的信息,她似不愿读者对她亦步亦趋……她请读者注意她的缺陷,这是作家调动读者全部注意力的手法之一。我们可以说克拉拉向'不可靠的叙事者'的方向迈出了一步。这是一小步,但却是很有意义的一步"(第109页)。在介绍布朗的另一部小说《亚瑟·默尔文》时,他评论说:"小说的第一部宛如一个圆圈,自一点开始绕一周后又返回原处,艺术构思之精巧令人赞叹不已"(第111页)。这两部小说的叙事人有明显区别:克拉拉是基本上可靠的叙事人,而默尔文则向"不可靠性"又迈进了一步,从而增加了读者判断的美学距离。对于布朗小说的弱点常耀信也非常清楚:"他的脑海里好像同时有几条巨舟在破浪而行,他的作品好像在同时收拢几条线索,这就难免出现不够缜密的缺憾了。倘若将其某一作品一分为三,故事框架便会严谨得多……布朗的语言风格也有使人褒贬之处。他的描写性文字简练、生动、绘声绘色,颇有引人入胜之奇特能力。但是他的人物一开口讲话,一种令人难以忍耐的浮华便汹涌而出,给人一种大煞风景之感"(第113页)。显然,常耀信对布朗这位往往被学者忽略的美国小说先驱颇为欣赏,作了有深度的专门研究。

常耀信这部《美国文学史》的重要特点是给每位主要作家一个标签,如欧文是"美国文学之父",爱默生是"美国文化独立的旗手",艾伦·坡是"心理领域的开拓者",马克·吐温为"美国口语化文风的奠基人"等。虽然给作家贴标签难免有简单化的倾向,但却能突出该作家的特点,有利于读者把握不同作家在文学史上的不同贡献。本书的另一个重要特点是叙述语言富有感情色彩,优美生动。比如,作者写道:"独立革命时期的北美是一处人才荟萃的所在。它仿佛秉宇宙清明灵秀之正气,招天地资兼文武之俊杰一样,一时之间,群英集聚,开创了人类历史上一个伟大的纪元"(第63页)。这样的叙述是优美的散文,完全适合富兰克林、杰斐逊、华盛顿等文武豪杰辈出的时代。作者谆谆告诫读者:"读霍桑的作品要有耐性,要心平气和。当一个人心无杂念,可以投入全部身心的时候,坐在安静的书屋里,取出他的作品,缓缓读来,逐渐沉浸在霍桑的特定的氛围中,随了他的步子慢慢走,重新折回到二三百年以前的新英格兰去,这样方可洞察出其作品的韵味来"(第218页)。没有对霍桑作品认真地研读体会是写不出这样的文字的。读常耀信的《美国文学史》给人的感觉有点像读王佐良先生的《英国文学史》,叙述有明显个人特点,语言流畅隽永,带有美文特色;对所选作家论述详尽,有时像是一篇篇论文合起来的,更带有研究性文学史的特点。

与常耀信一样,杨仁敬也是长期从事美国文学教学与研究的著名学者,他撰写的《20世纪美国文学史》是吴元迈主编的"20世纪外国国别文学史丛书"中最长的一部,而且在2010年出了新版,更表明了其受重视的程度。本书在一定意义上可以与常耀信的《美国文学史》上册合起来组成一部完整的美国文学通史。《20世纪美国文学史》广泛吸取中美两国学者的研究成果,关注中国读者的实际需要,注重史与论的结合是其重要特点。杨仁敬在"前言"中写道:"在评价作家与作品时,笔者力求公正、客观,点面结合,有理有据,并适当地引用原著的文本加以剖析,既指出其思想倾向和社会意义,又深入点明其艺术风格和语言特色,对主要作家的写作生涯作个简要而全面的介绍,然后重点分析其代表作"(第7页)。可以说作者比较出色地完成了这样的任务。

南京大学刘海平、王守仁主编的四卷本《新编美国文学史》是国家社科"九五"规划重点项目,上海外语教育出版社2000到2002年出版。四卷各有一位"主撰",分别是张冲、朱刚、杨金才和王守仁,曾经出版《20世纪美国诗歌史》的张子清虽然没有担任分卷主撰,但对各卷诗歌部分都有贡献,六人共同组成《新编美国文学史》编委会。美国学者、《插图本美国文学史》的作者彼得·康为顾问。从各卷后记可以看出,前两卷的主撰承担了主要撰稿任务,只有少数章节由其他学者撰写;篇幅最长的第三卷除主撰外有15人参与撰稿,第四卷参加撰稿的也有七人;总计有20多位学者参加了《新编美国文学史》的编写工作。

两位主编撰写的"总序"分三节。第一节介绍了美国文学史研究的发展,指出《剑桥美国文学史》(1917—1921)强调美国文学与英国文学"同出一源",此后美国文学的自主意识逐渐发展。1948年出版的《美利坚合众国文学史》"不但'权威性地'叙述了美国文学的发展脉络,确定了经典作家的名单和书目,而且真正'帮助建立起了一门新的学术研究领域'"(第iii—iv页)。第二节介绍了文学史理论的研究,从"第一部《剑桥美国文学史》强调文学作品对生活的写照"到斯皮勒主张的"文学史研究的是文学,因此它只能用文学而不是其他的语言来写作",再到20世纪80年代以后"把研究重心转向了文化历史的研究"(第v—vi页)。在后现代批评理论影响下,过去多人合作的文学史中强调观点一致、线性发展的传统文学史写作模式受到了严重的挑战,取而代之的是《哥伦比亚美国文学史》中不同学者从各自观点讲述不同的故事,而新编《剑桥美国文学史》则重新界定文学史的疆域。在综合介绍了美国学者在文学史研究方面的探索之后,主编在第三节开头指出,中国学者没有必要去完全遵循美国文学史界的新理论来展开我们对美国文学历史的叙述:"《新编美国文学史》坚持史论结合的原则,强调在较为深入研究的基础上,对文学现象进行实事求是的评析,提出自己的观点和看法",同时也吸收了美国学者经过长期论争探索而取得的成果,如"对撰写文学史是'讲述'或构建文学传统的认识、经典作家的名单和书目的更新、包括妇女文学和少数裔文学在内的弱势文学的地位、文学理论本身的变化与发展等等"(第 ix 页)。四卷的分期为印第安文学时期至 1860 年,1860 年至 1914 年,1914 年至 1945 年,1945 年至 20 世纪末。这是参照美国内战、一战、二战等重大历史事件做出的,也是美国文学研究界比较公认的分期。不过主编申明:"我们这样分期主要为了便于编写,并不意味着对美国文学进行泾渭分明的历史分割。事实上,文学创作大多并不与重大历史事件直接有关或以此为界,作家的创作生涯常常是跨时期的,多数文学流派在新的阶段也会继续绵延"(第 ix 页)。这种说明是必要的,比如著名作家梅尔维尔和惠特曼是在第一卷第六章美国"文艺复兴"文学(1830—1860)介绍的,但他们分别卒于 1891 和 1892 年,在其生涯的后期都有重要作品问世。因此如果认为他们只是属于 1860 年之前的美国文学史就是错误的。

《新编美国文学史》的一个突出特点是材料新。由于现在信息交流空前便利,编著者可以方便地接触到最新的材料。四位分卷主撰都曾经到美国访学,不仅直接掌握第一手资料,而且与美国学者进行交流,部分编写工作是在美国完成的。作为中国学者编写的美国文学史,本书特别关注"美国文学在中国的接受过程"和"中国文化思想对美国作家的影响";"中美文化的撞击和融会构成华裔文学的重要主题,对华裔文学诞生、发展、演变的历史过程进行专门研究亦是本书的一个特色"(第 xi 页)。如在第一卷介绍超验主义的一章最后一节是"超验主义与中国古代哲学思想";在评论了惠特曼诗歌创作之后有一节介绍"惠特曼与中国文学";在第二卷专设第七章介绍"有关美国华裔的文学";在第三卷讨论美国现代诗歌时有专节介绍"庞德与中国"和"艾略特与中国";在介绍现代美国小说家赛珍珠时特别关注"赛珍珠与中国";在介绍奥尼尔时也探讨"奥尼尔与中国";在讨论美国左翼文学时专节介绍"斯诺和史沫特莱";第四卷有专章介绍"华裔美国文学的兴起"等。在"总序"最后主编感谢前辈董衡巽先生的指导和 20 世纪 80 年代以来先后分别主编《哥伦比亚美国文学史》和《剑桥美国文学史》的美国学者埃利奥特和博科维奇教授的指导。这表明《新编美国文学史》既继承了董衡巽领衔的《美国文学简史》的传统,又学习美国当代学者的创新,从而把美国文学史研究推向新的高度。本书出版之后获得广泛好评,陶洁在《谈谈〈新编美国文学史〉》中赞道:"这部书没有当前很流行的各种莫名其妙的理论名词,即便在专门论述当代美国文学批评理论的那一章里,编者也坚持用深入浅出,平和详实的笔法把史与论说得娓娓动听,引人入胜。"①

《新编美国文学史》在编排上一个鲜明特色就是各卷正文前有十几页照片,从最早的印第安史诗岩画到最近的作家肖像。此前国内出版的美国文学史著作中极少使用插图,这些插图可以大大加深读者对美国文学史的直观感受。两位主编合写的"总序"列于各卷卷首,然后各卷开篇为主撰的概论,综合介绍各个时期美国文学史的基本特点。中文目录之后附有英文目录,这也是此前的美国文学史著作中比较少见的。各卷正文之后有附录四种,包括大事年表、主要参考书目、中文索引、英文索引等。最后是各卷主撰所写的后记,介绍参与本卷撰写的各位学者及分别担负的内容。从学术规范性来看《新编美国文学史》显然超越以往的各种类似著作。这也反映了改革开放以来我国在学术研究规范方面与国际接轨的成果。

美国文学史大都从北美殖民开发写起,《新编美国文学史》第一卷第一章介绍"美国印第安传统文学",涉及典仪曲词和起源神话传说等,内容相当丰富,弥补了以往出版的中文本美国文学史的不足。第二和第三章分别介绍殖民时期和独立革命前后的文学,而叙述19世纪早期和中期文学的第四至第六章在各章标题突出时代或流派特征,如浪漫主义、超验主义、美国文艺复兴等,比较准确地反映了19世纪中前期美国文学的特点。各章先有综合论述,然后分节介绍主要作家作品。作为新世纪出版的《新编美国文学史》,本书对许多重要作家作品的评价与改革开放初期出版的《美国文学简史》有明显不同。以艾伦·坡为例,如前所述,《美国文学简史》对他的评价基本上是负面的,《新编美国文学史》第一卷在论述"美国浪漫主义文学起始"的第四章第三节介绍坡和他的短篇小说,强调其在美国文学发展史中的特殊地位:"特别是他的短篇小说创作,既不同于欧文浪漫传奇的轻灵,也有别于库柏长篇巨制的恢宏。他另辟蹊径,开创了美国侦探小说之先河,同时又深入探究描写了人类心理和情感最隐秘的角落。他的作品中,恐怖和魅力奇特地结合在一起,理智和疯狂难分难解地并存,扩张着读者的想象力,试探着读者的承受力,给他们一种恐怖和奇谲的享受"(第246—247页)。坡的侦探小说使他成为柯南·道尔和克里斯蒂的先驱,而他最独特的成就是其恐怖故事。阅读这些故事,"读者感觉到的是坡本人那永不安宁的想象力在躁动,绷紧,扩张,是坡本人在不断地试验,挑战,冲击着自己的感觉极限、意识极限和承受力极限"(第251页)。第四节专门介绍坡和布莱

---

① 陶洁:《谈谈〈新编美国文学史〉》,载《英美文学研究论丛》第4期,上海外语教育出版社,2004年,第74页。

恩特与美国浪漫主义诗歌,对坡的诗歌评价颇高,指出他的诗歌"无论在主题上还是在诗歌的审美追求上都具有超前性和独特性",他的诗歌意境"是听觉与视觉、节奏与音韵、想象与情感高度统一的诗歌世界,是一个纯粹形式美的世界,一个具有动感的音乐世界,一个远离他所愤恨和恐惧的、遥远的世界"(第261—262页)。这样的赞美性评论在30年前是不可想象的。

《新编美国文学史》第二卷叙述从内战到第一次世界大战前夕的美国文学。第一至第三章分别介绍这一时期美国小说、诗歌和戏剧的发展,小说所占篇幅最大,分西部小说、现实主义小说和自然主义小说三类,介绍了马克·吐温、豪威尔斯、詹姆斯、德莱塞等十位重要作家。诗歌方面重点介绍了狄更生的成就,而对美国戏剧则强调仍在进一步酝酿过程中,尚未出现特别有影响的重要戏剧家。第四章"内战与一战时期的文学思潮"所占篇幅较大,对现实主义的美国化、自然主义在美国、美国文学中的"地方色彩"和揭露黑幕运动等作了有一定理论深度的分析探讨。如对自然主义在美国有这样的介绍:"如果说现实主义对爱默生式的超验主义进行过批判,以更加清醒的态度去把握现实,自然主义则把这种超验主义颠倒了过来。它抛开了人的内在神性,嘲弄了主张自力的精神法则,通过'纯粹'非人性的科学来展示超验主义自由意志的可笑和盲目"(第303页)。最后三章则分别介绍有关黑人、女性和华裔的新兴文学。全卷七章结构更突出第四章论述文学思潮的核心地位,但其内容在一定程度上与第一章对各位小说家的介绍有不可避免的重复。

介绍从第一次世界大战开始到第二次世界大战结束这30多年间美国文学发展的第三卷是《新编美国文学史》中涉及历史时期最短而篇幅最长的一卷,凸显这一时期美国文学迅速发展取得的辉煌成就。前三章仍然是介绍传统的三大文类,但是排列顺序有变,先介绍诗歌,然后介绍小说和戏剧。第一章介绍诗歌有16节,篇幅达两百多页,占全卷四分之一,其中对庞德和艾略特的介绍都是两节,一节叙述他们的诗歌创作,另一节评介他们与中国的关系。第二章介绍11位重要的现代小说家,第三章介绍了7位剧作家,特别着重介绍奥尼尔,还在最后一节对诗人艾略特的戏剧理论与实践做了介绍。第四至六章分别介绍这一时期产生重要影响的黑人文学、左翼文学和犹太作家,最后一章介绍两次世界大战之间的美国文学批评,从早期的心理分析批评,经过传统的文化历史批评到30年代兴起的左翼文学批评和战后影响巨大的"新批评"。本卷在第五章"'左翼'文学的主要作家及其创作成就"的第四节介绍斯诺和史沫特莱,并在结尾段指出:"虽然埃德加·斯诺和艾格尼丝·史沫特莱的名字不见于经典的美国文学史,但是他们关于中国的新闻报道以及关于中国共产党领导人的传记文学作品却被翻译成多种文字,吸引了海内外许多读者,成为中美文化交流的宝贵财富。斯诺和史沫特莱对中国人民博大的同情与个性化的文风必将在中美两国的文化交流史上成为后人景仰的两座丰碑"(第601页)。

王守仁主撰的《新编美国文学史》第四卷叙述从二战结束到20世纪末的美国文学。作为第二次世界大战的最大受益国,美国在战后是西方世界无可争议的霸主,并在经历了与苏联长期冷战之后而在世纪末成为全球独一无二的军事经济强国,其文学和文化影响也达到鼎盛。这一时期的美国文学不仅作家众多,而且各种流派纷呈,叙述这一时期的美国文学难度可想而知。因此第四卷的结构与前三卷有明显不同,第一第二两章分别介绍从二战结束到50年代末和60年代的美国文学,从第三章开始介绍当代美国小说、黑人文学、华裔文学、美国戏剧、美国诗歌、美国通俗文学和文学批评理论。王守仁在概论中对实验主义小说与现实主义小说的此伏彼起有精辟介绍:"实验主义小说构建的是独立于客观现实的'语言现实',戏仿成为其'互文性'文本的一大特征……实验主义小说在红过一阵后,因本身内在的局限性,很快失去了活力,暴露出'苍白、软弱'的真相。从70年代中期开始,美国文坛风向发生了变化,实验主义撤退,现实主义再度受到人们重视"(第4页)。在第五章介绍华裔文学兴起可以说是中国学者撰写美国文学史的特殊关注,美国学者恐怕不会给予华裔文学如此重要地位。传统的三大文类中战后美国诗歌和戏剧虽然仍有不断发展,但再没有出现像庞德、艾略特和奥尼尔那样产生巨大影响的作家,而小说创作则高潮迭起,大作家不断。从各章关注的内容来看,除了当代美国小说介绍新现实主义、犹太作家、妇女作家和本土小说外,黑人文学、华裔文学和通俗文学也主要是小说创作。与前三卷不同的是,本卷极少分节介绍某位作家,只有第五章分节介绍四位华裔作家,在第二章第二节介绍"阿尔比与60年代的美国剧坛",其余都是分节综合介绍某个时期或某个流派的作家。比如第一章第一节"新一代小说家的崛起"分战争小说、犹太小说、南方小说、黑人小说和反正统小说,介绍了二十多位小说家,每位小说家的介绍大多只有一两段话,即使对犹太小说家贝娄、黑人小说家赖特等重要作家的介绍也不过三五页。究其原因,一方面是作家太多难以分节介绍,另一方面则是时代较近,作家尚未经过历史的考验,对特定作家的评论仍是见仁见智,难以确定。正如主撰王守仁在"后记"所言,"鉴于国内对战后美国文学,特别是近二三十年里当代美国文学的发展缺乏了解,我注重较为详尽地介绍当代作家作品。相比之下,描述多于史论。我的指导思想是在书中提供尽可能多的信息,勾勒一幅当代美国文学较为全面的图景。读者以此为指引,可以去作进一步研究"(第713—714页)。第九章分七节介绍结构主义、解构主义、马克思主义、读者反应、女性主义、新历史主义和后殖民主义等七种不同批评理论,凸显出20世纪后期理论繁荣的景象。总之,以南京大学英语系学术团队为主编撰的四卷本《新编美国文学史》从中国学者的特殊视角,以宏大的篇幅,展示了美国文学史的全景画面,是改革开放30多年来美国文学史研究的标志性成果。

第三节　文类史研究

美国文学史研究中不仅通史很多,而且出现了大量文类史研究著作,特别是在小说史和戏剧史方面都有多种著作问世,诗歌史方面也有张子清著《20世纪美国诗歌史》。小说史方面的著作最为丰富。毛信德在1988年出版的《美国小说史纲》是国内最早的,虽然书名是"史纲"却长达52万字。不同类型的美国小说史著作还有王长荣著《现代美国小说史》(上海外语教育出版社,1992年),傅景川著《20世纪美国小说史》(吉林教育出版社,1996年),黄禄善著《美国通俗小说史》(译林出版社,2003年),王家湘著《20世纪美国黑人小说史》(译林出版社,2006年)等。还有各类小说研究著作,可谓林林总总,洋洋大观。[①] 美国小说史研究方面最有代表性的成果应该说是毛信德著《美国小说发展史》(浙江大学出版社,2004年)。

毛信德的《美国小说史纲》由北京出版社出版,内容提要介绍说"本书是我国外国文学第一部完整的文体史"。全书除导言外有五章,分别论述美国小说萌芽、19世纪浪漫主义小说、19世纪现实主义小说、20世纪现实主义小说和20世纪流派小说。显然,毛信德把现实主义作为美国小说发展的主流,注意力集中在这一方面。除第一章外,各章都是在综合介绍某一时期小说发展之后分节介绍主要小说家的创作。第四章由于涉及小说家众多而分为十四节,其中四节各介绍两位小说家。第五章把美国小说分成南方小说、"迷惘的一代"、犹太小说、战争小说、"心理现实主义"、黑人小说和"黑色幽默"等不同流派加以介绍。书后附有中英文索引,"包括书中所论述或涉及到的作家及其主要作品、重要的文学流派、报刊杂志、社会团体等"(第595页),这在20世纪80年代出版的学术著作中是比较少见的。此外,还有附录"美国两百年文学大事年表"和"参考书目",为读者提供了大量宝贵信息。毛信德在2004年出版的《美国小说发展史》是在原书基础上扩充而成。他在《美国小说发展史》"自序"中写道:"我们只要了解到从1930年到1993年半个多世纪之内,美国有8位小说家获得诺贝尔文学奖,就可以掂量出美国小说在西方文坛乃至整个世界文学中的地位和影

[①] 如黄铁池著《当代美国小说研究》(学林出版社,2000年)、刘洪一著《美国犹太小说研究》(北京大学出版社,2002年)、陈许著《美国西部小说研究》(北京大学出版社,2004年)、芮渝萍著《美国成长小说研究》(中国社会科学出版社,2004年)、汪小玲著《美国黑色幽默小说研究》(上海外语教育出版社,2006年)、程爱民等著《20世纪美国华裔小说研究》(南京大学出版社,2010年)、金莉等著《20世纪美国女性小说研究》(北京大学出版社,2010年)和刘建华著《危机与探索——后现代美国小说研究》(北京大学出版社,2010年)等。

响"(第1—2页)。

自 20 世纪 70 年代开始,毛信德致力于研究美国小说,尤其关注其对 20 世纪世界文学的巨大影响,《美国小说发展史》用约三分之二的篇幅来论述 20 世纪的小说发展过程。关于《美国小说发展史》与《美国小说史纲》两书的区别,毛信德在"跋"中写道:"第一是规模扩大到 70 万字以上,从原有的 5 章增加到 12 章;第二是内容上除了 19 世纪及以前部分的 3 章基本保持原貌外,其余各章都作了大的修订、补充或改写,尤以 20 世纪的流派小说部分为甚,同时增加了 19 世纪末至 20 世纪初的自然主义小说部分,将 20 世纪左翼小说单独列出,以示区别;第三是对 20 世纪最后 20 年间在美国小说中有重大影响的作家……以及在《美国小说史纲》中被忽视了的一些小说家……给予补充增写,并增加了华裔小说作为本书最后一节;第四是对附录部分内容尽可能予以完善详尽,使本书更加学术化、专业化"(第 627 页)。"从原有的 5 章增加到 12 章"并非内容扩大了一倍多,而是对全书分章结构进行了调整,原书第五章涉及的不同流派在新著中分章介绍。从内容来看,新著既增加了 80 年代以来的新作家作品,又对原著某些观点做了修订补充;毕竟 1988 年出版《美国小说史纲》时是改革开放早期,"文化大革命"的禁锢还有一定影响,一些重要作家被不恰当地忽视了。

毛信德在《美国小说发展史》"绪论:美国社会与美国小说"中写道:"从 1776 年算起,至今不过两百三十年时间。但在这样短的一个历史时期中,美国文学却能够从一棵脆弱的幼苗长成参天的大树,这不能不说是世界文学史上的奇迹,其他任何一个国家都不可能拿出可以与之媲美的历史事实"(第 3 页)。尽管这最后一句可能说得有些绝对,但是美国小说的成就是有目共睹的。毛信德特别强调小说这个文类在现代社会的重要性:"事实上,任何一个国家,凡是文学发展到成熟期,它就必将产生一个小说创作的高潮。小说占据着文学史上最重要的位置,小说可以被认为是迄今为止文学中最主要的创作形式,这是一个明确的事实和普遍的规律。由此可以推论:在任何国家的文学发展史中,首先要研究的是它的小说发展的历史。这一点在美国表现得尤为突出,倒并不是美国文学有什么特殊的规律,而是由于资本主义经济的迅猛发展促使文学为了适应这种社会环境而出现了小说创作的空前繁荣"(第 4—5 页)。他认为 19 世纪前中期浪漫主义小说为美国文学第一个高峰,后期的现实主义小说是第二个高峰;20 世纪 30 年代是第三个高潮,二战以后的发展更异彩纷呈,令人应接不暇。

《美国小说发展史》共 12 章,第一章叙述独立战争的胜利与美国小说的萌芽。第二章介绍 19 世纪浪漫主义小说,在概述之后,依次介绍欧文、库柏、艾伦·坡、霍桑和梅尔维尔;第三章介绍 19 世纪现实主义小说,分为废奴小说、乡土小说、马克·吐温、豪威尔斯、詹姆斯等和欧·亨利;前三章共 160 页,大约为全书四分之一。第四章介绍 19 世纪末至 20 世纪初的自然主义小说,这是新著增加的内容,因为在 1988 年出版的《美国小说史纲》中自然主义作为贬义词被刻意回避,而到新世纪初国内学界对自然主义的评价更为公正客观。第五到第八章介绍 20 世纪现实主义小说、左翼小说、"迷惘的一代"和南方小说。这四章可以说基本上是关于 20 世纪前半叶美国小说。第九章到第十一章介绍 20 世纪犹太小说、20 世纪黑人小说、黑色幽默小说等主要的小说流派。第十二章介绍 20 世纪其他流派小说,包括战争小说、心理现实主义、垮掉的一代、华裔小说等。这最后四章是关于 20 世纪后半期美国小说。显然,20 世纪美国小说是流派众多,异彩纷呈,大家辈出,影响广泛。从论述篇幅来看,最重要的小说家包括马克·吐温、德莱塞、海明威三人,他们每人的篇幅都超过 20 页;次之有杰克·伦敦、福克纳、贝娄等,每人篇幅超过 15 页。这部小说史的一个重要特点是对重点作家总体特征有典型概括,如称华盛顿·欧文为"奋斗的一生"、库柏是"创作的一生"、霍桑是"成功的一生"、梅尔维尔是"传奇的一生"、吐温是"伟大的一生"。对重点作家的创作又分若干小节或专题论述。这部《美国小说发展史》篇幅已经很大,但是由于涉及的小说家实在太多,不可能对每个小说家都进行全面评价,因此著者只能根据自己的观点有所选择和侧重。如本书对现实主义小说家德莱塞的论述有 20 多页,对于约瑟夫·海勒的评述只有不足 5 页,对于著名后现代小说家品钦则只有不足两页。而且由于著者对品钦太生疏,甚至把他毕业的康奈尔大学译为"考尼尔大学"(第 464 页)。

  毛信德最推崇的美国小说家是马克·吐温,对他的介绍篇幅最长,分为九小节,从"伟大的一生"到"不朽的马克·吐温",足见作者的崇拜之情。他这样总结道:"马克·吐温被称为'美国现实主义文学之父'是当之无愧的。他的创作,把 19 世纪美国现实主义文学推向了世界的高峰,他在作品中所表现出来的讽刺艺术,永远成为人类的瑰宝;他的创作,艺术地、忠实地,同时又是无情地、批判地记录了美国这一时期从资本主义走向帝国主义的演变过程,成为历史的可靠的见证;他的创作,极大地启发了一大批忠于人民、忠于艺术的正直的现实主义小说家,推动了美国文学第三个高潮的出现,为世界文学写下了光辉的一页"(第 100 页)。同样享有美国现实主义奠基人之称的威廉·豪威尔斯虽然也有专节介绍,但只有不足 5 页。如果说对豪威尔斯虽然评论有限仍得到了专节论述的待遇,被许多人视为艺术小说代表的亨利·詹姆斯则与伊迪丝·华顿和格特鲁德·斯泰因被放在一节内。《美国小说发展史》的第五至八章论述 20 世纪前半叶的美国小说,虽然只在第五章标题用"20 世纪现实主义小说",实际上现实主义或者说不同形式不同风格的现实主义是这四章所论述小说家的基本特点。德莱塞、海明威和福克纳是毛信德重点介绍的小说家,尤以德莱塞篇幅为最长。毛信德对德莱塞的论述分八小节,中间六小节各介绍他的一部代表作,最后一小节"德莱塞的现实主义伟大精神",这是《美国小说发展史》全书在用"伟大"形容马克·吐温的一生之后再次在标题上用"伟大"这个修饰词。这不是偶然的,而是代表了作者要强调的重要观点。而按照当代批评界比较一致的观点,德莱塞的重要性似乎次于后两人,如王逢振的《美国文学大花园》没有提德莱塞,郑克鲁主编的《外国文学史》也在修订版删除了德莱塞。这种取舍当然与编著者的兴趣喜好有关,文学评论历来是见仁见智的事,不可能有统一标准。毛信德写道:"有关现代主义以及后现代主义在美国小说创作中的表现,将在本书第七至第十二章具体论述"(第167页)。如果简单地从字面上理解,似乎后半部六章都是论述"现代主义以及后现代主义"小说,而实际上所谓"现代主义以及后现代主义"不过是现实主义的不同表现形式而已,因为它们都无法完全摆脱现当代美国社会的现实。不仅后半部分的犹太小说、黑人小说从标题就可以看出区别仅在于种族不同,而且就是黑色幽默和列入最后一章中的战争小说、心理现实主义、垮掉的一代和华裔小说也都难脱离现实。说现实主义是20世纪美国小说的主流似乎也不为过。当然,这种印象也是与著者毛信德关注小说与社会的联系分不开的。

　　王长荣的《现代美国小说史》(上海外语教育出版社,1992年)从19世纪后期的现实主义小说家豪威尔斯和马克·吐温开始,试图展示"现代美国小说从1890年至1945年所经历的高峰与低谷,讨论现代美国社会、文化与现代美国小说之间的联系"(前言)。全书分现实主义小说、自然主义小说、迷惘的一代、30年代无产阶级左翼小说、浪漫主义传统的继续、南方小说、现代美国短篇小说和现代美国文学批评概述等八章,书后有附录"现代美国小说大事年表"。最后两章的内容是对毛信德著《美国小说史纲》的重要补充。本书还有一个特点是目录特别详细,各节的内容梗概一目了然。傅景川著《20世纪美国小说史》(吉林教育出版社,1995年)以1918和1945这标志两次世界大战结束的重要年份为界限,分三编十三章介绍了37位小说家。本书的特点是在各编有比较全面的概论,然后按现实主义、自然主义、现代主义、左翼小说、南方小说、战争小说、犹太小说等传统分类介绍不同小说家,最后一章介绍的是20世纪60年代初问世的黑色幽默小说名作《猫的摇篮》和《第22条军规》。

　　黄禄善著《美国通俗小说史》2003年由译林出版社出版,近50万字。全书分八章,论述从18世纪末独立战争开始到20世纪末的通俗小说发展。通俗小说含义很广,对通俗小说的分类是个棘手的问题。本书对通俗小说的分类按照出现的时间顺序先后有引诱言情小说、讽刺冒险小说、哥特式小说、历史浪漫小说、西部冒险小说、女性言情小说、城市暴露小说、廉价西部小说、宗教小说、蜜糖言情小说、新历史浪漫小说、政治暴露小说、女工言情小说、牛仔西部小说、古典式侦探小说、星际历险科学小说、英雄幻想小说、超自然恐怖小说、历史言情小说、硬派私人侦探小说、历史西部小说、硬科学小说等数十种。全书八章 42 节除第一章第一节是概述外，其余 41 节都是不同名目的通俗小说。虽然读者对于这些分类可能有不同看法，作者致力于对纷繁多样的通俗小说做出归纳梳理的努力还是值得赞赏的。作者在导论中首先介绍"战后美国文学的新格局和文学史观的变化"，指出从 20 世纪 50 年代起就有学者从事通俗小说研究，70 年代到 80 年代通俗小说研究进一步深入发展，而到后来出版的《哥伦比亚美国文学史》和《剑桥美国文学史》都包括了言情小说、侦探小说、科学小说、幻想小说等内容。然后作者对通俗小说的特征、界定与模式做了说明，并勾画出美国通俗小说的起源与发展脉络。全书介绍的作家 180 位，作品 600 部。正文前有 38 幅图片，主要是作家照片，也有一些作品插图。正文之后有美国通俗小说大事记、主要参考书目、术语对照表、作家索引和作品索引等。虽然署名黄禄善著，但是作者在"后记"中说明上海大学外国通俗文学研究中心的七位教师和研究生提供了部分章节的初稿。本书涉及资料十分广泛，靠一人之力难以完成，发挥研究团队的集体力量不失为明智的选择。由于传统外国文学研究对通俗文学重视不够，本书"作为国内外第一部真正意义的美国通俗文学史"（"后记"第 714 页）对于改变传统偏见、全面认识美国小说发展有重要作用。

译林出版社在 2006 年出版的王家湘著《20 世纪美国黑人小说史》是一部颇有力度的专题小说史研究。著者在"前言"中介绍，20 世纪 80 年代中期作为鲁斯学者在康奈尔大学访学时，得到著名黑人学者小亨利·路易斯·盖茨的指导开始美国黑人文学研究："1997 年我得到了国家社科规划'20 世纪美国黑人文学史'课题的资金资助，开始一面教学一面着手进一步的研究。经过认真的考虑后，我决定集中介绍黑人小说，一则我长期搞的是英美小说，对小说情有独钟，而对诗歌戏剧缺乏研究；二则黑人文学对于我是个全新的领域，在美国期间主要研究的也是黑人小说，因此难以面面俱到地介绍黑人文学。1998 年我到哈佛大学的杜波依斯黑人研究所，对黑人小说做更进一步的研究，回国后开始着手撰写《20 世纪美国黑人小说史》。2001 年我又在洛杉矶补上了对 20 世纪最后两年出版的黑人小说的研究"（第 1—2 页）。由此可见，本书是作者 20 年研究美国黑人小说的结晶。

《20 世纪美国黑人小说史》共七章。第一章分两节介绍 20 世纪前的黑人文学。从第二章开始分 20 世纪初到哈莱姆文艺复兴前、哈莱姆文艺复兴时期、大萧条到黑人权利运动前、黑人文艺运动、黑人文学大发展的最后 30 年等六章介绍黑人小说发展，其中最后 30 年又分为"多姿多彩的女作家群体"和"寻求创新突破的黑人男作家"两章，凸显 20 世纪最后 30 年黑人小说的出色成就。每章第一节为概论，然后分节介绍不同的黑人小说家群体，只有第六章第六节专门介绍诺贝尔文学奖获得者托尼·莫里森和第七章第四节介绍"匆匆回归的怀德曼"。介绍莫里森的一节长达40页,对其到1998年为止发表的七部小说进行了深入全面的分析。王家湘认为莫里森小说的政治意义在于描写了"美国黑人的生存境遇,以及在逆境中生存而仍不屈不挠地维护自己文化传统的尊严和独立存在的自我……她的作品反映了黑人在美国社会中,在他们各自生活的环境和集体中,在被种族歧视扭曲了的价值观的影响下,对自己生存价值及意义的探索。莫里森通过人物的命运表明,黑人只有保持自己的文化传统和价值观念,才能有真正属于自己的生活"(第408页)。在逐一介绍了莫里森的七部小说之后,著者赞扬她是位对待创作极其认真严肃的作家,既重视小说的社会政治作用,也重视高超的艺术技巧。然后,从继承黑人民间口头文学传统,利用群体背景话语,富有魔幻色彩和吸收运用现代叙事表现手法等方面介绍了莫里森的艺术特点。对于全书介绍的最后一位黑人小说家怀德曼,著者认为他的作品主要反映了自己从疏离黑人群体到思想、艺术回归黑人传统文化的过程。全书最后的简短结语写道:"黑人小说在一个世纪中从起步逐渐走向成熟,其发展速度是惊人的,从世纪初相对稚嫩、不为大众注意,到世纪末莫里森获得诺贝尔文学奖,在美国和世界文学中确立了自己令人瞩目的地位。它丰富的内容和不断发展的创作技巧,都值得文学爱好者和研究者驻足流连"(第545页)。这是著者根据自己的深入研究做出的实事求是的中肯评价。

美国戏剧史研究方面的开拓性著作是郭继德1993年由河南人民出版社出版的《美国戏剧史》。全书共20章,前三章概述美国民族戏剧的形成和建国到19世纪后期的发展。从第四章开始介绍20世纪美国戏剧,重点研究奥尼尔、威廉斯、米勒、阿尔比等著名作家,对于一些次重要作家和不同流派如黑人戏剧、激进剧院、喜剧作家、少数族裔剧作家和地方剧作家等也都有一定介绍。结束语是"80年代美国戏剧发展趋势",还有附录"获普利策奖剧作家及其得奖作品"。这部《美国戏剧史》是著者十多年潜心研究美国戏剧的重要成果。全书首尾呼应,条理清晰,结构合理,重点突出。可以说读者一卷在手,对美国戏剧的来龙去脉,特别是对20世纪美国戏剧迅速发展,名家辈出的突出成就能有个清晰的了解。作为第一部中国学者撰写的《美国戏剧史》,该书影响广泛。2011年南开大学出版社作为"南开英美文学精品教材"系列的一种重新出版。郭继德教授在"再版前言"最后写道:"本人对原著做了一些修订和补充,特别是对奥尼尔、米勒等重要剧作家又进行了补充,对20世纪末期美国戏剧的发展状况补写了一章,以填补原书中这一段的空白,还增补了参考文献等,把附录的获奖作家和作品名单换成了英文的,以方便读者查阅"(第6页)。原版附录只有一项,新版增加为四项,附录二"纽约戏剧评论家协会获奖作家及作品",附录三"戏剧与社会——阿瑟·密勒访谈录"和附录四"荒诞戏剧对美国的影响——爱德华·阿尔比访谈录"。2009年山东大学出版社出版了郭继德的新著《当代美国戏剧发展趋势》,是在《美国戏剧史》基础上对现当代美国戏剧的进一步研究。全书共14章,前5章主要是对米勒、威廉斯、阿尔比等现代经典作家的深入研究,而后9章更为关注20世纪八九十年代美国戏剧发展的新开拓,最后四章分别论述地方剧作家、非裔戏剧、印第安戏剧和西语裔戏剧则更显示了对美国戏剧新变化的关注。

周维培著《现代美国戏剧史:1900—1950》(江苏文艺出版社,1997年)和《当代美国戏剧史:1950—1995》(南京大学出版社,1999年)构成了对20世纪美国戏剧发展的系统介绍。《现代美国戏剧史:1900—1950》共9章,其中第一章"美国戏剧传统与现代戏剧萌芽"简述美国戏剧的历史发展,可以说是全书的背景介绍。第二、三两章用80多页的篇幅介绍"现代美国戏剧之父"奥尼尔,凸显其重要性。然后介绍其他次重要作家,第9章介绍"米勒与威廉斯早期剧作",因为他们在1950年以后推出了自己最重要的作品。郭继德的《美国戏剧史》只有一两段简略介绍麦克斯维尔·安德森(第91—92页),《现代美国戏剧史:1900—1950》第五章专门介绍"现代美国诗剧的巨匠"安德森,赞扬他"不仅是一位理想主义诗人和贡献卓著的剧作家,还是一位活跃于现代美国剧坛的戏剧组织者和理论家"(第173页)。另外,第六章对"考夫曼与百老汇通俗喜剧"的介绍很有特色。《现代美国戏剧史:1900—1950》书后列出7种中文参考书和70多种英文参考书,表现了严谨的治学态度。

在《当代美国戏剧史:1950—1995》的"后记"中,周维培写道:1996年从哈佛"回国不久,南京大学推行大学生的素质教育,我衔命为全校文理科学生开设新课'美国戏剧'。在第一次开课前,我心中无底,估计感兴趣的人不会太多。谁知选课单汇总之后,实实在在地吓了我一跳:有1500多位同学选修了这门课"(第279—280页)。这从一个侧面反映了中国学生对美国文学的兴趣。他指出:"战后美国戏剧的发展,与现代美国剧坛有很大的不同。一是以外百老汇、外外百老汇为代表的先锋戏剧,极大地冲击着传统的和商业的戏剧舞台;二是在与影视、流行音乐以及高科技娱乐形态的竞争中美国戏剧在创作、导演、制作和表演等方面,呈现出多元交织、流派纷呈的局面;三是战后美国戏剧不仅直接反映了冷战、民权运动、越战以及半个世纪以来的政治风云,而且还吸纳了各种各样的后现代主义的社会、文化、艺术理论,在创作思潮上呈现出斑驳陆离、纷繁杂乱的色彩。当代美国戏剧在世界范围内产生了巨大的影响。我的研究和写作试图从这三个角度切入,多做些评述,多提供些资料,而尽量避免武断的、概念化的结论"(第280页)。《当代美国戏剧史:1950—1995》正文前有绪论"当代美国戏剧文化与戏剧思潮"。正文共八章,其中第一章"现代美国剧坛概述"如标题所示,简要介绍20世纪前半期美国现代戏剧,重点是奥尼尔、赖斯、奥德茨、海尔曼等,即使读者没有读过作者的《现代美国戏剧史》,也可以通过这一章掌握20世纪前半叶美国戏剧发展的梗概。然后从第二章开始介绍当代美国戏剧，各章多以重点作家为标题，如阿瑟·米勒与田纳西·威廉斯、威廉·英奇与50年代美国剧坛、爱德华·阿尔比与当代美国先锋剧作家、戴维·梅米特与当代剧坛名家等，把一个重要作家和几个次重要作家一起介绍。只有第七章"山姆·谢泼德：当代美国剧坛的骄子"是专章介绍一个剧作家，而在郭继德的《美国戏剧史》中谢泼德是在第13章与其他两位剧作家一起介绍的，这表明了两位批评家对谢泼德地位的不同评价。第六章"当代美国黑人戏剧与女性主义者戏剧"只有不到20页，而在郭继德的《美国戏剧史》则有两章分别介绍"女剧作家"和"当代黑人戏剧"，把这两类戏剧分开介绍显然更合适。比较而言，周维培的《当代美国戏剧史》更注重主要作家的介绍评论，《美国戏剧史》则更关注全面介绍美国剧坛。《当代美国戏剧史》书后只有英文参考书目。虽然国内对于当代美国戏剧的研究不多，但是完全忽略国内的研究似乎不妥。

与美国小说史和戏剧史都有多种著作问世不同，诗歌史方面迄今只有张子清著《20世纪美国诗歌史》（吉林教育出版社，1995年），但其89万字的篇幅却超过前述任何文类史。从前言可知，张子清1983年在哈佛大学进修时受陈嘉先生委托，开始本书的写作，到1993年完稿，历时十年。全书分19世纪末到20世纪初现代派过渡时期、现代派诗歌的演变与分化、现代派时期、从现代派向后现代派过渡的一代、后现代派时期、美国少数民族诗歌等六编讲述20世纪美国诗歌史。关于本书对美国诗歌史的分期，著者在绪论指出习惯上以第二次世界大战结束的1945年为现代文学与当代文学的分界线，但从现代派诗歌发展来看这样分并不合适。《20世纪美国诗歌史》把19世纪90年代到20世纪前10年为现代派诗的滥觞期，然后是现代派时期，从50年代中期到世纪末为后现代派时期。张子清坦言："文学史像世界一样，本来是无序的，只是写文学史的人为了叙述的方便，从不同的角度，把无序强行变为有序……因此，为了清楚地描述20世纪美国诗歌史上某个突出的文学现象，笔者试图从时期、流派、世代、路线和种族等各个方面进行概括，但很难说得上建立一个什么严密的体系"（第3页）。各编长短不一，短者如第二编只有两章，长者如第五编16章，全书共39章。各章多介绍一个诗人群体，然后分节介绍重要诗人。全书介绍的诗人大约两百，诗歌流派也不下几十个，许多内容都很新鲜，如第五编第十五章介绍的语言诗让人大开眼界。为了让读者真正感受语言诗，作者给了英文原文和译文对照。他介绍说："语言诗人的一个审美观是让读者和作者一同创造诗境，彻底砸烂包括现代派诗在内的一切传统诗人填鸭式的作诗法，即现现成成地为读者提供诗料"（第825页）。他对引用的语言诗作了细致解读，并大量征引美国著名批评家的观点解释语言诗。

第二编"现代派诗歌的演变与分化"虽然是全书最短的一编,却有特殊的重要意义,因为它比较清楚地勾画了分别以艾略特和庞德为代表的两条诗歌创作路线。我们一般认为两人是现代派诗歌的代表,而且大家都耳熟能详是庞德帮助提携了初出茅庐的艾略特,所以对于两人的区别不太注意。张子清写道:"在对付风雅派传统诗歌上,他们是同一条战壕里的战友,但在现代派诗歌发展的过程中,他们在诗美学上形成了一种对立的倾向或传统,即以他们为首的两条不同的诗歌创作路线贯穿着 20 世纪美国诗歌史"(第 68 页)。他因此勾画出艾略特到兰塞姆再到艾伦·退特的诗歌创作路线与庞德到威廉斯再到 H. D. 的诗歌创作路线。关于两者的区别,张子清是这样表述的:"美国诗歌从一开始就分了两股潮流滚滚向前。一股是欧洲文化特别是英国文化影响下的潮流;另一股是美国文化影响下的潮流,坚持美国文化的作家要在新的国家(或区别于欧洲大陆的新世界)里创造新文化"(第 73 页)。前者的代表是艾略特,主导了 20 世纪上半叶美国现代派诗歌,特点是象征范式;后者的代表是庞德,对五六十年代开始登上诗坛的诗人影响很大,特点是内在范式或反象征范式:"所谓反象征范式是诗人设法抑制企图完整的欲望,因而在艺术形式上更零乱开放,要求读者自己去思索各部分,弄清各部分之间隐含的联系"(第 75—76 页)。这一派也被称为"意象派",而意象派的诗美学与象征派的诗美学形成最鲜明的对照。到了 20 世纪 80 年代,这两派的对立在后自白派与语言派诗人的对立中又表现出来。

从各编的标题不难看出,现代派是 20 世纪美国诗歌的主流。关于现代派与传统诗歌美学的根本区别,张子清从现代派诗学最突出的特点断续法或支离破碎法或拼贴法入手来介绍:"其称呼虽不同,但意思一样,即把逻辑上没有直接联系的诗歌片段拼缀在一起,从总体上讲却有完整的意义或史无前例的艺术效果,而这种审美原则在传统派的诗评家看来,显然是反诗歌的,反文学的。作为现代派的样板诗《荒原》和《诗章》是建立在拼贴法原则之上的,把全异的毫无联系的材料戏剧性地拼合在一起,排列在一起,不作句法上的承接或转合"(第84 页)。在第二编强调了庞德与艾略特两人的区别之后,在第三编开头张子清又阐明他们的共同特点,目的在于辩证地对待两大诗人和受他们影响的后代诗人。在此后的叙述中,作者注意两条创作路线既分又合的特点,按照时间顺序对各个时期的重要诗人进行适当的归类加以介绍。本书介绍的诗人很多,提供了关于美国现代诗歌发展的丰富资料,许多在文学史上难以挂名的诗人也得到了评述。除了被誉为"美国诗坛五巨擘"的弗罗斯特、庞德、艾略特、威廉斯和史蒂文斯等有 10 到 20 来页的篇幅,对大多数诗人的介绍都比较短,有些诗人介绍只有一两段,像词典词条,但对读者了解 20 世纪美国诗歌的全貌是很有益的。阅读近年出版的美国文学史,读者往往感觉当代诗坛似乎比较沉闷,没有出现特别有影响的大诗人。本书著者也注意到这一点,指出"当代诗坛弥漫着宽容、折衷的缓和气氛,诗歌异类可以杂居:新体诗与旧体诗和睦共处,先锋派与传统派相遇而安。诗人们无强大的对立面或明显的斗争目标可寻,因此也引不起什么更大的论战"(第12页)。为了让读者增加对现代派诗歌的感性认识,《20世纪美国诗歌史》引用大量诗歌译文,且都是著者自译。诗歌难译是人所共知的,作者为此付出的艰辛劳动令人敬佩。

从本章的介绍可以看出,在改革开放的新时期美国文学史研究是最受关注的国别文学史。美国文学史受到特殊重视可以说是多方面的原因促成的。首先,这是拨乱反正的结果。由于五六十年代受苏联影响贬斥美国文学,70年代后转而重视美国文学。如前所述,政治原因起了很大作用:七八十年代中苏全面对抗,美国则成了那个特殊时代的某种"盟友"。中国的改革开放主要是对西方发达资本主义国家开放,而美国作为最大的发达国家是主要对象。在这种情况下,中美文化交流发展很快,大量美国文学作品被介绍到中国,文学批评和研究也深受美国影响。

第二,这是美国文学现实的反映,可以从如下几个方面来看。1.美国文学在17—18世纪殖民地时期是萌芽阶段,19世纪初步确立民族文学特征,20世纪大发展,产生广泛的世界影响。改革开放后走出国门的中国人发现美国高度发达的现代社会出人意料,文学方面也在全球独领风骚。2.由于两次世界大战影响,美国成了进步文学的避风港;特别是第二次世界大战期间,为了躲避纳粹德国的疯狂迫害,大批犹太人和反法西斯的知识分子流亡美国,这都为美国社会文化的发展带来无尽活力。3.经过两次世界大战,英、法、德等西欧老牌强国受到重创,没有受到战火蹂躏却大发战争财的美国地位上升,成为西方世界老大,各国文人向往学习美国。美国作为最大最发达的西方国家,其人口为英、法、德、意、西五国之和;由于移民国家的原因,美国人口构成最为复杂,因此为黑人文学、犹太文学、亚裔文学等不同族裔文学的发展提供了条件,这是其他国家所不具备的。再者美国作为自由资本主义国家,各方面的限制较少,为不同色彩、不同方法的文学探索提供了条件,因此先后出现迷惘的一代、垮掉的一代、黑色幽默、南方文学、女性文学、后现代小说等不同流派,一些起源于别国的文学形式也容易在美国生根结果。甚至西欧理论也多经过美国流行之后再影响世界,如精神分析、形式主义、结构主义、后结构主义、新历史主义、后殖民理论等等。这些特点决定了美国文学的前沿性和多样性。

第三,一些具体原因也对美国文学研究在当代中国的迅速发展起了推动作用。1.美国政府支持,如富布莱特项目等;来华执教的外国专家以美国学者为最多。2.美国大学不仅数量多,而且办学质量高,在国际享有很高声誉,对留学生具有极大的吸引力。在世界名牌大学中排名前十的除了英国的牛津、剑桥之外,大多为美国大学。直到今天,出国留学生和访问学者仍然以前往美国的为最多,这就自然造成了美国文学的强势地位。3.英语作为第一大外语,学习英语的学生多,关注研究美国文学的学者多,出版的美国文学史研究方面的著作自然也就多了。

第四,如果说古代文学的最早繁荣出现在埃及、巴比伦、希腊等中东地区是因为该地区多种文化聚集交流的结果,那么现当代美国文学的繁荣也可以说是多种文学聚集交流的结果,因为在当今世界找不到另一个像美国这样的多种族多文化杂糅的移民大国。所不同的是在交通困难的古代,文学在中东地区繁荣是因为地缘接近,易于交流;现当代文学在美国繁荣则是因为北美远离欧亚大陆,成了现代战争冲突的避风港,而发达的现代交通则克服了距离障碍,从而使美国成为各种文化交汇融合又不断创新发展的理想之地。

综上所述,也就不难理解为什么在20世纪初尚未获得完全独立地位的美国文学能在20世纪中后期成为全球最有影响力的国别文学。在我国外国文学界的国别文学史研究中,对美国文学史的研究也顺理成章地成为学界关注的热点。这种现象也可以说是美国文化全球影响力的一个表现,对此视而不见或盲目排斥都不是正确的态度。我们需要客观地认识这种现象,认真分析其产生的原因,通过对美国文学和文化发展的深入研究,吸取有益的经验,以促进中国特色社会主义文化强国建设。

第九章
西班牙与拉丁美洲文学史研究

西班牙是欧洲文学大国,曾经出现过塞万提斯这样具有世界意义的大作家。拉丁美洲是一个地理概念,指北美洲的墨西哥、中美洲、南美洲和加勒比海地区。从历史上看,这个地区曾是西班牙、葡萄牙和法国的殖民地,而上述三国均属拉丁语系,故称拉丁美洲。后来,由于拉美各国均为发展中国家,同属"第三世界",这个称谓又被赋予了一定的政治含义。而从文学上看,把拉丁美洲作为一个区划,并不妥帖,在国外也不多见。解放前,人们非但不了解拉丁美洲文学,就连拉丁美洲的名字大概也少有耳闻。解放后,"亚、非、拉的革命形势风起云涌",这便引起了官方和民间的双重关注。拉丁美洲主要是西班牙语国家,拉丁美洲文学主要是西班牙语文学,而且深受西班牙文学的影响,所以我们把西班牙和拉丁美洲文学史研究作为一章。

第一节 西班牙文学史研究

解放前,除《堂吉诃德》(林纾译为《魔侠传》)外,国人对西班牙文学知之甚少,更谈不上西班牙文学史的撰纂与研究。1952年,北京外国语学院设立西班牙语专业,开始培养西班牙语人才,但主要是为了外交部培养翻译("文化大革命"前,该校属外交部)。1959年,由于古巴革命的成功,国家急需大量的西班牙语人才,因而于1960年在北京大学、北京第二外国语学院(当时属对外文委)、南京大学、上海外国语学院、广州外国语学院等一批高校增设了西班牙语专业。从此,西班牙文学史的教学才渐渐受到了重视,但西班牙文学史的编写尚未提到日程上来。

我国第一部《西班牙文学简史》直到1982年11月才由四川人民出版社出版,是孟复先生的遗著。孟复(1916—1975)生前是中国作家协会会员,北京外国语学院西班牙语系主任,著有《西班牙文学》《托尔斯泰后期作品》《〈堂吉诃德〉的人民性》《塞万提斯和他的〈堂吉诃德〉》,译著有小说《克列采长曲》《森林里的故事》等。《西班牙文学简史》是为北京外国语学院西班牙语系学生编写的教材,曾以油印讲义的形式在设有西班牙语专业的高校内部流传。全书13万6千字,是一本名副其实的"简史",无序无跋,前面有简单的内容提要。"内容提要"说:"西班牙文学在欧美文学史中占有重要的地位。在它源远流长的发展过程中不仅产生过像塞万提斯这样伟大的文学巨匠,而且产生过许多对欧洲和世界文学有过巨大影响的作家和作品。在世界文学史上享有盛誉的莎士比亚、拜伦、安徒生等,都曾从西班牙文学吸取过营养。本书是一本简明扼要的西班牙文学史。作者用明快、流畅的语言介绍了12至19世纪末西班牙文坛上所有重要的作家和作品。凡属对欧洲和世界文学影响巨大的作家及其作品都辟有专章详述。"

孟复著《西班牙文学简史》分为"中世纪"(12—15世纪)、"黄金时代(16—17世纪初叶)和巴罗克"、"近代"等三编。全书从西班牙语的形成讲起,直至19世纪末。书后附有逐章逐节的作家和作品译名对照表。全书体现了老一辈学者治学严谨的风范。例如,作者用寥寥数语就将巴罗克大师——夸饰主义的代表人物贡戈拉的艺术手法概括如下:

> 贡戈拉的夸饰主义的风格主要依靠下列三种手段:(1)隐喻——例如称禽类为"带羽毛的三角竖琴",称箭为"飞蛇",称雪山为"水晶的巨人",称海为"冰冷的蔚蓝的坟墓"。(2)夸张——例如当他形容一位姑娘白皙的双手和光亮的眸子时,他说"她用她的一对太阳把挪威烤焦,用双手把阿比西尼亚变白"。(3)典故——他用希腊、罗马神话中的典故来作隐喻,例如以俄耳浦斯代表音乐,以丘比特代表爱情,以尼普顿代表海洋。(第94—95页)

众所周知,巴罗克是16至18世纪中叶欧洲艺术的一种主要风格,原来的含义是一种装饰艺术,后扩展到建筑、绘画、雕塑、音乐和文学。贡戈拉是西班牙巴罗克文学主要的代表人物。孟复先生用不到200字的篇幅,将它的艺术手法既形象又具体地概括出来,高屋建瓴、画龙点睛的功夫可见一斑。至于对20世纪的西班牙文学没有涉及,有的译名与现在的规范不符,有时会流露出"以阶级斗争为纲"的痕迹等,那是时代和历史的局限造成的。

15年以后才出现第二部西班牙文学史著作,这就是上海外国语学院张绪华教授编著的《20世纪西班牙文学》(上海外语教育出版社,1997年)。本书约30万字,对西班牙20世纪文学做了较为详细的介绍和评述。全书分为引论和"98年一代""27年一代""第二共和国和内战时期的文学""战后文学""佛朗哥政权结束后的文学"等五章。每一章前面有简要的背景介绍,然后逐个介绍作家及其作品。全书的安排类似授课讲义,应是作者多年授课积累的成果。书后附有按字母表排序的"文学术语汉西对照表""西班牙的主要文学奖项""西班牙的诺贝尔文学奖获得者""塞万提斯文学奖获得者""作家及其主要作品"以及主要参考书目。

1998年10月,外语教学与研究出版社出版了董燕生教授编写的《西班牙文学》。本书是"北京外国语大学外国文学史丛书"的一种,篇幅不长,只有11万5千字。全书分为八章:一、源头汩汩/西班牙文学的滥觞(12—13世纪);二、小溪淙淙/手足胼胝艰难开拓的两代人(14—15世纪);三、大河汹涌/黄金世纪(上)(16世纪);四、巨川澎湃/黄金世纪(下)(17世纪);五、蜿蜒流淌/新古典主义时期(18世纪);六、涟漪迭起/浪漫主义和现实主义(19世纪);七、浪涛跌宕/寻觅和求索(20世纪);八、战后的文学复苏(20世纪)。书后附有主要参考书目、文学大事年表和中外文索引。

董燕生是国内西班牙语界的著名学者,是《堂吉诃德》的译者,从事西语教学逾半个世纪,国内西班牙语专业的基础教材是由他主编的。他一向治学严谨而又不拘一格,从该书目录即可看出,他不是墨守成规的人。在书的结尾,作者写道:"我们从西班牙文学的源头走来,眼见它汩汩喷出之后,由一条淙淙跳荡的小溪,一路上兼纳并蓄,吸收四面八方的养分,终于汇集成浩浩荡荡的江河。只听隆隆涛声轰鸣,奏出一个古老民族的命运交响曲,正在向世人宣叙时空恢宏无垠、万物绵延不息的永恒主题"(第115页)。这哪里是文学史的写法,分明是抒情散文的笔触。由此,该书的特点可见一斑。作为《堂吉诃德》的译者,他对这位游侠骑士的认识是令人称道的:

> 书中讲到一位乡绅,因为痴迷于骑士小说而癫狂,决定当一名游侠骑士四处闯荡,去"铲除强暴、惩处罪孽、匡正不义、制止恶行、讨还血债",结果却事与愿违,碰得鼻青脸肿,成了众人的笑柄。或许塞万提斯写这本书的初衷,如同他自己屡次申明的那样,不过是为了讥讽荒诞无稽的骑士小说。可是一旦落笔,就不可避免地融进自身对人生的感受和思索,所以常常让人觉得他似乎是在自嘲。一方面,它无悔于追求真善美的执着,通过吉诃德之口,抒发自己的向往……另一方面,他又不得不使这位正义的支柱、自由的卫士、忠贞的恋人攻必败、守必溃,只因为他的心境和追求与现实相去甚远。诚然,描述这类接连不断的漫画式的窘状势必语近调侃,却时时渗透出淡淡的苍凉和悲壮。(第36页)

书的附录部分占全书四分之一的篇幅,这弥补了"简史"的不足。该书不仅能满足一般外语院校西班牙语师生的需要,也是研究西班牙文学不可或缺的参考资料。

2002年,北京大学出版社出版了赵振江编著的《西班牙与西班牙语美洲诗歌导论》,44万字,属"北大欧美文学研究丛书"。为了更准确地概括该书的内容,也为了纠正国内一般读者将西班牙语美洲文学等同于拉丁美洲文学的错误概念,作者使用了《西班牙与西班牙语美洲诗歌导论》的书名。该书按时间顺序,梳理了西班牙和西班牙语美洲诗歌发展的脉络,介绍了重要的诗歌流派和诗人,具有诗歌发展简史的性质。全书分为三编:(一)西班牙语诗歌韵律简介;(二)西班牙诗歌简史;(三)西班牙语美洲诗歌简史。值得一提的是,该书第一编的内容,在国内尚无人专门介绍。它既可使国内西班牙语师生了解西班牙语诗歌的韵律,也为国内诗歌创作界提供了一定的借鉴与参照。该书还附有中外文人名、书名索引和主要西文参考书目,为读者提供了方便。

2006年2月,上海外语教育出版社出版了陈众议、王留栓合著的《西班牙文学简史》。全书分为绪论和"中世纪文学""黄金世纪文学""18、19世纪文学""现代文学"和"当代文学"等五编,书后有主要参考书目。该书属外语教育出版社出版的"外国文学简史丛书"。陈众议是西班牙语文学博士、社科院外文所所长、全国外国文学学会会长,长期从事西班牙语文学研究,是该学科的领军人物。他撰写的《西班牙文学——黄金世纪研究》(译林出版社,2007年)是国家哲学社会科学规划项目,是他多年的研究成果。全书除绪论外,分为三编,从阿尔丰索十世(1221—1284)写到剧作家卡尔德隆(1600—1681),是西班牙文学的断代史,是对黄金世纪文学的梳理与钩沉。对于全书的内容和写法,作者在开篇就说得很清楚:

> 第一编可以说基本上是个引子,意在阐释"黄金世纪"的由来或源头种种。第二编和第三编是重点,关涉西班牙古典文学极盛时期的几乎所有重要作家与作品、流派与思潮。众所周知,20世纪被不少理论家称作"批评的世纪"。从结构主义到后结构主义或解构主义,从形式主义到新历史主义和后殖民主义,从新批评、叙事学、符号学到文化研究,不同思潮、不同方法争奇斗艳,各领风骚。它们在拓展视野、深化认知方面或有可取之处,但本著不拘于以上任何一种方法,而是将努力立足于历史唯物主义和辩证唯物主义,并力求点面结合,即文本细读和整体把握、客观梳理和理论观照相结合,以期既有一般断代史、文学史的顺序,又不完全拘牵于时间。瞻前顾后、上溯下延、繁简博约、捭阖纵横,全凭论述需要。(第7—8页)

陈众议还撰写了《西班牙文学大花园》(湖北教育出版社,2007年),图文并茂,雅俗共赏。全书除前言(他山花)外,分"早春""阳春""暮春""长夏""短秋"等五编。从编目即可看出。他是以观赏者的身份,游览西班牙文学大花园的。这并非严肃的文学史专著,而是具有普及性的、为一般不甚了解西班牙文学的人们撰写的。书中不仅有许多插图,而且有短小精悍的译著文本节选,供读者品味。

2006年3月,北京大学出版社出版了沈石岩教授的《西班牙文学史》,58万字,是迄今为止国内出版的最详尽的西班牙文学史。书前有原广电部副部长、沈教授的同窗刘习良先生写的序——《真情的铸剑者》和作者本人写的前言。全书分为八章:西班牙中世纪文学,黄金世纪文学(十六七世纪文学),18世纪文学,19世纪文学,20世纪上半叶文学,流亡文学,战后西班牙文学(1939—1960),20世纪60年代后文学。书后附有"塞万提斯文学奖获得者""西班牙的诺贝尔文学奖获得者""西班牙重要文学奖项""大事年表""索引"和"主要参考书目"。

沈石岩教授于1953年考入北京外国语学院(现为北京外国语大学),毕业后分到北京大学任教。自1979至1999先后任中国西班牙、葡萄牙、拉丁美洲文学研究会副会长、会长。《西班牙文学史》是作者20余年教学与研究的结晶。作者在"前言"中写道:"本书较全面地介绍了西班牙文学的发生、发展、演化和嬗变的全过程,并加强了对20世纪60年代后的重要作家和女性作家的介绍。……书中所用文学资料及史料力争准确翔实,立论尽量客观中肯,给作家以公允的评价,肯定其成绩,指出其缺点。力求做到一般叙述和重点分析相结合,点面兼顾"(第4页)。作者是这样想的,也是这样做的。例如,在介绍20世纪上半叶文学(第五章)时,"27年一代"是重点,作者便用了54页的篇幅,(而前面的第三节只有13页)。在这一节中,作者将"27年一代"产生的时代背景、艺术主张、形成过程、发展阶段以及每个成员的生平和创作都进行了详细的介绍和分析,必要时还举出具体的诗作为例证。尤其值得一提的是,与其他西班牙文学史相比,该书多了"流亡文学"一章。这也是西班牙特定的历史进程决定的:西班牙内战(1936—1939)后,大批知识分子(其中有众多诗人、小说家和剧作家)流亡,在国外创作了大量的文学作品,他们理所当然地是西班牙文学史的组成部分。

王军编著的《20世纪西班牙小说》(北京大学出版社,2007年),44万字,篇幅相当大,是普通高校"十一五"国家级规划教材。作者"力图为中国读者勾勒出一条西班牙当代小说发展的清晰脉络,介绍和分析这一百年间西班牙小说界的重要流派、思潮、团体、作家和作品,使读者从中获得有益的启迪"。全书前有绪论,后有参考书目、作家作品中西文对照表和西班牙主要文学奖项获奖名单。内容按时间顺序分为八章:(一)"98年一代";(二)战前的西班牙小说;(三)1939—1950:战后的凋零与初步复苏;(四)1951—1962:现实主义小说与"半个世纪派";(五)1962—1975:决裂与创新;(六)西班牙民主过渡时期的小说;(七)世纪末的西班牙小说;(八)流亡小说。该书是国内第一部对西班牙20世纪小说进行全面系统分析与评介的专著。尤其是对"玄学小说""元小说""反小说"和"女性小说"的介绍,令人耳目一新。在国内西班牙语界,此前尚无人做过类似的探讨。书后的西文参考书目丰富、翔实,有利于学界开展后续的研究。

综观国内外国文学史的编纂与研究,西班牙语界起步较晚,基础较弱,人才青黄不接。就目前情况而言,资料性的成果较多,研究型的专著偏少,更谈不上形成具有中国特色的"中国学派"。要彻底改变这种状况,还需西班牙语的教学与科研机构持之以恒的努力。

第二节　拉丁美洲文学在我国的早期介绍

在我国,最早出现的拉丁美洲文学史是一部翻译过来的波尔图翁多著《古巴文学简史》(王央乐译,作家出版社,1962年)。作者(José Antonio Portuondo,1911—1996)生于古巴圣地亚哥,曾任奥连特大学校长,1986年获国家文学奖。他不仅是一位教授,也是一位诗人和文学批评家,"古巴革命知识分子的楷模"。巴蒂斯塔独裁统治时期,他参加了卡斯特罗领导的"七·二六运动"。革命胜利后,转入外交工作,曾任驻墨西哥大使,并随多尔蒂科斯·托拉多总统访问我国。这本书(*Bosquejo histórico de las letras cubanas*)不是严格意义上的文学史,译为《古巴文化史纲要》或许更为贴切。全书共九章:(一)殖民地代理站(1510—1762);(二)土地(1790—1819);(三)祖国(1820—1899);(四)个人(1820—1849);(五)殖民地社会(1850—1879);(六)根本原则(1880—1909);(七)政治(1910—1939);(八)群众(1930—1939);(九)形式主义(1940—　)。该书为32开本,正文146页,后面附有"索引"和"译后记"。作为第一部介绍拉丁美洲文学的译作,至今仍有参考价值。

该书的译者王央乐(1925—1998)原名王寿彭,毕业于复旦大学外文系,1956年起任人民文学出版社拉丁美洲文学编辑,曾主编《中国大百科全书·外国文学卷》的西班牙、葡萄牙、拉丁美洲文学条目,翻译了多部西班牙、葡萄牙、拉丁美洲的诗歌与小说。1963年8月,作家出版社出版了王央乐著《拉丁美洲文学》,这是我国学界第一部介绍拉丁美洲文学的著作。该书小32开,正文189页,附有"后记"和人名索引。除绪言外,全书分为七章:(一)印第安民族文学;(二)殖民地时期文学;(三)独立革命的歌手;(四)浪漫主义文学;(五)后期浪漫主义文学和现实主义文学的兴起;(六)现代主义诗歌;(七)现实主义小说。最后有简短的"结语"。全书的章节安排基本符合文学史的脉络,所选作家作品都在拉美文学史上占有重要地位。尤其值得一提的是作者没有受"拉丁美洲"这个称谓的局限,介绍了古印第安文学中的三部经典:《波波尔—乌》《拉比纳尔的武士》和《奥扬泰》,为后人撰写拉美文学史提供了借鉴。书中将"后现代主义"时期的智利女诗人加布列拉·米斯特拉尔(1889—1957)和秘鲁先锋派诗人塞萨尔·巴略霍(1892—1938)划入现代主义,值得商榷。此外,由于是国内关于拉丁美洲文学的拓荒之作,人名和书名的译法与现在的一般规范不符。这本书虽然篇幅不长,当年在介绍拉丁美洲文学方面却发挥了重要作用。

1978年4月,人民文学出版社出版了智利学者托雷斯-里奥塞科编著、吴健恒先生翻译的《拉丁美洲文学简史》。"出版说明"指出:"本书的特点是简明扼要,例证丰富;对于了解拉丁美洲文学发展历史的概貌,具有一定的参考价值"(第1页)。作者托雷斯-里奥塞科(Arturo Torres-Rioseco,1897—1971)是智利文学评论家,长期在美国加利福尼亚大学讲授拉丁美洲文学。本书是以美国学生为对象用英语写成的,于1942年出版,1945年又出版了西班牙文版,并于1958、1959年再版。吴健恒,又名吴名琪,是国内一位西班牙语资深翻译家。他在翻译西文时,同时参照英文译本,这使得他的译文更为准确。该书正文257页,后面附有各章的注释、参考书目和由译者编写的、按中文笔划排列的人名、书名索引。全书共六章:(一)殖民地时期;(二)西班牙美洲的浪漫主义浪潮;(三)现代主义和西班牙美洲诗歌;(四)加乌乔文学;(五)西班牙美洲的小说;(六)巴西文学。由于"西班牙美洲"的提法似有殖民意味,因此现在一般译为"西班牙语美洲"。此外,作者将西班牙语美洲和葡萄牙语美洲(巴西)分开来叙述,说明它们的文学发展脉络缺乏共性。即便如此,也应称其为"伊比利亚美洲",因为拉丁美洲还包括讲法语、英语和其他语言的地区。目前国内往往把西班牙语美洲文学称作拉丁美洲文学,实为以偏概全。

《拉丁美洲文学简史》的篇幅虽然不长,只写到上世纪30年代,但是它对重大题材的叙述是相当充分的。例如,在第一章"史诗"的小标题下,作者不仅分析了《阿劳加纳》的情节、人物和特征,还介绍了关于这部史诗的争论:

> 几个世纪以来,围绕着《阿劳加纳》的评价展开了激烈的争论。争论集中于"史诗"一词的定义上。伏尔泰是欣赏埃尔西利亚的真正价值的第一个外国著名文人;他在印在《恩里亚德》(1726)之前的《论史诗》一文中,表示了他对科罗科罗首长说的话的极大热情。蒂克诺尔的意见与此几乎相反,他认为《阿劳加纳》的第一部分只不过是一篇韵文的战争故事,具有必要的地理和统计的精确性,而读者手头必须经常有一本地图,才能把战斗弄清楚。在他看来,这部著作不是"史诗"而是"历史"。另一方面,法国批评家亚历山大·尼古拉斯又认为这部诗篇符合作为史诗的最严格的要求。(第16—17页)

紧接着,作者表明了自己的观点:

所有这些争论,按照现代的标准衡量,显得有些学究气。在现在,《阿劳加纳》无疑被认为是西班牙美洲的最重要的史诗——而且的确是西班牙语的唯一的伟大古典史诗。它的真正诗意,较少地在于它的诗句,而更多地在于埃尔西利亚的崇高思想,他的高尚心灵,他对印第安人的骑士风度。例如,西班牙人的统领加西亚·乌尔塔多·门多萨的名字,甚至在史诗中没有提到;有些人认为这是个人意气的结果,其实还不如说,这是以诗歌伸张正义的最高表现。……当人们在读完《阿劳加纳》之后,浮现在脑际的,却是荷马史诗那样规模的考波利康、图卡佩尔·劳塔罗、加尔瓦里诺、科罗科罗、伦戈等等的形象。(第17页)

又如,在一部只有257页的拉丁美洲文学简史中,对"索尔·胡安娜"的介绍和评论竟达七页之多,可见作者对这位墨西哥"第十位缪斯"的重视。他对加乌乔文学的介绍也颇为详尽,非一般文学史可比。这出于作者独到的眼光,因为就文学的"美洲性"而言,加乌乔诗歌占有突出的地位。今天看来,这本《拉丁美洲文学简史》最大的遗憾是只写到上世纪30年代。

1985年10月,中国人民大学出版社出版了吴守琳编著的《拉丁美洲文学简史》,约32万字。作者在"后记"中写道,这是她于1980—1983年在北京外国语学院西班牙语系讲授拉丁美洲文学史的讲稿。全书除"概论"外,分为五编:(一)古印第安文学;(二)殖民掠夺及殖民统治时期的文学;(三)独立革命时期文学;(四)十九世纪浪漫主义文学;(五)二十世纪文学高峰及其渊源。每编前面都有"概说",共三十章,每章介绍一位重点作家或作品。其中第五编内容庞杂,又分为"地方主义文学的兴起及其影响""现代派文学"和"现实主义革命文学"三部分。全书的特点是重点突出,资料较丰富。作为高校西班牙语专业学生的教学参考书有一定的实用价值。但作为学术专著,该书(尤其是第五编)有不少值得商榷之处。例如,在题为"二十世纪拉丁美洲文学高峰及其渊源"的第五编中,第一部分题为"地方主义文学的兴起及其影响",其中包括四章:第十八章何塞·埃尔南德斯的《马丁·菲耶罗》、第十九章《草原林莽恶旋风》、第二十章《堂娜芭芭拉》和第二十一章《堂塞贡多·松勃拉》。首先,"地方主义"(el regionalismo)的提法不妥,一般译为"地域主义",包括墨西哥革命小说(如《在底层的人们》)、大地小说(如《漩涡》即《草原林莽恶旋风》和《堂娜芭芭拉》)和土著主义小说(如《广漠的世界》)。至于《堂塞贡多·松勃拉》,从横向看,属地域主义,而从纵向看,也可视为加乌乔小说。此外,何塞·埃尔南德斯生于1834年,卒于1886年,其《马丁·菲耶罗》上下两部分别发表于1872年和1879年,而且它是加乌乔诗歌的封顶之作,因此不应划入20世纪。又如,在"现代派文学"这部分中,作者将"现代主义"和"先锋派"混淆起来,将何塞·马蒂、鲁文·

达里奥、博尔赫斯、阿斯图里亚斯、加西亚·马尔克斯放在一起,更值得商榷。西班牙语美洲的现代主义始于何塞·马蒂(1853—1895),至鲁文·达里奥(1867—1916)已近尾声,代之而起的是拉美先锋派,即欧美文学界所说的"现代派"。无论如何,是不应将拉丁美洲的现代主义和欧美现代派混为一谈的,它们不仅在时间上有大约三十年的差距,而且是两个完全不同的概念。在本编的第三部分,将墨西哥革命小说《在底层的人们》[①]、土著主义小说《广漠大世界》(或称"安第斯小说")和巴勃罗·聂鲁达统称为"现实主义革命文学"也有简单化之嫌。

第三节 赵德明等著《拉丁美洲文学史》

1989年1月,北京大学出版社出版了赵德明、赵振江、孙承敖合著的《拉丁美洲文学史》。2001年2月再版时,又加上了已故北京大学西班牙语系段若川教授的名字。这是到目前为止,国内传播最广的《拉丁美洲文学史》。该书曾是北京大学西班牙语专业的重点科研项目,原本由赵德明、赵振江二人承担。1984年,受教育部外语司委托,中国西、葡、拉美文学研究会在杭州召开研讨会,专门研讨拉丁美洲文学史的写法。经认真讨论,决定采取里奥塞科版《拉丁美洲文学简史》的结构,让巴西文学独立成编,并邀请北京外国语学院葡语专业的孙成敖教授来撰写。与里奥塞科版"简史"不同的是,补充了古印第安文学的内容。该书正文577页,附有作家作品的西汉文对照和参考书目,全书54万字,分为五编:(一)拉丁美洲文学的起源,包括"古印第安文学"和"征服时期文学"两章;(二)殖民统治时期的文学,包括诗歌、戏剧、小说三章;(三)独立运动及各共和国初期的文学,包括19世纪上半叶的诗歌、19世纪上半叶的小说与戏剧、19世纪的浪漫主义诗歌、高乔[②]文学、浪漫主义的代表作家和现代主义文学等六章;(四)拉丁美洲现当代文学,包括地域主义小说、先锋派小说、新小说——拉丁美洲文学的爆炸、20世纪的拉丁美洲诗歌(上、中、下)等六章;(五)巴西文学,包括殖民时期文学、浪漫主义时期文学、现实主义时期文学、象征主义诗歌、20世纪巴西现代主义文学等五章。在西班牙语美洲文学中,叙事文学部分由赵德明撰写,诗歌部分由赵振江撰写,段若川写了有关当代墨西哥小说家胡安·鲁尔福与智利当代小说家何塞·多诺索两节。本书的作者都是多年从事拉丁美洲文学教学、翻译与研究的教授,占有丰富的第一手资料,这是他们

[①] 书中译为《在低层的人们》。
[②] gaucho 又译为加乌乔。

的优势。但几个人合写一本书,也会产生一些难以避免的问题。尤其是第一版问世时,几个作者均不在国内,无人整合他们各自作的索引(当时电脑尚未普及,更不用说网络了),排版和印刷错误也不少,令人遗憾。再版时,这些问题基本得到了纠正。

由于本书的作者同时是书中一些诗人和小说家的译者和研究者,因而他们的论述往往有个人独到的见解。例如,赵德明是智利长篇小说《马丁·里瓦斯》在国内唯一的译者,并对其进行过认真的研究。他将小说的作者阿尔贝托·布列斯特·加纳(Alberto Blest Gana, 1830—1920)划为"从浪漫主义向现实主义过渡的作家",并综合国外学者的见解,给予了高度的评价:"鉴于布列斯特·加纳在文学创作上的巨大贡献,智利文学界认为,它是智利现实主义文学的开拓者。智利作家波洛迪亚·泰特尔鲍姆在《智利文学中的现实主义传统》一文中指出:'无疑地,现实主义的巨匠布列斯特·加纳是十九世纪西班牙美洲的小说家之一。智利的长篇小说是随着他的作品的问世而正式诞生的。总的来讲,直到今天他仍然是智利最伟大的长篇小说家。'古巴文学评论家雷蒙多·拉索在《西班牙美洲文学史》一书中写道:'布列斯特·加纳是智利长篇小说的奠基人,是拥有广大读者的作家,是专门从事长篇小说创作并有深远影响的作家,是坚持表现西班牙美洲民族特色的作家。……作为智利文学一个时期的代表人物,他的贡献和作用始终是有历史意义的。'美国著名的历史学家艾·巴·托马斯在《拉丁美洲史》一书中指出:'到了十九世纪末,浪漫主义运动产生了已经彻底探索本国情景的智利诗人、作家和思想家。在这方面,浪漫主义运动为探测智利社会底蕴的现实主义作家开辟了道路。小说范围内最伟大的智利现实主义作家是阿尔贝托·努列斯特·加纳'"(第185页)。

赵德明也是秘鲁当代著名作家巴尔加斯·略萨的译者,他对这位秘鲁作家的评述同样令人信服:"巴尔加斯·略萨的创作以其结构新颖见长,他的六部长篇小说在结构上各有特点。在这个意义上讲,许多评论家称他的小说为'结构现实主义'的作品。……在这样的结构安排过程中,时间和空间被分割成若干小块,然后打乱次序被安排在各个场景之中。初读起来颇感吃力,但越往下读,就会逐渐发现每章每段都是经过精心安排的,读者会被几个悬念同时抓住,好奇心促使人们非一口气读完不可,直到最后有一种恍然大悟的感觉,因而感到回味无穷……"(第343页)这样的表述既像评论又像读后感。他对略萨艺术手法的概括也是简单明了、令人信服的:1.追求真实性,力图将主观世界和客观世界的各个层面全部糅合在一起,囊括于一个共同体之中。2.极力缩短作者、人物与读者之间的距离。具体做法就是改变传统小说的结构,采用现代派意识流等手法,打破时间与空间的旧观念,打破传统的叙述顺序,邀请读者"参与"创作,就是说要求读者理清脉络,充分发挥想象力,同作者和人物在书中交流情感。3.生动活泼的对话形式。大体上有这样几种：交叉性对话，单向性对话，叙述性对话，电影蒙太奇式的对话等等。4.细腻自然的心理描写。

本书的其他三位作者同样是国内重要的译者，而且各有自己的专长，这对他们编写《拉丁美洲文学史》的相关部分是十分有利的。赵振江是鲁文·达里奥、米斯特拉尔、聂鲁达、帕斯等重要诗人的译者，而且编译过《拉丁美洲诗选》，因而对拉丁美洲诗歌的研究自然会多一些。例如，他将智利女诗人米斯特拉尔的诗作的主题概括为一个"爱"字，即从"情爱"到"母爱"再到"博爱"，并进而做出一个判断：她在第二次世界大战硝烟未尽之际（1945）成为拉丁美洲第一位诺贝尔文学奖获得者，与此是不无关联的。在介绍她的"博爱"时，便以自己翻译的《大树的颂歌》为例：

> 米斯特拉尔常常将对人类的热爱寓于对大自然的礼赞之中。无论是大树还是细雨，也无论是太阳还是小溪……往往都寄托着诗人的博爱精神：
>
> 大树啊，我的兄弟，
> 褐色的深根扎进地里，
> 昂起你那明亮的前额，
> 渴望能够伸向天际；
> 让我对焦土同情怜悯
> 靠它的养分我才能生存，
> 让我的心永远牢记
> 蓝色的大地是我的母亲。
>
> 大树既是诗人的化身又是诗人的理想、追求和希望的象征。这是对人类的博爱精神的一曲朴实而又深刻的颂歌。（第385页）

在总结她的艺术追求时，作者引用了诗人的《艺术家十诫》①，让诗人自己阐述自己的艺术主张，让读者自己做出正确的判断。本书的另一位作者段若川教授虽然只写了介绍鲁尔福和多诺索的两节，但这都是她最熟悉的作家。在国内，她是最早研究鲁尔福的学者之一，并指导过多名研究生作关于这位魔幻现实主义大师的论文；她曾翻译过六部多诺索的小说，并为其代表作《淫秽的夜

---

① （1）爱美，美是上帝的影子。（2）没有无神论的艺术。即使你不爱造物主，也要坚信他在创造自己的同类。（3）不要把美当作感官的饲料，而要作为灵魂自然的食物。（4）美不是你堆砌和空泛的借口，而是神圣的事业。（5）不要到集市上去寻求美，也不要将美带到集市中去，因为美是处女，她不会在集市上出现。（6）美将从你的心灵上升到你的歌唱，它首先会将你本人净化。（7）你的美又叫作怜悯，它使人的心灵得到安慰。（8）像孕育婴儿一样创造你的作品；要花费心血。（9）美不是使你陶醉的鸦片而是点燃你行动的慷慨的琼浆，因为如果你不再是男人或女子，也就不再是艺术家。（10）对一切创造都应感到惭愧，因为它与你的梦境相比，与上帝即造化的神奇梦境相比，总是有差距的。

鸟》作序，可见她是介绍这两位作家的最佳人选。孙成敖是北京外国语大学的葡语教授，是国内为数不多的巴西文学的研究者之一。正因为这部文学史是几位作者合作编写的，所以在整部书的篇章布局上，"畸轻畸重"的现象是应努力克服的。

第四节　拉丁美洲文学史研究的其他成果

近几年来，与拉丁美洲文学史相关的书主要有赵德明编著的《20世纪拉丁美洲小说》、朱景冬、孙成敖合编的《拉丁美洲小说史》、赵振江、滕威、胡旭东合编的《拉丁美洲文学大花园》和李德恩、孙成敖合编的《插图本拉美文学史》。

《20世纪拉丁美洲小说》（云南人民出版社，2003年）基本上还是按照拉丁美洲文学史的脉络写的。除概论、结束语和参考书目外，共十九章，其中阿斯图里亚斯、卡彭铁尔、博尔赫斯、埃内斯托·萨瓦托、奥内蒂、鲁尔福、科塔萨尔、加西亚·马尔克斯、巴尔加斯·略萨、富恩特斯、多诺索等各占一章，其余七章的题目为：加乌乔小说（第一章）、现代主义晚期的小说（第二章）、地域主义小说（第三章）、墨西哥大革命题材小说（第四章）、土著主义小说（第五章）、先锋派小说（第六章）、第二代"新叙事文学"作家（第十八章）和走向21世纪的拉丁美洲小说（第十九章）。在题为"20世纪拉丁美洲文学的嬗变"的概论中，作者努力探讨拉丁美洲何以在经济不发达的情况下文学居然发达起来，与世界文学接轨并从向欧洲和美国学习转向影响欧美文学。经过对拉丁美洲文学发展历程的梳理，作者发现了这样几个特点：(1)作家们喜欢标新立异，绝不人云亦云，学习他人但不模仿他人，使独辟蹊径成为时尚；(2)文学观念和创作方法虽受社会生活，尤其是政治思潮的影响，甚至党派斗争的直接干涉，但每个作家都有自己的独立思考，而且总是处于调整之中：在社会责任感和意识追求中进行选择，寻找适合自己国家和民族的艺术表现形式，是许多有社会责任感的作家自觉承担的任务，但是并不以牺牲艺术创作原则为代价；(3)评论界与创作界常常是同一批人，因此形成良性互动，有批评，甚至激烈的辩论，但是更有经验交流、感情上的支持、声援和鼓励。这样的概括发人深思，对我们有启迪作用。作者还发现：拉丁美洲许多优秀作家并不愿意接受"主义"或"流派"代表的桂冠，实际上把某个"主义"套在他们头上往往不能说明其创作的整体情况和复杂性，以加西亚·马尔克斯为例，他的《百年孤独》有魔幻现实主义的特点，但是《迷宫中的将军》《霍乱时期的爱情》《绑架的消息》等作品并未坚持和发扬魔幻现实主义的传统。作家本人也一再声称：他的全部作品都是"写实"的，所以认真研究具体作品的故事情节、人物性格、语言结构、叙事角度、时间、空间等基本因素，是比较可靠的研究方法，在此基础上再考虑作家的文化养成、家庭和社会环境、文艺思潮的影响等外部作用，得出的相对结论才可能接近文学作品的"本真"。这种实事求是的研究态度是值得肯定和推广的。但该书没有人名和书名对照表，会给读者带来一些不便。另外，该书虽题为"拉丁美洲小说"，实际上只评介了"西班牙语美洲小说"。

《拉丁美洲小说史》（百花文艺出版社，2004年）的写法（尤其是西班牙语美洲文学部分）是逐一介绍重点作家，然后再逐一介绍其重要作品。其特点是脉络清晰，资料丰富。在作家或作品首次出现时，对相应的外文名字作了介绍，这样虽方便了阅读，却给查找造成了一些不便。全书分为五编：（一）拉丁美洲小说的渊源；（二）浪漫主义小说；（三）二十世纪上半期的小说；（四）二十世纪下半期的小说——拉丁美洲新小说；（五）巴西小说。如果本书前面有一长篇概论，对拉丁美洲小说的来龙去脉做个梳理，就更好了。第一编《拉丁美洲小说的渊源》倒有一个前言，可惜过于简单，区区百余字，就得出"一般说来，拉美小说主要源自丰富的古印第安文学和征服时期产生的大量具有小说特征的纪实文学"的结论，难免令人费解。首先，"拉丁美洲"始于西班牙人和葡萄牙人到来以后，此前的古印第安文学被抢救下来的如凤毛麟角，而征服时期的纪实文学又多为史料，怎么可能成为拉丁美洲小说的主要源泉呢？又如本书的第四编第三章："爆炸"后的一代——"小字辈"，这样的标题似乎也值得商榷。"小字辈"是相对于"老前辈"而言，似乎不应作为对一代作家的"冠名"，因为任何一位作家在出道之前，都是"小字辈"。就拿书中介绍的第一位"小字辈"作家——斯波塔来说，这位墨西哥作家生于1925年，作者撰写本书时，他已近耄耋之年，怎能算"小字辈"呢？可能有人在写文章时曾这样称呼过他，但作为一部拉丁美洲小说史，这样的称谓似有不妥，不知笔者是否少见多怪了。

《拉丁美洲文学大花园》（湖北教育出版社，2007年）和《插图本拉美文学史》（北京大学出版社，2009年），图文并茂，都是普及型的读物，却也各有自己的特点。《拉丁美洲文学大花园》属于"世界文学大花园系列"丛书，其特点是简明扼要，不仅有史料和点评，还有作品选读。在"前言"中，作者这样概括了自己对拉美文学的认识以及在编写过程中的思考：

> 拉丁美洲是一块既古老又年轻的大陆，是一块神奇的大陆，是多种族、多文化交汇与融合的地方。独特的自然环境，复杂的社会成分，曲折的历史进程，使这里的文学别具一格，形成一道亮丽的风景。尤其是现当代文学，魔幻现实主义、结构现实主义、心理现实主义以及幻想小说，色彩纷呈，争奇斗艳，出现了一批闻名遐迩的作家和出类拔萃的作品。阿斯图里亚斯、博尔赫斯、鲁尔福、加西亚·马尔克斯、巴尔加斯·略萨、富恩特斯、米

斯特拉尔、聂鲁达、巴略霍、帕斯等一系列耳熟能详的名字，无不在世界文坛占有重要的一席。就是在我国，自改革开放以来，他们的作品也引起了广泛的关注。尤其是魔幻现实主义，对我国的小说创作界产生了积极的影响。因此，在编写过程中，我们打破了时间顺序，把魔幻现实主义提出来，作为单独的一章，目的是使大家对它有一个完整的印象。在进入正文之前，我们觉得有两个问题需要向读者做个交待。其一，既然叫拉丁美洲文学，就是要从哥伦布到达美洲（1492.10.12）以后说起，因为此前无所谓"拉丁美洲"。至于哥伦布本人，他一直以为自己到了东方的印度，至死也不知道自己"碰"到了一块"新大陆"。这就是他为什么称那里的土著居民为"印第安人"。众所周知，在西班牙人和葡萄牙人到来之前，美洲印第安人早已创造了光辉灿烂的玛雅文化、阿兹特克文化和印卡文化。对此，本书只能做一个浮光掠影式的介绍，因为它不属于"拉丁美洲"的范畴。其二，拉丁美洲是一个政治地理概念，而作为文学，国外一般不会将西班牙语美洲文学和巴西（葡萄牙语美洲）文学合在一起，作为拉丁美洲文学来介绍，就像人们不会把西班牙文学与葡萄牙文学合起来，作为"伊比利亚文学"来介绍一样，因为二者的发展脉络不同，它们之间没什么内在联系。因此，本书对西班牙语美洲文学和巴西文学，也是分别进行介绍的。（第1—2页）

《插图本拉美文学史》虽是普及读物，但并非"草率、敷衍之作"。作者在"前言"中还提出了一个值得探讨的问题：

> 众所周知，哥伦布发现新大陆，这是不争的事实，但如何界定西班牙征服者在美洲征服过程中的拉美文学便是个问题。有些学者将西班牙征服者根据所见所闻而写的纪事称之为"征服时期文学"，这种提法未必恰当。因为，对印第安人来说，他们虽然是拉美土地的主人，在被征服过程中他们却是沉默的，是没有发出声音的种族。在这一时期的文学创作者是西班牙的官兵、传教士，他们创作的纪事、诗歌应归属于西班牙文学，完全可以从拉美文学中删除。……这一时期的文学是印第安人被完全征服前的殖民地时期的文学，或前殖民地时期文学，而不是西班牙征服者在征服中的文学，或征服时期文学。上述说法是否可行，还待读者指正，这将是一本普及读物引起的争议吧。

这样的提法是不无道理的，但也并非没有可商榷之处。首先，印第安人在被征服过程中是否"没有发出声音"，就值得怀疑。"胜者为王败者为寇"，"胜利者"记录下来的只是自己的声音。再者，既然把古印第安文学作为拉美文学的一部分，将征服时期的纪事称作拉美文学也未尝不可。称其为"前殖民地时期"或许更贴切。除前言和文学大事年表外，该书分为十章，巴西文学史是最后一章。

西班牙语美洲文学的九章是：(一)古印第安文学；(二)前殖民地时期文学(15世纪—16世纪初)；(三)殖民地时期文学(16世纪中—17世纪末)；(四)新古典主义文学(18世纪—19世纪初)；(五)浪漫主义文学(19世纪)；(六)现代主义文学(19世纪末—20世纪初)；(七)拉美先锋派诗歌(20世纪初—20世纪中叶)；(八)拉美后先锋派诗歌(20世纪中叶—　)；(九)现实主义文学(20世纪初—　)。毫无疑问，现实主义文学是全书的"重中之重"(占西班牙语美洲文学的三分之一)。这一章又分为十节：1.高乔诗歌与高乔小说；2.墨西哥革命小说；3.大地小说或地域主义小说；4.土著主义与印第安主义小说；5.魔幻现实主义小说；6.心理现实主义小说；7.结构现实主义小说；8.拉美新小说；9."文学爆炸"中的新小说；10.后"文学爆炸"中的小说。共介绍了38位小说家和诗人。这样的写法重点突出，对重点作家的特点一目了然。但有时，比如魔幻现实主义、心理现实主义、结构现实主义都属于拉美新小说的范畴，有的拉美新小说就产生在"文学爆炸"的过程中，因此让它们各自独立成章，容易使人产生错觉；而且用一个"主义"很难概括一个作家的全部作品，也容易给人"以偏概全"的印象。此外，高乔诗歌和高乔小说(《堂塞贡多·松布拉》除外)大多产生在19世纪末，把它们放在20世纪有些牵强。当然，这些都是枝节问题，瑕不掩瑜，任何一部文学史都不可能十全十美。作为一部普及读物，受篇幅的限制，就更是在所难免了。

此后，国内出版了几本拉丁美洲国别文学史，使国人对拉丁美洲文学有了更详细的了解。1998年10月，陈众议编著的《20世纪墨西哥文学史》由青岛出版社出版。该书约20万字，属于吴元迈主编的"20世纪外国国别文学史丛书"。书前有吴元迈先生撰写的长篇总序，有作者写的简短的前言。全书分为八章：(一)世纪之交；(二)战争年代；(三)先锋时节；(四)峥嵘岁月；(五)世纪巨匠——帕斯；(六)爆炸时期；(七)七八十年代；(八)又到世纪末。从章节划分即可看出，本书时间脉络清晰，主次分明，重点突出。本书成书于上世纪90年代，因为要"同70年代以及70年代以后崛起的新一代作家保持距离"(这一代作家尚无定论)，"加之许多书还来不及细看，所以第七章基本上只限于一般陈述，而第八章则纯粹是一个'尾声'、一种慨叹"。书后没有中外文索引则是本书的一个缺憾。

1999年，北京外国语大学在外语教学与研究出版社出了一套国别文学丛书，相当于一套国别文学简史。短小精悍，无序无跋，书后有参考书目和文学大事年表，十余万字，以外语专业师生为主要读者群，注重可读性和趣味性。其中与拉丁美洲文学相关的有四本：刘晓眉著的《秘鲁文学》、盛力著的《阿根廷文学》、李德恩著的《墨西哥文学》和孙成敖著的《巴西文学》。

刘晓眉教授著的《秘鲁文学》分四部分：克丘亚语文学、殖民地统治时期的文学、独立前后一百年的文学和现当代文学。众所周知,秘鲁是印加帝国的核心地区,库斯科是印加帝国的首府,克丘亚语不仅是印加帝国官方语言,也是流行最广的民间语言。克丘亚语文学在秘鲁文学史上占有特殊地位。因此,本书对此作了较为详细的介绍,颇有参考价值。"独立前后一百年的文学"是本书的重点,几乎占了一半的篇幅,分为六章:一、独立战争期间的文学;二、风俗文学;三、浪漫主义文学;四、现实主义文学;五、现代主义文学;六、后现代主义文学。作为文学史,这一部分写得中规中矩,只是"风俗文学"的提法或许值得商榷,且容易引发歧义。作者所说的"风俗文学",从时间看,大致属于新古典主义;从流派看,属于风俗主义。为什么不叫风俗主义文学,而叫"风俗文学"呢?这是笔者不明白的地方。在现当代文学部分,重点十分突出:其一是大诗人塞萨尔·巴略霍,其二是土著主义小说家,其三是诺贝尔文学奖获得者巴尔加斯·略萨。这样的写法,对外国语学院的学生而言,足矣。盛力教授的《阿根廷文学》主次分明,脉络清晰。如对浪漫主义小说、高乔诗歌、博尔赫斯、科塔萨尔等章节均有较充分的论述,而对无关紧要的时段用"乏善可陈"四字就打发了。全书共七章:(一)移植的文学幼苗;(二)尘埃落定话"浪漫";(三)走进历史的歌手;(四)承前启后的一代;(五)借鉴、创新与飞跃;(六)新小说与其他。李德恩编著的《墨西哥文学》突出了"仙人掌之国"的特色,对古印第安文学和现当代文学的介绍和评论尤为充分。全书分为阿兹特克文化与文学、玛雅文化与文学、文学的夭折与复苏、文学的外来客、文学的新生、文学的新形式——小说的诞生、浪漫主义在墨西哥、墨西哥的现代主义、墨西哥的先锋派、尖啸主义与"现代人"、自然主义与印第安主义、墨西哥革命小说、魔幻现实主义杰作《佩德罗·巴拉莫》、卡洛斯·富恩特斯与新小说、诺贝尔文学奖得主帕斯、拉美文坛"新秀"——德尔·帕索等十五章。

总之,在我国,拉丁美洲文学史研究主要是在改革开放以后的三十年进行的。这首先要归功于在"文化大革命"以后,"拨乱反正","正本清源",学术气氛活跃了,学术研究正常了,学术条件改善了,为拉丁美洲文学史的编纂与研究提供了思想和物质基础。当然,这与拉丁美洲文学自身的繁荣也是分不开的。尤其是在20世纪80年代,国内出现了一股"不大不小的拉丁美洲文学热"[①],无论是在高校还是在社会上,对了解拉丁美洲文学的渴望都相当迫切。这进一步激发了西班牙语界编纂与研究拉丁美洲文学史的活力与热情。三十年来,应当说,这方面的成果是丰硕的,对某些重要作家和作品的研究也是相当充分的,并形成了某些中国学者的"一家之言"。但就整体而言,我们与国外同行的水平还有不小的差距,离形成"中国学派"还相差甚远。要做到真正的与国际接轨乃至超越,尚有待于西班牙语界诸君长期的共同努力。

---

① 这是小说家莫言在解放军艺术学院学习时对笔者说的。

第十章
西方其他国家文学史研究

对于研究比较多的国别文学史我们在前面几章分别作了探讨,本章则集中对一些研究不太多的国别文学史进行综合介绍。虽然意大利也属于欧洲大国,但其文学辉煌的时期比较短,中国学者对其研究也不多,因此我们把意大利文学史放在这一章来考察。北欧和东欧的国家比较小,文学发展渊源比较深,虽然也有一些国别文学史出现,但影响比较大的是把它们作为区域进行研究的著作。爱尔兰文学史以前一直是作为英国文学史的一部分来研究,加拿大文学是19世纪自治之后发展起来的。澳大利亚和新西兰虽然处于亚太地区,但国内学界似乎从未把它们作为东方文学的一部分来研究,所以也放在西方其他国家来探讨。

第一节 意大利文学史研究

意大利文学史上曾经出现但丁这样的大作家,对西方文学影响深远,但是我国的意大利文学史研究开始比较晚,解放前没有相关著作。我国出版的第一部《意大利文学史》是张世华撰写,上海外语教育出版社1986年出版的。这部《意大利文学史》正文前有时任意大利驻华大使拉法埃莱·马拉斯先生写的"序言",这在众多外国国别文学史的出版过程中是很少见的。"序言"这样归纳《意大利文学史》的内容:"本书作者系统地阐述了意大利文学的发展历史:从富有民间色彩和宗教色彩的意大利文学起源,谈到以但丁、彼特拉克和薄伽丘等文坛鸿儒为代表的中世纪花团锦簇的诗苑;从十六、十七、十八世纪的文学作品,论述到启蒙主义、浪漫主义的文学运动;从二十世纪法西斯执政时期的文学,谈到第二次世界大战之后以及当代的叙事体文学作品和诗作。"全书共十六章,专章介绍的作家只有早期的但丁、彼特拉克和薄伽丘,以及第七章介绍"托夸多·塔索和反宗教改革运动",凸显这几位作家在意大利文学史上的突出地位,其他各章则以时代或流派为标题,如"人文主义""文艺复兴""17世纪的意大利文学"和"启蒙主义文化"等。每章开头都有对社会历史背景的概述,在行文中也注重对于作家作品的综合介绍评价,很少引用具体文本进行分析。作者在"后记"中提到"我国尚未出版过一本系统介绍意大利文学方面的书籍",足见本书的开拓性。虽然篇幅不长,本书介绍了20多个重要流派和100多位作家,基本上反映了意大利文学发展的概貌。正文后的三个附录分别是重要文学流派、作家和作品的中意双语对照,但没有附参考书,行文中也极少注释。

外语教学与研究出版社在1996到1997年间出版了沈萼梅、刘锡荣编著的《意大利当代文学史》,王军、徐秀云编著的《意大利文学史——中世纪和文艺复兴时期》和王焕宝编著的《意大利近代文学史》(17世纪至19世纪),这三本书组成一套近80万字的意大利文学通史,是从1986年开始的国家教委"七五"哲学社会科学重点科研项目"意大利文学史"的最终成果。1996年最先出版的《意大利当代文学史》篇幅最长,正文前有中国意大利文学学会会长吕同六先生撰写的"序",认为意大利当代文学在各个领域都对世界文学的发展做出了杰出贡献,在小说领域莫拉维亚、卡尔维诺和夏侠三足鼎立,在诗歌领域"隐秘派"成就突出,在戏剧领域皮兰德娄影响了西方几代剧作家。他认为《意大利当代文学史》给他的突出印象是第一手资料丰富,信息量大。他特别指出:"一部文学史,应当是既有史又有论,史论融合;而其中论的深度,往往决定文学史水准的高低。《意大利当代文学史》中,不乏史与论有机交融、论述颇见深度的例子。这是我阅读这部著作后获得的另一个突出印象"(第 iv 页)。《意大利当代文学史》共九章,按照时序多以流派作为各章标题,介绍20世纪意大利文学,涉及的流派包括颓废派、新唯心主义和非理性派、黄昏派和未来主义、隐逸派和新诗歌、新现实主义文学等。最后两章分别介绍50年代和六七十年代文学,各章分节介绍重要作家作品和刊物等。

由于三卷本《意大利文学史》篇幅较大,对一些重要作家作品的分析评价比张世华的《意大利文学史》更为全面充分。比如,《意大利文学史——中世纪和文艺复兴时期》对塔索名作《被解放的耶路撒冷》不仅比较详细地介绍了史诗概要,而且对塔索的创作特点有具体分析,指出他是个善于描写爱情的诗人,在爱情描写方面不仅超越了宗教偏见,"还表现出相爱者之间的互不相通;爱情的结局也往往是悲惨的"(第267页)。编著者还对阿里奥斯托与塔索的区别有精到的评价:"阿里奥斯托采取与作品内容保持一定距离的态度,始终置身事外,操纵着故事情节和人物感情的变换。塔索却恰恰相反,他通过作品内容和人物感情的变换,抒发自己强烈的主观情感,使作品成为一部具有浓厚抒情和'自传'色彩的史诗"(第269页)。王焕宝编著的《意大利近代文学史》在介绍维柯的

《新科学》时不仅关注他的哲学、史学思想,而且比较详细地阐述了他对于荷马史诗作者真伪的辨析,最后这样总结道:"他的作品既是诗歌作品,又是哲学作品,集文献学、纯理论研究、历史、史诗、伦理道德及宗教于一体"(第60页)。这就使读者能更好地理解维柯的地位和作用。《意大利当代文学史》论述的第一个重要作家是邓南遮,虽然他被冠以"颓废派",但是对他的介绍却长达20多页,对其艺术特点有精湛描述:"邓南遮的小说结构严谨,叙事流畅,富有雄辩力和逻辑性,人物性格化,风格高雅华美,语言颇具韵律,且富有音乐感;他的诗歌更是声音和色彩的交响乐"(第10—11页)。对于受到法西斯残酷迫害而英年早逝的意大利共产党创始人之一、著名马克思主义批评家葛兰西予以高度评价,认为他在狱中写下的"32本零碎的笔记构成了一部完整的作品,它们是一种无价的精神遗产,是一笔巨大的文化财富;它们也是有着一种坚定信念的人的精神力量的见证,表达了葛兰西那种坚定不移而又十分清醒的无产阶级世界观"(第150页)。

张世华的《意大利文学史》在2003年出版了修订本,分章略有调整。开篇增加了古罗马文学一章,其中第一节分"科学、建筑和罗马法"三个方面介绍古罗马文化的起源和影响,然后在第二节通过对维吉尔等八个代表作家的评述介绍古罗马文学的特点。原版分章介绍的但丁、彼特拉克和薄伽丘等三大作家在修订本合为一章"文艺复兴初期的意大利文学",并增加了对同一时期其他作家的评论介绍。在全书最后增加了一章介绍20世纪70年代以后的意大利文学,分女性文学、叙事体文学、诗歌创作和戏剧作品四节。这一章的内容是对前述《意大利当代文学史》的重要补充,对女性文学予以专节介绍反映了20世纪后期女性主义批评兴起的影响。著者在"后记"中特别提到20世纪80年代以后以多元化姿态出现的意大利文学,这样本书成为涵盖从古罗马到20世纪末的意大利文学通史。在具体行文中著者增加了作品引文和分析,使读者能更直接地欣赏感受意大利文学,全书的篇幅因此扩大了近一倍,达到47万字。虽然就篇幅来看不及三卷本意大利文学史,但是由于《意大利文学史》是个人独著,叙述风格流畅统一,可读性更强,而且书后的重要作品和重要作家意汉双语对照也可以补三卷本意大利文学史的不足。

王焕生著《古罗马文学史》填补了国内研究的一个重要空白,在一定意义上也可以算是古代意大利文学史。王焕生是我国研究古希腊罗马文学的著名学者,1965年从莫斯科大学语言文学系古希腊罗马专业毕业回国后,一直从事相关文学研究,与罗念生合译荷马史诗《伊利亚特》,独自翻译《奥德赛》和大量文学名著,撰写过《古罗马文艺批评史纲》。《古罗马文学史》由中央编译出版社2008年出版,是"国家社科基金成果文库"的一种。全书六编三十八章,叙述了从早期罗马文学的产生到帝国后期文学衰弱的整个过程。"前言"首先简述古罗马的地理历史概况,然后指出古罗马文学主要是奴隶制社会形态时期的文学,这部文学史的任务在于系统地介绍古代罗马国家存在期间文学的整个发展过程。王焕生在"前言"中写道:"文学是社会意识形态的一部分,是对它所赖以产生的社会生活的艺术反映。文学的发展是同民族历史的发展紧密相联系的,它的发展不可能脱离社会历史发展,人们也不可能脱离它赖以产生和发展的时代的具体历史条件去理解它。但另一方面,尽管文学的发展与社会历史的发展有着紧密的关系,然而文学作为一种艺术门类,诚然它又有自身的发展特点"(第3页)。这可以说是著者的基本指导思想,既坚持唯物史观,又重视文学的艺术特点。"前言"说明古罗马时代文学的概念比现代宽,除了包括现代一般理解的"文学"外,还包括演说艺术、历史散文、哲学散文等。本书把古罗马文学分为六个时期:一、早期文学——文学的发轫(远古到公元前3世纪前期,也就是共和国前期);二、文学的兴起——共和国中期文学(前3世纪中期到公元前2世纪末);三、文学的繁荣——共和国后期文学;四、文学的"黄金时代"——奥古斯都时期文学;五、文学的"白银时代"——帝国前期文学;六、文学的衰弱——帝国后期文学(公元3世纪到公元5世纪后期)。作者在"前言"最后特别强调:"古罗马文学研究是一个古老而艰深的学科,但它作为欧洲文化,尤其是西欧文学的源头之一,一直是国内外学者长期研究的对象。学者们的研究成果给了笔者许多有益的启示,笔者在写作过程中,以罗马作家的原作为基础,对它们进行了借鉴和吸收"(第5页)。书后有多种附录,包括主要参考书目,历史、文学大事年表,作家和其他重要专名索引,作品索引等。参考文献包括中文、俄文、意大利文、英文、德文等文献。全书近60万字,带有90多幅各类插图。

《古罗马文学史》是作者王焕生数十年潜心翻译研究古罗马文学的结晶,对一些问题提出了富有新意的见解。如关于维吉尔的《农事诗》,作者指出诗人"并不是想提供一部内容全面的农业指南,全诗的宗旨在于以诗歌形式,怀着强烈的热爱,描写小农劳动及其怡人的特色,以吸引和鼓励从事农业。这是与屋大维当时努力复兴被内战破坏了的意大利农业的政策相一致的"(第231页)。又比如关于《埃涅阿斯纪》与荷马史诗的关系,王焕生指出维吉尔在提供"广阔的史诗画面,对史诗情节进行复杂的组合"等方面受益于荷马史诗,"但他在诗中表现出的对人物心理的强烈兴趣和进行的生动描写又显然与亚历山大里亚诗歌风格相近"(第249页)。关于《变形记》,王焕生指出奥维德在仿效史诗风格的同时,又根据具体故事内容的需要,采用与其相适应的多样化叙述风格。再比如阿普列尤斯的《变形记》一般称作《金驴记》,但很少有人说明原因是什么。王焕生在书中指出:"《变形记》是这部小说原有的标题,源自阿普列尤斯,并且就以这一标题传世。基督教教父奥古斯丁根据小说中人变形成驴的故事,称小说为《驴》。后来又有人在'驴'前冠以'金'字,称赞小说,可能是仿效毕达哥拉斯的门生称赞自己的导师的教诲或卢克莱修称赞伊壁鸠鲁的教导为'金训'"(第453页)。只有深谙古希腊罗马文学传统的学者才能写出这样的评论。

第二节　东欧、北欧及中欧国家文学史研究

　　由于东欧国家大多为第二次世界大战后出现的社会主义国家,与苏联一起组成社会主义阵营,因此这些国家的文学曾经受到特殊重视。20世纪50年代我国政府派出学者到东欧国家进修学习,研究这些国家的语言文学。后来中国社科院外文所专门设立东欧文学研究室,集中了一批国内研究东欧各国文学的专家学者。但是国内第一部综合介绍东欧文学史的著作却是孙席珍和蔡一平撰写的《东欧文学史简编》。该书1985年由湖南人民出版社出版,17万多字,正文前附有一幅"东欧社会主义国家示意图",这是任何文学史著作都极少见到的。正文是波兰、捷克斯洛伐克、匈牙利、罗马尼亚、保加利亚、南斯拉夫和阿尔巴尼亚等七个东欧社会主义国家的文学简介,前三个国家的篇幅较长,各约40页,后四个国家的篇幅略短,各约二三十页。书后有家人写的"孙席珍先生简介",从中可以得知孙先生"是知名的诗人、作家、学者、教授,一生著述丰富"(第228页)。

　　孙席珍先生在"前记"中写道:"编写这本小书,出于两个意愿:一是想给高等院校外国文学教材填补一页空白;二是试图为国际文化交流略尽一点绵力"(第1页)。"前记"还对新中国的外国文学教学做了精辟的评介:"回顾开始十年期间,许多兄弟院校,多是各行其是,但大都不外乎一方面因袭'欧洲中心'的旧传统,一方面受了些'左'的影响,强调俄、苏文学的重要性,把数千年的西方文学与不满两个世纪的俄、苏文学置于同等地位,以一半对一半的方式进行讲授,形成一种畸形的体制,以致前一部分只能跳跃式地突出几位伟大作家,孤立地评介几部古典名著,不讲概况全貌和本质特征,忽视思潮学派及其渊源发展,只重'点',不重'面',缺乏系统性,难免片面化;而后一部分则又不厌其详地反复阐释,旁征博引,常与文学理论课相互混淆,重复雷同。至于东方各国文学,比如古代的印度、埃及,近代的日本、朝鲜,却一概受到排斥,仿佛它们不算是外国文学一般"(第1—2页)。为了改变这种不正常的情况,孙先生在教学中尝试一年讲欧美从古到今,半年讲苏联东欧,半年讲东方,并为此编写了西欧、东欧、日本文学史教材各一种。"前记"写道,本书"文化大革命"前就开始编写,"其中东欧社会主义国家部分,约计七八万字,曾由当时负责高等教育出版社的吴伯箫同志过目,他看了说是目前国内还没有这样一本较为系统全面的辅助教材,事属创举,很有意义,表示乐于接受印行,但希望酌量增补一些材料,扩充相当

篇幅"(第2—3页),后来由于"文化大革命"耽误了出版。"前记"还对清末民初鲁迅先生开启的对东欧文学的介绍做了回顾,特别提到密茨凯维奇、裴多菲、哈谢克等著名作家的影响。正如书名所示,本书是《东欧文学史简编》,编者在有限的篇幅内对东欧国家的文学发展进行了简要介绍,给中国读者提供了关于这些国家文学的基本信息。各章分为概说、文学回顾、近代文学、现当代文学等节。各章最后都有简短小结,提纲挈领地指明各国文学的基本特征,点出最重要的作家。虽然本书够不上标准的东欧文学史,但是作为最早出版的东欧文学史著作,显然在外国文学史研究中占有一定地位。"前记"坦言两位编著者都未曾学习东欧国家语言,"所用材料,大都根据英、美等国出版的欧洲文学史以及单行的各国文学专史……草草完稿,匆遽付梓,不过暂供教学上一时之需,聊备一般读者浏览之用。至于周密详备的宏篇巨著,诚有待乎来哲;翘首引领,为期当在不远了"(第5页)。

的确,就在《东欧文学简史》出版5年之后,中国社科院外文所东欧文学研究室专业研究人员编著的《东欧文学史》在1990年问世了。《东欧文学史》是重庆出版社推出的"东欧文学丛书"的一种。丛书的"出版说明"指出:"这套丛书由著作和翻译作品组成,著作包括东欧文学史和作家作品的评论专著。由我国从事东欧文学研究的学者撰写而成。翻译作品以小说为主,着重介绍东欧古典和当代文学作品中的名著佳篇,同时兼顾各种流派各种艺术风格"(第4页)。《东欧文学史》上册424页,下册500多页,全书约50多万字。分19世纪以前、19世纪上半叶、19世纪下半叶、20世纪上半叶共四编,各编包括绪论,然后分七章论述波、捷、匈、罗、保、南、阿等七国文学史。由于编写此书的东欧文学研究室专门研究东欧社会主义国家文学,不包括同属东欧的希腊,因此《东欧文学史》没有希腊文学。

"前言"对本书的编撰原则有这样的介绍:"首先通过较系统的论述,向读者提供一个整体的文学发展史的轮廓;其次是对每个时期的文学生活、文艺思潮及作家创作的介绍,力求做到脉络清晰;第三,突出介绍一些重要作家及其作品,使读者对东欧各国的文学既有一个总的认识,又能对在文学史上占有重要地位和产生过巨大影响的诗人、小说家、剧作家和文艺评论家有较深入的了解"(第8—9页)。本书是东欧文学研究室众多学者几十年辛苦工作的结晶。虽然"文化大革命"让这批学者处于荒废状态,但是在改革开放以后他们的工作结出了丰硕成果。著者都是不同国别文学研究的专门学者,在撰写中广泛参阅第一手资料,因此他们提出的观点多是建立在坚实细致的研究基础上的,而不是简单地复述或介绍外国学者的观点,从而使本书成为质量比较高的研究性著作。如对匈牙利诗人裴多菲最后的长诗《使徒》,著者评论说:"《使徒》虽然是一部优秀作品,但也反映出作者世界观的局限性。主人公以'教导者'身份出现,他同广大人民群众相距很远,是一个'孤独的革命者'"(第318页)。对于罗马尼亚著名作家萨多维亚努的代表作有这样的评论:"三部曲《吉德里兄弟》既取材于真实的历史故事,也包含着民间传说的内容和作家丰富的虚构与想象,成为罗马尼亚人民进行正义斗争的史诗。它在再现那个时代的社会生活时,也十分生动地描写了当时的各种社会机构、各社会阶层的生活方式和风俗习惯,使作品富有摩尔多瓦的地方特色"(第875页)。这类富有见地的精辟评论在《东欧文学史》中随处可见。《当代中国外国文学研究》对于《东欧文学史》有很高的评价,认为本书"主次分明,重点突出,既有宏观概括,也有微观描绘,既涉及基本历史和文艺思潮,也兼顾作家论述和文本细读,还关注到其他艺术种类同文学之间的相互影响"[①]。

《东欧文学史》问世之后,为了照顾一般读者的需要,东欧文学研究室的学者张振辉、蒋承俊、高兴等编著了篇幅较短的《东欧文学简史》(海南出版社,1993年)。由于东欧文学研究室特别重视这些社会主义国家的文学创作,也就是当代文学,而1990年出版的两卷本《东欧文学史》截止时间为20世纪上半叶,他们的研究潜力还远没有充分发挥出来。1998年出版的林洪亮主编《东欧当代文学史》是《东欧文学史》续篇,介绍了从二次大战结束到20世纪80年代的东欧文学发展。每个国家为一个部分,按照波、捷、匈、罗、保、南、阿的顺序分为七个部分,各部分又分为概述、小说、诗歌、戏剧四章,且各国文学占的比例大体相当,即使最小的国家阿尔巴尼亚文学也有70多页的篇幅。在五卷本《20世纪外国文学史》中,他们撰写的东欧文学部分占重要地位。2008年,上海外语教育出版社出版了冯植生主编的《20世纪中欧、东南欧文学史》,53万多字。虽然书名不同,仍然是不包括希腊的东欧七国文学史,尽管捷克斯洛伐克已经分裂成两个国家,而南斯拉夫更解体为5个国家。此外,这批学者还分别出版了多种国别文学史,如冯植生著《匈牙利文学史》(中国社会科学出版社,1995年)和蒋承俊著《捷克文学史》(上海外语教育出版社,2005年)等。

在20世纪90年代吴元迈主编的"20世纪外国国别文学史丛书"中有张振辉撰写的《20世纪波兰文学史》(青岛出版社,1998年),使波兰这个东欧小国的文学史享受到了文学大国的待遇[②]。《20世纪波兰文学史》正文前有长达11页的"前言",除了简述波兰历史和19世纪的民族解放斗争,还对1918年重获独立后哲学、史学、科学技术,以及包括戏剧、电影、绘画、音乐等方面的艺术发展作了综合介绍,对读者很有帮助。"前言"最后写道:"总的来说,波兰19世纪末和20世纪的科学和文化事业尽管在不同时期受到经济发展和政治斗争等多种

---

① 陈众议主编:《当代中国外国文学研究(1949—2009)》,中国社会科学出版社,2011年,第222页。
② 丛书其他国别文学史主要为英、法、德、美、俄、日、印等传统文学大国,新兴国家只有墨西哥和波兰。

因素的影响,但一直在不断地向前发展,而且每个时期都出现了享誉世界的人物和研究、创作成果"(第11页)。全书分为19世纪90年代到一战结束、独立后到二战结束和二战以后的文学三章,各章第一节为概述,对社会背景和文学流派发展进行综合介绍,然后分节叙述诗歌、戏剧和小说发展及主要作家的成就。各节开始先综合介绍相关文类发展状况和基本特点,然后分别介绍主要作家,并时常结合具体作品进行分析评述,言之有据,评论中肯,给读者留下深刻印象。如对本书介绍的第一个重要诗人泰特马耶尔就指出其"诗歌在艺术上充分表现了象征主义和印象主义的特色"(第13页),并特别强调"有时为了创作某种诗的意境,他所采用的格律是完全自由的,这就为波兰20世纪自由体诗歌的创作开创了先河"(第15页)。虽然泰特马耶尔主要是个诗人,但是他也写小说,《20世纪波兰文学史》具体介绍了他用山民方言写出的短篇小说集《重岩叠嶂的波德哈莱》,这样就使读者对作家有了更全面的了解。

　　叙述二战以后波兰文学发展的第三章篇幅接近占全书的一半。鉴于二战后波兰社会发展的复杂状况,第一节概论长达30页,对波兰社会变化和统一工人党在不同时期的政策调整及文学发展的基本情况给予比较全面的介绍。二战后波兰文学中小说发展成就突出,因此第三章在概论之后先介绍小说,然后介绍诗歌和戏剧。在第二节"小说"开篇,作者就写道:"战后的小说创作出现了空前繁荣的局面。社会多次重大的变革和各种政治思想因素的影响,不能不反映在文学特别是小说中"(第229页)。这一节先介绍波兰战后作家中首屈一指的雅罗斯瓦夫·伊瓦什凯维奇,但从他的诗歌创作讲起,然后再谈他的小说创作:"长篇小说《名望和光荣》是伊瓦什凯维奇的代表作,也是战后小说中规模最大、成就最高的作品"(第233页)。这部小说描写了从一次大战前到二次大战后约半个世纪的波兰社会历史画面,"小说在反映各种人物和家庭的不同经历的同时,真实地展现了那个时代的面貌,揭示了那些人物在历史巨变中的各种心态"(第235页)。与前两章结构不同的是第三章在最后增加了"理论与批评"一节,介绍罗曼·英加尔登这位在波兰、苏联及西方思想界和文艺界享有盛誉的20世纪哲学家和美学家。英加尔登是德国现象学大师胡塞尔的学生,"但他并不同意胡塞尔关于'存在的悬搁',即把客观世界抛在一边不予考虑的观点,认为这实际上否认了客观世界的存在"(第345页)。作者这样总结英加尔登的观点:"英加尔登否认作家的世界观和个性对创作的影响,他把理论研究的重点放在作品的自身上,在这方面的研究是很有成果的,这表现在他建立了一整套文艺本体论的美学体系"(第346页)。在《20世纪波兰文学史》的最后作者能花大气力梳理介绍英加尔登的美学理论十分难得。

　　蒋承俊著《捷克文学史》由上海外语教育出版社2005年出版。作者1961年毕业于布拉格查理大学,是社科院外文所研究捷克文学的老专家。《文学报》

2007年12月27日发表傅小平的文章《东欧文学翻译研究"断层"加剧》,其中提到上海外语教育出版社的责编桂乾元说:"当我看到1千多张密密麻麻的稿纸时,感到很震动。居然有学者凭一人之力,经过20多年潜心研究,完成如此厚重的文学史著作。"本书分12章,介绍了从中世纪到20世纪后期的捷克文学发展。12章中的前五章篇幅都不长,总共20多页,可以说捷克文学真正大发展是从18世纪后期开始的。如果像1958年出版的《德国文学简史》那样把18世纪以前的捷克文学放在一章叙述可能会使全书结构上更加协调。本书目录特别详细,在章节之下还分小节,如果一个小节涉及多个作家则分别把每个作家的页码列出来,让读者一目了然。对于二战之后捷克文学史的叙述则注意既介绍官方出版物,也关注地下或流亡国外作家的出版物。正文之后有三个附录,分别是主要作家人名索引、主要作品索引和主要参考书目。这都体现了作者严谨的治学态度。正文之前有林永匡撰写的《历史的交响时代的弦歌》为"代前言",分九节对捷克文学史的发展及其所取得成就作简要介绍,并从六个方面评价了《捷克文学史》的意义:为中国读者展示了捷克文学史发展的生动历程,为中国的创作者和研究者提供了很好的借鉴,为中国读者了解世界打开了"一扇新的、生动的'窗口'","为东西方文化艺术交流,构筑了新的平台",增进中捷人民的友谊,特别是"对中国的世界文学研究事业的发展,有着重要的、意义深远的补'缺'添'彩'之功",因为"长期以来,囿于种种原因,对中小国家的文学史研究甚为薄弱,国别的文学史专著更可谓凤毛麟角"(第x—xi页)。

《捷克文学史》的一个重要特点就是给予非官方文学或地下文学以充分的重视,这在目录中就可以看得很清楚。另外,从19世纪末开始,每一章的最后一节都是"理论与批评",凸显了理论与批评在捷克文学发展史上的重要地位。本书第九章标题是"捷克境内的德语文学(19世纪末和20世纪上半叶)",虽然篇幅不长,却介绍了包括里尔克、卡夫卡等有世界影响的犹太德语作家,而他们当时是捷克人。作者指出:"1900年生活在布拉格的除了41.5万捷克居民、10万德国人外,还有2.5万犹太人。他们中申报用捷语或德语创作的各占一半"(第179页)。本书的一个问题是没有对捷克文学史的定义做出说明。在2008年出版的《20世纪中欧、东南欧文学史》中蒋承俊撰写的内容为"捷克斯洛伐克文学史",而在2007年出版的专著书名是《捷克文学史》,但是在叙述中显然包括斯洛伐克文学。如果能在开头或者在叙述过程中对此予以说明则比较好。

中国社科院外文所的东欧文学研究学者既可以说是幸运的,因为他们在特殊的年代在我国政府和研究对象国政府的积极支持下开展工作;但他们又是不幸的,因为到20世纪90年代正当这批学者仍在盛年的时候,东欧剧变,关于东欧国家文学的研究逐渐不受重视。随着这批学者在世纪之交逐渐退休,社科院外文所的东欧文学研究室也就自动消失了。我国的东欧文学研究面临学者断代、青黄不接的严重问题。"由于东欧国家都是些弱小国家,经济上也不太发达,从事东欧文学翻译和研究,更是面临着人们难以想象的困境:机会少,受重视程度低,出版艰难。在相当程度上,可以说,这项事业已处于濒危状态。"①不过应当感到欣慰的是这些学者毕竟给我们留下了一批东欧文学史和相关研究著作。另外,外语教学与研究出版社1999年前后推出的"北京外国语大学外国文学史丛书"中有杨燕杰著《保加利亚文学》、易丽君著《波兰文学》、李梅和杨春著《捷克文学》和冯志臣著《罗马尼亚文学》等,作者多为在北外东欧语系工作的教师,他们正在担当起继续我国东欧文学研究的重任。

上海外语教育出版社2008年出版的《20世纪中欧、东南欧文学史》由冯植生主编,参编者有冯志臣、陈久英、赵刚、高韧和蒋承俊。六位参编者中四位是社科院外文所原东欧文学研究室的学者,两位是北外东欧语系的教师。"导言"指出在20世纪下半叶相当长的时期内,"东欧国家"是波、捷、匈、罗、保、南、阿(加上前民主德国)在政治领域被人们所惯用的专有名词。这也就说明了新世纪与时俱进的政治态度,特殊政治意义上的"东欧国家"不再存在了。"导言"指出这些国家"既善于吸收外来文化、文学的优秀成果,以丰富自己民族、国家文化、文学思想内涵;又同时坚持在本民族、本国文化、文学传统基础上,不断地随着时代的发展和要求,完善和进一步促进具有民族特色的文化、文学事业"(第3页)。因此这些国家的文学出现了繁荣局面,诺贝尔文学奖是一个标志:"20世纪以来,上述诸国中就有7位作家荣获诺贝尔文学奖,他们是:(波兰)显克维奇(1905)、莱蒙特(1924)、米沃什(1980)、希姆博尔斯卡(1996);(塞尔维亚)安德里奇(1961);(捷克)塞弗尔特(1984);(匈牙利)科尔蒂斯(2002)"(第3页)。本书的编写体例与《东欧文学史》相似,对每一个国家文学作为独立单元加以叙述,但注意在文学分期和文学体裁的讨论等方面寻求它们之间的共同点。由于这七个国家文学发展并不平衡,波兰、捷克和斯洛伐克、匈牙利和保加利亚文学史各有四章介绍,对罗马尼亚文学则以1944为界分为两章介绍,各国篇幅约为100页左右。对南斯拉夫和阿尔巴尼亚各分三章介绍,但篇幅相差很大,前者为80多页,后者为20多页,这与1974年出版的《外国文学简编》专门介绍阿尔巴尼亚文学形成鲜明对照。

虽然我国出版了多种东欧地区和国别文学史,国内学界似乎对于曾经有过辉煌传统的希腊文学史缺少兴趣。东欧文学研究室由于历史原因没有从事希腊文学研究的学者,因此他们撰写的东欧文学史都不涉及希腊文学;即使《20世纪中欧、东南欧文学史》也由于研究者专业的局限没有包括希腊文学。新编《欧洲文学史》中也没有关于希腊文学的介绍,似乎现代希腊文学完全不值得重

---

① 陈众议主编:《当代中国外国文学研究》,第230页。

视。但是，从杨宪益撰写的《中国大百科全书·外国文学卷》希腊文学词条来看，现代希腊文学，特别是希腊诗歌取得了相当出色的成绩，曾经涌现出两位获得诺贝尔文学奖的诗人，希腊文学史显然是值得进行深入研究的。但至今还没有中国学者自己写的《希腊文学史》，虽然周作人在20世纪初的《欧洲文学史》已经对古希腊文学有相当全面的介绍，吴宓也曾经撰写了《希腊文学史》的最初几章。① 因为没有国人自己的专著，英国学者吉尔伯特·默雷的《古希腊文学史》被孙席珍、蒋炳贤和郭智石等学者译出，1988年出版；2007年上海译文出版社又出版了《古希腊文学史》的新版大开本。

目前为止，关于希腊文学史的介绍只有常绍民撰写的《古希腊文学简史》，属于海南出版社"世界文学评介丛书"的一种，1993年出版，1995年第二次印刷。虽然本书篇幅不大，只有9万多字，不到默雷著《古希腊文学史》的三分之一，但是相对于《欧洲文学史》和各种外国文学史对古希腊文学的介绍则要全面具体得多。本书按体裁分章，介绍了希腊神话、荷马史诗、抒情诗、戏剧、散文和文学理论等，对于重要作品不仅介绍情节内容，而且有较多人物形象分析，并引述了许多诗文。这样一来，读者不仅对于古希腊文学能有个大致了解，还能在一定程度上直接欣赏到一些文学作品。值得注意的是本书开始就清楚说明所谓古希腊文学并不限于现代希腊，而是以希腊半岛为中心，包括小亚细亚、黑海沿岸、马其顿、西西里和北非等受希腊文化影响的地区，而荷马、讽喻诗人赫西俄德、历史之父希罗多德等都是小亚细亚人。在叙述古希腊文学史的过程中，本书时常提到古希腊文学对于后世西方文学的影响，还不时与中国文学做比较，如把古希腊三大悲剧家埃斯库罗斯、索福克勒斯和欧里庇得斯的地位与我国唐代三大诗人李白、杜甫和白居易类比就让人觉得颇为新鲜。著者在"结束语"引默雷对古希腊文学的评价作为全书的结束，可见默雷著作的影响。本书与默雷著作的区别在于第一章叙述希腊神话，而不是从荷马史诗开始；下限为罗马征服希腊，所以没有像默雷那样在最后一章介绍亚历山大时期和罗马时期的希腊文学。不过读者仍然期待中国学者撰写的更具有学术性的古希腊文学史专著，更希望看到中国学者自己对希腊现代文学史的研究成果。

与东欧文学史出版了多种著作不同，曾经有过辉煌的古典文学并在近代涌现出安徒生、易卜生等世界级大作家的北欧文学史只有石琴娥著一种，是译林出版社2005年出版的。《北欧文学史》分中世纪、17世纪、18世纪、19世纪初期、19世纪中期、19世纪后期、20世纪二战前、20世纪二战后八章，各章第一节概述社会历史背景，然后分别介绍各国文学，轮廓清晰，条理分明。附录有"主要参考书目""主要作家中外文译名对照表"等。作者曾长期在我国驻北欧使馆

---

① 参看龚翰熊：《西方文学研究》，福建人民出版社，2005年，第298—302页。

工作,后来在社科院外文所从事北欧文学研究,曾出版译著北欧神话《埃达》、北欧传说《萨迦》等。本书除第一章综合介绍中世纪北欧文学外,从17世纪开始基本上分别论述各个时期四国的文学,19世纪开始冰岛文学单独成节,所以作者在"前言"中说本书实际上"应该是北欧地区的各国文学史",因为真正作为北欧各国文学遗产的只有粗狂的古代神话传说《埃达》和《萨迦》。自从11世纪开始基督化以后,北欧文化传统被改造,文学比较萧条;丹麦曾经长期独霸,16世纪以后瑞典崛起到17世纪超过丹麦,而挪威和芬兰则处于从属地位。17世纪以后才出现各国文学先后繁荣的局面,受英、法文学影响很大;虽然有某些共同性,但更具有各国不同的特点。本书对早期的神话传说给予特殊重视,近现代文学突出介绍的重要作家有安徒生、易卜生、哈姆生、温塞特等,特别是对斯特林堡有相当全面的探讨。著者在"前言"中把我国读者对北欧文学的了解归纳为"北欧只有两个半"(第5页)。两个作家指的是安徒生和易卜生,半个指的是拉格洛夫,因为国人对她的了解"仅限于《骑鹅历险记》","至于才气超群的斯特林堡其作品被译介过来后似乎总是有点水土不服,这大概和他的狂躁和偏执有很大关系,因为国人的平和脾胃似乎不太习惯于这种笔调"(第5页)。为了改变这种局面,石琴娥花大气力对斯特林堡的创作成就作了很有深度的介绍。

中欧国家文学史在我国的介绍也不多,比较引人注目的是韩瑞祥和马文韬著《20世纪奥地利、瑞士德语文学史》(青岛出版社,1998年)。奥地利文学部分由韩瑞祥撰写,瑞士德语文学部分由马文韬撰写。书前两位作者撰写了简短"前言":"奥地利文学属于德语文学的一个部分,但不是德国文学的分支或附属物。长久以来,由于这两个国家共用一种语言的缘故,奥地利文学几乎始终被分解编织于德国文学的主线上,至今没有出现一部自成体系的奥地利文学史"(第1页)。对瑞士的介绍提到660万人口分为德语、法语、意大利语和罗曼什语四个语区,其中德语区人口占总人口的三分之二。两位作者力图在有限的篇幅内对奥地利和瑞士德语文学在20世纪的发展作系统的叙述。第一章"20世纪奥地利文学"分四节:世纪交替时期的文学;布拉格德语文学;两次世界大战期间的文学;1945年后的文学。第二章"20世纪瑞士德语文学"也有四章:世纪之交至第一次世界大战;两次世界大战间;第二次世界大战后和70年代中期以后。各节开始有概述,然后介绍重点流派或作家。虽然本书篇幅不大,但是在我国的外国文学研究领域是填补空白的著作。本书在结构安排上的特点也突出表明了欧洲不同国家语言流行的复杂性。此外,1992年上海外语教育出版社曾经出版余匡复著《战后瑞士德语文学史》,对二战以后的当代瑞士德语文学有较为详细的介绍。至于荷兰和比利时文学史国内还没有相关著作。

第三节　值得关注的其他几种国别文学史

由于英语是使用最广的外语,英语语言文学专业的学者众多,因此英美之外的其他英语国家的文学史也得到了比较广泛的关注。虽然爱尔兰是个小国,而且争得完全独立还不到一个世纪,它却是个文学大国,出现了一批有世界影响的大作家。2000 年外语教学与研究出版社出版了陈恕著《爱尔兰文学》,分盖尔语文学和英爱文学两大部分,正文后附有"主要参考书目"和"文学大事年表"。"盖尔语文学"分为三章:古老的凯尔特文明,主要介绍《夺牛长征记》;早期盖尔语文学;中期盖尔语文学分两节:欧洲人对爱尔兰的影响和 17 世纪至 20 世纪盖尔语文学。不过总起来看,盖尔语文学的发展比较有限,基本上停留在神话和民间传说阶段。英爱(Anglo-Irish)文学分为十章:一、历史的回顾,简述英国与爱尔兰的关系,指出爱尔兰实际上是在 15 世纪被教皇作为礼物送给了英王亨利四世,但是爱尔兰人并不愿归附,英国人也不大关注,只是从 16 世纪末开始英爱关系密切,大诗人斯宾塞曾长期在爱尔兰给总督做秘书。二、英爱文学传统的形成(1690—1780),主要介绍托兰(John Tolland)、哈奇森、斯威夫特和伯克等很有影响的 18 世纪作家;三、凯尔特复兴(1780—1880);四、爱尔兰 19 世纪小说:重点介绍埃奇沃斯;五、爱尔兰戏剧(1690—1800);六、爱尔兰文艺复兴(1880—　),主要介绍叶芝;七、爱尔兰戏剧的发展,主要介绍阿贝剧院、辛格、奥凯西;八、爱尔兰现代主义小说:乔伊斯、斯蒂芬斯;九、爱尔兰现代主义戏剧:贝克特;十、当代文学(1930—1990)。《爱尔兰文学》对乔伊斯、叶芝、贝克特、希尼的分析介绍很详尽深刻,对于读者了解这几位享有世界声誉的大作家很有帮助,而对一般作家的介绍则十分简略。像康格里夫和斯威夫特这些作家重点强调他们的作品与爱尔兰有关的内容;对萧伯纳和王尔德则一笔带过,因为他们的作品并不关注爱尔兰问题。

加拿大文学史研究方面最早的著作是郭继德教授 1992 年出版的《加拿大文学简史》,近年来国内又出版了多种相关著作,包括郭继德的《加拿大英语戏剧史》(河南人民出版社,1999 年),孙桂荣的《魁北克文学》(外语教学与研究出版社,2000 年)和朱徽的《加拿大英语文学简史》(四川大学出版社,2005 年)等,从出版的文学史著作数量来看已经相当可观。郭继德的主要研究对象是美国戏剧,1984 年参与创建加拿大研究学会之后在山东大学建立了加拿大研究中心,研究兴趣也扩展到加拿大文学。他撰写的《加拿大文学简史》,作为山东大学加拿大研究中心"枫叶丛书"的一种,由河南人民出版社出版。全书共十二章,第一章"加拿大文学形成的哲学思想背景"对加拿大文学与美国文学的区别有精辟的论述,指出加拿大人对美国既羡慕又恐惧,其文学作品中自我责备是一大主题。作者在前言列举了编写《加拿大文学简史》所参考的多种加拿大学者的相关著作,强调写作的目的是增加国内读者对加拿大文学的了解。《加拿大文学简史》中有三章论述戏剧。在此基础上作者利用 1996 至 97 年到多伦多大学访问研究的机会,广泛涉猎各种戏剧作品和研究著作,接触活跃于舞台的著名戏剧作家,撰写了《加拿大英语戏剧史》。全书十二章,叙述从加拿大戏剧兴起到 20 世纪末的发展,还有关于各种戏剧奖获奖作家作品的附录。本书最后关于 20 世纪后期戏剧的四章分别介绍实验探索戏剧、地方剧、女权主义与戏剧和戏剧的多元化发展,突出表现了当代加拿大戏剧的繁荣局面。著者在全书最后也坦言,"加拿大戏剧毕竟崛起较晚,虽然已经形成自己的特色,可仍然显得比较稚嫩,跟西方戏剧大国的成就尚不能相提并论"(第 364 页)。郭继德教授的两部加拿大文学著作对于国人接触了解加拿大文学起了重要作用,但是正如著者所言,两书的介绍都限于加拿大英语文学,没有涉及加拿大法语文学。这方面的缺憾由 2000 年出版的孙桂荣著《魁北克文学》所弥补。由于魁北克文学是加拿大文学的一个组成部分,局限于魁北克地区,内容相对较少,这反倒可以让著者对其进行比较全面的介绍。

朱徽的《加拿大英语文学简史》是"教育部人文社会科学研究十五规划项目",正文前有中国加拿大研究会顾问蓝仁哲教授撰写的"序",提到作者在 1995 年就出版了《加拿大抒情诗选》,认为这部《加拿大英语文学简史》"是他近十年来在加拿大研究领域内的丰厚积累","不仅有助于拓展世界文学中英语文学的广阔空间,还为加拿大英语文学在中国的进一步传播和接受做了坚实的铺垫"(第 1 页)。《加拿大英语文学简史》除"绪论"外,全书共八章,第一章介绍加拿大的自然环境与历史文化,从第二章开始分别论述殖民地时期(1620—1867)、创始时期(1867—1914)、成熟时期(1914—1941)、发展时期(1941—1959)和繁荣时期(1959—1920),并在第七章介绍"当代华裔英语文学",在第八章介绍"文学理论与文学批评"。"绪论 加拿大英语文学概论"首先界定"加拿大英语文学"(Canadian Literature in English)"指由加拿大人在国内或侨居国外时用英语创作的文学作品。这跟'英语加拿大文学'(English Canadian Literature)的意义有所不同。后者常指由英裔作家创作的加拿大文学作品,有明显的局限性"(第 1 页)。然后介绍主要历史时期划分以及各时期的特点,最后归纳出加拿大英语文学的六个主要特点:英美文学的影响、鲜明的民族特征、独特的地域特色、"生存·身份"主题、"多元文学"的体现和文学样式与语言。虽然本书署名朱徽著,但是作者在"后记"中写道:"曾邀请在四川大学外国语学院硕士生项目'加拿大研究方向'完成学业并已获得硕士学位的几位青年教师参加了部分章节的编写工作"(第 270 页)。

《加拿大英语文学简史》对重要作家有比较全面的论述。赞扬玛格丽特·阿特伍德是"当代加拿大最杰出的女作家之一。她既是小说家、诗人,也是学者和评论家,被论者誉为'加拿大文学女王',广受国内外文坛学界关注"(第160页)。关于阿特伍德的主要小说成就,作者写道:"她的小说创作不拘一格,富于变化,体现了作者独特的审美意识和创作理念。作为一个典型的后现代主义作家,她有意识地借鉴20世纪下半叶出现的女权主义和后结构主义、后现代主义等种种批评理论和创作方法,在作品中大量运用意识流、魔幻现实主义、不确定叙述者、开放性结局、仿拟和反讽等现代主义和后现代主义文学手法。在创作中既吸收现代主义的精髓,又不失去传统叙事创作的紧凑性与通俗性,体现了20世纪小说创作的特点"(第161页)。对于著名文学理论家弗莱的贡献,作者指出:弗莱"在强调文学传统的同时提出'原型'与'原型批评'的概念。这一批评方式力图透过具体的变化的作品内容去把握抽象的普遍的内容结构。这样既可以体现文学传统的力量,将文学史中单部作品连结起来,又体现了社会心理和历史文化的力量,把文学同人类交际和社会生活联系起来。基于这种多层次的联系,弗莱建构了文学人类学的基本框架"(第217页)。这样的评论是比较中肯并符合实际的。

上海外语教育出版社2010年出版的傅俊、严志军和严又平著《加拿大文学简史》是国内第一部包括英语和法语文学的加拿大文学史。本书由加拿大外事和国际贸易部提供资助,正文前有埃米尔·内利冈、加布里埃尔·鲁瓦、诺斯罗普·弗莱、玛格丽特·阿特伍德和汤姆森·海威等五位加拿大作家的肖像,三男二女,且最后一位是印第安克里族,在一定意义上表明了加拿大文学中女性作家的突出地位和多元文化特征。本书分殖民地时期、联邦成立至一战前、两次世界大战期间、1945年至百年国庆前后、当代加拿大文学和世纪之交:回顾与展望六编,除第一编先介绍法语文学外,其余各编都是先介绍英语文学,然后介绍法语文学,而且英语文学所占篇幅要大得多,这反映了加拿大文学发展的实际。各编第一章均为文学概况,然后按主题或文类分章,再分节介绍重要作家。最后一编世纪之交的回顾与展望在英语文学部分把华裔作家和加拿大原住民文学作为两章加以专门探讨,然后介绍几位文坛新星,而对这一时期的法语文学则只略述概况。除了中国学者撰写的多种加拿大文学史,耿力平等翻译的《加拿大英语文学史》(北京大学出版社,2009年)是加拿大著名学者基思所著,内容十分丰富,颇有参考价值。

在大洋洲文学史研究方面,上海外语教育出版社在20世纪90年代出版了黄源深著《澳大利亚文学史》和虞建华著《新西兰文学史》。黄源深是改革开放以后第一批赴澳大利亚访学进修的学者,1979—1981年在悉尼大学研究澳大利亚文学,回国以后在华东师范大学开设澳大利亚文学课,先后编写了《澳大利亚文学选读》《澳大利亚文化简论》《澳大利亚文学论》等著述,是我国澳大利亚文学研究方面的领军人物。1997年他出版了长达近900页,约64万字的《澳大利亚文学史》。黄源深把澳大利亚文学分为殖民化时期、民族化时期和国际化时期三个阶段。第一个阶段从1788年英国殖民者登上澳洲大陆开始,历时100年,是澳大利亚文学初创时期,主要是传记游记型著作,深受司各特小说和浪漫主义诗歌影响,文学成就不大。第二阶段从1889年到1945年第二次世界大战结束,是澳大利亚民族文学成长繁荣的时期,而从1945年开始的当代澳大利亚文学是国际化并赢得国际声誉的时期。根据这种三个时期划分,《澳大利亚文学史》分为四编。第一编殖民主义时期文学(1788—1888)比较短,不到全书的十分之一,包括概况、小说、诗歌共三章。第二编和第三编介绍民族化时期的澳大利亚文学,分为民族主义运动时期文学(1889—1913)和两次世界大战时期文学(1913—1945)两个部分,共有十三章。第四编当代澳大利亚文学(1946—1995)虽然只是一编,篇幅却占全书三分之二,分为十五章,这正反映了当代澳大利亚文学的繁荣局面。

  黄源深教授在"后记"中对于自己的编写原则做了这样的阐述:"我给予澳大利亚文学史上两位影响最大的作家劳森和怀特共五万多字的篇幅,并在作了较深入的研究和发表了有关论文的基础上写成这两大部分。其他几座较为引人注目的文学高峰,也作了重点论述,以通过他们勾勒出整座澳大利亚文学大山的状貌。而一般作家就一般对待,至于那些次要作家,限于篇幅,就只能寥寥几笔,作简单的交代了"(第894页)。本书各编第一章对社会历史状况有简明扼要的概括性介绍,给读者提供了很有帮助的历史背景。此后各章则根据不同情况或对某个文类进行综合介绍,或介绍重点作家,或对一般性作家进行综合评述。《澳大利亚文学史》目录十分清晰,让读者对澳大利亚文学发展脉络一目了然,可以清楚看到澳大利亚文学最突出的成就是小说创作,其次是诗歌,而戏剧创作20世纪60年代以后才取得较大成就。本书对当代澳大利亚文学的介绍尤为全面,最新资料收集到1996年。正文后的三个附录分别是澳大利亚主要作家及其主要作品一览表、主要参考书目和本书索引,总篇幅达160多页。可以说这部《澳大利亚文学史》几乎就是一部关于澳大利亚文学的小型百科全书。

  《澳大利亚文学史》这样介绍民族文学的兴起:"在90年代民族主义的浪潮中,诞生了一种崭新的文学——澳大利亚民族主义文学。它全然不同于以模仿为主、缺乏活力的移民文学,而有着鲜明的澳洲特色和强大的生命力,在澳大利亚文学史上占有极其重要的地位"(第71页)。澳大利亚民族主义文学的奠基人和最卓越代表是亨利·劳森。在简单评价了劳森的诗歌创作之后,著者着力介绍劳森的短篇小说,认为这些小说构成了澳大利亚民族的创业史。黄源深从描写丛林生活、赞美伙伴情谊和对资本主义剥削的揭露三个方面介绍劳森小说的内容,并用具体小说加以说明。对于劳森小说的艺术特色,著者总结出这样几个特点:情节简单,但是构思巧妙;选材严,开掘深;语言朴实,简练准确。在对澳大利亚当代文学的突出代表帕特里克·怀特的介绍中,著者特别强调他对于澳大利亚民族主义传统的拒斥和对欧美现代主义小说的学习借鉴:"怀特离开了传统,选择了一条独特的创作道路。他认为劳森所创立的澳大利亚传统现实主义创作方法,只是机械地反映现实,着眼于表面的真实,显得肤浅、单调而缺少活力。所以他的目光越过了劳森等先辈作家,投向了英国文坛的大师——乔伊斯、劳伦斯、沃尔夫和艾略特①等,竭力'表达一种存在于人类现实之上的壮丽和超验'"(第304页)。在介绍了怀特的代表作《沃斯》的故事之后,著者认为虽然表面上看沃斯的探险活动与传统的澳大利亚现实主义小说描写没有多少区别,但是小说更深层的意义在于对心灵的探索:"肉体上的磨练是为了实现心理上的自身的价值,达到主人公所期望的心灵理想境界。从心理学的角度看,澳大利亚地理上的边缘地区象征着心理的意识层,而位于中部地区则象征着深处的无意识层,因而沃斯的探险经历成了对灵魂奥秘的探索"(第311页)。这样的分析远远超过了一般文学史对于作品的介绍,具有相当的研究深度。

除了劳森和怀特这两位大家,《澳大利亚文学史》还对亨利·韩德尔·理查森及其欧洲传统小说和马丁·博伊德及其"国际性小说"给予了专章评介。在介绍当代文学时,著者一方面突出怀特的成就和他影响下形成的"怀特派小说家",另一方面也没有忽视现实主义小说。对于受到西方现代批评贬低的弗兰克·哈代名作《不光彩的权势》,著者认为这是政治偏见,并强调该小说在几方面的创新性意义:"首先他在刻画资产阶级如何白手起家,凭借自身的冒险精神,抓住机遇的决断力和冷酷无情的手段,而积聚财富和确立自身社会地位的历史进程方面,填补了澳大利亚文学的空白"(第396页)。此外,在成功塑造男主人公约翰·韦斯特的形象和反映二次大战后澳大利亚历史风貌等方面也有突出成就。在诗歌创作方面,本书专章介绍的只有"学者诗人"A. D. 霍普,认为他的诗歌表现的重要主题是人的孤立和寂寞,并指出"霍普还写了很多讽刺诗,讥笑现代人的平庸、渺小、无能,笔锋十分犀利,语气带有一种斯威夫特以来所罕见的尖刻"(第517页)。这部《澳大利亚文学史》内容丰富,文笔清新可读,是凝聚了著者几十年研究澳大利亚文学心血的成果。由于著者主要关注小说和诗歌创作,在对早期澳大利亚戏剧的简述时出现了一个明显的疏漏:"澳大利亚的首次戏剧演出是在1789年,剧本叫《征兵军官》由流放犯乔治·法夸尔所撰写"(第610页)。实际上法夸尔是18世纪早期英国著名戏剧家,《征兵军官》

---

① 指弗吉尼亚·伍尔夫和T. S. 艾略特。

是他的代表作,1707年搬上伦敦舞台。2006年上海外语教育出版社出版了《澳大利亚文学简史》,由黄源深、彭青龙合著。对照两书目录可以看出基本结构没有任何变化,只是删除了《澳大利亚文学史》中带有词条性质的"其他小说家""其他诗人"等简略介绍,遗憾的是上面提到的对法夸尔的不准确介绍仍然存在。

虞建华著《新西兰文学史》1994年出版,著者"前言"中提到:"1987年,在新西兰政府的支持和资助下,'新西兰研究中心'在上海外国语学院成立……这一本《新西兰文学史》正是本着加深了解、互相学习的宗旨,将新西兰文化介绍给中国读者的诸多研究项目之一"(第1页)。"前言"简单介绍了国外新西兰文学研究的进展,然后概括说明本书的三个特点:一是考虑到中国读者对新西兰了解不多,本书注意介绍新西兰文化历史;二是按编年顺序,介绍新西兰文学总体发展及有代表性的作家作品;三是专章介绍毛利人丰富的口头文学传统。全书共十六章,近400页,注释集中放在正文后面,附录提供人名、书名和其它专用名词英汉对照表,最后是参考书目。第一章"新西兰历史与文化概述"分三节介绍了新西兰悠久而神秘的历史,从殖民到自治的发展和文化与文学的形成,对读者很有帮助。著者把新西兰文学分作四个发展阶段:第一阶段从18世纪末到19世纪末,是新西兰文学开拓期,成就不大;第二阶段是从19世纪末到20世纪30年代中的过渡时期,现实主义文学发展,出现了凯塞琳·曼斯菲尔德这位文坛奇才;第三阶段是从20世纪30年代中期到60年代中期的民族文学兴起与发展时期,作家关注现实生活,在文体上向美国寻求榜样,弗兰克·萨吉森是最突出的代表;第四阶段是20世纪60年代中期以来的当代文学,珍妮特·弗雷姆是其佼佼者。第二章"源远流长的毛利口头文学传统"重点介绍了神话、传奇、民间故事、谚语和歌谣诗等多种毛利口头文学形式。从第三章到第六章介绍从殖民到过渡时期的新西兰文学;从第七章到第十六章介绍新西兰民族文学发展和当代文学特点。新西兰文学的一个突出特点是女作家的成就超过男性作家,这在世界各国文学中是比较少见的,而众多新西兰女作家中的翘楚则是短篇小说大家曼斯菲尔德。著者特别强调曼斯菲尔德之弟莱斯利的死对其创作的影响:"弟弟的死亡成为一种象征,象征着战争带来的灾难,象征着作家本人面对死亡时对人生获得的新知,也象征着新西兰的呼唤……已流逝的新西兰的童年生活,于是成为曼斯菲尔德逃脱战争环境,摆脱个人精神压力的去处,也成为她向往美好的寄托。再现童年生活因此也成了作家明确的文学追求目标"(第103页)。对于曼斯菲尔德小说的艺术特色,虞建华有生动的表述:"她的叙述没有预先设计的图稿,脚下为经,体势自成;她的语言具有抒情色彩,丰美而璞厚,充满灵气与神韵;她的构图截取生活全景中的几个细小场面,巧妙拼合,具有印象派风格"(第113页)。

《新西兰文学史》特别重视20世纪30年代新西兰民族文学兴起的意义,称"30年代是新西兰文学最令人瞩目的时期。以弗兰克·萨吉森和约翰·马尔根为代表的新一代青年作家登上文坛,标志着承前启后的重大转折,宣告了殖民文学的落潮和民族文学的兴起"(第115页)。关于30年代新西兰文学取得的突破,著者认为主要有三个方面:文学主题转向现实生活,作家直面社会矛盾;描写对象和读者市场都转向本土,并使用本土语言;塑造了令人信服的典型环境和人物,而萨吉森是新西兰文学转折的轴心人物,他在新西兰文化形成时期做出的贡献,可与马克·吐温为美国文化所作的贡献相提并论。名作家阿伦·马尔根笔下的新西兰是一幅虚构的殖民理想画图,其子约翰·马尔根则反其道而行之,让《孤独的人》的主人公约翰逊走上幻灭之路,在他身上可以看到海明威式人物的"硬汉子"气质。虞建华认为当代新西兰文学"最有天赋、最有特点的作家"是珍妮特·弗雷姆,她的代表作《猫头鹰在哀叫》的叙事风格让人想起福克纳的小说,在描写心理畸形人物方面与著名美国女作家卡森·麦卡勒斯很相似。

除了澳大利亚和新西兰文学史,安徽大学出版社2000年出版了王晓凌著《南太平洋文学史》,2006年出版修订本。从著者"前言"可知,安徽大学1979年在我国最先成立大洋洲文学研究所,研究范围除澳大利亚和新西兰文学外还包括其他南太平洋小岛国。本书是大洋洲文学研究所创始人马祖毅教授提议由王晓凌编写的,书前有马祖毅题诗:"潜德发幽光,月旦见卓识;纸贵洛阳城,兹编有特色。"《南太平洋文学史》从文学发展史的角度,论述澳、新之外南太平洋地区的12个国家的文化演变、文学起源和发展等:"本书的撰写,在结构上与传统的文学史书的框架风格有所不同。首先,它在搜集和整理现有的原始有关资料的基础上,从当代某些文艺理论的角度找准视点,以形成一种评论的风格。同时,注意运用一些文学流派的观点来对南太平洋土著文学进行阐述与评析"(第3页)。全书共八章,分别论述南太平洋历史与文化、文学的起源、文学的形成、文学的兴起、文学的成熟、现状与趋势、文学与本民族口传文学,以及南太平洋文学与西方外来文化等。由于这些小岛国独立时间都不长,文学发展历史较短,文学成就也比较有限,因此我国读者对其了解很少也不奇怪。从这个方面看,王晓凌能够在这个偏僻冷门下功夫搜集资料,整理研读相关作品十分难得。姑且不论这些小岛国文学成就大小,本书对相关历史文化的梳理介绍对于帮助中国读者加深对这一地区的了解是很有益的。本书的两个附录"南太平洋各国文学和重要作家及作品"和"南太平洋文学与图书出版"对读者扩大知识面很有帮助。

在对中国学者撰写的爱尔兰、加拿大、澳大利亚、新西兰等英语国家文学史做了简单介绍之后,我们不妨与近年来问世的剑桥国别文学史系列做个比较。

《剑桥爱尔兰文学史》《剑桥加拿大文学史》和《剑桥澳大利亚文学史》都是由数十位学者的专题论文组成的,目录中几乎见不到作家的名字。虽然这些专题文章可能各有特点,但是却不利于读者了解文学发展的概貌。中国学者撰写的相关文学史著作则特别重视以对重点作家作品的评介勾画出文学史的发展脉络,便于读者整体把握不同国别文学史的发展,读完之后可以用主要作家组成自己心目中某国文学史的框架。这可能与我们对中国文学史的把握以主要文类和作家为纲目串联相关,与诗经、楚辞、史记汉赋、魏晋风骨、唐诗、宋词、元曲、明清小说等文类延续密切相关的是屈原、司马迁、曹操、陶潜、李白、杜甫、白居易、苏轼、陆游、辛弃疾等一连串作家的名字。新编的剑桥国别文学史等著作刻意淡化作家地位似乎是为了更全面地反映文学史发展的原貌或纠正以往过于突出作家的弊端。但对于中国的外国文学史写作来说以重点作家作品为主的写作方式显然有其特点,值得进一步发扬,而不必因为西方学界的变化而放弃。

第十一章
日本文学史研究

日本文学史的编撰和其他外国文学史的研究一样，面临的问题和挑战主要是来自于对象国的研究。一般而言，对象国的研究是领先的，尤其是发达国家的研究更是呈现出成熟的状态，具有相当高的水平。日本是高度发达的资本主义国家；虽然我国人口大约十倍于日本，但是我国的GDP也仅仅在几年前超越日本而居世界第二。在这种情况下，我国的日本文学史的研究首要任务就是充分吸纳日本学者的研究成果。如何在吸收日本学者研究成果的前提下，使中国的日本文学史研究具有中国的特色，体现出中国学者的价值，显然是我们所面临的重要的任务。

中国的日本文学史研究，可以追溯到上一个世纪早期。谢六逸是第一部日本文学通史的作者。他是差不多被遗忘的学者，但近来作为教育家、媒体评论家和文学史家的谢六逸不断地进入到当今学术史研究的视野，成为重要的研究对象。谢六逸（1898—1945）早年留学日本早稻田大学，就读于经济政治科（1919），1922年毕业，获得学士学位。在早稻田大学读书期间，谢六逸就热衷于译介西方文学与日本文学。回国后就职于商务印书馆、复旦大学等，著译甚丰。20世纪20年代与周作人、成仿吾等人一起译介日本文学。谢六逸介绍日本文学最为全面，1929年出版了300页的《日本文学史》。从上古一直写到了昭和时期，即写到了谢六逸的同一时代。谢六逸是最早编写日本文学史的学者，也是最早撰写西方文学史的学者之一[①]，还是中国教育史上最早创设新闻系的学者。1949年之后，日本文学史的编撰处于停滞的状态，直到改革开放的新时期才又重新开始编写日本文学史。

---

① 谢六逸曾撰写《西洋小说发达史》，商务印书馆，1924年。

第一节 改革开放早期的日本文学史研究

改革开放之后的新时期是日本文学史研究的崭新时代,日本文学史再一次成为学者们关注的课题。这个课题最初是由东北和上海的学者完成的,实现了建国以来学界共同的夙愿。东北与上海具有特别的象征意义,政治化与去政治化是新时期编撰日本文学史的两个起点。日本文学史的作者及其背景各不相同,但基本上将文学史的研究方向指向了比较文学,这是因为东亚文学与中国文学有着千丝万缕的联系。北京聚集了不少学者,刘振瀛、李芒也都出于东北。刘振瀛多年以来一直抱有撰写日本文学史的意愿,并已经动手撰写,但直到去世没有能够完成。值得注意的是北京学者写出了中日比较文学史,严绍璗的《中日古代文学关系史稿》(湖南文艺出版社,1987年)是填补空白的著作,王晓平的《近代中日文学交流史稿》(湖南文艺出版社,1987年)也是第一部这一领域的著作。这些著作不是国别文学史,但对后来的日本文学史研究产生了深远的影响,因而有必要在此提及。

新时期第一本日本文学史是吉林大学王长新教授编撰的。这是以日文写成的文学史,1982年由外语教学与研究出版社出版。次年获得国家教委首届高等学校优秀教材奖,被指定为全国日语专业的通用教材。这部《日本文学史》的直接动力是教学的需要;新时期大学重新开始正常招生,日语是外文系仅次于英语的第二大语种。学生与教师、教学的规模都相当大,日本文学史又是日语专业的基础课,编写日本文学史的任务相当急迫,这也就是日文的日本文学史先于中文版出现的原因之一。除了日语专业教学的需要之外,日本文学的翻译出版也培养了一批日本文学的爱好者,其中有一些是中文系的学生。中文系东方文学史的主要内容之一是日本文学史,在东方文学史课的引导下日本文学史教材也成了中文系学生的阅读范围,一些中文系出身的学生成长为日本文学研究者。

王长新的文学史具有明确的教学目的,成功地实现了作者设定的目标。30年后的今天,仍有一些高校以此书作为文学史的教材,或指定为考研究生的书目,这就充分表明了这本文学史的价值。这本文学史篇幅相当有限,在有限的篇幅内必须完整地介绍日本文学的发生与发展的过程,以满足日本文学史教学的需要。从《古事记》算起一直到20世纪80年代,日本文学也有近1300年的历史。这部《日本文学史》只有270多页,又是以日文写成的,比谢六逸的《日本文学史》容量少了很多,因此不可能像中国文学史那样以较为充分的篇幅分析作品,只能是简要地介绍和评介文学史中的主要作家与作品。本书用准确概括的语言描述了作家作品,而且为了不使文学史过于抽象笼统,还精选了一些作品的段落,使学生能够有一些具体的感觉。为了适用于教学,王长新还标注了作家与作品的读法。本书也存在着明显的缺陷,中世文学部分没有介绍能乐。能乐是日本古代具有代表性的戏剧形式,留下了大量的作品与理论著作。从文学史中删除能乐显然是不合适的。

文学史编撰的主要问题不在于编撰的技术性问题,而在于文学史的总体把握。总体把握建立在文学观念的基础上。王长新没有直接记述编写文学史的基本原则和方法,但通过具体写作体现了两个重点:一是尽力去揭示作品中的社会政治意义,二是非政治化的意义。这两个重点代表了两种不同的文学观念。如果说前者代表的是中国社会政治的需要,也代表了中国学界的文学观念,那么后者体现的是日本学术界与日本文学发展历史的倾向性特征。如何处理彼此矛盾对立的倾向性特征,是日本文学史研究者共同面临的问题。王长新的《日本文学史》实际编撰时代至少早于出版年代两、三年,或者更早一些。当时正是旧的文学观念还没有消退、新的文学观念始露头角的时代,文学研究与文学史研究的基本问题是价值判断,价值判断的依据是阶级分析为基础的社会观念,无产阶级的思想是衡量一切价值的准则。人物的阶级定位,作家对不同阶级人物的爱憎态度,直接关系到作品的价值评判。文学的价值本来是多元的,但是80年代初期的文学观念并非是多元的。阶级分析为基础的社会政治价值是至高无上的。这样的价值观念具有排他性,即使没有体现正确的阶级观念,也应当表现重大的社会政治问题,也应当具有正确的倾向性,否则不能认为是一流的作品。因而学者的使命是拼命挖掘所谓的积极价值,即使是与无产阶级的观念不合,也要从作品中找到只言片语积极的语句,并以此为基础展开分析。日本文学与这种价值体系格格不入,《万叶集》《源氏物语》《雨月物语》等古代作品也好,《棉被》《暗夜行路》《三四郎》等等近代作品也好,即使含有社会政治的价值,也不是作品价值的主要方面。从这个角度来看,日本文学的发展经历了与当时的文学观念完全不同的过程,也就必然会形成不同的文学史模式。

日本学者的日本文学史是按照日本文学的特征来写的,根本没有必要考虑到中国学术界的观念与需要。如何将日本学者撰写的日本文学史改造为符合中国的学术研究与教学需要的文学史,是每一个中国学者自觉或不自觉地推进的方向。寻找日本文学史中的社会政治价值,并且突出地展示出来,是当时外国文学史研究的通常惯例。但由于学者自觉意识或学术态度不同,强调社会政治价值的程度并不相同。王长新的文学史虽然比较简单,但没有过度地强调社会政治的价值,《源氏物语》的部分就是一个明显的例证。很多学者在研究和描述《源氏物语》的文学价值时过度地强调了宫廷的政治性和社会性。《源氏物语》描写的宫廷生活确实存在一定的社会政治价值,但这决不是主体价值。学者的研究可以伸入到作品的各个方面,但如果将局部的价值说成是主体的价值,是错误的理解,也是在误导读者。王长新的文学史没有过分地强调社会政治价值,这也许就是他的文学史至今仍然能够作为高校教材使用的原因。作者更多尊重文学作品的基本原貌,主要是受到日本学者文学史模式影响的结果。

阶级分析的政治化与非政治化是当时的核心问题,这直接关系到文学史的写法,也关系到文学史的研究。表面看起来这是特定时代的问题,那段历史翻过去之后,不会再进入学者的视野。但实际上这不只是时代的问题,其实也包含着中日文学传统差异的问题。强调文学的社会政治功能是中国文学的传统,这一点在以往的历史中没有多少变化,这就使中国的学者自觉不自觉地走进中国的文学史模式。但日本文学史又有着自己的传统,受到日本文学史与学术研究的传统影响,中国的学者也会自觉不自觉地进入到日本的文学史模式。在两者之间寻找恰当的位置,是新时期以来一直摸索的问题。这个问题关系到中国学者如何才能够撰写出中国化的日本文学史的问题,中国化的日本文学史在王长新的文学史中体现得不够明显。强调中国化的日本文学史不是要扭曲日本文学发展的事实,而是要注意到日本学者没有关注的问题,提出自己的学术见解。这显然不是轻而易举能够做到的,然而问题已经在第一本日本文学史之中出现了。

新时期第一本用中文写成的日本文学史是由东北的学者吕元明编撰的,吉林人民出版社出版于 1986 年。吕元明的《日本文学史》与王长新的《日本文学史》共同开启了日本文学史研究的新阶段。吕元明的文学史内容丰富,篇幅也相对较长,显然不是单纯地为教学编写的,更多地注入了文学史的学术性探索。

政治化与非政治化的模式也是吕元明展开研究的基点。他提出了社会思想深度模式的文学史观念,认为文学史应当把思想的深度模式作为考察一切作家作品的准则。所谓的深度是由什么决定的呢?自然是由社会政治的内容决定,其中必然包含着阶级的利益与观念。吕元明指出:"总之,衡量文学史,是看它反映时代生活的深度如何。在阶级的社会中,文学表现着各个阶级的利益,也充满着各个阶级的思想与情感。但不论怎样,只有那些进步思想与倾向的作家和作品,才能成为民族文学的精华,才能在文学史上存在下来"(第3—4页)。阶级利益是基本准则,也是思想深度的基础。显然吕元明预设的文学史观念是遵循了当时普遍的文学观念。他把重点放在了社会的重大意义,认为深刻地反映阶级社会的作品,才可能是伟大的作品:"在历史上往往是下层官吏出身和没有当权的知识分子创作的作品,反映生活深刻,具有更深的意义"(第3页)。"发出时代的呼声,表达出劳动群众的感情的作品,文学史中当然占有重要地位的。这是我们探索的重要对象"(第3页)。表现劳动群众思想情感的作品是有深度的作品,也是伟大的作品。文学作品不一定是劳动者创造的,但那些下层官吏创作的作品更多地体现了劳动阶级的生活与利益。在这种文学观念的推动下，吕元明的文学史给此类作品较多的篇幅，重点分析研究了无产阶级文学和较多描写下层人民的作品。

然而日本文学的传统不是强调社会政治的功能，更不会强化阶级意识。吕元明清醒地意识到预设的文学史深度模式与日本文学史的传统存在一定的距离，因此又提出了表现社会政治与阶级利益的含蓄说："日本文学史中由于某些特殊情况，此类的表达方式比较含蓄。其中以明治维新以后出现的无政府主义作品，无产阶级运动时期的作品，所发出的社会抗议的呼声，最激昂"（第3页）。"在小说、戏剧等创作中，和诗歌一样，具有强烈的反抗精神的作品几乎找不到，作品往往是以柔和的线条来反映社会，享乐的东西多于严肃的东西，吟花诵雪的风景画多于营垒分明的社会生活"（第6页）。吕元明清楚地认识到日本文学的传统，但仍然要以喊出抗议社会呼声的作品作为重点，显然是偏离了日本文学史发展的实际状况。日本文学史也有山上忆良《贫穷问答歌》这样的诗歌，这是熟读中国文学史的人比较熟悉的诗歌。但《贫穷问答歌》是日本文学史中绝无仅有的作品，无论如何强调《贫穷问答歌》的重要性，也难以构成完整的日本文学史，文学史总是由一系列的作家作品组成的。因而吕元明提出了含蓄说，认为日本文学含蓄地反映了社会冲突与发展。含蓄说一定程度上补救了吕元明设定的文学史观，然而含蓄说究竟多大程度上能够覆盖日本文学史的作家作品仍然存在不小的疑问。问题不在于作家是否涉及了社会政治的内容，而在于社会政治的含量占有多少比重。即使最远离社会政治的作家也会多多少少涉及到社会政治，但是在很多作品之中社会政治的含量微乎其微。川端康成的文学不是以思想取胜，他的作品中不能说没有社会政治的因素，但显然在作品中不是主要的因素。有时写到了下层群体，也不是着重在挖掘此类群体的下层社会意义，而是表现那些人物身上的特别之美。这类人物身上的特别之美并不一定只属于下层人群，并不是社会阶层独有的美。如果按照思想深度的模式编写文学史，川端是不可能进入文学史的。川端文学是美的文学，不是社会政治的文学。但吕元明的文学史还是尊重了日本学术界的文学史模式，仍然写了川端康成。吕元明完全接受了日本学者的日本文学史作家作品清单，在此基础上对作家作品做出思想深度的适度解释。即使是在社会思想方面没有重大意义，也尽量去寻找相对重要的意义，由此可以看出为结合两种文学史模式所做出的努力。

一定程度上修补和强调文学史的社会政治价值，可以使中国的文学史观与日本的文学史观得到融合。然而这种融合模式显然也会遇到不小的困难，从吕元明的文学史实际编撰状况来看，是以日本学界的日本文学史观为主，适当地加入了中国学者的文学史观，也就是说他所设定的文学史观与文学史的编撰并不完全一致。这是因为吕元明完全接受了日本文学界的文学史作家作品清单，日本文学史的经典作家作品清单是相当稳定的，重新排列作家作品的清单与作家地位显然不大可能。在日本文学史的初步研究阶段，吕元明有意识地探索中国化的日本文学史，因而在日本文学史的学术史上能留下他的印迹。

吕元明的文学史自觉地强化了中日比较文学的意识，这是这本文学史的特别之处。吕元明文学史的第五个重点是"中日两国文学的交流"，吕元明认为中日两国文学的交流是日本文学史的总体特征之一，"日本接受中国文学的影响，取得了巨大的成功"（第14页）。一部日本文学史应当是一部中日文学交流的发展史。古代是由中国而日本，近代是由日本而中国。交流与影响是中日文学中最重要的内容之一，交流与影响并不意味着缺乏或放弃创造，日本文学的发展过程中充满了创造，这正是吕元明的正确观点，使他的文学史具有了更为丰富的价值。然而如何从文学交流关系的角度呈现文学史的发展过程，是需要进一步深化的问题。现在日本学者的日本文学史观与文学史模式是在近代民族观念的基础上形成的，日本文学史的作家作品清单中几乎是清一色的母语文学，这显然不符合日本文学发展的事实。尤其是在古代文学的发展过程中，产生过无数的汉文学作品，将汉文学排除在日本文学史之外，是民族意识过度强化的结果。切除了汉文学的日本文学史是相当残缺的日本文学史，更为严重的是切除了汉文学之后，日本文学史与中国文学、韩国文学的交流关系就难以体现。因而现在的日本文学史更多体现了封闭性，然而日本文学史恰恰不是在封闭状态下产生、发展的。日本文学史从诞生之时开始就是以交流的动态起步的。考虑到这个问题的严重性，日本学者还编写出了日本汉文学史。然而汉文学史的出现并没有改变日本文学史的研究状况，其原因是没有考虑到日本的母语文学史与汉文学史的深层内在关系。只有融合母语文学史与汉文学史的完整文学史，才能够更为充分地体现日本文学史的交流特质，也才能够更加充分地展示日本文学史的动态发展过程。中国学者应当更加注意母语文学与汉文学的关系，排列出更能体现文学史发展事实的作家作品的清单。从最基础的部分开始研究，才能够编写出更具特色，更为中国化的日本文学史，也更切近日本文学史的发展事实。

新时期最早的两本文学史都出现在东北，这具有意味深长的象征意义：其一，两本文学史的开拓意义。王长新的文学史是新时期最早的日本文学史，广泛地使用于高校日语专业教学，其开拓意义不必赘言。吕元明的文学史似乎并不具有开拓意义，但是在80年代吕元明的文学史仍然有一定开拓意义。谢六逸的文学史早已出版，但80年代没有再版，因此不大容易见到谢六逸的文学史。吕元明的文学史就发挥了最早以中文撰写的日本文学史的实际作用。如果说王长新的文学史是在日文专业教学方面发挥了巨大的作用，那么吕元明的文学史是在更为广阔的领域发生了巨大作用。吕元明的文学史在当时唯一的日本文学研究杂志《日本文学研究》上连载，引起了学术界的广泛注意。很多青年学子如饥似渴地阅读他们的文学史，迈出了走向日本文学研究的最初步伐。

其二，两本文学史象征性地显示了东北在中国日本研究界的重要地位。由于特殊的历史原因，以长春为中心，东北三省积累了人数众多的日本学学者，显示了雄厚的学术力量，这是日本文学史的编撰始于东北的基础。东北成为日本研究的重地，与特殊的历史不无关系。日本侵略者在东北留下了相对丰富的日本文学与文化的图书资料，这些资料直到现在仍然发挥着重大的作用。其中一部分资料已经成为了极其珍贵的文献。尤其是伪满时期的文学，更是受到日本学界的重视。日本学者常去东北的图书馆调查资料，就充分证明了东北文献的重要性。东北学者的日本文学史研究与东北的丰富文献也存在着密切的关系，是最初的日本文学史产生的条件之一。

日本侵略者留下的另一遗产是日语。日本侵略者占领东北时期，强制推行日语教育，使很多的东北人都具有极高的日语水平，能够自如地阅读写作和口头交流。20世纪80年代日本文学研究的队伍由两个部分构成，一是日语专业的教师，二是非日语专业的学者，后者大多经历了专业转向。吕元明是东北师范大学中文系教授，一直从事俄罗斯文学、亚非文学、日本文学的教学与研究，尤其是在满洲学与满洲文学方面倾注了极大的精力，保存了丰富的珍贵文献。从俄罗斯文学转向日本文学，一个必然条件是熟练地掌握了日语。延边大学朝文系的许虎一教授在80年代也出版了以日文撰写的《日本文学史》，尽管这本日本文学史的影响不如前两本，但也证明了东北学者的实力。许虎一不是日文专业的学者，但由于精通日语，也就具备了研究日本文学的基本条件。许虎一和许多学者一样，是在满洲时期学习了日语，这就为后来的专业转向打下了基础。新时期东北相当部分的大学日文教师过剩，英文教师不足，不得不给各种专业开设的外语课是日文，这也是产生第二代非日文专业的日本文学史学者的原因。

这里还值得注意的一个现象是很多学者是主动转向的。主动转向的原因相当复杂，一方面还保存着战争的记忆，另一方面产生了了解与研究日本的强烈欲望。不能简单地认为专业转向只是学术的需要，日本的繁荣与发达证明了研究日本的重要价值。了解和研究日本是刚从"文化大革命"动乱解脱出来的中国学者的渴望，这种渴望变成了强大的动力。战争的记忆与日本的强盛给研究者带来了复杂的心理状态，这种心理近似于后殖民主义，但又不同于后殖民主义，转向本身也是学术史的研究课题。

第二节 1990年以后的日本文学史研究

20世纪90年代日本文学史的编撰有了新的发展,出版了若干文学史著作。90年代初期出版了陈德文的《日本现代文学史》(南京大学出版社,1991年)、宿久高的《日本中世文学史》(吉林大学出版社,1992年)、肖瑞峰的《日本汉诗发展史》第一册(吉林大学出版社,1992年)等。此外还有雷石榆的《日本文学简史》(河北教育出版社,1992年)、平献明的《日本当代文学史纲》(辽宁教育出版社,1993年)等等。90年代的日本文学史著作具有明显的特色,大多数文学史作者尽量回避了日本文学通史的写作,有三本是断代史,还有一本是汉文学史。从日本文学史的研究史角度来说,这四本书都有着填补空白的意义。但已经不再是80年代文学史的新鲜感,更多地使人感觉到的是80年代文学史的延续与深化。从文学通史走向断代文学史是90年代学者推进的方向,显然90年代的学者希望在通史的基础上有所深入和推进。断代文学史是本科的选修课或者是作为研究生的主要课程开设的,因而断代文学史的撰述与日文专业的教学也有着密切的关系。

南京大学日文系教授陈德文是日本文学翻译家,也是日本现代文学专家,主要著作有《日本现代文学史》《岛崎藤村研究》等等。《日本现代文学史》是最早的现代文学史著作,从明治维新开始一直写到了20世纪70年代。本书的篇幅不算大,约20万字,是陈德文根据多年教案整理而成的一本教材。这本文学史主要是按照文学思潮、流派的线索来编排的,近代大多数作家都属于一定的文学思潮与流派。这是日本学术界早已定型的文学史模式,陈德文完全接受了日本学界日本近代文学史的基本写法。但是陈德文提出了一个原则:"力求用马克思主义文艺观解释各种文学现象"(第1页)。这里透露出了作者研究日本近代文学史的自觉意识,也是中国学术界的普遍要求,很多的学术著作都明确表明了马克思主义的立场。

马克思主义文艺观的立场与日本学术界的学术传统并不一致,甚至存在着相当大的距离。当时的学者通常努力的方向是以马克思主义文艺观解释日本文学,努力把日本文学纳入马克思主义文艺观的体系中来。其结果主要是在进行价值判断,凡是符合马克思主义文艺观的作品就是好作品,凡是不符合的就是需要批判的作品。实际上陈德文面对的仍然是王长新、吕元明等人的旧问题,其实也是中日学术界不同文学观念的问题。以马克思文艺观解读日本文学,自然是日本文学史中国化的一种方式。但实际上运用马克思主义文艺观的程度是不同的,基本上可以分为三种类型:一是确实对作品进行了阶级分析;二是相对淡化马克思主义文艺观,强调的是日本文学的社会政治内容,而不是一定要用马克思主义;三是遵从日本学界的传统,抛开马克思主义,也不再强调社会性与政治性。日本文学史中有一类作品比较适合马克思主义的文艺观与社会政治的分析,岛崎藤村的《破戒》、夏目漱石的《我是猫》等作品就是此类作品,陈德文就展开了社会政治的批判。还有小林多喜二等无产阶级作家比较宜于运用马克思主义进行分析。

问题最大的是日本现代文学史有不少缺乏社会政治内容的作品。田山花袋的《棉被》开启了私小说的先河,它的基本特征是去政治化和去社会化,完全沉入于个人化和私人化的情感世界。全部的内容集中在了男主人公与女弟子之间的暧昧关系。从马克思主义文艺观来看,这样的作品是没有价值的。没有时代性,也没有社会性,看到的是人类的基本冲动与悲哀。这种超政治性和社会性的作品写进了文学史,是遵从日本学界现代文学史框架体系的结果。陈德文没有展开对田山花袋的《棉被》的批判,也没有做出价值判断。他引用了一段岛村抱月的评论,也算是隐约地表达了作者自己的看法。如果按照马克思主义的文艺观撰写日本文学史,那么《棉被》这样的作品就不应当进入到文学史。但《棉被》发表之后引起了极大的轰动,本能冲动的忏悔、细腻准确的心理描写是《棉被》的主体因素。《棉被》当之无愧地成为了代表性的作品,更重要的是《棉被》这样的作品在日本现代文学史中屡见不鲜,不是偶然特例。实际上遵从对象国学者的文学史模式是中国学者的第一原则。作者自己的表述与文学史的实际撰写并不统一,但这在当时还是比较先进的写法。

将对象国学者的日本文学史模式作为第一原则之后,对缺乏政治性与社会性的作家做怎样的分析研究也成了一个问题。日本学者的文学史对作品的社会性、政治性、思想性总是三言两语,蜻蜓点水,点到即止。中国学者乐于充分展开分析,深度解析的渴望,酣畅淋漓的揭示,在日本学者的文学史中是难于看到的。日本学界也重视思想内容,但远远没有达到中国学界迷恋的程度。日本文学是如此,文学史研究也是如此。中国读者普遍会产生阅读的不满足感,这种不满足感也会体现在中国学者编写的日本文学史中。这种不满足感来自于中国学术界的文学史阅读习惯与期待,也来自于文以载道传统下形成的中国文学传统。中国文学传统与日本文学的传统是不同的。实际上,当面对缺乏社会性与政治性的作品时,否定或逐出此类作品是不对的,这违背了遵从对象国学者文学史模式的第一原则。如果是遵从对象国学者的文学史模式,那么又不知如何肯定和分析,因而陷入了两种不同原则带来的矛盾和困惑,弃之不可,但又无所适从,如何突破无疑是一个问题。文学史观需要双向的反思,中国读者感到不满足的日本作品能够获得诺贝尔奖,也是日本文学的代表性作家之一。这似乎说明中国的文学史观是否存在一定的问题,是否经国大业的文学一定就是好的文学,中国的文学史观是否过度强调了文学的政治性与社会性?

东北的学者在90年代做出了新的贡献,宿久高、平献明在断代史的领域开垦,写出了各自的文学史。宿久高的《日本中世文学史》是开断代古代文学史的先河之作,直到现在此类断代史著作极少,学者们更热衷于撰写日本文学通史。平献明的《日本当代文学史纲》是第一本日本战后文学史,这是在此前出版的日本文学通史中较少写到的部分。文学通史也会写到当代,但对当代的关注远远不够,多是简单介绍而已。《日本当代文学史纲》改变了这种情况,平献明到了新世纪之后还出版了战后文学史。

这个时期还出现了一个值得关注的新现象,就是中国古代文学专业的学者参与到日本文学史的研究。严绍璗、王晓平等人原本都是古代文献或古代文学专业的学者,后来由于专业的需要进入到了日本文学的领域。肖瑞峰就读于吉林大学的中国古代文学专业,他的《日本汉诗发展史》是国内最早出版的日本汉诗史,第一册只写到了平安时期。日本汉文学是与中国古代文学关系最近的领域,汉文学引起中国文学学者的注意是必然现象。肖瑞峰描述奈良与平安时期的汉诗时,自然而然采用了中国古代诗歌兴观群怨的美学传统,其核心是政治社会的价值。肖瑞峰认为菅原道真的诗歌思想深厚,但更多的汉诗思想苍白。[①] 他对日本汉诗的评价不高,这主要是从中国古代文学的批评模式进行判断的结果。日本学术界对汉文学的评价也不高,因为汉文学不是以母语写成的,不能很好地表现日本人的日常生活与情感。这是近代民族、国家、母语等概念传入之后必然产生的文学史观,这种文学史观也使汉文学成为了不大被关注的冷寂角落。日本汉文学究竟是日本文学还是中国文学,向来存在着较大的争议。然而如果仔细阅读日本汉诗,就会发现日本汉诗与中国古代文学不大相同。日本汉文学中也存在着去政治化、去社会化的倾向,尽管不如母语文学那么明显,但与中国文学比较仍然是非常鲜明地体现了不同的倾向。

从中国古代文学的角度来看,日本汉诗不大像是中国文学;从日本母语文学的角度来看,又不大像是日本文学。日本汉诗既有中国文学的特征,也有日本母语文学的特征。不容置疑的是日本汉文学形成了自成一统的体系,应当建立适合于日本汉文学的批评体系,这样才能够更贴近日本汉文学,也才能够更客观地认识日本汉文学的价值。归根结底日本汉文学是日本文学,缺少中国文学那样强烈的政治思想的关怀。从母语文学的角度来看,汉文学也许显得生

[①] 在《日本汉诗发展史》中常常可以看到这样的描述:"至于说到平安朝时期的汉诗的内容,不论前期或后期,应制、奉和之作都占有很大的比重。不用说,在这类作品中,通常只能发现苍白的思想和逢迎取宠的意态,很难觅得对朝政的针砭和对现实的抨击。偶而有一些劝百讽一的篇章映入眼帘,几乎要令人感到惊喜;而细一品味,则又归于失望;原来,即使这一点微弱无力的讽喻,也只是拾中国诗人之余唾,或者说,只是出于对中国诗人的机械模仿。"(肖瑞峰:《日本汉诗发展史》第一册,吉林大学出版社,1992年,第61页。)

硬,但是口语与书面语脱离是古代普遍的现象,并非日本汉文学独有的现象。如何将日本汉文学还原到历史原本状态去认识和评价,是中国学界与日本学界都应当思考的问题。肖瑞峰的汉诗史是中国学者撰写的最早的汉文学史,遗憾的是此后学术界再也没有出现汉诗史或汉文学史。王晓平的《亚洲汉文学》是以日本、韩国、越南等国的汉文学为研究对象,虽然不是文学史著作,但也具备了粗略的文学史特征,是汉文学研究的主要成果之一。

日本文学史研究在 21 世纪得到了突飞猛进的发展,出版的文学史数量和规模都呈现了难以想象的奇观。21 世纪最初的十年可以称之为是日本文学史研究的时代,这是新世纪呈现的前所未有的景象。日本文学史研究的突然繁荣,使人感觉日本文学史已经不再是冷落枯寂的角落,而是成为了炫目奇异的中心地带。这种现象并不是日本文学史研究特有的景象,整个外国国别文学史都发生了类似的现象,尤其是英语文学史与日本文学史的编撰与出版显得更为令人注目。这种现象不免让人惊疑:是不是一大批学者约定一起各自编写文学史,从而形成了日本文学史研究的运动。以运动式的方式研究日本文学史,或许就是学术界研究的热点。在特定的历史时期集中出现一大批相似课题的研究并不是不可理解的,学术史的发展过程之中总会有各种热潮。然而本来算不得是显学的日本文学史研究成为热潮,一方面显示了日本文学研究力量的壮大,另一方面也不免使人深思产生这种现象的根源。

下面罗列的文学史不是全部,但也可以充分体会到日本文学史的奇景:叶渭渠《日本文学史》(近代卷·现代卷,经济日报出版社,2000 年),马兴国《日本文学史》(春风文艺出版社,2000 年),王向远《二十世纪中国的日本翻译文学史》(北京师范大学出版社,2001 年,宁夏人民出版社,2007 年易名再印《日本文学汉译史》),罗兴典《日本诗史》(上海外语教育出版社,2002 年),叶渭渠、唐月梅著《日本文学史》古代、近古(昆仑出版社,2004 年,两卷四册),谭晶华《日本近代文学史》(上海外语教育出版社,2003 年),郑民钦《日本民族诗歌史》(北京燕山出版社,2004 年),张如意《日本文学史》(河北大学出版社,2004 年),高晓华《日本古代文学史》(大连出版社,2004 年),谢志宇《20 世纪日本文学史:以小说为中心》(浙江大学出版社,2005 年),叶渭渠《日本文学简史:日本文学史要说》(上海外语教育出版社,2006 年),李光泽、卜庆霞《日本文学史》(大连理工大学出版社,2007 年),高文汉《日本古典文学史》(上海外语教育出版社,2007 年),徐明真《简明日本近现代文学史教程》(北京语言大学出版社,2007 年),王向远《中国题材日本文学史》(上海古籍出版社,2007 年),武鲁鄂《日本文学教程》(武汉大学出版社,2007 年),唐月梅《日本戏剧史》(昆仑出版社,2008 年),叶琳等《日本现代文学批评史》(上海外语教育出版社,2008 年),肖霞《日本文学史》(山东大学出版社,2008 年),刘利国《插图本日本文学史》(北京大学出版社,2008年),崔香兰《新编日本文学史》(大连理工大学出版社,2009年),叶渭渠《日本小说史》(北京大学出版社,2009年),叶渭渠、唐月梅《20世纪日本文学史》(青岛出版社,2010年),张予娜《日本文学教程》(华东理工大学出版社,2010年),王健宜《日本近现代文学史》(世界知识出版社,2010年),曹志明《日本战后文学史》(人民出版社,2010年),于荣胜、李强、翁家惠等人编写的《日本文学简史》(北京大学出版社,2011年),等等。此外还有一些没有冠之以"史""教程"的著作。张龙妹、曲莉编著的《日本文学》(全二册,高等教育出版社,2008年)不是严格意义上的文学史,上编的古代文学是以文学样式为核心展开的,但在文学样式的内部是以形式与作品的时间顺序排列,也就具有了类似于文学史的特色。下编的现代文学基本以时间顺序展开,其实就是日本现代文学史。除此之外还有一些近似于文学史的著作,这里不一一列举。如果将此类著作也包括在内,那么将是更为可观的数字。

  这个时期日本文学史的著作具有一些明显的特征:其一,大多是日语专业本科生的文学史教材,20世纪的教材只有屈指可数的几种,21世纪突然增加到了数十种。从没有多少选择的余地到丰富多彩的选择空间,无疑是日本文学史教材的巨大发展。如何能够更加有效地教授日本文学史,是教材类的文学史著作的第一任务。在文学史的教材中适当加入学者个人化的研究是可以的,但完全无视学术界的稳定说法,甚至完全无视早已成为文学史客观知识的规则,就不一定适合作为教材了。教材的最大使命是适合于教学:"近些年来,由于高校必修课学分的减少,使得日本文学史的教学时间大大缩短。但是,日本文学自有文字记载的《古事记》开始,已有1300余年的历史,即使是距离今天较近的近代以来的文学也有一百余年,跨越三个世纪,其内容丰富多彩,令人目不暇接。如何在较短时间里通过课堂教学使学习者掌握日本文学发展的基本线索,是从事日本文学教学的人经常考虑的一个问题。"[①]于荣胜、李强等人编写的《日本文学简史》是最新出版的文学史教材,这本教材力求适用于教学,具备了作为教材的特征:覆盖日本文学史的主要现象,以尽可能简约的文字扼要地介绍各种文学现象与作家作品,完整地记述从古到今文学发展的历程。刘利国的《插图本日本文学史》是具有一定特色的教材,文字与图像的结合无疑有助于日本文学史的理解。有的教材还配备了光盘,在多媒体的教学时代,尽可能使用丰富的教学手段,必然可以提高教学效果。尤其是对于看着动画片成长起来的当今大学生来说,丰富的教学手段应该能够收到实际的教学效果。

  其二,出版了一些研究性的文学史。其实研究性的文学史与用于教学的文学史不一定泾渭分明,有一些研究性的文学史也可用于教学,但也有不适用于

[①] 于荣胜等:《日本文学简史》,北京大学出版社,2011年,第1页。

教学的文学史,因而还是有必要区别用于教学的文学史与研究性的文学史。叶渭渠、唐月梅的文学史规模宏大,二人从一开始明确设定了研究性的文学史目的。断代文学史和文体文学史也不是单纯为了教学编写的,此类文学史往往是研究著作,但也可用于研究生的教学。教学用的文学史与研究性的文学史有一个明显的差异,研究性的文学史完全是学者的研究著作,其中很多是学者个人化的见解,可以完全不合于学界的常见看法。21世纪的日本文学文体史基本齐全,叶渭渠的《日本小说史》、唐月梅的《日本戏剧史》、罗兴典《日本诗史》、郑民钦《日本民族诗歌史》等等,小说、戏剧、诗歌等主要文体都有了文体史,这是新世纪的一个成果。此类文体史多是学者们长年积累的成果,并非是短期内编写出来的。在这些研究性的文学史中还可以看到中国的文学史观与日本的文学史观的矛盾与冲突,这种矛盾与冲突更多地体现在此类研究性的文学史中。教材类的文学史也可能涉及到文学史观的问题,但此类问题显然不会成为主要的问题。

其三,很多的外国文学史采用了学者集体合作编写的方式,但是日本文学史几乎都是个人独立完成的,个别的文学史是两三个人合作编写的。集体编写的方式比个人编写或合作编写的难度更大,集体编写虽然可以在比较短的时间内编写出文学史,但是难以编写出高水平的文学史。但是由于各类文学史内容的特点不同,也由于学者个人的力量有限,只能采取集体编写的方式。个人编写是较好的文学史编撰方式,可以保证文学史前后观念与方法的统一。新世纪的日本文学史很少有杂乱无章、前后矛盾的缺陷。将文学史作为个人的研究课题,应当是极大地推进文学史的研究,因为可以完整地考察文学发展的整个过程,从而看到更为真实的文学发展的轨迹。

新世纪突然出现编撰文学史的热潮,是一个值得研究的学术史课题,产生这种现象的原因如下:其一,高校普遍实行考核教师制度,每年高校教师应当完成一定量的论文与著作。数量越多越有竞争力,证明水平越高,这是在学术界相当流行的观念之一,甚至有的学者干脆提出数量等于质量的口号。这种观念转化为考核制度,也就形成强大的压力。在这种无所不在的压力下,教师们或者是主动或者是被动地投入到高产的运动之中。一定数量的论文与著作也是教师晋升职称的关键条件,晋升职称是一种数量的竞争。不只是要达到一定的数量,还要远远地超出规定的数量,这才有可能顺利晋升。如果要求不是很高,编写文学史的教材并不是很难的。文学史的编写模式、作家作品的清单都是稳定的,基本看法也比较稳定,因而编写文学史就成了相对比较容易完成的工作,也就容易成为教师的研究课题。

其二,日文专业教学的需要。日文专业是中国高校的第二大语种,日文原本较多设立于综合大学、师范大学与外国语大学,但随着理工科大学也纷纷发展人文学科,日文专业往往成了主要的开设专业。这就使日文专业的数量急速增长,也使日本文学史的教员与教材的需要量急速增长。各个大学学生的兴趣、水平也存在较大的差异,教师需要根据学生的情况编写相对适合的教材,以求较好的教学质量。教员为此编写具有较强针对性的文学史教材,也是切实可行的有效方案。统编教材固然可以保证教材质量的稳定性,但并不一定适合于所有大学的教学。

其三,出版技术的飞速发展。进入 21 世纪之后,由于出版技术的飞跃与普及,使书籍的出版不再像过去那样艰难。20 世纪 90 年代开始使用了电子出版系统,大大地缩短了出版的周期和过程。学术著作的出版不再是一个十分艰难的过程,在此之前学术著作的出版多限于影响较大的学者,对初入学界的学人来说是一种奢望。但随着出版技术的改进与学术著作的普及,任何人都可以出版著作,甚至尚未涉学界的人也出版编著。教材的出版也与出版社的经济效益联系在一起。教材往往是发行数量的保证,出版社愿意出版教材,也鼓励教员编写教材,这样新世纪就出现了出版日本文学史教材的热潮。

其四,日本文学的学者队伍大大增加也是个重要原因。新世纪初,改革开放已经过了 20 多年,培养出了一大批的学者,老、中、青三代学者都在日本文学史的田野上耕耘,也就会出现不少文学史著作。八九十年代是老一代学者和中年学者编写文学史,那个时期研究日本文学的学者数量非常有限。外国文学研究的核心一直是西方文学,日本文学虽然是东方文学的重要领域,但在整个外国文学的领域中仍然是无足轻重的。目前,经过 30 年的学术人才的培养和积累,已经形成了十分壮观的从事日本文学研究的学者队伍,其中有国内培养的学者,也有日本留学归国的学者。上述的日本文学史很多是留学归来的学子撰写的,也有不少是国内培养出来的学者撰写的。

其五,中国学者热衷于编写文学史与中国的传统学术意识有关。自古以来中国人就特别重视史学,中国最早产生的书籍是史学著作,先秦以来以官修正史为正统的修史传统始终不衰,这成了中国文化的特征之一。中国历史上出现过无数的各类文体的史学著作,以《史记》为代表的各类史学著作早已进入到了中国人的日常读书生活之中。修史曾是中国古代文人最重要的功业之一,能够得到编撰官修正史的机会自然是人生的极大幸事。如果没有这种机遇,就编写私家史书。修史是古代文人的基本意识,这种意识代代相传。修的史书不同,但修史的意识是一脉相承。日本文学研究者的血液之中是否流淌着两千年以来修史传统的血液,无法通过血液检验的方法验证。但是中国学者如此热心地撰写日本文学史,其热心程度远远超越了日本学者,就不能不让人怀疑这种热潮与中国的修史传统存在某种潜在的瓜葛。日本学术史上没有出现过如此大批量地撰写和出版文学史的现象,中国学者的学术意识是推动编写日本文学史的动力之一。

第三节　彭恩华与《日本俳句史》

彭恩华是日本文学研究史上不能不提到的一个学者,但也是一个极其特殊的学者。他的《日本俳句史》是我国第一部日本文学的文体史,1983年7月由学林出版社出版。改革开放的最初几年,就写出了这样的文体史,引起了学术界的注意,这十分难得。直到今天各类学术论著仍然时而引用,2004年学林出版社重印了这本俳句史。1986年彭恩华又出版了《日本和歌史》,这也是我国的第一部和歌史。《日本和歌史》可以看成是《日本俳句史》的姐妹篇,两本皆为韵文发展史,彼此存在着内在的联系。20世纪80年代是撰写日本文学史著作的草创时期,彭恩华贡献了两本开山的韵文史,这就足以成为日本文学研究史上不可回避的课题。

直到今天学术界还时常会提及彭恩华的著述,但对彭恩华其人几乎一无所知。学术界出版过学术史类的论著,均未提及彭恩华的学术背景:彭恩华有怎样的学术修养?是怎样写出《日本俳句史》的?彭恩华的学术研究为何是从俳句史开始?诸如此类的基本问题完全没有涉及。从知人论世研究角度来看,不能不说是憾事。实际上连彭恩华是何许人这样的基本信息也都没有记载,使彭恩华成为了日本研究界的奇怪存在:一方面彭恩华与日本文学研究存在着千丝万缕的联系,另一方面彭恩华又与日本研究好像完全没有关系。当今的学人几乎不了解彭恩华,但并不缺少深刻的印象:彭恩华是一位学养极深、早年留学的老学者,与80年代的学者不是同一时代的人,也就疏于与学界往来。彭恩华的姐姐彭令范写了一系列有关家人的文章,但绝口不提彭恩华。这就更加难于了解彭恩华,使彭恩华几乎成了学术史上的一个盲点。但随着研究林昭的需要,彭恩华的生平逐渐地浮出了水面。香港明报出版社1991年出版的《王若望自传》等书刊零星地记载了彭恩华,但没有引起日本研究界的注意,更没有与《日本俳句史》联系起来研究。

下面先来看看《日本俳句史》《日本和歌史》在彭恩华的著述中具有怎样的特殊地位和意义,由此可以看到《日本俳句史》与写作时代的特别关系,也可以看到日本文学的特别价值。

其一,在中国能够看到的彭恩华学术著作就是《日本俳句史》与《日本和歌史》,此外没有出版过其他学术著作。彭恩华翻译过一些日本汉学家的著作,翻译了兴膳宏的《〈文心雕龙〉论文集》(1984)、《六朝文学论稿》(1986)。《日本俳句史》与《日本和歌史》充分展示了彭恩华的兴趣与中国古典文学修养,翻译兴膳宏的学术著作并不奇怪。从翻译日本汉学著作到研究日本汉学应当是自然而然地产生的,但是彭恩华没有进入到研究日本汉学的领域。他的研究也没有扩展到日本文学的其他领域。小说、戏剧是当今学界研究的主要对象,但彭恩华没有染指小说与戏曲。显然他对日本的俳句与和歌有着特殊的情感,这也就让人想到为何彭恩华偏爱俳句。这固然是他个人的爱好,但似乎也不是如此简单。

其二,彭恩华还翻译出版了大量的西方文学作品。韦杰·伏尔特的《电话》是由江苏人民出版社 1981 年出版的,与陈士龙合译。还有王尔德的《道林·格雷的画像》(山西人民出版社,1983 年)、希尔顿的《恢复了记忆的人》(花城出版社,1983 年)、茨威格的《危险的怜悯》(山西人民出版社,1984 年)等等。彭恩华精通西方语言,也有着西方文学的修养,但在 80 年代中期以前没有撰写过西方文学的研究论著。显然彭恩华对日本文学情有独钟,此事甚为怪异。中国的学者如果精通西方语言,往往会把重心放在西方文学的翻译与研究,极少会重日本文学、轻西方文学。在通常的观念之中,虽然日本文学在世界文学中占有重要的地位,但西方文学总是世界文学的中心,日本文学远没有西方文学那么重要。西方文学与日本文学的地位并不代表译介者的地位与影响,然而事实上译介对象的重要性往往会影响译介者的地位与影响。彭恩华精通西方语言,也精通日文,他的选择空间相当宽广,没有必要局限在日本文学,更没有必要局限在日本俳句与和歌。翻译和研究西方文学会给他带来更多的名利,但彭恩华只是翻译西方文学,没有出版研究西方文学的著作。

那么为什么会如此奇怪,彭恩华在日本俳句中究竟得到了什么,他的《日本俳句史》是怎样的一本书,是应当关注的问题。彭恩华的俳句史是一部俳句通史,从古代一直写到了现代。从表面看来,他的俳句史并没有什么特别之处,无非是把各个不同时代的俳人与俳句写进了俳句史。但如果把俳句史置于以政治思想为核心的中国的文学史模式,就会明白这不是偶然的选择,是非常特别的选择。日本文学本来远离政治,与政治的关系最远的文体就是俳句。可是彭恩华偏偏选择了最远离政治的俳句。俳句极其短小,内容浓缩,不大容易容纳复杂宽广的内容。由于俳句形式的特征,政治思想更不易于进入俳句。这种背离中国文学传统的选择,让人觉得背后一定存在着极为特别的原因。

《日本俳句史》是在极度政治化的状态下写出来的极度去政治化的著作。这本俳句史浸透了彭恩华沉埋内心多年的痛苦,也表现了找到一片狭小的纯净空间而分泌出来的平静。去政治化是一种逃避,但也是一种快乐。彭恩华在书序中说:"今者政治清明,普天同庆,乃以公余之暇,发微钩沉,勉成二稿,因若干材料之不复觏,是以篇幅内容皆非旧观,然其间因得阅新书多种,故于当代俳界与及俳句之东西渐情况之叙述,较为原稿为详。"政治清明,普天同庆,是彭恩华系之以情的关键所在,然而序文似无特别之意。这是改革开放初年许多书籍中最常见的套话,往往并无太多的实际意义。彭恩华也记载了写作《日本俳句史》的艰难历程,《日本俳句史》的第一稿初成于1966年,字数四十余万,集历年来抄录的笔记有五大卷。但都遭不测,散失无遗。初稿与笔记的遗失显然是彭恩华的内心伤痛,这似乎是序文的全部实际意义。现今出版的俳句史是二稿,字数也仅有十余万字,是新时期最初几年重新写出来的。他所说的政治清明似乎是指此事,初稿与笔记的遗失就是与极度的政治化有关。

《日本俳句史》与政治的关系似乎并不如此简单,背后还存在着更深、更复杂的背景原因。此书初稿完成于1966年,在此之前的数年里彭恩华研究和写作俳句史,共写出了四十余万字的书稿。这一段时间是极为特别的时代,彭恩华与他的一家都被抛进了一场极为冷酷无情、恐怖血腥的政治灾难之中。彭恩华有两个姐姐,大姐彭令昭和二姐彭令范。大姐彭令昭即林昭,林昭为其笔名。林昭受家庭影响,解放前就参加了革命,写了不少的诗歌。1954年以第一名的成绩考入了北京大学中文系,1957年被划为"右派"分子。林昭是革命的理想主义者,虽因"大逆"之言被划为右派,但她仍然坚持自己的理想,终被判为"现行反革命"分子,刑期20年。1968年4月29日,林昭改判为死刑,随即在上海龙华被枪决,年仅36岁。据说,5月1日,警察到林昭母亲家,索取5分钱的子弹费。1980年8月22日,上海高级人民法院宣布林昭无罪。林昭被平反后,北京大学为她举行了追悼会,有一副挽联的上联是"?",下联是"!"。林昭之死给彭恩华一家带来了极其悲惨的结局,父亲彭国彦服药自杀,母亲许宪民精神失常,死于街头。

彭恩华的《日本俳句史》初稿就是在这一时代完成的。这就是说彭恩华在亲人不断地受到政治迫害时,独自一人躲进了学术天地,埋头研读日本俳句,搜集资料,写成了俳句史初稿。对彭恩华来说学术是远离政治化的避风港,俳句也是逃避政治的避风港。他似乎从俳句中得到了抗拒冷血政治的力量,俳句是去政治化的最佳屏障。

那么政治究竟给彭恩华本人带来了怎样的影响呢?

首先,政治使彭恩华失去了进入大学读书的机会,使他只能踏上自学成才的道路。他从事研究和翻译,主要靠的是自学。彭恩华并不是一个老学者,1944年出生于苏州。父亲彭国彦是一个读书人,曾留学英国。母亲许宪民很早就参加革命,以极大的热情投入到了革命工作。少年时期的彭恩华聪明绝顶,14岁就已经写出了数十万字的武侠小说,这曾经是他母亲和姐姐的骄傲。彭恩华精通英语,考出过上海市英语第一名的成绩。此外彭恩华还精通日文、法文、俄文、拉丁文、蒙古文等,有着超人的语言天赋。但由于姐姐林昭的政治问题,彭恩华失去了进入大学的机会,这不能不是他心中难以弥补的缺憾。他没有在大学学习过,新时期之后由于他精深的外语与学术修养,被破格录用为华东师范大学英文教师。80年代后期,彭恩华来到美国圆他的大学梦。1989年在杨百翰大学获得比较文学硕士学位,1993年在加州大学厄湾分校获得比较文学博士学位。1994年开始,彭恩华在犹他大学和杨百翰大学教比较文学和哲学。在美国期间,与影帝刘琼之女离婚,后又再婚。① 他曾担任中国旅美科技协会总会副秘书长和副会长,一直担任犹他分会理事,主编总会和犹他分会的通讯。2004年8月3日,彭恩华因心脏病突发逝世。

其二,林昭的政治悲剧是彭恩华撰写《日本俳句史》的动因。政治给他的是残酷的血腥、人性的泯灭,去政治化是彭恩华的必然选择。去政治化的结果就是将自己封闭起来,自学苦读,在古代书籍的世界里找到安宁的境界。彭恩华身材高大,戴副眼镜。性情寡淡,整天关在家里苦读,不参加任何政治活动,也不上山下乡,基本上生活在与世隔绝的真空地带。彭恩华自学苦读使他能远离政治,成为了学者。除了学习外语之外,他读的是什么书,写了些什么,是令人关心的问题。俳句史的初稿完成于1966年,这个时期他所研读的必然是与俳句相关的文献。吸引彭恩华走进真空地带的是俳句,俳句引导着彭恩华远离政治,远离社会,甚至也远离了亲人。他的世界非常纯净,他需要去政治、去社会、去亲人的世界。但这个世界并不缺乏正义,也不缺乏人性,更不缺乏温情。这样的文学世界是另一种人性的世界,是中国文学中并不多见的世界。西方文学的世界充满了人与人的斗争,人与自然的冲突,也是充满政治化、社会化的世界。对彭恩华而言唯有日本文学的俳句世界,可以为他建立与政治、社会隔绝的壁垒,遮挡外面社会政治的狂涛骇浪。这正是俳句能够给予彭恩华的温暖,也是日本文学去政治化的独特魅力。

彭恩华远离政治,也远离了亲人。彭恩华曾到监狱看过林昭。1965年5月31日,林昭的"反革命罪行"被宣判。6月19日,林昭第一次在狱中见到了弟弟彭恩华。这是第一次,也是最后一次。这一年彭恩华21岁,第二年彭恩华终于完成了俳句史的初稿。然而彭恩华没有留下过关于林昭的文字,显得无情,缺乏人性。当代学人称其为犬儒主义,其实这只是去政治化的结果。为林昭平反昭雪的过程中,彭恩华也没有为此奔波出力。1982年5月1日,林昭的衣冠

---

① 以上内容是笔者根据许超先生在2010年6月28日口述的内容记述的。许超是彭恩华的舅舅许觉民之子,而许觉民是著名学者,曾是中国文学研究界举足轻重的人物。国内与彭恩华先生亲近之人不多,许超先生是与彭恩华关系最为亲近的人之一。彭恩华与影帝刘琼之女育有一子,离异后刘琼之女与其子仍然生活在美国,不易直接调查,只能作罢。许超先生与彭恩华也无太多来往,尤其是彭恩华赴美之后几乎没有往来。彭恩华的姐姐彭令范亦居美国,因此调查彭恩华生前情况的范围是极其有限的,这也是彭恩华的生平不大为人了解的原因之一。刘琼,原名刘伯瑶,20世纪三四十年代影坛的英俊小生,主要作品有《狼山喋血记》《杜十娘》《不了情》《国魂》《火凤凰》《女篮五号》《海魂》等,导演过《51号兵站》《阿诗玛》等作品,被誉为影帝。刘琼的夫人狄梵,原名严恒瑜,1940年开始拍戏,主要作品有《羊城暗哨》的女特务八姑等。许超先生提供了有关彭恩华先生的情况,在此对许超先生表示特别的感谢。

塚在苏州灵岩山落成,彭恩华却没有出现。2004年4月22日,安葬林昭骨灰时,彭恩华也没有来。但这并不意味着彭恩华与林昭没有骨肉亲情。1966年5月6日,张元勋以未婚夫名义同许宪民到上海提篮桥监狱探监,林昭悲痛不已,向张元勋托付:妈妈年迈无能,妹妹弟弟皆不能独立,还望多多关怀、体恤与扶掖!① 可见林昭对弟弟的血肉深情。然而政治留下的是无限的伤痛,即使是在政治灾难已经远远逝去之后,当年的伤痛仍然依稀可见。回避政治和痛苦的记忆,表明了彭恩华心中无法抹去的记忆和伤痛。

在极度政治化的时代,在灾难接踵而至的年代,彭恩华与世隔绝,就是将自己封锁在日本俳句的世界。《日本俳句史》是一部去政治化的文体史,这是彭恩华必然的选择。俳句的文体决定了俳句去政治化的特点。俳句是极为短小的文体,只有17个音节。表面看来这与中国的绝句容量差不多,五言绝句有20个汉字,俳句有17个音节。但俳句与绝句的容量差异极大,日语是多音节词汇为主的语言,因而一首俳句真正传达内容信息的实词只有三五个而已。绝大多数的情况下绝句的一个字就是一个词,绝句中的实词有20个,由此可知俳句的容量比绝句小得多。以三五个实词承载复杂的政治斗争显然不大容易。俳句几乎不以政治斗争和运动为内容,这不只是文体的原因,此外还有日本文学特有的传统。俳句从产生到现代,内容丰富多彩,但政治几乎是不在场的因素。彭恩华的《日本俳句史》是一本俳句通史,从古代一直写到了近代。如此漫长的俳句发展过程中,如果完全没有与政治搭上关系,那也是不可理解的。

在俳句史上还是有一些俳人与政治有过比较密切的关系,这主要是近代以后的俳人,有两类:一是反战的俳人,一是无产阶级的俳人。下面来看看彭恩华是如何处理政治性较强的俳人。平畑静塔是一位反战的俳人,毕业于京都大学医学部,在大学时期就曾向《杜鹃》等杂志投稿。毕业之后创办了俳句杂志《京大俳句》,这是一本反对侵华、反战、反军国主义的杂志。静塔等人1940年被捕、被起诉。战后静塔参加了《天狼》的创刊。静塔著有《月下的俘虏》等等。这样的俳人一般都会引起中国学者的极大兴趣,毕竟反战的诗人和作家并不多见。可是彭恩华对静塔也没有表现出应有的关注和热情。他在《日本俳句史》中只提到了静塔的两句俳句。

    青空无匿地,烧炭处处烟。
    女工正抄纸,天赋双颊红。(第124页)

这两句虽然没有直接写政治和战争,但从静塔描写的景象与女性还是可以清楚地嗅到战争的气息。然而彭恩华在列举了这两首俳句之后,直接就结束了关于

---

① 参见张元勋:《北大往事与林昭之死》,季羡林主编《没有情节的故事》,北京十月文艺出版社,2001年。

静塔的介绍,完全没有分析研究这两首俳句。这是很奇怪的写法,在中国学者最容易发表情感色彩的地方,彭恩华几乎是跳过了这个可以分析发挥的部分。给人的感觉是彭恩华对日本的侵略战争与政治完全无动于衷,正如有人批评他是犬儒主义一样,是一个没有正义感和鲜明立场的学人。在这里再一次可以看到他在姐姐与家人受到政治迫害时的回避态度,即使是在政治运动远去之后,他也没有改变这一立场。看起来这是一个偶然的巧合,但实际上并非如此。

除了静塔之外,中村草田男也是一位具有一定政治性的俳人,他毕业于东京大学德文系,曾参加东大俳句会。《京大俳句》也牵连到了中村草田男,他被誉为"人生探求派",他的俳句表现了激烈的人生搏斗。然而彭恩华仍然没有选择政治性的俳句,而是选择了非政治化的俳句。

万物皆绿意,吾儿齿初生。
春光今归去,口哨答问中。
如在大蓝圆盘内,客舟破浪作秋航。(第125页)

彭恩华选入俳句史中的三句都没有政治因素,第一句写的是小儿长出第一颗牙齿时的心情。后面两首也没有政治因素,后一首描写了海上航行的景象。彭恩华对中村草田男的俳句做了简单的分析,但选择的是完全没有政治性因素的俳句,也就不会有政治性的分析研究。彭恩华选择中村草田男的俳句,固然要考虑到俳句的艺术性,尤其是最后一句受到了高滨虚子的赞赏。但显然也应适当地选择能够体现中村草田男政治思想的俳句,但是彭恩华还是回避了。在这种不太自然的选择中,彭恩华的去政治化意图还是比较明显的。

无产阶级的俳人是俳句史的一部分,这是不可回避的。彭恩华只是在第七章"近百年来的俳界"开头部分的概述中,简略地介绍了无产阶级的俳句运动。河东碧梧桐响应了无产阶级运动的要求,主张破除俳句的规则,创作了不少同情劳苦民众的俳句。他与荻原井泉水合作创办了《层云》,这是无产阶级文学运动的俳句杂志。此外还有《旗》《俳句前卫》与《俳句研究》等无产阶级的俳句杂志。但是彭恩华也只是在概述部分简略提及,没有在后文更为详细的研究中选择这些无产阶级的俳人与杂志。

20世纪80年代初文学研究政治化仍然是第一准则,文学为政治服务的基本观念没有变化。当时出版的日本文学史都是重点研究无产阶级的文学,如果没有把无产阶级的文学作为重点,就违背了突出政治的要求。彭恩华的初稿已佚,不知对无产阶级俳句给予了多大的关注,其态度立场如何亦不得而知。新时期之后重新撰写的《日本俳句史》只是客观简略地介绍了无产阶级的俳句,连一首无产阶级文学运动的俳句都没有选译研究。如果将这种情况与其他具有政治性的俳人结合起来,就可以看到彭恩华刻意地回避政治的倾向。彭恩华的特立独行在当时并没有引起关注,主要是日本文学研究界尚处于起步阶段。现在将《日本俳句史》置于"文化大革命"过后改革开放的初期,就会明白这种写法意味着什么。这无疑是对文学政治化的隐性叛逆,也是对文学政治化的否定。其实政治化的否定并不是始于新时期,而是应当始于"文化大革命"期间。如果参照彭恩华在"文化大革命"期间与外界隔离、潜心读书的状态,就会明白彭恩华在与远离政治的日本俳句中得到了什么。从书序可以知道他与舅舅许觉民有着不少的关系。许觉民对彭恩华的学术著译产生了不小的影响,然而他的学术研究是朝着与许觉民相反的方向发展的。许觉民(1921.12.1—2006.11.13)是当代著名的文学评论家,一生是与革命联系在一起,最后任中国社会科学院文学研究所所长。他的著作多是现当代文学的评论,现当代文学的评论与政治的关系最为密切,文学的评论中往往透着对社会政治的强烈关怀。彭恩华与赵朴初的关系也有赖于许觉民,赵朴初为彭恩华的《日本俳句史》题写了书名。彭恩华没有接受舅舅的政治热情,他的热情是不断地去政治化。最为政治化的部分被彭恩华处理得极少政治因素,或者极力地淡化了政治化的因素。

俳句史的古代部分本来就缺少政治性,古代的俳句几乎都是吟诵风花雪月的作品,其中也有一些使人想象到社会意义的作品,但往往并不直接描写社会内容。具有代表性的松尾芭蕉、与谢芜村、小林一茶等人的作品都是如此。松尾芭蕉本来是具有浓厚禅宗思想的俳人,他的俳句没有政治化也是情理之中。松尾芭蕉的俳句展现的是玄寂之美的世界,正冈子规对松尾芭蕉的俳句艺术价值表示了极大的怀疑,然而彭恩华极力地为松尾芭蕉辩护。这种辩护自然与松尾芭蕉的地位与成就有关,但其中松尾芭蕉的俳句不无与彭恩华心境的某种契合。彭恩华也不是一味地喜爱禅味的俳句,他也重点研究了小林一茶。彭恩华将小林一茶的俳句归纳为两个方面:一是对强者的反抗,一是对弱者的同情。"人微茅茨贱,夏来草亦枯"描写的是景象,并无直接的反抗意识。"瘦蛙力斗败北,一茶在此与同仇"一句写的是对弱者的同情,但这种同情显然没有直接包含政治意义,更多体现的是一般意义上的人性。中国文人学者喜欢政治,痴迷于政治,政治往往披着正义的外衣,但实际上未必存有多少正义的声音。在没有政治的地方,也仍然存在着正义和人性的温暖,这里的正义与温暖恐怕没有那么多虚伪的政治,更多是人间的真情。

彭恩华的《日本俳句史》象征了日本文学史编撰的去政治化的起点,80年代日本俳句史编撰的去政治化起点源于日本文学或俳句文学的非政治化。然而彭恩华的《日本俳句史》只是具有象征意义而已,吕元明等人的日本文学史还是着重强调了政治性与无产阶级文学,并且在相当长的时间里延续了这一学术方向。直到在理论和实践上梳理文学与政治关系之后,整个文学研究界才发生了一些变化。彭恩华的去政治化倾向恰恰是非人道的政治化造成的逆反行为,这似乎是偶然的巧合,但如果考虑彭恩华遭到的政治迫害与日本文学的去政治化倾向,就可以明白两者之间的内在联系。从彭恩华个人的角度来看,这是必然的选择。但从整个中国的文学研究发展来看,只能说是偶然的现象。此后日本文学史的编撰并没有沿着彭恩华的方向发展,至少主流不是如此。可是一旦想到日本的俳句曾给彭恩华些许的温暖,就不能不承认这是日本文学特有的价值,也是日本文学最有魅力的部分之一。尤其是在高度政治化的文学研究时代,日本文学或俳句文学对彭恩华来说恐怕是唯一的人间温暖,除此之外也不大容易找到比俳句更为纯净的文学世界。日本古代的俳人恐怕永远也不会想到,俳句给异国他乡的孤寂心灵送去了丝丝的暖意。

今天来看彭恩华的《日本俳句史》存在一些问题,例如资料不够丰富,研究不够深入等。在彭恩华写俳句史的年代资料原本相当有限,但他也尽力搜集日文资料,同时发挥他的英语、法语等其他语言的优势,利用了西方学者的研究成果。这在新时期的初期更是非同寻常,即使是今天能够同时使用东西方的文献进行研究的学者也不多见。今天的日本俳句研究已经深入了很多,但是彭恩华在学术史上的价值还是应当给予充分的肯定。

第四节 叶渭渠、唐月梅的《日本文学史》

21世纪产生较大影响的是叶渭渠、唐月梅的文学史,也最有代表性,是30年来日本文学史的标志性成果。著名学者王晓平引用诸家的评语说:"其中四卷本的《日本文学史》洋洋210万字,是继上个世纪30年代谢六逸氏撰著《日本文学史》以来中国日本文学史研究的又一极大成果,被学术界誉为'日本文学史研究的新里程碑'(林林),它的问世标志'日本文学通史写作的大成和终结','不仅为中国的日本文学通史写作树立了一块界标,更为后来的研究者铺下了坚固的基石'(王中忱)。"① 叶、唐二教授的文学史也引起了日本文学研究界外的反应,北京大学中文系教授刘煊说:"叶渭渠、唐月梅教授的《日本文学史》(六卷本)是国内最有规模在学术上有总结性、奠基性的著作,被日本学者称之为'其贡献是不可估量的。'"② 叶渭渠、唐月梅的文学史以其宏大的规模引起了学

---

① 《中国的日本研究》编委会编:《中国的日本研究(1997—2009)》,中华日本学会、南开大学日本研究院、日本国际交流基金刊行,2010年5月。

② 刘煊:《季羡林先生的'送去主义'与〈东方文化集成〉》,《集成十年(纪念〈东方文化集成〉创办十周年专辑)》,北京图书馆出版社,2006年,第38页。如前所述,叶渭渠、唐月梅的《日本文学史》分古代、近古、近代和现代四卷,前两卷各有上下两册,所以王晓平称之为"四卷本",刘煊称之为"六卷本"。"其贡献是不可估量的"语出日本著名学者加藤周一为《日本文学史》撰写的序。

术界的关注,或认为是里程碑式的文学史著作,或者认为是日本文学史著作的大成和终结,多是在文学史宏大规模的层面上论说的。在叶、唐的文学史之后,出现了数量可观的文学史,但均没有超过叶、唐文学史的规模。叶渭渠、唐月梅是新时期以来最有代表性的日本文学研究者。他们50年代毕业于北京大学东语系日文专业,长年从事日本文学与文化研究,晚年终于写出了贯通古今的文学史,也写出了各类文体的文学史。叶、唐二教授最初萌发撰写文学史的想法始于"文化大革命"时期,那是专家出资料和想法,工农兵来撰写的时代。然而这一文学史最终还是破产了。改革开放以后,叶、唐二教授就开始收集准备日本文学史的资料,几度赴日,与小田切秀雄、加藤周一以及野间宏等人讨论过文学史的编写计划,夏衍也对叶、唐二教授的文学史提纲提出了十几条建议。[①]他们最终在新世纪初实现了夙愿,出版了皇皇巨著。

叶渭渠、唐月梅的《日本文学史》取得了多方面的成就,然而最为重要的是中国学者如何写出自己的日本文学史。如果是编译日本学者的文学史,那么不需要太多的准备与积累。但是叶、唐二教授显然无意综合编译各家日本学者的文学史,他们有明确的文学史观。他们的文学史观是在多年从事日本文学研究的基础上形成的。也许他们的文学史观还不够成熟,但他们带着明确的文学史观实现了完整丰富的文学史的描述。文学史观是写出成功文学史的基础,文学史的描述总是在文学史观的基础上展开的。一个没有文学史观的文学史只能是杂乱无章的作家作品的排列,除了时间先后的顺序之外,没有对文学史的整体的认识。叶、唐二教授的文学史也存在一些失误和缺陷,撰写一部容量浩大的文学史,很难保证完全没有失误。正确评价一部学术成果的准则应当是看做出了怎样的贡献,而不是纠出多少失误。当然失误也需要学界同仁的纠正,这样才能推进学术的发展。但是一部学术著作中出现失误,不应当成为否定整体价值的理由。

作为中国学者如何撰写日本文学史,是写好文学史的基本问题;如何在中国的文学史观与日本的文学史观之间找到更为适宜的道路,是写好日本文学史的关键。叶、唐二教授显然思考过这些问题,并在他们的文学史与其他文章中有过明确的表述。

其一,以思想研究为核心综合描述文学史的模式。王长新、吕元明的文学史或多或少地有着时代的烙印,阶级分析的痕迹还是依稀可见。叶渭渠不再坚持阶级分析的观念,代之以社会政治为核心的思想意义描述方式。叶渭渠摈弃的是阶级分析,既关注社会政治的意义,又与社会政治保持一定的距离。"一是研究文学思想,但文学思想不能完全等同于政治思想,脱离文学文本形式去研

---

① 2010年11月14日下午3时至5时,笔者曾经直接采访叶渭渠教授,这一部分据采访记录撰写。

究,而是要通过文学文本的审美形式来研究,回归真正的文学思想。"①文学思想与政治思想不是什么陌生的概念,然而由于处理文学思想与政治思想的关系方法不同,就会产生完全不同的文学史观。政治思想给叶、唐二教授的文学史研究带来过难以克服的障碍。三岛由纪夫是叶、唐二教授研究的重点作家。个别的日本文学研究者以政治的理由使三岛由纪夫的翻译与研究受到了严重的干扰。因而叶、唐二教授极力将文学思想与政治思想拉开距离,指出文学思想与政治思想是不同的,不可以用政治思想替代文学思想。这一点也受到了学者的关注,林林认为:"他们不仅注意将文学置于政治文化学、哲学美学、宗教伦理学的网络之中进行历史的动态分析,并在历史的演变中把握它们的精髓而且对文学与思维空间距离甚远的学科比如医学、病理学乃至某些自然科学的复杂的交叉关系,也进行了积极的探索。"②王中忱以为:"在创新方面,一是更新学术观念,一是更新研究方法。多年来,我国学术界提出重写学术史问题,并围绕这个问题进行热烈而广泛的讨论。但最根本的就是学术观念与研究方法的更新问题。这部文学史在这两个问题上是有更新的。从文学观念来说,作者既没有囿于旧的文学观念,将文学作为一种政治的载体,片面强调文学的政治思想性,又没有完全否定文学思想性,而是通过文学的文本审美形式来分析和论述文学的思想性,还予文学的自律性。"③即使是非文学的研究者也感受到了叶、唐二教授的新观念。骆为龙曾任中国社会科学院日本研究所所长,他不是日本文学的学者,但也写了一篇书评,关注的问题是文学与政治的关系,他特别关注叶、唐二教授如何处理无产阶级文学与三岛由纪夫。④ 无产阶级文学与三岛由纪夫是文学与政治关系最为敏感的神经,如何处理无产阶级文学与三岛由纪夫确实能够体现出学者的文学观念。骆为龙的书评恰恰是触碰了这一根神经,也指出了叶、唐二教授文学史观的关键之处。

    从政治思想到文学思想是一个较为复杂的发展过程。一方面从政治思想到文学思想是解除政治思想与文学思想直接挂钩的关系,使文学思想具有一定的独立性,将文学研究从庸俗政治学或庸俗社会学的泥潭中解放出来。将政治思想与文学思想直接等同起来,社会的政治思想准则就成为了文学作品价值判断的依据。叶、唐二教授的文学史在处理三岛由纪夫等作家的时候,正是尽力将政治思想与文学思想分离开来。事实上三岛由纪夫的文学思想远远大于政治思想,他的政治思想也不能完全等同于当时的军国主义。

    叶、唐二教授主张拉开政治思想与文学思想的距离,但不反对文学思想是

---

① 叶渭渠、唐月梅:《日本文学史·古代卷》上册,第7页。
② 林林:《日本文学史研究又一新成就》,《光明日报》2001年8月30日。
③ 王中忱:《日本文学通史写作的大成与终结》,《日本学论坛》2004年第3期。
④ 参见骆为龙《勇于探索与创新》,《日本学刊》2002年第4期。

文学研究的核心。社会、政治、思想是中国学者向来十分喜欢的领域。不同的时代关注的社会、政治、思想的内容有所不同,但思想深度显然是中国学者始终最为关注的问题。在这里再一次看到中国学者研究外国文学史的两个线索,中国的立场与对象国的传统。对象国的传统是根基,中国的立场是强调社会政治的思想意义。中国的立场决定了研究的问题,也引导着研究的方向。这个问题在王长新、吕元明的文学史中已经出现,在陈德文的文学史中也出现,看来这是中国学者研究日本文学史的恒常问题。

其二,以历史、文化、审美的视角描述文学发展的历程。文学史总是由一个个的作家与现象组成的,各个作家与文学现象之间既存在一定的联系,也存在着相当大的独立性。独立性是主要的,联系性是次要的,这就决定了一个个作家的独立研究是文学史研究的基本方式。既然作家个案研究是独立的,那么也就意味着每一个作家的研究也可以具有相当的灵活性。叶、唐二教授在研究文学史的作家作品时,没有拘泥于文学思想的核心,把研究的触角延伸到了更为广阔的视野,把文学文本放在思想意义、美学价值、历史文化的各个层面进行考察,使文学史的研究显得相当丰厚。

叶、唐二教授十分注意上述因素的作用,这样就使文学史的描述产生了动态感,尤其是注意了美学意识的产生与发展。美学意识的描述不是孤立地介绍日本文学史中的几个概念,而是在特定的历史时期内加以介绍和研究,尽量与具体作品结合。这样构成了"立体交叉研究体系",也就是全方位、多层次的研究机制,以多学科角度全面而系统地论述了日本文学的整个历史进程。一个作家、一个作品都是综合作用的结果,如果要描述一个国家民族的文学史,那么更是综合性的。然而总体来看,叶、唐二教授的跨学科性还基本上是文学研究经常涉及的几个领域,并没有超出常见的领域范围。

其三,比较文学的方法是叶渭渠、唐月梅寻求中国化立场的途径。《日本文学史》的"序言"明确提出文学交流关系的重要性。离开了文学交流,日本文学的发展历史是无法梳理清楚的。"文学史研究还需要打破封闭性的、孤立性的文学史研究体系,因为各国的文学的历史,都是以本国的文学传统为根基,接受外来的文学影响而发展起来的。"① 日本文学史的研究很难避开比较文学的立场,无论是古代文学还是现代文学,日本文学都是在与他国文学交流的过程之中发展的。既然要叙述日本文学的发展过程,也就自然而然地进入到比较文学的范围。《日本文学史》近代、现代两卷出版之后,林林撰文指出叶、唐二教授的文学史具有的比较文学特点:"作者改变了过去将日本近现代文学发展史当作单纯西方文学变迁史的定论,着力将近现代文学史写成一部东西方文学融合

---

① 叶渭渠、唐月梅:《日本文学史·古代卷》上册,昆仑出版社,2004年,第9页。

史。为此就开章概括地总结其同汉文学千余年的交流与融合的历史经验,提出了以自力生成的本土原初文学思想为根基,以'和魂洋才'为主导思想吸收汉文学,为研究近现代文学发展的历史提供了参照系。"①古代文学史主要是与中国文学、朝鲜文学以及印度文学的交流融合,近代文学主要是与西方文学交流融合,因而林林认为叶、唐二教授的文学史是东西方文学融合史。东西方文学的融合史实际就是比较文学史,叶、唐二教授没有直接使用比较文学的概念,但他们所说的看法正是比较文学的观念。

如果按照叶、唐二教授的说法编写文学史,必然会把日本文学史写成日中比较文学史或日西比较文学史。尽管日本文学的历史事实可以写成日本比较文学史,但日本文学史与日本比较文学史是不同的。从叶、唐二教授的文学史来看,他们无意将日本文学史写成日本比较文学史,总体而言他们的文学史仍然是国别文学史,而不是比较文学史。他们着力分析研究的是日本的作家作品,只是局部融入了比较文学的因素。叶、唐二教授的文学史是在日本国别文学史的基础上融入了其他的因素,从比较文学的角度来看文学关系的掘进深度不够充分,但这是区别于比较文学史的特征。

其四,叶、唐二教授的文学史是目前为止国内出版的最全面完整的《日本文学史》。他们的文学史篇幅宏大,这使他们不仅具有了充分研究的自由空间,也使日本文学史作家作品的清单相当完整,为中国的读者提供一个全面的文学史也是这一套文学史的重要价值。日本文学史不只是为了教学与研究,还要为一般的知识界或读书界提供较为全面的日本作家作品的相关知识和信息。尤其是对于不能阅读日文文献的读者来说,更是需要比较全面地叙述日本文学史的著作:"这两卷书对日本小说之外几种体裁作品的介绍,大大填补了这种空白。有些听说过的世界闻名的诗人,例如西胁顺三郎,这次总算有了较多了解。尤其值得注意的是对日本文学理论成就的介绍,过去同类书只是在提及日本小说作家时,顺便讲到他们此方面之作,但是专门的理论家及其作品我们简直闻所未闻。"②对于日本文学研究者来说,这个层面的介绍并不是十分必要的,但对于非专业的读者来说获取相关知识的途径是非常有限的。叶、唐二教授的文学史正是提供了广泛了解日本文学史的信息,使他们的文学史具有了超越专业研究的阅读价值。

叶渭渠、唐月梅的《日本文学史》不是完美的文学史,是一部较为成熟的文学史。他们的文学史比较成功,是由多种条件构成的。文学研究有各种各样的

---

① 林林:《日本文学史研究又一新成就》,《光明日报》2001年8月30日。
② 止庵:《拓宽视野之举》,《中国图书商报》2000年9月12日。"这两卷书"指的是2000年出版的《日本文学史》近代卷和现代卷。

课题,不同的课题有着不同的要求。文学史的编撰对学者的要求是比较高的:一方面要求学者已经有了数十年的研究生涯,广泛地研究过日本文学各个时期的作家与作品。虽然不能说研究过文学史上的所有作家作品,但应当翻译和研究了很多作家。另一方面丰富的个案研究的积累需要漫长的时间,一旦积累了丰富的个案研究,必然是已经到了暮年。从这个意义上说,文学史的写作应当是一个学者晚年的研究课题。叶、唐二教授的文学史正是在许多个案研究基础上进一步整理与升华的成果。林林认为:"的确,如果不是以'十年磨一剑'的坚强毅力与科学精神,如果不是长期不懈地孜孜追求,花费了三十年的心血,是不能完成这一写史的任务,创造出如此业绩的。"①林林的说法是正确的,三十年的研究过程虽然不是一直都在撰写文学史,但他们研究的许多个案是撰写文学史的基础。文学史的研究不同于一般的专题研究,需要比专题研究更为丰富的个案研究积累。只有在各个时代的作家作品研究基础上,才能够比较准确地看到文学发展的事实与轨迹,这是撰写文学史的必备条件。他们的文学史研究的准备其实不限于文学史作家的个案研究,他们还专门研究了日本的美意识,还将研究范围扩展到了更为广阔的文化历史。但是叶、唐二教授并没有因此迷失方向,他们始终耕耘于日本文学,历史文化的研究是展开跨学科研究的基础。

---

① 林林:《日本文学史研究的新里程碑》,《外国文学评论》2005年第2期。

第十二章
朝鲜—韩国文学史研究

我国的外国国别文学史研究大多是从翻译或重印对象国学者的文学史开始的,朝鲜文学史研究的起点也是如此。延边教育出版社于1957年再版了朝鲜教育图书出版社的《朝鲜文学史——1世纪到14世纪》(1956),作者李应寿(音译,리응수)。这部文学史是直接重印北朝鲜学者的著作,对中国的朝鲜文学学者的成长产生了最初的启蒙作用。此后多年中国的朝鲜文学史研究没有多少进展,到改革开放的新时期才是朝鲜文学史研究的真正起点。①

第一节 朝鲜—韩国文学史研究概述

20世纪80年代从事朝鲜文学研究的学者数量非常有限,研究力量主要分布在延边大学、北京大学与中央民族大学,其中又是以朝鲜族学者为主展开的。延边大学无疑是这一领域的主力军,不仅学者人数最多,也培养了最早的朝鲜文学专业的硕士与博士。中国学者撰写的最早的朝鲜文学史是延边大学教授许文燮的《朝鲜文学史》(辽宁民族出版社,1984年)。这本文学史以朝文写成,在中国朝鲜文学史的研究史上有着开拓的意义。然而这本文学史的影响有限,这是由两个原因造成的:一是中韩尚未建交,朝鲜—韩国文学的研究没有像今天这样受到重视;二是语言的原因,能够阅读这本文学史的人不多,影响力也只能局限在较小的范围内。真正产生广泛影响的文学史著作是由北京大学韦旭升教授编写的《朝鲜文学史》,这是一部古代文学史,出版的时间比许文燮的文学史迟了两年。

---

① 在中韩建交之前,我国只提"朝鲜文学",称"韩国"为"南朝鲜";1992年中韩建交之后,提到朝鲜半岛的古代文学史时"朝鲜"和"韩国"并用。

1992年中韩建交以后,韩国—朝鲜学开始受到重视,韩国文学史研究有了新的发展。原本只有几所大学设置了朝鲜语专业,此时已经突飞猛进,近百所大学开设了朝鲜语专业。除了朝鲜语专业的学者之外,还有一些中文系的学者也从事朝鲜文学的研究。随着朝鲜语专业的扩张,专业教材的需求也急剧增长。90年代的朝鲜文学史仍然多是以朝鲜文写成的。延边大学出版社出版了一套朝鲜文学史,许辉勋、蔡美花撰写了《朝鲜文学史:古代、中世部分》(1998),金柄珉编写了《朝鲜文学史:近现代部分》(1999)。还有文日焕的《朝鲜古典文学史》(民族出版社,1997年)、徐永彬《韩国现代文学》(对外经济贸易大学出版社,1997年)等。中央民族大学教授文日焕的《朝鲜古典文学史》也是以朝鲜文写成的,此书获得了1998年度国家图书奖。文日焕著有多种朝鲜古代文学研究的著作,《朝鲜古典文学史》是他的代表性著作,既是学术性的文学史,也是教学用的文学史。

新世纪以来出版的文学史著作主要有金柄珉、许辉勋、崔雄权、蔡美花等人的《朝鲜—韩国当代文学史》(昆仑出版社,2004年)、陈蒲溥等《韩国古代寓言史》(岳麓书社,2004年)、韩卫星的《韩国文学简史与作品选读》(大连理工大学出版社,2006年,韩国语系列教材)、尹允镇、池水涌、丁凤熙等《韩国文学史》(上海交通大学出版社,2008年)、何镇华的《朝鲜现代文学史》(中央编译出版社,2008年)、吉林大学教授尹允镇等人编撰的《韩国文学史》(上海交通大学出版社,2008年)、金英今编著《韩国文学简史(中文插图版)》(南开大学出版社,2009年)、李岩等著《朝鲜文学通史》(上、中、下卷,社会科学文献出版社,2010年)等等。[①] 新世纪朝鲜文学史著作也多是教材,通史仍然不少,也出现了断代文学史、文体史等等。朝鲜文学史著作的数量还不能与日本文学史相提并论,尽管朝鲜文学的研究队伍有了急速增长,但仍有较大的发展空间。在八九十年代,中国学者关注的是古典文学,现代文学史研究的份量较少。其原因是朝鲜古代文学史与中国文学有着极其密切的关系,现当代文学与中国文学的关系显得没有那么密切,更多地接受了日本与西方文学的影响。进入21世纪之后,中国的学者开始更多地关注朝鲜—韩国的现当代文学史,这是新世纪的变化与发展,金柄珉等人的《朝鲜—韩国当代文学史》与何镇华的《朝鲜现代文学史》是具有特色的新贡献。除了我国学者撰写的朝鲜—韩国文学史之外,还翻译出版了韩国学者编写的文学史,如赵润济《韩国文学史》(张琏瑰译,北京文献书目出版社,1998年)、金允植等人合著的《韩国文学史》(金香、张春植译,民族出版社,2000年)等等,还翻译出版了汉文学史、小说史等著作。

---

① 此外还有一些具有一定文学史意味的著作,如刘强的博士论文《高丽汉诗文学史论》(南京大学,2003年)、汪燕岗的博士后出站报告《韩国汉文小说述略》(上海师范大学,2007年)等。

延边大学金柄珉等人的《朝鲜—韩国当代文学史》是进入新世纪以来的新成果,具有一定的代表性。新时期开始成长起来的学者逐渐成为延边大学朝鲜文学研究的主要力量,形成了整齐的学者团队。《朝鲜—韩国当代文学史》就是延边大学新时期开始成长起来的学者合作的成果,这几位学者主要是偏重于古代文学的研究,但把研究领域扩展到了当代文学。这本当代文学史也是为了教学的需要编撰的。他们认为朝鲜半岛的当代文学应当成为大学的课程,[①]缺少当代文学的朝鲜半岛文学史是残缺的文学史,文学史应当展示完整的文学发展过程。当代文学是从1945年开始的,历史长于现代文学。尽管当代文学缺乏时间的考验,无法验证其客观价值,但是当代人描述的当代文学史有着特殊的价值,表现了同时期人的感受评判。

完整性是金柄珉等几位学者追求的目标。朝鲜与韩国的当代文学是完全不同的社会体制下产生的两种文学。将两种完全不同的文学并入同一本文学史是否合适,是否能够成为统一的研究对象,是这本文学史面临的挑战。作为统一的研究对象,必须时时注意到两者的联系,否则只能是没有缝合好的两张皮。由于社会体制不同,朝鲜与韩国的当代文学经历了不同的发展道路,也具有截然不同的思想情感。这与古代高句丽、百济、新罗三国时期完全不同。三国时期留传下来的作品相当有限,半岛南北没有意识形态的本质差异。当代文学各自的独立性是朝鲜文学史上从未出现过的特殊现象,这就更加需要注意两者的内在联系。金柄珉等学者充分注意到了这一问题,终于完成了完整统一的文学史,这表现在如下方面:

其一,建立了半岛南北文学共同的起始时间。1945年是从日本侵略者的手中得到光复的一年,这也就意味着南北文学有了共同的时间起点。如果当代文学的时间起点相差甚远,那么就很难写成统一的文学史。金柄珉等人的文学史充分注意了这一问题,从一开始就指出共同的时间起点,是撰写统一文学史的客观根据。

其二,南北文学有各自的发展道路,表现了全然不同的文学思想,但两者之间仍存在一定的联系。社会体制将朝鲜半岛分割为二,南北文学几乎绝缘,没有交流,因而南北文学差异极大,但分裂的痛苦、统一的渴望是南北文学共同的主题。统一不是抽象的观念,南北不同的社会体验表现的是对立的意识,然而统一的共同主题是以思想情感的内在联系为基础的。例如,崔仁勋的《广场》是60年代的代表性小说之一,南北的对立与无法剪断的关系是小说的基本内容。金柄珉等人紧紧地围绕这一点展开研究,去体现编撰者的完整意识,使读者感觉到南北文学不是简单的拼凑。

---

① 参见金柄珉等:《朝鲜—韩国当代文学史》,昆仑出版社,2004年,第450页。

从以上两个方面探究南北文学的联系显然是不充分的,实际上南北文学还有着共同的文学源头与文学遗产,古代文学是南北文学共同的联结点。但遗憾的是著者没有注意这一点是如何将南北文学连接起来的。这个问题并不只是这本文学史的问题,差不多所有的东亚现当代文学史都割裂了古代文学与现代文学的关系,好像现当代文学史与古代文学之间是完全没有关系的断层一样。古代文学中的思想模式、美学观念并没有断绝,仍然在现当代文学中得到延续,这种延续是南北文学的内在联系。几位作者原本都是古代文学的研究者,他们完全可以在这一方面展开深入研究,但是他们放弃了这一努力。

李岩等著《朝鲜文学通史》(上、中、下卷)是最新的文学史成果,2010 年 9 月由社会科学文献出版社出版。这一套文学史规模宏大,为此李岩与合作者徐健顺、池水涌、俞成云等人耗费了十余年的时间。李岩是活跃于中日韩三国学术界的学者,是中国学界培养出来的最早的朝鲜文学博士之一。《朝鲜文学通史》实际上是朝鲜古代文学史,全书分为上古文学、统一新罗文学、高丽文学、朝鲜朝前半期文学、朝鲜朝后半期文学等五编。

《朝鲜文学通史》具有鲜明的特征:其一,文学史叙述的完整性。文学史著作应当是完整地呈现文学发展的事实,为读者提供全面的相关知识。《朝鲜文学通史》的作者具有明确的编撰目的,李岩在序文中指出:"在整个朝鲜文化史中,文学是保存得最为丰富的一个领域,对它进行全面的考察与理论阐释是一件很不容易的事情。我们力求把朝鲜文学史上的主要人物、主要事件、主要思想、主要影响关系、主要典籍,尽可能完整地勾勒出来,给读者展现一个尽可能完满的朝鲜文学史"(第 2—3 页)。显然《朝鲜文学通史》的主要目的是介绍和记述朝鲜文学发展的过程中出现的各种文学现象,从这个角度来说李岩等人已经完成了设定的目标。这套文学史共 113 万字,以这样的容量可以较为充分地呈现古代文学发生与发展的历程,像崔致远、李奎报、李齐贤、许筠、金万重、朴趾源等重点作家得到充分的介绍,乡歌、景几体歌、歌辞、时调、史传文学等等文学形式也都有专门的介绍,一些不太重要的作家也有介绍和分析。这一套文学史清楚完整地描述了朝鲜古代文学发展的历程,也提供了完整的文学史知识,是一套适于作为研究生教材的文学史。

其二,综合性地呈现文学发展的历程。文学的发生与发展的历程是各种因素发生作用的结果,从各种角度研究文学发展的历程是符合文学史发展事实的。《朝鲜文学通史》的作者明确地具有这种意识:"这本朝鲜文学通史在写法上注重纵横两方面的情况。纵向重视把握其文学与时代思想文化之关系、文学风尚之嬗变,揭示朝鲜文学动态演进的内在逻辑关系,注意扩大各种文学体裁样式和艺术表现方面的内容。横向注意考察朝鲜文学在其发展过程中与不同学科的内在联系,繁简有机结合,对那些朝鲜文学史上曾经起到过重要作用的作家、作品进行较为详细而深入的论述"(第2页)。纵向因素与横向因素都会对文学产生作用,纵向因素是前后不同时代的继承与创新的关系,这是文学史研究确定客观价值的基本尺度。在纵向的维度中,可以考察不同时代的思想文化、艺术形式的变化;在横向的维度中,可以考察思想文化、社会状态等等领域与文学的关系,研究哪些因素产生了比较重要的作用。《朝鲜文学通史》的作者显然充分注意到了文学史的特征,在具体的研究中一定程度上也体现了这一意识。但应当说体现得还不够突出,更多看到的是作家作品的静态分析。

总体而言这套文学史采用了现在通行的文学史编写模式。既然采用了通行的编写模式,如何体现朝鲜文学的民族特征是一个不小的问题。文学的民族特征是朝鲜文学的身份标志,对此作者也有明确的意识:"历史上它的文学有两条线索可寻其发展脉络:一是国语文学,一是汉文文学。它的国语文学,历来以'土性十足'而著称,即使是汉文文学,它也具有非常鲜明的民族气息和特色"(第2页)。但是序言与具体研究中都没有能够明确指出朝鲜文学的民族特征和因素,尤其是应当指出与中国古代文学的差异。在辨析清楚朝鲜古代文学的民族特征与因素之后,应当研究民族特征是否影响了朝鲜文学发展的方向与成就,但是《朝鲜文学通史》没有能够清晰展示民族特征与文学发展历史的关系。当然这个问题即使是在韩国或朝鲜学者编写的文学史及其专著之中,也没有得到鲜明的呈现。如何在中韩或中朝文学比较之中找到朝鲜文学独有的色彩,并在此基础上发掘出朝鲜文学特有的发展规则,是学者需要继续努力探索的方向。

第二节 韦旭升的《朝鲜文学史》

韦旭升是我国著名的朝鲜文学史家之一,他的《朝鲜文学史》是最早以中文撰写的朝鲜文学史,1986年由北京大学出版社出版,2008年北京大学出版社再版,书名改为《韩国文学史》。直到现在,这本文学史仍然发挥着重要的作用,许多大学将这本文学史列为教材,或列为研究生考试的必读书目。韦旭升1928年生于江苏省南京市,毕业于北京大学东语系,曾任北京大学外国语学院教授,2005年获得韩国总统授予的宝冠文科勋章。

韦旭升的《朝鲜文学史》是填补国内学术空白的著作,也是他的代表性学术著作。这本文学史是一部古代文学史,从神话开始一直写到了19世纪末期。这部文学史出版之后,得到了学术界的良好反应:"《朝鲜文学史》作为第一部用中文完成的系统阐述朝鲜文学发展历史的论著,书中所引用的朝鲜国语作品例文,除个别作品之外,都是由本书作者自己翻译成中文的,充分体现出作者深厚的朝鲜语语言功底和对朝鲜、韩国语言文学的充分感悟,从而客观、系统地向中国读者介绍了朝鲜·韩国文学发生、发展的历史及其基本规律,在一定程度上弥补了国内东方文学研究的空白。"[①]韦旭升的《朝鲜文学史》撰写于80年代,明显带着那个时代的特征,但并没有因为特定时代的特征而丧失文学史的价值。总体而言,韦旭升的这部文学史与朝鲜古代文学发展的历史事实基本符合,具有如下的特征:

其一,《朝鲜文学史》采用了中国学者普遍运用的思想深度模式,以社会政治的思想意义为核心展开了文学史的研究。作家作品的思想内容是文学史的主体部分,这个主体部分的内容是古代文人与社会、政治的关系,文人对社会政治的批判是主要考察的内容,黎民百姓的苦难、统治阶层的黑暗、国家重大社会事件的反映等等,都是这本文学史考察的对象。儒释道的思想意义贯穿于社会现象的分析之中,社会性与思想性结合在一起。朝鲜古代文学深受儒家思想的影响,各个时代的作家作品往往描写社会现象,崔致远、李奎报、李齐贤、朴趾源等最有代表性的文人,都十分注意文学的社会内容,《春香传》《谢氏南征记》《金鳌新话》等小说也同样强调了社会内容。古代朝鲜文学的总体特征与中国古代文学非常接近,具有丰富的社会内容与思想内涵。中国学术界主流的文学史观与朝鲜古代文学史的契合度相当高,这部文学史正是强调了文学史的社会政治的价值。

韦旭升强调社会政治的价值,也就很容易注意学习黑格尔、马克思的哲学理论:"你们最好要看一下黑格尔的哲学。包括马克思和列宁都曾很用功地读过黑格尔的哲学,但还是要看你们有没有这个兴趣,因为学起来还是很有难度的。但如果你坚持学下去,并且勤于思考,就能逐渐理解,理解之后,对你们将来的论文写作和分析问题等非常有用。因为它讲的是分析问题的普遍规律。"[②]马克思、列宁的哲学本来与黑格尔存在着相通之处,也曾是韦旭升等老一代学者治学的理论基础。这些理论与老一代文学史家朴实的学风一致,确实成为了研究文学史的基础。韦旭升不是空谈马克思、黑格尔的哲学理论,文学史中的社会分析、思想内容与艺术特色的分析,都充满了辩证法的意味。这也是当时的文学史普遍采用的模式。这部文学史在今天看来不免有一些陈旧的感觉,但总体上与朝鲜古代文学发展的事实契合,因而仍然不失学术生命力,这恐怕就是21世纪仍然能够再版的原因。

其二,中国的立场与比较文学的方法是韦旭升学术研究的基本方法,这也

[①] 金柄珉、徐东日:《中朝(韩)文学交流研究的重要论著:评〈韦旭升文集〉》,《外国文学研究》2005年第1期,第168页。

[②] 董洁:《延续半个世纪的学术情缘——北京大学东语系朝鲜语专业韦旭升教授访谈》,《国外文学》2008年第1期,第7页。

体现在他的《朝鲜文学史》中。中国的立场与比较文学的方法是相通的,这是中国学者从事外国文学研究非常重要的一点。通过与中国文学的比较,体现出中国学者的立场,使文学史更具有中国学者的看法和价值,这是中国学者应当追求的理想。韦旭升在总结治学经验时明确指出了中国学者应有的立场:"立足中国,就是'面向中国,为了中国,适合中国'。文章和论著越具有中国气派,也就越能得到世界的重视和承认。我前几年写的论文《韩国学研究和'立足中国'问题》,比较具体地说明了我的基本观点。延边大学的同行们对此文很感兴趣,把它登载于金柄珉教授等学者主编的韩国学丛书《朝鲜—韩国文化的历史与传统》中。"①中国学者的立场是极其重要的立足点,从事外国文学研究的学者大多是忙于追随对象国学者的研究,很容易陷入于编译对象国学者成果的状态,极少有原创性的成就,有的还以能够与对象国学者的成果保持一致而沾沾自喜。其实如果中国学者的研究与对象国学者的研究相同,中国学者就没有存在的价值了。学术界对韦旭升比较文学的研究给予了充分的肯定:"韦教授在比较文学研究方面用力颇深,贡献卓著。'跨越'与'沟通'是比较文学的基本功能,它运用于比较文学的'影响研究'、'平行研究'、'跨文化研究'等三种方法。其中'跨越'是手段,而'沟通'才是目的。韦教授作为一位文学史家综合地运用上述三种研究方法,这样既跨越了国界,也跨越了学科,同时还跨越了区域文化,从而在学术观点与论述方法上都体现出比较文学中国学派的特色。"②韦旭升自觉地运用比较文学方法是在《朝鲜文学史》出版之后,在《中国文学在朝鲜》等著作中体现得更为充分。中国学者的立场与比较文学的方法不是从一开始就十分鲜明地展开的,这是随着韦旭升学术研究的不断发展,不断得到强化的部分。《朝鲜文学史》保持了中国学者的立场,但比较文学的方法体现得并不充分,在部分章节中能够看到比较文学方法的痕迹。朝鲜文学是在与中国文学交流过程中发展的,比较文学的方法显然适合于研究对象,可以更为深刻地展示文学发展的过程,韦旭升后来的研究也证明了这一点。

其三,文学史中部分作家作品的研究体现了韦旭升独特的价值判断,与国内学界流行的看法大不相同。在大多数东方文学史教材中,《春香传》被描述成古代文学的代表性作品,但韦旭升认为这不符合古代朝鲜文学发展的事实,《玉楼梦》才是真正能够代朝鲜古典小说最高水平的作品。《春香传》约有六七万字,而《玉楼梦》是一部长达 40 万字的长篇小说,里面不仅运用了音乐的要素,并且整部作品还蕴含着儒家的传统音乐思想。这部作品相当全面而且系统地、集中地体现了中国儒家的音乐思想。实际上如果翻看韩国学者撰著的文学史,

---

① 《人民日报》(海外版)2000 年 12 月 25 日第 7 版。
② 同上。

也不大容易看到《春香传》在东方文学史中的那种篇幅比例,没有那么重要的地位。《玉楼梦》代表朝鲜古代小说的最高水平,是韦旭升经过深入研究之后产生的价值判断。如何实现作家作品价值与地位的客观化,从而避免主观判断的随意性,是文学史研究的重要使命。文学史的研究实际上也是一种方法,当把作品置入完整的文学史发展的事实之中研究,就能够呈现出客观准确的价值和地位。文学史研究的意义也在于为作家作品找到适合的地位和价值。

第三节　东亚文学史研究的问题与展望

新时期基本上是日本文学史与朝鲜—韩国文学史编撰的起点,30年文学史的编撰经历了从无到有,再到学术界热门课题的过程。这个发展过程客观地呈现了文学史研究的成就,但也显露了其中存在的一些问题。教材型的文学史与学术性的文学史取得的成就与问题是不同的,因为两种类型文学史的基本特征存在着较大的差异。文学史教材可以更多地参考前人的研究成果,尤其是得到学术界广泛承认的可靠成果。学术性的文学史着重研究和探索,通过文学史的研究还原文学发展的历史事实,并在文学发展的事实基础上提出新的看法。但是研究性的文学史也存在着很多的问题,下面来反思一下文学史的主要问题。

其一,个案研究的积累与文学史研究的关系。

无论是文学通史或者是断代文学史、文体文学史、专题文学史都是由很多的作家作品与文学现象组成的,文学史研究的难度与重点在于撰写文学史之前,对大多作家作品和文学现象已经有过研究,至少对主要的作家作品做过研究。只有对各个不同历史时期的主要作家作品都做过研究,才能够粗略掌握文学史发展的历史是怎样的,否则文学史的研究就会在茫然的状态下展开,甚至茫然的状态会一直延续到写完文学史。在这样的状态下写出的文学史一定不会是好的文学史,更不可能发现许多文学发展的事实。积累丰富的个案研究是文学史研究的前提条件,如果只有很少的个案研究成果,文学史上大部分的作家作品都没有研究过,那么就只能是编译已有的文学史著作。如果文学史的编撰是以积累丰富的个案研究为前提,那么文学史研究最好是学者晚年的研究课题。一个年轻的学者无论多么努力,个案研究的积累总是极为有限,也不大可能研究过文学史的大部分作家。只有数十年的积累,才是文学史研究的准备,因而文学史的研究只能是老年学者的课题,如叶渭渠、韦旭升等学者的著作。新时期以来,尤其是新世纪开始出现了一大批文学史著作,数量超过了任何时代。但并不意味着迎来了文学史研究的成熟时期,文学史著作并没有达到与数量一样可观的水平。新时期以来 30 年的学术积累是产生大批文学史的条件之一,但是 30 年的积累还不够充分。学者个人的积累是首要的条件,整个学术界的积累也是必要的条件。目前中国学者参考的主要是对象国学者的文学史,对象国的文学史积累不等于中国学者的积累,因为中国学者的积累之中包括了外国文学史中国化的经验积累,这是对象国的文学史研究经验不可替代的部分。

其二,文学观、中国化与对象国文学史传统的关系。

文学观、文学史观与文学史的叙述、价值的判断存在着密切的关系。从新时期开始一直到新世纪,文学的观念发生了翻天覆地的变化,阶级斗争、政治挂帅的文学观念已被废弃。如果还是在这个层面上讨论文学史的研究与写作显然是不妥当的,其实也不会有人继续在这个层面上编写文学史。对于大多数学者而言这是已经过去的问题,今后恐怕不会再成为问题。放弃了阶级分析的政治观念,中日的文学观与文学传统的巨大差异并没有消失。文以载道的观念控制下发展的中国文学,即使是在现代以后仍然产生着作用。只是摈弃了道的内涵,转换为对国家政治与社会的参与。带着这种传统的文学观去写日本文学史,就必然面临中日文学史传统之间巨大差异产生的困境。日本文学中也不是没有政治化与社会化较强的作品,但此类作品毕竟不是主流。新时期以来的日本文学史研究者在这一点上做出了应有的探索,但还不能认为这些努力十分成熟,恐怕今后还有相当大的探索空间。这个问题不会存在一劳永逸的解决办法,只能是根据作家作品的事实进行具体的研究,在尊重日本文学发展的事实基础上,如何建构中国学者的立场与视角是重大的课题。

现在的日本文学史和朝鲜—韩国文学史,都是在近代的文学概念基础上构建的。近代的文学概念是由西方引入的,西方的文学概念又具体化为诗歌、小说、戏剧以及散文等文体。于是按照诗歌、小说、戏剧的文体构建文学史,实际上就是这几种文体史的组合。东亚的现代文学与当代文学是按照这样的文体与文学观念创作的,因而按照西方的文学概念构建文学史没有问题。然而东亚的古代文学没有出现过这种文学的概念,[①]如果完全按照这种文学概念为基础构建文学史,显然不能与东亚古代文学的发展事实相吻合。这几种文体之外的作品也未必就不合于文学的本质,美的艺术的作品未必只有这几种文体。东亚古代文的概念与近代文学的概念最为相似,然而文的概念与文学的概念仍然存在着相当大的差异。在文的概念范畴之中,古代的诗歌并不像文学概念中的诗歌那样远离历史,近于哲学或思想,实际上文的概念中的诗歌在很多情况下是包括在历史中的概念。东亚古代文学史必须在古代文的概念与近代文学的概念两个层面上展开研究,否则无法最大限度地接近东亚古代文学发展的历史事

---

① 参见张哲俊:《东亚比较文学导论》第一章第一节,北京大学出版社,2004 年。

实。现在的文学史都是在西方的文学观念基础上编写的,这已经成了不自觉的行为。这样必然会出现生硬地切割、扭曲、变形的问题,这种现象不是使东亚古代文学史切近了古代文学发展的事实,而是相当程度地远离和曲解了古代文学。这样的文学史应当终结,必须构建切合东亚古代文学发展事实的文学史。文学史的研究必须回到古代的文的概念,但同时还要保持现代以来的文学概念,需要建构一个新的文学观念。新的文学观念应当适合于东亚文学,也适合于近代的文学观念。在建构新的文学概念基础上,有必要构建新的东亚古代文学史,目的是为了切合东亚古代文学发展的事实。这样的文学史无论是在国内或者是在国外都没有出现过,这恐怕是国内外学者共同努力推进的方向。

一般来说日本文学史与朝韩文学史的基本框架不是中国学者创造的,中国的学者几乎是全盘接受对象国的文学史作家作品清单,也接受了对象国学界的价值和地位的判断。文学史的研究并不一定只能如此,即使不能突破对象国文学史的模式,也可以改变局部,甚至是比较主要的部分。吕元明的《日本文学史》增加了阿伊努人的文学,是一个颇具特色的写法。阿伊努人的文学显然不会改变日本文学史的模式,也难以认为局部突破的倾向。但如果反观汉学的研究,就会发现外国学者的研究改变了中国文学史的主要构成。例如,有关张爱玲、钱锺书以及宋诗的研究,就是很好的例证。在外国学者研究之前,中国文学史著作不会讲到张爱玲、钱锺书,但这些作家现在不仅成了文学史的一部分,甚至成了文学史的主要对象之一。在吉川幸次郎研究宋诗之前,尽管中国文学史家也会论述宋诗,但对宋诗的评价不高。但是现在宋诗不同于唐诗的价值得到了普遍的承认。中国学者的日本文学史著作尽管不少,也有了长足的发展,但还没有出现过这样的研究。这只能说明中国学者的文学史研究还停留在较低或者一般的水平上,距离高水平的文学史研究尚存在一定的距离。

其三,作为方法论的文学史与建立文学史价值判断的客观依据。

文学史研究可以提供作家作品价值的客观依据,文学史研究的重要使命之一是价值判断,按照这种价值判断给作家作品以特定的地位。哪些作家写入文学史,哪些作家不写入文学史,作家的价值与地位应当如何定位,都是文学史的基本问题。中国学者从一开始就将这些文学史的基本问题交了出去,交给了对象国学者的文学史著作,这就意味着中国学者只能接受对象国学者的文学史。从这个角度来看中国学者的文学史中存在的部分问题,源自于对象国学者的文学史著作。中国学者在上述文学史的基本问题上不仅完全放弃了话语权,实际上也根本就没有话语权。中国学者放弃与丧失思考文学史基本问题的权利,是因为中国学者的研究水平比对象国低了很多。

那么文学史的作家作品价值是如何决定的呢?这主要是由作家作品的艺术生命力的长短来决定的,具有长久不衰的艺术生命力的作家作品是进入文学史的一个准则。艺术生命力的时间长短是客观的标准,不是人为地可以随意改变的。艺术生命力的时间长短是由两个层面构成的:一是读者的阅读活动,一旦没有人阅读,艺术生命也就终结了;一是作家作品的创新与继承的关系,伟大的作家总是要给文学提供新的因素,这些新的因素可能是思想的创造,也可能是文学的想象,也可能是文学的形式。有无创造不是靠评论家主观的判断,应当是置于文学史的整个发展过程中进行考察,这是客观的检索与判断。没有经过文学史的检索,直接就认为是创新的因素,未必是可信的结论。所谓文学史的检索是要认真地考察以往的文学史中有无出现过相同的因素,如果是相似的因素,那么还要考辨出相同或相异的成分,由此判断出创新因素究竟是什么,创新因素究竟有多少。另一方面继承也是不可缺少的考察方面,创新的因素是否为后世的作家继承不是评论家随意判断的,应当是在后世作家作品中去寻找和挖掘。继承不是空话,必须能够找到实证的依据。继承是肯定作家价值的最佳方式,如果一个作家的创新因素一直为后世作家不断继承,那么这也是作家艺术生命力延续不断的客观依据。有时也会出现作家主观判断与实际写作矛盾的状态,一个作家虽然被彻底否定,但实际上无意识之中继承了被否定作家的因素。这种矛盾的否定与继承的关系常常也是重新认识文学价值的客观契机。

从这个角度来看文学史也具有方法论的意义,创新与继承是考量作家作品的地位与价值的客观依据。文学史在方法论上可以提供完整的创新与继承的关系,也提供了叙述文学史的基本原则。无论是中国学者的文学史或者是外国学者的文学史,虽然会经常提到创新与继承,但多是流于浮泛的陈述,并没有提供创新与继承的因素清单,并围绕着这一清单展开研究。然而作家作品的价值与地位常常取决于学者的主观判断。学者的判断又依赖于自己的感觉和文学观念,学者的感觉与观念因时而异,因地而别,终究难以摆脱主观判断的困境。这种判断是否为学界接受,主要取决于话语权,有了话语权,也就有了可信度,也比较容易成为主流话语。这一切不会改变主观判断的性质,没有多少客观基础。如何使文学史研究获得更为可靠的客观基础,是文学史研究的重大问题。创新与继承因素的调查是摆脱主观判断困境的有效途径,这应当是文学史研究应当推进的方向之一。

中国学者编写的文学史可能存在很多问题。表面看来是中国学者的问题,但如果更进一步考察,就会知道部分问题的根源不在于中国学者。中国学者是模仿者和接受者,问题完全有可能出在对象国学者的文学史。如果问题的根源是出现在对象国学者的文学史,那么显然需要更进一步深入探索,才有可能突破文学史研究与编撰的种种问题,能够写出更符合文学发展事实的文学史。一部与文学发展的事实相距千里的文学史,是一部谎言的文学史,走向文学发展的事实是文学史的最终使命。提出解决文学史的根本问题,似乎超出了中国学界的现状,完全是理想主义的幻想。其实这种幻想也是文学史的理想,即使不可能实现,也可以确立前进的方向。朝着正确方向推进每一步,也都是在提高文学史的水平。然而文学史研究的发展并不都是朝着正确方向推进的,很多情况下是选择了错误的方向。

其四,文学史的简易叙述模式与问题。

如果没有确立文学史的理想,那么只要把作家按照时间的先后排列,就成了文学史。这样一来本来是难度相当大的文学史研究就成了最简单的课题,也成了在短时间内就可以编写出来的著作。实际上文学史研究与作家作品研究并没有真正的区别,将作家作品的研究放进文学史,就成了文学史的一部分。这似乎是最普遍流行的文学史叙述模式,无数的学者都是如此叙述文学史,表明这种模式得到了最大限度的认可与接受。这样的文学史更像是中国古代官修正史的叙述模式,官修正史就是把一个朝代的皇帝、大臣排列开来记述的,是历史人物传记的排列。文学史只是把历史人物换成了文人作家而已,在叙述模式上没有本质的不同。这种叙述模式早在西汉已经产生,如果今天的文学史叙述模式与司马迁的叙述模式相同,只能说明是今日学人的悲哀。今日学人应当有更多的创造,为文学史建立更为深入客观的叙述模式。然而令人遗憾的是一些学者为这种简易的文学史叙述模式而欣喜,因为这种简易的叙述模式提供了在短时间内撰写出一本本文学史的可能性。这种简易的叙述模式是否真的就是多、快、"好"、省的文学史叙述模式是大可怀疑的,这种模式成了制造垃圾文学史的最大温床。在鼓吹多、快、"好"、省地制造学术成果的时代,这种简易的叙述模式焕发了无限的生命力。这样的文学史叙事模式是作家作品的客观实践与作家作品研究简单组合的方式,并没有对作家作品的研究提供任何明确的研究方向。建立能够极大限度地还原与揭示文学发展事实的叙述模式,是文学史研究的必要任务。研究文学的各种因素在不同时代文学中的传承与创造,可以揭示文学的变化与发展,也能够为作家作品找到客观的定位,应当作为文学史叙述模式的一部分。现今开放式的作家作品研究不是使文学发展事实更为明确,反而是模糊了文学史的基本使命。

那么所谓的文学史基本模式是什么呢?几乎所有的文学史都是以作家作品的思想研究作为第一研究,其他研究都是定在了次要或从属的地位,甚至其他的研究是可以从简或省略的,这样文学史往往是文学思想史。文学思想史主要研究思想性、政治性与社会性。这样的文学史模式自然是西方文学史或西方国别文学史影响的结果,撰述文学史本来就是始于西方。东亚最早的文学史是日本学者是模仿法国学者的文学史编写的。这种文学史模式是建立在西方的文学观念,亚里士多德以为:"诗人的职责不在于描述已经发生的事,而在于描述可能发生的事,即根据可然或必然的原则可能发生的事。历史学家与诗人的差别不在于是否用格律文写作（希罗多德的作品可以被改写成格律文,但仍然是一种历史,用不用格律都不会改变这一点）,而在于前者记述已经发生的事,后者描述可能发生的事。所以,诗是一种比历史更富哲学性、更严肃的艺术,因为诗倾向于表现带有普遍性的事,而历史倾向于记载具体事件。所谓'带普遍性的事',指根据可然或必然的原则某一类人可能会说的话或可能会做的事——诗要表现的是这种普遍性。"[①]文学近于哲学,远离历史,是自古希腊以来具有的西方传统的文学观念。思想研究应当是文学史研究的一部分,文学作品总是某种思想认识的表现,文学史的研究也应当解释诗人表现的意义,意义的解读成了阅读与研究的最终使命这是无可厚非的。

然而这种文学史的模式并不是没有可以反思之处,是否适于作为东亚文学史的第一研究是需要思考的。其一,诗人并不一定有多少真正的思想创造,很多作品表现的思想意义在思想史层面上几乎没有任何创造的价值,无论是思想意义的丰富性或者是深度、广度未必能够超越同一时代的哲学家与思想家,即使有诗人能够超越哲学家或思想家恐怕也不是普遍现象。其二,东亚古代的文学传统与西方的文学传统不同,东亚古代的文学传统更近于历史,远离哲学,很多的诗歌是像日记一样记录了个人的生活史。刘勰有韵为文、无韵为笔的说法不仅适用于中国文学,也适用于日本与韩国文学。按照刘勰的说法将历史写成韵文,就是诗歌,也就是文学。这种认识与亚里士多德的看法完全对立,由此也可以认识到东亚与西方文学传统的不同。

很显然文学史的写作不单纯是排列各个时代的作家作品,文学史应当具有自己的使命。这个使命应当是极大限度地接近文学发生与发展的事实,还原发生与发展的事实,探求发生与发展的轨迹。这也就是说文学史是把一个国家与民族的文学发生与发展的事实作为研究对象,文学史的作家作品研究应当与单纯的作家作品研究有所不同。一方面是将作家置于文学发展的事实中考察其价值与地位,另一方面通过作家作品的研究展示文学发展的轨迹。由于很多的日本文学史与朝韩文学史只是单纯的作家作品排列,也就丧失了文学史的特殊使命。

[①] 亚里士多德:《诗学》,陈中梅译,商务印书馆,1996年,第81页。

第十三章
印度文学史研究

我国对于印度文学的介绍在五四时期就已经开始,20世纪20年代还曾出现过泰戈尔热。受泰戈尔的影响,著名作家许地山开始研究印度文学,并于1930年出版了《印度文学》(上海商务印书馆)。这部著作虽然没有标明"文学史",但实际上它是以"史"的形式对印度文学从古至今的发展历程进行了大致的勾勒,全书约六万字,解放前曾多次再版。1945年,著名学者柳无忌出版《印度文学》(重庆中国文化服务社1945年2月出版,同年5月重印),约14万字,也属于"文学史"著作。作者柳无忌本来是研究西洋文学的,但出于对泰戈尔的仰慕而对印度文学产生兴趣,这部著作主要参阅英文资料写成,是印度文学的简史。

新中国60年来,我国的印度文学史专著屈指可数,只有四部:金克木先生的《梵语文学史》,由人民文学出版社于1964年出版,全书近30万字;刘安武先生的《印度印地语文学史》,由人民文学出版社于1987年出版,全书28万余字;季羡林先生主编的《印度古代文学史》,由北京大学出版社于1991年出版,全书共43万余字;石海峻的《20世纪印度文学史》,青岛出版社于1998年出版,全书近24万字。这种情形的出现,一方面是由印度文学本身的复杂性所致,印度文学的语言从来都不是统一的,近现代印度文学语言更是五花八门,因此,要进行印度文学尤其是文学史的研究是极其困难的;另一方面,我国专业的印度文学研究人员比较稀缺,这在一定程度上也限制了我国的印度文学史编撰全面而深入的发展。这两方面的情形决定了我国的印度文学史难"搞"且无法粗制滥造。但是我们也欣喜地发现,虽然我国专业的印度文学研究人员稀少,像季羡林、金克木、刘安武、黄宝生(《印度古代文学史》的主要执笔人之一)等印度文学研究专家在我国学术界都是凤毛麟角,这无疑决定了我国的印度文学史编撰的精品性质,从中颇可引发我们对文学史编撰问题的玩味与深思。本章第一节先对上述几部印度文学史著作做必要的评述,第二节将对《梵语文学史》做出重点分析,第三节在此基础上分析印度文学史编撰的种种问题与意识。

第一节　印度文学史研究概述

　　刘安武先生是新中国成立后最早留学印度学习印地语的学者,1954年冬被派往印度,1958年回国后在北京大学任教。《印度印地语文学史》的雏形便是他于1958年为了讲授"印地语文学史"课程而编写的讲稿,后来几经补充和修改,到"文化大革命"开始那一年,一部大约25—30万字的讲义差不多完成并交给印刷厂打印。但在十年动乱中,讲义及部分手稿都被印刷厂搞丢了。一直到"文化大革命"结束,随着印地语文学课程的恢复,从1979年起,刘安武先生开始对已经残缺不全的手稿进行整理、加工、修改、重写,最终于1987年出版。这部文学史的写作与出版,风风雨雨,前后经历了约30年。

　　印地语是印度的国语,在印度当代语言中占据着特别重要的地位。在公元12世纪前后,梵语在印度逐步丧失其主导地位并趋于衰微,与此同时,出现了各种地方语言。印地语是从德里地区的克利方言发展而来、流传于印度中北部大部分地区的地方语言。《印度印地语文学史》基本上从公元10世纪前后写起,一直写到印度独立(1947年),从一个极其重要的语言侧面反映了印度文学近千年的发展历程。

　　正像印地语是从梵语发展而来一样,印地语文学与梵语文学之间存在着密切的关系。因此,刘安武先生在"序论"中着重介绍了作为印地语文学产生背景的梵语文学。梵语文学对后来印度各地方语言文学的生成与发展产生了极为深刻的影响,这种影响不仅表现于中世纪的苏尔达斯及其《苏尔诗海》、杜尔西达斯及其《罗摩功行录》等作家作品,而且化于现当代印地语作家作品之中。比如,印地语"阴影主义"代表诗人杰·伯勒萨德的长诗《迦马耶尼》所描述的摩奴和大洪水故事便来自梵语文学中的《梵天往世书》《薄伽梵往世书》《摩诃婆罗多》等。《迦马耶尼》不仅取材于梵语文学,而且语言上也多选用梵语词,诗风上也追求梵语古典诗歌的华贵典雅。刘安武先生是印地语文学专家,同时也极为熟悉梵语文学,在《印度印地语文学史》中充分注意到印地语文学与梵语文学之间的联系。他说:"印地语文学中许多创作体裁、题材、方法以及文学理论都受梵语文学很大影响。比如,不少是加工改作古代史诗《罗摩衍那》或模仿另一部史诗《摩诃婆罗多》的作品,取材于这两部史诗或往世书的神话传说的作品则更多了。……所以要深入理解印地语文学,了解梵语古典文学中的史诗、往世书,以及主要的作家是必要的。"[1]他对很多梵语文学故事都了然于心,从而使《印

---

[1] 刘安武:"序论",《印度印地语文学史》,人民文学出版社,1987年,第9页。

度印地语文学史》的写作有着极为深广的印度文化背景。

在讲授"印地语文学史"课程的同时,刘安武先生也讲授"印地语文学作品选读"的课程,文学史的研究与作品的翻译相得益彰,使得《印度印地语文学史》的写作显得骨肉丰满。我国印地语文学专家薛克翘先生说:"(刘)先生的学问功夫很扎实深厚,不阅读很多原著是写不了这样的讲义来。"①他尤其称道这部文学史中的例诗,因为这些诗都是刘安武先生亲自翻译的。无论是对古诗《苏尔诗海》,还是对现代诗人尼拉腊《敲石头的女人》,刘安武先生都仔细推敲。这些例诗的译文不仅准确、贴切,而且翻译得极为优美,成为镶嵌在这部文学史中的珍宝。印地语文学对我国读者来说比较陌生,无论是古代印地语文学作品还是现代文学作品基本上都没有翻译或介绍。在这种情况下,《印度印地语文学史》较多地引用一些文学作品,不仅对读者理解印地语文学能起到更为直观的效应,而且也使文学史的写作显得更为生动活泼。

《印度印地语文学史》全书共分六章,将印地语文学按时间分为初期(1350年以前)、前中期(1350—1600)、后中期(1600—1857)、近代(1857—1900)和现代(1900—1947)。每一时期的第一节均为"概述",然后分节讲述重点作家作品或重要的文学现象。显然,这是按教科书的体例设计的,重点突出,层次分明。全书的重点在于"现代文学",它分为两章的内容,描述的虽然只是半个世纪的印地语文学,但却是印地语发生重大变化和发展的重要时期:"二十世纪的现代印地语文学,……得到了空前的发展,进入了一个繁荣时期,出现了不少优秀的作家和作品。"②在现代印地语文学中,刘安武对重要作家普列姆昌德作了较为细致而深刻的评述和分析,使他逐渐为我国广大读者所熟知,这对后来各类《东方文学史》和《外国文学史》中有关普列姆昌德的写作有重要的借镜意义。

印度自古以来便是一个多种语言共存的国家,梵语在印度古代虽然占据主导地位,但也不是印度唯一的语言。比如,泰米尔语是和梵语有着同样古老传统的语言,金克木先生的《梵语文学史》便没有涉及印度古老的泰米尔语文学。到了12世纪,随着伊斯兰教的入侵和梵语的衰落,印度语言进一步分裂为十多种语言。我国的印度文学史研究,无论是《梵语文学史》还是《印度印地语文学史》,都是印度单一语种的文学史,无法反映印度文学的全貌。随着我国外国文学教学和研究的深入发展,迫切需要编写一部完整的印度文学史。

上世纪80年代后期,季羡林先生组织北京大学和中国社会科学院的一批印度文学的专家学者形成一个研究群体,着手编写由多语种语言文学构成的综

---

① 薛克翘:《海内印地语文学研究第一人——刘安武先生》,见《多维视野中的印度文学文化》,银川:阳光出版社,2010年,第21页。
② 刘安武:《印度印地语文学史》,人民文学出版社,1987年,第239页。

合性质的《印度文学史》。季羡林先生说:"我们现在研究印度文学的基础,较之解放前或五六十年代,当然要好多了。但是总起来看,仍然是比较薄弱的。我们写作时,尽量阅读原作,至少是原作的翻译,这是写一部有创见的文学史必不可少的步骤。但是,有许多印度语种目前在中国还是空白,我们不得不利用其他语言的资料。这对本书的质量当然会有影响。然而话又说了回来,能直接阅读这样多的原文而写出的印度文学史,在我国这还是第一部,我们也可以稍感自慰了。"[1]不过,计划中的《印度文学史》由于种种原因,并没有如期完成,近代和现代部分缺的稿子还比较多,于是便只好在1991年先出版了这部《印度古代文学史》,时间下限是19世纪中叶。

《印度古代文学史》共分五编:吠陀时期、史诗时期、古典梵语文学时期、各地方语言文学兴起的时期、虔诚文学时期。其中第三编"古典梵语文学时期"是重点,在全书中占据了较多的篇幅。梵语文学部分,除季羡林先生执笔《罗摩衍那》一章和郭良鋆撰写了佛教文学两章之外,其余都是黄宝生先生撰写,这构成了《印度古代文学史》的主体部分,占据了全书大部分的篇幅。余下的印地语文学部分由刘安武执笔,乌尔都语文学部分由李宗华执笔、泰米尔语文学由张锡麟执笔。《印度古代文学史》于1997年获国家级教学成果二等奖,1999年获国家社会科学基金项目优秀成果奖专著二等奖。

季羡林先生早在上世纪80年代初便出版了《罗摩衍那》的中译本,并曾撰写《〈罗摩衍那〉初探》(外国文学出版社1979)。在撰写《印度古代文学史》有关《罗摩衍那》的一章时,他可谓得心应手,无论是对这部史诗的思想内容还是语言、诗律、风格的分析上都显现出作者深厚的学问功底。黄宝生先生撰写梵语文学方面的大部分内容,也是长期研究的结果,在此之前,他已出版了《印度古代文学》(世界知识出版社,1988年),虽然没有以"文学史"冠名,但这本书实际上深入浅出地论述了梵语文学的方方面面,这为他撰写《印度古代文学史》中"梵语文学"部分打下了坚实的基础。刘安武先生撰写《印度古代文学史》中"印地语文学"部分,此前他已出版了《印度印地语文学史》。这些前期成果的积累,充分展示了《印度古代文学史》的编写者在相关研究方面的成绩和实力。

比起《梵语文学史》来,《印度古代文学史》中"梵语文学"部分,有些内容,根据情况,得到了进一步地突出或补充。比如,"吠陀时期",专列《阿达婆吠陀》"梵书、森林书和奥义书"两章,而第三编"古典梵语文学时期"的"往世书"一章,特别突出了在印度文学和文化中产生较大影响的《薄伽梵往世书》,并以专门一节的内容探讨"印度古代神话发达的原因"。在"佛教文学"一章中,特别强调了马鸣的诗歌和戏剧等,使读者对印度古代文学的特性有了更为准确的把握。

---

[1] 季羡林主编:"前言",《印度古代文学史》,北京大学出版社,1991年,第1页。

在印度古代,泰米尔语文学与梵语文学一样有着古老的传统,《印度古代文学史》在第二编"史诗时代"也将"泰米尔语桑伽姆文学"列为专章进行讨论,在第三编和第四编也对泰米尔语文学列出专门的章节。公元12世纪之后,印度各地方语言兴起,本书根据这些语言分布的情况,在对印度文化多样性的把握中,介绍中世纪印度各语言文学的发展概况和文化背景,并对印地语、乌尔都语、孟加拉语、马拉提语、古吉拉特语、奥里萨语、阿萨姆语、旁遮普语、泰米尔语、卡纳尔语、泰卢固语、马拉雅拉姆语等语言文学进行了大致描述,使印度文学从公元前15世纪到公元19世纪中叶的发展脉络比较清晰地呈现在读者面前。

石海峻的《20世纪印度文学史》属于国家社科基金"八五"规划重点项目"20世纪外国国别文学史丛书"。应当说,印度现当代文学的研究资料并不缺乏。比如,印度出版有多卷本的《印度文学大百科》,对印度当代文学作家作品以及文学思潮有比较全面的介绍。20世纪70至90年代,印度文学院也出版了印度现当代二十余种语言的文学史。印度喀拉拉邦文学院出版的、由K. M. 乔治主编的比较权威的二卷本《印度比较文学》[①]实际上也是印度各语言文学史的汇编。印地语、孟加拉语、乌尔都语等主要语言的文学史在印度都有多种文学史著作出版。在编写这部文学史之前,石海峻用了一年的时间在印度收集相关的研究资料,占有的资料比较丰富。

但如何将驳杂的资料有机地统一到文学史的编撰之中,是一个难题,因为印度并没有一部从总体上考察20世纪印度文学史之类的书籍出现。不过,在这个难题的处理上恰恰体现了作者的功力。本书的编写纲目自有特色,王向远对此评论道:"作为一部体例上统一的印度文学史著作而不是多语种的印度文学史简编,就必须在充分了解各语种文学的基础上,抽绎出贯穿各语种文学的理论线索,从而构筑起文学史的框架体系。石海峻以20世纪印度文学思潮在各地区、各语种文学中的生成、演变为基本线索,以对代表某一时期、某一语种文学成就的大作家的创作活动的评述为中心,构建自己的文学史框架。全书……分为18章,每章相对独立,但18章内部又有一条贯穿到底的、时间推移与理论逻辑相统一的线索。从19世纪中期的启蒙、复兴运动写起,接着依次写到20世纪初期的民族主义和神秘主义诗人奥罗宾多等作家,大文豪泰戈尔,20年代兴盛的浪漫主义文学,穆斯林哲理诗人伊克巴尔,孟加拉语作家萨拉特,在甘地主义影响下的普列姆昌德等现实主义文学,30年代孟加拉文学中的现代派,萨拉特之后的三位孟加拉语小说家,三四十年代影响全印度的进步主义文学(左翼文学),印度独立前后的其他小说家,40年代出现的实验主义诗歌,

---

① K. M. Geroge, ed., *Comparative Indian Literature*, New Delhi: Kerala Sahitya Akademi, 1984.

五六十年代的新诗派与新小说派,50年出现并延续到80年代的边区文学,以克里山·钱德尔为代表的社会现实小说,70年代以后的'非诗派'和'非小说派',80年代后的女性主义文学,印度的英语小说,等等。作者站在文化的多元性与统一性辩证结合的学术立场上,既强调不同语种、不同时期印度文学的差异,更在这种差异性中寻求统一。对不同的作家作品、不同文学现象的分析,也采取了不同的文学批评视角,并不用单一僵硬的文学价值观作笼统的评判。这显示了当代青年学者在学术上所具有的广阔的视野和开放的观念。同时,这样的观念和立场确保了全书作为文学史著作有着比较清晰的逻辑和历史线索。"①

当然,由于时间仓促,加上20世纪印度文学语言的复杂性,作者在文学原著的阅读方面多有欠缺,主要借助于印度文学院出版的由K. M. 乔治主编的《现当代印度文学选集》(英文版)以及一些重要作品的英译本对印度文学作品进行大致的涉猎。这决定了这部文学史在扎实性与严谨性方面都有很大的遗憾。

第二节 金克木先生的《梵语文学史》

金克木先生的《梵语文学史》由人民文学出版社1964年出版,1980年再版,1999年又作为《梵竺庐集》(甲)由江西教育出版社出版,前后基本上没有什么改动。作为一部较为冷僻,且是在20世纪60年代这样特殊的社会环境中出版的文学史著作,《梵语文学史》能够一版再版,这在我国的外国文学史出版方面,还是比较少见的。这说明,它一方面是时代的产物,另一方面也有其超越于时代的特性。

20世纪60年代初,北京大学开设梵文巴利文班,金克木先生讲授"梵语文学史"课程。《梵语文学史》便是金先生根据自己的讲义编写而成的,所以这本书显然具有教科书的特性。不过,按金克木先生的说法,《梵语文学史》的编写,又具有与一般教科书完全不同的性质。为什么这么说呢?这是因为金克木先生早有撰写《梵语文学史》的想法。早在印度留学期间(1941—1946年),他就开始钻研梵语文学经典;1946年回国之后,他便着手《梵语文学史》的写作。到20世纪60年代,正好借助于《梵语文学史》被列入文科教材的机会,很快便写就并出版了。

在《梵语文学史》撰写过程中,凡是文学史中所有涉及的作品,无论是艰深难解的吠陀诗,还是雅俗合参的佛教语言写成的作品,金克木先生都进行了认

---

① 王向远:《七十年来我国的印度文学史研究论评》,《外国文学评论》2001年第3期,第149—150页。

真的阅读,从不评介没有读过的作品。《梵语文学史》中大量引用的译文,除《法句经》《妙法莲华经》《佛所行赞》用了古代旧译文以外,其余都是作者从原文直接翻译过来的。书名和地名,除已有译本的和较通行的译名外,也多是作者第一次翻译成汉语的,人和神的名字也是这样。这些都具有极其重要的开创意义,对后来印度文学史的写作和印度文学的研究起到了很好的引领作用。

金克木先生是个诗人,在钻研梵语文学之前,他酷爱中国文学并有相当的研究。《梵语文学史》写作的一大特点在于,它以中国文学史为背景,"尽力不照抄外国人熟悉而中国人不熟悉的说法",写出了一本不同于西方人和印度人、真正属于中国人所写的《梵语文学史》。① 行文之中,金克木并没有刻意对中印文学进行比较分析,而更多地将自己的感受化入其中,"就其大端,言其概略"。

要让中国人理解印度,理解印度文学,不仅要写出印度文学的独到之处,更重要的是要让读者体会到其妙处。一方面要引人入胜,以免读者迷失于浩渺的历史资料之中;另一方面则要深入浅出,突出"文学"的特性。梵语文学出现在印度古代,常常与宗教、哲学、语言学、艺术、科学等等联系在一起,具有包罗万象的性质。比如印度大史诗《摩诃婆罗多》本身就是印度古代文化纷纭复杂的百科全书,其中既有文学的成分,也有很多非文学的成分。无论是印度学者还是西方学者所写的文学史,按金克木先生的看法,多是文献史,并不专论文学。比如,德国学者温特尼兹的《印度文学史》不仅在西方,而且在印度,一版再版,② 至今依然被认为是最为权威的印度古代文学史。但是这部文学史以厚厚的三卷本形式出现,内容上可谓无所不包,文学有被淹没之嫌。再者,梵语文学自身不仅包罗万象,而且同一题材在各类作品中常常不断重复,显然,这既是梵语文学的一大特点,也是文学史写作中所要面临的难题。鉴于梵语文学包罗万象和不断重复的特性,金克木先生在《梵语文学史》中作了特别的处理,材料的取舍上有失而后有得,可谓匠心独运。《梵语文学史》的撰写,按金克木先生的说法,是以文学为主,非文学部分从略,"用意是使本书能为一般读者看得下去,不至于陷于繁琐或引起误会。"③ 印度历来都好像是一座文化迷宫,在留学期间,金克木先生就想对印度理出个头绪来,不料他知道的越多,问题也就越多,结果是深陷泥潭愈发不能自拔了。各类书籍上讲的印度各不相同,而现实中见闻到的印度更是千奇百怪,"西天"既如梦如幻,又五彩缤纷。于是,金克木先生

---

① 金克木:"自序",《梵语文学史》(《梵竺庐集》(甲)),江西教育出版社,1999年,第3页。
② 温特尼兹(Moriz Winterniz, 1863—1937)是德国梵语专家,其代表作《印度文学史》(*Geschichte der Inischen Literatur*, 1905—1922)在他有生之年便被译成英语,后有多种英文译本,并被一版再版,印度学者V. Srinivasa Sarma 的英文译本于1981年出现,其后于1987、1990、1996、2003年重印,至今依然被认为是大学梵语文学史课程最为权威的教材(译本)。
③ 金克木:"前言",《梵语文学史》(《梵竺庐集》(甲)),第13页。

由今溯古,追本求源,想寻找印度文化的老根,《梵语文学史》正是他寻寻觅觅的结果。他觉得要想对梵语文学"考镜源流",在中国,这样的条件似还没有具备,或者说,很多问题是剪不断理还乱,于是他只就文学论事,"涉及我们难以接受的人情风俗思想感悟处则从简约"。这是深入浅出式的"简约",绝非浅尝或臆测。比如,对著名的梵语戏剧家迦梨陀娑的代表作《沙恭达罗》,虽说是只谈文学的成分,但也适当指出《沙恭达罗》的故事出自大史诗《摩诃婆罗多》,并对大史诗中的相关故事和沙恭达罗的性格做出简要的讲述。另外,还指出《莲花往世书》也有这个故事,只是情节上有了一点儿改动,出现了仙人的诅咒。由此再来分析迦梨陀娑的《沙恭达罗》,有了参照,读者自然也就明白迦梨陀娑将故事进行改编以及他如何推陈出新了。在此,我们不难明白,《梵语文学史》之"简约"是建立在"深厚"的基础之上的。

  季羡林先生曾说:"多少年前,金克木教授写了《梵语文学史》,他利用了比较丰富的材料,表达了自己独立的见解,受到读者的好评。这在研究外国文学史的学者中是比较少见的。"①此言不虚。黄宝生先生说:"《梵语文学史》是中国梵语文学研究的奠基作。与国外的同类著作相比,它有自己的显著特色和长处。它努力运用唯物史观,将梵语文学的发展置于社会历史发展的背景中。对作家和作品的介绍和分析,采用'历史和美学'相结合的文学批评方法。但是,因印度古代历史本身的研究难度就很大,故采取这种写作方法决非轻而易举。金先生为开辟梵语文学史的写作新路子做出了自己的贡献。联想到五六十年代中国学者撰写的外国文学史屈指可数,更显出这部《梵语文学史》的难能可贵。"②此言也不虚。

  这里,我们应特别注意到黄宝生先生在评价《梵语文学史》时提到的唯物史观的说法。受到 20 世纪五六十年代时代风气的影响,金克木先生在构思《梵语文学史》的框架时,试图按照原始社会、奴隶社会和封建社会来对梵语文学进行分期。但因为印度古代基本上没有历史,有的只是神话或传说,对古代印度的历史分期、社会发展情况以及作家作品的时代和社会背景,都不容易分辨,这是金克木先生在撰写文学史时所面临的最大的困难。所以,此书的写作,最终也无法从社会、历史发展的角度对梵语文学进行分期。金克木先生像西方和印度学者那样,侧重于作品,以作品为线索,将全书分为三编:《吠陀本集》时代、史诗时代和古典文学时代。不过,在具体的论述中,金克木主要还是从阶级分析上对印度古代文学进行思想内容方面的认知,以马列文论中的"现实主义"为尺度对作家作品进行评判。比如,第二编第一章的三个小节分别以"阶级矛盾和斗

---

① 季羡林为刘安武著《印度印地语文学史》所写的"序言",人民文学出版社,1987 年,第 1 页。
② 黄宝生:《金克木先生的梵学成就——读〈梵竺庐集〉》,《外国文学评论》2000 年第 3 期,第 147 页。

争的发展""思想战线上的斗争""反映阶级斗争的庞大文献"为标题,明显地反映出当时的政治导向。

显然,这里存在着矛盾。一方面是印度文学的客观与事实,必须尊重,另一方面则是时代与社会环境造就出来的世界观,意图将事实引向或纳入某种观念之中。主观与客观两者在《梵语文学史》的写作中生硬地结合在一起,现在看来,多显得有点儿扭曲甚至是畸形。或许我们可以说,这是某种时代的局限或缺憾。不过,比起同时代的其它相关著作来,《梵语文学史》的局限又显得有点儿"另类"。这是因为,虽然受到时代的局限,同时它也有超越于时代的特性——不过是一个时代的面具,去掉了这个面具,我们会发现,《梵语文学史》其实不乏实实在在的思想与内容。金克木先生有意将《梵语文学史》写成一本中国人自己写的书,力图从中国学者的角度分析印度古代社会和文学的一些演变情况和发展规律,以区别于印度或西方学者的同类著作:"印度人写自己的古代文学史,虽有西方影响,毕竟离不开传统背景及用语及民族观点。西方人写的也脱不了他们心目中的自己的传统及观点。写本书时,我也时常想到我国的古代文学,希望写成一本看出来是我国人自己写的书。"①金克木先生的这种学术观点,表现的是一种现实的学术立场,不同于印度人、印度文学的出世精神,而是基于中国由来已久的批评传统。而按照中国"知人论世"的批评传统,在文学史中讲社会政治、历史文化背景以及作家传略都是必不可少的。这恰如鲁迅所说:"我们想研究某一时代的文学,至少要知道作者的环境、经历和著作。"②对《梵语文学史》的撰写来说,虽然鲁迅所说的最基本的条件根本无法满足,但金克木先生也没有追随印度或西方学者的文学史学术路径。他有意避开印度学者在文学史研究方面的神秘的非现实色彩,同时也不刻意于西方学者沾沾自喜的繁琐考辨或理式的分析,而是侧重于自我的感悟与理解。

中国古代翻译了大量的佛经,"西天"对我们来说并不陌生。但从另一方面说,佛教也限制了我们对古代印度复杂性的理解,这是因为佛教在印度古代文化中并没有占据主流地位,其主流文化是婆罗门教(或说是印度教)文化。因此,要理解印度文学,还要着眼于印度婆罗门文化,而不是佛教,这是《梵语文学史》写作的一个重要基础。通过佛教的中介,印度文化与文学对中国文化、文学产生了不可估量的影响,这说明中印文化之间是相通相融的。正如佛教在传播印度文化的同时丰富了中国文化的内涵一样,金克木先生在写作《梵语文学史》的过程中,并没有迷失于千奇百怪的印度文化,而是在中国与印度之间架起文

---

① 金克木:"前言",《梵语文学史》(《梵竺庐集》(甲)),江西教育出版社,1999年,第12页。
② 鲁迅:《魏晋风度及文章与药及酒之关系》,转引自金克木《梵语文学史》(《梵竺庐集》(甲)),江西教育出版社,1999年,第7页。

化的桥梁,使梵语文学史的研究,在我们认知自己的文化、文学,进而是认知自我方面,起到了极其重要的借镜作用。这是这本文学史至今不失其学术价值的根本所在。

第三节 问题与展望

涵盖古今、综合性的印度文学史著作,在我国至今也没有出现,显然,印度文学史的研究与撰写还有待进一步完备。不过,从《印度古代文学史》到《20世纪印度文学史》,印度文学整体发展的脉络已经清晰。加上印度最重要的语言——梵语和印地语,都有了专门的文学史著作,通过这些印度文学史著作,印度文学的风貌也就呈现在读者面前了。

文学史的撰写,基本上可以分为集体分工合作与个人独立完成两种形式。就印度语言文学的复杂性而言,综合性的文学史将来只能依靠集体合作的力量才能完成,季羡林主编的《印度古代文学史》在这方面做了有益的尝试。但显然,集体合作的文学史研究成果在整体性与统一性等诸多方面都难免其天然的缺憾。这是文学史撰写所面临的一个共同且难以解决的问题,并非印度文学史撰写方面的个案问题,因此无需赘述。这里,笔者仅就金克木等学者的著作,谈谈印度文学史撰写方面的问题与意识。

简单地说,文学史便是文学的历史;它既是文学,又是历史;进一步地,我们也可以说,这里的历史,又与社会史、思想史、哲学史等等复杂地纠缠在一起。因此,文学史的写作,不仅要表现作家作品的发展史以及文学自身的运行规律,同时还要揭示历史、社会、文化的发展变化及其规律或本质。如此,文学史的撰写实际上有着非常广阔的天地,它是某种史实,但选择哪些史料,要说明什么问题,则是见仁见智。实际上,这不仅是史识的问题,同时也是学识的问题;而学识的问题,不仅表现为学问,同时也表现为思想。

文学史的写作常常要伴随着某种理论或者说是撰写者的思想。理论或思想可以使文学史的撰写得以深化,另一方面则会对文学史的写作带来有形或无形的限制。比如,《梵语文学史》的撰写,其"阶级分析"的思想或理论,在当时是一种时髦,但现在看来,则无疑是一种限制。由此可以推论,当我们今天以种种时髦的理论来引导文学史的撰写时,当下的时髦,经过时间的推移,常常会变成某种时代的限制,因为时髦的东西总是不会长久的,尤其是当时髦变成千篇一律时,常常会变成某种可怕的教条。无论是现代还是后现代的理论,都是一定历史阶段的产物。从这个角度看,这些理论与"阶级分析"一样,在本质上都可归化于一定历史阶段的同类性或相似性,它对我们的思想既是一种提升,又是一种限制。

当然,我们人人都是时代、社会的产物,不可能脱离时代、脱离社会而生活在全面的历史之中。我们都是从一个侧面、一个时段来反映历史,文学史的撰写也是如此。我们依然以《梵语文学史》的撰写为例对此加以分析。虽然《梵语文学史》是时代的产物,但它又在时代与社会的限制之中有所超越。它的撰写并不是为了印证一般的教条或理论,而是很好体现了作者若有所思、若有所悟的灵性:"梵语和汉语的古典诗文都那么着重形式以致很难离开原文仅从内容来鉴赏。就内容说,我们很难体会古代印度文人的那种特殊的宗教思想感情;他们也未必容易懂得我们的敏锐的善恶伦理道德感。……古代印度人虽要寡妇殉夫,却未必赞赏方孝孺不惜灭十族以殉的那种道德标准。我们不容易了解他们为什么满口出世、出家而实际上文献中经常出现中国人会认为非常世俗甚至不道德的东西。他们对此并不觉矛盾,而且似乎视为当然,甚至以为神圣,毫不隐讳。他们的心目中,出世、人世,精神、物质,神、人等等对立物仿佛是公然合一的。中国人大约自从宋朝就开始分离上流和下流,公然和背地,诗文和词曲小说,彼此面目不同。"①显然,通过佛教的中介,中印文化发生了密切的联系,这为金克木先生撰写、研究印度古代文学史提供了得天独厚的条件。他在有意无意之间,都会参照佛教影响下的中国文化来看待并发现印度古代文学中的种种问题,从而具有较为突出的自我意识:金先生从善恶伦理的角度对中印文学所进行的分析,看似平实,实际上是从文化的高度切中了印度文学的要害问题,体现了中国学者的价值判断与道德思考。

与金克木先生在撰写《梵语文学史》的过程中对印度古代道德伦理观念有所感悟、有所发现一样,季羡林先生在《印度古代文学史》中分析《罗摩衍那》的主题时对印度文化中道德伦理观念也有独到的见解:"在人类社会中决没有抽象的善、恶,也没有完全的正义、非正义等等。扩而大之,在人类与大自然的关系中也有同样的情况。我们讲'益鸟',杜甫讲'恶竹',都是站在人类的立场讲的。鸟并不知道自己是否是益鸟,竹子也决不会认为自己是恶竹,毒菌决不承认自己有毒。我们平常讲一些正义的行为,比如说正义的战争等等,是指顺乎世界潮流、合乎人类社会发展的规律的行动。决没有完全抽象的正义和非正义的战争。具体讲到《罗摩衍那》,所谓善,所谓正义,由谁来代表呢?他是属于哪一个阶级、哪一个种姓呢?为什么他的行动就是善,就是正义呢?所谓恶,所谓非正义,又由谁来代表呢?他又是属于哪一个阶级、哪一个种姓呢?为什么他的行动就是恶,就是非正义呢?"②《印度古代文学史》出版于1991年,"阶级分

---

① 金克木:"前言",《梵语文学史》(《梵竺庐集》(甲)),江西教育出版社,1999年,第13页。
② 季羡林主编:《印度古代文学史》,北京大学出版社,1991年,第107页。

析"的时代早已过去了。但从季羡林先生对罗摩形象的分析中,我们会发现,这一段话依然带有某种"阶级分析"的痕迹,只不过是,这种痕迹与其说是某种思想的限制,不如说它是某种思想的遗迹,而历史恰恰是由无数的思想遗迹构成的。当季先生将"阶级"对应于"种姓"时,这里的分析并不表现为某种词语的简单置换,而是将当下的思想回归于历史的长河之中。如此,其分析便具有超越于时代的性质了。

中印古代风俗习惯、伦理道德各不相同,其文学也是千差万别,撰写文学史,并不仅仅停留于寻找其中的类同或差异,重要的是理解并有所感悟、有所发现。不仅印度古代文学史的撰写如此,现当代印度文学史的撰写也是如此。刘安武先生在撰写《印度印地语文学史》时,特别注重对文学作品的研读,从作品与故事出发,对任何事物都不从所谓的理论高度上妄下断语,而多讲故事,摆事实,体现了事实胜于雄辩的道理。与此相关,刘安武先生对所评作家作品,绝不盲从,而是将自己对人生的体验和认知化入《印度印地语文学史》的文学批评之中。比如,对普列姆昌德的代表作《舞台》中的主角苏尔达斯的分析,一方面指出作家在这个人物形象刻画上的成功,同时也指出,这个人物有值得商榷之处:"既然他有祖传的相当几十亩那么大的一片荒地,他为什么不和侄儿喂几头奶牛自食其力而要过一种寄生的乞丐生活呢?他还积攒了五百卢比,这并不能说明他的勤俭。他的地被迫征用,给了一千卢比,他把钱捐献了,难道侄儿就没有份吗?……过多责怪他侄儿的自私是不必要的。另外,作者为了突出苏尔达斯,把他周围的人,包括纺织厂的工人和卷烟厂的工人在内,都写得很渺小,这不能不说是小说的缺陷。"对苏尔达斯这一人物形象的批判,体现了刘安武先生一贯的个性化文学批评的鲜明特色。他从基本的事实出发,将自己的道德和价值判断融入其中,显示出他朴实无华的学术探求和学术品格。阅读并仔细品味《印度印地语文学史》,读者会感到其中充满了文学和故事的乐趣,一点儿也不带说教;而熟悉刘安武先生的读者,更会从中感受到作者平易近人的思想和品格。这正如季羡林先生所说:刘安武的《印度印地语文学史》"占有了大量的原始资料,形成了自己独到的看法,并经过多年的研究,几易其稿,才得以成书。了解刘安武同志的人全知道,他做人、做事、治学都是扎扎实实,一板一眼。他在写本书时,读了大量的原著,参考了大量印度学者的专著,多方推敲,仔细核对,决不故意标新立异,哗众取宠。他这种朴实无华的学风,在本书中到处可见"①。

金克木先生撰写《梵语文学史》时,首先想到的问题是让读者能够读下去,换言之,这是文学史的可读性问题。这是一个极其平实的问题,但同时是文学

---

① 季羡林为刘安武著《印度印地语文学史》一书所写的"序言",人民文学出版社,1987年,第1—2页。

史撰写中颇可深思的问题。金先生钻研梵语文学,是想通过文学来理解印度文化,进而理解印度。正是这样的文学史撰写态度,决定了《梵语文学史》撰写的史识与学识,从而使一部文学史的写作,不仅有骨有肉,同时也有自己的灵魂。从这个角度来看,刘安武先生的《印度印地语文学史》显然承接了《梵语文学史》的风格,不仅可读,而且体现了作者朴实无华的学风与为人的品性。石海峻的《20世纪印度文学史》的撰写,也深受长辈学者潜移默化的学风熏陶。或许,我们可以说,印度文学史还处于向读者推介的阶段,但从可读性中体现出来的史识与学识问题,不仅仅是文学史撰写者的学问或学问立场问题,同时也是作者自我的学养与学术品性的展现问题。有此意识,文学史的撰写才能在可读性的基础上更进一层。显然,这是深厚学问的功底问题,绝非什么高深的文学史理论所能指导的。

第十四章
东方其他国家文学史研究

前面几章已经介绍了日本、朝一韩和印度等东方国家文学史的研究,本章将从三个方面的材料入手介绍60年来东方其他国家国别文学史研究取得的成就,并适当分析研究中存在的问题:1.国内出版的30多种东方国别文学史著作(包括译著)是我们重点考察的对象;虽然因为篇幅限制,我们无法对这些著作一一进行详细评论,但是尽量简明扼要地评述其内容和取得的成绩。2.学术期刊上发表的东方各国国别文学史介绍和概述方面的论文和学术性文章虽然不多,但是不能忽略。3.笔者在进行课题研究的过程中与北京大学原东语系的老教师们进行交流,核实一些信息和材料。他们基本上都是我国的东方国别文学史教学和研究的开拓者,与他们的交流过程中笔者也感受到东方国别文学史研究的艰难。在以上三个方面材料的基础上描述和评论东方各国国别文学史的研究,也可以说是"三重证据法"在东方文学史学术评论中的运用。下面先介绍东方国别文学史研究的三个阶段,然后分几个区域总结国别文学史研究概况,最后对存在的问题作简单讨论。

第一节 东方国别文学史研究的三个阶段

东方各国国别文学史的研究与东方总体文学史的研究有密切关系,但是也有不同的地方。原则上,东方国别文学史的研究是东方总体文学史的基础,只有研究好东方各国的国别文学史,才能编写好东方总体文学史。国内东方文学研究历史上重要的里程碑《外国文学简编(亚非部分)》于1983年就出版了,但是东方各国的国别文学史一直到了20世纪90年代才开始陆续出版,并且至今仍然没有出齐。这主要是东方国家众多、情况复杂的客观原因造成的。同时,国别文学史的研究队伍与东方总体文学史的研究队伍相比,还有一定的差距。

我国东方总体文学的研究队伍一开始主要由两部分人组成：一部分是北京大学东语系研究国别文学的专业老师，另一部分是中文系文学专业研究东方文学的老师。这两部分力量各有专长：东语系的老师具备语言优势，可以直接阅读对象国的文学原著，在点上更容易深入，而中文系文学专业的老师则文学理论扎实，文学知识面广，在面上更有优势。由这两方面的学者组成的最早队伍对发展我国东方文学研究的事业发挥了非常重要的作用。[①] 而国别文学史的研究者基本上完全是教东方各国语言文学的教师，他们有语言上的优势，能够直接阅读对象国的文学原著，但是文学理论方面都是摸索过来的。他们在对象国文学史的介绍和研究实践基本上走的是从翻译到独立研究的路子。与此相应，东方国别文学史的研究呈现出从最初的零星介绍和翻译再到新世纪初雨后春笋般成果问世的态势，而其中20世纪八九十年代是关键。东方国别文学史的研究可以分为三个阶段：新中国成立到"文化大革命"结束，是第一阶段。这一阶段，北京大学东语系等个别高校专业开设文学史课程，一些教师开始编写讲义和教材，有的油印使用，但是还没有正式出版。20世纪80年代是东方国别文学史研究的打基础阶段，发表了一批介绍东方各国国别文学概况的学术性文章，并翻译了一些国外的国别文学史和概论性著作，东方国别文学史教学科研的雏形基本形成。20世纪90年代到21世纪的今天，是第三个阶段，中国学者独立研究撰写的东方国别文学史在这20年中取得了丰硕成果，东方国别文学史的研究已经形成规模。

20世纪50年代初在东语系任教的几位东方文学界前辈除季羡林先生外，金克木、马坚、刘振瀛、颜保等先生也曾先后发表过一些文学论文或译著，讲过一些文学专题课程。东语系各个专业1954级和1955级学生在1958年和1960年毕业后，许多人留校任教，东语系的教师队伍扩大，开始计划所有专业都要开设相关国家的文学课程。用了两三年的时间，在60年代初东语系各个专业都组织相关教员写出了国别文学课程的讲义并油印发给学生们，开始授课。但这个良好的发展势头被突如其来的"文化大革命"打断了，而且到了"文化大革命"期间，大多数编写文学史的教员都因编写观点问题或多或少遭到"批判"。另外，在50年代末60年代初北京师范大学、东北师范大学和辽宁大学等校的中文系开设的外国文学课程中也加入了东方文学的内容，其中已涉及朝鲜、越南、阿拉伯国家等的文学作品。[②] 据一些老学者的回忆，当时各个专业编写文学史教材，订计划，或者自己编写，或者翻译写得比较好的对象国文学史（当然还要

---

① 参见《谁道人生无再少？我心如故系千岛——北京大学东语系印度尼西亚语专业梁立基教授访谈》，《国外文学》2007年第4期，第19页。

② 感谢李谋教授的细心指正。

考虑到研究观点和意识形态问题)。

说 20 世纪 80 年代是东方国别文学史的初始阶段,主要表现在两个方面:一方面,相关学者开始撰写综述国别文学的概要性文章,虽然简单,但是已经起到搭建框架的作用;另一方面,翻译一部分外国学者写的东方国别文学史,如阿拉伯文学史、非洲文学,这些文学史著作的翻译为国内学者进一步了解对象国文学史全貌提供了便利,也提供了框架,如阿拉伯文学史的分期等问题。

这其中,我们要特别提到的是,《国外文学》杂志和《中国大百科全书·外国文学卷》为东方国别文学的研究提供了非常珍贵的平台。1981 年,季羡林先生主编的《国外文学》杂志创刊不久就组织了北京大学东方学系各专业文学教员和中国社会科学院、北京外国语大学的专家学者写出总体上论述对象国文学史概况的长篇文章,连续刊登在刊物上,可以说是这些国家文学史的雏形。《国外文学》1982 年第 1 期"编者"说:"东方文学是世界文学的一个重要组成部分。但因为种种原因,过去东方文学介绍的很不全面。为了补苴罅隙,本刊自本期起,将有计划地陆续介绍东方各国文学,以飨读者"(第 80 页)。从这一期开始,《国外文学》先后刊发了李谋、姚秉彦的《缅甸文学概述》(1982 年第 1 期第 80—124 页)、张鸿年的《波斯文学介绍》(1982 年第 2 期第 49—75 页,第 3 期第 86—112 页,第 4 期第 72—100 页)、梁立基的《印度尼西亚文学介绍》(1983 年第 1 期第 78—122 页)、何镇华的《朝鲜文学概况》(1983 年第 2 期第 146—190 页)、刘振瀛的《日本文学介绍》(1983 年第 3 期第 128—159 页,第 4 期第 107—143 页)、卢蔚秋、赵玉兰的《越南文学介绍》(1984 年第 1 期第 95—140 页)、邾裕池的《阿拉伯文学介绍》(上中,1984 年第 2 期第 139—161 页,第 3 期第 114—135 页)、李振中的《阿拉伯文学介绍》(下)(1984 年第 4 期第 68—100 页)、邓殿臣的《斯里兰卡文学介绍》(1985 年第 1 期第 80—113 页)、范荷芳的《泰国文学介绍》(1985 年第 2 期第 80—112 页)、史习成的《蒙古现代文学介绍》(1985 年第 3 期第 89—122 页)、黄宝生的《印度古代文学》(1985 年第 4 期第 65—105 页)、刘安武的《印度印地语文学介绍》(1986 年第 1 期第 82—130 页)、李宗华的《印度乌尔都语文学》(1987 年第 1 期第 92—128 页)、鲁正华的《尼泊尔文学概述》(1987 年第 2 期第 89—106 页)、董振邦的《阿富汗文学概述》(1987 年第 3 期第 124—142 页)、白开元的《孟加拉国现代文学概况》(1989 年第 1 期第 114—119 页)、张良民的《老挝文学介绍》(1989 年第 2 期第 96—110 页)、邓淑碧的《柬埔寨文学介绍》(1990 年第 1 期第 89—108 页)等国别文学概论或者文学史的文章,前后长达 9 年,一共介绍了 16 个东方国家和地区的文学。这些概述文章基本上以对象国文学发展历史为纲,因此都是带有文学史性质的。季羡林先生主编的《东方文学史》(吉林教育出版社,1995 年)各章节的作者基本上都是上述国别文学概述文章的作者,因此可以说《国外文学》的这一系列国别文学介绍文章一方面促成了《东方文学史》，另一方面又奠定了后来的国别文学史的基础。《波斯文学史》《缅甸文学史》《印度尼西亚文学史》《蒙古国现代文学》等著作就是在这个基础上建构起来的。反过来讲，朱维之、雷石榆、梁立基主编的《外国文学简编（亚非部分）》和季羡林主编的《简明东方文学史》中各国文学概况，实际上就是后来多数东方国家国别文学史的雏形。

中国学者撰写的东方国别文学史的专著则是从20世纪90年代以后开始出版的。这20多年的时间内中国学者的研究已经改变了翻译国外学者撰写的文学史的局面，而且在写作上有实质性的突破。梁立基、仲跻昆等学者的著作已经在东南亚文学史和阿拉伯文学史等领域做出了很高的成就，获得了广泛赞誉。这也是中国学者的东方国别文学史的研究从翻译介绍到自主研究再到国际对话的成长过程。从下面的简表中可以大致看出东方各国国别文学史的研究概况。

1980—2011年期间出版的东方其他国家国别文学史简表

分类	时间	文学史名称	著译者	出版社
希伯来文学史	1991	近代希伯来文学简史	〔以色列〕约瑟夫·克劳斯纳著，陆培勇译	上海三联书店
	2001	古希伯来文学史	朱维之主编	高等教育出版社
阿拉伯文学史	1980	阿拉伯文学简史	〔美〕汉米尔顿·阿·基布著，陆孝修、姚俊德译	人民文学出版社
	1984	阿拉伯文学简史	〔美〕汉米尔顿·阿·基布著，巴吾东·哈德尔译	新疆人民出版社
	1980	阿拉伯埃及近代文学史	〔埃及〕邵武基·戴伊夫著，李振中译	人民文学出版社
	1990 2006	阿拉伯文学史	〔黎巴嫩〕汉纳·法胡里著，郅溥浩译	人民文学出版社 宁夏人民出版社
	1993	阿拉伯文学简史	伊宏著	海南出版社
	1998	阿拉伯文学史	蔡伟良、周顺贤著	上海外语教育出版社
	2004	阿拉伯现代文学史	仲跻昆著	昆仑出版社
	2010	阿拉伯文学通史	仲跻昆著	译林出版社
波斯文学史	1993 2003	波斯文学史	张鸿年著	北京大学出版社 昆仑出版社
	2003	伊朗当代文学	〔伊朗〕阿里·穆罕默德·萨贝基主编	华夏出版社

续表

分类	时间	文学史名称	著译者	出版社
巴基斯坦文学史	1993	乌尔都语文学史	〔巴基斯坦〕阿布赖司·西迪基著，山蕴编译	中国社会科学出版社
蒙古国文学史	1988	蒙古人民共和国文学概况	宝音德格吉日夫编（蒙古文）	内蒙古教育出版社
	2001	蒙古国现代文学	史习成著	昆仑出版社
	2007	蒙古国现代文学	乔旦德尔、金巴主编（蒙古文）	内蒙古大学出版社
泰国文学史	1981	泰国文学简史	〔苏〕弗·柯尔涅夫著，高长荣译	外国文学出版社
	1998	泰国文学史	栾文华著	社会科学文献出版社
	2007	20世纪泰国华文文学史	张国培著	汕头大学出版社
越南文学史	2001	越南文学史	于在照著	军事谊文出版社
缅甸文学史	1993	缅甸文学史	姚秉彦、李谋、蔡祝生著	北京大学出版社
柬埔寨文学史	2003	柬埔寨文学简史及作品选读	彭晖编著	外语教学与研究出版社
印度尼西亚文学史	1992	印尼华人马来语文学	许友年著	花城出版社
	2003	印度尼西亚文学史	梁立基著	昆仑出版社
马来西亚文学史	2004	马来文学	王青著	外语教学与研究出版社
	2011	马来古典文学史	〔新加坡〕廖裕芳著，张玉安、唐慧等译	昆仑出版社
东南亚文学史	2003	世界四大文化与东南亚文学	梁立基、李谋主编	昆仑出版社
	2007	东南亚华文新文学史	庄钟庆主编	人民文学出版社
	2011	东南亚文学简史	庞希云主编	人民出版社

续表

分类	时间	文学史名称	著译者	出版社
非洲文学史	1980 1981	非洲现代文学	〔苏〕И. Д. 尼基福罗娃等著,刘宗次,赵陵生译	外国文学出版社
	1991	20世纪非洲文学	〔美〕伦纳德·S.克莱因主编,李永彩译	北京语言学院出版社
	2009	南非文学史	李永彩著	上海外语教育出版社

本章评论的国别文学史和区域文学史共有33本,其中译著11本。从上面的表格和《国外文学》发表的系列文章的目录看,东方国别文学史研究最突出的特点就是各国文学史之间研究的不平衡。阿拉伯文学和日本文学、印度文学等都得到了比较充分的研究,文学史著作也丰富,但是非洲文学等很多小国家的文学史没有得到应有的研究,甚至连最基本的概述性文章也没有。这也是东方国别文学史研究的现实和面临的问题。下面将按照国家和地区对东方国别文学史著作进行评述和分析。

第二节 西亚北非文学史研究

1. 希伯来文学史研究

希伯来文学指犹太人或以色列人用希伯来文创作的文学。1980年朱维之先生发表《希伯来文学简介》一文,标志着我国新时期希伯来文学研究的起步。圣经文学研究专家梁工先生认为希伯来文学是东方地区的一种民族文学,是"希伯来人用希伯来文创作的文学"。梁工先生把希伯来文学分为圣经文学时期(古典时期,大致从公元前11世纪中叶到公元2世纪上半叶)、大流散时期(大约自公元135至1880年)、现当代时期(1881年至今)三个阶段。在现当代时期,1881至1918年是向现代过渡阶段,希伯来文再度成为日常口语和书面文学语言,文学创作的中心依然在欧洲;1918年至1948年是犹太人创立民族国家时期,文学中心转移到巴勒斯坦,在散居地区则转移到美国,此间小说、诗歌和散文创作长足发展,阿格农获得诺贝尔文学奖;1948年至今是以色列国建立后希伯来文学成长的新阶段,它不再是散居异域者的少数民族文学,而成为以色列国的主流文学。[①] 近30年来希伯来文学史方面的成果主要有朱维之主

---

① 梁工:《中国希伯来文学研究启示录》,《苏州科技学院学报》2007年第2期,第61页。

编的《古希伯来文学史》、陆培勇翻译的以色列学者约瑟夫·克劳斯纳的《近代希伯来文学简史》两部著作和徐新的《现代希伯来文学论述》等少数论文。

朱维之主编的《古希伯来文学史》(高等教育出版社,2001年)是国内首部古希伯来文学史专著,将古代希伯来文学分成最初的文学、前王国时代的文学、王国时代的文学、先知文学的产生与发展、亡国与俘囚时代的文学、复国时代的文学、希腊化时代的文学、《塔木德》文学等几个发展阶段进行了系统论述。其中,《最初的文学》介绍和论述了希伯来人民的口头创作,包括神话、传说、出埃及史诗、早期歌谣和抒情诗等。而"出埃及史诗"的提法在后来的研究希伯来民间文学的学者著作中得到了进一步的阐述。

《近代希伯来文学简史》分近代希伯来文学的兴起、古典主义时期、现实主义文学、民族主义时期、革新时期、复兴时期、现代文学七个阶段,论述近代希伯来文学史的各种流派、重要作品,并考察了宗教、政治和社会思想对希伯来文学的影响。

徐新的《现代希伯来文学论述》将百余年历史的现代希伯来文学分为欧洲阶段(1881—1918)、创建民族家园阶段(1918—1948)、国家文学阶段(1948—　)三个阶段,介绍了各个发展阶段的代表作家及其作品,在总体上对现代希伯来文学作了论述。如在第一阶段,希伯来文学的活动中心主要在东欧和俄国,第二阶段转移到了巴勒斯坦并且服务于犹太民族的复兴事业,文学的主题在很大程度上是试图回答"做一个犹太人意味着什么"的创作命题。在第三阶段,希伯来文学作为"国家文学"服务于新生的以色列国家,并表现出走向世界的倾向。

据梁工先生的总结,"国内希伯来文学的研究,大致了解了希伯来文学的总体面貌和主要成就,对希伯来民族及犹太教的历史已形成初步认识,对希伯来文学与历史和宗教的复杂关系也有所把握。"[①]

2. 阿拉伯文学史研究

除了日本、朝韩和印度文学,在东方各国国别文学史和区域文学史中研究的最充分、成果最丰富的要数阿拉伯文学史。早期的阿拉伯文学史侧重于古代文学的研究,而以1988年马哈福兹获诺贝尔文学奖为分水岭,国内学界对阿拉伯文学的关注转移到现当代文学并更加多样化。

在1979年以前,国内除了翻译一些阿拉伯文学作品外,学术界还没有阿拉伯文学史著作。针对这种情况,陆孝修、姚俊德翻译了美国学者汉米尔顿·阿·基布的《阿拉伯文学简史》,1980年由人民文学出版社出版。实际上这本书是阿拉伯古典文学简史,扼要地论述了1800年以前的阿拉伯古代文学。著

---

① 梁工:《中国希伯来文学研究启示录》,《苏州科技学院学报》2007年第2期,第65页。

作中的"英雄时代、发展时代、黄金时代、白银时代、曼麦鲁克时代"的提法被后来的阿拉伯文学研究者所认可和延续。黎巴嫩学者汉纳·法胡里的《阿拉伯文学史》主要侧重于阿拉伯古代文学和近代文学的介绍,而现当代文学的介绍非常少。李振中翻译了埃及学者邵武基·戴伊夫的《阿拉伯埃及近代文学史》,1980年由人民文学出版社出版。书中论述了1850—1950年阿拉伯埃及的作家、诗人和文学流派,文学体裁方面主要介绍了诗歌和散文,而小说和戏剧则在"散文的发展和分类"中以"几种新兴的文学体裁"为题简单论述,没有分析。

新中国成立后国内学者最早系统介绍阿拉伯文学的文章是邬裕池和李振中的《阿拉伯文学介绍》,发表在《国外文学》1984年第2—4期。伊宏的《阿拉伯文学简史》(海南出版社,1993年)是针对青少年编写的,基本上是外国文学普及读物,不过也是中国人写的第一本比较系统地介绍阿拉伯文学的书。该文学史把阿拉伯文学历史发展分为贾希利叶时期、伊斯兰初期、伍麦叶时期、阿拔斯时期、近代复兴时期,介绍了各时代的代表性作家和作品,把近代、现代两个部分合在一起来写,基本上未包括第二次世界大战后的阿拉伯当代文学。不过因为篇幅所限,阿拉伯文学史上的一些重要时期和重要作品没有介绍,譬如《安塔拉传奇》等都未曾涉及,也省略了安达卢西亚文学和土耳其统治时代的文学。根据统一的编辑体例,引文没有一一注明出处。伊宏著作的一个突出特点是写了阿拉伯现代文学批评。很多东方国别文学史几乎都没有涉及文学批评的历史。

1998年蔡伟良、周顺贤著的《阿拉伯文学史》由上海外语教育出版社出版。上卷为阿拉伯古代文学,分贾西里亚时期、伊斯兰教初创时期、倭马亚时期、阿拔斯时期、安达卢西亚时期、马木鲁克①和奥斯曼时期文学六个阶段论述了古代阿拉伯文学发展、衰落的历史脉络。其中,贾西里亚时期是阿拉伯文学发展的第一个高峰,阿拔斯时期是阿拉伯文学的"黄金时代",而奥斯曼时期则是阿拉伯文学的衰败时期。下卷是阿拉伯现代文学,分12章分别论述了埃及、苏丹、突尼斯、摩洛哥、阿尔及利亚、叙利亚、黎巴嫩、巴勒斯坦、伊拉克、巴林、也门等阿拉伯国家的现代文学和侨民文学。这种按国别论述阿拉伯现代文学的做法,到了仲跻昆的《阿拉伯现代文学史》和《阿拉伯文学通史》进一步完善,涵盖了所有现代阿拉伯国家。林丰民的《文化转型中的阿拉伯现代文学》(北京大学出版社,2007年)的上编"阿拉伯文学的现代化进程"以专题形式讨论了阿拉伯诗歌的转型、阿拉伯现代小说的演进和阿拉伯旅美文学的形成与发展,并在中编"阿拉伯现当代文学中的问题"从东西方文化和全球化语境讨论了阿拉伯现当代文学中存在的文学思想问题。本书虽然不是系统论述阿拉伯现代文学史

---

① 贾西里亚,又译贾希利叶;倭马亚,又译伍麦叶;马木鲁克,又译曼麦鲁克。

的史论著作,但是对了解阿拉伯现代文学的转型问题具有一定的学术参考价值。陆培勇、陆怡玮编著的《阿拉伯古代文学作品研究》(上海外语教育出版社,2006年)是上海外国语大学阿拉伯语研究生教材,实际上是按照阿拉伯古代文学的蒙昧时期、伊斯兰初期、倭马亚时期、阿拔斯时期和安达卢西亚时期的五个阶段的历史进程,选取不同时期27部经典作品进行了简要说明和扼要分析。内容涉及社会背景、文学特点、文学流派和代表性作家等。本书虽然冠以"作品研究",但是并没有对所选择的作品进行文本解读,而是更多地介绍了文学史背景和作者生平,因此更侧重于文学史。本书也在某种程度上反映国内一些高校阿拉伯古代文学教学的内容框架。

在阿拉伯文学史的研究中成绩最大的学者是北京大学的仲跻昆教授。他的《阿拉伯现代文学史》和《阿拉伯文学通史》两部著作代表了中国学界研究阿拉伯文学的最高水平,甚至在一定程度上达到了国际研究水平。因为阿拉伯古代文学史的研究有一定积累并且西方学者和阿拉伯学者在古代文学的研究上做了比较充分的研究,因此中国学者的研究除了在文学分期上有所不同或者作家、作品的取舍方面有些差异之外,内容和脉络还是更多地遵循了过去的研究传统。而阿拉伯现代文学的研究方面,国内学者的研究从一个最初的简单、局部发展到整体现代阿拉伯国家文学,这是阿拉伯文学史研究中的突出特点。如蔡伟良、周顺贤的《阿拉伯文学史》下卷是阿拉伯现代文学,论述了埃及、黎巴嫩等11个国家的现代文学,郅溥浩为《20世纪外国文学史》所写的《阿拉伯现代文学》只写了埃及、黎巴嫩的文学和旅美文学,而其他阿拉伯国家的现代文学则不分国别笼统地介绍了重要作家和代表作品。到了仲跻昆先生的《阿拉伯现代文学史》和《阿拉伯文学通史》则几乎涵盖了所有现代阿拉伯国家的文学,而且在时间上延续到21世纪。2004年出版的《阿拉伯现代文学史》,涵盖了阿拉伯世界各地区、各国,也涵盖了通常所说的近代、现代与当代,直至当今现状。目前,包括阿拉伯世界在内,还没有这样一部对近20个阿拉伯国家的现代文学既有总体论述又分国别论述的文学史,更没有一部时间跨度如此之大、资料如此鲜活的阿拉伯现代文学史。该书因而于2006年获得第四届中国高校人文社科研究优秀成果奖一等奖。这在空间和时间上大大弥补了阿拉伯现代文学中第二次世界大战以后的文学研究不足的缺点。仲跻昆先生的第二部重要著作《阿拉伯文学通史》最大的特色是既论述了阿拉伯古代文学又论述了阿拉伯现代文学,在文学史的时间跨度上超过了目前所有阿拉伯文学史的著作。特别是现代文学史部分,对近20个阿拉伯国家的现代文学进行了点面结合的系统论述。另外,仲跻昆先生关注了以往阿拉伯文学史中忽略的民间作品的重点论述,如对《一千零一夜》和《安塔拉传奇》有详细论述。对诗人和诗歌作品的介绍也是本书的一个特色。之前仲跻昆先生翻译出版过《阿拉伯古代诗选》(人民文学出版社,2001年)等,这也为文学史的引文和分析介绍奠定了基础。

在阿拉伯文学史研究领域,仲跻昆先生的两部文学史无论在内容和研究深度上都代表了中国学者的最高水平,也获得了国际荣誉。可以说,阿拉伯文学史的研究是我国东方国别文学史研究中成绩最大的一个组成部分。

3. 波斯—伊朗文学史研究

中国学者对伊朗文学史的研究是20世纪80年代开始的,1983年张鸿年先生在《国外文学》发表的《波斯文学介绍》是国内最早的波斯文学史概述性文章。1993年出版的《伊朗文学论集》中编选者陶德臻、何乃英写了一篇《伊朗文学嬗变概观》,分古代文学(公元前550年至公元651年)、中古文学(651—1905年)、现代文学(1905—1991年)三个阶段,简明扼要地梳理了伊朗文学的发展历程。[①]

张鸿年著《波斯文学史》(北京大学出版社,1993年;昆仑出版社,2003年)系统论述了达利波斯语文学发生发展的历史。作者从波斯古代文明写起,文学史的下限写到伊斯兰革命后的文学,还写到伊朗电影,因此是一部系统论述波斯语古代文学和现代文学的通史著作。前15章论述了达利波斯语文学兴起至衰落的历史,既有塞尔柱时期文学、蒙古人和帖木儿统治时期文学这样的文学分期的概述,也有菲尔多西、欧玛尔·海亚姆、内扎米·甘哲雄等经典诗人的专章论述,可以说既有史又有论。对波斯古代诗人的论述是《波斯文学史》最突出的特点,其中菲尔多西等著名诗人的论析都是代表国内相关研究领域最高水平的。这也和张鸿年先生多年从事波斯诗歌翻译和研究有关,尤其是《列王记》的翻译和研究为《波斯文学史》中相关内容的深刻论述奠定了基础。后七章论述了现代波斯文学的发展,勾勒了立宪运动前后的文学发展和伊斯兰革命后的文学,并对现代波斯文学中诗歌、小说和散文体裁的发展也进行了论述。《波斯文学史》的着笔重点是10—15世纪波斯文学发展高峰时期和立宪运动前后的诗人作家的介绍及其作品分析,张鸿年先生认为"只要了解这两部分诗人作家和他们的作品,就可以对波斯文学的发生发展有一个概括性的认识"[②]。

2003年华夏出版社出版了伊朗驻华使馆文化参赞阿里·穆罕默德·萨贝基主编的《伊朗当代文学》一书,由伊朗当代文学概述性文章和波斯诗歌翻译选粹两个部分组成。其中,阿里·穆罕默德·萨贝基的《波斯文学——世界文苑奇珍》简明扼要地介绍了伊朗诗歌、小说和散文三种重要文学体裁的发展历程。伊朗国际文化研究中心的署名文章《革命文学回眸》对革命时期的诗歌、小说和儿童文学做了概述和重要作品的梳理,其中特别值得注意的是对儿童文学的关

[①] 陶德臻、何乃英编选:《伊朗文学论集》,江西人民出版社,1993年,第19—33页。
[②] 张鸿年:《波斯文学史》,昆仑出版社,2003年,第42—43页。

注,因为儿童文学一般是东方国别文学史中很少涉及的。该书也收录了张鸿年先生的《伊斯兰革命后的文学》一文,实际上是《波斯文学史》的第 22 章,说明伊朗的官方也认同张鸿年先生的研究成果和观念。

第三节　中南亚文学史研究

1. 巴基斯坦文学史研究

　　乌尔都语文学在巴基斯坦独立之前被当作印度文学的一个组成部分来探讨。《国外文学》1987 年发表的李宗华的《印度乌尔都语文学》写道:"乌尔都语文学是古老印度文学中较年轻的一支文学,也是题材和体裁较为丰富多样的一支文学。乌尔都语文学是印度文化与波斯文化的结晶。"该文分"乌尔都语文学的兴起""乌尔都语文学在德干的发展""乌尔都语文学在德里的发展""乌尔都语文学在勒克瑙的兴起与发展""乌尔都语散文文学的兴起""乌尔都语小说的兴起""乌尔都语古典诗的结束""乌尔都语现代诗的兴起""乌尔都语戏剧""现当代乌尔都语文学"几个小节,介绍和论述了乌尔都语文学的兴起和发展以及乌尔都语文学体裁的多样化过程,其中着重论述了代表乌尔都语文学主要成就的诗歌从古典诗到现代诗的发展演变过程。因此,这篇长篇文章是以乌尔都语文学历史发展和体裁发展为经纬的既有史又有论的史论性文章。

　　阿布赖司·西迪基在《乌尔都语文学史》中的文学分期划分的观点是巴基斯坦学术界普遍接受的,他把中世纪文学分为德干时期和北印度时期。唐孟生先生的《论乌尔都语中世纪文学分期问题》对阿布赖司·西迪基教授的划分法提出质疑,并表述了自己的观点。唐孟生指出:"阿布赖司·西迪基教授的划分是在区域文学的基础上,以穆斯林统治者为中心划分的。探讨文学分期,关键要考察文学形成和发展的过程,而不能以王朝的更迭为标准。"他认为乌尔都语中世纪文学的分期要考虑到宗教因素特别是苏菲文学的因素,并据此提出自己的分期观点:乌尔都语中世纪文学应该分为 14 世纪前、14 世纪—16 世纪末、17 世纪初至 19 世纪莫卧儿王朝灭亡三个时期。[①] 唐孟生先生对苏菲文学素有研究,并从宗教文学的视角提出了自己的观点,也是中国学者对巴基斯坦文学史分期问题的独创性思考。

2. 斯里兰卡文学史研究

　　邵铁生著《斯里兰卡文学》是外语教学与研究出版社"北京外国语大学外国

[①] 唐孟生:《论乌尔都语中世纪文学分期问题》,姜景奎、郭童编:《多维视野中的印度文学文化——刘安武先生八十华诞纪念文集》,阳光出版社,2010 年,第 126—135 页。

文学史丛书"的一种,1999年出版,正文201页,附录有主要参考书目和文学大事年表。这是我国出版的第一本介绍斯里兰卡文学的书,使我国读者对这个印度洋岛国的文学史有了初步了解。该书分狮子国的传说、佛教文化与佛教文学的传播与发展、现代文学的兴起、泰米尔文学的发展四章介绍斯里兰卡文学史。某些章节有大段文学作品情节介绍,虽然不大符合文学史写作常规,却为读者了解斯里兰卡文学提供了方便,也不失为一种写作尝试。特别是考虑到中国读者对斯里兰卡文学几乎一无所知,这样的作品情节介绍就更显得必要了。

3. 蒙古国文学史研究

蒙古国的现代文学始于1921年,但是1921年以前构成蒙古国主体人口的喀尔喀部族在内的蒙古古代文学史的研究在中国的蒙古族古代文学史和蒙古国的古代文学史中是很难分清泾渭的。因此,蒙古国的文学史一般指的就是1921年以后的现代文学。国内学者对蒙古国现代文学的研究有两种情况:一种是用蒙古文写作的学者编写的蒙古国现代文学教材,另一种是用中文写的论著。前者如宝音德格吉日夫编的《蒙古人民共和国文学概况》(内蒙古教育出版社,1988年)和乔旦德尔、金巴主编的《蒙古国现代文学》(内蒙古大学出版社,2007年)。两书都是充分吸收蒙古国本土学者的研究成果的基础上编写的教材,但是因为用蒙古文出版,所以没有进入外国文学研究者的视野。用中文写的相关文章发表最早的是史习成的《蒙古国现代文学介绍》(《国外文学》1985年第3期)。

史习成著《蒙古国现代文学》(昆仑出版社,2001年)比较系统地介绍和梳理了蒙古国现代文学的发展脉络和重要作家及作品并给予适当评价,其中特别值得注意的是对蒙古国儿童文学专设一章进行论述。但是与同类著作相比,《蒙古国现代文学》更侧重于对小说的介绍而对诗歌的介绍不足。实际上,蒙古国文学和波斯、阿拉伯文学一样,诗歌一直是民族文学的重要传统,而小说则是受俄苏文学和西方文学影响以后发展起来的。在作品的介绍和分析方面,诗歌的翻译和分析难度更大,而且需要民族文化、宗教意蕴的深层解读。这方面,《蒙古国现代文学》尚存在一些欠缺,有些诗歌作品翻译有明显错误。如《骏马赞词》中本来是用藏传佛教八吉祥徽比喻和象征骏马的特征,作者将"右旋海螺一样的鼻子"翻译成"喇叭一样的鼻子",[①]就直接影响了分析的准确性。蒙古国现代文学是在久远的民族文学传统基础上发展起来的。如果不研究蒙古的古代文学就不能明白蒙古国现代文学中的传统因素,这样的蒙古国现代文学史给人感觉就是完全在俄苏文学和西方文学影响下发生发展的文学,而见不到民族文学的古老土壤。

---

① 史习成:《蒙古国现代文学》,昆仑出版社,2001年,第268页。

第四节　东南亚文学史研究概况

东南亚文学史研究有两种情况：一是各国的国别文学史，一是作为整体的东南亚区域文学史。这种情况也反映了从国别文学史的研究拓展到区域文学的综合研究与比较研究，探讨东南亚各国文学的共同特征及其文化传统。另外，近几年东南亚华人文学史方面也陆续出版了几部著作。

1. 越南文学史

1956年夏，颜保先生开始编写《越南文学史稿》，至1957年完成19世纪以前部分，1960年修改并写至20世纪，内部油印，在教学中使用，是中国学者写出的第一部越南文学史教材。这部讲义虽然至今没有正式出版，但是对越南文学史的编写乃至整个东方国别文学史的编写情况的了解具有重要的史料价值。尤其是在"前言"中颜保先生对越南文学史编写的相关问题提出了自己的明确观点。如越南文学史的分期问题，颜保先生一一列举了越南学者的不同意见，但为了叙述方便，在本教材中将整个越南文学的发展过程分为越语拉丁化以前和越语拉丁化以后两大部分，并分15世纪以前、15世纪—18世纪初、18世纪—19世纪初、19世纪中—1930年、1930—1945年、1945—1956年6个阶段搭起框架。另外，对越南民间文学和汉语文学的问题提出了明确的观点，特别是从越南文学的发展特点和东方各国古代文学中的汉语文学现象和印度梵语文学的现象对越南汉语文学是否民族文学的问题进行了充分的讨论。虽然受当时意识形态、政治思想和文艺思想的影响，但是《越南文学史稿》表现出了中国学者对越南文学史编写问题的成熟思考。这也说明了中国学者并不是照搬越南学者的观点和成果，而是有吸收有批评。颜保先生的教材尽可能将越南富于民族意识的汉语文学按时代收入之外，充分关注了越南民间文学，认为民间文学就是越南民族文学的源泉，第二章"越南的口头文学"比较全面地介绍民间文学并详细讨论了民间文学对越南文学的发生学影响。

20世纪60年代介绍越南文学发展的文章只有黄秉美翻译的越南学者怀清的《越南文学的发展》，其中把越南文学的发展分成古代文学（从远古到19世纪中叶法国殖民者侵略越南）、近代文学（19世纪中叶到1930年大革命）、现代文学（1930—　）三个阶段，着重谈越南现代文学的发展的同时也回顾了越南文学的过去，并强调指出中国文学对越南古代文学的深刻影响和汉语文学在越南文学中的重要性。而谈现代文学当前发展的时候作者更强调文学的意识形态问题。到了80年代，卢蔚秋、赵玉兰的《越南文学介绍》发表在《国外文学》1984年第1期，是中国学者公开发表的第一篇比较全面地介绍越南文学发展概况的学术性文章。分口头文学、939—1884年间的文学、1885—1930年间的文学和1930—1945年间的文学等4个部分介绍了从古代到1945年八月革命成功时的越南文学。口头文学分神话传说、早期民歌民谣介绍了一些代表性作品。939—1884年间的文学分汉语文学和字喃文学,介绍不同发展时期的不同特征,并指出汉语文学在越南古代文学史上的基础性作用。在字喃文学中着重介绍了《金云翘传》。1885—1930年间的文学分"勤王运动"时期文学(1885—1896)、1896—1930年间的文学两个时期并论述了文学发展中的文学思潮问题。1930—1945年间的文学分革命文学、浪漫主义文学、现实主义文学介绍了越南新文学的萌芽、成长过程。《越南文学介绍》长达46页,完全可以当作一部越南文学简史。在文学分期上中越学者的观点基本保持一致。于在照的《越南文学史》是为高校越语专业编写的越南文学史教材,将越南文学史分为古代文学(19世纪中叶前)、近代文学(19世纪中叶—20世纪初)和20世纪文学(现当代文学)三个部分,并对20世纪文学给予了相当的关注,几乎占全书的一半内容。

2. 泰国文学史

泰国文学史方面国内出版的第一本中文著作是前苏联学者弗·柯尔涅夫的《泰国文学简史》(高长荣译,外国文学出版社,1981年)。本书将泰国文学的发展分成中世纪文学、近代文学(18世纪末—20世纪初)、现代文学三个阶段,下限至第二次世界大战以后的文学,但是集中分析和探讨的侧重点是13—18世纪泰国的口头诗歌创作、佛教文学和宫廷文学,对具体作品的评述和分析很深刻。范荷芳的《泰国文学介绍》(《国外文学》1985年第2期)分古代文学、近现代文学介绍了泰国文学的发展,文学史分期与弗·柯尔涅夫大致相同。弗·柯尔涅夫著作的突出特点是史论结合,并且对泰国口头文学的分析占相当的比重。而范荷芳的文章则主要介绍作家文学,对文学史脉络的叙述多,对具体作品的分析少。

栾文华的《泰国文学史》(社会科学文献出版社,1998年)是下限写到20世纪90年代的泰国文学通史,全书分古代、近代、现当代三个部分,梳理了泰国文学发展的历程,评价和分析了重要作家和作品,并提出了自己的观点和见解。譬如,第七章"《三国》等中国历史演义故事的翻译及其对泰国散文文学发展的意义"指出:"中国文学进入泰国在思想、内容、艺术表现手法上都给泰国文学吹进了新风,弥补了印度文学营养的某些欠缺……中国文学的翻译不但促进了泰国古典文学的繁荣,而且为泰国文学吸纳西方文学准备了自身的条件。……《三国》和其他中国历史小说、演义故事为小说登上(泰国)文学历史舞台创造了条件。"①栾文华的《泰国文学史》具有一定的开拓意义,在此书出版的当时泰国也没有同类文学通史著作,只有《文学史教材》和《泰国小说写作史》。而近年来《三国演义》在泰国的流传与影响的专题研究和《罗摩衍那》在泰国的传播研究实际上是泰国文学史研究的进一步深入。

3. 缅甸文学史

缅甸文学史的编写也比较早。1963年姚秉彦先生编写《缅甸文学史》讲义,1982年姚秉彦、李谋的《缅甸文学概述》在《国外文学》发表。《缅甸文学概述》分"神话故事与口头文学""蒲甘碑铭文学"、封建社会前期文学(1287—1752)、封建社会后期文学(1752—1885)、殖民统治时期文学(1885—1947)、独立后的缅甸文学(1948—　　)几个阶段,叙述了缅甸文学的发展,简要介绍了主要作家和作品。1993年姚秉彦、李谋、蔡祝生著的《缅甸文学史》由北京大学出版社出版。与当时缅甸出版的文学史著作相比,这部著作增加了口头文学与现当代文学的章节,注意了中国、印度与西方文化对缅甸文学的影响。全书把缅甸文学的发展分成早期文学(?—1287)、彬亚—阿瓦时期文学(1287—1531)、东吁—良渊时期文学(1531—1752)、贡榜时期文学(1752—1885)、反帝民族独立时期文学(1885—1945)、战后及独立以来的文学(1945—　　)六个阶段,并对缅甸文学各个发展阶段的社会背景和重要作家及作品进行了分析和说明。实际上《缅甸文学史》在《缅甸文学概述》的基础上更加细化了文学分期。

4. 印度尼西亚和马来西亚文学史

黄元焕节译印度尼西亚学者普荣·沙勒的《印度尼西亚文学的发展》,其中,在文化类型(cultural patterns)的基础上将印度尼西亚文学的发展分为20世纪20年代之前、20年代至1938年、1933年至1942年5月、1942年5月至写文章的1957年四个阶段。文化类型反映一定的社会情况。在一定社会情况下产生了一定的思想方法和感情,以及表现这种思想方法和感情的形式,这就是文化类型。

梁立基教授的《印度尼西亚文学史》(世界图书出版公司,2014年)是东南亚国别文学史中最有分量的著作。本书分古代时期文学、封建社会前期文学、封建社会后期文学、近代过渡时期文学、民族独立前的现代文学和民族独立后的当代文学六个发展阶段论述了各个时期的文学特色和重要作品,而且每个时期还再进一步细分,如现代文学就分荷兰殖民统治时期和日本占领时期两个阶段。在古代的口头文学的论述中对印度尼西亚的民间文学给予了充分的关注。《印度尼西亚文学史》最大的特色是论述了世界四大文化在不同历史时期对印度尼西亚文学发展的影响。其实,早在1990年梁立基先生就阐述了这个观点,

---

① 栾文华:《泰国文学史》,社会科学文献出版社,1998年,第61页。

写出《略论世界四大文化体系对东南亚文学发展的影响》一文发表在《国外文学》上。① 后来梁立基、李谋主编的《世界四大文化与东南亚文学》一书的核心观点就是从这里拓展而写出的。《印度尼西亚文学史》被誉为目前世界上唯一的全面系统地论述印度尼西亚从古代到近代文学史的专著,是目前最完整的印度尼西亚文学史。印度尼西亚国内也还没有一部完整的从古至今的文学史著作。

王青著《马来文学》(外语教学与研究出版社,2004年)由马来古典文学、马来现代文学、战后至独立前的马来文坛、独立初期的马来文学、20世纪70年代后的马来文学、"国家文学奖"及获奖作家简介等6个部分的内容组成,基本上是按照马来文学从古至今的历史发展阶段设置章节,是一部概述马来文学的概论性著作,也是一部论述马来文学发展历史的史论性著作。《马来文学》在介绍马来古典文学的时候基本上遵循了马来本土学者的观点,即古典文学包括民间文学和宫廷文学两个部分。新加坡学者廖裕芳的《马来古典文学史》由张玉安等翻译,2011年出版。上卷前三章分别是民间文学、马来流传的《罗摩衍那》史诗和哇扬戏以及爪哇的班基故事,下卷第六章"连环串插体故事"和第十章"班顿和沙依尔"基本上都属于口头传统和表演传统。可以说《马来古典文学史》对马来民间文学的关注非常广泛。在文学史中写进民间文学和民间文学史的分期问题一直是中国研究文学史学者困惑的问题。剩余部分则是印度化与伊斯兰化过渡时期的文学和伊斯兰时期文学以及历史传记文学。《马来古典文学史》可能论多于史,但这是本土学者的研究,我们还不能全盘地以己度人。

《印尼华人马来语文学》阐述1870—1960年近一个世纪印度尼西亚华人马来语文学的形成和发展过程,介绍它的主要作家和作品以及印尼国内外学者对土生华人马来语文学的评价,并将印尼华人移民文学与美国等国的移民文学深入进行比较。

5. 东南亚其他国家文学史

彭晖编著的《柬埔寨文学简史及作品选读》(外语教学与研究出版社,2003年)是一部作品选,书前有一篇16页的"柬埔寨文学简史"。柬埔寨文学的发展史分为古代、近代和现代文学三个时期。古代文学是公元1世纪扶南王国建立到柬埔寨沦为法国殖民地时期的文学,分为民间文学和贵族文学两种;近代文学是1863—1953年柬埔寨法属时期的文学;现代文学是1953年柬埔寨独立至今的文学。"柬埔寨文学简史"简要介绍和列举了柬埔寨各个历史时期的文学成就和重要作家及作品,但是文学作品的分析和文学风格流派的论述等方面还

---

① 梁立基:《略论世界四大文化体系对东南亚文学发展的影响》,《国外文学》1990年第2期,第1—16页。

有很大的进一步深入的空间。邓淑碧的《柬埔寨文学》(《国外文学》1990年第1期)将柬埔寨文学的发展分为早期文学、吴哥时期文学、中时期文学、保护国时期文学和当代文学五个阶段并分别论述了各阶段文学的发展特征和重要作品,对《林给的故事》等作品和印度史诗《罗摩衍那》之间还进行了比较详细的比较。邓淑碧还把柬埔寨中时期文学分为宗教文学、民间文学和宫廷文学三种。论文对重要作品的内容做了扼要的概述,并简单论述了其艺术成就,还论述了柬埔寨文学中的印度文学和宗教文化的影响。可以说,邓淑碧的这篇论文是国内介绍柬埔寨文学发展历史的最好的论文。

张良民的《老挝文学概述》介绍了老挝的古代文学和近现代文学。老挝的古典文学分为宗教文学和世俗文学两种,张良民对老挝文学史上的一些重要作品做了概括介绍和简单分析。

菲律宾文学史方面至今还没有出现文学史著作,只有几篇概述性文章。凌彰的《菲律宾文学概述》介绍了菲律宾人用菲律宾语、英语和西班牙语三种语言创作的文学。文章梳理了菲律宾早期书面文学、西班牙统治时期的文学、民族独立运动时期文学、美国殖民时期文学,并着重介绍了菲律宾英语小说的三个阶段,还简单介绍了菲律宾口头传统中的神话传说、歌曲与诗词、寓言、谚语和谜语三类民间文学并列举了作品名称。当时的这些分类是没有统一标准,不准确的。史阳著《菲律宾民间文学》(宁夏人民教育出版社,2010年)已经展示了菲律宾丰富多彩的民间文学,并且对菲律宾民间文学做出了更规范的科学分类。

6. 东南亚区域文学史和华文文学史

梁立基、李谋主编的《世界四大文化与东南亚文学》(昆仑出版社,2000年)是一部系统论述中国文化、印度文化、伊斯兰文化和西方文化对东南亚文学所产生影响的专著,探讨了世界四大文化在东南亚各国文学发展历史上的深刻影响。本书对越南汉语文学、字喃文学和东南亚华文文学与中国文化的关系、印度两大史诗和佛教文学在东南亚的传播与印度文化的关系、伊斯兰文化在东南亚古典文学和现代中的影响、西方文化在东南亚近现代文学的影响等专题的考证论述,比较清晰地勾勒了外来文化对东南亚区域文学历史发展的影响。著者不仅从比较文化的角度对东南亚区域文学史进行了纵深探讨,也探索了东南亚区域文学的历史发展与世界文学和文化的联系。这种研究,为从更广阔的视野和比较文化的角度审视东方国别文学史和区域文学史提供了一种成功的模式。

庄钟庆主编的《东南亚华文新文学史》(人民文学出版社,2007年)是一部比较全面地介绍东南亚各国华文文学发展的著作,对泰国、马来西亚、新加坡、印度尼西亚、文莱和菲律宾华文文学的发展及其文学思潮进行了论述和分析。张国培的《20世纪泰国华文文学史》系统全面描述、解释泰国华文文学90年来的发展历程,是一本海外国别华文文学史专著。全书共 10 章,前 7 章对泰国文学各个不同历史时期的发展状态、生存条件、所处的特殊文化地位,以及出现的重要文学现象和作家作品的影响等等,进行了详细的论述和分析,从整体上展现了泰华文学发展的脉络;后 3 章以专论的形式,分别论述泰华文学发展史颇具特色的三种文学现象,阐明其在泰华文学发展中产生的特殊影响和贡献,做到"面"和"点"、"史"与"论"的结合。书稿内容充实,梳理出来的"史"的线索也十分清晰。在此之前,泰华尚未有真正的文学史著作问世。本书的撰写,填补了泰华文学研究的一个空白。

第五节 非洲文学史研究

非洲有 50 多个国家和地区,有多位作家获得诺贝尔文学奖。非洲文学史的研究是从翻译介绍开始的。因为非洲民族众多再加上长期受欧洲国家殖民统治,非洲各国的文学除了本土的民族文学特征之外,还有历史上形成的阿拉伯语文学、英语文学和法语文学,而且非洲阿拉伯国家的文学史一直是放在阿拉伯文学史中讨论的。苏联学者 И. Д. 尼基福罗娃等著的《非洲现代文学》(外国文学出版社,1980—1981 年),上册介绍了北非和西非现代文学,下册介绍了东非和南非现代文学。美国学者伦纳德·S. 克莱因主编,李永彩译的《20 世纪非洲文学》(北京语言学院出版社,1991 年)是 1981—1984 年昂加尔出版社出版的五卷本《20 世纪世界文学百科全书》中非洲各国的文学条目的汇编,具有一定的参考价值。

李永彩著《南非文学史》(上海外语教育出版社,2009 年)是我国学者完成的第一部完整的、综合的南非文学史。作者在"后记"中写道:"1960 年以来,我一直关注非洲文学,尤其南非文学,翻译非洲文学作品,评论非洲文学和文化,让国人了解非洲文学、非洲文化和非洲传统,为中非文化交流尽了绵薄之力。现在交出《南非文学史》这个稿子也算了结了我的夙愿。"李永彩从 1960 年开始就关注并研究介绍非洲文学,实在是难能可贵,令人敬佩。《南非文学史》以时间为经,以语种为纬,根据历史进程、社会环境变化以及文学发生、发展、互动和嬗变的状况,分殖民征服时期文学(1652—1910)、自治时期文学(1910—1961)、白人共和国时期文学(1961—1990)和后种族隔离制时期文学(1990—2005)四个发展阶段进行论述,并在第一编系统介绍了南非各民族的民间文学。因为南非民族众多,文学语言情况复杂,《南非文学史》的内容也比较繁杂,既涵盖南非共和国国内原住民和定居者的所有文学,又包括黑人各民族的民间文学与书面文学和白人英语文学,既包括小说、诗歌和戏剧等传统文学体裁,又包括儿童文学、传记文学、非虚构文学(日记、旅行记)和口头传统。作者对涉及的作品进行了有语境的分析,并且和中国文学和欧美文学进行了适当的比较。

毋庸讳言,我们对非洲文学的介绍和研究还是很不够的。在东方各国国别文学史的研究中,非洲各国本土文学历史的研究是急待挖掘和建构的有广阔前景的研究领域。

我们按照不同的国家和区域,评述了东方各国国别文学史的研究情况。可以看到,在新中国成立以来,特别是最近30多年,东方国别文学史的研究取得了丰硕的成果。这大大丰富了我国的东方文学研究,也奠定了东方文学学科发展的基础。

首先,必须充分肯定我国的东方国别文学史研究所取得的成绩。经过60年的探索与研究,大多数东方国家的文学史已经有了或详细、或简略的文学史论著,共同展现了东方各国文学史的风貌,对东方各国文学的历史发展和主要作家及作品有了大致了解,为东方总体文学史的深入研究奠定了良好的资料基础和学术基础。而且,东方国别文学史的研究也在长期研究中呈现出了自己鲜明的学术性格。如果说,国内西方文学史的研究成绩更多地体现为研究的拓展和深入,那么东方国别文学史的研究更多地则是开拓和填补空白;而且这种开拓填补的不仅仅是国内学术界的空白,有些还是得到国际学界公认的学术原创。如《印度尼西亚文学史》《阿拉伯文学通史》等不仅是中国学者撰写的首部对象国(区域)的文学史,即使放在世界范围内也是首部最完整的国别(区域)文学史。这样的成绩,西方国别文学史是无法等同而论的。可以说,在一些东方国家国别(区域)文学史的研究方面,中国学者已经走在国际学术界的前沿,他们的成绩不仅代表了东方文学研究领域的最高水平,也完全可以代表中国外国文学界的最高成就。同时,东方国别文学史的研究一直与东方各国文学的翻译与研究同步进行,互相促进。

其次,我们还要看到,因为客观条件的限制和主观的研究理论水平等方面的制约,我国的东方国别文学史研究还存在着不少实际的困难和问题。具体讲有以下几个方面:(一)东方各国国别文学史的研究格局不平衡,有些国家和地区的文学史得到比较充分的研究,而有些国家的文学史至今仍是空白。如菲律宾文学史、老挝文学史、柬埔寨文学史和非洲文学史还需要去弥补学术空白。对中亚文学史的关注也不够。如土耳其文学史,只关注帕慕克,而对整体土耳其文学的关注还没有开始。这在某种意义上体现了国内学界的西方中心论的情结,即诺贝尔文学奖在很大程度上成为左右一些东方国家文学受到关注的转折点。魏丽明在《新世纪中国东方文学学科研究综述》中认为国内出版的"东方文学史教材雷同现象比较严重"[①]，而国别文学史不存在这一问题，但是水平参差不齐则是事实。各国文学史之间内容和水平表现出不平衡，还需要进一步向深度和广度迈进。（二）迄今为止出版的东方国别文学史基本上都是文学通史性著作，缺乏分体文学史和分期文学史，如小说史、诗歌史、戏剧史等。中国学者撰写的分期文学史似乎只有仲跻昆的《阿拉伯现代文学史》，而特定文学分期的文学史尚没有出现。东方各国国别文学史的研究中的"厚古薄今"问题值得我们进一步思考。（三）对民间文学研究不足。民间文学是东方各国民族文学中的重要组成部分，任何国家的民族文学都是由民间文学和作家文学组成的，但是以往的研究中对民间文学的关注不够，或者直接用作家文学的研究方法分析讨论民间文学。其实，东方各国有丰富多彩的民间文学遗产，而且民间文学是东方各国民族文学发生和发展的热土。虽然很多国家文学史的论述都从民间文学或口头传统开始，但是在不同阶段的民间文学传统与作家文学之间的互动关系论述的不够。近几年来《东方民间文学概论》（昆仑出版社，2006年）和"东方民间文学丛书"（宁夏人民出版社，2008——　）等著作相继出版，其中专设章节探讨了民间文学和口头传统对东方各国民族文学发展的影响。在东方国别文学史中廖裕芳的《马来古典文学史》和李永彩的《南非文学史》中对民间文学的关注是有突出特点的。（四）对东方各国文学理论发展史的关注不够。迄今为止出版的东方国别文学史几乎都是作家和作品的史论著作，而对各国文论发展的脉络几乎没有涉及，是文学作品的历史而不是文学理论的历史。这样论述文学发展历史上的文学思潮文学思想就受到了限制。（五）最后一个问题，也是最重要的问题就是东方各国文学史的研究存在着严重的人才培养问题。考察以往的国别文学史，除了姚秉彦、李谋、蔡祝生的《缅甸文学史》等少数几部文学史是合著之外，更多的文学史基本上都是相关国家文学研究方面的老一代专家学者单枪匹马潜心研究和编写出来的，至今还没有学术团队集体研究写作的某一东方国家国别文学史出版。这也反映了我国高校东方国别文学史的教学和科研缺乏人才的现实。只有培养出具备对象国语言文化知识、文学理论和文学史专业知识的综合性人才，才能继承和发扬东方国别文学史研究已经取得的成绩和良好的学术传统。

东方各国的国别文学史研究，是整体的东方文学史研究的前提和基础。只有深入探讨和理论上提高东方各国国别文学史的研究，并在此基础上通过进一步的比较和科学整合，东方文学史的研究才能有所提升和超越，才能上升到区域文学史和世界文学史的高度。

[①] 魏丽明：《新世纪中国东方文学学科研究综述》，《国外文学》2005年第3期，第123页。

结　语

　　从20世纪50年代末北京大学西语系几位德国文学教师在冯至先生领导下编写《德国文学简史》开始,中国人自主编写外国文学史已经走过了50多年的历程。虽然60年代初曾经出现了《欧洲文学史》上卷这样质量上乘的文学史著作,但十年"文化大革命"的影响使外国文学史教学和研究遭受严重挫折,真正大规模的外国文学史研究和教材编写是改革开放以后的事。从20世纪50年代末至今的50多年,中国走过了曲折的道路,社会发生了巨大的变化。外国文学史研究和教材的编写反映了中国社会的变化,在一定意义上可以说新中国60年外国文学史研究和教材的编写史就是中国社会文化变迁史,值得我们认真总结。

　　本书从外国(世界)文学史、西方文学史、东方文学史和国别文学史等不同方面对外国文学史研究的成就进行了考察分析,从中可以归纳出以下几个特点。

　　第一,现当代文学史研究从禁区变为热点。虽然《德国文学简史》一直写到20世纪50年代,那在很大程度上是政治选择,因为编者致力于讲述民主德国的文学发展;而在60年代初编写《欧洲文学史》的时候,下限为20世纪初,因为一方面现当代文学还没有受到重视,另一方面学术界也有很多顾虑。"文化大革命"后最先出版的《外国文学简编(欧美部分)》和24院校编《外国文学史》也没有包括现当代外国文学。之所以出现这种情况,主要原因是当时学界对于现当代文学的评论仍有顾虑。古代到近代的作家早有定评,其在国内外的影响和地位也比较容易把握。现当代作家很多还在进行创作或刚刚过世,他们的声誉和影响即使在各自国家也尚无定评,国内学者对原著接触有限,自然更难以做出准确判断。所以直到20世纪80年代中期,虽然对于现当代文学的介绍发展很快,在文学史写作方面主要还是关注古代到近代作家作品。

　　但是,从20世纪90年代开始,或许是因为时代已到世纪末,或许在对当代作家作品进行了大量介绍后学界感觉有了底气,对20世纪文学史的研究进入高潮。朱维之领衔主编的《外国文学简编》和《外国文学史》在20世纪90年代的修订主要内容是增加 20 世纪文学所占的比重。如 1993 年的《外国文学史（欧美卷）》在 20 世纪文学部分增加了劳伦斯、艾略特、萨特、贝克特、海勒、马尔克斯等作家，从而把文学史的下限延伸到世纪末。1998 年出版的《外国文学史（亚非卷）》"再版说明"强调："尤其应该提出的是，将第四编中的'现代'扩充为'现当代'，其时限延伸至本世纪末，并增加了大江健三郎、韩雪野、西巫拉帕、阿格农、马哈福兹、索因卡、戈迪默等重要作家。"新编《欧洲文学史》增加了第三卷，介绍 20 世纪文学，而且以第二次世界大战结束为界，分为上、下两册，其篇幅几乎与前两卷相当。彭克巽教授这样写道："新编《欧洲文学史》20 世纪部分的特色或许在于它继承了我们这套《欧洲文学史》编写的理念，即博采众长，互相沟通。20 世纪世界文学逐渐走向多元化，所以我们对从象征主义、表现主义，到意识流小说、存在主义的现代主义潮流和前苏联的社会主义现实主义，以及托马斯·曼等人的 20 世纪现实主义潮流等等，都做了比较客观的论述。"[①]专门的 20 世纪外国文学史更是层出不穷。最早是张玉书主编的四卷本《20 世纪欧美文学史》前两卷（北京大学出版社，1995 年），紧接着"20 世纪外国国别文学史丛书"1998 年由青岛出版社出版，译林出版社 2004 年出版五卷本《20 世纪外国文学史》。其他许多出版社也先后推出 20 世纪外国文学史或国别文学史，可以说 20 世纪外国文学史是目前最为流行的断代文学史，从出版数量来看完全压倒其他任何断代文学史。当代文学史从 20 世纪 80 年代初的无人问津，变为炙手可热，这是值得深思的。[②]

第二，无产阶级文学从正统到边缘或消失。《德国文学简史》最后一章叙述民主德国文学，因为那是无产阶级当家作主后的新文学，而对于同期的联邦德国文学则几乎没有涉及。1978 年出版的《美国文学简史》上册第三章第七节论述诗歌创作，首先介绍的是"乔·希尔等的工人歌谣"，艾米莉·狄更生被放在最后。1979 年版《欧洲文学史》虽然没有在章节标题上用"无产阶级文学"，但对德国诗人维尔特、匈牙利诗人裴多菲、巴黎公社文学和丹麦作家尼克索的介绍都强调他们的无产阶级文学代表特性。1980 年出版的《外国文学简编（欧美部分）》分上、中、下三篇，其中的下篇包括四章，分别论述"早期欧洲无产阶级文学""巴黎公社文学""俄国无产阶级文学"和"苏联无产阶级文学"，专门介绍的

[①] 彭克巽：《博采众长，推陈出新——关于欧洲文学史编写的回顾》，载刘意青、罗芃主编《当代欧洲文学纵横谈》，民族出版社，2003 年，第 5 页。

[②] 据粗略统计，进入新世纪以来，以《20 世纪欧美文学史》为书名的就有汪介之主编的南京师范大学出版社 2003 版和蒋承勇等主编的武汉大学出版社 2007 版；还有李明滨主编的北京大学出版社 2000 版《20 世纪欧美文学简史》、南海出版社 2003 年出的谢南斗等编著《20 世纪西方文学史》、复旦大学出版社 2007 年出的郑克鲁主编《20 世纪外国文学史》上下卷等。辽宁教育出版社的"当代世界文学史纲"丛书则论述"二战"以后的主要国家国别文学。

作家包括维尔特、鲍狄埃、绥拉菲莫维支、马雅可夫斯基、奥斯特洛夫斯基和法捷耶夫等。1986年《外国文学简编（欧美部分）》修订版出版时仍保留这种格局，但在下编①增加了肖洛霍夫。因为"文化大革命"时对肖洛霍夫全盘否定，"文化大革命"后期开始编写《外国文学简编》时他仍未能得到平反，直到修订版问世他才能名正言顺地进入。1985年出版的王忠祥等主编的三卷本《外国文学教程》在中卷第九章论20世纪文学时以阶级划线的特点仍很明显，先论述无产阶级作家，然后论述有代表性的资产阶级作家。但同年出版的《外国文学史（欧美部分）》在标题中淡化了"无产阶级文学"的提法，19世纪德国诗人维尔特被删除。

从20世纪90年代开始，"无产阶级文学"的提法基本消失了。《外国文学简编（欧美部分）》在1994年出版的第三版将下编的标题改为"20世纪现实主义文学""苏联社会主义现实主义文学"和"现代主义文学"。此后，不管是朱维之、赵澧主编的《外国文学史（欧美卷）》还是郑克鲁或王忠祥、聂珍钊主编的《外国文学史》都不在标题上提"社会主义现实主义"，如郑克鲁主编的《外国文学史》第一版下编第二章标题为"20世纪现实主义文学"（下），介绍俄苏现实主义文学，包括的作家是高尔基和肖洛霍夫；2006年出版的修订版这一章的标题则改为"20世纪俄苏文学"，所收作家没有变化。但在第一章"20世纪欧美现实主义文学"中，第一版曾经有专节介绍萧伯纳和德莱塞这两位带有一定社会主义倾向的作家被删除了。新编《欧洲文学史》20世纪卷在标题上完全摒弃阶级或流派的标签，只标明不同的国别文学。在众多国别文学史研究著作中这种变化也是显而易见的。《新编美国文学史》第二卷重点介绍狄更生的诗歌，乔·希尔等的工人歌谣则消失了。从一切以政治划线，强调阶级斗争，到淡化阶级分析，更多地关注社会文化和文学状况是外国文学史研究变迁的基本轨迹。这种变化是有道理的，因为我们介绍的是各国的重要作家和作品，没有必要以阶级划线，而且在很多情况下难以界定具体作家的阶级身份。

第三，从依赖革命导师语录到关注学术探讨。《德国文学简史》之所以能在20世纪50年代末编写出版，最重要的原因是马克思、恩格斯为德国人，他们对德国文学史上的重要作家早有定评，是编者在那个时代可以依赖的权威。在"文化大革命"后最早出版的《美国文学简史》上册和《法国文学史》上册，注释标明的直接引文几乎都是选自革命导师著作。1979年版《欧洲文学史》"绪言"只有9页，却有13条革命导师语录引文。在1980年出版的《外国文学简编（欧美部分）》和24院校编《外国文学史》两书的"前言"，以革命导师语录为权威表述是个重要特征。《外国文学简编（欧美部分）》"前言"开头就是引自毛泽东《新民主主义论》的话："中国应该大量吸收外国的进步文化，作为自己文化食粮的原

---

① 《外国文学简编（欧美部分）》1980年版分上、中、下三篇；从1986年版开始改为上、中、下三编。

料……凡属我们今天用得着的东西,都应该吸收"(第1页)。"前言"一共8页,有五条直接引文,分别是毛泽东语录四条,恩格斯语录一条。同年出版的24院校编《外国文学史》第一册"前言"共6页,分三个部分,先谈学习外国文学史的作用和意义,再谈学习外国文学史的方法,最后谈本书"东西方文学合一"方式的特点。关于学习外国文学史的意义,先引恩格斯关于巴尔扎克的小说"汇集了法国社会的全部历史"的论述,再引列宁称托尔斯泰为"俄国革命的镜子",还强调列宁对车尔尼雪夫斯基的《怎么办?》的"热爱和推崇"(第2页)。关于外国文学的"艺术借鉴作用"则引毛泽东《在延安文艺座谈会上的讲话》,还有马克思、恩格斯关于"莎士比亚化"和"典型人物"的论述等。这并不表明这些文学史教材的编者没有能力对相关问题做出自己的判断或论述,而是那个时代的特点,似乎不引用革命导师的话就不符合常规。这种情况在当时出版的国别文学史和外国文学研究论著中都是司空见惯的。

新编《欧洲文学史》"出版说明"指出:"本书以唯物史观为指导。一方面继承原《欧洲文学史》材料翔实,不空发论,寓褒贬于叙述之中的优良传统;另一方面排除旧的思维定势的干扰,实事求是地评价文学史上的人物和事件,按其本来的面貌给予恰当的历史定位"(第2页)。虽然没有像原版那样引用革命导师的语录,但坚持唯物史观就是坚持马克思主义的精髓。总主编李赋宁先生撰写的"绪言"也没有引用革命导师语录,但在开篇强调"这本文学史试图运用历史唯物主义观点来解释文学现象,重视文本分析和美学探讨,强调作品的思想内容和艺术形式的统一,希望通过寓教于乐使优秀、健康的文学起到教育和感化的作用,产生积极的社会影响,促进我国精神文明的建设"。并紧接着引英国当代小说家艾丽斯·默多克的话,"文学是一个不断的故事"和"艺术以艺术为营养"来支持自己的观点:"创作离不开文学传统,文学研究更不能脱离文学传统。研究欧洲文学必须熟悉欧洲文学传统"(第1页)。用当代作家的话取代革命导师的话在20世纪六七十年代可能被看作是离经叛道,但在今天的文学研究者看来却是很自然的事。2004年出版的《外国文学简编(欧美部分)》第五版,"导言"有4页,两个直接引文分别出自姚斯的《走向接受美学》和艾略特的《传统与个人才能》,关注的是文学的特殊性。2009年出版的《外国文学史(欧美卷)》第四版"导论"的直接引文一个涉及马克思关于艺术的论述:"艺术对象创造出懂得艺术和能够欣赏美的大众";另一个引文出自韦勒克等的《文学理论》,用来佐证欧美文学的整体性。这都表明,经过30年改革开放的洗礼,外国文学史研究和写作已经摆脱了片面依赖革命导师论断的教条主义倾向,转而从文学本身的特性来展开讨论,结合具体的社会历史环境评述作品的意义。

杨周翰先生在《攻玉集》"前言"写道:"研究外国文学的目的,我想最主要的恐怕还是为了吸取别人的经验,繁荣我们自己的文艺,帮助读者理解、评价作家和作品,开阔视野,也就是洋为中用"(第1页)。这在今天仍然是至理名言。文集的第一篇文章《关于提高外国文学史编写质量的几个问题》原文是1978年11月在广州召开的全国外国文学研究工作规划会议上的发言,1980年发表在中国社科院外文所的《外国文学研究集刊》第2辑,1982年12月进一步修改之后收入《攻玉集》作为首篇。从最初的发言到多次修改后定稿,本文历时四年多,可以说是杨先生对新中国外国文学史研究的全面总结。现在30多年过去了,我们不妨根据这篇文章提出的问题来检验改革开放以来外国文学史研究的发展。文章开头对新中国成立以来的外国文学史编写(也可以说是研究)工作有简短总结:"这主要表现在我们力图用马列主义的立场、观点、方法来阐述外国文学发展的规律,对作家进行阶级分析,注意作家作品在当时当地阶级斗争形势中所起的作用。我们根据反映论,强调文学反映现实,肯定了现实主义创作方法"(第1页)。这里的总结可以说是言简意赅,前一句强调内容上阶级斗争为主,后一句指出方法上重现实主义。然后,正如本文标题所示,文章的重点在于讨论存在的"几个问题"。首先是"进一步贯彻唯物辩证法,贯彻实事求是、一分为二的精神"。杨先生指出:"我想一部文学史首先要求能做到一个'信'字……'信'就是要求符合事实,而要符合事实,就不能有片面性,也就是必须一分为二。不能只讲好的不讲坏的,也不能好的都好,坏的都坏。在选择材料问题上,要从客观世界出发,要从作家在历史上的影响出发,不能凭主观好恶而决定取舍"(第2页)。接着杨先生就指出了外国文学史研究中对肯定的作家过于拔高,而对现代文学流派贬得一无是处的问题。文章还对滥用"现实主义"提出直截了当的批评:"说某个作家是现实主义作家,如果仅仅说他的作品反映现实,那是毫无意义的,因为一切文艺作品都是现实生活的反映";"最广泛的意义下的现实主义等于没有说"(第7页)。他还明确指出把现实主义视为评价的唯一标准,不能概括文学发展的客观实际。这一节最后总结道:"不能做到'文非泛论,按实而书',或多或少陷入实用主义,而且不从实际出发,不一分为二,陷入形而上学。这些恐怕是影响文学史水平提高的根本障碍"(第8页)。简言之,"按实而书""一分为二"是杨先生强调的基本点。回顾1978年以来30多年的外国文学史研究,可以说杨先生强调的"按实而书""一分为二"这个基本观点是得到了越来越全面地贯彻,近年出版的外国文学史研究著作在对作家作品的评论上大都能做到这一点。在避免阶级分析以偏概全方面已经有了很大的改进;这种改进甚至开始出现另一方面的问题,那就是如果说我们在以前的研究中过于强调了阶级斗争和作品的政治性,在后来的文学史研究和编写中则有忽略或取消阶级分析的倾向。偏重于现实主义的倾向也得到了纠正,虽然在不同创作方法的深入分析方面仍有大量工作要做。

第二是"历史连续性问题"。杨先生指出这样一种现象,"详希腊而略罗马,详文艺复兴而略中世纪,详十九世纪而略以前各时期。理由是罗马文学、中世纪文学成就不高;其次是厚今薄古,甚至有这样的担心,现在是两千多年的文学史,再过两千年,古的都要讲怎么得了"(第8页)。杨先生认为,虽然罗马文学和中世纪文学相对来说其成就不及希腊文学和文艺复兴,但从历史角度看,把它们忽略过去,就总结不出什么规律性的东西来。他接着指出:"文学史,就其使用来说,不外两种,一种供查检,一种供通读。外国文学史只写作家作品,就变成了供查检的作家词典,尽管略有脉络贯串,但十分单薄。供通读的文学史以脉络为主,味道应像读故事小说,但更重要的是记录文学发展,总结出规律,这样的用处要比个别作家的评价大些。这样,作为通读读物,就更具备'可读性'"(第8—9页)。这实际上就是百科式和叙述式文学史的区别。从我国最近30多年来出版的文学史著作来看,在提高叙述可读性方面虽然有不少成绩,还很难说尽如人意。杨先生强调历史连续性,指出"中世纪不仅是文艺复兴的对立面,文艺复兴也是中世纪的继续。但丁对中世纪就既有批判,也有继承。中世纪的影响一直延续到19世纪以至当代。可以说,不了解中世纪,也不容易充分了解当代"(第11页)。关于历史连续性问题有两方面的情况,一方面对于杨先生提出的忽视古罗马文学和中世纪文学的问题现在已经有所改观,出现了《古罗马文学史》和《欧洲中世纪文学史》等有影响的断代史著作;但是另一方面厚今薄古的问题似乎更加严重,新近出版的外国文学史著作主要关注19和20世纪文学,对早期文学的研究没有得到充分的重视。其实只有前后比较,才能够明白哪些东西是在前一个时代已经出现过,哪些东西是新时代新出现的,哪些东西又得到了继承,否则永远不会明白文学历史的事实是如何产生和发展过来的。这不是抽象的说法,必须在文学史的前后关系中具体地指出,否则还是无法明白。可惜这样的文学史还不多见。

第三是"提倡比较法"。杨先生指出:"我们的文学史即使仅仅是论作家作品也往往平铺直叙,孤立叙述,不利于加深对作家作品的理解,也不利于阐明历史的发展。没有比较就没有鉴别"(第13页)。作为研究外国文学的中国学者,有意识地在研究过程中把外国文学与中国文学进行比较探讨不仅有利于发挥我们的优势,而且有助于更好地吸收外国文学的精华促进中国文学的的发展。杨先生在《17世纪英国文学》中就经常使用中英比较的方法,为我们树立了典范。当然,要想真正做出有成绩的比较研究需要扎实深厚的中国文学修养,而在这方面与杨先生等前辈相比现在的学者有明显的劣势。自从20世纪80年代初以来,比较文学在我国有了长足的发展,比较方法得到了广泛的应用,出现了一些从比较视角研究外国文学史的著作。但是由于学术环境的变化和学力所限,真正有影响的研究似乎还不太多。

第四是"关于作家介绍"。杨先生举了中国学者编写的文学史与国外文学史对拜伦的介绍为例,批评我们的作家介绍往往像简历似的罗列阶级出身、政治性的活动、作品清单,不生动,对作家的复杂性也注意不够。他指出:"拜伦的作品总的说来应该说是进步的,但我们对他参加到进步潮流的动机研究不够。从资产阶级著者编写的文学史对他的介绍,我们可以得到一些信息,使我们能更好地理解为什么马克思说他发展下去可以变成反动"(第18页)。这种以偏概全的不良倾向在后来的外国文学史研究中得到了较好的纠正,一些曾经被完全否定的作家得到了比较中肯的评价,如法国作家萨德和美国作家艾伦·坡等。杨先生精辟地指出:"社会生活→作家→作品这样一个文学的生产公式,我们对作家这个环节研究不够,对作家不全面研究,对作品的分析就难免生硬,不能贴切……作家的研究不仅是为了使文学史写得生动,有血有肉,增加其'可读性',而且对正确评价作家、作品,如实反映文学发展历程,总结一些规律性的东西,也是必不可少的一环"(第19页)。30多年过去了,我们在作家研究方面取得了突出成绩,近些年出现了大量著作,但如何把相关成果融入外国文学史研究和写作中还没有得到很好解决。怎样才能切实提高研究质量,特别是在吸收借鉴国外研究成果的同时如何保持我们的特色仍是需要认真对待的课题。

  第五关于掌握原著语言,直接进入研究对象问题。杨先生用莎士比亚剧作中"自然"一词的翻译为例,指出仅依据译本来研究莎剧是很不够的,研究者要尽量直接进入原作,并充分掌握、利用国外的研究资料。这实际上说出了中文系外国文学史教师和国别文学史研究者的区别,前者由于涉及众多国家的文学,通常难以直接进入原作,而后者则以阅读研究原作为基础。所以国别文学史研究著作大多能占有第一手资料,而在外国文学史编写方面则往往依靠第二手资料。当然近年来也出现了邀请国别文学史专家参与的情况,如郑克鲁主编的《外国文学史》等。另外,由于当代外国文学史研究者大都具有比较好的外语能力,在掌握利用原文资料方面已经比30年前有了很大的改观,特别是在国别文学史研究中直接阅读阐释原文原作已经成为基本要求。大家普遍意识到,不懂得对象国的语言,根本就无法展开学术意义上的研究。只是借助译文,能够接触的文献范围太窄,必然对研究对象的了解非常有限,即使是研究了,也很容易脱离事实,主观臆想居多。正因为阅读原文原著成了基本要求,一些小国家小语种文学被漠视或忽略则成为新的问题,甚至一些曾经有过出色研究成绩的国别文学史也由于前辈专家学者的退休或过世而出现青黄不接或后继乏人的局面,这些都应该引起注意。

  改革开放30多年来不仅出版了大量外国文学史著作,而且也出版了相当数量的关于外国文学史研究的著述。正如法国著名文学史家朗松所言,文学史多是学者积一生经验而在晚年完成的著作。我国出版的外国文学史著作中,真正在读者和学界产生广泛影响的多是著名学者长期研究的晚年著作,而这些学者在文学史著作的前言、后记或绪论中对于文学史研究写作的思考观点有特殊的重要意义。我们在本书的讨论中曾经涉及的如范存忠、季羡林、王佐良、杨周翰、柳鸣九、郑克鲁、王忠祥、叶渭渠、梁立基、仲跻昆等先生的观点都属于这种情况。此外,各种外国文学研究期刊杂志也发表了大量相关文章,其中相当一部分是以对前辈学者文学史观的研究探索的形式出现的。

1985年成立的全国高校外国文学教学研究会历次年会都有文学史研究方面的论文发表,其中北京大学出版社1996年出版的由李明滨、陈东主编的《文学史重构与名著重读》可以说是关于外国文学史研究最重要的一部文集。书中收有十多位学者论文学史写作的重要论文,内容涉及文学史编纂经验回顾和从不同主题角度撰写文学史的各种设想。林精华、吴康茹、庄美芝主编的《外国文学史教学和研究与改革开放30年》(北京大学出版社,2009年)和中国外国文学学会编《外国文学研究60年》(浙江大学出版社,2010年)收有最近几年相关问题探讨的重要论文。专门研究文学史理论发展的著作比较引人注目的是温潘亚的《追寻文学流变的轨迹——文学史理论研究》(人民出版社,2009年),探讨了从刘勰到鲁迅的中国文学史写作,论述了从泰纳、勃兰兑斯经卢卡奇、克兰和韦勒克再到接受美学的西方文学史理论发展过程。温潘亚在最后强调三点:首先是必须具有广阔的文化视野和学术批判眼光;其次是在运用一般的批评方法和批评模式时,应注意文学史对象的适用性和可行性;再就是注意文学史研究方法的互补性。① 总结众多学者关于文学史研究和写作的观点,以下四点特别值得重视。

一、坚持历史唯物主义观点。虽然许多学者强调所谓理论指导,实际上大家基本都赞成坚持历史唯物主义,结合社会、文化等方面来探讨文学发展的成就和影响。刘安武教授指出:"我们是以历史唯物主义作为分析评价文学现象和作家作品的指导思想的……历史唯物主义不能代替文学发展的规律和特点,所以要避免机械唯物论、庸俗社会学和贴政治标签的偏向,而这种偏向在过去文学评论界是大量存在的。"②所谓坚持历史唯物主义观点最重要的就是清楚叙述历史事实,勾画历史发展脉络。在这一方面要避免庸俗社会学观点和片面的阶级斗争叙事。如前所述,我国在20世纪80年代早期出版的日本文学史存在这方面的问题,而在后来的研究中学者就比较注意日本文学本身的特点,认识到日本文学作品较少重视政治内容,更注重细腻情感的艺术表达。在印度文学史研究中以不同文学形式变化为主进行历史分期,强调种姓代替阶级的做法

---

① 温潘亚:《追寻文学流变的轨迹——文学史理论研究》,人民出版社,2009年,第251页。
② 刘安武:《编写〈东方文学史〉的几点思考》,载李明滨、陈东主编《文学史重构与名著重读》,北京大学出版社,1996年,第24页。

都是避免庸俗社会学的有益尝试。

二、注重文本分析。如果说"文化大革命"前和改革开放初期出版的外国文学史著作主要关注作品思想内容和政治作用,后来出版的著作则注意分析文本特点,包括语言风格、艺术创新、影响作用等。也就是说能够更多地关注文学之所以为文学的特性。这一方面是拨乱反正的结果,也是学习借鉴重视文本分析的新批评等现代西方批评流派的影响。以文本细读为基本特征的新批评在其出现之初就因瑞恰慈和燕卜荪的讲学而对中国学者产生重要影响,经过了30年的中断,在"文化大革命"后随着改革开放的东风重新进入中国学者的批评视野。虽然此时新批评在美国已经风头过去,颇受诟病,但对于饱受庸俗社会学之苦的中国学界却如甘霖一般,很快受到热捧,对外国文学史研究写作也产生了十分重要的影响。

三、有中国学者的特点,这包括三个不同方面。首先是为中国读者服务。我们是中国学者为中国读者撰写外国文学史,必须考虑到中国读者的特殊需要。由于中国读者对于外国文学作品大多不太熟悉,因此编著者在论述中往往增加一些作品引文加以说明和分析。用杨周翰先生在《17世纪英国文学》的说法就是"说说唱唱",这种特点在王佐良先生的《英国诗史》中表现也十分突出。第二,要有中国学者的观点,不能照搬外国学者的结论。以编写英国文学史为例,王佐良先生从中国文学史重视文类演变的传统得到启发,在五卷本《英国文学史》的编写中强调文类发展演变;而杨周翰先生关注从比较的角度来谈文学,因此更倾向于比较文学研究。第三,对与中国有关的内容予以特别关注。比如在《新编美国文学史》中对赛珍珠、斯诺和史沫特莱等给予特殊的关注;在日本文学史研究中对于日本的汉文诗给予充分的重视等。如何保持中国学者的立场,但又不歪曲或虚构事实,这是两个方面。有的研究确实具有鲜明的中国特色,但与对象国文学发展的事实相去甚远。因为一些学者迷恋于自己的观念与理论,忽视了研究对象自身的状态与事实。这也是需要引起警觉的。

四、发出中国学者的声音。前面谈到的三点是改革开放以来外国文学史研究中已经取得的成绩,而关于发出中国学者有影响的声音则是我们面临的重要挑战。叶隽指出:"随着中国的日益开放,关于'中国学者'的学术立场问题应当提上议事日程。也就是说,当面对外国对象的时候,我们在充分借鉴和学习其学界成果的基础上,如何彰显自家的文化身份、呈现中国学者的独特视角,展现自家具有原创性的思路和见地,而不仅是对他们亦步亦趋,是值得思考的问题。"[①]毋庸讳言,尽管我们目前已经出版了大量的外国文学史著作,但是真正

---

① 叶隽:《从"编写"到"撰作"——兼论文学史的"史家意识"问题》,《博览群书》2008年第8期,第38页。

在国际学界产生影响的作品还不多。19世纪中期,法国学者泰纳撰写了三卷本《英国文学史》,出版之后很快被译成英文。他提出的从种族、时代和环境三方面解释文学发展的文学史观影响了19世纪中后期整个西方的文学史研究。日本学者吉川幸次郎终生潜心研究中国文学,他的研究著作有多种被译成中文,其对宋诗的研究成果改变了宋诗在中国文学史的地位。章培恒在吉川幸次郎著《中国诗史》的"译者前言"中写道:"就这部书来看,无论是他对诗人、诗篇的论述抑或他所展现的中国诗歌发展的脉络乃至中国文学的整个历程,都跟我们熟知的颇不相同,使人有耳目一新之感。由此所体现出来的堪称为历史之研究的原则和方法,较之我们所常见的在文学史研究领域里的原则和方法,也显然具有新的特色。"① 美国当代汉学家宇文所安的中国文学史研究著作大多被译成中文,其观点受到国内学界的高度重视。相比较而言,似乎还没有哪位中国学者的外国文学史研究著作在对象国获得这样的地位。虽然这其中的原因是复杂的,但至少要承认我们的外国文学史研究总体水平仍然有待提高。如果说满足中国读者的阅读需要是我们最基本最主要的任务,是普及性的工作,那么写出具有创新性观点并得到对象国学界认可的高水平著作应该成为今后的目标之一。

文学史可以分为通史和断代史或主题史两大类。美国学者戴卫·珀金斯把文学史分成百科全书式、叙述式和主题式三种类型,并细数各种类型的特点和局限。他的结论是尽管理想的客观的文学史"是不可能的,我们仍然要致力于尽量客观,否则过去的历史将被淹没在无休止的主观曲解中"②。从我国的外国文学史研究的实际来看,没有出现动辄十几卷的百科全书式外国文学史著作,最长的国别文学史著作不过五卷本。出版最多的是叙述式的通史,特点是提供必要的信息,具有故事性,可读性较强,且篇幅适中,不管是作为教科书还是普及性读物,都受到广大读者的欢迎。但要把外国文学史研究进一步引向深入,只有叙述式通史是远远不够的。杨周翰先生早在1987年就指出:"以外国文学史而言,通史已经出了不少,似乎可以出一些断代史,或者某一运动的历史,或者某一流派的专史。"③ 如果那时"通史已经出了不少",现在出版的通史无疑更是大大增加了。但是,像杨先生撰写的《17世纪英国文学》那样有特色有深度的断代或主题式文学史还不多。今后应该在文学类型、接受美学、原型演变、叙事学、流派、时代等不同主题的开拓方面来丰富文学史的研究和撰写,这或许可以给外国文学史研究带来新的突破。

---

① 章培恒:"译者前言",吉川幸次郎著《中国诗史》,章培恒等译,复旦大学出版社,2012年,第1页。
② 大卫·珀金斯:《文学史能为否?》英文版,坎布里奇:哈佛大学出版社,1991年,第185页。
③ 杨周翰:《17世纪英国文学》第二版(北京大学名家名著文丛),北京大学出版社,1996年,第322页。

后　记

从2009年底开始参与"新中国60年外国文学研究之考察与分析"的子课题"外国文学史研究",转眼四年已经过去了。当初承蒙项目主持人申丹教授和王邦维教授的信任,我与张哲俊被聘为子课题的负责人。开始曾经设想由我们两人承担本书的全部撰写工作,后来考虑到工作量太大和国别文学史研究的特殊性,决定尽量争取国别和区域文学史研究工作的专家参与工作。在申丹教授的大力帮助下,请到已经退休的赵振江教授撰写西班牙和拉丁美洲文学史研究;经李明滨教授推荐陈松岩教授同意撰写俄苏文学史研究;已经退休的法国文学专家王文融教授欣然同意为法国文学史研究把关并撰写了部分内容;王建教授同意为德国文学史研究把关并允许把他的论文观点融入其中。在两位主持人和其他老师的帮助下,请到魏丽明、石海军、陈岗龙和张世红等教授分别承担第三、第十三、第十四章及第四章部分内容的撰写工作。由于张哲俊自己的科研项目任务很重,他主要撰写了日本和朝—韩文学史研究,对绪论和结语做了补充修改,我则较多地承担了子课题的组织和具体撰写及修改定稿工作。

在与各位同事一起进行课题研究的几年中我收获良多。在此要特别感谢石海军教授,他撰写的印度文学史研究提交的初稿最早,为其他同事的研究做了示范,起到了样章的作用。申丹教授和王邦维教授两位主持人对于最早提交的文稿做了认真的审阅,提出了宝贵的修改意见。在项目进行过程中传阅交流的其他子课题的阶段性成果文稿为外国文学史研究的撰稿提供了借鉴。赵振江教授、魏丽明教授、陈岗龙教授和张哲俊教授撰写的文稿也提交较早,通过传阅交流促进了整个项目的进展,申丹教授对他们的文稿都提出了很好的修改意见,我自己则在阅读这些文稿过程中学习借鉴了他们的经验。与诸位同事共同进行子课题研究的过程对我来说是一个不断学习的过程,衷心感谢各位的鼎立支持与合作。郝田虎在美国文学史研究前期资料收集方面提供了帮助;欧美文学研究中心的秘书陈静和博士后龚璇也提供了多方面的帮助。在此谨向所有提供帮助的同事表示感谢！文稿的部分内容曾经在《外国文学评论》《日语教学与研究》《国外文学》《山东外语教学》《内蒙古社会科学》等杂志刊出，谨向各杂志编辑表示感谢。

虽然曾致力于在各位文稿的基础上使书稿尽量完善，但是限于能力和水平，最终的书稿仍有不少缺憾，恳请读者和专家指正。

韩加明

主要参考书目

阿尼克斯特:《英国文学史纲》,戴镏龄等译,北京:人民文学出版社,1959年。
卞之琳:《中国学者撰写的第一部英国诗通史——简介王佐良著〈英国诗史〉》,《外国文学》1994
　　年第2期。
波尔图翁多:《古巴文学简史》,王央乐译,北京:作家出版社,1962年。
布罗茨基主编:《俄国文学史》(三卷),蒋路等译,北京:作家出版社,1954—1962年。
蔡伟良、周顺贤:《阿拉伯文学史》,上海:上海外语教育出版社,1998年。
曹靖华主编:《俄国文学史》,北京:人民文学出版社,1989年。
曹靖华主编:《俄苏文学史》(三卷),河南教育出版社,1992—1993年。
常绍民:《古希腊文学简史》,海口:海南出版社,1993年。
常耀信:《美国文学史》(上卷),天津:南开大学出版社,1998年。
常耀信主编:《英国文学通史》(三卷),天津:南开大学出版社,2010—2013年。
陈　惇:《适时而有益的好书》,《外国文学研究》1982年第3期。
陈　惇主编:《西方文学史》(三卷),成都:四川人民出版社,2003年。
陈　嘉:《英国文学史》(四册,英文),北京:商务印书馆,1981—1986年。
陈　恕:《爱尔兰文学》,北京:外语教学与研究出版社,2000年。
陈　新:《英国散文史》,南京:南京师范大学出版社,2008年。
陈德文:《日本现代文学史》,南京:南京大学出版社,1991年。
陈建华:《20世纪中俄文学关系》,上海:学林出版社,1998年。
陈建华:《百年俄苏文学史研究历程中的新时期三十年》,林精华等主编《外国文学史教学和研究
　　与改革开放30年》,北京:北京大学出版社,2009年。
陈世雄:《现代欧美戏剧史》,成都:四川教育出版社,1994年。
陈振尧主编:《法国文学史》,北京:外语教学与研究出版社,1989年。
陈振尧:《法国文学》,北京:外语教学与研究出版社,2000年。
陈众议:《20世纪墨西哥文学史》,青岛:青岛出版社,1998年。
陈众议:《西班牙文学——黄金世纪研究》,南京:译林出版社,2007年。
陈众议、王留栓:《西班牙文学简史》,上海:上海外语教育出版社,2006年。
陈众议主编:《当代中国外国文学研究(1949—2009)》,北京:中国社会科学出版社,2011年。

崔　莉:《欧洲文艺复兴史·文学卷》,北京:人民出版社,2010年。
崔雄权等:《朝鲜—韩国当代文学史》,北京:昆仑出版社,2004年。
董衡巽等:《美国文学简史》(上下),北京:人民文学出版社,1978—1986年。
董衡巽主编:《美国文学简史》,北京:人民文学出版社,2003年。
董　洁:《延续半个世纪的学术情缘——北京大学东语系朝鲜语专业韦旭升教授访谈》,《国外文学》2008年第1期。
董乐山:《创唯陈言之务去的新风——读〈美国文学简史〉》,《读书》1986年第10期。
董燕生:《西班牙文学》,北京:外语教学与研究出版社,1998年。
段汉武:《百年流变——中国视野下的英国文学史书写》,北京:海洋出版社,2009年。
《俄罗斯和苏维埃文学史教学大纲》,北京:时代出版社,1957年。
二十四院校编:《外国文学史》(三册),长春:吉林人民出版社,1980—1984年。
范存忠:《英国文学史提纲》(英文、中文),成都:四川人民出版社,1983年。
范大灿主编:《德国文学史》(五卷),南京:译林出版社,2006—2008年。
冯　至等:《德国文学简史》,北京:人民文学出版社,1958年。
冯植生:《匈牙利文学史》,北京:社会科学文献出版社,1995年。
冯植生主编:《20世纪中欧、东南欧文学史》,上海:上海外语教育出版社,2008年。
傅　俊等:《加拿大文学简史》,上海:上海外语教育出版社,2010年。
高尔基:《俄国文学史》,缪灵珠译,上海:上海文艺出版社,1957年。
高慧勤、栾文华主编:《东方现代文学史》(上下),福州:海峡文艺出版社,1994年。
高继海:《英国小说史》,北京:中国社会科学出版社,2003年。
高文汉:《日本古典文学史》,上海:上海外语教育出版社,2007年。
高中甫、宁瑛:《20世纪德国文学史》,青岛:青岛出版社,1998年。
宫宝荣:《法国戏剧百年1880—1980》,北京:三联书店,2001年。
龚翰熊:《西方文学研究》,福州:福建人民出版社,2005年。
龚翰熊主编:《欧洲小说史》,成都:四川大学出版社,1997年。
桂扬清等:《英国戏剧史》,南京:江苏教育出版社,1994年。
郭宏安:《朗松和朗松主义》,刘意青、罗芃主编《当代欧洲文学纵横谈》,北京:民族出版社,2003年。
郭继德:《当代美国戏剧发展趋势》,济南:山东大学出版社,2009年。
郭继德:《加拿大文学简史》,郑州:河南人民出版社,1992年。
郭继德:《加拿大英语戏剧史》,郑州:河南人民出版社,1999年。
郭继德:《美国戏剧史》,郑州:河南人民出版社,1993年。
韩瑞祥、马文韬:《20世纪奥地利、瑞士德语文学史》,青岛:青岛出版社,1998年。
何辉斌、殷企平:《论王佐良的外国文学史观》,《外语与外语教学》2008年第3期。
何辉斌等:《20世纪浙江外国文学研究史》,杭州:浙江大学出版社,2009年。
何乃英:《东方文学研究会与东方文学学科建设》,王邦维主编《东方文学学科:建设与发展》,北京:北京文艺出版社,2007年。
何乃英:《新编简明东方文学》,北京:中国人民大学出版社,2007年。
何其莘:《英国戏剧史》,南京:译林出版社,1999年。

何镇华:《朝鲜现代文学史》,北京:中央编译出版社,2008年。
侯维瑞:《现代英国小说史》,上海:上海外语教育出版社,1985年。
侯维瑞主编:《英国文学通史》,上海:上海外语教育出版社,1999年。
侯维瑞、李维屏:《英国小说史》,南京:译林出版社,2005年。
黄宝生:《金克木先生的梵学成就——读〈梵竺庐集〉》,《外国文学评论》2000年第3期。
黄禄善:《美国通俗小说史》,南京:译林出版社,2003年。
黄源深:《澳大利亚文学史》,上海:上海外语教育出版社,1997年。
季莫菲耶夫:《苏联文学史》(上下),水夫译,北京:作家出版社,1956—1957年。
季羡林主编:《东方文学史》(上下),长春:吉林教育出版社,1995年。
季羡林主编:《简明东方文学史》,北京:北京大学出版社,1987年。
季羡林主编:《印度古代文学史》,北京:北京大学出版社,1991年。
季羡林、刘振瀛:《五四运动后四十年来中国关于亚非各国文学的介绍和研究》,《北京大学学报》1959年第2期。
蒋承俊:《捷克文学史》,上海:上海外语教育出版社,2006年。
蒋承勇:《气势恢宏、新见迭出的文学史著作——评范大灿主编的〈德国文学史〉》,中国外国文学学会(何辉斌执行主编)《外国文学研究60年》,杭州:浙江大学出版社,2010年。
蒋承勇等:《英国小说发展史》,杭州:浙江大学出版社,2006年。
蒋承勇主编:《世界文学史纲》,上海:复旦大学出版社,2000年。
金柄珉:《朝鲜文学史:近现代部分》,延吉:延边大学出版社,1999年。
金柄珉等:《朝鲜—韩国当代文学史》,延吉:延边大学出版社,2000年。
金柄珉、徐东日:《中朝(韩)文学交流研究的重要论著:评〈韦旭升文集〉》,《外国文学研究》2005年第1期。
金克木:《梵语文学史》,北京:人民文学出版社,1964年。
金克木:《梵语文学史》(《梵竺庐集》(甲),南昌:江西教育出版社,1999年。
匡兴主编:《外国文学史讲义》(三卷),北京:北京师范大学出版社,1986年。
匡兴主编:《外国文学史(西方卷)》,北京:北京师范大学出版社,2010年。
朗松:《方法、批判及文学史》,徐继曾译,中国社会科学出版社,1992年。
雷成德主编:《苏联文学史》,沈阳:辽宁人民出版社,1988年。
雷石榆:《日本文学简史》,石家庄:河北教育出版社,1992年。
雷石榆、陶德臻主编:《外国文学教程》(上下),杭州:浙江大学出版社,1986年。
李岩等:《朝鲜文学通史》(三卷),北京:社会科学文献出版社,2010年。
李德恩:《墨西哥文学》,北京:外语教学与研究出版社,1999年。
李德恩、孙成敖:《插图本拉美文学史》,北京:北京大学出版社,2009年。
李白凤:《苏联文学研究》,上海:火星出版社,1954年。
李赋宁总主编:《欧洲文学史》(三卷四册),北京:商务印书馆,1999—2001年。
李赋宁、何其莘主编:《英国中古时期文学史》,北京:外语教学与研究出版社,2006年。
李辉凡、张捷:《20世纪俄罗斯文学史》,青岛:青岛出版社,1998年。
李明滨主编:《20世纪欧美文学简史》,北京:北京大学出版社,2000年。
李明滨主编:《俄罗斯20世纪非主潮文学》,太原:北岳文艺出版社,1998年。

李明滨主编:《世界文学简史》,北京:北京大学出版社,2002年。
李维屏:《英国小说艺术史》,上海:上海外语教育出版社,2003年。
李维屏主编:《英国小说人物史》,上海:上海外语教育出版社,2008年。
李永彩:《南非文学史》,上海:上海外语教育出版社,2009年。
李毓榛主编:《20世纪俄罗斯文学史》,北京:北京大学出版社,2000年。
梁　潮等:《新东方文学史古代·中古部分》,南宁:广西师范大学出版社,1990年。
梁　工:《中国希伯来文学研究启示录》,《苏州科技学院学报》2007年第2期。
梁立基:《略论世界四大文化体系对东南亚文学发展的影响》,《国外文学》1990年第2期。
梁立基:《印度尼西亚文学史》,北京:昆仑出版社,2003年。
梁立基、李谋主编:《世界四大文化与东南亚文学》,北京:昆仑出版社,2000年。
廖可兑:《西欧戏剧史》,北京:中央戏剧出版社,1981年。
林　林:《日本文学史研究又一新成就》,《光明日报》2001年8月30日。
林　林:《日本文学史研究的新里程碑》,《外国文学评论》2005年第2期。
林丰民:《文化转型中的阿拉伯现代文学》,北京:北京大学出版社,2007年。
林洪亮主编:《东欧当代文学史》,北京:中央编译出版社,1998年。
林亚光主编:《简明外国文学史》,重庆:重庆出版社,1983年。
刘　宁、程正民:《俄苏文学批评史》,北京:北京师范大学出版社,1992年。
刘　烜:《季羡林先生的"送去主义"与〈东方文化集成〉》,《集成十年(纪念〈东方文化集成〉创办十周年专辑)》,北京:北京图书馆出版社,2006年。
刘安武:《印度印地语文学史》,北京:人民文学出版社,1987年。
刘炳善:《英国文学简史》(英文),上海:上海外语教育出版社,1981年。
刘海平、王守仁主编:《新编美国文学史》(四卷),上海:上海外语教育出版社,2000—2003年。
刘洪涛:《世界文学学科史中的北京师范大学苏联文学进修班、研究班》,《比较文学与世界文学》第1期,北京:北京大学出版社,2012年。
刘明厚:《20世纪法国戏剧》,上海:上海文艺出版社,2000年。
刘文飞:《20世纪俄语诗史》,北京:社会科学文献出版社,1996年。
刘文荣:《19世纪英国小说史》,北京:中国社会科学出版社,2002年。
刘文荣:《当代英国小说史》,上海:文汇出版社,2010年。
刘亚丁:《十九世纪俄国文学史纲》,成都:四川大学出版社,1989年。
刘象愚:《比较文学的变与不变》,《中国比较文学》2006年第2期。
刘晓眉:《秘鲁文学》,北京:外语教学与研究出版社,1999年。
刘意青主编:《英国18世纪文学史》(增补版),北京:外语教学与研究出版社,2006年。
柳鸣九等:《法国文学史》(三卷),北京:人民文学出版社,1979—1991年。
柳鸣九主编:《法国文学史》(三卷,修订本),北京:人民文学出版社,2007年。
陆建德:《一室乾坤大,千秋月旦尊》,金东雷著《英国文学史纲》,长春:吉林出版集团有限公司,2010年。
栾文华:《泰国文学史》,北京:社会科学文献出版社,1998年。
罗兴典:《日本诗史》,上海:上海外语教育出版社,2002年。
吕元明:《日本文学史》,长春:吉林人民出版社,1986年。

孟　复:《西班牙文学简史》,成都:四川人民出版社,1982年。
毛信德:《美国小说史纲》,北京:北京出版社,1988年。
毛信德:《美国小说发展史》,杭州:浙江大学出版社,2004年。
孟昭毅,黎跃进:《简明东方文学史》,北京:北京大学出版社,2005年。
聂珍钊等主编:《20世纪西方文学》,武汉:华中师范大学出版社,2001年。
彭　晖:《柬埔寨文学简史及作品选读》,北京:外语教学与研究出版社,2003年。
彭端智等:《东方文学史话》,武汉:湖北教育出版社,1986年。
彭端智:《东方文学散论——彭端智自选集》,武汉:华中师范大学出版社,2010年。
彭恩华:《日本俳句史》,上海:学林出版社,1983年。
彭恩华:《日本和歌史》,上海:学林出版社,1986年
彭克巽:《博采众长,推陈出新——关于欧洲文学史编写的回顾》,刘意青、罗芃主编《当代欧洲文学纵横谈》,北京:民族出版社,2003年。
彭克巽:《苏联小说史》,北京:北京十月文艺出版社,1988年。
平献明:《日本当代文学史纲》,沈阳:辽宁教育出版社,1993年。
钱　青主编:《英国19世纪文学史》,北京:外语教学与研究出版社,2006年。
瞿世镜、任一鸣:《当代英国小说史》,上海:上海译文出版社,2008年。
任光宣主编:《俄罗斯文学简史》,北京:北京大学出版社,2006年。
任子峰:《俄国小说史》,北京:北京大学出版社,2010年。
阮　炜等:《20世纪英国文学史》,青岛:青岛出版社,1998年。
邵铁生:《斯里兰卡文学》,北京:外语教学与研究出版社,1999年。
沈萼梅、刘锡荣:《意大利当代文学史》,北京:外语教学与研究出版社,1996年。
沈石岩:《西班牙文学史》,北京:北京大学出版社,2006年。
盛　力:《阿根廷文学》,北京:外语教学与研究出版社,1999年。
盛　宁:《用马克思主义观点编写文学史——兼评〈美国文学简史〉》,《外国文学》1987年第3期。
史习成:《蒙古国现代文学》,北京:昆仑出版社,2001年。
石　璞:《欧美文学史》(上下),成都:四川人民出版社,1980年。
石海峻:《20世纪印度文学史》,青岛:青岛出版社,1998年。
石琴娥:《北欧文学史》,南京:译林出版社,2005年。
宿久高:《日本中世文学史》,长春:吉林大学出版社,1992年。
孙成敖:《巴西文学》,北京:外语教学与研究出版社,1999年。
孙凤城:《浅谈〈新编欧洲文学史〉》,李明滨、陈东主编《文学史重构与名著重读》,北京:北京大学出版社,1996年。
孙席珍、蔡一平:《东欧文学史简编》,长沙:湖南人民出版社,1985年。
孙遵斯:《〈欧洲文学史〉(上册)》,《文学评论》1964年第2期。
唐孟生:《论乌尔都语中世纪文学分期问题》,姜景奎、郭童编《多维视野中的印度文学文化——刘安武先生八十华诞纪念文集》,银川:阳光出版社,2010年。
唐月梅:《日本戏剧史》,北京:昆仑出版社,2008年。
陶　洁:《谈谈〈新编美国文学史〉》,《英美文学研究论丛》第4辑,上海:上海外语教育出版社,2004年。

陶德臻主编:《东方文学简史》,北京:北京出版社,1985年。
陶德臻主编:《外国文学史纲》,北京:北京出版社,1990年。
《外国文学55讲》编委会:《外国文学55讲》(两册),贵阳:贵州人民出版社,1980年。
王　建:《试论文学史写作的可能性——从德国文学史谈起》,《淡江外语论丛》第17期(2011年)。
王　军:《20世纪西班牙小说》,北京:北京大学出版社,2007年。
王　军、徐秀云:《意大利文学史中世纪和文艺复兴时期》,北京:外语教学与研究出版社,1997年。
王　岚、陈红薇:《当代英国戏剧史》,北京:北京大学出版社,2007年。
王　青:《马来文学》,北京:外语教学与研究出版社,2004年。
王爱民、任　何:《俄国戏剧史概要》,北京:中国戏剧出版社,1984年。
王长荣:《现代美国小说史》,上海:上海外语教育出版社,1992年。
王长新:《日本文学史》,北京:外语教学与研究出版社,1982年。
王焕宝:《意大利近代文学史17世纪至19世纪》,北京:外语教学与研究出版社,1997年。
王焕生:《古罗马文学史》,北京:中央编译出版社,2008年。
王家湘:《20世纪美国黑人小说史》,南京:译林出版社,2006年。
王立新主编:《外国文学史(西方卷)》,北京:高等教育出版社,2013年。
王守仁、方　杰:《英国文学简史》,上海:上海外语教育出版社,2006年。
王守仁、何　宁:《20世纪英国文学史》,北京:北京大学出版社,2006年。
王向远:《东方文学史通论》,上海:上海文艺出版社,1994年。
王向远:《七十年来我国的印度文学史研究论评》,《外国文学评论》2001年第3期。
王晓凌:《南太平洋文学史》,合肥:安徽大学出版社,2000年。
王晓平:《近代中日文学交流史稿》,长沙:湖南文艺出版社,1987年。
王央乐:《拉丁美洲文学》,北京:作家出版社,1963年。
王弋璇:《中国美国文学研究的回顾与展望——郭继德先生访谈录》,《英美文学研究论丛》第11辑,上海外语教育出版社,2009年。
王中忱:《日本文学通史写作的大成与终结》,《日本学论坛》2004年第3期。
王忠祥:《丰盈充实,探赜钩深——评吴元迈主编〈20世纪外国文学史〉》,《外国文学研究》2005年第4期。
王忠祥、聂珍钊主编:《外国文学史》(四卷),武汉:华中理工大学出版社,1999—2000年。
王忠祥等主编:《外国文学教程》(三卷),长沙:湖南教育出版社,1985年。
王佐良:《英国文学史》,北京:商务印书馆,1996年。
王佐良:《英国浪漫主义诗歌史》,北京:人民文学出版社,1991年。
王佐良:《英国诗史》,南京:译林出版社,1993年。
王佐良:《英国散文的流变》,北京:商务印书馆,1994年。
王佐良:《中国第一本美国文学史——评〈美国文学简史〉》,《世界文学》1979年第5期。
王佐良、何其莘:《英国文艺复兴时期文学史》,北京:外语教学与研究出版社,1996年。
王佐良、周珏良主编:《英国20世纪文学史》,北京:外语教学与研究出版社,1994年。
汪介之:《现代俄罗斯文学史纲》,南京:南京出版社,1995年。

魏丽明:《从东方国别文学、地域文学到比较文学》,王邦维主编《季羡林先生与北京大学东方学》,银川:阳光出版社,2011年。
韦旭升:《朝鲜文学史》,北京:北京大学出版社,1986年。
韦旭升:《韦旭升文集》,北京:中央编译出版社,2000年。
文日焕:《朝鲜古典文学史》,北京:民族出版社,2006年。
温潘亚:《追寻文学流变的轨迹——文学史理论研究》,北京:人民出版社,2009年。
吴伟仁:《英国文学史及选读》,北京:外语教学与研究出版社,1988年。
吴守琳:《拉丁美洲文学简史》,北京:中国人民大学出版社,1985年。
吴元迈主编:《20世纪外国文学史》(五卷),南京:译林出版社,2004年。
吴元迈等主编:《外国文学史话》(十卷),长春:吉林教育出版社,2001年。
吴岳添:《法国文学简史》,上海:上海外语教育出版社,2006年。
吴岳添:《法国小说发展史》,杭州:浙江大学出版社,2004年。
肖瑞峰:《日本汉诗发展史》,长春:吉林大学出版社,1992年。
许辉勋、蔡美花:《朝鲜文学史:古代、中世部分》,延吉:延边大学出版社,1998年。
许贤绪:《20世纪俄罗斯诗歌史》,上海:上海外语教育出版社,1997年。
许贤绪:《当代苏联小说史》,上海:上海外语教育出版社,1991年。
徐葆耕、王中忱主编:《外国文学基础》,北京:北京大学出版社,2008年。
徐稚芳:《俄罗斯诗歌史》,北京:北京大学出版社,1989年。
徐永彬:《韩国现代文学》,北京:对外经济贸易大学出版社,1997年。
薛克翘:《海内印地语文学研究第一人——刘安武先生》,姜景奎、郭童编《多维视野中的印度文学文化》,银川:阳光出版社,2010年。
严绍璗:《中日古代文学关系史稿》,长沙:湖南文艺出版社,1987年。
杨慧林、黄晋凯:《欧洲中世纪文学史》,南京:译林出版社,2001年。
杨江柱、胡正学主编:《西方浪漫主义文学史》,武汉:武汉出版社,1989年。
杨仁敬:《20世纪美国文学史》,青岛:青岛出版社,1998年。
杨周翰:《〈美国文学简史〉读后》,《光明日报》1979年6月12日。
杨周翰:《欧洲文学史研究工作中的一些问题》,《文学评论》1963年第1期。
杨周翰:《17世纪英国文学》,北京:北京大学出版社,1985年;新版1996年。
杨周翰等主编:《欧洲文学史》(上卷),北京:人民文学出版社,1964年。
杨周翰等主编:《欧洲文学史》(下卷),北京:人民文学出版社,1979年。
姚秉彦等:《缅甸文学史》,北京:北京大学出版社,1993年。
叶隽:《从"编写"到"撰作"——兼论文学史的"史家意识"问题》,《博览群书》2008年第8期。
叶水夫主编:《苏联文学史》(三卷),北京:中国社会科学出版社,1994年。
叶渭渠:《日本文学简史:日本文学史要说》,上海:上海外语教育出版社,2006年。
叶渭渠:《日本小说史》,北京:北京大学出版社,2009年。
叶渭渠:《日本文学史》(近代、现代),北京:经济日报出版社,2000年。
叶渭渠、唐月梅:《20世纪日本文学史》,青岛:青岛出版社,1998年。
叶渭渠、唐月梅:《日本文学史》(古代、近古,两卷四册),北京:昆仑出版社,2004年。
易漱泉等主编:《俄国文学史》,长沙:湖南文艺出版社,1986年。

伊　宏:《阿拉伯文学简史》,海口:海南出版社,1993年。
余匡复:《德国文学史》,上海:上海外语教育出版社,1991年。
余匡复:《当代德国文学史纲》,沈阳:辽宁教育出版社,1994年。
余匡复:《德国文学简史》,上海:上海外语教育出版社,2006年。
于荣胜等:《日本文学简史》,北京:北京大学出版社,2011年。
于在照:《越南文学史》,北京:军事谊文出版社,2001年。
虞建华:《新西兰文学史》,上海:上海外语教育出版社,1994年。
郁龙余主编:《东方文学史》(上下),西安:陕西人民出版社,1994年。
郁式砚:《〈法国文学史〉上册》,《读书》1980年第6期。
张　杰、汪介之:《20世纪俄罗斯文学批评史》,南京:译林出版社,2000年。
张鸿年:《波斯文学史》,北京:北京大学出版社,1993年。
张世华:《意大利文学史》,上海:上海外语教育出版社,1986年。
张世华:《意大利文学史》(修订本),上海:上海外语教育出版社,2003年。
张效之主编:《东方文学简编》,济南:山东教育出版社,1985年。
张绪华:《20世纪西班牙文学》,上海:上海外语教育出版社,1997年。
张玉书、李明滨主编:《20世纪欧美文学史》(四卷),北京:北京大学出版社,1994—1999年。
张月超:《西欧经典作家与作品》,武汉:长江文艺出版社,1957年。
张泽乾等:《20世纪法国文学史》,青岛:青岛出版社,1998年。
张哲俊:《东亚比较文学导论》,北京大学出版社,2004年。
张振辉:《20世纪波兰文学史》,青岛:青岛出版社,1998年。
张子清:《20世纪美国诗歌史》,长春:吉林教育出版社,1995年。
赵德明:《20世纪拉丁美洲小说》,昆明:云南人民出版社,2003年。
赵德明等:《拉丁美洲文学史》,北京:北京大学出版社,1989年。
赵振江:《西班牙与西班牙语美洲诗歌导论》,北京:北京大学出版社,2002年。
赵振江等:《拉丁美洲文学大花园》,武汉:湖北教育出版社,2007年。
郑朝宗、郑松锟:《西洋文学史》,厦门:厦门大学出版社,1992年。
郑传寅、黄　蓓:《欧洲戏剧文学史》,武汉:长江文艺出版社,2002年。
郑克鲁:《法国文学史》(上下),上海:上海外语教育出版社,2003年。
郑克鲁:《现代法国小说史》,上海:上海外语教育出版社,1998年。
郑克鲁:《法国诗歌史》,上海:上海外语教育出版社,1996年。
郑克鲁:《〈外国文学史〉的编写现状及设想》,《文艺理论研究》1995年第1期。
郑克鲁:《谈谈对外国文学史的编写》,中国外国文学学会编(何辉斌执行主编)《外国文学研究60年》,浙江大学出版社,2010年。
郑克鲁主编:《外国文学史》(上下),北京:高等教育出版社,1999年。
郑体武:《俄罗斯文学简史》,上海:上海外语教育出版社,2006年。
中国社科院外国文学所东欧文学室:《东欧文学史》(上下),重庆:重庆出版社,1990年。
仲跻昆:《阿拉伯现代文学史》,北京:昆仑出版社,2004年。
仲跻昆:《阿拉伯文学通史》,北京:昆仑出版社,2012年。
周慧华、宋宝珍:《西方戏剧史通论》,杭州:浙江大学出版社,2008年。

周启超:《"20 世纪俄语文学":新的课题,新的视角》,《国外文学》1993 年第 4 期。
周维培:《当代美国戏剧史》,南京:南京大学出版社,1999 年。
周维培:《现代美国戏剧史:1900—1950》,南京:江苏文艺出版社,1997 年。
朱　徽:《加拿大英语文学简史》,成都:四川大学出版社,2005 年。
朱景冬、孙成敖:《拉丁美洲小说史》,天津:百花文艺出版社,2004 年。
朱维之主编:《古希伯来文学史》,北京:高等教育出版社,2001 年。
朱维之、赵澧主编:《外国文学简编(欧美部分)》,北京:中国人民大学出版社,1980 年。
朱维之、赵澧主编:《外国文学史(欧美部分)》,天津:南开大学出版社,1985 年。
朱维之等主编:《外国文学简编(亚非部分)》,北京:中国人民大学出版社,1983 年。
朱维之等主编:《外国文学史(亚非部分)》,天津:南开大学出版社,1988 年。
庄钟庆主编:《东南亚华文新文学史》,北京:人民文学出版社,2007 年。

主要人名索引

A

爱默生 165,170,171,175,309
T.S.艾略特 8,36,40,41,44,51,78,79,81,83,90,92,104,167,173,175,176,185,220,298,300,309
安书祉 122,124,125
奥尼尔 20,43,44,47,167,173,175,176,182,183
奥斯特洛夫斯基 13,15,35,140,142－145,153,155,299

B

巴尔扎克 13,14,16,19,28,31,35,50,97,109,300
拜伦 8,13,14,16,19,29,31,35,39,46,74,75,79,85,111,189,303
鲍狄埃 13－15,36,299
贝克特 36,42,44,46,79,88,104,113,216,298
彼特拉克 51,72,204,206
卞之琳 75
波德莱尔 36,46,103
博尔赫斯 20,43,196,199,200,203
布莱克 39,78
布莱希特 47,54,120,129

C

蔡伟良 280,284,285

曹靖华 141,143,154
常绍民 214
常耀信 80,94,163,164,169,170－172
陈惇 6－8,28,42,44,97
陈嘉 54,71－73,184
陈恕 216
陈新 86
陈德文 231,232,248
陈红薇 85
陈建华 136,146,151
陈振尧 95,96,107,108
陈众议 6,67,191,202,210,213
川端康成 20,61,228
崔莉 45,53

D

大江健三郎 20,298
但丁 2,19,20,28,31,37－39,45,51,52,54,72,204,206,302
德莱塞 15,19,20,42,167,175,179,180,299
笛福 49,72,75,78,81,88,110,126
狄更生 165,170,175,298,299
狄更斯 29,31,35,50,51,70,79,83,87,88,90
董衡巽 3,164,167,168,169,170,173
董燕生 190
段若川 196,198

E

恩格斯 6,13,34,36,100,119,120,152,299,300

F

范存忠 2,72,73,82,115,304
范大灿 117,124—126,128,131
菲尔丁 11,12,30,33,37,70,77,78,81,85,88,93,126,127
冯至 2,117,118,120—122,125,128,129,131,134,297
冯友兰
冯志臣 213
冯植生 210,213
福克纳 36,42,104,167,179,222
伏尔泰 37,44,97,101,194
傅德岷 25

G

高韧 213
高尔基 13—15,19,28,29,32,35,36,45,47,50,69,138,139,140—145,153—156,158,299
高继海 89
高乃依 11,97,105,113
高中甫 117,131
歌德 2,13,14,16,19,20,28,31,34,35,37,38,40,45,49,111,118,119,122,123,125—129,131
哥尔斯密斯 77
宫宝荣 96,112,113
龚翰熊 1—3,14,30,31,45,49,50,162,214
桂扬清 84,85
郭宏安 115
郭继德 163,182—184,216,217

H

哈代 20,50,70,72,79,80,83,90,104,220
海涅 12,29,31,44,118—120,122,128,129

海明威 15,16,42,104,167,179,222
韩耀成 124,129
荷马 19,20,28,31,37,38,195,206,207,214
贺拉斯 33
何乃英 56,58,59,62,64,65,286
何其莘 77,85
侯维瑞 4,79,82—84,87,91,94
华兹华斯 35,39,44,46,74,75,78,79
黄蓓 48
黄嘉德 12
黄晋凯 7,44,45,51,53
黄源深 218,219,221
惠特曼 12,31,44,162,165,166,170,171,173
霍桑 165,172,178,179
霍普特曼 34,47,118

J

季羡林 3,5,6,57,59,62,64,65,242,245,264,266,267,271,273—275,278—280,304
济慈 35,46,74,79
迦梨陀娑 19,20,62,271
蒋承俊 210,211,212,213
蒋承勇 19,93,124,298
蒋光赤 135—137
金东雷 1,2,69
金克木 3,264,266,269—275,278

K

卡夫卡 16,50,51,104,122,124,129,212
匡兴 7,17,28,44

L

拉伯雷 29,31,37,44,45,54,97—99
拉辛 97,101,105,113
莱辛 29,44,71,118,119,122,126
朗松 56,105,114,115,303
雷成德 141—143
雷石榆 2,3,14,17,56,57,64,231,280
李谋 278,279,281,291—293,296

李昌珂 124,129,130
李德恩 199,202,203
李赋宁 38,73,77,83,88,300
李辉凡 152,154,158,161
李明滨 5,8,20,29,54,145,151,158,298,304,307
李永彩 4,282,294,296
李毓榛 145,152,158
列宁 11,13,30,34,138—142,147,256,300
林林 177,245,247,248,249,250
林丰民 284
梁潮 57,62
梁工 282,283
梁立基 3,14,56,57,64,278—281,291—293,304
廖可兑 3,33,46,48,84
刘煊 245
刘炳善 3,70,71,72,82
刘安武 6,65,264—267,271,275,276,279,287,304
刘海平 164,172
刘明厚 96,112
刘文荣 89—91
刘文飞 156—158
刘象愚 7,44,67
刘晓眉 202
刘亚丁 151,158
刘意青 77,115,298
刘振瀛 5,64,65,225,278,279
柳鸣九 3,96—100,102,103,106,108,113—115,304
卢梭 45,97,101,106,109,111
陆培勇 280,283,285
陆怡玮 285
卢铁澎 57,62
陆建德 69,91
吕元明 227—231,244,246,248,260
栾文华 62,281,290,291
杰克·伦敦 163,165,166,179

罗曼·罗兰 29,32,33,35,47,97,108

M

马尔克斯 19,36,43,196,199,200,298
马哈福兹 19,20,283,298
马克思 6,11,13,25,30,34,47,60,71,97,100,105,119,120,141,142,165,167,176,206,231,232,256,299,300,303
马祖毅 222
马雅可夫斯基 15,36,44,47,140,143,145,153,154,155,299
托马斯·曼 118,129,298
凯塞琳·曼斯菲尔德 221
毛姆 47
毛泽东 13,31,34,98,99,142,148,167,299,300
孟复 188,189
孟昭毅 59,62—64
孟德斯鸠 12,97,100—102,106,114
弥尔顿 11,29,37,45,70,74,76,78,79,82,84,126
密茨凯维奇 29,44,111,209
缪灵珠 69,139
默雷 214
莫里哀 11,19,20,29,31,37,48,49,97,105,113,126
莫里森 44,181,182

N

聂珍钊 18,26,55,299
宁瑛 117,131

O

欧阳兰 1,69

P

裴多菲 29,209,298
彭晖 281,292
彭斯 39,45,70,74,78

彭端智 3,5,6,12,15
彭恩华 238—245
彭克巽 156,298
品钦 20,179
平献明 231,233
艾伦·坡 165,166,171,174,178,303
普鲁斯特 21,40,41,44,50,54,104,108,111
普希金 29,111,137,139,141,142,144,157

Q

乔叟 51,54,78,79,83
乔伊斯 8,41,43,46,50,54,76,83,88,92,93,104,112,216,220
瞿秋白 135,136,137
瞿世镜 90—92

R

任光宣 151,155,156,159
任卫东 124,128
任子峰 156,157
阮伟 83

S

萨特 15,16,36,50,103,108,109,113,298
萨克雷 79,87,90,93
塞万提斯 12,20,29,31,67,188—190,192
莎士比亚 13,14,16,19,20,21,28,31,37,45,49,48,54,70,72—74,76,78—80,83,84,85,127,189,300,303
邵铁生 287
沈石岩 192
盛力 202,203
盛宁 91,167
史阳 293
史习成 279,281,288
石璞 2,3,7,11,12,31—33,35
石海俊 264,268,276
石琴娥 214,215
司各特 35,46,50,79,87,88,219

司汤达 12,31,50,97
斯宾塞 54,74,78,216
斯摩莱特 78,81,88,89
斯特恩 50,78,81
斯特林堡 34,47,215
斯威夫特 25,49,75,81,88,110,126,216,220
宋寅展 15
孙承敖 196
孙凤城 29,34,35,118
孙席珍 208,214
索金梅 80
索因卡 15,20,298

T

泰纳 114,115,304,306
泰戈尔 15,16,19,20,264,268
唐孟生 287
唐性天 117
陶洁 22,174
陶德臻 3,15—17,57,58,64,65,286
田汉 135,136,162
马克·吐温 13,163,165,166,171,175,178—180,222
托尔斯泰 13,14,16,19,28,47,50,111,137,140—145,153—155,189,300
陀思妥耶夫斯基 50,111,137,138,142,144

W

王岚 85
王军 192,205
王尔德 46,47,85,216,239
王长新 3,225—227,229,231,246,248
王焕生 206,207
王焕宝 205
王家湘 77,164,177,181,182
王立新 7
王留栓 191
王守仁 22,83,115,164,172,176
王晓凌 222

王晓平 225,233,234,245
王央乐 193
王远泽 141
王忠祥 4,5,11,12,14,15,18,24,26,36,299,304
王佐良 73,75—78,84,86,90,91,94,111,165,166,172,304,305
汪介之 55,151,158,298
维尔特 36,129,298,299
维吉尔 37,206,207
温潘亚 4,304
吴达元 1,2,12,28,35,95,140
吴健恒 194
吴景荣 77
吴守琳 195
吴元迈 6,21—24,54,83,148,172,202,210
吴岳添 96,102,109,110,111,114
伍尔夫 11,50,76,83,91,104,220

X

席勒 12,29,31,34,35,37,40,44,45,118,119,122,127,131
萧伯纳 12,34,47,70,72,75,77,83—85,216,299
肖瑞峰 231,233,234
肖洛霍夫 13,36,50,54,140,143,145,153—156,199
小林多喜二 15,19,232
谢立丹 34,77
谢六逸 1,224,225,229,245
徐稚芳 157
许虎一 230
许贤绪 156,157,158
宿久高 231,233
雪莱 29,31,35,39,44,46,49,70,74,79,85

Y

亚里士多德 33
严绍璗 225,233

颜保 278,289
杨慧林 45,51,53,58
杨江柱 44,45
杨金才 172
杨仁敬 163,164,172
杨周翰 2,4,11,12,28—30,31,35,53,73,82,89,94,140,165,166,300,304—306
姚秉彦 279,281,291,296
叶隽 25,133,305
叶水夫 148
伊宏 280,284
易卜生 29,31,34,35,47,214,215
易漱泉 16,141,143
于荣胜 235
余虹 31
余匡复 117,121,122—125,131,215
余一中 151,154,159
雨果 29,31,34,35,45,46,50,97,108,109
郁龙余 6,59,62

Z

张冲 172
张捷 152,154,158
张朝柯 16,62
张鸿年 279,280,286,287
张世华 204—206
张效之 57
张绪华 189
张玉书 8,54,118,298
张英伦 3,96
张月超 12,72
张子清 54,172,177,184,185
张振辉 210
张中载 91
赵澧 3,13,17,36,299
赵刚 213
赵德明 196,197,199
赵萝蕤 2,12,28,35,140
赵振江 191,196,198,199,307

郑传寅 48
郑朝宗 37
郑克鲁 3,4,17—19,21,26,36,41,95,96,104—106,109,113,114,180,298,299,303,304
郑体武 156,159
郑振铎 1,135,136
仲跻昆 280,284—286,296,304
周扬 13
周顺贤 280,284,285
周珏良 73,77,91

周启超 150,151
周维培 164,183,184
周作人 1,214,224
朱刚 172
朱徽 216,217
朱维之 3,6,13,14,16—18,36,56,57,64,280,282,283,297,299
庄钟庆 281,293
左拉 31,47,50,97,127